ANNA TODD

După ce am găsit fericirea

TRADUCERE DIN ENGLEZĂ
OANA DUȘMĂNESCU

TREI

Editori:
Silviu Dragomir
Vasile Dem. Zamfirescu

Director editorial:
Magdalena Mărculescu

Redactor:
Mihaela Serea

Foto copertă:
Guliver/Getty Images/ © Adam Weiss

Director producție:
Cristian Claudiu Coban

DTP:
Gabriela Chircea

Corectură:
Roxana Nacu
Elena Bițu

Descrierea CIP a Bibliotecii Naționale a României
TODD, ANNA
După / Anna Todd; trad.: Oana Dușmănescu. - București: Editura Trei, 2015
3 vol.
ISBN 978-606-719-294-0
Vol. 4. : După ce am găsit fericirea. – 2016. –
ISBN 978-606-719-836-2

I. Dușmănescu, Oana (trad.)

821.111-31=135.1

Titlul original: After Ever Happy
Autor: Anna Todd

O.P. 16, Ghișeul 1, C.P. 0490, București
Tel.: +4 021 300 60 90 ; Fax: +4 0372 25 20 20
E-mail: comenzi@edituratrei.ro

www.edituratrei.ro

Această poveste este uimitoare! M-am îndrăgostit de ea! ☺ • Intensă • Adorabilă & perfectă • Hessa ♡♡♡ • Am devenit dependent • Atât de romantic • Vărs un ocean de lacrimi • O să-mi placă mereu la nebunie Hessa • Nu trebuie să fii neapărat fan One Direction ca să citești cartea aceasta • Tensionat • Atât de drăguță încât chicotesc • Anna e genială • Se ceartă și se calcă pe nervi reciproc, dar acest lucru face povestea atât de realistă • LOL — îmi place de mor! • Sunt mai la curent cu această poveste decât cu propria mea viață

Cititorii de pe Wattpad sunt de acord — seria *After* este un vârtej nebunesc și adictiv de iubire. #Hessa pentru totdeauna!

El este irascibil, dar exact de asta m-am îndrăgostit de el • Îmi place povestea aceasta mult prea mult! • Tocmai mi-am scuipat apa din gură • Această poveste îmi va semna condamnarea la moarte! • OMG *palme peste față* • Plâng și mi s-a făcut pielea de găină • Îi iubesc atât de mult XOXO • Tocmai mi s-a topit inima! • Ticălos romantic • Rânjesc ca o idioată • Sunt fan LA GREU! • Cumpără-i inelul acela odată • Atât de întunecat și de misterios • Uau, asta a fost chiar sexy • Mai vreau • ☹

Tuturor celor care au luptat
pentru cineva sau pentru ceva în care au crezut.

Prolog

Hardin

De multe ori în viața mea m-am simțit nedorit, neadaptat în cel mai rău fel cu putință. Am avut o mamă care a făcut eforturi remarcabile, dar pur și simplu n-a fost suficient. Muncea prea mult; dormea în timpul zilei pentru că stătea în picioare toată noaptea. Trish și-a dat silința, dar un băiat, mai ales unul rătăcit, are nevoie de tată.

Știam despre Ken Scott că e un om tulburat, un arivist necizelat care nu era niciodată mulțumit sau impresionat de nimic din ce făceam. Micul Hardin, demn de milă în încercarea lui de a-l impresiona pe bărbatul impunător care urla și se împleticea în casa noastră oribilă și înghesuită, ar fi fost încântat de ideea că omul ăsta rece nu e tatăl său. Ar fi oftat, și-ar fi luat cartea de pe masă și ar fi întrebat-o pe maică-sa când mai trece pe aici Christian, omul ăla drăguț care îl făcea să râdă citindu-i pasaje din cărți vechi.

Dar Hardin Scott, omul în toată în firea care se luptă cu dependențele și cu furia moștenită de la netrebnicul care îi ținuse loc de tată, e alb la față ca moartea. Mă simt trădat, derutat ca naiba și extrem de mânios. N-are nicio logică. Povestea asta cu tații schimbați pe care o întâlnești în toate comediile romantice nu poate fi viața mea. Amintiri de mult pierdute încep să iasă la iveală.

Mama, la telefon, după ce unul dintre eseurile mele fusese publicat în ziarul local:

— Mă gândeam că vrei să afli: Hardin e genial. Ca tatăl său, a spus ea, mândră.

Am aruncat o privire în livingul micuţ. Bărbatul cu păr negru, leşinat pe un scaun, cu o sticlă de whisky la picioare, nu era deloc genial. *E un dezastru*, m-am gândit în vreme ce el se foia pe scaun, iar mama închidea repede telefonul. Au fost nenumărate asemenea momente, prea multe ca să poată fi numărate, iar eu eram prea mic şi prea prost ca să pricep de ce Ken era atât de rece cu mine. De ce nu mă îmbrăţişa niciodată aşa cum fac taţii cu fiii lor. Nu juca niciodată baseball cu mine şi nu m-a învăţat nimic altceva decât să mă transform într-un beţiv nenorocit.

Oare toate astea au fost o pierdere de vreme? Oare Christian Vance chiar este tatăl meu?

Camera se învârte în jurul meu şi mă uit la el, la bărbatul despre care se presupune că îmi e tată. Văd ceva familiar în ochii lui verzi, în forma maxilarului. Mâinile îi tremură când îşi dă părul de pe frunte pe spate şi atunci încremenesc, pentru că-mi dau seama că şi eu fac acelaşi gest.

1

Tessa

— E imposibil.

Mă ridic în picioare, dar mă așez repede la loc pe bancă, pentru că simt cum îmi fuge pământul de sub picioare. Parcul se umple deja cu oameni. Familii cu copii mici, baloane și cadouri în brațe, în ciuda vremii friguroase.

— E adevărat, Hardin e fiul lui Christian, zice Kimberly, cu o sclipire în ochii albaștri.

— Dar Ken... Hardin îi seamănă perfect.

Îmi aduc aminte când l-am văzut prima oară pe Ken Scott, la un magazin de iaurt. Mi-am dat seama imediat că e tatăl lui Hardin; părul lui închis la culoare și statura m-au făcut să trag această concluzie.

— Crezi? Mie nu mi se pare deloc, în afară de culoarea părului. Hardin are aceiași ochi cu Christian, aceeași formă a feței.

Așa să fie? Mă străduiesc să-mi imaginez cele trei chipuri. Christian are gropițe în obraji ca Hardin și aceiași ochi... dar pur și simplu nu are sens: Ken Scott e tatăl lui Hardin — trebuie să fie. Christian pare atât de tânăr în comparație cu Ken. Știu că sunt de aceeași vârstă, dar alcoolismul lui Ken și-a pus amprenta pe înfățișarea sa. A rămas un bărbat arătos, dar se vede că băutura l-a îmbătrânit.

— Asta e... zic eu, căutându-mi vorbele, cu respirația tăiată.

Kimberly aproape că-și cere scuze.

— Știu. Voiam atât de mult să-ți spun. Nu mi-a plăcut că ți-am ascuns lucrul ăsta, dar nu era treaba mea.

Mă prinde de mână și mă strânge ușor.

— Christian m-a asigurat că, atunci când Trish îi va da voie, îi va spune lui Hardin.

— Eu doar...

Respir adânc.

— Asta face Christian? Îi spune lui Hardin *acum*?

Mă ridic din nou în picioare și Kimberly își ia mâna de pe mine.

— Trebuie să ajung la el. O să își iasă...

Nici măcar nu vreau să-mi imaginez cum o să reacționeze Hardin la auzul acestei vești, mai ales după ce a dat peste Trish și Christian împreună aseară. Va fi prea mult pentru el.

— Asta face.

Kim oftează.

— Trish n-a fost în totalitate de acord, dar Christian a zis că e aproape gata să accepte și că oricum lucrurile au început s-o ia razna.

Îmi scot telefonul. Nu-mi vine să cred cum i-a ascuns Trish acest lucru lui Hardin. Mă gândisem la ea mai degrabă ca la o mamă, și acum mi se pare că n-am cunoscut-o niciodată ca femeie.

Țin telefonul la ureche, așteptând ca Hardin să-mi răspundă. Kimberly spune:

— I-am spus lui Christian că n-ar trebui să vă despartă când îi spune lui Hardin, dar Trish a fost de părere că trebuie să fie singur cu el când află povestea...

Kimberly strânge din buze și se uită în jurul ei, prin parc, apoi își ridică privirea spre cer. Mie îmi intră automat căsuța vocală a lui Hardin. Formez din nou numărul, în vreme ce Kimberly stă tăcută, dar telefonul e tot închis. Îmi îndes telefonul la loc în buzunar și încep să-mi frâng mâinile.

— Poți să mă duci la el, Kimberly? Te rog!

— Da. Desigur.

Sare în picioare și-l strigă pe Smith.

Când îl văd pe copilaș cum vine către noi în pas săltat, îmi dau seama că Smith e fiul lui Christian... și fratele lui Hardin. Hardin are un frățior. Apoi gândul îmi zboară la Landon... ce înseamnă asta pentru

Landon și Hardin? Oare Hardin va mai dori să aibă de-a face cu el, acum că între ei nu există nicio legătură de familie? Și Karen, ce se va întâmpla cu Karen și cu prăjiturile ei minunate? Și Ken — ce va fi cu omul ăsta care face eforturi să se revanșeze pentru copilăria îngrozitoare a unui copil care nu e fiul său? *Ken* oare știe? Capul mi se învârte și trebuie să-l văd pe Hardin. Trebuie să afle că sunt aici ca să-l sprijin și c-o vom scoate noi la capăt împreună. Nici nu-mi pot imagina cum se simte acum; cred că e de-a dreptul copleșit.

— Smith știe? întreb.

După câteva clipe de tăcere, Kimberly zice:

— Ne-am gândit că știe din cauza felului în care se poartă cu Hardin, dar n-are de unde.

Îmi pare rău pentru Kimberly. Deja a trebuit să treacă peste infidelitățile logodnicului ei, iar acum, asta. Când Smith ajunge la noi, se oprește și ne aruncă o privire misterioasă, de parcă ar ști despre ce am discutat. N-are cum, dar felul în care o ia înainte și se duce la mașină fără să spună o vorbă mă face să mă îndoiesc.

Ne îndreptăm către Hampstead ca să-i găsim pe Hardin și pe tatăl lui, iar eu mă simt cuprinsă de valuri de panică.

2

Hardin

Zgomotul de lemn sfărâmat răsună în tot barul.

— Hardin, încetează!

Glasul lui Vance se aude ca un ecou, de undeva.

O altă bufnitură, urmată de zgomotul făcut de nişte pahare sparte. Sunetul mă încântă şi-mi sporeşte pofta de violenţă. Trebuie să sparg ceva, să distrug ceva.

Şi chiar asta fac.

Brusc se aud ţipete, iar eu ies din transă. Îmi privesc mâinile şi descopăr o bucată despicată din piciorul unui scaun scump. Mă uit la feţele disperate ale oamenilor speriaţi, căutând un singur chip: pe cel al Tessei. Ea nu e aici şi în mijlocul acestei crize de furie nu-mi dau seama dacă ăsta e sau nu un lucru bun. S-ar speria; şi-ar face griji pentru mine, s-ar panica şi m-ar striga ca să mă liniştească.

Dau repede drumul lemnului, de parcă m-ar fi ars. Şi simt nişte mâini care mă cuprind de umeri.

— Scoateţi-l de aici înainte să vină poliţia! spune Mike, cu o voce mai puternică decât oricând.

— Ia-ţi dracului mâinile de pe mine!

Mă smulg de lângă Vance şi mă uit la el cu ură. Văd roşu în faţa ochilor.

— Vrei să mergi la puşcărie?! ţipă el, la numai câţiva centimetri distanţă de faţa mea.

Vreau să-l trântesc la pământ, să-l strâng de gât...

Dar nişte femei încă mai ţipă şi asta mă împiedică s-o iau iarăşi razna. Mă uit la barul ăsta scump şi observ paharele împrăştiate pe jos, scaunul rupt, mutrele îngrozite ale clienților care speră să scape de măcel. În scurt timp o să-și revină din șoc și o să se înfurie că le-am stricat momentul lor de fericire excesiv de costisitoare.

Christian mă ajunge din urmă în timp ce ies ca din pușcă pe lângă recepționeră.

— Urcă la mine în mașină și-o să-ți explic totul, șuieră el.

Îngrijorat că s-ar putea ca în curând să apară polițiștii, fac ce-mi spune, dar habar n-am ce trebuie să simt sau ce spun. În ciuda mărturisirii, tot nu-mi vine să cred așa ceva. E imposibil și ridicol în același timp.

Mă așez pe scaunul din dreapta, iar el se aruncă lângă mine.

— N-ai cum să fii tatăl meu, nu e posibil. N-are niciun strop de logică.

Mă uit la mașina asta scumpă închiriată și mă întreb dacă asta nu înseamnă cumva că Tessa e sinistrată în nenorocitul ăla de parc în care am lăsat-o.

— Kimberly are mașină, nu-i așa?

Vance mă privește derutat.

— Da, sigur că are.

Torsul silențios al motorului devine din ce în ce mai zgomotos pe măsură ce înaintăm prin trafic.

— Îmi pare rău că ai aflat așa. Totul s-a legat pentru o vreme, dar pe urmă lucrurile au început s-o ia la vale, oftează el.

Nu zic nimic, căci știu că dacă deschid gura îmi pierd cumpătul. Îmi înfig unghiile în coapse; durerea ușoară mă ajută să mă stăpânesc.

— O să-ți explic, dar trebuie să fii deschis la minte, bine?

Se uită la mine și îi zăresc compătimirea din privire. N-am nevoie de mila lui.

— Nu-mi mai vorbi ca și cum aș fi un copil, mă răstesc eu.

Vance se uită la mine, apoi din nou la drum.

— Știi că am crescut cu tatăl tău, cu Ken — am fost tovarăși de când ne știm.

— Sincer să fiu, *nu știam* asta.

Mă uit urât la el, apoi îmi întorc privirea către geam.

— Se pare că eu nu știam nimic.

— Iată, e adevărat. Am crescut aproape ca niște frați.

— Apoi i-ai futut nevasta? zic eu, întrerupând povestea asta de adormit copiii.

— Uite, mârâie el.

Nodurile degetelor i se albesc de cât de tare strânge volanul.

— Încerc să-ți explic toată povestea asta, așa că lasă-mă să vorbesc.

Inspiră adânc ca să se calmeze.

— Ca să-ți răspund la întrebare, n-a fost așa. Mama ta și Ken erau împreună din liceu când ea s-a mutat în Hampstead. Era cea mai frumoasă fată pe care o văzusem vreodată.

Stomacul mi se întoarce pe dos când îmi amintesc că Vance o săruta pe mama.

— Dar s-a îndrăgostit de Ken imediat. Își petreceau tot timpul împreună, așa cum făceau și Max și Denise. Noi, cei cinci, formam o micuță gașcă, aș putea spune.

Oftează pierdut în amintire, apoi vocea îi devine rece.

— Era spirituală, deșteaptă și îndrăgostită până peste cap de tatăl tău — la naiba. Nu pot să-l numesc altcumva...

Scoate un geamăt și bate cu degetele în volan. Apoi continuă.

— Ken era deștept — de-a dreptul genial — și când a mers la facultate cu bursă întreagă și mai devreme cu un an, a devenit un om ocupat. Prea ocupat pentru ea. Își petrecea aproape tot timpul la școală. În scurt timp am rămas doar patru și lucrurile dintre mama ta și mine... mă rog, sentimentele mele au luat amploare, în timp ce ale ei au început să se nască.

Vance face o pauză scurtă ca să schimbe benzile și să pornească ventilatorul ca să intre mai mult aer. Atmosfera e tot înăbușitoare, iar mintea mi se învârte când el începe din nou să povestească.

— Am iubit-o întotdeauna și ea știa asta, dar îl iubea pe el, iar el era cel mai bun prieten al meu.

Vance înghite în gol.

— Zilele și nopțile treceau și am devenit... intimi. Nu sexual în acel moment, dar amândoi aveam sentimente și nu ni le mai ascundeam.

— Scutește-mă de toate detaliile astea scârboase.

Îmi încleștez pumnii în poală și mă forțez să tac ca să-l las să vorbească.

— Bine, bine, da.

Se uită fix prin parbriz.

— În fine, lucrurile au avansat și am ajuns să avem o relație în toată puterea cuvântului la un moment dat. Ken habar n-avea. Max și Denise bănuiau ceva, dar niciunul dintre ei n-a zis nimic. O imploram pe mama ta să-l părăsească pentru că o neglija — știu că e o porcărie, dar o iubeam.

Ridică din sprâncene.

— Ea era singura care mă putea scăpa de gesturile mele autodistructive. Țineam la Ken, dar mai importantă era iubirea mea pentru ea. Nu mi-a trecut niciodată.

Expiră zgomotos.

— Și... spun eu, după câteva secunde de tăcere.

— Da... Deci, când m-a anunțat că e însărcinată, credeam că vom fugi împreună și că se va mărita cu mine, nu cu el. I-am promis că dacă mă alege pe mine, termin cu porcăriile și sunt alături de ea... de tine.

Simt că mă privește, dar refuz să mă uit în ochii lui.

— Mama ta credea că nu sunt suficient de stabil pentru ea și iată-mă cum am rămas într-un colț, mușcându-mi limba, atunci când ea și tatăl — Ken — au anunțat că așteaptă un copil și că se vor căsători chiar în acea săptămână.

Ce mama dracului? Mă uit la el, dar e clar rătăcit în trecut, privind în gol la drumul din fața sa.

— Voiam ce e mai bun pentru ea și nu-i puteam întina reputația spunându-i lui Ken sau oricui altcuiva adevărul despre ce s-a întâmplat între noi. Îmi tot spuneam că el trebuie să știe, în sufletul lui, că nu era copilul lui. Mama ta a jurat că nu se atinsese de ea de luni întregi.

Umerii lui Vance tremură ușor, străbătuți de un fior.

— Am fost acolo, îmbrăcat la costum, la nunta lor restrânsă, în chip de cavaler de onoare. Știam că el o să-i ofere ceea ce eu nu puteam. Nici măcar nu-mi doream să merg la facultate. Nu făceam altceva decât să sufăr după o femeie măritată și să învăț pe dinafară pagini din romane care n-aveau să devină niciodată realitate. N-aveam niciun plan de viitor, nu aveam bani, iar ea avea nevoie și de una, și de alta.

Oftează, încercând să alunge amintirea asta. Îl privesc și mă mir de ce-mi vine în minte, de ce mă simt obligat să spun. Strâng pumnul, apoi îl desfac, încercând să rezist. Apoi strâng pumnul din nou și nu-mi recunosc vocea când întreb:

— Deci practic mama s-a folosit de tine ca să se distreze și te-a părăsit pentru că n-aveai bani?

Vance răsuflă zgomotos.

— Nu. Nu s-a folosit de mine.

Îmi aruncă o privire.

— Știu că așa pare și e o situație foarte complicată, dar trebuia să se gândească la tine și la viitorul tău. Eu eram un ratat desăvârșit, un gunoi. Nu aveam nimic.

— Iar acum ești milionar, remarc eu cu amărăciune.

Cum poate s-o apere pe mama după tot rahatul ăsta? Ce tot are? Dar apoi ceva se trezește în mine și mă gândesc la mama, care a pierdut doi bărbați ce mai târziu s-au îmbogățit, în timp ce ea se chinuie cu slujba ei și se întoarce în fiecare zi în căsuța ei tristă.

Vance dă din cap.

— Da, dar n-aveam de unde să știu asta atunci. Ken era un om realizat, eu nu. Punct.

— Până când a început să se facă praf în fiecare noapte.

Încep din nou să mă enervez. Simt că n-o să scap niciodată de furia asta, pentru că mă simt trădat. Mi-am petrecut copilăria cu un bețiv nenorocit în vreme ce Vance trăia pe picior mare.

— Asta e o altă aiureală de-a mea, spune omul pe care credeam că-l *cunosc* cu adevărat de atâta timp. Am trecut prin multe după ce te-ai născut tu, dar m-am înscris la facultate și am iubit-o pe mama ta de la distanță...

— Până când?

— Până când ai împlinit tu cinci ani. Era ziua ta și eram cu toții la petrecere. Ai venit alergând în bucătărie, strigând după tăticul tău...

Vocea lui Vance se frânge, iar eu strâng şi mai tare pumnul.

— Aveai o carte strânsă la piept şi, pentru o clipă, am uitat că nu te refereai la mine.

Lovesc cu pumnul în bordul maşinii.

— Vreau să cobor, îi cer.

Nu mai pot asculta. Totul e o mare porcărie. E prea mult pentru mine şi nu pot înţelege totul din prima. Vance îmi ignoră ieşirea şi merge înainte.

— În ziua aceea mi-am pierdut cumpătul. I-am cerut mamei tale să-i spună adevărul lui Ken. Mă săturasem să te văd crescând de la distanţă şi la momentul acela îmi făcusem deja planul să mă mut în America. Am implorat-o să vină cu mine şi să te ia şi pe tine, fiul meu.

Fiul meu.

Stomacul mi se strânge. Ar trebui să sar pur şi simplu din maşină, chiar dacă e în mers. Mă uit afară, la căsuţele frumoase pe lângă care trecem, şi mă gândesc că aş prefera să sufăr fizic.

— Dar ea m-a refuzat şi mi-a spus că a făcut nişte teste... şi că nu eşti, totuşi, copilul meu.

— Poftim?

Îmi masez fruntea. Aş sparge bordul cu capul dacă m-ar ajuta la ceva. Îl privesc şi văd cum se uită rapid în stânga şi-n dreapta. Apoi observ viteza cu care mergem şi-mi dau seama că a trecut pe roşu la fiecare semafor, doar ca să fie sigur că nu mă arunc din maşină.

— S-a panicat, presupun. Habar n-am.

Mă priveşte.

— Ştiam că minţea — a recunoscut ani mai târziu că n-a existat niciun test de paternitate. Dar în momentul acela era de neclintit; mi-a spus s-o las baltă şi şi-a cerut scuze pentru că m-a făcut să cred că eşti al meu.

Mă concentrez asupra pumnului meu. Îl închid, îl deschid. Îl închid, îl deschid...

— A mai trecut un an şi am început din nou să vorbim... începe el să povestească, dar ceva din tonul lui nu e în regulă.

— Adică *v-ați tras-o* din nou.

Vance răsuflă din nou din greu.

— Da... de câte ori ne întâlneam, făceam aceeași greșeală. Ken muncea mult, studia pentru doctorat în acel moment, iar ea stătea acasă cu tine. Deja semănai mult cu mine; de câte ori treceam pe acolo, erai cufundat într-o carte. Nu știu dacă îți amintești, dar îți aduceam întotdeauna cărți. Ți-am dat exemplarul meu din *Marele Gats*...

— Încetează.

Mă crispez când îi simt tonul afectuos, iar amintirile distorsionate îmi încețoșează mintea.

— Am continuat așa, cu întreruperi, ani la rând și credeam că nimeni nu-și dă seama. A fost vina mea; n-am încetat niciodată s-o iubesc. Orice făceam, mă bântuia. M-am mutat mai aproape de casa voastră, chiar vizavi. Tatăl tău știa; habar n-am cum a aflat, dar era clar că știa.

Face o pauză și virează pe o altă stradă. Apoi adaugă:

— Atunci a început să bea.

Mă ridic în capul oaselor, izbind cu palmele în bordul mașinii.

— Deci m-ai lăsat cu un tată alcoolic care devenise alcoolic din cauza ta și a mamei?

Sunt furios din cale-afară și de-abia mai pot respira.

— Am încercat s-o conving, Hardin. Nu vreau s-o condamni, dar am încercat să-i spun să vină cu tine cu tot și să trăim împreună — și n-a vrut.

Își trece mâinile prin cap și se trage de păr.

— El a început să bea tot mai mult și mai des de la o săptămână la alta, dar ea tot nu voia să recunoască faptul că ești al meu — nici măcar față de mine — așa că am plecat. Trebuia să plec.

Se oprește din vorbit și, când mă uit la el, văd cum clipește rapid. Mă întind spre mânerul portierei, dar el accelerează și blochează ușile, cu un sunet repetat. Vocea îi sună spart când începe iar să vorbească.

— M-am mutat în America și n-am mai avut nicio veste de la mama ta ani întregi, până când, în cele din urmă, tatăl tău a părăsit-o. Nu avea bani și muncea până la epuizare. Eu deja începusem să fac bani, nu ca acum, dar suficienți. M-am întors aici și am închiriat un apartament pentru noi, toți trei, și am avut grijă de ea în absența lui. Dar ea s-a îndepărtat din ce în ce mai mult de mine. Ken i-a trimis documentele de divorț de unde o fi fost el în acel moment, dar ea tot nu voia o relație permanentă cu mine, zice Vance încruntându-se. După tot ce făcusem, tot nu-i eram îndeajuns.

Îmi amintesc că ne-a luat la el acasă după ce a plecat tata, dar nu m-am gândit niciodată prea mult la asta. Habar n-aveam că a făcut asta pentru că avea un trecut alături de mama sau pentru că eram fiul lui. Părerea mea deja proastă despre mama este acum execrabilă. Mi-am pierdut tot respectul pentru ea.

— Deci atunci când ea s-a mutat la loc în casa aceea, am continuat să am grijă de ea financiar, dar m-am întors în America. Mama ta a început să-mi returneze cecurile în fiecare lună și nu mi-a mai răspuns la telefon, așa că am presupus că și-a găsit pe altcineva.

— Nu și-a găsit. A muncit încontinuu.

Am avut o adolescență singuratică acasă; de-asta mi-am și găsit consolarea în gașca nepotrivită.

— Cred că îl aștepta pe el să se întoarcă, spune Vance repede, apoi face o pauză. Dar el nu s-a mai întors niciodată. A băut an după an până când ceva anume l-a făcut să-și dea seama că e destul. N-am vorbit cu el ani întregi, dar într-o zi m-a contactat, după ce s-a mutat în State. Era treaz, iar eu tocmai o pierdusem pe Rose. Rose a fost prima femeie de la mama ta încoace la care mă puteam uita fără să-i văd chipul lui Trish. Era cea mai drăguță femeie și m-a făcut fericit. Știam că nu voi mai iubi pe nimeni la fel de intens cum am iubit-o pe mama ta, dar alături de Rose eram mulțumit. Eram fericiți și îmi construiam o viață alături de ea, dar am avut ghinion... iar ea s-a îmbolnăvit. L-a născut pe Smith, dar am pierdut-o...

Mă blochez la acest gând.

— Smith.

Am fost atât de ocupat să pun cap la cap informațiile astea că nici nu m-am mai gândit la băiețelul ăla. Ce înseamnă asta? *Să-mi bag.*

— M-am gândit la isteţul ăla mic ca la a doua mea şansă de a fi tată. M-a ajutat să-mi revin după ce mama lui a murit. Mereu îmi aducea aminte de tine când erai copil; seamănă cu tine când erai mic, doar că e mai blond şi are ochii mai deschişi la culoare.

Îmi amintesc că Tessa susţinea acelaşi lucru după ce l-am cunoscut pe puşti, dar mie tot nu mi se pare.

— Asta e... o mare porcărie, e tot ce pot spune.

Telefonul îmi vibrează în buzunar, dar eu îmi privesc piciorul de parcă n-ar fi acolo şi nu mă pot mişca pentru a răspunde.

— Ştiu că e şi-mi pare rău. Când ai venit în America, m-am gândit că voi putea fi aproape de tine fără să-ţi înlocuiesc tatăl. Am păstrat legătura cu mama ta, te-am angajat la Vance şi am încercat să mă apropii de tine cât m-ai lăsat. M-am împăcat cu Ken, deşi între noi va fi mereu o rivalitate. Cred că i-a fost milă de mine când mi-a murit soţia şi din acel moment s-a schimbat foarte mult. Eu nu voiam decât să fiu în preajma ta — mă mulţumeam cu orice. Ştiu că acum mă urăşti, dar aş vrea să cred că am reuşit asta, măcar pentru un timp.

— M-ai minţit toată viaţa.

— Ştiu.

— Şi fel şi mama, şi ta... Ken.

— Mama ta încă nu vrea să admită, spune Vance — o altă scuză pentru mama. De-abia recunoaşte acum. În privinţa lui Ken, el a avut mereu bănuielile lui, dar mama ta nu i le-a confirmat niciodată. Cred că şi acum se mai gândeşte că există o mică şansă să fii fiul lui.

Îmi dau ochii peste cap când aud ce absurdităţi spune.

— Vrei să-mi spui despre Ken Scott că e suficient de prost să creadă că sunt copilul lui după atâţia ani în care voi doi v-aţi tras-o pe la spatele lui?

— Nu.

Opreşte maşina lângă trotuar, o parchează şi mă priveşte, serios şi prelung.

— Ken *nu* e prost. Are speranţă. Te-a iubit — încă te iubeşte — şi tu eşti singurul motiv pentru care a renunţat la băutură şi şi-a terminat studiile. Deşi ştia că există posibilitatea să nu fii al lui, el tot a făcut toate astea pentru tine. Regretă tot infernul prin care te-a obligat să treci și nenorocirile care i s-au întâmplat mamei tale.

Tresar când imaginile din coșmarurile mele mi se derulează în minte. Aproape retrăiesc ce i-au făcut mamei mele soldații ăia beți cu mulți ani în urmă.

— Nu s-a făcut niciun test? De unde știi că tu ești tatăl meu?

Nici nu-mi vine să cred că am pus o asemenea întrebare.

— Știu și gata. O știi și tu. Toți au remarcat mereu cât de mult semeni cu Ken, dar eu știu că prin vene îți curge sângele meu. Conform desfășurării evenimentelor, n-are cum să fie tatăl tău. Nu avea cum să fie gravidă cu el.

Privesc copacii de afară și telefonul îmi bâzâie din nou.

— De ce acum? De ce îmi spui asta acum? întreb, cu un ton ridicat, în timp ce răbdarea mi se risipește.

— Pentru că mama ta a devenit paranoică. Ken mi-a zis ceva acum vreo două săptămâni, să te rog să-ți faci niște teste de sânge ca s-o ajuți pe Karen, iar eu i-am pomenit asta mamei tale...

— Teste pentru ce? Ce-are de-a face Karen cu toată povestea asta?

Vance aruncă o privire către piciorul meu, apoi către propriul lui mobil.

— Ar trebui să răspunzi. Și Kimberly mă sună.

Dar eu scutur din cap. O s-o sun pe Tessa de îndată ce ies din mașina asta.

— Îmi pare sincer rău pentru toate astea. Nu știu ce naiba a fost în capul meu, să merg la ea aseară. Ea m-a sunat, iar eu pur și simplu... nu știu. Kimberly o să-mi devină soție. O iubesc mai mult decât orice pe lume — mai mult chiar decât am iubit-o pe mama ta. E un gen diferit de iubire; e reciprocă și Kim înseamnă totul pentru mine. Am făcut o mare greșeală că m-am văzut din nou cu mama ta și-mi voi petrece tot restul vieții încercând s-o repar. N-o să fiu surprins dacă mă părăsește.

Oh, lasă-mă cu rolul ăsta dramatic.

— Mda, Căpitane Evident. Poate că *n-ar fi trebuit* să i-o tragi maică-mii pe masa de la bucătărie.

Se uită urât la mine.

— Părea *panicată* și a spus că vrea să fie sigură că trecutul ei rămâne trecut înainte de nuntă. Iar eu mă potrivesc de minune cu deciziile greșite.

Bate cu degetele pe volan, rușinat.

— Și eu la fel, mormăi în barbă și mă întind către mânerul portierei.

El mă prinde de braț.

— Hardin.

— *Nu.*

Îmi smucesc mâna și ies din mașină. Am nevoie de un răgaz ca să procesez tot rahatul ăsta. Am fost bombardat cu prea multe răspunsuri la întrebări pe care nici nu știam că trebuie să le pun. Am nevoie să respir, să mă calmez, trebuie să fug de el și să ajung la iubita mea, la salvarea mea.

— Trebuie să mă lași în pace. Amândoi știm asta, îi spun când văd că n-a plecat.

Mă privește preț de un moment, apoi dă din cap și pleacă, lăsându-mă pe stradă. Mă uit în jurul meu și observ o vitrină cunoscută, ceea ce înseamnă că mă aflu doar la câteva străzi distanță de casa mamei. Sângele îmi pompează în urechi și dau să scot telefonul ca s-o sun pe Tess. Vreau să-i aud vocea, vreau să mă aducă înapoi, la realitate.

Privesc clădirea în timp ce aștept să-mi răspundă, iar demonii mei se luptă pe dinăuntru, trăgându-mă în bezna cea confortabilă. Chemarea lor e din ce în ce mai puternică și mai adâncă pentru că ea nu-mi răspunde, așa că imediat mă trezesc traversând strada. Bag telefonul la loc în buzunar, deschid ușa și intru în locul care mi-era odinioară atât de cunoscut.

3

Tessa

Cioburile îmi scârțâie sub picioare în timp ce mă tot plimb dintr-o parte în alta, în așteptare. Cât pot fi eu de răbdătoare. În cele din urmă, când Mike termină de vorbit cu poliția, mă duc spre el.

— Unde e Hardin? îl întreb, pe un ton tăios.

— A plecat cu Christian Vance.

Ochii lui Mike sunt lipsiți de orice emoție. Privirea lui mă mai calmează un pic și mă face să-mi dau seama că nu are nicio vină. Asta e ziua nunții lui și e distrusă. Mă uit în jurul meu la scaunele rupte și ignor șușotelile care vin de la privitorii curioși. Am un nod în stomac și încerc să mă stăpânesc.

— Unde s-au dus?

— Nu știu.

Mike se ia cu mâinile de cap. Kimberly mă bate pe umăr.

— Uite, când polițiștii termină cu tipii ăștia vor să vorbească și cu tine.

Mă uit ba la ușă, ba la Mike. Dau din cap și mă duc afară după Kimberly ca să nu atrag atenția polițiștilor asupra mea.

— Poți să mai încerci o dată la Christian? Îmi pare rău, chiar trebuie să vorbesc cu Hardin.

Tremur în aerul rece.

— O să mai încerc, promite ea și mergem amândouă acolo unde și-a parcat mașina închiriată.

Mă cuprinde o senzație de leșin când văd un alt ofițer de poliție că intră în barul elegant. Mi-e teamă pentru Hardin, nu din cauza poliției, ci pentru că nu ştiu cum va gestiona toată situaţia cât timp e singur cu Christian. Îl văd pe Smith cum stă cuminte pe bancheta din spate a maşinii, apoi îmi sprijin coatele pe portbagaj şi închid ochii.

— Cum adică, nu ştii? strigă Kimberly, trezindu-mă din gânduri. *Îl găsim noi!* se răsteşte ea şi pune capăt convorbirii.

— Ce se întâmplă?

Inima îmi bate atât de tare încât mi-e teamă că n-o să aud răspunsul.

— Hardin s-a dat jos din maşină şi Christian i-a pierdut urma.

Îşi adună părul şi şi-l strânge într-o coadă.

— Aproape începe blestemata aia de nuntă, zice ea şi priveşte către uşa barului, unde Mike a rămas singur-singurel.

— E un dezastru, oftez eu şi mă rog în sinea mea ca Hardin să se întoarcă mai repede aici.

Îmi iau din nou telefonul şi mă mai calmez când îi văd numele în lista apelurilor ratate. Îmi tremură mâinile, dar îi formez numărul şi aştept. Şi aştept. Şi nu răspunde nimeni. Îl sun la nesfârşit, dar de fiecare dată îmi intră căsuţa vocală.

4

Hardin

— Un whiskey-cola, mă răstesc eu.

Barmanul spân se uită urât la mine și scoate un pahar din suport, umplându-l cu gheață. Păcat că nu m-am gândit să-l invit și pe Vance; am fi putut bea ceva împreună, ca între tată și fiu.

La naiba, povestea asta este atât de dubioasă.

— Mai bine dublu, schimb eu comanda.

— Am înțeles, răspunde sarcastic barmanul.

Dau cu ochii de vechiul televizor de pe perete și citesc ce e scris în partea de jos a ecranului. Reclama e pentru o companie de asigurări, iar ecranul e acoperit de un bebeluș care chicotește. De ce-or alege să pună bebeluși în toate reclamele, n-o să-mi dau seama niciodată.

Fără nicio vorbă, barmanul îmi împinge paharul pe tejgheaua de lemn, iar bebelușul scoate un sunet mai „drăgălaș" decât chicotitul. Duc paharul la gură și gândul îmi zboară departe.

— De ce-ai venit acasă cu produse pentru bebeluși? am întrebat eu.

Ea s-a așezat pe marginea căzii și și-a prins părul într-o coadă. Începeam să-mi fac griji că are o obsesie cu copiii — așa părea, cel puțin.

— Nu e un produs pentru bebeluși, a spus Tessa râzând. Doar are un copilaș și un tată pe ambalaj.

— Chiar nu înțeleg legătura.

Am ridicat cutia cu produse de bărbierit pe care mi-o adusese Tessa, examinând obrajii dolofani ai bebelușului și întrebându-mă ce naiba are de-a face un bebeluș cu un set de ras. Ea a ridicat din umeri.

— Nici eu nu prea pricep, dar sunt sigură că dacă pui imaginea unui bebeluş pe ambalaj îţi cresc vânzările.

— Poate în cazul femeilor care cumpără în locul iubitului sau soţului, am corectat-o eu.

Niciun bărbat în toate facultăţile mintale n-ar cumpăra aşa ceva.

— Nu, sunt sigură că şi taţii ar cumpăra-o.

— Sigur.

Am desfăcut trusa şi am înşirat toate obiectele în faţa mea, apoi am privit-o în oglindă.

— Un castron?

— Da, e pentru crema de ras. Te bărbiereşti mai bine dacă foloseşti pămătuful.

— Şi de unde ştii tu asta?

Am ridicat din sprânceană la ea, sperând că nu ştia asta din experienţa cu Noah. Zâmbea larg.

— Am căutat pe internet!

— Bineînţeles că aşa ai făcut.

Gelozia mi s-a topit, iar ea mi-a tras un picior în joacă.

— Dacă tot eşti specialistă în arta bărbieritului, vino să mă ajuţi.

Folosisem mereu doar lama şi crema de ras, dar ea cumpărase toată trusa cu mare drag şi nu voiam să-i stric bucuria. Şi, sincer vorbind, mă excita gândul să fiu bărbierit de ea. Tessa a zâmbit şi s-a ridicat în picioare, venind lângă mine, în faţa chiuvetei. A luat tubul de cremă şi a umplut castronul. A amestecat cu pămătuful până s-a făcut o spumă.

— Uite, a zis ea zâmbind şi mi-a întins pămătuful.

— Nu, fă-o tu.

I-am pus din nou pămătuful în mână şi am cuprins-o de talie.

— Hai sus.

Am ridicat-o pe chiuvetă. După ce s-a aşezat mai bine, i-am desfăcut picioarele şi m-am postat între ele. Avea o expresie precaută şi concentrată când înmuia pămătuful în spumă şi mi-o întindea pe barbă.

— Nu prea vreau să merg nicăieri în seara asta, i-am spus. Am mult de lucru. M-ai tot distras de la muncă.

Am prins-o de sâni și am strâns-o ușor. Ea și-a smucit mâna, stropindu-mă cu cremă de ras pe gât.

— Ce bine că n-aveai lama în mână, am glumit eu.

— Ce bine, m-a maimuțărit ea și a luat în mână aparatul nou-nouț de ras.

Apoi s-a mușcat de buzele ei pline și m-a întrebat:

— Ești sigur că vrei s-o fac eu? Mi-e teamă să nu te tai din greșeală.

— Nu-ți mai face griji, am rânjit. Sunt convins că te-ai documentat online, oricum.

A scos limba ca un copil, iar eu m-am aplecat s-o sărut înainte să înceapă. N-a comentat nimic, fiindcă aveam dreptate.

— Dar să știi că dacă mă tai, ar trebui s-o iei la fugă.

Am izbucnit în râs. Ea s-a strâmbat din nou.

— Stai locului, te rog.

Îi tremura puțin mâna, dar în curând a devenit mai sigură și a început să mă bărbierească pe obraz.

— Ar trebui să te duci fără mine, am zis și am închis ochii.

Faptul că Tessa mă bărbierea era oarecum relaxant și calmant. N-aveam chef să merg la cină la tata, dar Tessa începuse s-o ia razna de cât stătea în apartament, așa că atunci când Karen ne-a sunat să ne invite a sărit imediat în sus de bucurie.

— Dacă stăm acasă diseară, atunci vreau să reprogramez și să merg pe la ei în weekend. Crezi că până atunci îți termini treaba?

— Așa cred... m-am văicărit eu.

— Atunci sună-i și spune-le. Mă apuc să fac de mâncare după asta, iar tu poți lucra.

Mi-a atins buza de sus cu degetul, ca să mă facă să-mi strâng buzele, și m-a bărbierit cu grijă în jurul gurii. Când a terminat, am spus:

— Ar trebui să bei restul ăla de vin din frigider. Am scos dopul acum câteva zile și în curând o să devină oțet.

— Nu... nu știu, a zis ea, șovăitor.

Știam de ce. Am deschis ochii, iar ea a întins mâna să pornească robinetul și să umezească un prosop.

— Tess, am spus eu, prinzând-o de bărbie, poți să bei în fața mea. Nu sunt vreun alcoolic înrăit.

— Știu, dar nu vreau să ți se pară ciudat. Mie nu-mi trebuie să beau atâta vin. Dacă nu bei tu, mie nu-mi trebuie.

— Problema mea nu e băutura. Doar când sunt supărat și beau — atunci e o problemă.

— Știu.

A înghițit în sec. Chiar știa. Mi-a șters cu prosopul călduț crema de bărbierit de pe față.

— Sunt un dobitoc doar când beau ca să îmi rezolv problemele, dar în ultima vreme n-am mai avut probleme, deci totul e în regulă.

Chiar dacă știam că nu pot băga mâna-n foc pentru asta.

— Nu vreau să fiu un boșorog ca tata care bea până cade și îi pune în pericol pe oamenii din jur. Și cum tu ești cam singura persoană de care îmi pasă, nu vreau să mai beau în preajma ta.

— Te iubesc, a răspuns ea, simplu.

— Și eu te iubesc.

Nu voiam să insist asupra subiectului și, ca să împrăștii atmosfera gravă, m-am uitat la trupul ei sprijinit de chiuvetă. Purta un tricou alb de-al meu și pe dedesubt nu avea decât o pereche de chiloți negri.

— Cred că te mai țin pe aici acum, că ești în stare să mă bărbierești ca lumea. Gătești, faci curat...

M-a plesnit în joacă și și-a dat ochii peste cap.

— Și mie ce-mi iese de aici? Ești dezordonat; mă ajuți să gătesc o dată pe săptămână, în cel mai bun caz. Ești morocănos dimineața...

Am întrerupt-o vârându-mi mâna între picioarele ei și dându-i chiloții la o parte.

— Uite, ești și tu bun la ceva.

A zâmbit parșiv când mi-am strecurat un deget înăuntrul ei.

— Doar la atât?

Am mai băgat un deget, iar ea a gemut și și-a dat capul pe spate.

Barmanul lovește cu mâna pe tejghea, în fața mea.

— Te-am întrebat dacă mai vrei un pahar.

Clipesc de câteva ori şi mă uit către el.

— Mda.

Îi dau paharul şi amintirea îmi păleşte în timp ce aştept să mi-l umple din nou.

— Încă unul dublu.

În timp ce ticălosul chel şi bătrân se îndepărtează, aud o voce de femeie, surprinsă:

— Hardin? Hardin Scott?

Întorc capul şi o descopăr pe Judy Welch, vechea prietenă a mamei.

— Da.

Dau din cap şi observ că anii n-au iertat-o deloc.

— Să mă ia naiba! Cât timp a trecut... şase ani? Şapte? Eşti singur aici?

Îşi pune mâna pe umărul meu şi se aşază pe scaunul de lângă mine.

— Da, cam aşa şi da, sunt singur. Mama nu-i aici să te fugărească.

Judy are chipul nefericit al unei femei care a băut prea mult la viaţa ei. Are părul platinat aşa cum îl avea şi când eram eu adolescent, iar implanturile sunt prea mari pentru statura ei minionă. Îmi aduc aminte de prima oară când m-a atins. Mă simţeam bărbat — i-o trăgeam prietenei mamei mele. Iar acum, când mă uit la ea, n-aş fute-o nici cu scula barmanului ăstuia chel. Ea îmi face cu ochiul.

— Te-ai făcut băiat mare.

Barmanul îmi întinde băutura, iar eu o dau pe gât în câteva secunde.

— Şi eşti vorbăreţ ca întotdeauna.

Mă bate din nou pe umăr, comandându-şi ceva de băut. Apoi se întoarce către mine.

— Ai venit să-ţi îneci necazurile? Probleme sentimentale?

— Nici una, nici alta.

Răsucesc paharul între degete şi ascult gheaţa care zăngăne în pahar.

— Mă rog, la mine şi una, şi alta. Hai să bem un shot împreună, zice Judy cu un zâmbet pe care mi-l amintesc bine şi comandă o tură de whiskey ieftin.

5

Tessa

Kimberly îl înjură pe Christian atât de rău la telefon că după aceea trebuie să se oprească și să-și tragă răsuflarea. Îmi așază o mână pe umăr.

— Să sperăm că Hardin se plimbă ca să se liniștească. Christian a zis că l-a lăsat puțin în pace, geme ea dezaprobator.

Dar eu îl cunosc pe Hardin și știu că nu e genul să se plimbe ca să se liniștească. Îl sun din nou, dar intră imediat căsuța vocală. Și-a închis telefonul de tot.

— Crezi că se duce la nuntă? întreabă Kim, uitându-se la mine. Știi tu, ca să facă o scenă?

Vreau să-i spun că n-ar face așa ceva, dar, cu toată presiunea asta pe el, n-aș zice că e exclus.

— Nu știu de unde mi-a venit așa o idee, zice Kimberly cu delicatețe. Dar poate tu ar trebui să vii la nuntă totuși — măcar să fii sigură că nu o strică? În plus, probabil va încerca să te găsească și, cum nu răspunde nimeni la telefon, acolo te va căuta mai întâi.

Gândul că Hardin ar putea apărea la biserică și ar putea face scandal îmi face greață. Dar, la modul egoist, chiar sper să se ducă acolo, altfel n-am nicio șansă să-l găsesc. Numai că și-a închis telefonul și asta mă face să cred că nu vrea să fie găsit.

— Cred că da. Poate ar trebui să merg și să stau afară, la intrare? sugerez eu.

Kimberly dă din cap înțelegătoare, dar se încruntă când vede un BMW negru și lucios parcând lângă mașina ei. Din mașină iese Christian, îmbrăcat la costum.

— Ai vreo veste de la el? mă-ntreabă apropiindu-se.

Se apleacă s-o sărute pe Kimberly pe obraz — din obişnuinţă, cred — dar ea se fereşte înainte s-o atingă.

— Îmi pare rău, îl aud şoptindu-i.

Ea clatină din cap şi îşi îndreaptă atenţia spre mine. Mă doare inima pentru ea; nu merită o astfel de trădare. Dar cred că asta e faza cu trădarea: nu stă să aleagă şi se abate asupra celor care nici nu visează la ea, nici nu merită aşa ceva.

— Vine şi Tessa şi-o să aibă grijă de Hardin la nuntă, începe ea să explice, uitându-se apoi în ochii lui Christian. Adică în timp ce noi o să fim cu toţii înăuntru, ea se va asigura că nimic altceva nu va strica această zi nepreţuită.

Are venin în vorbe, dar îşi păstrează calmul. Christian scutură din cap.

— Nu mergem la nicio nuntă. Nu după toată porcăria asta.

— De ce nu? întreabă Kimberly, fără nicio expresie pe chip.

— Pentru că ambii mei fii sunt mult mai importanţi decât orice nuntă din lume, mai ales decât asta. Nu mă aştept să stai acolo, cu un zâmbet pe buze, în aceeaşi cameră cu ea.

Kimberly pare surprinsă de cuvintele lui, dar şi oarecum împăcată. Eu tac şi privesc. Faptul că Vance i-a numit pe Hardin şi pe Smith fiii săi pentru prima oară m-a răscolit. Sunt atât de multe lucruri pe care aş vrea să i le spun omului ăstuia — atât de multe chestii nasoale pe care aş vrea să i le arunc în faţă — dar ştiu că nu trebuie să fac aşa ceva. N-ar ajuta la nimic, iar acum trebuie să fiu atentă pe unde umblă Hardin şi cum gestionează veştile.

— Oamenii o să bârfească. Mai ales Sasha, zice Kimberly, strâmbându-se.

— Mă doare fix în cot de Sasha sau de Max sau de oricine altcineva. Lasă-i să bârfească. Noi locuim în Seattle, nu în Hampstead.

O prinde de mâini.

— Singura mea prioritate de acum e să-mi repar greşelile, spune el, cu un tremur în voce.

Furia faţă de el începe să-mi treacă, dar nu de tot.

— N-ar fi trebuit să-l lași pe Hardin să coboare din mașină, zice Kimberly, ținându-l încă de mână pe Christian.

— Nu prea aveam cum să-l opresc. Îl știi pe Hardin. În plus mi s-a blocat centura de siguranță și nu mi-am dat seama unde s-a dus... la naiba! spune el, iar Kimberly dă ușor din cap.

Simt că, în sfârșit, e momentul să zic și eu ceva.

— Unde crezi că s-a dus? Dacă nu apare la nuntă, unde să-l caut?

— Păi, l-am căutat în ambele baruri care se deschid atât de devreme, zice Vance încruntat. Pentru orice eventualitate.

Expresia i se îmbunează când se uită la mine.

— Acum știu că n-ar fi trebuit să vă separ când i-am dezvăluit secretul. A fost o greșeală enormă și știu că de tine are nevoie în momentul ăsta.

Sunt incapabilă să-i răspund politicos lui Vance. Dau pur și simplu din cap și-mi scot telefonul din buzunar, ca să-l sun din nou pe Hardin. Știu că tot nu și-a deschis telefonul, dar trebuie să încerc. În timp ce eu sun, Kimberly și Christian se uită unul la altul în tăcere, ținându-se de mână. Când închid, el mă privește și spune:

— Nunta începe în douăzeci de minute. Te duc eu acolo, dacă vrei.

Kimberly ridică mâna.

— Pot s-o duc eu. Tu ia-l pe Smith și duceți-vă înapoi la hotel.

— Dar... începe el, însă renunță când vede expresia lui Kimberly. O să te întorci și tu la hotel, nu-i așa? întreabă el, cu teamă în privire.

— Da, oftează ea. N-o să fug din țară.

Christian răsuflă ușurat și îi dă drumul lui Kimberly.

— Aveți grijă și sunați-mă dacă aveți nevoie de ceva. Știți adresa bisericii, da?

— Da. Dă-mi cheile tale, zise ea, întinzând mâna. Smith a adormit și nu vreau să-l trezesc.

În sinea mea, o admir că e atât de puternică. Eu aș fi praf în locul ei. Sunt praf și așa, pe dinăuntru.

Peste vreo zece minute, Kimberly mă lasă în fața unei biserici micuțe. Cei mai mulți dintre invitați au intrat deja, iar pe scări au mai rămas doar câțiva întârziați. Iau loc pe o băncuță și mă uit în stânga și-n dreapta după Hardin.

De unde stau aud marșul nupțial și mi-o imaginez pe Trish în rochie de mireasă, venind către altar ca să-și întâlnească mirele. Zâmbește, e strălucitoare și frumoasă. Dar Trish asta din mintea mea nu e deloc aceeași cu mama care minte în privința tatălui singurului ei fiu.

Scările se golesc. Intră și ultimii invitați ca să asiste la căsătoria lui Trish și Mike. Minutele trec și aproape că aud orice sunet care vine din interiorul bisericii. O jumătate de oră mai târziu, oaspeții se bucură când mirele și mireasa devin soț și soție și ăsta e semnalul că trebuie să mă tirez. Habar n-am unde să mă duc, dar aici nu mai pot rămâne. Trish va ieși din biserică în curând și ultima chestie de care am nevoie e să dau nas în nas cu mireasa.

Mă îndrept în direcția din care am venit, așa cred, cel puțin. Nu-mi mai amintesc exact, dar oricum n-am unde să mă duc. Îmi scot din nou telefonul și îl sun pe Hardin, dar are telefonul în continuare închis. Mai am mai puțin de jumătate din baterie, dar nu vreau să-mi închid telefonul, în caz că Hardin încearcă să dea de mine.

Îmi continui căutarea, umblând fără țintă prin cartier și uitându-mă în cârciumi ici și colo. Soarele începe să apună pe cerul Londrei. Ar fi trebuit s-o rog pe Kimberly să-mi lase una dintre mașinile lor închiriate, dar în momentul respectiv nu gândeam limpede, iar ea avea alte lucruri pe cap. Mașina închiriată de Hardin e încă parcată lângă Gabriel's, dar eu nu am cheie de rezervă.

Frumusețea și farmecul cartierului Hampstead se topesc pe măsură ce înaintez în partea cealaltă a orașului. Mă dor picioarele, iar aerul primăverii devine din ce în ce mai răcoros pe măsură ce apune soarele. N-ar fi trebuit să port rochia asta sau nenorociții ăștia de pantofii. Dacă aș fi știut ce întorsătură aveau să ia lucrurile, mi-aș fi pus un trening și tenișii, ca să-mi fie mai ușor să-l caut pe Hardin. Pe viitor, dacă mai plec vreodată din orașul meu, asta-mi va fi uniforma.

După ceva timp, nu-mi dau seama dacă mintea îmi joacă feste sau dacă într-adevăr mi-e cunoscută strada pe care umblu. Are căsuțe care seamănă cu a lui Trish, dar am tot ațipit când am ajuns aici cu mașina și nu pot avea încredere în ținerea mea de minte. Mă bucur că străzile sunt aproape goale și că toți oamenii au intrat deja în case. Aș fi devenit complet paranoică dacă ar fi trebuit să fiu pe stradă alături de lumea care pleca de prin baruri. Aproape că izbucnesc în lacrimi de bucurie când mi se pare că văd, puțin mai încolo, casa lui Trish. Aînceput să se întunece, dar felinarele sunt aprinse și, cu cât mă apropii mai tare, cu atât sunt mai sigură că e casa ei. Nu știu dacă Hardin e acolo, dar mă rog ca, dacă nu e, măcar ușa să fie descuiată, ca să mă pot așeza puțin și ca să beau niște apă. Am umblat fără țintă ore întregi. Am noroc că am nimerit pe singura stradă din tot orașul care-mi putea fi de folos.

În apropiere de casa lui Trish, descopăr un semn vechi și lucios, în formă de halbă de bere. Micul bar e situat pe o alee. Mă trec fiorii. Cred că a fost greu pentru Trish să rămână în aceeași casă, atât de aproape de barul din care au apărut atacatorii ei ca să-l caute pe Ken. Hardin mi-a spus odată că pur și simplu nu și-a permis să se mute. Felul direct în care mi-a spus-o m-a surprins. Dar, din păcate, banii sunt esențiali.

Acolo e, știu eu.

Mă apropii de micul bar și, când deschid ușa de fier, mă simt imediat jenată de ținuta mea. Arăt ca o nebună care intră într-un astfel de bar îmbrăcată în rochie și desculță, cu pantofii în mână. I-am dat jos acum vreo oră. Îmi las pantofii să cadă pe podea și mă încalț din nou, tresărind din cauza durerii când baretele mi se freacă de rănile de pe glezne.

Barul nu e plin și nu-mi ia mult să-l dibuiesc pe Hardin. Stă la bar, cu paharul la gură. Simt că mi se face rău. Știam că așa o să-l găsesc, dar încrederea mea în el scade un pic. Sperasem din tot sufletul că nu se va refugia în alcool ca să scape de durere. Inspir adânc și mă apropii de el.

— Hardin, spun și-l ating pe umăr.

Se răsucește cu scaunul spre mine și simt un gol în stomac când văd cum arată. Are ochii injectați și vinișoarele roșii sunt atât de multe încât albul ochiului nici nu se mai vede. Are obrajii îmbujorați și miroase puternic a alcool. Palmele încep să-mi transpire, iar gura mi se usucă.

— Ia uite cine-i, bălmăjește el.

Paharul din mâna lui e aproape gol şi mă crispez la vederea celor trei shoturi golite de pe bar, din dreptul lui.

— Cum de m-ai găsit, apropo?

Îşi dă capul pe spate şi goleşte paharul de whiskey dintr-o înghiţitură. Apoi îi strigă barmanului:

— Încă unul!

Mă bag chiar în faţa lui Hardin, ca să nu se mai poată uita în altă parte.

— Iubitule, te simţi *bine*?

Ştiu că nu se simte bine, dar nu ştiu cum să mă port până nu-mi dau seama în ce ape se scaldă şi cât a băut.

— Iubito, spune el, misterios, ca şi cum s-ar gândi la altceva în timp ce vorbeşte.

Dar apoi îşi revine şi-mi zâmbeşte fermecător.

— Da, da. Mă simt bine. Ia loc. Vrei ceva de băut? Ia ceva de băut — barman, *încă unul*!

Barmanul se uită la mine, iar eu fac semn că nu. Fără să observe asta, Hardin trage un scaun de lângă el şi-mi face semn să mă aşez. Mă uit împrejur în timp ce mă cocoţ pe scaunul de bar.

— Deci cum ai dat de mine? întreabă el din nou.

Sunt derutată şi agitată din cauza purtării sale. E evident beat, dar nu asta mă deranjează, ci mai degrabă calmul dubios din tonul său. L-am mai auzit şi niciodată nu aduce lucruri bune.

— Am mers pe jos ore întregi şi am recunoscut casa mamei tale vizavi, aşa că am ştiut... am ştiut că trebuie să te caut aici.

Tremur când îmi amintesc că Hardin îmi povestea cum Ken îşi petrecea noapte după noapte în acelaşi bar.

— Micuţa mea detectivă, spune Hardin încet şi ridică o mână ca să-mi dea părul după ureche.

Nu tresar şi nici nu mă feresc, deşi mă inundă neliniştea.

— Vii cu mine? Vreau să ajungem la hotel în seara asta, ca să putem pleca dis-de-dimineaţă.

Chiar atunci, barmanul îi aduce paharul plin, iar Hardin se uită la el cu seriozitate.

— Nu încă.

— Te rog, Hardin.

Mă uit în ochii lui roșii.

— Sunt atât de obosită și știu că și tu ești la fel.

Încerc să par vulnerabilă în fața lui, fără să aduc vorba despre Christian sau Ken. Mă apropii mai mult de el.

— Mă dor picioarele de mor și mi-a fost dor de tine. Christian a încercat să dea de tine și n-a reușit. Am mers mult și nu vreau decât să ajung înapoi la hotel. Cu tine.

Îl cunosc îndeajuns ca să-mi dau seama că dacă încep să bat câmpii despre ceva mai serios, o să-și piardă cumpătul și calmul lui se va volatiliza în câteva secunde.

— Nu și-a dat foarte tare silința. Am început să beau — Hardin ridică paharul — în barul de vizavi de casa în fața căreia m-a lăsat.

Mă sprijin pe el, iar el începe să vorbească înainte să-mi vină mie vreo idee mai bună.

— Bea ceva. E și prietena mea aici — o să-ți cumpere un shot.

Arată cu mâna paharele de pe bar.

— Ne-am întâlnit într-un alt local rafinat, dar pentru că părea momentul potrivit pentru a retrăi o seară din trecut, am decis să ne mutăm aici. De dragul zilelor de altădată.

Mi se face rău.

— Prietenă?

— O veche prietenă de familie.

Dă din cap către femeia care vine de la baie. Pare să aibă în jur de 40 de ani și păr blond oxigenat. Mă bucur că nu e o femeie tânără, de vreme ce mi se pare că Hardin a băut cu ea aproape toată ziua.

— Cred că ar trebui să plecăm, insist eu și-l iau de mână.

El se smulge din mâna mea.

— Judith, ea e Theresa.

— Judy, îl corectează ea, în timp ce eu zic „Tessa".

— Mă bucur de cunoștință.

Zâmbesc forțat și mă răsucesc din nou la Hardin.

— Te rog, îi spun iarăşi.

— Judy ştia că mama e o târfă, zice Hardin, iar mirosul de whiskey îmi asaltează din nou simţurile.

— N-am spus asta.

Femeia izbucneşte în râs. E îmbrăcată prea tinereşte pentru vârsta ei. Are o bluză cu vedere la buric, iar jeanşii evazaţi îi sunt prea strâmţi.

— Ba chiar asta a spus. Mama o urăşte pe Judy! zice Hardin cu un zâmbet.

Femeia asta ciudată surâde și ea.

— Te mai întrebi de ce?

Încep să mă simt spectator la o glumă pe care doar ei o înțeleg.

— De ce? întreb fără să mă gândesc.

Hardin se uită la ea cu subînțeles și dă din mână, neluându-mi în seamă întrebarea. Mă străduiesc din răsputeri să nu-l împing de pe scaun. Dacă nu mi-aş da seama că se poartă așa pentru a-și masca suferința, exact asta aş face.

— Poveste lungă, păpușă.

Tipa îi face semn barmanului.

— Mă rog, cred că o tequila ți-ar prinde bine.

— Nu, sunt în regulă.

Chiar nu vreau să beau.

— Relaxează-te, iubito, zice Hardin și se apropie de mine. Nu tu ești aia care a aflat că toată viața ei e o minciună nenorocită, așa că relaxează-te și bea ceva cu mine.

Mă doare sufletul pentru el, dar băutura nu e o soluție. Trebuie să-l scot de aici. Acum.

— Vrei gheață în margarita? Aici nu e un bar şmecher, deci n-ai prea multe opțiuni, îmi spune Judy.

— Am zis că nu vreau să beau nimic, mă răstesc eu.

Ea cască ochii la mine, dar își revine repede. Sunt la fel de surprinsă de izbucnirea mea cum a fost și ea. Îl aud pe Hardin cum se hlizește lângă mine, dar eu nu-mi iau ochii de la tipa asta, care cu siguranță are niște secrete.

— Bine, mă rog. Trebuie să te calmezi.

Își vâră mâinile în geanta uriașă. Scoate un pachet și o brichetă, apoi își aprinde o țigară.

— Fumezi? îl întreabă pe Hardin.

Mă uit la el, iar el dă din cap că da, spre surprinderea mea. Judy se întinde prin spatele meu și îi oferă țigara aprinsă pe care o are în gură. Cine mama dracului e femeia asta?

Țigara dezgustătoare ajunge între buzele lui Hardin, iar el trage un fum. Cerculețele de fum se ridică în aer, iar eu îmi acopăr gura și nasul. Mă uit urât la el.

— De când fumezi?

— Am fumat întotdeauna. Dar am încetat când am început la WCU.

Mai trage un fum. Capătul incandenscent al țigării mă scoate din minți, așa că mă reped și i-o smulg lui Hardin din gură, aruncând-o în paharul lui pe jumătate plin.

— *Ce mama dracului?* țipă el și se uită la băutura compromisă.

— Plecăm. Acum.

Cobor de pe scaun, îl apuc pe Hardin de mânecă și îl trag după mine.

— Nu. Nu plecăm.

Se smucește din strânsoarea mea și încearcă să-i atragă atenția barmanului.

— Nu vrea să plece, se amestecă Judy.

Fierb de furie și femeia asta mă calcă pe nervi. Mă uit fix în ochii ei răutăcioși, pe care de-abia îi zăresc pe sub mușuroiul de rimel pe care-l are pe gene.

— Nu mi-aduc aminte să te fi întrebat pe tine. Vezi-ți de treaba ta și găsește-ți un alt partener de băutură, pentru că noi *plecăm*! strig eu.

Ea se uită la Hardin, așteptându-se să-i ia apărarea — și apoi mă izbește povestea lor perversă. Nu așa se poartă „o prietenă de familie" cu fiul unei prietene, care are jumătate din vârsta ei.

— Am *spus* că nu vreau să plec, spune din nou Hardin.

Am făcut tot ce am putut, iar el tot nu mă ascultă. Ultima mea variantă e să marșez pe gelozia lui — o lovitură sub centură, mai ales că e beat, dar nu-mi dă de ales.

— Atunci, zic eu, începând să mă uit prin bar insistent, dacă tu nu mă duci înapoi la hotel, o să găsesc pe altcineva dispus s-o facă.

Pun ochii pe cel mai tânăr tip din local, care stă la o masă cu prietenii lui. Îi las lui Hardin un răgaz de câteva secunde ca să reacționeze, dar el n-o face, așa că mă îndrept către grupul tinerilor. Hardin mă prinde de mână în câteva secunde.

— Ba nu, n-o să găsești.

Mă răsucesc. Văd scaunul pe care l-a răsturnat când s-a repezit să mă prindă și pe Judy cum se chinuie, caraghioasă și dezlânată, să-l ridice la loc.

— Atunci du-mă la hotel, ripostez eu, înclinând capul.

— Sunt mort de beat, spune el, de parcă ar fi o justificare pentru întreaga scenă.

— Știu. Putem lua un taxi până la Gabriel's, apoi conduc eu până la hotel.

Mă rog în sinea mea ca șmecheria asta să meargă. Hardin mijește ochii la mine preț de o clipă.

— Cum te-ai gândit tu la toate, nu-i așa? mormăie el, sarcastic.

— Nu, dar dacă stai nu-ți faci un bine, deci ori îți plătești băuturile și mă scoți de aici, ori plec cu altcineva.

Îmi dă drumul și se apropie de mine.

— Să nu mă amenințі. Și eu pot să plec de aici cu altcineva, zice el, la numai câțiva centimetri distanță de fața mea.

Simt un strop de gelozie, dar îl ignor.

— N-ai decât. Du-te cu Judy acasă, atunci. Știu că te-ai mai culcat cu ea. Îmi dau seama.

Stau cu spatele drept și vocea nu-mi tremură când îi zic toate astea. El mă privește, apoi se uită la ea și zâmbește ușor. Eu tresar, iar el se încruntă.

— N-a fost nimic extraordinar. Nici nu mai țin bine minte.

Încearcă să mă facă să mă simt mai bine, dar cuvintele lui au efectul opus.

— Deci? Ce preferi?

Ridic din sprânceană.

— La naiba, mormăie el, apoi se duce împleticit la bar și-și plătește băutura.

Adică își golește buzunarele pe tejghea și, după ce barmanul alege bancnotele care îi trebuie, împinge banii în direcția lui Judy. Ea se uită ba la el, ba la mine, părând total dezumflată. Când ieșim din bar, Hardin spune:

— Judy ți-a zis la revedere.

Chestia asta mă enervează la culme.

— Nu-mi mai vorbi despre ea, mă răstesc eu.

— Ești geloasă, Theresa? bolborosește el și mă cuprinde cu mâna. La dracu', urăsc locul ăsta, barul, casa asta.

Arată către căsuța de vizavi.

— Ah! Vrei să-ți spun ceva amuzant? Vance locuia aici.

Hardin arată către casa de cărămidă de lângă bar. O lumină discretă se vede la etaj și pe alee stă parcată o mașină.

— Mă întreb ce făcea în noaptea în care tipii ăia au intrat la noi în casă.

Hardin cercetează împrejurimile și se apleacă. Înainte să-mi dau seama ce se-ntâmplă, își ridică brațul deasupra capului, cu o cărămidă în mână.

— Hardin, nu! strig și-l apuc de braț.

Cărămida cade pe jos și se rostogolește pe asfalt.

— La naiba.

Încearcă să o ia din nou, dar eu mă așez în fața lui.

— *La dracu' cu povestea asta! La dracu' cu strada asta! La dracu' cu barul ăsta și cu casa asta! Să vă ia dracu' pe toți!*

Se împiedică din nou și face câțiva pași pe stradă.

— Dacă nu mă lași să fac praf casa asta...

Vocea i se pierde, iar eu îmi scot pantofii și îl urmez peste drum, în curtea casei în care a copilărit.

6

Tessa

Mă împleticesc, desculță, în spatele lui Hardin și ajung pe peluza casei în care și-a petrecut copilăria nefericită. Cad într-un genunchi pe iarbă, dar mă ridic repede și mă echilibrez la loc. Ușa cu plasă de la intrare se deschide și îl aud pe Hardin chinuindu-se să descuie clanța și lovind lemnul cu pumnul, enervat.

— Hardin, te rog. Haide să mergem la hotel și gata, încerc eu să-l conving.

El nici nu mă bagă în seamă și se apleacă să ia ceva de lângă verandă. Presupun că e o cheie de rezervă, dar constat că m-am înșelat. O piatră de mărimea unui pumn zboară prin geamul din mijlocul ușii. Hardin își strecoară brațul înăuntru, evită, din fericire, cioburile rămase și descuie ușa.

Mă uit în jur la strada liniștită, dar nimic nu pare nelalocul lui. Nu e nimeni pe afară care să sesizeze hărmălaia și nu s-a aprins nicio lumină când s-a auzit zgomotul de sticlă spartă. Mă rog ca Trish și Mike să nu stea acasă la Mike în seara asta. Sper să fi plecat la vreun hotel elegant în noaptea nunții, având în vedere că niciunul nu e destul de bogat ca să plece în vreo lună de miere extravagantă.

— *Hardin.*

Mă simt de parcă aș merge pe apă. Încerc din răsputeri să nu mă scufund. O singură greșeală și ne înecăm amândoi.

— Casa asta nenorocită n-a făcut altceva decât să mă chinuie, mormăie el, împiedicându-se în propriii lui bocanci.

Se prinde de brațul unei canapele înainte de a se prăbuși. Îmi arunc privirea prin living și mă bucur că mare parte din mobilă a fost deja pusă în cutii sau chiar scoasă din casa care va fi demolată după ce Trish se va muta din ea.

Hardin mijeşte ochii şi se concentrează asupra canapelei.

— Pe canapeaua asta de aici — îşi duce degetele la frunte înainte de a continua — s-a întâmplat totul, ştii? Exact pe canapeaua asta nenorocită.

Bănuiam că vorbeşte aiureli, dar acum sunt sigură de asta. Îmi amintesc că mi-a spus acum câteva luni că a distrus canapeaua aia — „rahatul ăla a fost simplu de făcut bucăţi", aşa se lăudase. Mă uit la canapeaua din faţa noastră şi e evident faptul că e nouă — are perne tari şi tapiserie curată. Mi se întoarce stomacul pe dos. Şi din cauza amintirii, şi din cauza comportamentului lui Hardin. El închide ochii pentru moment.

— Poate că unul dintre cretinii mei de taţi ar fi trebuit să cumpere o canapea nouă.

— Îmi pare foarte rău. Îmi dau seama că toate astea sunt prea mult pentru tine.

Încerc să-l consolez, dar el mă ignoră în continuare. Deschide ochii şi se duce în bucătărie, iar eu îl urmez la câţiva paşi.

— Unde e... mormăie el şi se lasă în genunchi ca să se uite în dulapul de sub chiuvetă. Te-am găsit.

Ridică o sticlă cu un lichid transparent. Nu vreau să întreb a cui era — sau e — şi cum a ajuns acolo. Dat fiind stratul subţire de praf de pe tricoul negru al lui Hardin când şterge sticla de el, aş spune că e ascunsă acolo de cel puţin câteva luni. Îl urmez când se întoarce în living, fără să ştiu ce are de gând să facă.

— Ştiu că eşti supărat şi eşti îndreptăţit să fii furios.

Mă pun în faţa lui, în încercarea disperată de a-i atrage atenţia. El nu-mi aruncă nici măcar o privire.

— Dar putem, *te rog*, să ne întoarcem la hotel?

Vreau să-l prind de mână, dar el se fereşte.

— Putem discuta, iar tu te poţi trezi, te rog. Sau te poţi duce la culcare, cum vrei, dar te rog, trebuie să plecăm de aici.

Hardin mă ocoleşte şi se duce către canapea, făcând semn cu mâna.

— Ea era acolo...

El arată spre canapea cu sticla. Aproape îmi dau lacrimile, dar reușesc să mă stăpânesc.

— Și n-a venit nimeni să oprească dezastrul. Niciunul dintre nemernici.

Scuipă și deschide capacul sticlei pline. Își lipește sticla de buze și dă capul pe spate, înghițind cu lăcomie băutura.

— Destul! strig eu și mă apropii de el.

Sunt pregătită să-i smulg sticla aia din mâini și s-o izbesc de faianța din bucătărie. Orice, numai să nu bea. Nu știu cât alcool mai poate să bage în el înainte de a-și pierde cunoștința. Mai ia o înghițitură și se oprește. Se șterge la gură și pe bărbie cu dosul palmei. Rânjește și se uită la mine pentru prima oară de când am intrat în casa asta.

— De ce? Vrei și tu?

— Nu — *ba da*, de fapt, vreau, mint eu.

— Îmi pare rău, Tessie. N-am de împărțit, bălmăjește el, ridicând sticla.

Mă crispez când aud că-mi spune cum îmi spune tata. În sticlă e peste un litru de alcool, dar nu știu de care: eticheta e sfâșiată și ruptă pe jumătate. Mă întreb de cât timp a ascuns-o acolo — oare într-una din cele mai urâte unsprezece zile din viața mea?

— Pun pariu că-ți place faza asta.

Mă retrag și încerc să pun la cale un plan de acțiune. Nu prea am de ales acum și începe să mi se facă un pic frică. Știu că nu mi-ar face niciodată rău fizic, dar habar nu am dacă nu se va răni singur. M-am obișnuit cu acest Hardin din ultima vreme, care a învățat să se controleze: sarcastic și plin de toane, dar nu plin de ură. Sclipirea de răutate din ochii lui injectați îmi este foarte cunoscută.

— De ce crezi că-mi place? Nu-mi place deloc să te văd așa. Nu vreau să suferi, Hardin.

El zâmbește și râde ușor, apoi ia sticla și toarnă băutură pe pernele canapelei.

— Știai că romul se numără printre cele mai inflamabile băuturi alcoolice? zice el sumbru.

Sângele îmi îngheață în vine.

— Hardin, eu...

— Romul ăsta e pur sută la sută. Treabă serioasă.

Are vocea confuză, lentă și înfricoșătoare. Și stropește în continuare canapeaua.

— Hardin! exclam eu, aproape țipând. Ce ai de gând să faci? Să dai foc la casă? Asta n-o să schimbe nimic!

Mi-a făcut semn să dispar și a rânjit:

— Ar trebui să te cari. Copiii n-au voie.

— Nu-mi vorbi așa!

Prind curaj și, deși mi-e puțin teamă, mă-ntind după sticlă și-o apuc de gât. Hardin își umflă nările și încearcă să scape de strânsoarea mea.

— Dă-i drumul. Acum, spune el printre dinți.

— Nu.

— Tessa, nu mă enerva.

— Ce ai de gând să faci, Hardin? Să te bați cu mine pentru o sticlă de băutură?

Cască ochii mari; deschide gura surprins când se uită la sticla de care tragem amândoi.

— Dă-mi sticla, îl rog eu, trăgând și mai tare.

Sticla e grea, iar Hardin nu-mi ușurează deloc misiunea, dar valul de adrenalină îmi dă forța de care am nevoie. Hardin înjură în barbă și își retrage mâna. Nu mă așteptam să cedeze atât de ușor, așa că sticla îmi alunecă din mână și cade pe podea, în fața noastră, vărsându-se pe parchetul vechi. Întind mâna spre ea și spun:

— Las-o acolo.

— Nu văd care-i marea problemă aici.

Prinde sticla înaintea mea și toarnă și mai mult alcool peste canapea, apoi dă ocol camerei, lăsând în urma lui o dâră de rom inflamabil.

— Vizuina asta va fi oricum demolată. Le fac un serviciu noilor proprietari.

Se uită la mine și dă din umeri în joacă.

— Probabil că așa e mai ieftin.

Mă întorc uşor cu spatele la Hardin şi scotocesc în geantă după telefon. Văd că nu prea mai am baterie, dar formez numărul singurei persoane care ne-ar putea ajuta în această situație. Cu telefonul în mână mă răsucesc din nou către Hardin.

— Poliția va veni acasă la mama ta dacă faci asta. O să fii arestat, Hardin.

Sper ca persoana aflată la telefon să mă audă.

— Mă doare-n cur, mormăie el, cu maxilarul încleştat.

Îşi coboară privirea înspre canapea, iar amintirile îi revin.

— Încă o aud cum strigă. Țipetele ei semănau cu ale unui animal rănit. Ştii cum e asta pentru un băiețel?

Mă doare sufletul pentru Hardin — şi pentru puştiul inocent care a fost forțat să-şi vadă mama bătută şi violată, şi pentru bărbatul furios şi rănit care simte că singura soluție e să dea foc întregii case ca să scape de amintiri.

— Nu vrei să mergi la închisoare, nu-i aşa? Eu unde mă duc? M-aş rătăci.

Nu dau nici doi bani pe mine, dar sper ca această idee să-l facă să se răzgândească. Minunatul meu prinț misterios mă priveşte fix un moment, probabil cuvintele mele l-au trezit.

— Cheamă acum un taxi. Du-te până în capătul străzii. O să mă asigur că pleci înainte să fac ceva.

Vocea lui e mai clară acum decât ar trebui să fie, având în vedere cât alcool are în sânge. Dar simt cum vrea să se autodistrugă.

— N-am cum să plătesc taxiul.

Îmi caut portofelul cu gesturi teatrale şi-i arăt banii americani. El închide ochii strâns şi aruncă sticla de perete. Se face bucățele, dar eu nici nu clipesc. Am trăit scena asta de prea multe ori în ultimele şapte luni ca să mă mai sperii.

— Ia dracului portofelul meu şi *ieşi afară. La naiba*!

Cu o mişcare rapidă scoate portofelul din buzunarul de la spate şi mi-l aruncă în față, pe podea. Mă aplec şi-l bag la mine-n geantă.

— Nu. Trebuie să vii cu mine, spun încet.

— Ești perfectă... știi asta, nu-i așa?

Face un pas către mine și mă prinde cu mâna de obraz. Tresar când mă atinge și văd cum încruntarea adâncă umbrește chipul lui chinuit.

— Nu știai asta? Că ești perfectă.

Îi simt mâna fierbinte pe obraz, iar degetul lui mare începe să mă mângâie pe piele. Îmi simt buzele tremurând, dar mă stăpânesc.

— Nu. Nu sunt perfectă, Hardin. Nimeni nu-i perfect, îi răspund încet, privindu-l fix în ochi.

— Tu ești. Ești prea bună pentru mine.

Îmi vine să plâng — *iar am ajuns la asta*?

— N-o să te las să mă alungi. Știu ce vrei să faci: ești beat și vrei să justifici asta comparându-te cu mine. Și eu sunt la fel de distrusă ca tine.

— Nu vorbi așa.

Se-ncruntă din nou. Îmi pune cealaltă mână pe obraz și apoi mai sus, în păr.

— Nu sună frumos când iese din gura asta a ta frumoasă.

Își trece degetul mare peste buza mea de jos, iar eu observ diferența dintre privirea lui arzătoare, îndurerată și rănită și atingerea lui ușoară și blândă.

— Te iubesc și n-o să plec nicăieri, spun eu și mă rog să mă înțeleagă, în beția lui.

Mă uit în ochii lui să văd dacă Hardin al meu e pe acolo.

— „Când doi oameni se iubesc, nu poate exista un final fericit", răspunde el încet.

Recunosc instantaneu citatul și îmi smulg privirea de la el.

— Nu mi-l cita mie pe Hemingway, mă răstesc eu.

Credea că n-o să recunosc citatul și n-o să-mi dau seama ce vrea să facă?

— E adevărat, cu toate astea. Nu există finaluri fericite — în niciun caz pentru mine. Sunt prea distrus.

Își ia mâna de pe fața mea și se întoarce cu spatele la mine.

— Nu, nu ești! Tu...

— De ce faci asta? bălmăjește el, bălăngănindu-se în toate părțile. De ce încerci să găsești mereu partea bună din mine? Trezește-te,

Tessa! *Nu e nimic bun!* țipă el și se lovește cu ambele mâini în piept. Nu însemn nimic! Sunt un rahat distrus cu părinți ratați și cu mintea făcută praf! Am încercat să te avertizez, am încercat să te alung înainte de a te distruge...

Coboară tonul și bagă mâna în buzunar. Recunosc bricheta violetă a lui Judy de la bar. Hardin nici nu se uită la mine când aprinde flacăra.

— Și părinții mei sunt niște ratați! Tata e la dezintoxicare, pentru numele lui Dumnezeu! strig și eu.

Știam că asta se va-ntâmpla — știam că mărturisirea lui Christian îl va dărâma pe Hardin. E greu pentru un singur om să suporte atâtea, iar Hardin era deja așa de fragil.

— Asta e ultima ta șansă să pleci înainte ca locul ăsta să ardă din temelii, zice el fără să se uite la mine.

— Ai fi în stare să dai foc casei cu mine înăuntru? spun eu, înecându-mă.

Plâng acum, dar nu-mi dau seama când am început.

— Nu.

Aud zgomotul făcut de bocancii lui pe podea; mi se învârte capul, mă doare inima și mi-e teamă că mi-am pierdut simțul realității.

— Haide.

Mă roagă în tăcere să-l iau de mână.

— Dă-mi bricheta.

— Vino-ncoace.

Îmi întinde ambele brațe. Acum plâng în hohote.

— Te rog.

Mă silesc să-i ignor chemarea atât de cunoscută, indiferent de cât mă doare că fac asta. Vreau să alerg în brațele lui și să-l duc departe de aici. Dar ăsta nu-i vreun roman scris de Austen, cu final fericit și bune intenții; ăsta e un Hemingway în cel mai bun caz, iar eu îmi dau seama ce înseamnă gestul lui.

— Dă-mi bricheta și putem pleca împreună.

— Aproape că m-ai făcut să cred că pot fi normal.

Bricheta rămâne, periculoasă, în mâna lui.

— Nimeni nu-i normal! strig eu. Nimeni nu-i normal — nici nu vreau să fii. Te iubesc aşa cum eşti, te iubesc pe tine şi tot ce e în jurul tău!

Mă uit prin tot livingul şi apoi îl privesc pe Hardin.

— N-ai cum să mă iubeşti. Nimeni n-o să mă iubească, nimeni nu m-a iubit niciodată. Nici măcar mama.

În timp ce spune aceste lucruri, se aude uşa de la intrare deschizându-se violent, trântită de perete. Mă uit într-acolo şi mă simt dintr-odată uşurată când îl văd pe Christian năpustindu-se în living. De-abia mai răsuflă şi e panicat. Se opreşte brusc când dă cu ochii de camera micuţă, plină de alcool vărsat peste tot.

— Ce...

Christian mijeşte ochii la bricheta din mâna lui Hardin.

— Aud sirene din ce în ce mai aproape. Trebuie să plecăm, *acum*! ţipă el.

— Cum de ai...

Hardin se uită ba la Christian, ba la mine.

— Tu i-ai chemat?

— Normal că ea! Ce altceva să facă? Să te lase să dai foc la casă şi să fii arestat? ţipă Christian.

Hardin îşi ridică braţele. Încă ţine bricheta în mână.

— Ieşiţi dracului de aici! Amândoi!

Christian se întoarce către mine.

— Tessa, du-te afară.

Dar eu nu plec.

— Nu, nu-l las aici.

Christian n-a aflat încă faptul că Hardin şi cu mine nu trebuie să fim separaţi?

— Du-te, spune Hardin şi face un pas către mine, apoi aprinde flacăra brichetei. Scoate-o de aici, spune el cu greutate.

— Maşina mea e parcată pe aleea de vizavi — du-te acolo şi aşteaptă-ne, îmi spune Christian.

Mă uit la Hardin, la ochii lui fixaţi pe flacăra albă şi îl cunosc destul de bine ca să-mi dau seama că va face asta indiferent dacă plec eu sau nu. E prea beat şi prea supărat ca să se mai poată opri. Christian se apleacă şi-mi pune în palmă nişte chei reci.

— N-o să-l las să păţească nimic.

După un moment de şovăială, iau cheile şi ies pe uşă fără să mă uit înapoi. Alerg vizavi şi mă rog ca sirenele poliţiei să aibă altă destinaţie.

7

Hardin

După ce Tessa iese în goană pe uşă, Vance începe să-şi fluture mâinile în faţa mea şi să strige:

— Hai odată! Hai odată! Hai odată!

Despre ce vorbeşte — şi de ce mama dracului e aici? O urăsc pe Tessa pentru că l-a chemat. Îmi retrag cuvintele; n-aş putea s-o urăsc niciodată, dar, *la naiba*, mă enervează rău de tot.

— Nu te vrea nimeni aici, spun eu şi simt că am gura amorţită.

Îmi ard ochii în cap. *Unde e Tessa? A plecat?* Credeam că a plecat, dar acum nu mai ştiu. *Acum cât timp a venit? A fost, măcar, aici? Nu mai ştiu.*

— Aprinde bricheta.

— De ce? Vrei să dau foc la casă? îl întreb.

Mi-l amintesc mai tânăr, aplecându-se deasupra policioarei de acasă de la mama. Îmi citea.

— De ce îmi citea?

Am zis asta cu voce tare? N-am idee. Vance cel din prezent mă priveşte fix, aşteptând ceva de la mine.

— Toate greşelile tale ar dispărea dacă aş dispărea şi eu.

Metalul brichetei îmi arde pielea de pe degetul cel mare, dar continui să mă joc cu ea.

— Nu, vreau să arzi casa din temelii. Poate atunci te calmezi.

Nu ştiu dacă ţipă la mine. De-abia mai văd cum trebuie, darămite să-mi dau seama de tonul vocii lui. Îmi acordă cumva permisiunea de a face locul ăsta scrum?

Cine a zis că am nevoie de permisiune?

— Cine ești tu să-mi dai voie? Nu ți-am cerut părerea!

Cobor flacăra lângă brațul canapelei și aștept să ia foc. Aștept ca flama mistuitoare să distrugă acest loc. Nu se-ntâmplă nimic.

— Sunt o mare figură, nu-i așa? îi zic omului care pretinde că e tatăl meu.

— N-o să meargă, spune el.

Sau poate eu sunt cel care vorbește — naiba mai știe.

Mă-ntind după o revistă veche așezată pe una dintre cutii și duc flacăra într-un colț al paginilor sale. Ia foc imediat. Văd cum focul cuprinde paginile și arunc revista pe canapea. Sunt fascinat de cât de repede focul înghite canapeaua și jur că-mi văd și amintirile arzând odată cu mobila asta mizerabilă.

Urmează dâra de rom — arde într-o linie încâlcită. Ochii mei de-abia mai urmăresc flăcările care dansează pe parchet, licărind și scrâșnind, scoțând cele mai liniștitoare sunete. Culorile sunt vii, nebunești și atacă dezlănțuit tot restul încăperii.

Vance țipă peste flăcări:

— Acum ești *mulțumit*?

Nu știu dacă sunt. Tessa n-ar fi mulțumită, s-ar întrista că am distrus casa.

— Unde e? întreb eu și mă uit prin camera încețoșată, care se umple cu fum.

Dacă ea e înăuntru și pățește ceva...

— E afară. E în siguranță, mă asigură Vance.

Să-l cred? Îl urăsc dracului. Toate astea sunt din vina lui. Tessa e, oare, încă aici? Vance mă minte?

Dar apoi îmi dau seama că Tessa e prea deșteaptă pentru așa ceva. Sigur a plecat. Departe de povestea asta. Departe de distrugerile mele. Dacă omul ăsta m-ar fi crescut, n-aș mai fi devenit o persoană atât de rea. N-aș fi rănit atât de mulți oameni, mai ales pe Tessa. Nu mi-am dorit niciodată s-o rănesc, dar o fac mereu.

— Unde erai? îl întreb eu.

Aș vrea ca flăcările să crească. La cât sunt de mici, casa n-o să ardă niciodată în totalitate. E posibil să mai am o sticlă ascunsă pe undeva.

Nu gândesc destul de limpede ca să-mi amintesc. Focul nu mi se pare suficient de mare. Flăcările astea micuțe nu sunt pe măsura furiei mele, iar mie îmi trebuie ceva mai mult.

— Eram la hotel cu Kimberly. Hai să mergem înainte să vină pompierii, o să te rănești.

— Nu — unde erai *în noaptea aia*?

Camera începe să se învârtă, iar căldura mă sufocă. Vance pare sincer șocat și se oprește, îndreptându-se de spate.

— *Poftim?* Nici măcar nu eram aici, Hardin! Eram în America. N-aș fi permis să i se întâmple mamei tale așa ceva! Dar, Hardin — trebuie să plecăm! urlă el.

De ce să plecăm? Vreau să văd cum arde rahatul ăsta.

— Uite că s-a întâmplat oricum, spun eu și-mi simt corpul din ce în ce mai greu.

Ar trebui să mă așez, dar dacă tot trebuie să revăd în minte imaginile acelea, atunci ar trebui să le vadă și el.

— Au snopit-o în bătaie. Toți și-au făcut poftele cu ea, i-au tras-o la nesfârșit...

Mă doare pieptul atât de rău, încât aș vrea să pot intra acolo și să-mi scot inima. Totul era mai ușor înainte s-o cunosc pe Tessa, nimic nu mă mai rănea. Nici măcar mizeria asta nu m-ar fi afectat atât. Învățasem să-mi reprim durerea până când ea m-a făcut să... m-a făcut să simt lucruri pe care nu voiam să le simt, iar acum nu mai scap de ele.

— Îmi pare rău! Îmi pare rău că s-a întâmplat așa! Eu m-aș fi împotrivit!

Ridic privirea și văd că plânge. *Cum mama dracului îndrăznește să plângă când n-a trebuit să fie martor la scena aia — n-a trebuit s-o revadă de câte ori a închis ochii ca să doarmă, ani la rând?*

Girofaruri albastre pătrund prin geamuri și se reflectă în toată sticla din încăpere, întrerupându-mi focul de tabără. Sirenele sună atât de tare — la naiba, sunt atât de zgomotoase.

— Ieși de-aici! urlă Vance. Ieși acum! Ieși pe ușa din spate și du-te la mașina mea! Ieși! strigă el haotic.

Vai, ce telenovelă!

— Du-te dracului!

Mă împiedic; camera se învârte și mai tare acum, iar sirenele îmi sfredelesc timpanele. Înainte să-l pot opri, mă prinde de mâini și mă împinge, așa beat cum sunt, prin living, prin bucătărie, până la ușa din spate. Încerc să mă împotrivesc, dar mușchii mei refuză să coopereze. Mă izbește aerul rece, mă amețește și apoi aterizez cu fundul pe asfalt.

— Du-te pe alee și intră în mașină, cred că spune el înainte să dispară.

Mă ridic cu greu în picioare după ce mai cad de câteva ori și încerc să deschid ușa din spate a bucătăriei, dar e încuiată. Aud multe voci dinăuntru. Toți oamenii țipă și mai aud ceva zbârnâind. Ce mama naibii e aia?

Îmi scot telefonul din buzunar și văd numele Tessei pâlpâind pe ecran. Fie mă duc pe alee, găsesc mașina și mă întâlnesc cu ea, fie intru în casă și sunt arestat. Mă uit la chipul ei încețoșat de pe ecran și iau imediat o hotărâre.

Nu-mi pot da seama nici în ruptul capului cum naiba o să traversez eu strada fără să mă vadă polițiștii. Ecranul telefonului mi s-a stricat, dar reușesc, cumva, să formez numărul Tessei.

— Hardin! Ești în regulă? plânge ea în receptor.

— Ia-mă de la capătul străzii, din fața cimitirului.

Ridic încuietoarea de la poarta vecinului și închei convorbirea. Măcar nu mai trebuie s-o iau prin curtea lui Mike. Oare s-a căsătorit mama cu el astăzi? De dragul lui, sper să nu.

— *Nu cred că vrei să rămână singură pentru totdeauna. Știu că o iubești; e totuși mama ta,* îmi răsună vocea Tessei în cap.

Minunat, acum aud voci.

— *Nu sunt perfectă. Nimeni nu e,* îmi reamintește vocea ei dulce.

Se înșală totuși, se înșală groaznic, și e naivă, și e perfectă.

Mă trezesc dintr-odată în colțul străzii mamei. În spatele meu, cimitirul zace în întuneric; singura lumină vine de la girofarurile albastre din depărtare. Mașina neagră apare câteva clipe mai târziu, iar Tessa oprește în fața mea. Mă urc în mașină fără niciun cuvânt și de-abia apuc să închid portiera înainte ca ea să demareze.

— Încotro să merg?

Are vocea răgușită și încearcă să-și stăpânească suspinele, dar eșuează lamentabil.

— Nu știu... Nu sunt prea multe — îmi simt pleoapele grele — locuri prin jur, e noapte și e târziu... și nu e nimic deschis...

Închid ochii și totul dispare.

Sunetul sirenelor mă sperie și mă trezește din somn. Sar când aud zgomotul și mă dau cu capul de plafonul mașinii.

Mașină? Ce mama naibii caut într-o mașină?

Mă uit lângă mine și o văd pe Tessa pe scaunul de la volan, cu ochii închiși și cu picioarele aduse la gură. Îmi reamintește instantaneu de o pisicuță adormită. Mă doare capul de mor. Am băut mult prea mult.

Afară e zi, soarele se ascunde după niște nori, lăsând cerul gri și mohorât. Ceasul de pe bord spune că e ora șapte fără zece. Nu recunosc parcarea în care ne-am oprit și încerc să-mi aduc aminte cum mama naibii am ajuns eu în mașină, de fapt.

Nu mai sunt mașini de poliție, nici sirene... Cred că le-am visat. Căpățâna îmi zvâcnește și, când îmi scot tricoul să-mi șterg fața, mirosul greu de fum îmi umple nările.

Îmi amintesc frânturi despre o canapea în flăcări și pe Tessa plângând. Mă străduiesc să le pun laolaltă; sunt în continuare pe jumătate beat.

Lângă mine, Tessa se foiește și clipește din ochi înainte de a-i deschide. Nu știu ce a văzut azi-noapte. Nu știu ce-am zis sau ce-am făcut, dar cunosc felul în care mă privește acum și-mi doresc să fi ars... odată cu casa aia. Îmi trec prin cap imagini ale casei mamei în flăcări.

— Tessa, eu...

Nu știu ce să-i zic; creierul nu-mi funcționează și nici gura. Părul oxigenat al lui Judy și Christian care mă împinge afară pe ușa din spate a casei mamei îmi umplu golurile de memorie.

— Te simți bine?

Glasul Tessei e dulce și tăios în același timp. Îmi dau seama că aproape nu mai are voce. Ea mă-ntreabă dacă mă simt bine? Îi studiez fața, derutat de întrebarea ei.

— Ăămm, da. Dar tu?

Nu-mi amintesc eu ce-am făcut toată noaptea... mă rog, nici toată ziua, dar știu c-ar trebui să fie supărată pe mine.

Dă din cap încet și îmi studiază și ea chipul.

— Încerc să-mi amintesc... Au venit polițiștii, spun eu, căutând prin amintiri. Casa ardea... unde suntem?

Mă uit pe fereastră, încercând să-mi dau seama.

— Suntem... habar n-am unde suntem.

Își drege vocea și se uită drept în față, prin parbriz. Cred că a țipat foarte mult. Sau a plâns, sau și una, și alta, pentru că de-abia mai poate vorbi.

— Nu știam unde să mă duc, iar tu ai adormit, așa că am tot mers, dar eram foarte obosită. A trebuit să trag pe stânga într-un final.

Are ochii roșii și umflați; machiajul negru i s-a scurs pe obraji, iar buzele îi sunt uscate și crăpate. De-abia o mai recunosc. E tot frumoasă, dar am secat-o de tot.

Mă uit la ea acum, îi văd lipsa de căldură din obraji, lipsa speranței din ochi, lipsa fericirii de pe buzele ei pline. Am luat o fată frumoasă care trăiește pentru alții, o fată care a găsit mereu partea bună în orice, chiar și în mine, și am transformat-o într-o carcasă care se holbează la mine cu ochi goi.

— O să mi se facă rău, zic eu înecându-mă și deschid cu o smucitură portiera de pe partea stângă.

Tot whiskey-ul, tot romul și toate greșelile mele se varsă pe asfalt și vomit la nesfârșit, până când nu-mi mai rămâne altceva decât vinovăția.

8

Hardin

Vocea Tessei se aude, blândă și răgușită, când respirația mea grea se mai liniștește:

— Unde vrei să mergem?

— Nu știu.

Aș vrea să-i spun să se urce în primul avion care s-o ducă departe de Londra. Dar partea mea egoistă știe că dacă ea ar pleca n-aș putea depăși noaptea fără să mă îmbăt mangă. Din nou. În gură am gust de vomă și gâtul îmi arde din cauza felului violent în care am scos băutura din mine.

Tessa deschide torpedoul și scoate un șervețel. Începe să-mi șteargă colțurile gurii cu hârtia aspră. Degetele ei de-abia îmi ating pielea, dar eu tresar când le simt răceala de gheață.

— Ai înghețat. Pornește motorul.

Dar nu mai aștept să-l pornească. Mă aplec și întorc singur cheia în contact, iar aerul începe să sufle prin grilaj. Mai întâi e rece, dar mașina asta scumpă e șmecheră și, în curând, căldura umple spațiul strâmt.

— Trebuie să punem benzină. Nu știu cât timp am condus, dar s-a aprins becul de combustibil și pe ecranul ăla scrie același lucru.

Arată către ecranul luxos de navigare de pe bord. Sunetul vocii ei mă omoară.

— Ți-ai pierdut vocea, zic eu, deși e cât se poate de evident.

Ea dă din cap și-și întoarce privirea de la mine. O prind de bărbie și îi răsucesc fața din nou către mine.

— Dacă vrei să pleci, nu te pot condamna. Te duc la aeroport chiar acum.

Ea se uită mirată la mine, apoi spune:

— Rămâi aici? În Londra? Avem avion diseară, credeam că...

Ultimele cuvinte îi ies din gură mai degrabă ca un chițăit. Apoi izbucnește într-un acces de tuse. Mă uit în suporturile de pahare după apă sau ceva de genul ăsta, dar sunt goale. O masez pe spate până când nu mai tușește, apoi schimb subiectul.

— Hai să facem schimb de locuri; conduc eu de aici.

Fac semn din cap către stația de benzină de peste drum.

— Ai nevoie de apă și de ceva pentru gât.

O aștept să se mute din scaunul șoferului, dar ea mă studiază din priviri, după care bagă în viteză și iese din parcare.

— Încă ai alcool în sânge, șoptește ea în cele din urmă, atentă să nu-și forțeze vocea practic inexistentă.

Nu prea pot s-o contrazic. Câteva ore de ațipit în mașină n-aveau cum să mă trezească de tot. Am băut suficient alcool cât să-mi pierd cunoștința toată noaptea și de aici a rezultat o durere de cap de zile mari. Probabil că o să fiu beat toată ziua sau măcar jumătate din ea. Nu-mi dau seama. Nici măcar nu-mi mai amintesc câte pahare am băut...

Numărătoarea mea aiurită se întrerupe brusc când Tessa parchează în fața unei pompe de benzină și întinde mâna să deschidă portiera.

— Mă duc eu.

Ies din mașină înainte să apuce să se împotrivească. Nu sunt mulți oameni la benzinărie la ora asta matinală, numai bărbați care se duc la muncă. Am mâinile pline de aspirină, sticle cu apă și pungi cu snackuri și atunci o văd pe Tessa intrând în micul magazin. Văd cum toate privirile se întorc după frumusețea ei răvășită, în rochia de un alb murdar. Privirile lor mă fac să-mi fie și mai greață.

— De ce n-ai rămas în mașină? o-ntreb eu când se apropie.

Ea îmi flutură o bucată de piele neagră prin fața ochilor.

— Portofelul tău.

— Ah.

Mi-l dă și dispare pentru o clipă, dar apoi reapare lângă mine chiar când ajung la casă. Are în fiecare mână câte un pahar mare și aburind de cafea. Trântesc grămada de cumpărături pe tejghea.

— Cât plătesc eu, poți să verifici tu pe telefon unde suntem? întreb eu, luându-i din mâini paharele uriașe.

— Poftim?

— Uită-te pe telefon, să vedem unde ne aflăm.

Bărbatul corpolent de la tejghea ia cutia de aspirine și o scutură înainte de a o scana, apoi spune:

— Allhallows. Acolo vă aflați.

Dă din cap către Tessa, care îi surâde politicos.

— Mulțumesc.

Zâmbește și mai mult, iar bietul nefericit se înroșește.

Da, știe că e sexy. Acum uită-te în altă parte ca să nu-ți scot ochii, aș vrea să-i spun. *Și data viitoare când mai faci vreun zgomot de-ăla îngrozitor când sunt eu mahmur, cum ai făcut cu cutia de aspirine, totul se va sfârși.* După noaptea trecută, orice motiv ar fi bun și nu am chef să văd cum rahatul ăsta se holbează la sânii iubitei mele la ora șapte dimineața.

Dacă nu mi-aș da seama că pe ea n-o interesează deloc privirea lui, l-aș trage probabil peste tejghea, dar zâmbetul ei fals, ochii rimelați cu negru și rochia plină de praf mă opresc și mă smulg din gândurile violente. Pare atât de pierdută, de tristă, atât de rătăcită.

Ce ți-am făcut? întreb în sinea mea.

Atenția ei se concentrează înspre ușă, acolo unde o femeie tânără și un copil, ținându-se de mână, intră în magazin. O văd cum îi privește, poate un pic prea insistent, dacă mă-ntrebați pe mine; e aproape înspăimântător. Când fetița își ridică privirea la mama ei, buza de jos a Tessei începe să tremure.

Ce mama dracului se întâmplă aici? Să fie din cauza crizei pe care am făcut-o în urma noii dezvăluiri din familia mea?

Angajatul mi-a împachetat toate cumpărăturile și îmi ridică punga în fața ochilor oarecum nepoliticos ca să-mi atragă atenția. De parcă a decis să fie măgar cu mine, din clipa în care Tessa nu s-a mai uitat la el. Îi smulg punga de plastic din mână și mă înclin către Tessa.

— Gata? o-ntreb, înghiontind-o.

— Da, scuze, mormăie ea și ia cafelele de pe tejghea.

Fac plinul, gândindu-mă în tot acest timp să intru cu mașina închiriată de Vance drept în mare. Dacă suntem în Allhallows, înseamnă că ne aflăm aproape de țărm; n-ar fi atât de greu.

— Cât de departe suntem de barul Gabriel's? întreabă Tessa când mă urc și eu lângă ea. Acolo e mașina.

— La doar vreo oră și jumătate distanță, dacă luăm în calcul traficul.

Mașina se scufundă ușor în ocean, ceea ce îl costă pe Vance câteva zeci de mii de lire; noi luăm taxiul înapoi la Gabriel's pentru câteva sute. Un târg cinstit.

Tessa răsucește capacul cutiuței cu aspirină și îmi toarnă trei pastile în palmă, apoi se-ncruntă și se uită la ecranul telefonului ei, care s-a luminat.

— Vrei să vorbim despre ce s-a întâmplat azi-noapte? Tocmai am primit un mesaj de la Kimberly.

Întrebările încep să mi se ivească în cap printre imaginile și vocile confuze de azi-noapte și să se cațăre la suprafață... Vance m-a încuiat pe dinafară și a intrat din nou în casa în flăcări... Tessa se uită în continuare la telefon, iar pe mine mă cuprinde îngrijorarea.

— Doar nu e...

Nu știu cum să pun întrebarea asta. Am un nod în gât. Tessa se uită la mine și ochii i se umplu de lacrimi.

— E-n viață, desigur, dar...

— Dar? Ce-a pățit?

— Kimberly spune că e ars.

O durere aproape insesizabilă și nedorită începe să se infiltreze prin crăpăturile din zidurile mele de apărare. Crăpături pe care tot ea mi le-a produs. Își șterge un ochi cu dosul palmei.

— Doar pe un picior. Kim spune că e ars doar pe un picior și că va fi arestat după ce va fi externat din spital. Adică în curând, dintr-un moment în altul.

— Pentru ce e arestat?

Știu răspunsul dinainte de a-l auzi de la ea.

— Le-a spus polițiștilor că el a dat foc casei.

Tessa îmi ridică telefonul ei de rahat în dreptul feței ca să citesc mesajul lung de la Kimberly cu ochii mei. Îl citesc pe tot. Nu aflu nimic nou, dar îmi dau seama cât de panicată e Kimberly. Nu spun nimic. N-am ce să mai spun.

— Deci? întreabă Tessa încet.

— Deci ce?

— Nu ești nici măcar îngrijorat pentru tatăl tău?

Apoi îmi observă privirea criminală și zice:

— Adică pentru Christian.

E rănit din cauza mea.

— N-ar fi trebuit să vină acolo.

Tessa pare uluită de nepăsarea mea.

— *Hardin.* Omul ăla a venit acolo să mă ajute — să te ajute.

Observ că e pe punctul de-a începe să bată câmpii și o întrerup.

— Tessa, știu...

Dar ea mă surprinde când ridică o mână ca să mă facă să tac.

— N-am terminat. Ca să nu mai vorbim despre faptul că a luat asupra lui vina unui incendiu pe care tu l-ai provocat și în care el a fost *rănit*. Te iubesc și știu că-l urăști în momentul ăsta, dar te cunosc pe tine — pe tine, cel adevărat — așa că nu mai sta aici, prefăcându-te că nu-ți pasă de ce i se-ntâmplă, pentru că știu foarte bine că-ți pasă.

Un acces violent de tuse îi subliniază discursul furios, iar eu îi pun sticla de apă la gură. Îi rumeg un moment vorbele, în timp ce tusea ei se liniștește. Are dreptate — sigur că are — dar nu sunt pregătit să dau piept cu niciunul dintre lucrurile pe care le-a pomenit ea. Nu sunt pregătit deloc să recunosc că el a făcut ceva pentru mine — nu după toți anii ăștia. Nu sunt pregătit să-mi fie brusc tată. La naiba, nu. Nu vreau ca nimeni, mai ales el, să creadă că așa își ia cumva revanșa, că o să uit cumva toate căcaturile pe care le-a ratat, toate nopțile în care i-am ascultat pe părinții mei țipând unul la altul, toate momentele în care m-am repezit în sus pe scări când auzeam vocea tatălui meu beat — faptul că *știa* adevărul și că nu mi l-a spus în tot acest timp.

Nu, la naiba cu asta. Nu e deloc echitabil și nu va fi niciodată.

— Crezi că dacă se frige nițel pe picior și își asumă vina *în locul meu*, eu o să-l iert?

Îmi trec mâinile prin păr.

— Trebuie să-l iert pur și simplu pentru că m-a mințit vreme de douăzeci și unu de ani? întreb eu, pe un ton ridicat.

— Nu, sigur că nu! spune, ridicând și ea vocea.

Mi-e teamă c-o să-și rupă vreo coardă vocală sau ceva de genul ăsta, dar ea continuă.

— Dar nu-ți dau voie să consideri că gestul lui a fost neînsemnat. Merge la pușcărie în locul tău, iar tu nu te obosești nici măcar să vezi cum se simte. Absent, mincinos, tatăl tău sau ba, te iubește și ți-a salvat fundul azi-noapte.

Asta e o porcărie.

— Tu cu cine mama dracului ții?

— Nu țin *cu nimeni*! strigă ea cu glas răsunător, lucru rău pentru durerea mea de cap. *Toată lumea* ține cu tine, Hardin. Știu că tu simți că te lupți cu lumea întreagă, dar uită-te în jurul tău. Mă ai pe mine, pe tatăl tău — pe amândoi — pe Karen, care te iubește ca și cum ai fi copilul ei, și pe Landon, care te iubește mai mult decât sunteți dispuși să recunoașteți oricare dintre voi.

Tessa zâmbește ușor când aduce vorba de cel mai bun prieten al ei, dar își continuă predica.

— Kimberly poate fi enervantă, dar și ea ține la tine. În plus, ești singura persoană pe care o place Smith.

Îmi ia mâinile în mâinile ei tremurânde și mă mângâie cu degetele mari de-a lungul palmelor.

— Pe bune, e ironic: omul care urăște pe toată lumea e iubit de toată lumea, șoptește ea, cu ochii plini de lacrimi.

Lacrimi pentru mine, prea multe lacrimi pentru mine.

— Iubito.

O trag la mine în poală. Mă cuprinde cu mâinile de gât.

— Fată bună ce ești.

Îmi bag capul în scobitura gâtului ei, aproape mă ascund în părul ei ciufulit.

— Lasă oamenii în viața ta, Hardin. E mult mai simplu așa.

Mă mângâie pe cap de parcă aș fi un animal de companie... dar îmi place la nebunie. Mă bag și mai tare în sufletul ei.

— Nu e atât de simplu.

Gâtul mă arde și simt că nu respir normal decât dacă-i respir parfumul. Se pierde în izul slab de fum și foc în care se pare că am scăldat mașina, dar tot mă liniștește.

— Știu.

Mă mângâie necontenit pe păr, iar eu *îmi doresc* s-o cred. De ce e întotdeauna atât de înțelegătoare, când eu nu merit așa ceva?

Un claxon mă face să ies din ascunzătoarea mea și îmi amintește că ne aflăm la benzinărie. Bărbatului din camionetă nu-i convine că-l facem să piardă vremea. Tessa se dă jos de la mine din poală și își pune centura de siguranță. Mă gândesc să rămân parcat aici doar așa, de-al dracului, dar apoi aud cum Tessei în ghiorțăie stomacul și mă răzgândesc. Când o fi mâncat ultima oară? Nu-mi amintesc, ceea ce înseamnă că n-a mai mâncat de mult.

Plec de lângă pompele de benzină și mă duc în parcarea de vizavi, în care am dormit azi-noapte.

— Mănâncă și tu ceva.

Îi dau un baton de cereale. Trag mașina în spatele parcării, aproape de un pâlc de copaci, și dau drumul la căldură. E deja primăvară, dar aerul dimineții e rece, iar Tessa dârdâie. O cuprind cu un braț și fac un gest de parcă i-aș oferi lumea-ntreagă.

— Putem să mergem la Haworth, să vedem locurile despre care a scris Brontë. Pot să-ți arăt mlaștinile.

Mă surprinde când începe să râdă.

— Poftim?

Ridic din sprânceană și mușc dintr-o brioșă cu banane.

— După noaptea tre-trecută — își drege vocea — vrei să mă duci la mlaștini?

Scutură din cap şi se-ntinde după paharul cu cafea fierbinte. Ridic din umeri, mestecând cu grijă.

— Nu ştiu...

— Cât de departe e? întreabă ea, mult mai puţin entuziasmată decât îmi imaginam că va fi.

Desigur, ar fi fost mai încântată dacă weekendul ăsta nu s-ar fi transformat într-un dezastru total. I-am promis c-o duc şi la Chawton, dar mlaştinile par mai potrivite cu dispoziţia mea de acum.

— Patru ore sau cam aşa ceva până la Haworth.

— E un drum lung, cugetă ea şi ia o gură de cafea.

— Credeam că-ți doreşti să mergem.

Tonul meu e tăios.

— Îmi doream...

Îmi dau seama că propunerea mea o supără. La naiba, când n-o supăr eu pe fata asta?

— Atunci de ce te plângi că e drumul lung?

Îmi termin brioşa şi desfac alta. Ea pare uşor jignită, dar vocea îi rămâne blândă şi răguşită.

— Mă-ntreb doar de ce vrei tu să mergi până la Haworth ca să vezi mlaştinile.

Îşi dă o şuviță de păr după ureche şi inspiră adânc.

— Hardin, te cunosc destul de bine ca să-mi dau seama că te frământi şi te ascunzi de mine.

Îşi desface centura şi se întoarce cu faţa la mine.

— Faptul că vrei să mă duci la mlaştinile care au inspirat „La răscruce de vânturi" şi nu în vreun loc din romanele lui Austen mă scoate din minţi, mai tare decât înainte.

Îmi cunoaşte fiecare mişcare. *Cum reuşeşte să facă asta de fiecare dată?*

— Nu, mint eu. Pur şi simplu credeam că vrei să vezi mlaştinile şi Ţinutul Brontë. Dă-mă în judecată.

Îmi dau ochii peste cap ca să scap de privirea aia a ei, pentru că nu vreau să recunosc că are dreptate. Degetele ei răsucesc ambalajul batonului de cereale.

— Mă rog, parcă n-aş vrea să merg acolo, pe cuvânt. Vreau doar să merg acasă.

Oftez prelung şi îi iau batonul din mâini, desfăcând ambalajul.

— Trebuie să mănânci ceva. Arăţi de parcă stai să leşini în orice moment.

— Aşa mă şi simt, zice ea încet, mai mult în sinea ei.

Îmi vine să-i bag batonul de cereale pe gât, dar chiar atunci se hotărăşte să ia o înghiţitură.

— Deci vrei să mergi acasă? o-ntreb în cele din urmă.

Nici nu vreau să ştiu ce înseamnă acasă pentru ea. Ea se strâmbă.

— Da, tatăl tău avea dreptate. Londra nu e aşa cum mi-o imaginam eu.

— Ţi-am stricat eu cheful, de-aia.

Nu neagă, dar nici nu mă aprobă. Tăcerea ei şi felul în care priveşte în gol la copacii de afară mă fac să spun ce trebuie să spun. Acum ori niciodată.

— Cred că ar trebui să mai rămân pe aici pentru o vreme... zic eu.

Tessa se opreşte din mestecat, se întoarce către mine şi-şi mijeşte ochii.

— De ce?

— N-are niciun sens pentru mine să mă întorc acolo.

— Nu, n-are niciun sens să rămâi aici. Cum de te-ai gândit la aşa ceva?

Am rănit-o profund, aşa cum ştiam că se va întâmpla — dar ce altă variantă am?

— Pentru că tata nu e de fapt tata, mama e o mincinoasă — mă opresc înainte de a-i spune cum aş vrea să-i spun cu adevărat — iar tatăl meu biologic merge la puşcărie pentru că eu am dat foc casei. E o telenovelă penibilă de la cap la coadă.

Apoi adaug sec, ca să obţin o reacţie din partea ei:

— Mai avem nevoie de o distribuţie întreagă de fete tinere cu prea mult machiaj şi haine incomode şi avem un film de succes.

Mă studiază cu o privire tristă.

— Tot nu pricep ce motive ai avea să rămâi aici. Aici, adică departe de mine... Asta vrei de fapt, nu-i aşa? Vrei să fii departe de mine.

Spune ultimele cuvinte pe un ton ridicat, ca şi cum asta le-ar face adevărate.

— Nu e asta... încep eu, dar mă împotmolesc.

Nu ştiu cum să dau glas sentimentelor mele — asta a fost mereu cea mai mare problemă a mea.

— Cred că dacă stăm o vreme despărţiţi, o să vezi mai bine cât de mult rău îţi fac. Uită-te puţin la tine.

Se crispează, dar eu mă silesc să continui.

— Ai probleme pe care nu le-ai fi avut niciodată dacă n-aş fi fost eu.

— *Să nu-ndrăzneşti* să pretinzi că faci asta pentru mine, se răsteşte ea, cu un ton rece ca gheaţa. Tu eşti autodistructiv şi *ăsta* e singurul motiv.

Sunt. Ştiu că sunt. Aşa fac eu: îi rănesc pe alţii, apoi îmi fac rău singur ca să nu mă rănească ei. Sunt un distrus; ăsta e purul adevăr.

— Ştii ceva? zice ea, sătulă să mă aştepte să spun ceva. Bine. O să te las să ne faci amândurora rău cu demersul ăsta autodistructiv al tău...

O prind de şolduri şi o readuc la mine în poală înainte să-şi termine fraza. Tessa încearcă să se dea jos de pe mine şi mă zgârie pe braţe, dar eu n-o las să se mişte nici măcar un centimetru.

— Dacă nu vrei să fii cu mine, atunci lasă-mă-n pace, spune ea, plină de nervi.

Nu plânge, e doar mânioasă. Cu furia ei mă pot descurca; lacrimile ei însă mă omoară. Furia i le usucă.

— Nu te mai bate cu mine.

Îi prind ambele încheieturi la spate şi i le imobilizez doar cu o mână. Se uită urât la mine, avertizându-mă din priviri.

— Nu ai dreptul să faci aşa ori de câte ori ceva te face să te simţi rău. N-ai dreptul să decizi că eu sunt prea bună pentru tine! îmi strigă ea în faţă.

O ignor şi-mi apropii gura de scobitura gâtului ei. Trupul îi tresare din nou, de data asta de plăcere, nu de furie.

— Încetează... spune ea, fără strop de convingere.

Încearcă să mă respingă pentru că așa crede că trebuie să facă, dar amândoi știm că de asta avem nevoie. Avem nevoie de legătura fizică dintre noi care ne aduce la acea profunzime emoțională pe care niciunul dintre noi n-o poate explica sau nega.

— Te iubesc, știi bine.

O sărut încet pe gât, lăsându-i urme rozalii, care îi trec însă după câteva secunde.

— Nu prea te comporți ca atare.

Are vocea răgușită și îmi urmărește cu privirea mâna pe care i-am așezat-o pe coapsă. Rochia i s-a urcat până la talie în cel mai înnebunitor fel posibil.

— Fac tot ceea ce fac pentru că te iubesc. Chiar și idioțeniile.

Îi prind dantela chiloților, iar ea geme când îmi strecor un singur deget în umezeala care i s-a strâns deja între pulpe.

— Ești mereu atât de umedă pentru mine, chiar și acum.

Îi dau chiloții la o parte și îi înfig două degete înăuntru. Ea scâncește și își arcuiește spinarea sprijinită pe volan, iar eu îi simt trupul cum se relaxează. Dau scaunul pe spate ca să fac mai mult loc.

— Nu poți să-mi distragi atenția cu...

Scot degetele și le bag la loc, oprind-o din vorbit.

— Ba da, iubito, pot.

Îmi apropii buzele de urechea ei.

— Dacă îți dau drumul la mâini, încetezi să te mai bați cu mine?

Dă din cap. În clipa în care îi eliberez brațele, ea își înfige degetele în părul meu ciufulit, iar eu o trag de rochie în jos cu o singură mână.

Sutienul ei de dantelă albă mă ispitește în ciuda culorii nevinovate. Tessa, cu părul ei blond și hainele ei albe, contrastează puternic cu părul meu castaniu și cu hainele închise la culoare. Contrastul ăsta are ceva foarte erotic: tatuajul de pe încheietura mea în timp ce degetele îmi dispar înăuntrul ei, pielea ei de pe coapse, albă și nepătată, gemetele și scâncetele ei ușoare și privirea mea nerușinată, care nu se satură de abdomenul ei plat și de sânii ei.

Îmi iau ochii de la țâțele ei perfecte cât să arunc o privire în parcare. Geamurile sunt fumurii, dar vreau să fiu sigur că suntem singuri pe trotuarul ăsta. Îi deschei sutienul cu o singură mână și încetinesc mișcarea celeilalte mâini. Ea mârâie protestând, iar eu zâmbesc.

— Te rog, mă imploră ea să continui.

— Ce mă rogi? Spune-mi ce-ți dorești, o necăjesc eu, așa cum făceam la începutul relației noastre.

Mi s-a părut mereu că, dacă nu vorbește tare și răspicat, toată povestea asta nu poate fi adevărată. Nu mă poate dori așa cum o doresc eu pe ea.

Ea se întinde și-mi bagă mâna înapoi, între picioarele ei.

— Atinge-mă.

E toată udă și mă așteaptă, mă dorește, are nevoie de mine, iar eu o iubesc mai mult decât poate înțelege vreodată. Am nevoie de chestia asta, am nevoie să-mi distragă atenția, să mă ajute să scap din porcăria asta, chiar dacă numai pentru o vreme.

Îi dau ce vrea, iar ea geme, rostindu-mi numele și mușcându-se de buze. Îi simt mâna strecurându-mi-se în jeanși. Am o erecție atât de puternică încât mă doare, iar atingerile Tessei nu mă ajută deloc.

— Vreau să ți-o trag. Acum. Trebuie.

Îmi trec limba peste un sân de-al ei. Ea mă aprobă, își dă ochii peste cap, iar eu îi sug unul dintre sfârcuri, în vreme ce pe celălalt i-l strâng ușor.

— *Hard-in*... geme ea.

Mâinile ei se străduie, nerăbdătoare, să-mi scoată jeanșii și boxerii. Îmi ridic șoldurile cât să-mi tragă jeanșii în jos, pe coapse. Am degetele încă în ea și le mișc încet, îndeajuns de încet cât s-o înnebunesc. Îmi scot degetele dinăuntrul ei și i le apăs pe buze. Ea mi le suge, trecându-și limba în sus și în jos pe ele, iar eu gem și le retrag repede, ca să nu-mi dau drumul. O ridic de șolduri și o pătrund. Gemem amândoi în același timp, disperați unul după celălalt.

— N-ar trebui să stăm despărțiți, spune ea, trăgându-mă de păr până ce gura mea ajunge lângă gura ei.

Îmi poate simți, oare, lașitatea din răsuflare?

— Trebuie, zic eu, iar ea începe să-și legene șoldurile.

La naiba.

Tessa se ridică încet.

— Nu vreau să te oblig să mă vrei. Eu nu mai insist.

Încep să intru în panică, dar uit totul când ea se lasă din nou pe mine, apoi se ridică din nou și repetă apoi aceeași mișcare chinuitoare. Se apleacă să mă sărute și limbile ni se împletesc.

— Te vreau, șoptesc eu. Te vreau întotdeauna, știi asta.

Ea își acclerează mișcările. Doamne Dumnezeule, o să mă omoare.

— Mă părăsești.

Mă sărută pe buza de jos, iar eu întind mâna între trupurile noastre și îi prind clitorisul excitat între degete.

— Te iubesc, spun eu, incapabil să găsesc alte cuvinte, iar ea tace mâlc sub atingerile mele.

— O, Doamne.

Capul îi cade pe umărul meu și mă cuprinde cu mâinile după gât.

— *Te iubesc*, suspină ea și ajunge la orgasm, strângându-se toată în jurul meu.

Îmi dau și eu drumul, umplând-o cu toată ființa mea, la propriu și la figurat.

Trec minute întregi în tăcere, iar eu stau cu ochii închiși și cu mâinile încolăcite pe spatele ei. Suntem amândoi asudați; aerul cald vine dinspre grilaje, dar nu vreau să-i dau drumul ca să îl închid.

— La ce te gândești? o întreb eu, în cele din urmă.

Are capul pe pieptul meu și respiră ușor și egal. Nu deschide ochii când răspunde:

— Că mi-aș dori să rămâi cu mine pentru totdeauna.

Pentru totdeauna. Nu asta mi-am dorit mereu de la ea?

— Și eu, îi zic și-mi doresc să-i pot oferi viitorul pe care i l-am promis și pe care-l merită.

După alte câteva minute de tăcere, telefonul Tessei începe să zbârnâie pe podea și, din reflex, mă întind și-l iau, mișcându-mă cu trupul ei cu tot.

— E Kimberly, spun eu şi îi dau Tessei telefonul.

Două ore mai târziu batem la uşa camerei de hotel a lui Kimberly. Sunt aproape sigur că am nimerit la altă uşă când Kimberly îşi face apariţia. Are ochii umflaţi şi nu e deloc machiată. Îmi place mai mult aşa, dar arată atât de distrusă acum, ca şi cum ar fi plâns până la leşin.

— Intraţi. A fost o dimineaţă grea, spune ea şi nu mai are niciun strop din tupeul ei obişnuit.

Tessa o îmbrăţişează imediat, iar Kimberly începe să plângă. Mă simt teribil de stânjenit şi rămân în prag, având în vedere că femeia asta mă irită din cale-afară şi că nu e genul care să-şi dorească să arate public când e vulnerabilă. Le las în salonul apartamentului de lux şi mă duc la bucătărie. Îmi torn o ceaşcă de cafea şi mă holbez la pereţi până când plânsetele se transformă în glasuri estompate, în camera cealaltă. Deocamdată stau deoparte.

— Tata se va-ntoarce? se-aude o voce calmă de undeva, făcându-mă să tresar surprins.

Îmi cobor privirea şi dau de Smith cel cu ochii verzi care s-a aşezat într-un scaun de plastic chiar lângă mine. Nici nu l-am auzit venind. Ridic din umeri şi mă aşez lângă el, privind fix peretele.

— Mda. Aşa cred.

Ar trebui să-i spun ce tip extraordinar e tatăl lui... tatăl *nostru*... *Doamne fereşte.*

Indiviul ăsta mic şi ciudat e fratele meu. Nici măcar nu pot să procesez informaţia asta. Mă uit la Smith, care îşi reia întrebările.

— Kimberly spune că are necazuri, dar că poate plăti ca să scape de ele. Ce vrea să spună?

Nu pot să nu zâmbesc când îmi dau seama cât de mult a tras cu urechea şi cât de inchizitoriale îi sunt întrebările.

— Sunt sigur că aşa va fi, mormăi eu. Vrea doar să spună că va scăpa de necazuri în curând. De ce nu te duci să stai cu Kimberly şi Tessa?

Mă doare inima când îi rostesc numele. Se uită în direcţia din care se aud vocile, apoi mă studiază cu înţelepciune.

— Sunt supărate pe tine. Mai ales Kimberly, dar e și mai supărată pe tata, așa că probabil o să scapi.

— O să înveți că femeile sunt mereu supărate.

Dă din cap.

— Asta dacă nu mor. Cum a murit mama.

Rămân cu gura deschisă și îl privesc.

— Să nu mai zici tâmpenii ca asta niciodată. Oamenii o să creadă că ești... ciudat.

Ridică din umeri, ca și cum ar vrea să-mi spună că deja oamenii îl cred ciudat. Ceea ce e adevărat, presupun.

— Tata e de treabă. Nu e rău.

— Pe bune?

Mă uit fix la masă ca să îi evit privirea.

— Mă plimbă într-o grămadă de locuri și îmi spune numai lucruri drăguțe.

Smith pune un vagon de tren de jucărie pe masă. Ce are băiețelul ăsta cu trenurile?

— Și... zic eu, încercând să-mi reprim sentimentele care mi se ivesc odată cu vorbele lui.

De ce trăncănește despre asta acum?

— O să te ducă și pe tine în locuri frumoase și o să-ți spună și ție lucruri drăguțe.

Mă uit la el.

— De ce să facă așa ceva? întreb, dar ochii lui verzi îmi spun că știe mai multe decât credeam eu.

Smith își înclină capul și înghite în sec, privindu-mă atent. Ciudatul ăsta mic este în același timp detașat, la modul științific, și vulnerabil, la modul cel mai copilăresc cu putință.

— Nu vrei să fiu fratele tău, nu-i așa?

La naiba. O caut cu disperare din priviri pe Tessa, sperând c-o să vină să mă salveze. Ea ar ști exact ce trebuie să spună. Îl privesc și încerc să-mi păstrez calmul, dar sunt sigur că eșuez.

— N-am zis asta niciodată.

— Ție nu-ți place de tata.

Chiar atunci, Tessa și Kimberly intră în bucătărie și nu mai trebuie să-i răspund la întrebare, slavă Cerului.

— Te simți bine, scumpule? îl întreabă Kimberly și îi ciufulește ușor părul.

Smith nu zice nimic. Dă din cap o dată, își aranjează părul și se duce în cealaltă cameră, cu vagonul lui de tren cu tot.

9

Tessa

— Du-te și fă duș aici — arăți ca naiba, fato, spune Kimberly cu o voce amabilă, în ciuda cuvintelor care nu mă complimentează deloc.

Hardin stă în continuare la masă, cu o ceașcă de cafea în mână. De-abia mi-a aruncat o privire de când am venit la bucătărie și l-am găsit discutând cu Smith. Faptul că ăștia doi stau de vorbă ca niște frați adevărați mă bucură foarte mult.

— Toate hainele mele sunt în mașina pe care am lăsat-o la barul ăla, îi zic eu.

Nu-mi doresc nimic mai mult decât să fac un duș, dar nu am haine de schimb.

— Poți să împrumuți ceva de la mine, spune ea, deși știm amândouă că eu n-o să încap niciodată în hainele ei. Sau de la Christian. Are niște pantaloni scurți și un tricou pe care...

— Nu, nici gând, o-ntrerupe Hardin și-i aruncă o privire tăioasă, ridicându-se în picioare. Mă duc eu să-ți aduc lucrurile. *N-o să-i porți* hainele.

Kimberly e pe punctul să deschidă gura ca să se certe, dar renunță la a mai spune ceva. Mă uit la ea recunoscătoare pentru faptul că n-o să înceapă un război în bucătăria apartamentului ei de hotel.

— Cât de departe de aici e Gabriel's? întreb eu, în speranța că măcar unul dintre ei știe răspunsul.

— La zece minute distanță.

Hardin întinde mâna ca să-i dau cheile de la mașină.

— Ești în stare să conduci?

Am condus eu de la Allhallows din cauza alcoolului pe care încă îl avea în sânge, iar ochii îi sunt şi acum sticloşi.

— Da, spune el tăios.

Minunat. Propunerea lui Kimberly, ca eu să împrumut haine de la Christian, l-a dus pe Hardin de la supărare la enervare în mai puţin de un minut.

— Vrei să vin şi eu? Pot să conduc eu la întoarcere maşina noastră dacă tu mergi cu a lui Christian... încep eu, dar mă întrerupe imediat.

— Nu. Mă descurc.

Nu-mi place tonul lui răstit, dar îmi muşc limba, la propriu, ca să nu-l reped. Nu ştiu ce m-a apucat în ultima vreme, dar mi-e din ce în ce în mai greu să-mi ţin gura. Asta e un lucru bun doar pentru mine — poate pentru Hardin nu, dar pentru mine, cu siguranţă. Pleacă din apartament fără să mai spună ceva şi fără să se uite la mine. Mă uit în gol în tăcere preţ de câteva minute până ce glasul lui Kimberly mă scoate din transă.

— Cum rezistă?

Mă conduce la masă.

— Nu prea bine.

Ne aşezăm amândouă.

— Văd şi eu asta. Cred că dacă dai foc unei case nu te ajută prea mult să-ţi vindeci furia, spune ea, fără însă să-l judece pe Hardin.

Mă uit la masa de lemn închis la culoare. Nu vreau s-o privesc pe Kimberly în ochi.

— Nu de furia lui mi-e teamă. Simt însă că se retrage în sine. Ştiu că e copilăresc şi egoist să-ţi vorbesc despre asta, de vreme ce tu treci prin tot coşmarul ăsta şi Christian are necazuri...

Poate ar fi mai bine să-mi păstrez pentru mine gândurile astea egoiste. Kimberly mă prinde de mână.

— Tessa. Nu există nicio regulă care să spună că doar o singură persoană are voie să sufere într-un anumit moment. Şi pentru tine e o situaţie nasoală, aşa cum e şi pentru mine.

— Ştiu, dar nu vreau să te deranjez cu problemele mele...

— Nu mă deranjezi. Spune ce-ai pe suflet.

Mă uit la ea cu intenția de a-mi ține gura și de a-mi păstra nemulțumirile pentru mine, dar ea clatină din cap de parcă mi-ar putea citi gândurile.

— Vrea să rămână aici, la Londra, și știu că dacă îl las, ne vom despărți.

Ea zâmbește.

— Voi doi aveți o altă noțiune despre *despărțire* decât restul lumii.

Îmi vine să mă arunc de gâtul ei pentru că-mi poate zâmbi atât de cald când ea trece prin iad.

— Știu că e greu să mă crezi când îți spun asta, dat fiind... trecutul nostru, dar toată povestea asta cu Christian și Trish ori va fi ultimul cui din coșciug, ori ne va salva. Nu văd alt rezultat și acum cred că mi-e frică de oricare dintre variante.

— Tessa, ai prea multe pe cap. Spune-mi mie. Povestește-mi cât vrei tu. Nimic din ce-mi spui nu-mi va schimba părerea despre tine sau ceva de genul ăsta. Ca o nemernică afurisită ce sunt, am nevoie să ascult problemele altcuiva ca să nu mă gândesc la ale mele.

N-o mai aștept pe Kimberly să se răzgândească. Așa că încep să înșir și vorbele îmi curg din gură incontrolabil.

— Hardin vrea să rămână la Londra. Vrea să rămână aici și să mă trimită înapoi la Seattle, ca pe o povară de care de-abia așteaptă să scape. Fuge de mine, așa cum face de fiecare dată când e rănit, iar acum a luat-o razna și a dat foc casei și n-are nicio remușcare. Știu că e mânios și nu i-aș spune asta niciodată, dar nu face altceva decât să-și înrăutățească situația. Dacă și-ar accepta furia și durerea — dacă ar recunoaște că mai sunt și alți oameni importanți în lume, în afară de el și de mine — ar putea depăși starea asta. Mă enervează la culme, pentru că-mi spune că nu poate trăi fără mine și că mai degrabă ar muri decât să mă piardă, dar când dă de greu, ce face? Mă respinge. Eu n-o să-l las la greu — sunt prinsă până la urechi. Dar uneori pur și simplu mă satur de atâta luptă și încep să mă gândesc cum ar arăta viața mea fără el.

Mă uit în ochii lui Kimberly.

— Dar când încep să-mi imaginez, aproape că mă prăbușesc din cauza durerii.

Iau ceașca de cafea pe jumătate goală de pe masă și o dau peste cap. Vocea îmi sună mai bine ca acum câteva ore, dar discursul meu și-a pus amprenta pe gâtul meu răgușit.

— După atâtea luni tot nu are nicio logică pentru mine, tot haosul ăsta, dar prefer să am parte de așa ceva — arăt dramatic în jurul meu — decât să fiu fără el. Momentele rele petrecute alături de el n-au însemnat nimic în comparație cu cele bune. Nu știu dacă nu cumva bat câmpii sau am înnebunit. Poate amândouă. Dar îl iubesc mai mult decât mă iubesc pe mine însămi, mai mult decât credeam că e posibil și nu-mi doresc decât să fie fericit. Nu pentru mine, ci pentru el. Vreau să se uite în oglindă și să zâmbească, nu să se-ncrunte. Trebuie să nu se mai considere un monstru. Trebuie să se vadă așa cum este, pentru că, dacă nu va ieși din rolul de personaj negativ, asta îl va distruge, iar eu voi rămâne doar cu scrumul. Te rog să nu-i spui nici lui, nici lui Christian nimic din toate astea. Aveam nevoie să spun toate astea pentru că simt că mă sufoc și e greu să mă țin la suprafață, mai ales când înot contra curentului ca să-l salvez pe el, în loc să mă salvez pe mine.

Vocea îmi cedează puțin și încep să tușesc. Kimberly zâmbește și dă să spună ceva, dar eu ridic un deget. Îmi dreg glasul.

— Mai e ceva. Colac peste pupăză, am mers la doctor să-mi dea... să-mi dea anticoncepționale, zic eu, aproape șoptind ultimele cuvinte.

Kimberly face tot posibilul să nu râdă, dar eșuează lamentabil.

— Nu-i nevoie să șoptești — zi cu voce tare, fato!

— Bine.

Mă înroșesc.

— M-am dus să-mi prescrie anticoncepționale și doctorul mi-a examinat rapid colul uterin. A zis că e scurt, mai scurt decât ar trebui să fie, și vrea să mai vin și pentru alte teste, dar a pomenit infertilitatea.

Caut compasiune în ochii ei albaștri.

— Sora mea are același lucru; i se spune insuficiență de col uterin, cred. Ce expresie oribilă: zici că vaginul ei a luat *insuficient* la matematică sau că e un avocat de doi lei sau ceva de genul ăsta.

Gluma lui Kimberly și faptul că știe pe cineva care are aceeași problemă ca mine mă fac să mă simt un pic mai bine.

— Și are copii? întreb eu, dar regret instantaneu că am făcut asta, pentru că expresia ei se schimbă.

— Nu știu dacă am chef să vorbesc despre ea chiar acum. O să-ți povestesc cu altă ocazie.

— Spune-mi.

N-ar trebui să aud astfel de povești, dar nu mă pot abține.

— Te rog, o implor.

Kimberly inspiră profund.

— A tot încercat să rămână gravidă, ani la rând; a fost oribil pentru ea. Au încercat tratamente de fertilizare. Tot ce poți găsi pe Google, ea și soțul ei au încercat.

— Și? o presez eu și o întrerup nepoliticos, pentru că-mi amintesc de Hardin.

Sper că se întoarce deja. În starea în care e, Hardin nu poate fi lăsat de capul lui.

— Păi, în cele din urmă a rămas însărcinată și a fost cea mai fericită zi din viața ei.

Kimberly își ia ochii de la mine și știu că fie minte, fie îmi ascunde ceva ca să mă protejeze.

— Ce s-a întâmplat? Cât are acum bebelușul?

Kimberly își împreunează mâinile și mă privește fix în ochi.

— A pierdut sarcina la patru luni. Dar asta i s-a întâmplat *ei* — nu te lăsa copleșită de povestea ei. Poate nu ai aceeași problemă. Și chiar dacă ai, lucrurile pot sta altfel în cazul tău.

Cu un țiuit persistent în urechi, spun:

— Am sentimentul ăsta, doar o presimțire, că eu n-o să pot rămâne însărcinată. Când doctorul a vorbit despre infertilitate, parcă am avut o revelație.

Kimberly mă prinde de mână, pe deasupra mesei.

— Nu ai de unde să știi. Și nu vreau să fiu nasoală, dar Hardin nu vrea oricum copii, nu-i așa?

Chiar dacă vorbele ei îmi răsucesc un cuțit micuț în inimă, mă simt mai bine acum, că am vorbit cuiva despre grijile mele.

— Nu. Nu vrea. Nu vrea nici copii, nici căsnicie cu mine.

— Sperai să se răzgândească?

Mă strânge ușor de mână.

— Da, din păcate speram. Eram aproape sigură că se va răzgândi. Nu acum, desigur, dar peste câțiva ani. Mă gândeam că atunci când el va fi mai matur și vom fi terminat amândoi facultatea, o să se răzgândească, până la urmă. Dar acum pare și mai iluzoriu decât părea înainte.

Îmi simt obrajii roșii de stânjeneală. Nu-mi vine să cred că am spus toate lucrurile astea cu voce tare.

— Știu că sunt caraghioasă pentru că mă văicăresc din cauza copiilor la vârsta mea, dar dintotdeauna mi-am dorit să devin mamă. Nu știu dacă din cauză că mama și tata n-au fost cei mai buni părinți, dar mereu am simțit nevoia de a fi mamă. Nu doar mamă, ci una foarte bună — o mamă care să-și iubească necondiționat copiii. Care să nu-i judece și să nu-i minimalizeze niciodată. Care să nu-i preseze și să nu-i umilească niciodată. Care să nu-ncerce să-i transforme într-o versiune îmbunătățită a ei.

Când am început să vorbesc despre asta, mă simțeam sărită de pe fix. Dar Kimberly dă din cap la tot ce spun, făcându-mă să cred că poate nu sunt singura care simte așa.

— Cred că voi fi o mamă bună, dacă voi avea această ocazie, iar gândul la o fetiță cu părul castaniu și cu ochii albaștri-cenușii care aleargă în brațele lui Hardin mă umple de bucurie. Mi-o imaginez deseori. Știu că e o prostie, dar uneori mi-i imaginez pe amândoi, cu părul lor ciufulit.

Mă bufnește râsul la ideea asta caraghioasă, la imaginea asta pe care mi-am închipuit-o de mai multe ori decât ar fi normal.

— El i-ar citi și-ar duce-o pe umerii lui, iar ea ar face ce-ar dori din el.

Zâmbesc forţat, încercând să-mi şterg imaginea aceea dulce din cap.

— Dar el nu-şi doreşte asta, iar acum, că a aflat că tatăl lui e Christian, ştiu că nu-şi va dori niciodată.

Îmi dau părul după ureche şi mă simt surprinsă şi un pic mândră de mine, pentru că am vorbit despre toate astea fără să vărs o lacrimă.

10

Hardin

„*Mi-aş dori să rămâi cu mine pentru totdeauna*", îmi spusese Tessa, lipită de mine.

Asta îmi doream să aud. Doar asta îmi trebuie să aud, pentru totdeauna.

Dar de ce şi-ar dori să fie cu mine pentru totdeauna? Cum ar fi chestia asta? Tessa şi cu mine la patruzeci de ani, fără copii, necăsătoriţi — doar noi doi?

Pentru mine ar fi perfect. Asta e ideea mea de viitor ideal, dar ştiu că ei nu i-ar fi îndeajuns niciodată. Am avut aceeaşi discuţie de prea multe ori şi ştiu că ea trebuie să cedeze prima, pentru că eu n-o să cedez niciodată. Să fii un nenorocit înseamnă să fii foarte încăpăţânat. Şi ea va renunţa la copii şi căsnicie pentru mine.

În plus, ce fel de tată aş fi eu? Unul de tot rahatul, asta e cât se poate de sigur. Nici măcar nu-mi pot pune întrebarea asta fără să mă apuce râsul — e ridicol să mă gândesc la aşa ceva. Aşa idioată cum a fost excursia asta, a însemnat un avertisment clar în privinţa relaţiei mele cu Tessa. Am încercat întotdeauna să-i explic, s-o fac să nu se prăbuşească odată cu mine, dar cred că nu m-am străduit suficient. Dacă e să fiu sincer, ştiu că aş fi putut s-o apăr mai bine de mine, dar, pentru că sunt egoist, n-am fost în stare. Acum mi-e clar cum va arăta viaţa ei alături de mine şi n-am de ales. Călătoria asta mi-a risipit ceaţa romantică de pe creier şi, în mod miraculos, am o şansă să ies onorabil din povestea asta. Pot s-o trimit înapoi în America, să-şi vadă liniştită de viaţa ei.

Viitorul Tessei alături de mine nu ar însemna altceva decât singurătate şi neîmplinire. Aş primi tot ce mi-aş dori de la ea — iubirea şi afecţiunea ei constantă, vreme de ani întregi — dar ea ar fi nefericită şi, cu fiecare an care va trece, mă va urî din ce în ce mai mult pentru că nu i-am oferit ce şi-a dorit. Aş putea s-o scutesc de vremea pierdută.

Când ajung la Gabriel's, arunc iute geanta Tessei pe bancheta din spate şi mă întorc la hotel. Am nevoie de un plan, de un plan solid de care să mă şi ţin. E prea încăpăţânată şi prea îndrăgostită ca să renunţe la mine.

Asta e problema ei, e unul dintre acei oameni care oferă la nesfârşit fără să ceară nimic în schimb şi adevărul urât e că oamenii ca ea sunt cea mai uşoară pradă pentru cineva ca mine, care ia cu ambele mâini până nu mai rămâne nimic. Asta am făcut de la bun început şi asta o să fac întotdeauna.

Va încerca să mă convingă de contrariu; ştiu că asta va face. Va spune că mariajul nu mai este important, dar nu va face altceva decât să se mintă ca să rămână lângă mine. Asta spune multe despre mine, că am manipulat-o şi am făcut-o să mă iubească necondiţionat. Masochistul din mine începe să se îndoiască de iubirea ei.

Oare mă iubeşte atât de mult pe cât spune sau e doar dependentă de mine? E o diferenţă enormă, şi cu cât îmi acceptă mai multe tâmpenii, cu atât pare mai dependentă. De parcă ar aştepta cu tot sufletul s-o dau în bară ca să aibă ocazia să mă repare din nou. Asta e, de fapt: mă vede ca pe un soi de proiect, ca pe un lucru ce trebuie reparat. Am mai avut discuţia asta, şi nu doar o dată, dar ea a refuzat să recunoască.

Răscolesc prin amintiri după un anumit moment şi, în cele din urmă, îl găsesc undeva în creierul meu înceţoşat şi mahmur. Era chiar după ce mama s-a întors la Londra, imediat după Crăciun. Tessa mă privise îngrijorată.

— Hardin?

— Da? am răspuns eu, cu un pix între dinţi.

— Vrei să mă ajuţi să desfacem pomul după ce termini de lucrat?

De fapt nu lucram; scriam, dar ea nu ştia asta. Fusese o zi lungă şi interesantă. O prinsesem întorcându-se de la prânz cu imbecilul de Trevor şi apoi o pusesem capră pe biroul ei şi i-o trăsesem până leşinase.

— Da, mai lasă-mă o clipă.

Am ascuns paginile, de teamă să nu le vadă când va face curăţenie şi m-am ridicat s-o ajut să desfacă pomul micuţ pe care-l decorase cu mama.

— La ce tot lucrezi acolo? E ceva bun?

S-a întins după dosarul jerpelit, despre care se plângea mereu că-l las aruncat aiurea prin casă. De asemenea, urmele ceştilor de cafea şi urmele de pix pe canapeaua de piele o scoteau din minţi.

— Nimic.

I l-am smuls din mâini înainte să-l deschidă. Ea s-a dat înapoi, în mod clar surprinsă şi puţin jignită de gestul meu.

— Scuze, a zis ea, încet.

S-a încruntat profund, iar eu am aruncat dosarul pe canapea şi am prins-o de mâini.

— Întrebam doar. Nu voiam să-mi bag nasul sau să te supăr.

La naiba, cât eram de nenorocit. Şi încă *sunt*.

— Nu e nimic, dar nu-ţi bate capul cu chestiile mele de la lucru. Eu nu...

Nu îmi trecea prin cap nicio scuză, pentru că nu o mai oprisem niciodată până atunci. De câte ori găseam un pasaj care credeam c-o să-i placă, i-l arătam şi ei. Îi plăcea la nebunie când făceam asta, iar acum o certam pentru că încercase să se uite.

— Bine.

S-a întors cu spatele la mine şi a început să scoată decoraţiunile din pomul ăla hidos. M-am uitat la spatele ei preţ de câteva minute, întrebându-mă de ce eram atât de furios. Dacă ar citi ce scriam, cum s-ar simţi? I-ar plăcea? Sau ar fi scandalizată şi ar face o criză de nervi? Nu ştiam şi încă nu ştiu, de-asta ea habar n-are că eu scriu nici până în ziua de azi.

— Bine? Atât ai de spus? m-am luat eu de ea, gata de ceartă.

Să ne certăm era mai bine decât să mă ignore; țipetele îmi plăceau mai mult decât tăcerea.

—N-o să mai umblu cu lucrurile tale, a zis ea fără să se întoarcă și să se uite la mine. Nu știam că te supără atât de tare.

— Eu...

M-am străduit să găsesc un motiv de ceartă. Apoi am zis direct:

— De ce ești cu mine, la urma urmelor? am întrebat-o tăios. După tot ce s-a întâmplat — îți place genul ăsta de dramă?

— Poftim?

S-a răsucit, cu un ornament în formă de fulg de nea în mână.

— De ce ai chef de ceartă cu mine? Am spus că nu mă mai ating de lucrurile tale.

— N-am chef de ceartă, am mințit eu. Vreau doar să știu, pentru că mi se pare că ești dependentă de dramă și de suișuri și coborâșuri mai mult decât de orice altceva.

Știam că nu-i corect să spun așa ceva, dar am spus-o. Aveam chef de ceartă și voiam să aibă și ea. A venit către mine, lăsând ornamentul în cutia de lângă pom.

— Știi bine că nu-i adevărat. Te iubesc, chiar și atunci când cauți ceartă. Urăsc drama, știi asta. Te iubesc așa cum ești, asta-i tot.

S-a ridicat pe vârfuri și m-a sărutat pe obraz, iar eu am cuprins-o în brațe.

— Atunci de ce mă iubești? Eu nu fac nimic pentru tine, am zis, ușurel.

Scena pe care o făcusem la Vance mai devreme încă îmi era proaspătă în minte. Ea a respirat răbdătoare și și-a lipit capul de pieptul meu.

— Pentru asta — a zis și m-a bătut încetișor cu arătătorul în dreptul inimii — de-aia te iubesc. Acum nu te mai certa cu mine. Am un referat de făcut și pomul ăsta nu se desface de unul singur.

Era atât de blândă cu mine, atât de înțelegătoare, chiar și când nu meritam.

— Te iubesc, i-am spus și mi-am pus mâinile pe șoldurile ei.

Ea s-a lipit de mine și m-a lăsat s-o ridic în brațe. M-a cuprins cu picioarele de mijloc, iar eu am dus-o până la canapea.

— Te iubesc mereu. Să nu te îndoiești de asta, o să te iubesc întotdeauna, m-a asigurat ea, cu gura lipită de gura mea.

Am dezbrăcat-o încet, bucurându-mă de rotunjimile ei sexy. Mi-a plăcut la nebunie să-i văd privirea uimită cât timp mi-am pus prezervativul. În aceeași după-amiază fusese foarte agitată când venise vorba să și-o tragă cât timp e la ciclu, dar acum pieptul i se mișca rapid când am început să mă masturbez în fața ei. Câteva gâfâieli nerăbdătoare și un geamăt ușor, atât mi-a trebuit ca să n-o mai șicanez. M-am băgat între coapsele ei și am pătruns-o încet. Era atât de udă și de strâmtă și m-am pierdut în ea și încă nu-mi amintesc cine și cum a desfăcut, până la urmă, pomul de Crăciun.

În ultima vreme îmi aminteam din ce în ce mai des momentele fericite petrecute alături de ea. Mâinile îmi tremură și mă prind de volan, încercând să mă desprind de trecut; gemetele și scâncetele ei dispar, iar eu mă silesc să revin în prezent.

Aștept la coadă în trafic, la numai câțiva kilometri distanță de Tessa. Trebuie să-mi pun planul la punct și să mă asigur că o urc în avion diseară. E un zbor de noapte, nu înainte de ora nouă, deci are tot timpul din lume să ajungă la Heathrow. O va duce Kimberly; știu că o va duce ea. Capul încă mă doare — alcoolul îmi părăsește trupul încet și tot mă simt puțin amețit. Nu atât de tare încât să nu pot conduce, dar mintea îmi zboară la altceva.

— Hardin! se aude o voce cunoscută.

Glasul e înăbușit, așa că dau repede geamul jos. Oriunde mă întorc, dau de cineva din trecutul meu, strigându-mă pe nume.

— Dumnezeule mare! strig eu către mașina de lângă mine.

Vechiul meu prieten, Mark, e pe banda alăturată. Dacă ăsta nu e un semn divin, nu știu care mai e.

— Oprește mașina! strigă și el, cu un zâmbet uriaș pe față.

Trag mașina închiriată de Vance în parcarea unui magazin de înghețată, iar el parchează lângă mine. Iese din rabla lui înaintea mea și se repede să-mi deschidă și mie portiera.

— Te-ai întors și nici măcar nu m-ai anunțat? țipă el și mă bate pe umăr. La naiba, spune-mi că BMW-ul ăsta e închiriat, ori te-ai îmbogățit și mie nu mi-ai spus?

Îmi dau ochii peste cap.

— Poveste lungă, dar, da, e închiriat.

— Te-ai întors de tot sau cum?

Acum are părul castaniu tuns scurt, dar ochii îi sunt la fel de injectați cum au fost întotdeauna.

— Da, m-am întors de tot, răspund eu, hotărându-mă.

Eu o să rămân aici și ea se va întoarce în America, pur și simplu. Mark mă privește atent.

— Unde-ți sunt piercingurile? Le-ai scos?

— Da, mă săturasem de ele.

Ridic din umeri, dar mă uit la el atent. Când își răsucește puțin capul două inele îi sclipesc în buze. Doamne, el și-a mai făcut câteva.

— La naiba, Scott, arăți altfel. E o nebunie. Cât au trecut, doi ani?

Ridică o mână.

— Trei? Să mă ia naiba, sunt drogat de zece ani, deci n-aș putea să-ți spun.

Izbucnește în râs și scoate un pachet de țigări din buzunar. Îl refuz când îmi oferă și mie una, ceea ce îl face să ridice din sprânceană.

— Ce, te-ai cumințit? spune el acuzator.

— Nu, doar că n-am chef să fumez, mă răstesc eu.

Râde, ca de fiecare dată când mă răstesc așa. El a fost mereu liderul micii noastre găști de delincvenți. E doar cu un an mai mare decât mine, dar a fost suficient cât să-l privesc mereu cu apreciere și să-mi doresc să fiu ca el. De aceea, când ni s-a alăturat un tip și mai în vârstă pe nume James și el cu Mark au început jocurile, m-am băgat imediat. Nu m-a deranjat cum le tratau pe fete, nici măcar atunci când le filmau fără știrea lor.

— Ești sub papuc acum, nu-i așa?

A zâmbit și și-a aprins țigara.

— Du-te dracului. Ești drogat și acum, nu-i așa?

Știam că el va rămâne mereu așa, drogat și blocat în zilele glorioase de odinioară, când futeam tone de gagici și eram mereu fumați.

— Neah, dar a fost totuși o noapte grea.

Rânjește, mândru de sine când își amintește ce a făcut azi-noapte.

— Încotro te duci? Stai acasă la mama ta?

Mă sufoc când îmi amintesc de mama și de casa pe care am ars-o din temelie. Încă simt fumul fierbinte pe obraji și văd flăcările strălucitoare care înghit casa, așa cum le-am văzut când m-am uitat în urmă, înainte de a mă urca în mașină cu Tessa.

— Nu, stau pe ici-pe colo.

— Ah, m-am prins.

Nu s-a prins de nimic.

— Dacă ai nevoie să stai undeva, poți veni la mine. James e colegul meu de apartament acum — i-ar plăcea mult să vadă cum ai crescut. Americanizat și toate cele.

Aud în cap vocea Tessei, cum mă imploră să n-o iau pe poteca asta convenabilă și cunoscută, dar eu prefer să-i ignor protestele și îl aprob pe Mark.

— Vreau să-mi faci un serviciu, totuși.

— Pot să-ți fac rost de orice vrei — James vinde acum! spune Mark cu oarecare mândrie în glas.

Îmi dau ochii peste cap.

— Nu la asta mă refeream. Vreau să vii după mine la hotel ca să las ceva acolo, apoi să mă lași la Gabriel's, ca să-mi iau mașina.

Va trebui să prelungesc închirierea, dacă îmi vor permite. Nu mă mai gândesc că în Washington mă așteaptă un apartament și o mașină. O să mă gândesc mai târziu la asta.

— Și după aia vii la mine?

Se oprește.

— Stai așa, cui trebuie să-i lași ceva?

Chiar drogat, nu a omis acest detaliu. Nici mort n-o să-i spun lui Mark despre Tessa, nici mort.

— Unei tipe.

Mă arde gâtul când mint despre relaţia mea cu Tessa, dar trebuie s-o protejez de chestia asta. El se duce către maşină şi face o pauză înainte de a se sui în ea.

— E bună? Pot să aştept afară dacă ai chef s-o mai futi o dată. Sau poate că mă lasă şi pe mine...

Văd roşu în faţa ochilor şi inspir de câteva ori ca să mă calmez.

— Nu. Ce naiba. Nici să nu te gândeşti. Rămâi în maşină. Nici măcar nu mai intru.

Văd că nu pare convins şi adaug:

— Vorbesc serios. Dacă te dai jos din maşină şi te apropii de ea...

— Calmează-te dracului, amice! O să stau în maşină! strigă el şi-mi întinde mâinile cu încheieturile unite, de parcă aş fi poliţist.

Încă râde şi clatină din cap în timp ce iese după mine din parcare.

11

Tessa

Îmi verific telefonul pus la încărcat.

— E plecat de mai bine de o oră.

Încerc să-l sun din nou.

— Probabil că nu se grăbește, spune Kimberly, încercând să mă liniștească, dar eu zăresc umbra de îndoială din ochii ei.

— Nu răspunde. Dacă s-a dus din nou la bar...

Mă ridic și încep să mă plimb agitată.

— Probabil o să apară din minut în minut.

Deschide ușa și trage cu ochiul afară, uitându-se în stânga și-n dreapta și apoi în jos. Îmi rostește numele încet, dar are vocea pierită. Ceva nu e în regulă.

— Ce e? Ce s-a întâmplat?

Oare Hardin e pe hol? Mă reped la Kimberly, care se apleacă... și-mi ridică valiza. Mă cuprinde groaza și cad în genunchi. Simt ca prin vis cum Kimberly mă ia în brațe și deschid buzunarul din față al valizei. Acolo găsesc un bilet de avion, unul singur. Lângă el e brelocul lui Hardin, cu cheile lui de la mașină și de la apartament.

Știam că așa se va întâmpla. Știam că va fugi de mine când va prinde ocazia. Hardin nu poate suporta nicio traumă emoțională, pur și simplu nu poate. Mă așteptam la asta, deci de ce mi se pare atât de greu biletul în mâna mea și de ce mă simt de parcă pieptul mi-ar fi luat foc? Îl urăsc pentru că mi-a făcut asta, atât de repede, din cauza furiei, și mă urăsc pe mine pentru că nu m-am pregătit pentru lovitura asta. Ar trebui să fiu tare acum; ar trebui să fiu demnă și să nu mă las doborâtă. Ar trebui să iau biletul, să pun mâna pe nenorocita de valiză și să plec dracului din Londra. Asta ar face orice femeie care se respectă. E simplu, nu-i așa? Mă gândesc la asta în timp ce-mi simt genunchii moi și mâinile tremurând și-mi acopăr fața de rușine. Omul ăsta m-a rupt din nou în bucăți.

— E un dobitoc, îl jignește Kimberly pe Hardin, de parcă eu n-aș ști deja că e dobitoc. Știi bine că se va întoarce, se întoarce întotdeauna, spune ea, ținându-mă în brațe.

Mă uit la ea și văd în ochii ei că e furioasă și că vrea să mă protejeze. Mă desprind ușor din îmbrățișarea ei și scutur din cap.

— Mă simt bine. E-n regulă. Mă simt bine, zic eu, mai mult pentru mine decât pentru Kim.

— Ba nu te simți, mă contrazice ea și-mi dă o șuviță de păr după ureche.

Îmi aduc aminte de mâinile lui Hardin care fac exact același gest și mă dau în spate.

— Trebuie să fac un duș, îi spun prietenei mele, înainte să-mi pierd cumpătul.

Nu, nu distrusă. Nu sunt distrusă; sunt învinsă. Mă simt pur și simplu înfrântă. Am petrecut luni întregi încercând să mă lupt cu inevitabilul, să mă bat contra unui curent prea puternic pentru forțele mele, iar acum m-a înghițit și nu e nicio barcă de salvare în apropiere.

— Tessa? Tessa, te simți bine? strigă Kimberly din camera cealaltă.

— Sunt bine, reușesc eu să spun, dar vocea îmi e slabă, așa cum mă simt și eu.

Nu am niciun dram de putere, dar măcar trebuie să încerc să-mi ascund slăbiciunea. Apa e rece acum, s-a răcit de câteva minute bune... poate de o oră întreagă. N-am nici cea mai vagă idee de cât timp sunt aici, ghemuită pe podeaua de la baie, cu genunchii strânși la piept și cu apa rece stropindu-mă. Până acum o vreme mă durea tot trupul, dar între timp mi-a amorțit.

— Trebuie să ieși odată din duș. Să nu crezi că n-am tupeu să dărâm ușa.

Nici nu mă îndoiesc că ar fi în stare de așa ceva. I-am ignorat de câteva ori amenințările, dar de data asta mă-ntind și opresc apa. Dar tot nu plec de pe locul meu de pe jos. Kimberly pare mulțumită că am oprit dușul pentru că mă lasă în pace o vreme. Dar când bate la ușă din nou, îi strig:

— Gata, ies.

Când mă ridic, constat că-mi tremură picioarele și că părul aproape mi s-a uscat. Scotocesc prin geantă după haine și mă-mbrac mecanic cu o pereche de jeans și cu un tricou. Mă simt ca un robot și apoi, când șterg oglinda și mă privesc în ea, observ că arăt tot ca un robot.

De câte ori o să mai facă așa? mă întreb în sinea mea.

Nu, de câte ori o să-l mai las eu să facă așa ceva? Aceasta e adevărata întrebare.

— N-o să-l mai las, spun cu voce tare străinei care mă privește din oglindă.

O să-l găsesc, pentru ultima oară, numai de dragul familiei lui. O să-l scot din Londra asta nenorocită și o să fac ceea ce trebuia să fac de multă vreme.

12

Hardin

— La naiba, Scott! Uită-te la tine — ești un mamut!

James se ridică de pe canapea și vine către mine. E adevărat. În comparație cu el și cu Mark, sunt uriaș.

— Cât naiba ai, un metru și nouăzeci?

Ochii lui James sunt lucioși și împăienjeniți. Și e de-abia ora unu după-amiaza.

— Unu nouăștrei, îl corectez eu și primesc același salut prietenos al lui Mark, o mână fermă pe umăr.

— Asta e o chestie nemaipomenită! Trebuie să dăm sfară în țară că te-ai întors. Toată lumea e încă aici, prietene.

James își freacă mâinile de parcă ar plănui ceva de proporții, iar eu nici măcar nu vreau să știu despre ce e vorba.

Oare Tessa a găsit deja geanta la ușă? Oare ce-a crezut despre chestia asta? A plâns? Sau a depășit deja faza cu plânsul?

Cu siguranță nu-mi doresc să aflu răspunsurile la întrebările astea. Nu vreau să-mi imaginez ce față a făcut când a deschis ușa. Nici nu vreau să mă gândesc cum s-a simțit când a văzut un singur bilet de avion îndesat în buzunarul din față al valizei. Am scos toate hainele mele de acolo și le-am aruncat pe bancheta din spate a mașinii închiriate.

O cunosc suficient încât să-mi dau seama că va dori să-și ia la revedere de la mine. Va încerca să mă găsească până va renunța definitiv. Dar după acest ultim efort va ceda. Nu va avea de ales, pentru că nu mă va găsi până la ora zborului, iar mâine va fi deja departe, departe de tot.

— Frate!

Mark vorbeşte tare şi-şi flutură mâna în faţa mea.

— Mai eşti cu noi?

— Scuze, zic eu şi ridic din umeri.

Dar apoi îmi dau seama: dacă Tessa se rătăceşte prin Londra căutându-mă, ce fac? Oare fac ceva?

Mark mă cuprinde cu un braţ şi mă atrage în conversaţia pe care o are cu James. Discută pe cine să invite. Vorbesc despre o grămadă de oameni pe care îi cunosc şi despre câţiva necunoscuţi şi încep să dea telefoane, invitând lumea la o petrecere în miezul zilei, comunicând ora şi lista de băuturi.

Mă retrag la bucătărie după un pahar de apă. Pentru prima oară de când am intrat pe uşă mă uit prin apartament mai cu atenţie. E un haos. Seamănă cu sediul frăţiei studenţeşti, în dimineţile de sâmbătă şi duminică. Apartamentul nostru n-a arătat niciodată aşa, cel puţin cât a fost Tessa prin preajmă. Blaturile de la bucătărie nu erau niciodată pline de cutii vechi de pizza, iar mesele nu erau niciodată pline de sticle de bere şi bonguri. Alunec în trecut şi ştiu asta, la naiba.

Că tot veni vorba de bonguri, nici măcar nu trebuie să mă uit la Mark şi la James ca să-mi dau seama ce fac. Aud bolboroseala apei în bong, apoi simt mirosul caracteristic al marijuanei care începe să se răspândească în casă.

Masochist cum sunt, îmi scot telefonul din buzunar şi îl pornesc. Fotografia de pe ecran cu Tessa este noua mea favorită. Deocamdată. Îmi schimb fotografia în fiecare săptămână, dar aceasta este perfectă. Are părul blond lăsat în jos, pe umeri, şi lumina o pune în valoare, făcând-o să strălucească. Un zâmbet sincer îi inundă toată faţa, iar ochii îi sunt închişi strâns şi nasul i se încreţeşte în cel mai adorabil mod cu putinţă. Râdea la mine, mă certa pentru că o plesnisem peste fund în faţa lui Kimberly şi i-am făcut poza exact când izbucnise în râs pentru că îi şopteam ce alte lucruri, mult mai perverse, i-aş face în prezenţa prietenei ei enervante.

Mă duc înapoi în living, iar James îmi smulge telefonul din mână.

— Dă-mi şi mie ce iei tu!

Mă grăbesc să i-l iau înapoi înainte să apuce să vadă fotografia.

— Vai, ce sensibil, zice James batjocoritor, în timp ce eu schimb poza.

N-are niciun sens să-i alimentez pe cretinii ăştia.

— Am invitat-o pe Janine, spune Mark, zâmbindu-i complice lui James.

— Nu ştiu de ce râdeţi voi doi.

Arăt către Mark.

— E *soră-ta*.

Apoi arăt către James.

— Şi i-ai tras-o *şi tu*.

Nu că ar fi ceva surprinzător; sora lui Mark e cunoscută pentru că s-a culcat cu absolut toţi prietenii fratelui ei mai mic.

— Du-te dracului, amice!

James mai trage un fum din bong şi mi-l pasează mie. Tessa m-ar omorî. Ar fi atât de dezamăgită; nu e de acord nici măcar să beau, darămite să fumez iarbă.

— Fumează sau dă mai departe, mă grăbeşte Mark.

— Dacă vine Janine, o să ai nevoie. E în continuare sexy de nu mai poate, îmi spune James, iar Mark se uită urât la el, în timp ce eu izbucnesc în râs.

Orele trec aşa, cu fumat, cu stat degeaba, cu băut, cu stat degeaba şi, înainte să-mi dau seama ce se-ntâmplă, locul se umple cu oameni, inclusiv fata cu pricina.

13

Tessa

Poate că n-am eu multe pe lume, dar încă mi-a mai rămas un strop de mândrie şi aş prefera să mă întâlnesc singură cu Hardin şi să purtăm această conversaţie doar eu cu el. Ştiu exact ce va face. Îmi va spune că sunt prea bună pentru el, iar el nu e bun pentru mine deloc. Va spune ceva dureros, iar eu voi încerca să-l conving de contrariu.

Kimberly crede că sunt o proastă pentru că mă ţin după el după despărţirea asta rece, dar îl iubesc şi asta faci când iubeşti pe cineva: te lupţi pentru el — te ţii după el când ştii că are nevoie de tine. Îl ajuţi să lupte cu el însuşi şi nu-l părăseşti niciodată, nici măcar atunci când clachează.

— Sunt în regulă. Dacă îl găsesc şi tu eşti cu mine, se va simţi încolţit şi asta va înrăutăţi lucrurile, îi zic lui Kimberly pentru a doua oară.

— Ai grijă, te rog. Nu vreau să fiu nevoită să-l ucid pe puştiul ăsta, dar, în acest moment, nu elimin nicio posibilitate.

Îmi zâmbeşte strâmb.

— Stai aşa, încă ceva.

Kimberly ridică un deget şi se duce repede la măsuţa de cafea din mijlocul încăperii. Scotoceşte prin geantă şi apoi îmi face semn să vin lângă ea. Kimberly, pentru că e Kimberly, mă dă cu un gloss strălucitor şi străveziu pe buze şi îmi dă un tub de rimel. Zâmbeşte cu subînţeles.

— Vrei să arăţi senzaţional, nu?

În ciuda durerii de inimă, zâmbesc când văd că vrea să mă ajute să arăt decent. *Desigur,* pentru ea, asta e o parte importantă a ecuaţiei.

* * *

Zece minute mai târziu, nu mai am obrajii roşii din cauza plânsului. Mai am încă ochii umflaţi, dar nu se mai observă atât de mult, datorită fondului de ten şi machiajului discret. Am părul pieptănat şi oarecum aranjat în nişte bucle mari. Kimberly a renunţat după câteva minute, oftând, apoi a zis că buclele lejere sunt oricum la modă în perioada asta. Nu ştiu când m-a făcut să-mi schimb tricoul şi să-mi pun o bluză şi un cardigan, dar m-a scos relativ repede din starea de zombie.

— Promite-mi c-o să mă suni dacă ai nevoie de mine, insistă Kimberly. Să nu-ţi imaginezi că nu vin să te caut.

O aprob dând din cap şi ştiu că nu va şovăi. Mă mai îmbrăţişează de două ori şi-mi dă cheile maşinii lui Christian, pe care Hardin a lăsat-o în parcare. Când ajung la maşină, îmi pun telefonul la încărcat şi cobor geamul de tot. Maşina miroase a Hardin, iar paharele de cafea goale de azi-dimineaţă încă se află în suporturile lor, amintindu-mi cum am făcut dragoste acum câteva ore. Aşa şi-a luat el la revedere de la mine — am ştiut oarecum că asta făcea, dar nu eram gata să accept. Nu voiam să recunosc înfrângerea, deşi era evidentă. Mi se pare imposibil să fie deja aproape cinci după-amiaza. Am mai puţin de două ore la dispoziţie să-l găsesc pe Hardin şi să-l conving să vină înapoi acasă cu mine. Îmbarcarea începe la opt şi jumătate, dar trebuie să fim în jur de ora şapte, ca să trecem de filtrele de securitate.

Oare o să plec singură acasă?

Mă privesc în oglinda retrovizoare şi văd aceeaşi fată care a trebuit să se adune de pe podeaua băii. Am presimţirea sumbră că voi urca singură în avion. Ştiu un singur loc unde l-aş putea căuta şi, dacă nu-i acolo, n-am nicio idee ce să fac. Pornesc motorul, dar mă opresc cu mâna pe schimbătorul de viteze. Nu pot rătăci aşa fără ţintă prin Londra, fără bani şi fără o destinaţie clară. Disperată şi îngrijorată, încerc să-l sun din nou şi aproape izbucnesc în lacrimi de bucurie când răspunde la telefon.

— Aloooo, cine e? zice o voce masculină pe care n-o recunosc.

Mă uit la telefon să văd dacă am format numărul corect, dar numele lui Hardin apare clar pe ecran.

— Aloooo, face tipul şi mai tare, lungind din nou cuvântul.

— Ăămm, bună. Hardin e acolo?

Am un gol în stomac; ştiu că tipul ăsta nu e de bun augur, deşi habar n-am cine e. Râsete şi diverse voci răsună în fundal; sunt mai multe glasuri de femeie.

— Scott e... disponibil în acest moment, îmi spune tipul.

Disponibil?

Se spune *indisponibil,* idiotule, strigă o femeie, râzând.

O, Doamne.

— Unde e?

Îmi dau seama că m-a pus pe speaker, pentru că zgomotul de fond s-a schimbat.

— E ocupat, zice alt tip. Cine e? Vii şi tu la petrecere? De-asta ai sunat? Îmi place accentul tău american, păsărică, şi dacă eşti prietenă cu Scott...

Petrecere? La ora cinci? Încerc să mă concentrez mai degrabă pe acest detaliu decât pe faptul că aud mai multe femei izbucnind în râs şi că Hardin e „ocupat".

— Mda, răspund eu înainte să gândesc. Mai spune-mi o dată adresa.

Am vocea şovăitoare şi nesigură, dar nu pare să observe nimeni. Tipul care mi-a răspuns la telefon îmi dă adresa, iar eu o introduc repede în GPS-ul de pe telefon. Nu se aude bine şi-l pun să o spună de două ori, iar el se supune şi-mi spune să mă grăbesc, lăudându-se că au mai multă băutură decât am văzut eu în toată viaţa mea.

* * *

Douăzeci de minute mai târziu, iată-mă în parcarea de lângă o clădire dărăpănată de cărămidă. Are ferestre mari şi trei dintre ele sunt acoperite cu ceea ce pare a fi bandă adezivă sau poate nişte saci de gunoi. Parcarea e plină de maşini; BMW-ul pe care l-am condus până aici iese însă în evidență. Singura mașină care seamănă cât de cât ca aspect este cea a lui Hardin. E aproape de intrare și se află blocată de alte două mașini, ceea ce înseamnă că se află aici de mai mult timp ca alții.

Când ajung la ușa de la intrare, inspir adânc ca să-mi adun puterile. Străinul de la telefon mi-a zis că e a doua ușă de la etajul al treilea. Clădirea asta dubioasă nu pare suficient de mare încât să aibă trei etaje, dar când urc scările îmi dau seama că m-am înșelat. Vocile zgomotoase și mirosul greu de marijuana mă lovesc înainte de a ajunge în vârful scărilor de la etajul al doilea.

Ridic privirea și mă-ntreb de ce și-ar pierde Hardin vremea pe aici? De ce să vină în locul ăsta ca să-și rezolve problemele? Când ajung la etajul al treilea, inima îmi bate tare și am un gol în stomac. Mă tot întreb ce fel de lucruri se pot întâmpla în spatele ușii zgâriate și pline de graffiti, care poartă numărul 2.

Scutur din cap ca să alung toate îndoielile. De ce sunt atât de paranoică și de agitată? Vorbim despre Hardin aici, despre Hardin al meu. Chiar când e furios și se retrage în el însuși, în afară de a-mi arunca vorbe crude nu mi-ar face niciodată ceva ca să rănească intenționat. Are o perioadă dificilă cu toate problemele de familie și are nevoie de mine ca să intervin și să-l duc acasă cu mine. Mă tot stresez și mă consum pentru nimic.

Ușa se deschide chiar înainte să apuc să bat și un tânăr îmbrăcat în negru din cap până-n picioare trece pe lângă mine fără să se oprească și fără să închidă ușa în urma lui. Valuri de fum umplu holul, iar eu trebuie să mă împotrivesc dorinței de a-mi acoperi nasul și gura. Trec pragul, tușind. Și mă opresc în loc, uimită de priveliștea din fața mea.

Sunt șocată de faptul că o fată pe jumătate dezbrăcată stă pe jos. Mă uit de jur împrejur în cameră și observ că aproape toată lumea e pe jumătate dezbrăcată.

— Scoate-ți bluza, îi zice un tip tânăr cu barbă unei tipe oxigenate.

Ea își dă ochii peste cap, dar își dezbracă repede bluza, rămânând doar în sutien și chiloți. Mă mai uit puțin la scena respectivă și-mi dau seama că joacă un soi de joc de cărți pe dezbrăcate. Constatarea asta e mai bună decât concluzia mea inițială, dar nu cu mult. Mă bucur puțin că Hardin nu face parte din grupul din ce în ce mai numeros de jucători de cărți pe dezbrăcate. Studiez din priviri livingul aglomerat, dar nu-l văd.

— Intri sau ce faci? întreabă cineva.

Mă uit în jurul meu ca să descopăr cine a vorbit.

— Intră și închide ușa în urma ta, spune tipul, apărând din spatele cuiva din stânga mea. Ne-am mai întâlnit, Bambi?

El se hlizește, iar eu mă foiesc stânjenită de privirea lui împăienjenită care-mi studiază trupul, stăruind vulgar asupra sânilor mei. Nu-mi place porecla pe care mi-a dat-o, dar nici nu găsesc o cale de a-i spune numele meu adevărat. După glas, sunt sigură că e cel care a răspuns la telefonul lui Hardin. Scutur din cap; toate cuvintele mi-au dispărut din minte.

— Mark, se prezintă el, întinzându-mi mâna, dar eu mă feresc.

Mark... Recunosc imediat acest nume din scrisoarea lui Hardin și din alte povești despre el. Pare destul de prietenos, dar eu știu cum este de fapt. Știu ce le-a făcut tuturor fetelor acelora.

— Ăsta-i apartamentul meu. Cine te-a invitat?

La început mi se pare că s-a supărat, din cauza întrebării, dar pe chipul lui nu se citește decât teribilism. Are un accent puternic și arată foarte bine. Oarecum înfricoșător, dar e atrăgător. Are părul castaniu ridicat în frunte, iar barba îi e răvășită, totuși îngrijită. Are un aspect de „hipster dobitoc", cum spune Hardin, dar mie mi se pare că arată bine. Nu are deloc tatuaje pe brațe, dar două piercinguri în buza de jos.

— Eu... ămm...

Încerc din răsputeri să-mi stăpânesc nervii. El râde din nou și mă prinde de mână.

— Foarte bine, Bambi, hai să bei ceva și să te relaxezi, zice el zâmbind.

— Mă sperii de-a binelea.

Mă conduce la bucătărie, iar eu încep să mă-ntreb dacă Hardin e pe aici. Poate și-a lăsat mașina aici și s-a dus în altă parte. Poate că e în mașină. De ce n-am verificat? Ar trebui să cobor și să verific; era atât de obosit încât poate trage un pui de somn...

Apoi simt cum mi se taie respirația. Dacă m-ar întreba cineva acum cum mă simt, n-aș sti ce să-i răspund. Nu cred că am un răspuns. Simt durere și șoc, și panică, și dezgust, dar în același timp mă simt amorțită. Nu simt nimic și în același timp simt totul și este cea mai urâtă senzație pe care am avut-o vreodată.

Hardin e sprijinit de masă, cu un joint în gură și cu o sticlă de băutură într-o mână. Dar nu asta m-a făcut să-mi stea inima în loc. Lucrul care mi-a tăiat respirația e femeia care stă pe masă în spatele lui, cu picioarele ei dezgolite în jurul mijlocului lui, învăluindu-l cu trupul ei de parcă ar fi cel mai natural lucru din lume.

— Scott! Dă-mi și mie vodca aia nenorocită. Trebuie să-i prepar o băutură noii mele prietene, Bambi, strigă Mark.

Hardin se întoarce spre Mark cu privirea lui împăienjenită și zâmbește neplăcut, cu o privire sumbră pe care nu i-am mai văzut-o niciodată. Își întoarce capul de la Mark la mine, ca să afle cine e Bambi și sunt destul de aproape să văd cum ochii îi ies din orbite și cum expresia aceea străină îi dispare de pe chip.

— Ce... Ce cauți...

Se-ncurcă în cuvinte. Cască ochii și mai tare când vede că Mark mă ține de mână. Furia pură îi cuprinde chipul, iar eu îmi retrag mâna.

— Voi doi vă cunoașteți? întreabă gazda.

Nu-i răspund. Ochii mei se concentrează asupra tipei care încă are picioarele încolăcite în jurul mijlocului lui Hardin. El n-a făcut niciun gest ca s-o dea la o parte. Ea n-are pe ea decât chiloții și un tricou. Un tricou negru, simplu. Hardin are pe el hanoracul negru și pe dedesubt nu văd gulerul niciunui tricou. Fata nu își dă seama de atmosfera tensionată și se concentrează numai asupra jointului pe care i l-a smuls din gură lui Hardin. Chiar îmi zâmbește, fără să știe ce se întâmplă, în beția ei.

Eu am rămas fără replică. Mă mir că mi-am imaginat că l-am cunoscut vreodată pe omul din fața mea. Nu cred că aș putea vorbi nici dacă aș vrea. Știu că Hardin e într-un loc întunecat în acest moment, dar faptul că-l văd așa, drogat și beat și cu altă femeie, e prea mult pentru mine. E prea mult, la naiba, şi tot ce-mi doresc e să fiu cât mai departe de aici cu putinţă.

— Să-nţeleg că da.

Mark râde şi îi smulge din mână lui Hardin sticla de băutură. Hardin încă nu a spus nimic. Se uită pur şi simplu la mine de parcă aş fi o fantomă, de parcă am devenit o amintire deja uitată, pe care spera să n-o mai readucă în prezent.

Mă răsucesc pe călcâie şi împing pe oricine îmi iese în cale. Când ajung la ultimele trepte, mă sprijin de perete şi alunec în jos, fără suflu. Urechile îmi ţiuie şi greutatea ultimelor cinci minute mă doboară — nu ştiu cum o să ies din clădirea asta.

Aştept în zadar să aud bufniturile bocancilor pe treptele metalice şi fiecare minut de tăcere mă doare mai tare decât cel dinainte. Nici măcar n-a venit după mine. M-a lăsat să-l văd în halul ăla şi nici măcar nu s-a deranjat să vină după mine şi să-mi ofere o explicaţie.

Nu mai am nici lacrimi, în niciun caz azi; dar e clar că plânsul fără lacrimi e mai dureros şi imposibil de controlat. După toate astea, după toate certurile, toate momentele de bucurie, tot timpul petrecut împreună, aşa preferă el să se termine? Aşa mă aruncă el deoparte? Mă respectă atât de puţin încât se droghează şi o lasă pe alta să-l atingă şi să-i poarte hainele după Dumnezeu ştie ce-o fi făcut cu ea?

Nici măcar nu mă pot gândi la asta — mi se face rău. Ştiu ce-am văzut cu ochii mei, dar una e să ştiu şi alta e să accept.

Mă pricep să-i găsesc scuze. Mi-am perfecţionat acest talent în cele câteva luni de relaţie şi i-am acceptat scuzele mai mult decât era necesar. Dar acum n-are nicio scuză. Nici chiar durerea pe care o simte din cauza minciunilor mamei lui şi ale lui Christian nu-i dă dreptul să mă rănească în halul ăsta. Nu i-am făcut nimic care să-i dea dreptul să se poarte cum o face acum. Singura mea greşeală a fost c-am încercat să-l sprijin şi să-i suport furia nejustificată pentru prea multă vreme.

Umilinţa şi durerea mi se transformă în mânie cu cât stau mai mult pe scara pustie. E un soi de mânie grea, apăsătoare, imposibil de suportat — şi m-am săturat să-i caut scuze. M-am săturat să-i permit să se comporte aşa şi să fac totul uitat după ce-şi cere scuze şi promite, pur şi simplu, că se va schimba.

Nu. Nu, să-l ia toţi dracii.

N-o să cedez fără luptă. Refuz să întorc spatele şi să plec lăsându-l să creadă că e în regulă să se poarte aşa cu oamenii. E clar că nu-i pasă nici de el, nici de mine, în acest moment. Furia mă cuprinde şi picioarele mă poartă înapoi pe scările alea nenorocite, până în apartamentul ăla infernal. Împing uşa de la intrare atât de tare încât lovesc pe cineva şi îmi croiesc drum către bucătărie. Mă înfurii şi mai tare când îl găsesc pe Hardin în exact acelaşi loc, cu exact aceeaşi târfă lipită de el.

— Nimeni, frate. E o doar o tipă oarecare... îi spune el lui Mark.

Sunt atât de mânioasă încât de-abia mai văd în faţa ochilor. Înainte să-şi dea seama de prezenţa mea, îi iau sticla de vodcă din mână şi o izbesc de perete. Se face ţăndări şi toată camera se cufundă în tăcere. Eu simt că m-am desprins de propriul trup; mă văd pe mine cea furioasă din afară, pierzându-mi cumpătul, şi nu mă pot opri.

— Ce mama dracului ai, Bambi? strigă Mark.

Mă întorc către el.

— Mă cheamă Tessa! urlu eu.

Hardin închide ochii, iar eu îl privesc, aşteptând să spună ceva, orice.

— Mă rog, Tessa. Nu trebuia să risipeşti vodca! răspunde Mark sarcastic.

E prea drogat să-i pese de mizeria pe care am făcut-o; aparent nu se sinchiseşte decât de băutură.

— Am învăţat de la maestru cum să sparg sticle de pereţi.

Mă uit urât la Hardin.

— Nu mi-ai spus că ţi-ai tras iubită, spune târfa căţărată pe Hardin.

Mă uit ba la Mark, ba la tipă. Remarc o asemănare evidentă... şi am citit scrisoarea aia de prea multe ori ca să nu-mi dau seama cine e.

— Poţi să pui pariu că Scott o să-mi aducă acasă o americancă nebună de legat, care azvârle cu sticle şi tot tacâmul, spune Mark, amuzat.

— Nu face asta, zice Hardin, apropiindu-se de noi.

Mă uit la el fără expresie. Pieptul mi se ridică și mi se lasă în jos din cauza răsuflărilor profunde și panicate, dar chipul meu e o mască, fără nicio emoție pe el. Exact ca al lui.

— Cine-i gagica asta? îl întreabă Mark pe Hardin, de parcă eu nici n-aș fi aici.

Hardin se leapădă din nou de mine, spunându-i:

— Ți-am mai zis.

Dar nu are destul curaj să mă privească în timp ce mă umilește în fața unei camere întregi pline cu oameni.

Dar am suportat destule.

— Ce mama naibii se întâmplă cu tine? țip eu. Crezi că dacă te îngropi aici și fumezi iarbă toată ziua o să scapi de probleme?

Știu că par nebună, dar, măcar o dată în viața mea, nu-mi pasă deloc ce cred alții despre mine. Nu-l las să zică nimic și continui:

— Ești atât de egoist! Crezi că dacă mă alungi și dacă te închizi în tine îmi faci un bine? Știi bine cum vor merge lucrurile! Nu reziști fără mine — o să fii nefericit, și eu la fel. Nu-mi faci niciun bine dacă mă faci să sufăr, totuși te găsesc *așa*?

— Habar n-ai despre ce vorbești, spune Hardin, pe un ton coborât și intimidant.

— Habar n-am?

Îmi ridic brațele.

— E-mbrăcată în nenorocitul tău de tricou! urlu eu și arăt către târfa aia nenorocită, care sare jos de pe tejghea, trăgând de marginea tricoului lui Hardin ca să-și acopere coapsele.

E mult mai micuță decât mine și tricoul pare uriaș pe ea. Imaginea asta o să-mi rămână în memorie până o să mor, știu că așa se va întâmpla. O simt cum mă arde chiar în acest moment, tot trupul îmi arde, de furie, și, în aceste clipe de mânie pură, de furie desăvârșită... lucrurile capătă sens.

Totul capătă logică acum. Gândurile mele de mai devreme, despre iubire și despre a nu renunța la cel pe care îl iubești, erau cum nu se poate mai greșite. M-am înșelat în tot acest timp. Când iubești un om, nu-l lași să te distrugă odată cu el, nu-i dai voie să te târască și pe tine în noroi. Încerci să-l ajuți, încerci să-l salvezi, dar când această persoană iubită e egoistă și tu tot te zbați, ești un fraier.

Dacă îl iubesc, asta nu înseamnă că trebuie să-l las să mă distrugă și pe mine.

Am tot încercat cu Hardin. I-am oferit șansă după șansă, după șansă și de data asta am crezut că totul va fi bine. Credeam că totul va merge ca pe roate. Am crezut că dacă-l iubesc îndeajuns, dacă mă străduiesc mai mult, va funcționa și vom fi fericiți.

— De ce ai venit aici, de fapt? întreabă el, întrerupându-mi revelația.

— Poftim? Credeai că te las să scapi ca un laș ce ești?

În spatele durerii, furia începe să dispară. Mi-e teamă că mă părăsește, dar aproape că accept cu bucurie liniștea asta care mă cuprinde. În ultimele șapte luni, puterile mi-au fost supte de cuvintele lui Hardin și de respingerile lui repetate, dar acum văd relația asta superficială așa cum este ea de fapt.

Inevitabil.

A fost inevitabil dintotdeauna și nu-mi vine să cred că mi-a luat atâta timp ca să văd și să accept asta.

— Îți mai dau o singură șansă să vii cu mine acum și să ne întoarcem acasă, dar dacă ies pe ușa asta fără tine, se termină totul între noi.

Tăcerea lui și privirea înfumurată din ochii împăienjeniți mă enervează și mai tare.

— Așa mă gândeam și eu.

Nici măcar nu mai țip. Nu mai are sens. Nu mă ascultă. Nu m-a ascultat nicodată.

— Știi ceva? Rămâi cu toate astea, bea și fumează toată viața până nu mai poți — mă apropii și mă opresc la doar câțiva centimetri de el — dar doar cu asta te alegi. Așa că bucură-te de toate astea cât mai poți.

— Așa o să fac, răspunde el, tăind din mine.

Din nou.

— Deci, dacă nu-i iubita ta... îi spune Mark lui Hardin, amintindu-mi că nu suntem singuri în încăpere.

— Nu sunt iubita *nimănui*, mă răstesc eu.

Purtarea mea îl amuză şi mai tare pe Mark; zâmbeşte şi mai larg şi îmi pune mâna pe spate, în încercarea de a mă conduce înapoi în living.

— Bine, ne-am lămurit, atunci.

— Ia mâinile de pe ea!

Hardin îl împinge pe Mark în spate, nu suficient de tare încât să-l dărâme, dar cu destulă forţă încât să-l dea la o parte de lângă mine.

— Afară, acum! se răsteşte Hardin, trecând pe lângă mine şi ieşind pe uşă.

Mă duc după el pe hol şi închid uşa în urma mea. Se trage de păr, din ce în ce mai enervat.

— Ce mama naibii a fost asta?

— *Ce* să fie? Faptul că am descoperit ce făceai? Crezi că poţi să-mi strecori un bilet de avion şi un breloc cu chei într-o valiză, iar eu o să plec?

Îl lovesc în piept, împingându-l în perete. Aproape că-mi vine să-mi cer scuze, mă simt vinovată că-l împing, dar când mă uit în ochii lui căscaţi, orice urmă de remuşcare îmi dispare. Duhneşte a iarbă şi a alcool; nu e nicio urmă a lui Hardin acela pe care-l iubesc.

— Sunt atât de pierdut în propriile mele gânduri şi nu pot gândi normal. Nu mă apuc acum să-ţi dau ţie explicaţii pentru a nu ştiu câta oară! urlă el, dând un pumn în zugrăveala ieftină a zidului şi spărgând-o.

Am văzut scena asta de nenumărate ori. Asta e ultima dată.

— Nici măcar nu te-ai străduit! N-am făcut nimic greşit!

— Ce mai vrei, Tessa? Vrei să-ţi fac un desen? Ieşi de aici — întoarce-te acolo unde ţi-e locul! N-ai nicio treabă aici, nu te potriveşti.

Când rosteşte ultimele vorbe, are o voce neutră — blândă, egală. Aproape dezinteresată. Nu mai am putere să lupt.

— Acum eşti fericit? Ai câştigat, Hardin. Ai mai câştigat o dată. Mereu câştigi, nu-i aşa?

Se răsuceşte şi mă priveşte direct în ochi.

— Tu ştii asta mai bine decât oricine altcineva, nu crezi?

14

Tessa

Nu știu cum reușesc să ajung la timp la aeroport, dar ajung. Kimberly mă îmbrățișează, luându-și la revedere, cred. Mi-l amintesc pe Smith care mă privea fix, gândindu-se la ceva nedeslușit.

Și iată-mă în avion, așezată lângă un loc neocupat, cu mintea și cu inima goale. M-am înșelat foarte tare în privința lui și asta îmi demonstrează, de fapt, că oamenii se schimbă numai dacă vor, oricât de mult te-ai strădui tu. Trebuie să-și dorească să se schimbe la fel de tare ca tine, altfel nu e nicio speranță. E imposibil să-i faci să se schimbe pe oamenii care s-au hotărât să rămână așa cum sunt. Nu-i poți ajuta să-și depășească ambițiile meschine și nici nu poți să-i iubești atât de mult încât să-i faci să nu se mai deteste.

E o bătălie pierdută și după tot acest timp, în final, sunt gata să mă las păgubașă.

15

Hardin

Vocea lui James îmi răsună în urechi și simt cum își freacă piciorul gol de obrazul meu.

— Frate! Ridică-te. Carla mai are puțin și ajunge aici, iar tu ocupi singura baie.

— Du-te dracului, gem eu și-nchid din nou ochii.

Dacă m-aș putea mișca, i-aș rupe degetele de la picioare.

— Scott, trezește-te dracului odată. N-ai decât să te instalezi pe canapea, dar ești ditamai omul și vreau să mă piș și măcar să-ncerc să mă spăl pe dinți.

Mă apasă cu piciorul pe frunte, iar eu încerc să mă ridic în fund. Îmi simt trupul ca pe un sac de cărămizi, iar ochii și gâtul îmi ard.

— E viu! țipă James.

— Taci naibii.

Îmi acopăr urechile și trec pe lângă el, ajungând în living. Janine, pe jumătate despuiată, și Mark, foarte entuziasmat, aruncă sticlele goale de bere și paharele roșii în niște saci de gunoi.

— Deci, cum a fost podeaua băii? șuieră Mark cu o țigară în gură.

— A fost marfă.

Îmi dau ochii peste cap și mă așez pe canapea.

— Erai pulbere, zice el, cu mândrie. De când n-ai mai băut așa?

— Nu știu.

Îmi frec tâmplele, iar Janine îmi oferă un pahar. Scutur din cap, dar ea insistă.

— E doar apă.

— Mă simt bine.

Nu vreau să fiu nesimțit cu ea, dar, s-o ia naiba, e enervantă.

— Ești un distrus, spune Mark. Credeam că americanca aia... cum o chema, Trisha?

Inima îmi sare din piept când îi pomenește numele, cu toate că e greșit.

— Credeam c-o să facă locul ăsta bucăți! Era cam scandalagioaică, micuța.

Îmi vin în minte imagini cu Tessa urlând la mine, aruncând o sticlă de perete și abandonându-mă. Greutatea suferinței din ochii ei mă țintuiește și mai tare pe canapea și simt c-o să mi se facă rău din nou.

Așa e cel mai bine. Chiar e.

Janine își dă ochii peste cap.

— Micuță? N-aș spune că era micuță.

— *Știu* că n-ai cum să-i insulți înfățișarea, zic eu rece, în ciuda dorinței arzătoare de a-i turna lui Janine paharul cu apă în cap.

Dacă Janine se gândește că e măcar pe jumătate la fel de frumoasă ca Tessa, înseamnă că a tras pe nas mai multă cocaină decât credeam.

— Nu-i la fel de slăbănoagă ca mine.

Încă un comentariu nesimțit, Janine, și te rup în bucățele.

— Surioară, nu te oftica, dar fata aia era mult mai sexy decât tine. Probabil că de-asta Hardin e atât de îndrăgooostit.

Mark lungește intenționat ultimul cuvânt.

— *Îndrăgostit?* Te rog! A dat-o afară în șuturi de aici aseară.

Janine râde, iar mie mi se face o gaură în stomac.

— Nu sunt...

Nici măcar nu pot termina fraza cu glasul meu obișnuit.

— Nu mai pomeni de ea. Nu sunt în apele mele, îi ameninț eu.

Janine mormăie ceva în barbă, iar Mark se hlizește aruncând într-un sac de gunoi conținutul unei scrumiere. Eu îmi sprijin capul de perna din spatele meu și închid ochii. N-o să mai fiu niciodată treaz, niciodată. În niciun caz dacă-mi doresc să-mi treacă durerea asta; nu dacă îmi doresc să stau aici, cu inima scoasă din piept. Mă simt agitat și neliniştit, mi-e rău şi sunt epuizat, şi toate astea sunt o combinaţie dintre cele mai proaste.

— Vine în douăzeci de minute! spune James.

Deschid ochii şi descopăr că s-a îmbrăcat şi că dă ture prin micuţul living.

— Ştim. Taci acum. Aşa ne faci în fiecare lună.

Janine îşi aprinde un joint, iar eu întind mâna după el atunci când ea dă fumul afară. Trebuie să mă tratez de unul singur; nu există altă cale pentru un laş de teapa mea, care se bagă într-un colţ şi se ascunde de durerea asta ascuţită a unei vieţi în totalitate distruse. La primul fum tuşesc. Plămânilor mei nu le era dor de senzaţia arzătoare a fumatului de iarbă. La cel de-al treilea fum, durerea păleşte şi mă cuprinde amorţeala. Nu complet, aşa cum ar trebui, dar mă îndrept către acel punct. În curând o să fiu în formă.

— Dă-mi şi asta.

Mă întind după sticla din mâna lui Janine.

— Nici măcar nu e prânzul încă, spune ea, punând capacul la loc.

— Nu te-am întrebat câte grade sunt afară. Ţi-am cerut nişte vodcă.

Îi smulg sticla din mâini, iar ea pufneşte enervată.

— Deci ai renunţat la facultate? întreabă Mark şi suflă cercuri de fum din gură.

— Nu...

Rahat.

— Habar n-am. N-am ajuns atât de departe.

Iau o gură din băutură, iar arsura îmi traversează tot trupul. N-am nici cea mai vagă idee ce-o să fac cu şcoala. Mi-a mai rămas doar un semestru până la absolvire. Mi-am predat deja lucrarea de diplomă şi am anunţat că nu particip la ceremonia de absolvire. De asemenea, am un apartament cu toate lucrurile mele în el şi o maşină parcată la aeroportul Sea-Tac.

— Janine, du-te şi spală toate vasele, zice Mark.

— Nu, mereu mă înec în vasele tale...

— Îţi fac cinste cu prânzul. Ştiu că eşti lefteră, spune el şi o convinge.

Janine pleacă, lăsându-ne singuri în living. Îl aud pe James foindu-se la el în dormitor; zici că redecorează camera.

— Ce-i cu tipa asta, Carla? îl întreb pe Mark.

— E iubita lui James. E mișto, de fapt, dar e un pic cam snoabă. Nu e afurisită sau ceva de genul ăsta, dar nu le are cu chestiile astea.

Mark arată cu mâna către apartamentul sordid.

— E la medicină, iar părinții ei au bani și tot ce le trebuie.

Izbucnesc în râs.

— Atunci ce are-n cap de s-a combinat cu James?

— Vă aud, imbecililor! strigă James din dormitorul lui.

Acum izbucnește în râs și Mark, mai tare decât mine.

— Habar n-am, dar e sub papuc rău de tot și intră-n panică de câte ori vine ea în vizită. Ea locuiește în Scoția, așa că vine aici o dată pe lună, dar așa merg lucrurile de fiecare dată. El încearcă mereu s-o impresioneze. De-asta s-a înscris și la facultate, chiar dacă deja a picat la două examene.

— Și de-aia și-o trage tot timpul cu soră-ta?

Ridic din sprânceană. James n-a fost niciodată genul fidel unei singure femei, pentru asta pot să bag mâna-n foc. James scoate capul de după colț ca să se apere.

— O văd pe Carla o dată pe lună, iar cu Janine nu mi-am mai tras-o de săptămâni întregi!

Dispare din nou.

— Acum nu mai vorbiți tâmpenii până nu vă dau afară pe amândoi!

— Bine! Du-te și rade-te pe coaie sau ceva de genul ăsta, îl necăjește Mark, după care îmi pasează jointul.

Atinge ușurel eticheta sticlei de vodcă dintre picioarele mele.

— Uite, Scott, n-oi fi eu specialist în tot rahatul ăsta cu drame și relații, dar să știi că nu păcălești pe nimeni cu sceneta asta.

— Nu-i nicio scenetă, mă răstesc eu.

— Sigur, sigur. Tot ce pricep e că apari aici, în Londra, după ce ai fost plecat trei ani, în plus și cu gagica aia după tine.

Se uită ba la fața mea, ba la sticlă, ba la joint.

— Şi faci excese. Ca să nu mai zic că ai mâna ruptă.

— Asta nu-i deloc treaba ta. De când îţi pasă ţie că fac eu excese? Tu faci în fiecare zi.

Mă enervează din ce în ce mai tare Mark şi nevoia lui subită de a-şi băga nasul în viaţa mea. Nu-i bag în seamă remarca despre mâna mea, care a început să devină vineţie şi verde. Dar peretele ăla zugrăvit nasol n-are cum să-mi fi rupt-o.

— Nu fi nesimţit. N-ai decât să faci ce doreşti. Nu-mi aminteam că eşti sensibil. Înainte erai un nemernic de zile mari.

— Nu sunt sensibil; doar că faci din ţânţar armăsar. Tipa aia e o gagică oarecare de la mine de la facultate, din America. Am cunoscut-o şi i-am tras-o. Voia să vadă Anglia, deci şi-a plătit biletul până aici, aşa că i-am tras-o şi pe meleagurile reginei. Sfârşit.

Iau o gură de vodcă pentru a îneca tâmpeniile pe care le debitez. Mark tot nu pare convins.

— Sigur.

Îşi dă ochii peste cap — un obicei enervant pe care l-a luat de la soră-sa. Ofticat, mă răsucesc cu faţa la el, dar, înainte să zic ceva, simt cum fierea mi-a ajuns în gât.

— Fii atent, când am cunoscut-o, era virgină, şi am futut-o ca să câştig un pariu, aşa că nu, nu sunt vreun sensibil. Nu înseamnă nimic pentru mine...

De data asta nu-mi mai pot reprima senzaţia de vomă. Îmi acopăr gura şi trec în goană pe lângă James, care mă înjură copios pentru că am borât la greu pe toată podeaua de la baie.

16

Tessa

— Chestia asta e ca un laptop mic.

Apăs pe un alt buton al noii mele jucării. Noul meu iPhone are mai multe funcții decât un computer. Îmi trec degetul peste ecranul mare, apăsând pe micile pătrate. Deschid camera foto și mă sperii de propria-mi imagine nereușită care mă privește din telefon. O închid repede și apăs pe pătratul pe care scrie Safari. Scriu Google deoarece, mă rog, ăsta e primul instinct. Telefonul ăsta e atât de ciudat. E mai mult decât derutant, dar nu mă grăbesc să învăț să umblu cu drăcovenia asta. O am deja de zece minute și nici n-am ieșit din magazin. Toată lumea pare că se descurcă de minune, atingând și glisând suprafața imensă a ecranului, dar sunt atât de multe opțiuni. Prea multe, sincer.

Totuși cred că e distractiv să am atâtea chestii cu care să-mi ocup timpul. Telefonul ăsta mi-ar putea reține atenția ore întregi, poate chiar zile întregi. Mă uit prin fișierele cu muzică și mă fascinează ideea că am cântece la infinit doar cu o apăsare de deget.

— Voiai să te ajut să-ți transferi agenda și fotografiile și alte chestii în telefonul tău cel nou? mă-ntreabă tânăra din spatele tejghelei.

Uitasem că ea și Landon sunt aici; atât de fascinată eram de noul meu telefon.

— Ăăm, nu, mulțumesc, refuz eu politicos.

— Ești sigură?

În ochii ei conturați violent cu negru se citește surprinderea.

— Durează doar o secundă.

Fata mestecă gumă.

— Toate numerele de care am nevoie le am în minte.

Ridică din umeri şi se uită fix la Landon.

— Dă-mi-l pe al tău, îi spun eu.

Numerele mamei şi al lui Noah au fost întotdeauna cele care mi-au fost necesare. Am nevoie de un nou început. Noul şi luciosul meu telefon cu numai câteva numere salvate în el mă va ajuta la asta. Pe cât de mult am refuzat înainte să-mi iau un telefon nou, pe atât de mult mă bucur acum. Pare suprinzător de plăcut s-o iei de la zero: nu ai agendă, nu ai fotografii, nu ai nimic. Landon mă ajută să-mi salvez un număr nou în agendă şi plecăm amândoi din magazin.

— O să-ţi arăt cum să-ţi recuperezi muzica. E mai uşor oricum pe telefonul ăsta, spune Landon şi zâmbeşte, în timp ce coteşte pe autostradă.

Ne întoarcem de la mall, unde am cheltuit prea mulţi bani pe haine. Am nevoie de o pauză ca lumea, asta îmi trebuie. Fără amintiri, fără să privesc fotografie după fotografie. Nu ştiu încotro să mă duc, ce să fac, dar ştiu că dacă mă agăţ de ceva ce nu mi-a aparţinut niciodată o să sufăr şi mai tare.

— Ştii cumva ce mai face tata? îl întreb pe Landon la masa de prânz.

— Ken a sunat la clinică sâmbătă şi cei de acolo i-au spus că Richard se adaptează. Primele zile vor fi cele mai grele.

Landon se întinde peste masă ca să fure cartofi prăjiţi din farfuria mea.

— Ştii cumva când îl pot vizita?

Dacă tot ce mai am pe lume sunt Landon şi tatăl meu pe care l-am regăsit acum o lună, vreau să îi am pe amândoi cât mai aproape cu putinţă.

— Nu ştiu sigur, dar întreb când mă întorc acasă.

Landon mă priveşte cu atenţie. Iau telefonul meu cel nou şi mi-l lipesc de piept fără să-mi dau seama ce fac. Landon se uită la mine cu înţelegere.

— Ştiu că n-a trecut decât o zi, dar te-ai gândit vreun pic la New York? întreabă el precaut.

— Da, puţin.

Aştept să iau o decizie până când voi vorbi cu Kimberly şi cu Christian faţă în faţă. Am discutat cu ea azi de dimineaţă şi mi-a spus că vor pleca din Anglia joi. Încă încerc să pricep cum de e de-abia marţi. Mi se pare că au trecut mai mult de două zile de când am plecat de la Londra.

Mintea îmi zboară la *el* şi la ce o fi făcând... sau la persoana cu care este. Oare atinge altă fată acum? Îi poartă tricoul din nou? De ce mă chinui de una singură gândindu-mă la el? L-am tot evitat, iar acum îi văd ochii verzi şi injectaţi şi-i simt vârfurile degetelor care-mi trec peste obraz.

Am suferit şi m-am simţit în acelaşi timp uşurată când am găsit un tricou murdar negru când scotoceam prin valiză, pe aeroportul din Chicago. Îmi căutam încărcătorul de telefon şi am dat peste acest ultim semn de la el. N-am putut să-l arunc la cel mai apropiat coş de gunoi, oricât de mult am încercat. N-am putut. În schimb l-am îndesat înapoi în bagaje şi l-am amestecat printre hainele mele.

Nu mai e nimic de tăiat din rădăcină, dar o să fiu mai indulgentă cu mine însămi, pentru că totul este foarte greu. Toată lumea mi s-a prăbuşit şi am rămas să mă descurc de una singură...

Nu. Aşa cum am hotărât în avion, nu o să mă scufund în astfel de gânduri. Gândurile de genul ăsta n-o să mă ducă nicăieri. Dacă-mi plâng de milă nu fac decât să-mi înrăutăţesc situaţia.

— Înclin spre New York, dar mai am nevoie de puţin timp ca să iau o hotărâre, îi spun lui Landon.

— Bine.

Are un zâmbet molipsitor.

— Ar trebui să plecăm la trei săptămâni după încheierea semestrului.

— Sper.

Oftez, dorindu-mi cu disperare ca timpul să treacă mai repede. Un minut, o oră, o zi, o săptămână, o lună, nu contează cât, trece în favoarea în mea. Şi aşa se şi întâmplă, vremea trece, iar eu mă mişc odată cu ea. Problema e că nu mi-am dat încă seama dacă ăsta e sau nu un lucru bun.

17

Hardin

Deschid ușa de la intrarea în apartament și sunt surprins să găsesc luminile aprinse. De obicei Tessa nu le ține pe toate aprinse în același timp; e obsedată să nu plătim mult la electricitate.

— Tess, am venit. Ești în dormitor? strig eu.

Simt mirosul mâncării din cuptor și aud muzica difuză care vine din mica noastră combină. Îmi arunc mapa și cheile pe masă și încep s-o caut. Observ rapid că ușa dormitorului e întredeschisă, apoi aud voci care se întrepătrund cu muzica. În momentul în care aud glasul lui, deschid ușa cu furie.

— *Ce mama dracului!* urlu eu, iar vocea îmi bubuie în camera micuță.

— Hardin? Ce cauți aici? întreabă Tessa, de parcă aș fi deranjat-o.

Își acoperă cu o cuvertură trupul gol și pe buze are un zâmbet subtil.

— Ce caut eu aici? Ce caută *el* aici?

Arăt acuzator cu un deget spre Zed, care se dă repede jos din pat și-și trage boxerii pe el. Tessa se uită la mine în continuare de parcă eu aș fi cretinul din patul nostru.

— Nu poți să vii tot timpul pe aici, Hardin.

Vocea îi sună atât de disprețuitor, de batjocoritor.

— Asta e a treia oară luna asta.

Oftează, coborând tonul.

— Iar ai băut?

În glas îi citesc, în același timp, compasiunea și enervarea. Zed vine în fața patului și se așază protector în fața ei, cuprinzând-o în brațe... peste burta umflată.

Nu...

— Ești...? spun eu, sufocându-mă. Ești... tu cu el?

Ea oftează din nou, strângându-și pătura în jurul trupului.

— Hardin, am vorbit de o mie de ori despre asta. Nu mai locuiești aici. Nu mai locuiești aici de, nici nu mai știu, doi ani și ceva.

Este atât de directă și felul în care se uită la Zed cerându-i s-o ajute și să scape de mine mă sfâșie. Confuz, cu răsuflarea tăiată, mă prăbușesc în genunchi în fața celor doi. Apoi simt repede o mână pe umăr.

— Îmi pare rău, trebuie să pleci. O superi.

Vocea blândă a lui Zed sună batjocoritor.

— Nu poți să-mi faci una ca asta, o implor eu și întind mâna spre burta ei de femeie gravidă.

Nu poate fi adevărat. *Nu poate* fi adevărat.

— Ți-ai făcut-o cu mâna ta, spune ea. Îmi pare rău, Hardin, dar asta e opera ta.

Zed o mângâie pe brațe ca s-o liniștească și atunci simt cum mă cuprinde furia. Bag mâna în buzunar și scot bricheta. Niciunul nu observă; se țin în brațe unul pe altul, iar eu aprind bricheta. Micuța flacără îmi e cunoscută, deja e cunoștință veche, și dau foc perdelei. Închid ochii când văd fața Tessei luminată de vâlvătaia îndrăcită care cuprinde încăperea.

— Hardin!

Chipul lui Mark e primul lucru pe care-l văd când deschid brusc ochii. Îl dau la o parte și mă azvârl de pe canapea, căzând panicat pe podea.

Tessa era... și eu eram...

— Visai ceva nașpa rău de tot, frate.

Mark scutură din cap către mine.

— Te simți bine? Ești transpirat tot.

Clipesc de câteva ori și-mi trec mâinile prin părul ud de sudoare. Mâna mă doare rău de tot. Credeam c-o să-mi mai treacă vânătaia, dar n-a fost așa.

— Te simţi bine?

— Eu...

Trebuie să ies de aici. Trebuie să mă duc undeva, să fac ceva. Imaginea camerei în flăcări mă obsedează.

— Ia asta şi culcă-te la loc; e patru dimineaţa.

Scoate dopul unei sticle de plastic şi-mi pune o pastilă în palma transpirată. Dau din cap, incapabil să spun ceva. Înghit pastila fără apă şi mă-ntind la loc pe canapea. Mark se mai uită o dată la mine şi dispare la el în dormitor, iar eu îmi scot telefonul din buzunar şi mă uit la poza Tessei. Înainte să-mi dau seama ce fac apăs pe butonul de apel. Ştiu că n-ar trebui, dar dacă îi voi mai auzi vocea o dată, poate voi putea dormi liniştit.

— Numărul format nu poate fi apelat... se aude vocea rece a robotului.

Poftim? Mă uit la ecran şi mai încerc o dată. Acelaşi mesaj. La nesfârşit. Nu se poate să-şi fi schimbat numărul. Nu se poate...

— Numărul format nu poate fi... aud pentru a zecea oară.

Tessa şi-a schimbat numărul de telefon. Şi-a schimbat numărul de telefon, ca să fie sigură că nu mai dau de ea.

Când adorm din nou, câteva ore mai târziu, am parte de un alt vis. Începe la fel, eu ajungând la apartament, dar de data asta nu e nimeni acasă.

18

Hardin

— Nu m-ai lăsat să termin ce începusem duminică.

Janine se rezeamă de mine, cu capul pe umărul meu. Mă mut nițel pe canapea ca să mă îndepărtez de ea, dar ea înțelege că poate ne întindem împreună sau ceva de genul ăsta, așa că vine mai aproape de mine.

— Sunt în regulă.

O refuz pentru a suta oară în ultimele patru zile. Au trecut doar patru zile? *La naiba.* Trebuie să treacă timpul mai repede, altfel nu știu dacă voi supraviețui.

— Trebuie să te relaxezi. Te pot ajuta eu.

Își trece degetele pe spatele meu gol. N-am făcut duș de câteva zile și nici n-am pus pe mine vreun tricou. Nu mai pot pune pe mine chestia aia, după ce a purtat-o Janine. Mirosea ca ea, nu ca îngerul meu.

A naibii Tessa. Înnebunesc. Simt cum țâțânile care-mi țin mințile laolaltă cedează, gata să se rupă definitiv. Asta mi se întâmplă de câte ori mă trezesc din beție — ea îmi revine în minte. Coșmarul care m-a chinuit noaptea trecută încă mă bântuie. Nu i-aș face rău niciodată, fizic vorbind. O iubesc. O iubeam. La dracu', o iubesc încă, dar nu mai pot face nimic în privința asta.

Nu pot lupta în fiecare zi ca să devin perfect pentru ea. Nu sunt omul de care are ea nevoie și nu voi fi niciodată.

— Trebuie să beau ceva, îi spun lui Janine.

Ea se ridică languros de pe canapea și se duce la bucătărie. Iar când un alt gând despre Tessa îmi vine în cap, strig:

— Grăbește-te.

Se întoarce cu o sticlă de whiskey, dar se oprește și mă privește lung.

— Cu cine mama dracului crezi că vorbești? Dacă ai de gând să fii cretin, măcar fă și tu ceva pentru mine.

N-am ieșit din casa asta de când am venit, nici măcar până jos să-mi iau hainele de schimb din mașină.

— Eu tot cred că ai mâna ruptă, zice James când vine în living, întrerupându-mi gândurile. Carla știe despre ce vorbește. Ar trebui să te duci la spital.

— Nu, mă simt bine.

Strâng pumnul și apoi răsfir degetele ca să demonstrez că am dreptate. Mă crispez de durere și înjur. Știu că e ruptă, doar că nu vreau să fac nimic. M-am doftoricit singur de patru zile; alte câteva zile n-o să conteze.

— N-o să se vindece niciodată dacă nu te duci. Du-te repede și după ce te întorci o să ai sticla aia doar pentru tine, insistă James.

Mi-e dor de James când era dobitoc. De James ăla care i-o trăgea uneia și peste o oră îi arăta înregistrarea iubitului gagicii. James ăsta care e preocupat de sănătatea mea mă enervează la culme.

— Da, Hardin, are dreptate, se bagă și Janine, ascunzând sticla de whiskey la spate.

— Bine! La naiba, mormăi eu.

Îmi iau cheile și telefonul și plec din apartament. Iau un tricou de pe bancheta din spate a mașinii și mi-l pun pe mine înainte de a porni către spital.

Sala de așteptare e plină de copii gălăgioși și mă așez pe singurul scaun liber, lângă un vagabond plângăcios căruia i-a trecut cineva cu mașina peste picior.

— De cât timp aștepți? îl întreb.

Miroase a gunoi, dar nu pot să comentez nimic, pentru că eu miros probabil și mai urât decât el. Îmi amintește de Richard și mă întreb oare ce face la dezintoxicare. Tatăl Tessei e la dezintoxicare, iar eu mă înec în băutură și mă ameţesc cu cantităţi impresionante de iarbă și cu câte o pastilă de la Mark. Lumea e un loc uluitor.

— De două ore, răspunde bărbatul.

— Mama naibii, mormăi în barbă și privesc în gol.

Știam eu că nu trebuie să vin aici la ora opt seara. Jumătate de oră mai târziu prietenul meu vagabond se aude strigat și mă simt ușurat să pot respira din nou pe nas.

— Logodnica mea e în travaliu, zice un tip care intră în hol.

E îmbrăcat într-o cămașă atent călcată și pantaloni kaki. Îmi pare ciudat de cunoscut. Când o brunetă minionă și însărcinată își face apariţia din spatele lui, mă fac mic în scaunul de plastic. Sigur că asta se întâmplă. Eu îmi rup mâna de prost ce sunt și vin să văd ce am păţit, exact în timp ce ea intră în travaliu și ajunge la spital.

— Ne puteţi ajuta? spune el, plimbându-se haotic în sus și-n jos. Are nevoie de un scaun cu rotile! I s-a rupt apa acum douăzeci de minute și are contracţii o dată la cinci minute!

Gesturile lui îi neliniștesc puţin pe ceilalţi pacienţi din sala de așteptare, dar femeia gravidă râde și își prinde bărbatul de mână. Dar asta e Natalie.

— Pot să merg, e-n regulă. Mă simt bine.

Natalie îi explică asistentei că logodnicul ei, Elijah, e mai panicat decât e cazul. Cât timp el se agită în continuare, iar ea își păstrează calmul, eu izbucnesc în râs în scaunul meu, iar Natalie se uită la mine, zâmbindu-mi larg.

— Hardin! Ce coincidenţă!

Asta e seninătatea aceea a femeilor însărcinate de care vorbește toată lumea?

— Hei, zic eu, evitând privirile logodnicului ei.

— Sper că te simţi bine.

Se apropie de mine în vreme ce iubitul ei vorbește cu asistenta.

— M-am întâlnit cu Tessa acum câteva zile. E aici cu tine? întreabă Natalie, uitându-se prin sală.

N-ar trebui să urle de durere sau ceva de genul ăsta?

— Nu, nu e, ăăm...

Încep să inventez o explicaţie, dar exact atunci o altă asistentă apare de la recepţie şi spune:

— Domnişoară, suntem gata.

— Ah, ai auzit? Să înceapă spectacolul.

Natalie se întoarce, dar apoi se uită peste umăr şi-mi face cu mâna.

— Mă bucur că te-am văzut, Hardin!

Stau acolo, cu gura căscată. Pare o glumă proastă din partea sorţii. Mă simt un strop fericit pentru fata asta; nu i-am distrus viaţa de tot... Uită-te la ea, cum zâmbeşte, îndrăgostită toată, gata să dea naştere primului ei copil, în timp ce eu stau singur, împuţit şi rănit în sala asta aglomerată de aşteptare.

În sfârşit, karma îşi face treaba cu mine.

19

Tessa

— Mulţumesc că ai venit cu mine. Voiam doar să las maşina şi să-mi iau şi ultimele lucruri, îi zic lui Landon prin fereastra din dreapta a maşinii sale.

Nu prea ştiam unde să las maşina. Nu voiam s-o las parcată acasă la Ken, pentru că mi-era frică de ce-ar spune Har — *el*... când o să apară, în cele din urmă, să şi-o recupereze. S-o las în parcarea de lângă apartament are mai multă noimă; e o zonă frumoasă şi supravegheată şi nu cred că o să-i facă nimeni nimic fără să fie prins.

— Eşti sigură că nu vrei să vin sus cu tine? Te pot ajuta să cari lucrurile, se oferă Landon.

— Nu, mă duc singură. Oricum nu-mi trebuie prea multe lucruri. O să fac doar un drum. Mulţumesc mult.

Tot ce am spus e adevărat, dar şi mai adevărat e că vreau pur şi simplu să-mi iau la revedere de una singură de la fosta noastră casă. De una singură: pare mai normal aşa. Când intru în hol, încerc să nu las amintirile să mă copleşească. Nu mă gândesc la nimic — spaţii de un alb imaculat şi flori albe, şi mocheta albă, şi pereţii albi. Nu mă gândesc la el. Doar la spaţii albe şi flori, şi pereţi; la el, deloc.

Dar mintea mea are alte planuri cu mine şi, încet-încet, pereţii albi par mâzgăliţi cu negru, mocheta e pătată de vopsea neagră, iar florile se ofilesc, cu frunze veştede şi ofilite.

Am venit aici doar ca să-mi iau câteva lucruri, doar o cutie cu haine şi un dosar de la şcoală, asta-i tot. Intru şi ies în cinci minute. Cinci minute nu sunt suficiente ca să mă atragă din nou în întuneric.

Au trecut deja patru zile, iar eu mă simt din ce în ce mai puternică. Mi-e mai ușor să respir cu fiecare secundă care trece fără el. Să mă-ntorc aici, în locul ăsta, s-ar putea dovedi o idee teribil de proastă pentru tot progresul pe care l-am făcut, dar trebuie s-o fac și pe asta dacă vreau să trec mai departe și să nu mă mai uit niciodată înapoi. Mă duc la New York.

N-o să frecventez cursurile de peste vară, așa cum mă gândeam și o să fac cunoștință cu orașul care-mi va fi cămin, cel puțin câțiva ani. Dacă mă duc acolo, nu mai plec până nu termin facultatea. Un alt transfer va arăta prost la dosar, așa că trebuie să rămân într-un loc până când termin. Iar locul acela va fi New York. E un gând înfricoșător, totuși, și mama nu se va bucura că mă mut, dar nu e după ea. Eu decid și, în final, iau hotărâri bazate doar pe nevoile și pe viitorul meu. Tata își va încheia programul de dezintoxicare cam atunci când o să mă mut și mi-ar plăcea să vină să ne viziteze, pe mine și pe Landon.

Încep să mă panichez când mă gândesc că n-am niciun plan pentru mutarea asta, dar Landon o să mă ajute să îmi fac ordine în toate detaliile; am petrecut ultimele două zile solicitând bursă după bursă. Ken a scris și a trimis o scrisoare de recomandare, iar Karen m-a ajutat să caut pe internet tot felul de slujbe cu jumătate de normă. Sophia a trecut și ea pe acolo în fiecare zi, povestindu-mi despre cele mai tari locuri din oraș și avertizându-mă în privința pericolelor dintr-un oraș atât de mare. A fost suficient de amabilă să se ofere să discute cu șeful ei, ca să-mi obțină o slujbă la restaurantul unde va lucra și ea.

Ken, Karen și Landon mi-au recomandat să mă transfer pur și simplu la noua filială Vance Publishing care se va deschide peste câteva luni. Traiul în New York fără un venit va fi imposibil, dar la fel de imposibil va fi să obțin o stagiatură plătită fără să termin mai întâi colegiul. Încă nu am vorbit cu Kimberly despre mutarea mea, dar are atâtea pe cap și de-abia s-au întors de la Londra. N-am prea mai primit vești de la ea, doar un mesaj ici-colo, dar m-a asigurat că mă va suna când totul se va liniști.

Bag cheia în broască și îmi dau seama brusc că am urât locul ăsta de ultima oară când am fost aici, ceea ce mă face să-mi aduc aminte cu mare mirare de faptul că, la început, l-am adorat. Când intru, văd că lumina din living a rămas aprinsă: tipic pentru el s-o lase aprinsă înainte să plece în străinătate.

Asta se întâmpla doar cu o săptămână-n urmă. Timpul e înșelător când te afli în infern.

Mă duc direct în dormitor și deschid dulapul ca să iau dosarul după care venisem. N-are niciun sens să mă lungesc mai mult decât e cazul. Dosarul de plastic nu e în sertarul în care îmi aminteam că l-am pus, așa că nu-mi rămâne decât să răscolesc printre teancurile de hârtii ale lui Hardin. Probabil că și-a îndesat mapa în dulap în încercarea de a strânge prin camera asta dezordonată.

Vechea cutie de pantofi e tot pe raft, iar curiozitatea mă învinge. Iau cutia și mă așez pe podea, cu picioarele încrucișate. Îi scot capacul și îl așez lângă mine. Cutia e plină de pagini întregi cu scrisul lui dezordonat, pe ambele fețe. Observ că unele pagini sunt scrise la calculator și iau una ca s-o citesc.

Mi-ai pătruns în suflet. Sunt pe jumătate agonie, pe jumătate speranță. Spune-mi că n-am venit prea târziu, că sentimentele acestea prețioase nu s-au topit pentru totdeauna. Sunt gata să mă ofer ție din nou, cu inima mai devotată decât era atunci când aproape că ai sfâșiat-o, acum opt ani și jumătate. Să nu îndrăznești să spui că bărbații uită mai ușor decât femeile, că iubirea lor moare mai devreme. N-am iubit pe nimeni alta, doar pe tine.

Recunosc imediat cuvintele lui Austen. Citesc pe sărite câteva pagini, recunoscând citat după citat, minciună după minciună, așa că iau una dintre paginile cu scrisul lui.

În acea zi, a cincea, am remarcat o apăsare pe piept. O reamintire constantă a tuturor lucrurilor pe care le făcusem și a tuturor lucrurilor pe care le pierdusem, cel mai probabil. Trebuia s-o sun în acea zi, când m-am uitat la poze. Oare și ea s-a uitat la pozele cu mine? Nu are decât una de fapt și, în mod ironic, m-am trezit dorindu-mi s-o fi lăsat să-mi fi făcut mai multe. Ziua a cincea a fost momentul în care mi-am azvârlit telefonul de perete sperând să-l fac praf, dar nu i s-a crăpat decât ecranul. Ziua a cincea a fost aceea în care mi-am dorit cu disperare să mă sune. Dacă m-ar fi sunat, atunci totul ar fi revenit la normal. Ne-am fi cerut amândoi scuze și aș fi mers acasă.

Când recitesc paragraful, sunt pe punctul de a izbucni în lacrimi. De ce mă torturez singură citind asta? Cred că a scris asta acum multă vreme, chiar după ce s-a întors de la Londra ultima oară. S-a răzgândit total și nu mai vrea să aibă de-a face cu mine și, în sfârșit, m-am obișnuit cu acest gând. Trebuie să mă obișnuiesc. O să mai citesc un paragraf și o să pun capacul la loc, doar unul, îmi promit.

În ziua a șasea, m-am trezit cu ochii umflați și injectați. Nu-mi venea să cred cum clacasem noaptea trecută. Povara de pe piept se amplificase și nici nu mai vedeam ca lumea. De ce eram atât de distrus? De ce am continuat să mă port cu ea ca un bou? Este prima persoană care a fost capabilă să mă vadă cum sunt, pe dinăuntru, pe mine cel adevărat, iar eu m-am purtat cu ea ca naiba. Am dat vina pe ea pentru orice, când, de fapt, vina era a mea. Mereu eu am fost de vină — chiar și atunci când nu mi se părea că am greșit cu ceva, tot greșisem. Am fost nesimțit cu ea atunci când încerca să discute cu mine despre diverse lucruri. Am țipat la ea când m-a certat pentru nemerniciile mele. Și am mințit-o în nenumărate rânduri. Ea m-a iertat întotdeauna pentru tot. M-am bazat mereu pe asta și poate exact de-asta m-am purtat cu ea așa, pentru că știam că se poate. Mi-am făcut praf telefonul călcându-l sub bocanc în cea de-a șasea zi.

Gata. Nu mai pot citi niciun rând fără să simt cum îmi dispare forța pe care am dobândit-o de când l-am părăsit la Londra. Arunc paginile la loc în cutie și trântesc capul la loc. Lacrimile nedorite curg acum din ochii mei trădători și nu știu cum să ies mai repede de acolo. Mai bine sun la secretariatul facultății și-i rog să-mi mai printeze o dată toate actele decât să mai rămân un minut în apartamentul ăsta.

Las cutia de pantofi pe podeaua debaralei și mă îndrept pe hol către baie, să-mi verific machiajul înainte de a mă întoarce la Landon. Deschid ușa, aprind lumina și oftez surprinsă când mă-mpiedic de ceva.

De cineva...

Sângele îmi îngheață în vene și încerc să-mi dau seama al cui e trupul de pe podeaua băii. Așa ceva nu se poate întâmpla.

Te rog, Doamne, să nu fie...

Când ochii mei reușesc să focalizeze, jumătate din rugăciune îmi e îndeplinită. Nu, nu băiatul care mi-a dat papucii stă întins pe jos nemișcat, la picioarele mele.

E tata, cu un ac înfipt în braț și fără culoare în obraji. Ceea ce înseamnă că jumătatea cealaltă a coșmarurilor mele tocmai a devenit realitate.

20

Hardin

Ochelarii cu lentile groase ai doctorului îi atârnă pe nas și practic îl simt cum mă judecă. Presupun că e încă supărat că mi-am ieșit din fire când m-a întrebat pentru a zecea oară: „Ești sigur că ai dat într-un zid?" Știu ce crede și n-are decât să se ducă dracului.

— Ai o fractură de metacarpiene, mă anunță el.

— În engleză, dacă se poate? mormăi eu.

M-am calmat, în cea mai mare parte, dar tot sunt iritat de întrebările lui și de privirile lungi. Pentru că lucrează într-unul dintre cele mai aglomerate spitale din Londra, sigur a văzut chestii mai rele decât mine, dar tot se uită urât la mine ori de câte ori are ocazia.

— Frac-tu-ră, spune el lent. Ai mâna ruptă și va trebui să stai în ghips câteva săptămâni. O să-ți dau o rețetă cu niște medicamente împotriva durerii, dar va trebui să aștepți ca oasele să se sudeze la loc.

Nu știu ce e mai caraghios, ideea că o să port ghips sau faptul că el crede că am nevoie de medicamente ca să-mi calmez durerea. Nu există nimic din nicio farmacie care să-mi ușureze durerea. Dacă n-au pe raft o blondă bună la suflet cu ochi albaștri-cenușii, atunci n-au cum să mă ajute.

O oră mai târziu mâna și încheietura îmi sunt imobilizate într-un ghips gros. Am încercat să nu râd când am văzut ce față face bătrânul întrebându-mă ce culoare de ghips vreau. Îmi amintesc când eram copil și-mi doream un ghips pe care să semneze toți prietenii mei și pe care să deseneze caraghioslâcuri cu markerul permanent; păcat că nu aveam niciun prieten până să mă înhăitez cu Mark și James.

Ăia doi s-au schimbat mult de când eram adolescenți. Adică Mark e tot un tâmpit, cu creierul prăjit de prea multe droguri. Asta nu se schimbă. Dar la amândoi schimbările sunt evidente. James e pus la respect de o studentă la medicină, ceea ce e un lucru la care nu m-aş fi aşteptat niciodată. Mark e tot nesăbuit, trăieşte tot în lumea lipsită de responsabilități, dar e mai bun acum, mai relaxat și s-a împăcat cu felul său de-a fi. Cândva în ultimii trei ani amândoi și-au pierdut din răutatea sub care se ascundeau ca sub o pătură. Nu, ca sub un scut. Nu știu ce anume i-a făcut să se schimbe, dar, în situația mea actuală, nu-mi place deloc. Mă aşteptam la aceiaşi imbecili de acum trei ani, dar cretinii ăia nu mai sunt de găsit.

Da, încă se droghează mai mult decât e omenește posibil, dar nu mai sunt infractorii răutăcioși pe care i-am lăsat în Londra cu ani în urmă.

— Oprește-te la farmacie și ești liber să pleci.

Doctorul mă salută scurt cu capul și mă lasă singur în sala de examinare.

— La naiba.

Ciocănesc în suprafața dură a ghipsului ăstuia idiot. Ce porcărie! Cum mai conduc? Cum scriu? La naiba, nu, oricum nu trebuie să mai scriu nimic. Rahatul ăsta trebuie să se termine acum; a durat suficient, iar mintea mea trează îmi tot joacă feste, aducându-mi gânduri și amintiri când sunt prea preocupat ca să le alung.

Karma își bate joc de mine încontinuu și, fidelă firii ei nenorocite, merge mai departe cu miștoul când îmi scot telefonul din buzunar și văd numele lui Landon pe ecran. Ignor apelul și-mi vâr telefonul la loc în jeanși.

Ce dezastru am fost în stare să provoc.

21

Tessa

— Cât timp va fi așa? îi spune Landon cuiva, undeva.

Toată lumea se poartă de parcă nu aș auzi-o, de parcă nici măcar nu sunt aici, dar nu-mi pasă. Nu vreau să fiu aici și îmi place că sunt și prezentă și invizibilă în același timp.

— Nu știu. E-n stare de șoc, dragule, îi răspunde Karen, cu amabilitate, fiului său.

Șoc? Nu sunt în stare de șoc.

— Ar fi trebuit să intru cu ea! spune Landon, sufocându-se.

Dacă mi-aș putea desprinde privirea de peretele crem din livingul familiei Scott, știu că l-aș vedea în brațele mamei lui.

— A stat acolo singură, cu cadavrul lui, aproape o oră. Am crezut că se duce doar să-și ia lucrurile, poate își ia la revedere — dar am lăsat-o să stea acolo cu cadavrul lui vreme de o oră!

Landon plânge atât de mult și ar trebui să-l liniștesc; aș face-o, dacă aș putea.

— Ah, Landon.

Karen plânge și ea. Toată lumea plânge, în afară de mine. Ce e cu mine?

— Nu e vina ta. N-aveai de unde să știi că el e acolo; n-aveai de unde să știi că a părăsit programul.

La un moment dat, printre șoapte și încercări blânde de a mă face să mă ridic de pe locul meu de pe podea, soarele a apus și m-au lăsat în pace, și acum iată-mă singură în livingul imens, cu genunchii strânși la piept și cu ochii fixați în continuare pe perete.

Din ce vorbeau medicii de pe salvare și polițiștii, am înțeles că tata era, într-adevăr, mort. Mi-am dat seama de asta când l-am văzut, când l-am atins, dar ei mi-au confirmat. Vestea a devent oficială. A murit de mâna lui, pentru că și-a băgat acul ăla în venă. Pungile cu heroină din buzunarul jeanșilor săi au vorbit clar despre felul în care voia să-și petreacă weekendul. Avea fața atât de palidă, de albicioasă, încât imaginea din mintea mea pare mai degrabă o mască decât o față de om. Era singur în apartament când s-a întâmplat și era mort de ore bune când m-am împiedicat de trupul lui. Viața l-a părăsit când și-a băgat heroină cu seringa, blestemând și mai tare infernul din casa aia.

Exact asta e locul ăla — și așa a fost din momentul în care am intrat acolo. Rafturile de cărți și zidul de cărămidă ascundeau răul de acolo, dichisind locul ăla blestemat cu amănunte drăgălașe, mascând răul pe care fiecare demon din mine îl îmbrățișează. Dacă n-aș fi intrat în casa aia niciodată, încă aș mai avea totul.

Mi-aș fi păstrat virtutea; n-aș fi cedat unui bărbat care nu m-a iubit niciodată suficient ca să rămână cu mine. Aș fi păstrat-o pe mama; nu înseamnă ea mare lucru, dar e singurul membru de familie care mi-a rămas acum. Aș mai fi avut un loc unde să stau și nu aș fi reluat legătura cu tata numai ca să-l găsesc fără suflare pe podeaua băii, două luni mai târziu.

Îmi dau seama că gândurile mele mă târăsc într-un loc foarte sumbru, dar nu mai am forța să mă-mpotrivesc. Am luptat atât timp pentru un lucru care credeam că înseamnă totul, prea mult timp, iar acum nu mai pot să lupt deloc.

* * *

— N-a dormit deloc?

Tonul lui Ken e coborât și precaut. Soarele a răsărit acum, iar eu nu găsesc răspunsul la întrebarea lui Ken. Am dormit *oare*? Nu-mi amintesc nici să fi adormit, nici să mă fi trezit, dar nici nu mi se pare posibil să-mi fi petrecut toată noaptea holbându-mă în gol la peretele ăla.

— Nu ştiu, nu s-a mişcat deloc de aseară.

Tristeţea din glasul celui mai bun prieten al meu e profundă şi dureroasă.

— Mama ei a sunat din nou acum o oră. Ai vreo veste de la Hardin?

Numele rostit de Ken m-ar fi putut omorî... dacă n-aş fi deja moartă.

— Nu, nu-mi răspunde la telefon şi l-am sunat şi la Trish, dar nici ea nu răspunde. Cred că sunt încă în luna de miere. Nu ştiu ce să fac, e atât de...

— Ştiu.

Ken oftează.

— Are nevoie de timp. Cred că a fost traumatizant pentru ea. Încă încerc să văd ce s-a întâmplat şi de ce n-am fost anunţat că a părăsit clinica. Le-am dat ordine stricte și bani grămadă, iar ei trebuiau să mă sune dacă se întâmpla ceva.

Vreau să le spun lui Ken şi lui Landon să nu se mai învinovăţească pentru greşelile tatei. Dacă poartă cineva vina, eu sunt aceea. N-ar fi trebuit niciodată să plec la Londra. Ar fi trebuit să rămân aici, să am grijă de el. În schimb, eu eram în partea cealaltă a lumii, pierzând un alt lucru important, iar Richard Young lupta şi pierdea bătălia cu propriii demoni de unul singur.

Vocea lui Karen mă trezeşte, mai degrabă mă scutură din transă. Sau ce naiba e asta.

— Tessa, te rog, bea nişte apă. Au trecut două zile, draga mea. Mama ta vine să te ia, scumpo. Sper că e-n regulă, spune blând persoana pe care o consider mai degrabă mama mea adevărată, încercând să se facă auzită.

Încerc să dau din cap, dar trupul meu nu mă ascultă. Nu ştiu ce am, dar simt cum ţip din toţi rărunchii şi nimeni nu mă aude. Poate că, de fapt, sunt în stare de şoc. Şocul nu e atât de rău, să ştiţi. Mi-ar plăcea să rămân aşa cât de mult posibil. Doare mai puţin.

22

Hardin

Apartamentul s-a umplut din nou, iar eu mă lupt cu cel de-al doilea pahar şi cu primul joint. Toată arsura asta pe limbă, din cauza alcoolului, şi tot fumul ăsta din plămâni încep să-mi vină de hac. Dacă nu m-ar durea atât de mult când sunt treaz, nu m-aş mai atinge de rahaturile astea.

— Au trecut două zile şi tot mă mănâncă, mă văicăresc eu cui are chef să mă asculte.

— Nasol, frate, dar măcar data viitoare nu mai faci găuri în pereţi, corect? mă necăjeşte Mark rânjind.

— Ba da, o să facă, zic James şi Janine într-un glas.

Janine întinde o mână către mine.

— Mai dă-mi una dintre analgezicele tale.

Dependenta asta nenorocită mi-a mâncat deja jumătate din sticluţă în mai puţin de două zile. Nu că mi-ar păsa — oricum nu le luam şi nici nu-mi pasă ce consumă ea. La început am crezut că pastilele mă vor ajuta, c-o să mă droghez cu ele mai rău decât cu rahaturile de la James, dar n-a fost aşa. Mă obosesc şi dacă sunt obosit, dorm, ceea ce înseamnă coşmaruri, ceea ce înseamnă, invariabil, că-mi aduc aminte de *ea*. Dau ochii peste cap şi mă ridic în picioare.

— Îţi aduc eu nenorocita aia de sticluţă.

Mă duc în cameră la Mark ca să iau pastilele de sub grămada mea de haine. A trecut aproape o săptămână şi mi-am schimbat hainele doar o dată. Înainte să plece, Carla, gagica aia enervantă care suferă de complexul salvatorului, mi-a cusut câteva petice peste găurile din jeanşi. Aş fi înjurat-o rău de tot dacă nu mi-ar fi fost teamă că mă dă James afară pentru asta.

— Alo, Hardin Scott. Telefonul! răsună vocea piţigăiată a lui Janine din living.

La naiba! Mi-am lăsat telefonul pe masa din living. Nu-i răspund imediat, aşa că Janine zice cu tupeu:

— Domnul Scott e ocupat deocamdată; pot să întreb cine îl caută?

— Dă-mi telefonul, *acum*, spun, întorcându-mă valvârtej în cameră şi aruncându-i sticluţa cu pastile, ca s-o prindă.

Încerc să-mi păstrez calmul în timp ce ea-mi arată degetul mijlociu şi continuă să vorbească, lăsând sticluţa să cadă pe podea. Deja am obosit cu tâmpeniile ei.

— Uuuu, Landon e un nume sexy, iar tu eşti american. Îmi plac americanii...

Fără niciun menajament îi smulg telefonul din mână şi-l pun la ureche.

— Ce mama dracului vrei, Landon? Nu crezi că dacă voiam să vorbesc cu tine, ţi-aş fi răspuns ultima oară din cele... nu ştiu, treizeci de dăţi când ai sunat? mă răstesc eu.

— Ştii ceva, Hardin?

Are o voce la fel de tăioasă ca mine.

— Du-te dracului. Eşti un egoist nenorocit şi trebuia să-mi dau seama că nu e cazul să te sun. O să depăşească ea şi momentul ăsta fără tine, aşa cum face de fiecare dată.

Convorbirea se întrerupe.

O să depăşească ea momentul? Despre ce mama dracului vorbeşte? Oare vreau să aflu?

Pe cine mint eu aici — sigur că vreau să aflu. Îl sun imediat pe Landon, dau la o parte din calea mea câţiva oameni şi ajung pe holul gol, ca să fiu singur. Panica mă cuprinde şi mintea mea zdruncinată face cele mai rele scenarii cu putinţă. Când Janine se strecoară pe hol, ca să tragă cu urechea, mă duc în maşina închiriată care e tot la mine.

— Ce vrei? se răsteşte el.

— Despre ce e vorba? Ce s-a întâmplat?

Ea e în regulă, nu-i așa? Trebuie să fie.

— Landon, spune-mi că n-a pățit nimic.

Nu mai am răbdare în fața tăcerii lui.

— E vorba de Richard, a murit.

La orice mă așteptam să aud, dar la asta nu. Prin ceața în care mă aflu, simt ceva. Simt înțepătura pierderii pe dinăuntru și o urăsc. N-ar trebui să simt așa ceva, de-abia îl cunoșteam pe gunoiul — pe omul ăla.

— Unde e Tessa?

De-asta m-a sunat Landon de atâtea ori. Nu ca să-mi țină predici pentru că am părăsit-o pe Tessa, ci ca să mă anunțe că tatăl ei a murit.

— E la noi acasă, dar mama ei vine s-o ia. E în stare de șoc, cred. N-a vorbit de când l-a găsit mort.

Ultima parte a frazei lui mă zdruncină și simt că mă sufoc.

— Ce mama naibii? Ea l-a găsit?

— Mda.

Vocea lui Landon cedează și știu că plânge. Nu mă enervează cum mă enerva de obicei.

— La naiba!

De ce s-a întâmplat așa ceva? Cum i s-a putut întâmpla așa ceva exact după ce i-am dat eu papucii?

— Unde era ea, unde era cadavrul lui?

— La tine în apartament. Se dusese să-și mai ia din lucruri și să-ți lase mașina.

Desigur, după toate cele întâmplate și după felul în care m-am purtat cu ea, ea s-a gândit la mașina mea. Mă silesc să spun ce vreau și ce nu vreau:

— Dă-mi-o la telefon.

Voisem să-i aud vocea și mă deprimasem, adormind în ultimele două nopți pe sunetul mesajului care-mi amintea că și-a schimbat numărul de telefon.

— N-ai auzit ce-am spus, Hardin? spune Landon, exasperat. N-a vorbit și nu s-a mișcat de două zile, în afară de mersul la toaletă, și nici acolo nu sunt sigur că s-a dus. N-am văzut-o făcând nicio mişcare. Nu bea nimic, nu mănâncă.

Toate lucrurile pe care le-am respins, pe care am încercat să le ignor, mă copleşesc şi mă deprimă. Nu-mi pasă de urmări, nu-mi pasă nici dacă-mi pierd ultima urmă de sănătate mintală: trebuie să vorbesc cu ea. Intru în maşină şi imediat ştiu ce am de făcut.

— Încearcă să-i pui telefonul la ureche. Ascultă-mă şi fă chestia asta, îi zic lui Landon şi pornesc motorul, rugându-mă în sinea mea să nu mă oprească nimeni în drumul către aeroport.

— Mi-e teamă că dacă îţi aude vocea starea ei se va înrăutăţi, îl aud spunând în difuzor.

Dau volumul mai tare şi pun telefonul lângă mine, pe consolă.

— La naiba, Landon!

Lovesc cu ghipsul de volan. E şi-aşa destul de greu să conduc cu nenorocitul de ghips.

— Pune-i telefonul la ureche, *acum*.

Încerc să-mi păstrez calmul, în ciuda uraganului care mă distruge pe dinăuntru.

— Bine, dar să nu-i spui ceva care s-o supere. A trecut deja prin prea multe.

— Nu-mi vorbi tu ca şi cum o cunoşti mai bine decât mine!

Furia mea faţă de fratele meu vitreg care le ştie pe toate a ajuns la culme şi aproape că intru cu roţile pe linia despărţitoare de pe drum, tot ţipând la el.

— Poate că nu, dar ştii ce ştiu? Ştiu că eşti un idiot nenorocit pentru ce i-ai făcut acum şi ştii ce mai ştiu? Că dacă n-ai fi fost atât de egoist, ai fi fost aici cu ea şi n-ar mai fi în starea asta în care e acum, scuipă el. A, şi încă un lucru...

— *Destul!*

Lovesc din nou cu ghipsul în volan.

— Pune-i telefonul la ureche — faptul că te comporţi ca un dobitoc n-o să ajute la nimic. *Dă-i telefonul odată.*

Landon se aude vorbind, după ce tace prelung:

— Tessa? Mă auzi? Ştiu că mă auzi.

Râde uşor. Îi simt durerea din voce, în timp ce încearcă s-o facă să vorbească.

— Hardin e la telefon şi...

Un cântecel uşor se aude din difuzor şi mă aplec mai tare spre telefon, încercând să desluşesc acel zgomot. *Ce e asta?* În următoarele câteva secunde, cântecelul continuă şi-mi ia ceva timp să-mi dau seama că Tessa repetă acelaşi cuvânt la nesfârşit.

— Nu, nu, nu, spune ea, fără să se oprească, fără să încetinească, nu, nu, nu, nu, nu...

Ce mai rămăsese din inima mea se rupe în mii de bucăţele.

— Nu, te rog, nu! strigă ea la telefon.

O, Dumnezeule mare.

— Bine, e-n regulă. Nu trebuie să vorbeşti cu el...

Convorbirea se întrerupe, iar eu sun din nou, ştiind că nu-mi va răspunde nimeni.

23

Tessa

— O să te iau în brațe acum, spune un glas cunoscut, pe care nu l-am mai auzit de mult, încercând să mă liniștească.

Simt cum niște brațe puternice mă ridică de pe podea și mă leagănă ca pe un copil. Îmi bag capul în pieptul masiv al lui Noah și închid ochii. Aud și vocea mamei. Pe ea n-o văd, dar îi pot auzi glasul:

— Ce a pățit? De ce nu vorbește?

— E în stare de șoc, începe Ken să spună. O să-și revină în curând...

— Mă rog, eu ce fac cu ea dacă nici măcar nu vorbește? se răstește mama.

Noah, care poate s-o stăpânească pe mama mea cea neîndurătoare așa cum nimeni altcineva nu poate, spune ușurel:

— Carol, tocmai a găsit cadavrul tatălui ei acum câteva zile. Fii îngăduitoare cu ea.

Nu m-am bucurat în viața mea atât de mult să fiu aproape de Noah. Oricât de mult țin la Landon și oricât de recunoscătoare îi sunt familiei lui, trebuie să plec din casa asta. Am nevoie acum de cel mai vechi prieten. De cineva care mă cunoștea *înainte*.

Îmi pierd mințile; știu asta. Mintea mea nu mai funcționează cum trebuie de când m-am împiedicat de cadavrul rigid și nemișcat al tatei. N-am fost capabilă să procesez nici măcar un singur gând logic de când i-am strigat numele și l-am zgâlțâit până când a rămas cu gura căscată și acul i-a sărit din braț, aterizând pe jos cu un clinchet care încă îmi răsună în mintea mea bolnavă. Un sunet atât de simplu. Atât de înfiorător.

Am simţit cum se rupe ceva în mine când mâna tatei s-a smucit în mâna mea, un spasm muscular involuntar despre care nu ştiu dacă a fost real sau mintea mea l-a inventat, ca pe o falsă speranţă. Speranţa aceea s-a stins repede când i-am verificat din nou pulsul şi n-am simţit nimic, rămânând privindu-l fix în ochii lui morţi.

Noah mă leagănă uşor în braţe, purtându-mă de-a lungul casei.

— O s-o sun mai târziu să văd ce face. Vă rog să răspundeţi ca să ştiu cum se simte, îi roagă Landon încet.

Vreau să ştiu cum se simte Landon; sper că n-a văzut ce am văzut eu, nu-mi mai aduc aminte. Ştiu că am luat capul tatei în mâinile mele şi cred că ţipam sau plângeam atunci când l-am auzit pe Landon intrând în apartament. Îmi amintesc că a încercat să mă facă să-l las din braţe pe omul pe care de-abia începusem să-l cunosc, dar după aceea nu-mi mai aduc aminte decât că a venit ambulanţa şi apoi m-am trezit pe jos, acasă la familia Scott.

— O să răspund, îl asigură Noah şi aud cum se deschide uşa de plasă.

Picături reci de gheaţă îmi cad pe faţă, spălând mizeria şi lacrimile zilelor care au trecut.

— E-n regulă. Mergem acum acasă; totul va fi în ordine, îmi şopteşte Noah şi-mi dă la o parte părul ud de pe frunte.

Îmi ţin ochii închişi şi-mi pun obrazul pe pieptul lui; bătăile inimii sale îmi amintesc de momentul în care mi-am lipit urechea de pieptul tatei şi am descoperit că nu mai respiră.

— E-n regulă, spune din nou Noah.

E exact ca odinioară, când îmi venea în ajutor atunci când tata făcea prăpăd în jurul lui. Dar de data asta nu mai e nicio seră în care să mă ascund. De data asta e numai întuneric şi nicio cale de ieşire.

— Mergem acasă acum, repetă Noah şi mă aşază în maşină.

Noah e un om bun şi dulce, dar oare el nu ştie că eu nu am casă?

* * *

Timpul trece foarte încet. Cu cât mă uit mai mult la ceas, cu atât acesta pare să-şi bată mai tare joc de mine, mişcându-se din ce în ce mai încet. Vechiul meu dormitor este atât de mare — aş fi putut jura că e o cameră micuţă, dar acum pare imensă. Poate pentru că eu mă simt mică? Mă simt uşoară acum, mai uşoară decât ultima oară când am dormit în patul ăsta. Simt că aş putea pluti şi că nu m-ar observa nimeni. Gândurile mele nu sunt normale; ştiu asta. Noah îmi spune asta de câte ori încearcă să mă trezească la realitate. E aici acum; n-a plecat de când m-a pus în pat, Dumnezeu ştie când.

— Totul va fi bine, Tessa. *Timpul vindecă totul.* Aminteşte-ţi că pastorul nostru ne-a spus mereu asta.

În ochii albaştri ai lui Noah se citeşte îngrijorarea. Dau din cap în tăcere şi mă holbez la ceasul enervant de pe perete. Noah mişcă o furculiţă de-a lungul farfuriei cu mâncare neatinse de ore întregi.

— Mama ta va veni şi te va obliga să-ţi mănânci cina. E târziu şi nu ţi-ai mâncat nici prânzul.

Mă uit pe fereastră, observând că afară s-a lăsat întunericul. *Când a dispărut soarele? Şi de ce nu m-a luat cu el?*

Noah mă prinde blând de mâini şi mă roagă să mă uit la el.

— Ia doar câteva îmbucături ca să te lase să te odihneşti.

Iau farfuria, pentru că nu vreau să-i fac sarcina şi mai grea şi pentru că ştiu că face ce-i cere mama. Duc pâinea râncedă la gură şi încerc să nu vomit carnea aţoasă pe care o mestec. Iau cu greu cinci înghiţituri şi le înghit cu ajutorul apei care a rămas pe noptieră de azi-dimineaţă.

— Vreau să închid ochii, îi zic lui Noah când îmi oferă nişte struguri de pe farfurie. Nu mai vreau.

Împing uşor farfuria la o parte. Vederea mâncării mă face să-mi vină să vomit. Mă întind şi-mi strâng genunchii la piept. Noah îmi aminteşte momentele în care intram în bucluc pentru că aruncam cu struguri la fiecare slujbă de duminică, pe când aveam doisprezece ani.

— A fost cel mai rebel lucru pe care l-am făcut, cred, spune el, râzând încet.

Sunetul râsului lui mă adoarme.

— Nu intri acolo. Ultimul lucru de care avem nevoie e s-o tulburi tu. Doarme pentru prima oară în zile întregi, o aud pe mama spunând pe hol.

Cu cine vorbește? Nu dorm, nu-i așa? Mă sprijin pe coate și tot sângele mi se duce la cap. Sunt atât de obosită, foarte obosită. Noah e aici, cu mine, în patul copilăriei mele. Totul este atât de cunoscut, patul, ciuful de păr blond de pe capul lui Noah. Totuși, eu mă simt diferit, nelalocul meu și dezorientată.

— N-am venit să-i fac rău, Carol. Ar trebui să știi asta până acum.

— Tu... încearcă mama să riposteze, dar e întreruptă.

— Ar mai trebui să știi că tot nu dau doi bani pe ce spui tu.

Ușa dormitorului meu se deschide și pe ea intră ultima persoană la care mă gândeam că va veni, dând-o la o parte pe maică-mea, care e furioasă. Mâna lui Noah stă, grea, peste mine, țintuindu-mă în pat. Mă ține strâns de talie, în somn, iar eu simt o arsură în gât când îl văd pe Hardin. Ochii lui verzi îi sunt cuprinși de furie când dă cu ochii de Noah. Traversează camera și-i dă la o parte brațul lui Noah de pe trupul meu.

— Ca naiba...

Noah se trezește speriat și sare în picioare. Când Hardin mai face un pas către mine, mă ghemuiesc și mă lipesc cu spatele de perete, cu toată puterea. Atât de tare încât rămân fără suflu, dar nu vreau să se apropie de mine. Tușesc și ochii lui Hardin se îmbunează.

De ce a venit aici? Nu poate fi aici, nu-l vreau aici. A făcut destul rău și n-are dreptul să apară aici și să adune firimiturile.

— La naiba! Te simți bine?

Întinde după mine brațul tatuat, iar eu fac primul lucru care-mi vine în mintea mea tulburată: încep să țip.

24

Hardin

Strigătele ei îmi umplu auzul, pieptul gol, plămânii, până când ajung într-un loc despre care nu mai știam că poate fi atins. Un loc la care numai ea poate ajunge, acum și întotdeauna.

— Ce cauți aici?

Noah sare în picioare și vine între mine și micul pat ca și cum ar fi cavalerul alb care trebuie s-o protejeze... de mine? Ea încă țipă; de ce țipă?

— Tessa, te rog...

Habar nu am ce vreau s-o rog, dar strigătele ei se transformă în tuse și tusea se transformă în suspine, apoi începe să se sufoce, iar eu nu pot suporta așa ceva. Fac precaut un pas către ea, iar ea, în cele din urmă, și-a recăpătat suflul. A rămas cu ochii ei bântuiți la mine, făcându-mi o rană pe care numai ea o poate vindeca.

— Tess, vrei să fie aici? întreabă Noah.

Eu mă străduiesc cât pot să nu-l bag în seamă, iar el întinde coarda.

— Adu-i niște apă! îi spun mamei ei.

Ea mă ignoră. Apoi, incredibil, Tessa dă din cap la stânga și la dreapta, respingându-mă. Asta îl face pe protectorul ei de ocazie să ridice mâna la mine și să prindă curaj.

— Nu te vrea aici.

— Nici nu știe ce vrea! Uită-te la ea!

Ridic mâinile și simt imediat unghiile lui Carol înfipte în brațul meu. E nebună dacă trăiește cu senzația că voi pleca undeva. Nu știe deja că n-are cum să mă țină departe de Tessa? Numai eu mă pot ține departe de ea — o idee tâmpită de care oricum se pare că nu mă pot ține.

Noah se apleacă înspre mine un pic.

— Nu vrea să te vadă și ar fi mai bine să pleci.

Nu-mi pasă câtuși de puțin că puștiul ăsta a crescut în dimensiuni și masă musculară de ultima oară când l-am văzut. Nu înseamnă nimic pentru mine. Va afla în curând motivul pentru care oamenii nici măcar nu încearcă să se bage între Tessa și mine. Toți știu care-i treaba și-o va afla și el.

— Nu plec nicăieri.

Mă întorc către Tessa. Încă tușește și nimănui nu pare să-i pese.

— Îi aduce careva apă? țip eu în camera mică, iar vocea reverberează dintr-un zid în altul.

Tessa scâncește și-și trage genunchii la piept. Știu că o doare și știu că n-ar trebui să mă aflu aici, dar mai știu și că maică-sa cu Noah nu vor fi niciodată în stare s-o ajute cu adevărat. O cunosc pe Tessa mai bine decât ei doi la un loc și n-am văzut-o niciodată în halul ăsta, deci cu siguranță niciunul dintre ei nu va avea habar ce să-i facă, atâta vreme cât e în starea asta.

— O să chem poliția dacă nu pleci, Hardin, spune Carol, pe un ton coborât și amenințător, din spatele meu. Nu știu ce-ai mai făcut și de data asta, dar m-am săturat de tine și nu ești bine-venit aici. N-ai fost și nu vei fi niciodată bine-venit.

Îi ignor pe intrușii ăștia doi și mă așez pe marginea patului de copil al Tessei. Spre groaza mea, ea se mișcă din nou, de data aceasta dându-se în spate cu ajutorul mâinilor — până când ajunge la margine și cade pe podea. Sar în picioare imediat ca s-o ridic în brațe, dar sunetele pe care le scoate când o ating sunt chiar mai rele decât strigătele înspăimântate pe care le-a scos acum câteva minute. La început nu știu ce să fac, dar după câteva secunde, strigă: „Pleacă de-aici!", iar cuvintele îi părăsesc buzele crăpate și îmi sfârtecă trupul. Mâinile ei micuțe mă lovesc în piept și mă zgârie pe brațe, încercând să se smulgă din îmbrățișarea mea. E dificil s-o liniștesc așa, cu ghipsul pe mână. Mi-e teamă să n-o rănesc, e ultimul lucru pe care mi-l doresc.

Oricât de tare mă deranjează s-o văd că vrea să fugă de mine cu disperare, mă bucur că o văd reacționând în orice fel. Tessa cea mută era cea mai rea și în loc să urle la mine, așa cum face acum, maică-sa ar trebui să-mi mulțumească pentru că i-am scos fiica din acea fază a suferinței.

— Pleacă! strigă din nou Tessa, iar Noah începe să protesteze în spatele meu.

Tessa mă lovește cu mâna peste ghipsul tare și țipă din nou.

— Te urăsc!

Cuvintele ei mă dor, dar tot îi țin trupul neliniștit în brațe. Vocea profundă a lui Noah se aude printre urletele Tessei:

— Înrăutățești situația!

Apoi ea tace mâlc din nou... și face cel mai rău lucru pe care-l putea face sufletului meu. Își smulge mâna din îmbrățișarea mea — e foarte dificil s-o țin doar cu o mână — și o întinde după Noah. Tessa îi cere ajutorul lui Noah, pentru că nu mă suportă în fața ochilor.

Îi dau drumul imediat, iar ea se refugiază la el în brațe. El îi cuprinde mijlocul cu un braț, lipindu-i capul de pieptul lui cu mâna cealaltă. Furia se luptă cu bunul simț și încerc din răsputeri să-mi păstrez calmul când văd c-o atinge. Dacă pun mâna pe el, ea mă va urî și mai tare. Dacă nu pun, o să-mi pierd mințile privind scena asta.

La naiba — de ce am venit eu aici de fapt? Trebuia să mă țin departe, exact cum îmi propusesem. Acum, că sunt aici, se pare că nu pot ieși din camera asta nenorocită, iar strigătele ei nu fac altceva decât să-mi întețească nevoia de a rămâne aproape de ea. Nu suport să pierd și asta mă face s-o iau razna.

— Fă-l să plece, suspină Tessa lângă gâtul lui Noah.

Senzația dureroasă a respingerii mă cuprinde și mă înțepenește pentru câteva secunde. Noah se întoarce spre mine, rugându-mă în tăcere, în cel mai civilizat mod cu putință, să părăsesc încăperea. Urăsc că el este cel care o consolează; una dintre cele mai mari temeri tocmai a devenit realitate, dar nu mă pot gândi la asta. Trebuie să mă gândesc la ea. Numai la ce este bun pentru ea. Mă îndepărtez stângaci, bâjbâind după mânerul ușii. După ce ies din camera micuță, mă sprijin de ușă ca să-mi revin. Cum de viața noastră împreună s-a dus naibii atât de repede?

Mă trezesc în bucătăria lui Carol și-mi umplu o cană cu apă. E ciudat, pentru că am o singură mână pe care o pot folosi, și-mi ia mai mult timp să iau cana, s-o umplu și să închid robinetul, toate astea în timp ce femeia asta mă calcă pe nervi. Mă întorc către ea, așteptând să-mi spună că a chemat poliția. Dar ea doar se uită urât la mine în tăcere, așa că spun:

— Nu-mi pasă de nimicurile astea în acest moment. N-ai decât să chemi poliția sau să faci ce vrei, dar eu nu plec din căcatul ăsta de oraș până nu vorbește cu mine.

Iau o gură de apă și traversez bucătăria micuță, dar imaculată, venind până în fața ei. Carol are un ton dur.

— Cum ai ajuns aici? Parcă erai la Londra.

— Cu o chestie care se numește avion, așa am ajuns.

Își dă ochii peste cap.

— Doar pentru că ai zburat jumătate de lume și ai apărut înainte de răsăritul soarelui nu înseamnă că locul tău e aici, lângă ea, zice ea printre dinți. A spus foarte clar — de ce n-o lași în pace? Nu-i faci decât rău, iar eu nu voi mai permite lucrul ăsta.

— N-am nevoie de aprobarea ta.

— Nici ea n-are nevoie de tine, ripostează Carol, smulgându-mi cana din mână de parcă ar fi un pistol cu glonț pe țeavă.

O trântește pe masă și mă privește fix în ochi.

— Știu că nu-ți place de mine, dar o iubesc. Fac greșeli — foarte multe chiar — dar, Carol, dacă tu crezi că o s-o las aici cu tine după ce a văzut ce a văzut, după ce a trecut prin ce-a trecut, atunci ești mai nebună decât îmi imaginam.

Iau din nou paharul doar ca s-o enervez și mai beau o dată din el.

— O să-și revină, spune Carol cu răceală.

Face pauză de un minut și ceva dinăuntrul ei pare să explodeze.

— Oamenii mor, iar ea va trece și peste asta!

O spune cu voce tare. Prea tare: sper că Tessa n-a auzit remarca rece a mamei sale.

— Vorbești serios? E *fiica* ta, iar el a fost *soțul* tău...

Nu-mi termin fraza, amintindu-mi că ei nu au fost, de fapt, căsătoriți.

— Suferă, și tu ești o nemernică fără suflet, și exact din cauza asta nu o s-o las aici cu tine. Landon n-ar fi trebuit să te lase s-o iei de la bun început!

Carol își dă capul pe spate, indignată.

— Să mă *lase*? E fiica mea.

Paharul din mână începe să-mi tremure și apa se varsă pe jos.

— Păi atunci poartă-te în consecință și sprijin-o!

— S-o sprijin? Pe mine cine mă sprijină?

Vocea ei inexpresivă se frânge și am un șoc când o văd pe femeia pe care o credeam făcută din piatră că se împleticește și se sprijină de masă ca să nu cadă din picioare. Lacrimile îi curg pe obraji, peste machiajul gros pe care-l are pe față, deși e doar ora cinci dimineața.

— Nu l-am văzut pe omul ăsta de atâția ani... Ne-a părăsit! M-a părăsit după ce mi-a promis la infinit o viață bună!

Își trece mâinile peste masă, aruncând pe jos suporturile de ustensile de bucătărie.

— A mințit — m-a mințit — și a abandonat-o pe Tessa și mi-a distrus toată viața! Nici nu m-am putut uita la un alt bărbat după Richard Young, iar el ne-a părăsit! țipă ea.

Când mă prinde de umăr și își pune capul pe pieptul meu, suspinând și urlând, pentru o clipă mi se pare că seamănă atât de mult cu fata pe care o iubesc. Nu pot s-o dau la o parte. Habar n-am ce să fac, așa că o cuprind cu un braț și nu spun nimic.

— Mi-am dorit asta — mi-am dorit să moară, recunoaște ea printre lacrimi.

Îi simt rușinea din voce.

— L-am tot așteptat, îmi tot spuneam că se va întoarce la noi. Ani de zile am sperat, iar acum e mort și nici măcar nu mai am ce aștepta.

Am stat aşa multă vreme, cu ea plângându-mi la piept şi spunându-mi de mai multe ori cât se urăşte de tare pentru că se bucură că Richard a murit. Nu găsesc cuvintele ca s-o liniştesc pe femeia asta, dar, pentru prima oară de când am întâlnit-o, văd sufletul distrus din spatele măştii.

25

Tessa

După câteva minute în care a stat lângă mine, Noah se ridică, se întinde și spune:

— Mă duc să-ți aduc ceva de băut. Trebuie să și mănânci.

Mă prind cu pumnii de tricoul lui și scutur din cap, rugându-l să nu mă lase singură. El oftează.

— O să te îmbolnăvești dacă nu mănânci în curând, spune el, dar știu că am câștigat bătălia.

Noah n-a fost niciodată omul care să insiste. Ultimul lucru pe care mi-l doresc e să beau sau să mănânc. Îmi doresc un singur lucru: vreau ca *el* să plece și să nu se întoarcă niciodată.

— Cred că mama ta îi face capul calendar lui Hardin.

Noah încearcă să zâmbească, dar eșuează. O aud pe mama țipând și aud de la distanță lucruri trântite pe jos, dar nu-i dau voie lui Noah să mă lase singură în cameră. Dacă rămân singură, el o să intre. Așa face el, hăituiește oamenii când sunt cel mai vulnerabili. Mai ales pe mine, care am fost vulnerabilă din ziua în care l-am întâlnit. Îmi pun capul la loc pe pernă și blochez totul — pe mama care țipă, cealaltă voce profundă, cu accent, care urlă la ea, chiar și pe Noah care-mi șoptește la ureche ca să mă liniștească.

Închid ochii și plutesc între coșmar și realitate, încercând să-mi dau seama care e mai rea.

Când mă trezesc din nou, soarele strălucește prin draperiile subțiri trase peste ferestre. Capul mă doare de mor, am gura uscată și sunt singură în cameră. Tenişii lui Noah sunt pe jos şi, după un moment de derută calmă, povara ultimelor douăzeci şi patru de ore mă lasă fără suflu. Îmi îngrop capul în mâini. A fost aici. A fost aici, dar Noah şi mama m-au ajutat să...

— Tessa, spune el, tulburându-mi gândurile.

Vreau să mă prefac că e o fantomă, dar ştiu că nu e. Îi simt prezenţa aici. Refuz să-mi ridic privirea către el, dar îl aud când intră în cameră. *De ce este aici? De ce crede că mă poate arunca şi că se poate întoarce apoi când îi convine?* Nu vreau să mi se întâmple aşa ceva. I-am pierdut deja şi pe el, şi pe tata, şi n-am nevoie să mi se mai arunce vreuna dintre pierderile astea în faţă.

— Ieşi, îi zic.

Soarele dispare, ascunzându-se în nori. Nici măcar soarele nu vrea să-i stea în preajmă. Când îl simt aşezându-se pe pat, îmi păstrez calmul şi încerc să ascund fiorul care mă străbate.

— Bea nişte apă.

Îmi lipeşte de mână un pahar cu apă rece, dar îi dau peste mână. Nici măcar nu tresar când îl aud căzând pe jos.

— Tess, uită-te la mine.

Apoi îşi pune mâinile pe mine — reci ca gheaţa, cu o atingere aproape străină — şi mă smucesc. Oricât mi-aş dori să mă urc la el în braţe şi să-l las să mă liniştească, n-o fac. Şi n-o s-o mai fac niciodată. Chiar cu minţile tulburate ca acum, ştiu că n-o să-l mai primesc înapoi niciodată. Nu pot şi nu trebuie s-o fac.

— Uite.

Hardin îmi oferă un alt pahar cu apă, de pe noptieră. Acesta nu e la fel de rece. Îl iau, instinctiv. Nu ştiu de ce, dar numele lui îmi răsună în minte. Nu voiam să-i mai aud numele, nici măcar în capul meu, singurul loc unde mă simt în siguranţă.

— Trebuie să bei nşte apă, îmi spune el uşor.

Nu spun nimic şi duc paharul la gură. Nu mai am energia să refuz apa ca să-i fac în ciudă şi să mor de sete. Dau gata toată apa în câteva secunde, dar nu-mi desprind ochii de pe perete.

— Știu că ești supărată pe mine, dar nu vreau decât să fiu aici, cu tine, minte el.

Tot ce spune el e o mare minciună — mereu a fost și mereu va fi. Nu zic nimic, dar scot un suspin mic la auzul vorbelor sale.

— Reacția ta de aseară, când ai dat cu ochii de mine... începe el.

Simt că mă privește, dar refuz să mă uit la el.

— Felul în care ai țipat... Tessa, n-am simțit niciodată o asemenea durere...

— Încetează, mă răstesc eu.

Vocea mea parcă nu e vocea mea și încep să mă-ntreb dacă sunt trează în acest moment sau dacă am un alt coșmar.

— Vreau să știu că nu ți-e teamă de mine. Nu ți-e teamă, nu-i așa?

— *Nu e vorba despre tine*, zic eu.

Și e adevărat, absolut adevărat. A încercat să devină el eroul principal — durerea lui — dar acum e vorba despre moartea tatei și despre faptul că nu mai pot suporta alte suferințe.

— La naiba.

Oftează și știu că își trece mâinile prin păr.

— Știu că nu e. Nu asta voiam să spun. Îmi fac griji pentru tine.

Închid ochii și aud tunetul în depărtare. *Își face griji pentru mine?* Dacă și-ar fi făcut griji pentru mine, poate că n-ar fi trebuit să mă trimită înapoi în America de una singură. Aș dori să nu fi ajuns acasă; aș dori să mi se fi întâmplat ceva pe drumul de întoarcere — ca să se obișnuiască cu pierderea mea. Deși, probabil, n-ar fi dorit să fie deranjat. Ar fi fost prea ocupat să se drogheze. Nici măcar n-ar fi observat.

— Nu ești în apele tale, iubito.

Încep să tremur când îl aud că-mi spune așa.

— Trebuie să vorbim despre asta, despre ce s-a întâmplat cu tatăl tău. O să te simți mai bine.

Vorbește prea tare, iar ploaia se izbește de acoperișul vechi. Îmi doresc să mă năpustesc afară și să las furtuna asta să mă șteargă de pe fața pământului.

Cine e persoana care stă aici, lângă mine? Cu siguranță nu-l cunosc și habar n-am despre ce vorbește. Ar trebui să vorbesc despre tata? Cine naiba e el să stea aici și să se comporte ca și cum i-ar păsa de mine, ca și cum m-ar putea ajuta cu ceva? N-am nevoie de ajutor. Am nevoie de liniște.

— Nu vreau să fii aici.

— Ba da, vrei. Acum ești doar supărată pe mine pentru că m-am purtat ca un cretin și am distrus totul.

Durerea pe care ar trebui s-o simt nu e acolo, nu e nimic acolo. Nici măcar când în minte îmi reapare imaginea mâinii sale pe coapsa mea, în mașină, buzele lui lipite ușor de ale mele, degetele mele înfipte în părul lui des. Nimic.

Nu simt nimic, pentru că amintirile plăcute sunt înlocuite cu imaginile pumnilor izbiți de ziduri și ale femeii îmbrăcate în tricoul lui. S-a culcat cu ea acum câteva zile. Nimic. Nu simt nimic și e atât de bine să nu simt, în cele din urmă, nimic, să-mi recapăt în sfârșit controlul asupra sentimentelor mele. Îmi dau seama, uitându-mă în gol, că nu mai sunt obligată să simt ce nu-mi doresc. Nu mai trebuie să-mi amintesc nimic din ce nu vreau. Pot să uit totul și să nu mai las niciodată amintirile să mă facă să sufăr.

— Nu sunt.

Nu lămuresc ce-am dorit să spun, iar el încearcă din nou să mă atingă. Nu mă mișc. Mă mușc de obraz, voind din nou să țip, dar nu mai am chef să-i dau lui satisfacție. Sentimentul de ușurare pe care-l am când îi simt degetele peste ale mele îmi demonstrează cât sunt de slabă, chiar dacă de-abia începusem să nu mai simt nimic.

— Îmi pare rău pentru Richard, știu cum e...

— Nu.

Îmi retrag mâna.

— Nu, nu pricepi nimic. Nu știu cum ai tupeul să vii aici și să te prefaci că vrei să mă ajuți, când tu ești cel care mă face cel mai tare să sufăr. N-am de gând să-ți mai spun o dată.

Știu că am o voce indiferentă — o aud cum sună la fel de neconvingătoare și de pustiită cum mă simt și eu pe dinăuntru.

— Ieși.

Mă doare gâtul pentru că am vorbit prea mult; nu vreau să mai vorbesc. Vreau doar să plece, vreau să fiu lăsată în pace. Mă uit din nou fix la perete, încercând să-i interzic creierului meu să se mai gândească la cadavrul tatei. Totul mă dă peste cap, mintea îmi joacă feste și amenință să-mi distrugă și ultima urmă de rațiune care mi-a mai rămas. Acum plâng două morți și asta mă sfâșie, bucată cu bucată.

Durerea nu mă iartă deloc: durerea își vrea jertfa ei. Nu se va potoli până nu te transformă într-o carapace goală. Lovitura trădării și a respingerii doare, dar nimic nu se compară cu durerea de a fi gol pe dinăuntru. Nimic nu doare mai tare decât să nu te mai doară deloc. Iar asta n-are nicio logică și, în același timp, are, iar eu simt că-mi pierd mințile. Și îmi convine de minune.

— Vrei să-ți aduc ceva de mâncare?

Nu mă aude? Nu pricepe că nu-l vreau aici? Mi-e imposibil să cred că nu aude zgomotul haotic al minții mele.

— Tessa, insistă el când vede că nu-i răspund.

Trebuie să se îndepărteze de mine. Nu vreau să mă uit în ochii lui, nu vreau să mai aud promisiuni pe care le va încălca atunci când ura sa de sine îl va copleși din nou. Mă arde gâtul — mă doare foarte rău — dar strig după omul căruia îi pasă cu adevărat:

— Noah!

Imediat el se repede în dormitor, hotărât să se transforme în uraganul care să-l dea afară, în cele din urmă, pe încăpățânatul de Hardin din camera și din viața mea. Noah stă în fața mea și se uită la Hardin, pe care îl privesc și eu, în cele din urmă.

— Ți-am spus că atunci când mă cheamă, te cari.

Hardin se enervează imediat și îi aruncă priviri criminale lui Noah. Știu că încearcă din răsputeri să se stăpânească. Are ceva pe mână... un ghips? Mă uit mai bine și-mi dau seama că are un ghips negru, care-i acoperă mâna și încheietura.

— Hai să lămurim ceva, spune Hardin, ridicându-se și privindu-l pe Noah. Încerc să n-o necăjesc și ăsta e singurul motiv pentru care nu îți rup gâtul. Așa că nu-ți forța norocul.

În mintea mea distrusă și haotică, văd din nou cum capul tatei se dă brusc pe spate, cu gura deschisă. Nu vreau decât tăcere. În urechile și-n creierul meu nu vreau decât tăcere. Îmi vine să vomit pentru că imaginea se multiplică, iar vocile lor devin din ce în ce mai stridente. Trupul meu mă imploră să-l eliberez, să dau afară totul din stomac. Problema e că nu am nimic acolo în afară de apă și acidul gastric îmi arde gâtul când vomit pe cuvertură.

— La naiba! exclamă Hardin. Ieși dracului de-aici!

Îi înfige lui Noah o mână în piept, iar acesta se dă în spate împleticindu-se și se agață de cadrul ușii.

— Tu să ieși! Nici măcar nu ești dorit aici! ripostează Noah și se repede înainte, împingându-l pe Hardin.

Niciunul dintre ei nu observă că mă ridic din pat și mă șterg la gură de vomă cu o mânecă. Pentru că tot ce văd ei e roșu în fața ochilor și infinita lor „loialitate" față de mine, reușesc să ies din cameră, să parcurg holul și să ies pe ușa casei fără ca vreunul dintre ei să observe.

26

Hardin

— Du-te-n mă-ta!

Îl pocnesc pe Noah cu ghipsul drept în falcă, iar el se dă înapoi, scuipând sânge. Cu toate astea, nu se oprește. Mă atacă din nou și mă dărâmă la podea.

— Nenorocitule! țipă el.

Ajung deasupra lui. Dacă nu mă opresc acum, Tessa mă va urî și mai tare decât mă urăște deja. Nu-l suport pe dobitocul ăsta, dar ea ține la el și dacă îl pocesc în bătaie, nu mă va ierta niciodată. Reușesc să mă ridic în picioare și să mă îndepărtez puțin de jucătorul ăsta de fotbal nou-descoperit.

— Tessa... încep eu și mă răsucesc către pat și aproape încremenesc când văd că nu e nimeni acolo.

O pată de vomă este singura dovadă că a fost vreodată acolo. Fără să-i arunc lui Noah nicio privire, ies pe hol, strigându-i numele. *Cum de-am fost atât de prost? Când n-o să mai fiu atât de cretin?*

— Unde e? întreabă Noah din spatele meu, ținându-se după mine ca un cățel rătăcit.

Carol încă doarme pe canapea. Nu s-a mișcat din locul ăla de aseară, când mi-a adormit în brațe. Femeia asta mă urăște din toate puterile, dar n-am putut să n-o consolez când a avut nevoie de asta.

Spre groaza mea, ușa de plasă e deschisă și vântul puternic o zgâlțâie din țâțâni în toate direcțiile. Două mașini sunt parcate pe alee: a lui Noah și a lui Carol. Taxiul pe care l-am luat de la aeroport m-a costat 100 de dolari, dar așa am scutit timpul pe care l-aș fi irosit ducându-mă acasă la Ken să-mi iau mașina. Măcar Tessa n-a încercat să plece nicăieri la volan.

— Pantofii ei sunt aici.

Noah ridică unul dintre pantofii fragili ai Tessei și-l aruncă înapoi pe podea. Are sânge pe toată bărbia, iar ochii lui albaștri par înnebuniți de grijă. Tessa se îndreaptă de una singură spre o furtună puternică pentru că mi-am lăsat orgoliul să mă copleșească.

Noah dispare pentru o clipă în timp ce eu studiez împrejurimile, încercând să dau de iubita mea. Când Noah se întoarce din camera ei, are în mână geanta ei. N-are pantofi, n-are bani și nici n-are telefonul la ea. Nu cred c-a ajuns foarte departe — ne-am bătut cel mult un minut. Cum de-am putut să-mi las temperamentul să-mi distragă atenția de la ea?

— O să mă urc în mașină și o să dau o tură în cartier, spune Noah, scoțând cheile din buzunar, și iese pe ușă.

Aici el e avantajat. A crescut pe strada asta; știe locul, iar eu nu. Mă uit prin living și apoi mă duc la bucătărie. Arunc o privire pe fereastră și-mi dau seama că eu am avantajul, nu el. Sunt surprins că nu s-a gândit el la asta. Poate că el cunoaște orașul, dar eu o cunosc pe Tessa mea, și știu exact unde e.

Ploaia cade din cer în funii imense și neiertătoare de apă, iar eu cobor dintr-un singur pas veranda din spatele casei și mă îndrept, pe iarbă, către micuța seră din colțul curții, ascunsă în spatele câtorva copaci care se leagănă. Ușa de metal e întredeschisă, ceea ce îmi dovedește că am avut dreptate.

O găsesc pe Tessa ghemuită la podea, cu jeanșii murdari și cu picioarele goale pline de noroi. Are genunchii strânși la gură și are urechile acoperite cu mâinile care îi tremură. E o priveliște care-mi rupe inima, să-mi văd iubita în starea asta. Sera asta amărâtă e plină de ghivece pline cu pământ; e cât se poate de clar că n-a mai intrat nimeni aici de când Tessa a plecat de acasă. În acoperiș sunt câteva crăpături, prin care intră șuvoaie de ploaie.

Nu spun nimic, dar nu vreau s-o sperii, și sper să-mi audă bufniturile cizmelor pe noroiul de pe podea. Când mă uit din nou pe jos, îmi dau seama că nici măcar nu există podea. Așa se explică noroiul. Îi iau mâinile de la urechi și mă aplec, obligând-o să se uite în ochii mei. Se retrage ca un animal încolțit, iar eu tresar din cauza reacției ei, dar continui s-o țin de mâini. Își vâră mâinile în noroi și mă lovește cu picioarele. În clipa în care îi eliberez mâinile, ea își acoperă din nou urechile și un scâncet oribil i se aude de pe buze.

— Vreau liniște, mă imploră ea, legănându-se încet înainte și înapoi.

Am atâtea lucruri să-i spun, în speranța că mă va asculta și va ieși din ascunzătoarea ei, dar mi-e de ajuns o singură privire în ochii ei disperați și uit tot. Dacă vrea liniște, asta o să-i ofer. La naiba, o să-i dau orice, tot ce vrea, atât timp cât nu mă obligă să plec.

Așa că mă apropii și mai mult de ea și stăm amândoi pe jos, în noroiul din vechea seră. Sera în care se refugia de tatăl ei, sera în care se ascunde acum de lume, de mine.

Stăm aici, iar ploaia bate în acoperișul de sticlă. Stăm aici, iar scâncetele ei se transformă în suspine tăcute, în vreme ce ea privește în gol. Stăm aici în tăcere, cu mâinile mele peste mâinile ei pe care și le ține peste urechi, blocând zgomotul din jurul nostru și oferindu-i liniștea de care are nevoie.

27

Hardin

Stau aici, ascultând zgomotele furtunii cumplite de afară, și nu pot să n-o compar cu dezastrul pe care l-am produs în viața mea. Sunt un dobitoc, cel mai mare dobitoc, cel mai rău soi de imbecil care există pe pământ.

Tessa s-a potolit, în sfârșit, acum câteva minute; s-a sprijinit de mine, odihnindu-se. Ochii ei umflați sunt închiși, a adormit în ciuda ploii care bate zgomotos în pereții fragili ai serei.

Mă mișc ușor, sperând că nu se va trezi când îi mut capul în poala mea. Trebuie s-o scot de aici, din ploaie și din noroi, dar știu ce va face când se va trezi. O să mă alunge, o să-mi spună că nu sunt dorit aici și, la naiba, nu sunt pregătit să aud din nou vorbele astea.

Le merit, de altfel — toate și câteva pe deasupra — dar asta nu schimbă faptul că sunt un laș nenorocit și că vreau să mă bucur de liniștea asta, cât mai durează. Doar aici, în tăcerea asta dulce, mai pot să mă prefac că sunt altcineva. Doar pentru un minut, pot să mă prefac că sunt Noah. În fine, o versiune mai puțin enervantă a lui, dar, dacă aș fi fost el, lucrurile ar fi stat altcumva. Ar sta altcumva acum. Aș fi putut să-mi folosesc vorbele și sentimentele ca s-o câștig pe Tessa de la început, și nu un joc tâmpit. Aș fi putut s-o fac mai degrabă să râdă decât să plângă. Ea ar fi avut încredere totală în mine, iar eu nu i-aș fi spulberat această încredere în bucăți. M-aș fi bucurat de încrederea aceasta și poate și fi fost demn de ea.

Dar eu nu sunt Noah. Sunt Hardin. Și când ești Hardin nu însemni nimic.

Dacă n-aş fi avut atâtea lucruri pe cap, aş fi putut s-o fac fericită. I-aş fi putut arăta lumina în viaţa asta, aşa cum mi-a arătat-o ea. În schimb, uite cum stă aici, sfâşiată şi distrusă complet. Are pielea murdară de noroi negru, murdăria de pe mâini a început să se usuce, iar chipul ei, chiar şi în somn, îi e încruntat la modul dureros. Are părul ud în unele locuri, uscat în altele, şi încep să mă-ntreb de câte ori şi-a schimbat hainele de când a plecat de la Londra. N-aş fi trimis-o niciodată înapoi dacă mi-aş fi închipuit că va găsi cadavrul tatălui ei la mine în apartament.

Când mă gândesc la tatăl Tessei şi la moartea lui, mă copleşeşte confuzia. Îmi vine, în primă fază, să minimalizez această întâmplare, s-o transform într-un fals eveniment petrecut unui inadaptat, dar apoi îmi dau seama că pierderea lui mă apasă ca o greutate pe piept. Nu-l cunoşteam de mult şi nici nu prea-l suportam, dar era un om destul de plăcut. Ba chiar recunosc că, într-un fel, îmi plăcea de el. Era enervant şi uram felul în care îmi golea, una după alta, cutiile de cereale, dar îmi plăcea mult felul în care o iubea pe Tessa şi perspectiva lui optimistă asupra vieţii, chiar dacă propria lui viaţă era un dezastru.

Şi ironia face ca, exact atunci când îşi găsise ceva pentru care să trăiască, a murit. Ca şi cum n-a ştiut ce să facă cu atâtea lucruri bune. Simt o lacrimă care cade din cauza durerii, poate. Durere pentru că am pierdut un om pe care de-abia îl ştiam şi nu-l prea plăceam, durere pentru că am pierdut ideea de tată pe care o aveam despre Ken, durere pentru că am pierdut-o pe Tessa şi un strop de speranţă că-şi va reveni şi că nu e pierdută pentru totdeauna.

Lacrimile mele egoiste se fac totuna cu picăturile de umezeală care-mi cad din părul plouat şi îmi aplec capul, abţinându-mă cu greu să-mi lipesc faţa de gâtul ei, ca să mă liniştesc. Nu merit consolarea ei, nu merit consolare din partea nimănui.

Merit să stau aici şi să plâng ca un sălbatic demn de milă, în tăcere şi singurătate, cele mai bune şi mai fidele prietene ale mele.

Gemetele jalnice pe care le scot se pierd în sunetele ploii şi mă bucur că fata pe care o ador doarme şi nu e martoră la căderea asta pe care nu pot s-o controlez. Acţiunile mele sunt forţa din spatele tuturor lucrurilor sucite care se întâmplă acum, inclusiv moartea lui Richard. Dacă n-aş fi fost de acord s-o duc pe Tessa în Anglia, nimic din toate astea nu s-ar fi întâmplat. Am fi fost mai fericiţi şi mai puternici decât oricând, aşa cum eram acum o săptămână. La naiba, atât de mult a trecut? Mi se pare imposibil că au trecut numai câteva zile, în acelaşi timp mi se pare că n-am mai atins-o, că n-am mai ţinut-o în braţe şi că nu i-am mai simţit bătăile inimii în palma mea de o viaţă întreagă. Îmi apropii mâinile de pieptul ei, îmi doresc s-o ating, dar mi-e teamă să n-o trezesc.

Dacă aş mai putea s-o ating o dată, să-i mai simt ritmul constant al inimii, m-aş calma şi eu. M-ar scoate din depresia asta şi mi-ar opri lacrimile astea dezgustătoare care îmi curg pe obraji şi spasmele violente din piept.

— Tessa! se aude vocea groasă a lui Noah prin ploaia de afară, apoi un trăsnet bubuie prin aer ca un semn de exclamare.

Mă şterg furios pe faţă, rugându-mă să mă evapor în aerul răcoros al primăverii înainte ca el să dea buzna aici.

— Tessa! strigă el din nou, de data asta mai tare, şi ştiu că e chiar lângă seră.

Scrâşnesc din dinţi şi sper să n-o mai strige din nou, căci dacă o trezeşte, eu...

— Ah, slavă Cerului! Trebuia să-mi dau seama că e aici! exclamă el când intră valvârtej.

Vorbeşte tare şi pare uşurat, în nebunia lui.

— Vrei să taci dracului din gură? De-abia a adormit, şoptesc tăios şi mă uit la silueta adormită a Tessei.

El e ultima persoană care-mi doream să intre şi să mă găsească în halul ăsta şi ştiu că-mi vede ochii injectaţi şi îmbujorarea, dovezi clare ale căderii mele. La naiba, nici măcar nu-l pot urî pe nenorocitul ăsta, pentru că nu se holbează la mine, ca să nu mă facă de râs. Într-un fel, mă face să-l urăsc şi mai tare, că este *atât de bun la suflet.*

— Ea...

Noah se uită de jur împrejur prin sera plină de noroi şi apoi înapoi la Tessa.

— Trebuia să-mi dau seama că e aici. Venea mereu aici...

Își dă la o parte părul blond de pe frunte și mă surprinde făcând un pas către ușă.

— Mă duc în casă, zice el slab.

Apoi, cu umerii lăsați, pleacă, trântind cu putere ușa de plasă.

28

Tessa

Mă bate la cap de o oră, holbându-se în oglindă, și mă urmărește cum mă machiez și îmi ondulez părul. Mă pipăie ori de câte ori are ocazia.

— Tess, iubito, mormăie Hardin pentru a doua oară. Te iubesc, dar trebuie să te grăbești, că altfel întârziem la propria noastră petrecere.

— Știu, vreau doar să arăt acceptabil. Toată lumea va fi acolo.

Îi zâmbesc în chip de scuză, știind că nu va sta supărat pentru prea multă vreme, și-mi place la nebunie expresia sa nemulțumită. Îmi place gropița care îi apare pe obrazul drept când stă așa încruntat și bosumflat.

— *Acceptabil?* Vei fi în centrul atenției, se văicărește el, gelos.

— Pentru ce e petrecerea asta, mai spune-mi o dată.

Îmi dau cu un strat subțire de gloss pe buze. Nu-mi pot aminti ce se întâmplă — știu doar că toată lumea e entuziasmată și că o să întârziem dacă nu termin mai repede să mă aranjez. Brațele lui Hardin mă cuprind cu forță și instantaneu îmi aduc aminte ce eveniment are loc. E un gând atât de oribil, încât scap tubul de gloss în chiuvetă și scot un scâncet ușor, în timp ce Hardin șoptește:

— E înmormântarea tatălui tău.

Mă îndrept de spate și mă desprind repede din brațele lui Hardin.

— Ce e? Ce s-a-ntâmplat? întreabă el.

Hardin e aici, chiar lângă mine, iar picioarele mele sunt împletite cu ale lui. N-ar fi trebuit să adorm — de ce am adormit? Nu-mi amintesc să fi adormit; ultimul lucru pe care mi-l amintesc sunt mâinile calde ale lui Hardin acoperindu-mi urechile.

— Nimic, mă răstesc eu.

Gâtul mă arde și mă uit în jurul meu, ca să-mi dau seama pe ce lume sunt.

— Vreau apă.

Mă frec pe gât și încerc să mă ridic. Mă poticnesc și mă uit la Hardin. Are chipul încordat și ochii roșii.

— Ai visat ceva?

Nimicul se strecoară din nou înăuntrul meu și se cuibărește în capul pieptului, în cel mai profund și mai gol loc cu putință.

— Stai jos.

Întinde mâna după mine, dar degetele lui îmi ard pielea și mă feresc.

— Te rog, nu, îl implor.

Hardin cel bosumflat și adorabil a fost doar un vis fără noimă și acum stau față în față cu acest Hardin, cel care tot se întoarce să mă mai lovească o dată după ce m-a călcat în picioare. Știu de ce face asta, dar nu înseamnă că am chef să mă ocup de lucrul ăsta chiar acum. Își lasă capul în jos, înfrânt, și se sprijină cu o mână de pământ ca să se ridice. Genunchiul îi alunecă și mai tare în noroi, iar eu mă uit în altă parte în timp ce el se prinde de balustradă.

— Nu știu ce să fac, spune el încetișor.

— Nu trebuie să faci nimic, mormăi eu și încerc să-mi adun puterile ca să ies de aici în ploaia torențială.

Sunt deja la jumătatea curții când îl aud în spatele meu. Stă la o distanță considerabilă și mă bucur pentru asta. Am nevoie să mă lase în pace, am nevoie de timp ca să reflectez și ca să respir. Și nu vreau ca el să fie aici.

Deschid ușa din spate și intru în casă. Noroiul pătează imediat covorul, iar eu mă crispez când mă gândesc cum va reacționa mama. În loc să-i aștept văicărelile, mă dezbrac, rămân doar în sutien și chiloți, îmi las hainele strânse într-o grămadă plină de noroi pe veranda din spate și mă străduiesc să-mi clătesc picioarele în ploaie ca să nu murdăresc gresia. Picioarele îmi scârțâie la fiecare pas și tresar când ușa din spate se deschide și bocancii lui Hardin aduc tot noroiul înăuntru.

Pentru noroi îmi făceau eu griji? Dintre toate lucrurile pe care le am pe cap, noroiul pare atât de mic, de neînsemnat. Mi-e dor de zilele când dezordinea era un motiv de îngrijorare. O voce îmi întrerupe gândurile.

— Tessa? M-ai auzit?

Clipesc și ridic privirea. Dau cu ochii de Noah care stă pe hol cu hainele ude și desculț.

— Scuză-mă, nu te-am auzit.

El dă din cap înțelegător.

— E-n regulă. Te simți bine? Vrei să faci un duș?

Dau din cap că da, iar el intră în baie și dă drumul la apă. Zgomotul apei mă atrage, dar vocea dură a lui Hardin mă țintuiește pe loc.

— N-o să te ajute el să faci duș.

Nu-i răspund. Nu mai am energie. *Sigur că nu mă ajută — de ce să mă ajute?*

Hardin trece pe lângă mine, lăsând o dâră de noroi în urma lui.

— Îmi pare rău, dar asta nu se va întâmpla.

Mintea parcă m-a părăsit sau cel puțin așa mi se pare, dar mă pufnește un râs amar când văd ce haos a lăsat în urmă. Nu doar în casa mamei, ci peste tot pe unde trece lasă haos. Inclusiv pe mine — eu sunt cel mai mare haos dintre toate. Dispare în baie și îi spune lui Noah:

— E pe jumătate goală și tu îi pregătești dușul. Nici vorbă. N-o să stai aici în timp ce se spală. Nu, așa ceva nu se va întâmpla.

— Eu doar încerc s-o ajut, iar tu faci din orice o problemă...

Intru în baie și trec pe lângă cei doi tipi care se ceartă.

— Ieșiți amândoi.

Am un glas monoton, robotic și plat.

— Duceți-vă și certați-vă în altă parte.

Îi împing afară și închid ușa. Când încui cu zăvorul mă rog ca Hardin să nu adauge și ușa asta fragilă de la baie pe lista distrugerilor sale.

Mă dezbrac de tot și intru în apă. E fierbinte, foarte fierbinte și o simt cum îmi curge pe spate. Sunt plină de murdărie și urăsc chestia asta. Urăsc că noroiul mi s-a întărit sub unghii și pe păr. Urăsc faptul că, oricât de zelos mă spăl, nu mi se pare deloc că devin mai curată.

29

Hardin

— Cu ce sunt eu vinovat că ea s-a dezbrăcat? Cu toate câte se întâmplă, ție îți pasă că-i văd corpul?

Tonul critic al lui Noah mă face să-mi doresc să-l strâng de gât cu singura mea mână nevătămată.

— Nu e chiar...

Inspir adânc.

— Nu e vorba despre asta.

E vorba de mult mai multe lucruri pe care nu o să i le spun lui. Îmi strâng mâinile în poală, apoi încerc să mi le bag în buzunare, dar îmi dau seama că ghipsul n-o să încapă. Jenat, îmi adun din nou mâinile în poală.

— Nu știu ce s-a întâmplat între voi doi, dar nu mă poți învinovăți că vreau s-o ajut. O cunosc dintotdeauna și n-am văzut-o niciodată în halul ăsta.

Noah scutură din cap dezaprobator.

— Nu vorbesc nimic cu tine. Noi doi nu suntem aici în aceeași echipă.

El oftează.

— Dar nici rivali nu trebuie să fim. Eu nu-i doresc decât binele și asta ar trebui să faci și tu. Nu sunt o amenințare pentru tine. Nu sunt atât de prost să cred că m-ar alege vreodată pe mine. Am trecut peste asta. Încă o iubesc, pentru că, vezi tu, probabil o s-o iubesc întotdeauna, dar nu așa cum o iubești tu.

Cuvintele lui mi-ar părea mult mai rezonabile dacă nu l-aș disprețui atât de tare de opt luni încoace. Nu zic nimic și mă sprijin cu spatele de peretele de lângă baie, așteptând să se oprească apa.

— V-aţi despărţit din nou, nu-i aşa? întreabă el, curios.

Habar nu are când să tacă.

— În mod evident.

Închid ochii şi-mi las capul uşor pe spate.

— Nu vreau să mă bag în treburile tale, dar sper să-mi poveşteşti şi mie despre Richard şi despre cum a murit la tine în apartament. Nu pricep.

— Stătea la mine după ce Tessa a plecat la Seattle. Nu avea alt loc unde să se ducă, aşa că l-am lăsat să stea la mine. Când am plecat la Londra, el trebuia să se ducă la o clinică de dezintoxicare, aşa că imaginează-ţi ce surprins am fost când am aflat că a rămas ţeapăn pe podeaua băii.

Uşa băii se deschide şi Tessa trece exact printre noi, doar cu un prosop pe ea. Noah n-a mai văzut-o niciodată goală — niciun alt bărbat n-a văzut-o — şi, egoist fiind, aş vrea ca lucrurile să rămână aşa. Știu că n-ar trebui să-mi fac griji pentru tâmpenii de genul ăsta, dar nu mă pot abţine.

Mă duc la bucătărie să-mi iau nişte apă şi, chiar când mă bucur de un strop de linişte, aud vocea slabă şi timidă a lui Carol:

— Hardin, putem vorbi un minut?

Sunt deja derutat de tonul ei şi nici măcar n-a apucat bine să vorbească.

— Ăă, sigur.

Mă dau un pic în spate, păstrând distanța față de ea. Când ajung în bucătăria strâmtă sunt deja cu spatele la zid. Are o expresie tensionată şi ştiu că se simte la fel de stânjenită pe cât mă simt şi eu.

— Voiam doar să discutăm despre noaptea trecută.

Îmi iau ochii de la ea și-mi privesc fix vârfurile picioarelor. Nu știu unde duce discuția asta, dar ea deja și-a prins părul la spate și și-a curățat de sub ochi urmele de rimel de azi-noapte.

— Nu ştiu ce m-a apucat, spune ea. Nu trebuia să mă port aşa în fața ta. A fost o tâmpenie incredibilă şi...

— E-n regulă, o întrerup eu, sperând că va înceta.

— Nu, chiar nu e-n regulă. Vreau să mă fac bine înțeleasă că nu s-a schimbat nimic — încă mai cred că trebuie să te ții departe de fiica mea.

Ridic privirea și mă uit în ochii ei. Mă așteptam la chestia asta din partea ei.

— Mi-aș dori să-ți pot spune că te voi asculta, dar nu pot. Știu că nu-ți place de mine.

Fac o pauză și izbucnesc în râs când aud ce-am spus.

— Mă urăști chiar și înțeleg asta, dar știi și tu că părerea ta nu înseamnă nimic pentru mine. Spun asta la cel mai drăguț mod cu putință. Pur și simplu așa stau lucrurile.

Mă ia prin surprindere începând să râdă laolaltă cu mine. Are un râs îndurerat, înfundat, ca al meu.

— Ești exact ca el — îmi vorbești la fel cum le vorbea și el părinților mei. Lui Richard nu i-a păsat niciodată decât de el însuși și uite unde a ajuns.

— Eu nu sunt Richard, mă răstesc eu.

Chiar încerc să fiu cât pot de amabil cu ea, dar ea îmi îngreunează misiunea. Tessa a stat în duș prea multă vreme și mă abțin cât pot să nu verific ce face, mai ales cu Noah prin preajmă.

— Trebuie să încerci să vezi lucrurile și din perspectiva mea, Hardin. Am fost în același gen de relație toxică și știu cum se termină lucrurile. Nu-mi doresc asta pentru Tessa și dacă ai iubi-o așa cum pretinzi, nu ți-ai dori nici tu asta pentru ea.

Mă privește, așteptând o reacție de la mine, dar apoi continuă.

— Vreau ce e mai bun pentru ea. Poate nu mă crezi, dar am crescut-o pe Tessa dintotdeauna să nu depindă de niciun bărbat așa cum am depins eu, și uită-te la ea acum. Are nouăsprezece ani și e redusă la zero ori de câte ori te hotărăști s-o părăsești...

— Eu...

Ridică o mână.

— Lasă-mă să termin.

Oftează.

— Am invidiat-o, de fapt. E jalnic, dar într-un fel am fost mereu invidioasă că te-ai întors la ea întotdeauna, aşa cum Richard nu s-a întors niciodată la mine. Dar cu cât o părăseai mai des, cu atât mi-am dat mai bine seama că voi doi veţi avea soarta noastră, pentru că, deşi te întorci, nu rămâi niciodată. Dacă vrei ca ea să sfârşească aşa ca mine — singură şi amară — atunci continuă să faci asta şi te pot asigura că exact asta i se va întâmpla.

Urăsc felul în care mă vede Carol, dar, mai mult decât atât, urăsc faptul că are dreptate. O părăsesc întotdeauna pe Tessa, şi, deşi mă întorc, aştept până când se simte în siguranţă şi plec din nou.

— De tine depinde. Eşti singura persoană de care pare să asculte şi fiica mea te iubeşte prea mult ca să-i fie bine.

Ştiu că e adevărat — mă iubeşte şi, pentru că mă iubeşte, n-o vom sfârşi ca părinţii ei.

— Nu-i poţi oferi ceea ce îi trebuie; doar o ţii departe de cineva care îi poate oferi toate astea, spune ea, dar eu nu aud decât uşa dormitorului Tessei închizându-se, ceea ce înseamnă că a ieşit de la duş.

— O să vezi, Carol, o să vezi... spun eu şi scot un pahar gol din dulap.

Îl umplu cu apă pentru Tessa şi-mi spun că pot schimba cursul lucrurilor şi le pot dovedi tuturor că s-au înşelat, inclusiv mie. Ştiu că pot.

30

Tessa

Mă simt mai puțin nebună după ce fac duș, sau poate după puiul de somn pe care l-am tras în seră sau poate după liniștea de care m-am bucurat, în cele din urmă. Nu știu, dar parcă acum văd lumea mai clar, doar puțin mai clar, dar mă ajută să nu mai fiu atât de deznădăjduită și îmi dă speranța că o nouă zi îmi va aduce mai multă limpezime și mai multă liniște.

— Intru, spune Hardin și deschide ușa, înainte să am timp să răspund.

Îmi acopăr trupul cu un tricou curat și mă așez pe pat.

— Ți-am adus apă.

Pune paharul pe noptiera micuță și se așază pe cealaltă parte a patului. Îmi făcusem un discurs la duș, dar acum, că el e aici, în fața mea, nu-mi mai aduc aminte nimic.

— Mulțumesc, e tot ce pot îngâna.

— Te simți mai bine?

Se poartă cu precauție. Cred că îi par foarte fragilă, foarte slabă. La fel mi se pare și mie. Ar trebui să mă simt învinsă, furioasă, tristă, confuză, pierdută. Problema e că tot nu simt nimic. Nimicul pulsează profund înăuntrul meu, iar eu mă obișnuiesc cu el, cu fiecare minut ce trece.

La duș, în timp ce apa se răcea, m-am gândit la tot dintr-o altă perspectivă. M-am gândit la felul în care viața mea s-a transformat într-un vid absolut și m-am gândit cât de mult îmi displace să mă simt așa. M-am gândit la soluția perfectă, dar acum nu-mi pot așeza cuvintele răzlețe într-o frază care să aibă sens. Cred că asta e senzația când începi să-ți pierzi mințile.

— Sper că da.

Speră că ce...?

— Că te simți mai bine, adaugă el, răspunzându-mi.

Urăsc faptul că e atât de legat de mine, faptul că știe ce simt și ce gândesc chiar și atunci când nu simt și nu gândesc. Ridic din umeri și privesc din nou în gol.

— Oarecum, da.

Mi-e mai ușor să mă concentrez la perete decât la ochii lui verzi și strălucitori, verdele acela pe care îmi era atâta teamă că-l voi pierde. Îmi amintesc că, atunci când stăteam amândoi în pat, speram mereu să mai am parte de o oră, o săptămână, poate o lună în plus alături de ochii ăștia. Mă rugam ca el să vină la mine și să mă vrea pentru totdeauna, așa cum îl voiam eu. Nu vreau să mai simt așa ceva, nu mai vreau să fiu disperată în ceea ce-l privește. Vreau să stau aici cu nimicul din mine, să fiu liniștită și cuminte și poate, într-o zi, pot deveni altă persoană, persoana care-mi doream să fiu înainte de a începe facultatea. Dacă am noroc, pot redeveni fata care eram înainte de a pleca de acasă.

Fata aceea, însă, a dispărut. Și-a cumpărat bilet fără escală pentru infern și acum stă acolo, arzând în liniște.

— Vreau să știi că-mi pare foarte rău pentru tot ce s-a întâmplat, Tessa. Trebuia să mă întorc aici, cu tine. N-ar fi trebuit să termin relația cu tine din cauza problemelor mele. Ar fi trebuit să te las să mă sprijini, așa cum vreau eu să te sprijin pe tine. Acum știu cum trebuie să te simți, să încerci mereu să mă ajuți, iar eu să te resping la nesfârșit.

— Hardin, șoptesc eu, neștiind ce să zic mai departe.

— Nu, Tessa, lasă-mă să zic ceva. Îți promit, de data asta va fi diferit. N-o să mai fac niciodată așa. Îmi pare rău că a trebuit să moară tatăl tău ca să-mi dau seama câtă nevoie am de tine, dar n-o să mai fug niciodată, n-o să te mai neglijez niciodată, n-o să mă mai retrag niciodată — jur.

Disperarea din vocea lui îmi sună cunoscut: am auzit acest ton și aceste vorbe din partea lui de multe, multe ori.

— Nu pot, spun calmă. Îmi pare rău, Hardin, dar chiar nu pot.

Vine lângă mine panicat și se lasă în genunchi în fața mea, distrugând mocheta.

— Ce nu poți? Știu că va dura o vreme, dar sunt pregătit să te aștept să ieși din starea asta în care ești acum. Sunt gata să fac orice; orice vrei tu.

— Nu putem, n-am putut niciodată.

Am vocea din nou inexpresivă. Cred că robotul Tessa va sta pe aici multă vreme. Nu am destulă energie pentru a vorbi însuflețit.

— Ne putem căsători... bate el câmpii, apoi pare surprins de propriile lui cuvinte, dar nu și le ia înapoi.

Mă prinde de încheieturi cu degetele lui lungi.

— Tessa, ne putem căsători. Mă însor mâine cu tine, dacă ești de acord. Port frac și tot ce trebuie.

Cuvintele pe care-mi doream cu isterie să le aud i-au ieșit din gură în sfârșit, dar eu nu le simt. Le-am auzit cât se poate de clar, dar nu le pot simți.

— Nu putem, spun eu, scuturând din cap.

El pare și mai disperat.

— Am bani, mai mult decât suficienți ca să plătesc o nuntă, Tessa, și putem s-o facem unde vrei tu. Poți să ai cea mai scumpă rochie și cele mai scumpe flori, iar eu n-o să mă plâng!

Are un ton ridicat acum, care răsună în toată încăperea.

— Nu e vorba de asta — pur și simplu nu e corect.

Aș vrea să-mi încrustez în inimă cuvintele lui și felul haotic în care vorbește — aproape exaltat — și să le iau cu mine în trecut. Trecutul acela în care nu vedeam cu adevărat cât de distructivă era relația noastră, când aș fi dat orice ca să aud aceste vorbe din partea lui.

— Atunci despre ce e vorba? Știu că-ți dorești asta, Tessa; mi-ai spus-o de atâtea ori.

Îi văd frământarea în ochi și-mi doresc să pot face ceva ca să-i ușurez suferința, dar nu sunt în stare.

— Nu mai am nimic, Hardin. Nu mai am nimic să-ți ofer. Ai luat tot ce aveam și îmi pare rău, dar n-a mai rămas nimic.

Deşertăciunea creşte înăuntrul meu înecându-mi toată fiinţa şi n-am fost în viaţa mea mai bucuroasă că nu simt nimic. Dacă aş simţi ceva din toate astea, m-ar ucide.

M-ar ucide cu siguranţă, şi acum foarte puţin timp m-am hotărât că vreau să trăiesc. Nu sunt mândră de gândurile negre care mi-au trecut prin cap când eram în seră, dar sunt mândră că au fost trecătoare şi că le-am depăşit de una singură, pe jos, într-un duş rece, după ce apa caldă s-a terminat.

— Nu vreau să iau nimic de la tine. Vreau să-ţi dau exact lucrurile de care ai tu nevoie!

Inspiră adânc, gâfâind, iar acest sunet pare atât de disperat încât îmi vine să mă declar de acord aproape în orice privinţă numai ca să nu-l mai aud scoţând niciodată acel sunet.

— Mărită-te cu mine, Tess. Te rog, mărită-te cu mine şi jur că nu mai fac niciodată aşa ceva. Putem fi împreună pentru totdeauna — vom fi soţ și soție. Ştiu că eşti prea bună pentru mine şi ştiu că meriţi ceva mai bun, dar acum știu că noi doi nu semănăm cu nimeni altcineva. Nu suntem ca părinţii tăi sau ca ai mei; suntem diferiţi şi putem s-o scoatem la capăt, bine? Doar ascultă-mă și pe mine...

— Uită-te la noi.

Fac un gest vlăguit cu mâna între noi doi.

— Uită-te în ce ne-am transformat. Nu-mi mai doresc viaţa asta.

— Nu, nu, nu.

Se ridică şi se plimbă prin cameră.

— Ţi-o doreşti! Lasă-mă să mă revanşez faţă de tine, mă roagă el, trăgându-se de păr cu o mână.

— Hardin, te rog, calmează-te. Îmi pare rău pentru tot ce ţi-am făcut şi mai ales îmi pare rău pentru că ţi-am complicat viaţa, și-mi pare rău pentru toate certurile și pentru tot acest du-te-vino, dar trebuia să-ți dai seama că n-o să meargă. Am crezut — zâmbesc amar — credeam c-o s-o scoatem la capăt. Credeam că noi ne iubim ca în romane. Credeam că oricât ar fi de tulburată relația asta, o să supraviețuim tuturor obstacolelor și o să spunem povestea mai departe.

— Putem, putem supraviețui! zice el, sufocându-se.

Nu mă pot uita la el, pentru că știu ce aș vedea.

— Păi asta e, Hardin, eu nu vreau să supraviețuiesc. Vreau *să trăiesc.*

Vorbele mele îl cutremură și se oprește din mers. Nu se mai trage de păr.

— Nu pot să-ți dau drumul. Știi bine asta. Mă întorc mereu la tine — știai că mă voi întoarce. M-aș fi întors de la Londra în cele din urmă și am fi...

— Nu vreau să-mi petrec viața așteptându-te pe tine să te întorci la mine și ar fi egoist din partea mea să-mi doresc ca tu să-ți petreci viața fugind de mine, de noi.

Dar sunt din nou derutată. Sunt derutată pentru că nu-mi amintesc să fi avut niciodată asemenea gânduri; toate gândurile mele fuseseră îndreptate către Hardin și despre cum aș putea să-l transform într-o persoană mai bună, să-l fac să rămână cu mine. Nu știu de unde vin aceste gânduri și aceste vorbe, dar nu pot ignora determinarea pe care o simt atunci când le dau glas.

— Nu pot trăi fără tine, spune el — un alt lucru pe care l-a declarat de un milion de ori.

Cu toate acestea face tot posibilul să mă țină la distanță, să mă respingă.

— Ba poți. O să fii mai fericit și mai puțin tulburat. O să-ți fie mai ușor, ai spus-o cu gura ta.

Vorbesc serios. Va fi mai fericit fără mine, fără acest du-te-vino permanent. Se poate concentra asupra lui însuși și asupra furiei sale împotriva celor doi tați ai săi și, într-o zi, va fi fericit. Îl iubesc îndeajuns încât să-i doresc fericirea, chiar dacă nu alături de mine.

Își duce pumnii strânși la frunte și-și încleștează dinții.

— Nu!

Îl iubesc, o să-l iubesc întotdeauna pe omul ăsta, dar m-am săturat. Nu-l mai pot alimenta la nesfârșit când el mi-o taie mereu.

— Ne-am luptat cât am putut, dar cred că e momentul să ne oprim.

— Nu! Nu!

Cercetează camera cu privirea și știu ce are de gând să facă. De aceea nici nu tresar când mica veioză zboară prin încăpere și se izbește de perete. Nu mă mişc. Nici măcar nu clipesc. Totul îmi este foarte cunoscut, de aceea fac ceea ce fac. Nu-l pot linişti, nu pot. Nu mă pot linişti nici pe mine şi n-am încredere în mine să-l iau în braţe şi să-i şoptesc promisiuni la ureche.

— Asta îţi doreai, mai ţii mine? Întoarce-te la asta, Hardin. Adu-ţi aminte de ce nu m-ai mai dorit. Adu-ţi aminte de ce m-ai trimis înapoi în America de una singură.

— Nu pot trăi fără tine; am nevoie de tine în viaţa mea. Am nevoie de tine în viaţa mea. *Am nevoie. De tine.* În viaţa mea, îngână el.

— Pot rămâne în viaţa ta. Doar că nu aşa.

— Propui la modul serios să rămânem prieteni? scuipă el veninos printre dinţi.

Verdele ochilor lui aproape că a dispărut, înlocuit de furia întunecată care iese la suprafaţă. Înainte să apuc să-i răspund, el continuă:

— Nu putem fi prieteni după tot ce s-a întâmplat. N-aş putea sta în aceeaşi cameră cu tine fără să fiu iubitul tău. Eşti totul pentru mine şi acum mă jigneşti, *propunându-mi să fim prieteni*? Nu vorbeşti serios. Mă iubeşti, Tessa.

Mă priveşte în ochi.

— Mă iubeşti. Nu-i aşa că mă iubeşti?

Nimicul începe să se risipească şi fac eforturi disperate să-l păstrez. Dacă încep să simt ce se întâmplă, mă va dărâma.

— Ba da, şoptesc eu.

El îngenunchează din nou în faţa mea.

— Te iubesc, Hardin, dar nu mai putem să ne facem rău unul altuia la infinit.

Nu vreau să mă cert cu el şi nici nu vreau să-l rănesc, dar povara aceasta atârnă pe umerii lui. I-aş fi dat tot ce şi-ar fi dorit. La naiba, chiar i-am dat totul, dar el a refuzat. Când situaţia a devenit dificilă, el nu m-a iubit îndeajuns încât să lupte cu propriii lui demoni de dragul meu. M-a lăsat baltă, de fiecare dată.

— Cum o să supravieţuiesc fără tine?

Acum plânge, chiar în fața mea, iar eu încerc să-mi rețin lacrimile și să-mi îndepărtez sentimentul de vină care mă apasă.

— Nu pot. Nu vreau. Nu mă poți alunga doar pentru că treci prin niște clipe nasoale. Lasă-mă să fiu lângă tine, nu mă respinge.

Din nou mintea mi se detașează de trup și mă pufnește râsul. Nu e un râs amuzat; e un râs trist și defect, ca o ironie la cele spuse de el. Mă roagă exact ce l-am rugat eu și nici măcar nu-și dă seama.

— Îți cer acest lucru de când te-am cunoscut, îi reamintesc eu încetișor.

Îl iubesc și nu vreau să-l rănesc, dar trebuie să sparg acest cerc odată pentru totdeauna. Dacă n-o fac, o să mor.

— Știu.

Își lipește capul de genunchii mei și îl simt cum tremură.

— Îmi pare rău! Îmi pare rău!

A devenit isteric și deșertăciunea fuge de lângă mine și n-am timp s-o opresc. Nu vreau să simt asta, nu vreau să plângă așa, lipit de mine, după ce mi-a promis lucrurile pe care am așteptat o veșnicie să le aud.

— O să fim bine. O să ieșim din asta și-o să ne revenim, cred că-l aud spunând, dar nu sunt sigură și nu-l pot ruga să repete, pentru că nu suport să mai ascult asta încă o dată.

Urăsc chestia asta. Urăsc faptul că, indiferent ce-mi face, găsesc mereu o cale să mă învinovățesc pentru suferința lui. Cu coada ochiului văd o mișcare la ușă și îi fac semn din cap lui Noah, spunându-i astfel că mă simt bine.

Nu mă simt bine, nu mă simt bine de o perioadă bună și, spre deosebire de alte situații, nici nu simt nevoia să mă simt bine. Privirea lui Noah se mută asupra veiozei sparte și face o mutră îngrijorată, dar eu îi fac din nou semn din cap, rugându-l în tăcere să plece, să mă lase să trăiesc acest moment. Acest ultim moment când simt trupul lui Hardin lipit de trupul meu, să-i simt capul la mine în poală, să-i memorez tatuajele negre de pe brațe.

— Îmi pare rău că n-am putut să te repar, îi spun eu, mângâindu-l încet pe părul jilav.

— Și mie, spune el plângând, lipit de picioarele mele.

31

Tessa

— Mamă, cine plăteşte înmormântarea? întreb eu.

Nu vreau să par insensibilă sau nepoliticoasă, dar eu nu mai am bunici şi părinţii mei nu au fraţi sau surori. Ştiu că mama nu-şi permite înmormântarea, mai ales pe cea a tatei, şi mi-e teamă că şi-a asumat lucrul acesta ca să le demonstreze ceva prietenelor ei de la biserică.

Nu vreau să mă îmbrac cu rochia neagră pe care mi-a cumpărat-o mama, nu vreau să port pantofii ăştia negri cu tocuri pe care sigur nu şi-i permite şi, mai ales, nu vreau să-mi văd tatăl îngropat.

Mama şovăie; îşi plimbă rujul peste buze şi se uită la mine în oglindă.

— Nu ştiu.

Mă răsucesc către ea neîncrezătoare, deşi simt că nu mai am energie. Am o curiozitate amorţită.

— Nu ştii?

O privesc atent. Are ochii umflaţi, dovadă a faptului că moartea lui a afectat-o mai mult decât va recunoaşte vreodată.

— Nu trebuie să discutăm despre detaliile financiare, Theresa, mă dojeneşte ea, punând punct conversaţiei şi ducându-se în living.

Dau din cap pentru că nu vreau să mă cert cu ea. Nu azi. Azi va fi oricum o zi grea. Mă simt egoistă şi puţin nebună pentru că nu sunt în stare să înţeleg la ce s-a gândit tata când şi-a băgat acel ultim ac în venă. Ştiu că era dependent de droguri şi că a făcut atunci ce făcea de ani întregi, dar tot nu pot să pricep cum ajungi să faci asta, ştiind cât este de periculos.

În ultimele trei zile, de când nu l-am mai văzut pe Hardin, am început să-mi recapăt sănătatea mentală. Nu chiar de tot și într-un fel mi-e teamă că n-o să mai fiu niciodată la fel. De trei nopți locuiește la familia Porter. Asta a fost o surpriză imensă pentru mine și cred că și pentru domnul și doamna Porter; n-au stat niciodată atât de mult în prezența cuiva care nu face parte din comunitate. Mi-ar fi plăcut să-i văd mutra doamnei Porter când Noah l-a adus pe Hardin să stea la ei. Nu mi-i pot imagina pe Hardin și pe Noah împăcându-se în vreun fel, așa că îmi dau seama cam cât de rănit a fost Hardin de refuzul meu dacă a acceptat ospitalitatea lui Noah.

Povara durerii mele e încă prezentă, ascunsă în spatele zidului de deșertăciune. Simt cum forțează limitele, încercând cu disperare să mă distrugă și să mă arunce în nebunie. După criza lui Hardin mi-a fost teamă că durerea asta va învinge, dar mă bucur că nu s-a întâmplat așa, ci dimpotrivă.

E un lucru bizar, să știu că e atât de aproape de casa asta și că n-a încercat deloc să treacă pe aici. Am nevoie de spațiu, iar Hardin de obicei nu știe să mi-l acorde. Dar înainte nici nu-mi doream. Nu așa. O bătaie în ușă mă face să-mi aranjez mai repede colanții negri și mă uit în oglindă încă o dată.

Mă apropii și mai tare, cercetându-mi ochii. E ceva diferit la ei, ceva ce nu pot defini... par *mai duri? Mai triști?* Nu sunt sigură ce anume, dar încerc să zâmbesc, iar ochii îmi rămân triști. Dacă n-aș fi pe jumătate furioasă, m-ar preocupa mai mult schimbarea din înfățișarea mea.

— Theresa! mă strigă mama enervată, exact când ajung în hol.

Din cauza tonului ei, mă aștept să dau cu ochii de Hardin. M-a lăsat în pace fiindcă i-am cerut-o, dar credeam că va trece pe aici azi, în ziua înmormântării tatei. Dar când ajung la ușă, încremenesc; sunt plăcut surprinsă să-l văd în prag pe nimeni altul decât pe Zed. Când mă privește în ochi, pare nesigur, dar când vede că surâd, zâmbește și el luminos — zâmbetul acela care-mi place atât de mult, când scoate limba printre dinți și ochii îi strălucesc. Îl invit să intre.

— Ce cauți aici? îl întreb și îl cuprind cu mâinile de gât.

Mă îmbrățișează, prea strâns, iar eu tușesc teatral, și el îmi dă drumul. Zâmbește din nou.

— Scuze, a trecut ceva vreme.

Izbucnește în râs și mă înseninez imediat când îl aud râzând. Nu m-am mai gândit la el — aproape că mă simt vinovată pentru faptul că nu mi-am amintit de el în ultimele câteva săptămâni — dar mă bucur că e aici. Prezența lui îmi spune că lumea nu s-a oprit în loc după incredibila mea pierdere. Pierderea mea... nici măcar nu vreau să recunosc care dintre pierderi mi se pare mai dificil de suportat.

— Așa e, îi spun.

Apoi îmi aduc aminte de motivul distanțării dintre mine și Zed și mă uit cu grijă înspre ușa de la intrare. Ultimul lucru de care am nevoie e o bătaie pe peluza perfect tunsă a mamei.

— Hardin e aici. Mă rog, nu aici, în casa asta, ci la câteva uși mai jos.

— Știu.

Zed nu pare deloc intimidat, în ciuda lucrurilor întâmplate între ei.

— Știi?

Mama se uită la mine întrebător, apoi dispare în bucătărie, lăsându-ne singuri. Încep să-mi dau seama de faptul că Zed e aici. Nu l-am sunat — de unde a aflat despre tata? Presupun că se poate să fi apărut la știri, dar chiar și așa, ar fi observat Zed așa ceva?

— El m-a sunat.

Ridic brusc capul la auzul vorbelor sale și-l privesc în ochi.

— El mi-a spus să vin aici și să te vizitez. Ți-ai schimbat numărul de telefon, deci a trebuit să-l cred pe cuvânt.

Nu prea știu ce să zic, așa că mă uit la Zed în tăcere, încercând să-mi dau seama de secretele din spatele acestei mișcări.

— E-n regulă, nu-i așa?

A întins un braț, dar s-a oprit înainte de a mă atinge.

— Nu te superi că am venit, nu-i așa? Pot să plec, dacă te deranjează. Mi-a spus că ai nevoie de un prieten și mi-am dat seama că e de rău dacă s-a hotărât să mă sune pe mine, din toți oamenii pe care-i cunoaște.

Zed își termină povestea cu un surâs, dar eu știu că vorbește serios.

De ce l-a sunat Hardin pe el în loc să-l sune pe Landon? De fapt, Landon vine încoace oricum, așa că de ce l-a rugat Hardin pe Zed să vină să mă vadă?

Deja încep să simt că e un soi de aranjament, ca și cum Hardin vrea să mă testeze într-un fel. Nu-mi place ideea asta, nu-mi place că face lucrul ăsta exact acum, dar a făcut el altele și mai rele. Nu-mi permit să uit că a făcut lucruri mult mai rele și că întotdeauna există un motiv în spatele acțiunilor lui. A avut întotdeauna un unghi special de abordare, o ecuație ascunsă, în ceea ce mă privește.

Sunt jignită, mai mult decât de orice altceva, de cererea lui în căsătorie. Mi-a negat orice șansă de măritiș încă de la începutul relației noastre, dar a deschis subiectul de două ori — și în ambele dăți voia să obțină ceva. O dată când era prea beat ca să-și dea seama ce vorbește, o dată încercând să mă facă să rămân. Dacă m-aș fi trezit lângă el a doua zi de dimineață, și-ar fi luat vorbele înapoi, exact ca prima oară. Așa cum face mereu. N-a făcut decât promisiuni deșarte de când l-am cunoscut și singurul lucru mai rău decât să fiu cu cineva care nu crede în căsătorie este să fiu cu cineva care s-ar însura cu mine doar pentru a obține o victorie temporară, nu pentru că ar dori cu adevărat să fie soțul meu.

Trebuie să-mi amintesc asta sau o să tot am gândurile astea caraghioase. Gândurile acestea care mi se strecoară în minte și în care Hardin e îmbrăcat în frac. Imaginea asta mă face să izbucnesc în râs și Hardin cel gătit în frac se schimbă repede în jeanși și bocanci, chiar dacă e ziua nunții lui, dar cred că n-aș avea nimic de comentat.

N-aș fi avut. Trebuie să pun capăt acestor fantezii; nu mă ajută deloc la starea mentală. Totuși, o altă fantezie mă copleșește. De data asta, Hardin râde, ținând în mână un pahar cu vin... și observ pe degetul lui inelar o verighetă de argint. Râde tare și-și dă capul pe spate în cel mai fermecător fel cu putință.

O alung. Zâmbetul lui totuși mă obsedează și-mi imaginez cum varsă vinul pe tricoul alb. Probabil că ar insista să se îmbrace în alb, în loc de negru, culoarea lui obișnuită, doar ca să se binedispună și ca s-o scoată din minți pe mama. Mi-ar da mâinile la o parte când aș încerca să șterg pata cu un servețel. Ar spune ceva de genul: „Trebuia să-mi dau seama că nu e cazul să mă îmbrac în alb". Și ar izbucni în râs, și mi-ar lipi degetele de buzele lui, sărutându-mi-l încet pe fiecare în parte. Privirea i-ar stărui asupra verighetei mele și un zâmbet plin de mândrie i s-ar ivi pe chip.

— Te simți bine?

Vocea lui Zed străbate prin fanteziile demne de milă.

— Da.

Scutur din cap ca să scap de imaginea perfectă a acelui Hardin care zâmbește la mine și mă apropii de Zed.

— Îmi pare rău, sunt cam absentă în ultima vreme.

— E-n regulă. Mi-aș face griji dacă n-ai fi așa.

Îmi cuprinde umerii cu brațul, ca să mă liniștească. Dacă mă gândesc mai bine, n-ar trebui să fiu surprinsă că Zed a bătut tot drumul ăsta ca să fie lângă mine. Cu cât mă gândesc mai mult la asta, cu atât îmi aduc aminte mai multe. El a fost prezent mereu, chiar și atunci când nu aveam nevoie să fie. A fost mereu în fundal, mereu în umbra lui Hardin.

32

Hardin

Noah e enervant ca naiba. Nu ştiu cum de l-a suportat Tessa atâta amar de ani. Încep să cred că *de el* se ascundea în sera aia, nicidecum de Richard.

N-am cum s-o condamn, sunt tentat să fac acelaşi lucru chiar în acest moment.

— Nu cred c-ar fi trebuit să-l chemi pe tipul ăla, zice Noah de pe canapeaua din livingul uriaş al părinţilor lui. Nu-mi place de el. Nici de tine nu-mi place, dar el e chiar mai rău decât tine.

— Taci, mormăi eu şi încep din nou să mă holbez la aceeaşi pernă ciudată, aflată pe fotoliul pluşat pe care-l ocup de câteva zile.

— Ziceam şi eu. Nu pricep de ce l-ai chemat dacă-l urăşti atât de tare.

Nu ştie când e cazul să-şi ţină gura. Urăsc orăşelul ăsta pentru că nu are un hotel la mai puţin de 35 de kilometri depărtare de casa mamei Tessei.

— Pentru că — zic eu, expirând enervat — ea nu-l urăşte. Are încredere în el, deşi n-ar trebui să aibă și are nevoie de un prieten acum, de vreme ce n-are chef de mine.

— Dar eu? Și Landon?

Noah îşi deschide cu un pocnet o cutie de suc. Chiar și felul în care își deschide sucul e enervant.

Nu vreau să-i spun lui Noah că, de fapt, mi-e teamă ca nu cumva Tessa să fugă *la el*, dorindu-și o relație sigură în loc să-mi mai dea mie încă o şansă. Cât despre Landon, în fine, n-o să recunosc nicodată, dar într-un fel am nevoie să fie de partea *mea*. N-am niciun prieten şi am nevoie de el, într-un fel. Puţin.

Puţin mai mult. Am nevoie de el mult de tot şi, în afară de Tessa, nu am pe nimeni altcineva, şi acum nici pe ea n-o prea am, deci nu-mi permit să-l pierd şi pe el.

— Tot nu pricep. Dacă o place, de ce-l vrei în preajma ei? În mod clar eşti un tip gelos şi ştii mai multe lucruri despre cum se fură iubitele altora decât oricine altcineva.

— Ha-ha.

Îmi dau ochii peste cap şi mă holbez dincolo de ferestrele imense dispuse pe partea din faţă a casei. Casa familiei Porter este cea mai mare de pe stradă, probabil e cea mai mare din tot oraşul ăsta de căcat. Nu vreau să-şi facă vreo impresie greşită. Încă îl urăsc de mama focului şi îi permit să stea în preajma mea pentru că trebuie s-o las pe Tessa să respire fără să plec prea departe.

— Ţie ce-ţi pasă? De ce eşti dintr-odată drăguţ cu mine? Ştiu că mă dispreţuieşti, aşa cum te dispreţuiesc şi eu.

Îi arunc o privire. E îmbrăcat în cardiganul lui tâmpit şi încălţat cu pantofi maronii, cărora nu le mai lipsesc decât nişte ciucuraşi ca să fie complet ridicoli.

— Nu-mi pasă de tine deloc; îmi pasă de Tessa. Vreau să fie fericită. Mi-a luat o vreme să trec peste tot ce s-a întâmplat între noi pentru că eram atât de obişnuit cu ea. Mă simţeam comod, aşa că n-am putut să înţeleg de ce şi-ar putea dori pe cineva ca tine. N-am priceput şi tot nu pricep, pe cuvânt, dar văd cât de mult s-a schimbat de când te-a cunoscut. Deloc în rău, e chiar o schimbare bună.

Îmi zâmbeşte.

— În afară de săptămâna asta, evident.

Cum poate crede aşa ceva? N-am făcut nimic decât s-o rănesc şi s-o distrug de când am intrat în viaţa ei.

— În fine — mă foiesc jenat pe fotoliu — hai că ne-am făcut suficiente confidenţe pentru o singură zi. Mulţumesc că nu eşti un cretin.

Mă ridic şi mă duc la bucătărie, unde o aud pe mama lui Noah pregătind ceva la blender. Când am stat aici, m-am distrat copios auzind-o cum se fâstâcește când vorbește și cum își trece degetele peste crucea de la gât de fiecare dată când mă aflu în aceeași încăpere cu ea.

— Las-o pe maică-mea în pace sau te dau afară, mă avertizează Noah la mișto, iar eu aproape că izbucnesc în râs.

Dacă nu mi-ar fi atât de dor de Tessa, chiar m-aș distra cu boul ăsta.

— Te duci la înmormântare, nu-i așa? Poți să vii cu noi dacă vrei. Plecăm peste vreo oră, zice el, iar eu mă opresc în loc.

Ridic din umeri și îmi jumulesc tifonul de pe marginea ghipsului.

— Nu, nu cred că-i o idee bună.

— De ce nu? Ai plătit pentru asta. I-ai fost și prieten, într-un fel. Cred c-ar trebui să mergi.

— Nu mai vorbi despre asta și amintește-ți ce ți-am zis despre zvonul că eu aș fi plătit pentru înmormântare, îl ameninț eu. Cum ar fi, să nu-l răspândești.

Noah își dă ochii albaștri peste cap, iar eu mă duc s-o torturez pe maică-sa și să nu mă mai gândesc la faptul că Zed se află în aceeași casă cu Tessa.

Oare ce am avut în cap?

33

Hardin

Nu-mi amintesc când am participat ultima dată la o înmormântare. Dacă stau să mă gândesc mai bine, sunt destul de sigur că, de fapt, n-am participat la niciuna.

Când a murit mama mamei, pur și simplu n-am avut chef să merg. Aveam băutură de dat gata și o petrecere pe care n-o puteam rata. N-am simțit niciun moment dorința de a-mi lua adio de la o femeie pe care aproape că n-o cunoscusem. Dar știam cu siguranță că nici bătrânei nu-i prea păsase de mine. De-abia o suporta pe mama, așa că de ce să-mi pierd vremea așezat pe un scaun din biserică, prefăcându-mă că sunt supărat pentru un deces care, în realitate, nu mă afecta deloc?

Totuși iată-mă, șase ani mai târziu, în fundul unei bisericuțe, plângând moartea tatălui Tessei. Tessa, Carol, Zed și jumătate din congregație s-au îngrămădit în primele rânduri. Doar eu și o bătrânică, despre care am toate motivele să cred că habar n-are unde se află, stăm pe banca retrasă din fundul bisericii.

Zed stă de-o parte a Tessei și mama ei, de partea cealaltă. Nu regret că l-am chemat... Mă rog, ba regret, dar nu pot să ignor că parcă s-a mai trezit la viață, de ieri, de la venirea lui. Încă nu pare deloc a fi Tessa mea, dar e pe drumul cel bun și, dacă dobitocul ăsta e cheia către acest drum luminos, atunci, la naiba, așa să fie.

Am făcut o grămadă de tâmpenii la viața mea, o grămadă. Eu știu asta, Tessa știe asta, la dracu', toată lumea din biserică știe asta, probabil, grație maică-sii, dar o să îndrept eu lucrurile cu iubita mea. Nu mă interesează să mă împac cu alte prostii din trecutul sau din prezentul meu; nu-mi pasă decât să repar ce-am stricat cu ea.

Eu am stricat-o pe ea... ea spune că n-a putut să mă repare... că nu va putea niciodată. Dar nu ea a fost cauza problemelor mele. Ea m-a vindecat și, în timp ce ea mă vindeca, eu îi rupeam sufletul ei frumos în milioane de bucățele. Adică am distrus-o cu bună știință, i-am distrus spiritul extraordinar, în timp ce eu mă refăceam, la modul cel mai egoist. Cea mai nasoală parte din tot măcelul ăsta e că am refuzat să văd cât de mult rău îi fac, cât de mult i-am stins din lumină. Am știut-o; am știut-o tot timpul, dar n-a contat, n-a contat decât atunci când, în cele din urmă, am înțeles. Când m-a respins, în sfârșit, am înțeles. M-a lovit ca un camion de mare tonaj și n-am mai putut să mă dau la o parte, oricât aș fi încercat.

A trebuit să moară tatăl ei ca să-mi dau seama cât de idiot era planul meu de a o salva de mine. Dacă m-aș fi gândit mai bine la tot haosul ăsta, mi-aș fi dat seama cât de tâmpit este. Ea mă voia pe mine — Tessa m-a iubit întotdeauna mai mult decât meritam, iar eu cum am răsplătit-o? Am îndepărtat-o până când s-a săturat de tâmpeniile mele. Acum nu mă vrea; nu vrea să mă mai vrea și trebuie să găsesc o cale prin care să-i reamintesc cât de mult mă iubește.

Acum stau aici, uitându-mă cum Zed o cuprinde cu brațul pe după umeri și o trage mai aproape de el. Nici măcar nu mă pot uita în altă parte. Am privirea blocată asupra lor. Poate că mă autopedepsesc, poate că nu, dar oricum, nu pot să-mi iau privirea de la felul în care se sprijină pe el, iar el îi șoptește ceva la ureche. La felul în care privirea lui atentă o calmează întru câtva, iar ea oftează, dând scurt din cap. Iar el îi zâmbește. Cineva se strecoară lângă mine, întrerupându-mi pentru un moment chinul.

— Aproape am întârziat... Hardin, de ce stai aici, în spate? întreabă Landon.

Tata... Ken adică, se așază lângă el, iar Karen înaintează până în față ca să vorbească cu Tessa.

— Puteți să vă duceți și voi acolo. Primul rând e rezervat doar oamenilor pe care Tessa îi poate suporta, mă lamentez eu, privind către șirul de oameni pe care, de la Carol la Noah, nu-i pot suporta eu.

Inclusiv Tessa. O iubesc, dar nu suport să mă apropii de ea cât timp o consolează Zed. Nu o cunoaște așa cum o cunosc eu; nu merită să stea lângă ea în aceste momente.

— Încetează. Te „suportă", spune Landon. E înmormântarea tatălui ei, încearcă să ții minte asta.

Mă trezesc că tata — *la naiba* — *Ken* se uită fix la mine.

Nici măcar nu e tatăl meu. Știam asta, știu asta de o săptămână, dar acum, când e în fața mea, parcă îmi dau seama de asta pentru prima oară. Ar trebui să-i spun chiar acum, ar trebui să-i confirm bănuielile dintotdeauna, ar trebui să-i spun adevărul despre mama și Vance. Ar trebui să-i spun chiar aici, chiar acum, ca să se simtă și el la fel de dezamăgit ca mine. Am fost oare dezamăgit? Nici nu știu exact; am fost furios. Și încă sunt, dar cam atât am simțit, nu mai mult.

— Cum te simți, fiule?

Își întinde mâna peste Landon și mă mângâie pe umăr.

Spune-i. Ar trebui să-i spun.

— Bine.

Ridic din umeri și mă-ntreb de ce nu pot spune ceea ce gândesc. Cum îmi place mie să spun, când ești nefericit vrei să-i faci și pe alții nefericiți, iar eu sunt cât se poate de nefericit.

— Îmi pare rău pentru ce s-a întâmplat, ar fi trebuit să sun mai des la clinica de dezintoxicare. Ți-am promis că o să-l verific, Hardin. L-am verificat și habar n-am avut că a plecat de acolo decât atunci când a fost prea târziu. Îmi pare rău.

Deznădejdea din ochii lui Ken mă face să nu-i spun adevărul.

— Îmi pare rău că te dezamăgesc de fiecare dată.

Mă uit în ochii lui și dau din cap, hotărându-mă în ultimul moment că nu trebuie să afle. Nu acum.

— Nu-i vina ta, spun eu încet.

Simt cum Tessa se uită la mine, încercând să mă facă atent de la câțiva metri distanță. Are capul întors către mine, iar brațul lui Zed nu mai e în jurul umerilor ei. Mă privește fix, așa cum o priveam eu, și mă prind cu putere de scaunul din lemn ca să nu mă duc în fugă, prin toată biserica, până la ea.

— Oricum, îmi pare rău, zice Ken şi-şi ia mâna de pe umărul meu.

Ochii lui căprui sunt umezi, ca şi ai lui Landon.

— E-n regulă, mormăi eu, uitându-mă încă la ochii aceia cenuşii care mă fixează.

— Du-te acolo, are nevoie de tine, spune Landon cu blândeţe.

Nu-l bag în seamă şi aştept un semn oricât de mic din partea ei, o emoţie cât de mică prin care să-mi arate că are cu adevărat nevoie de mine. O să zbor lângă ea în câteva clipe.

Preotul urcă pe podium, iar ea se răsuceşte la loc fără să mă cheme, fără niciun semn care să-mi spună că m-a văzut, de fapt. Dar înainte să încep să-mi plâng de milă, o văd pe Karen cum îi zâmbeşte lui Zed, care se dă la o parte, lăsând-o să se aşeze lângă Tessa.

34

Tessa

Zâmbesc încă unui străin pe care nu-l cunosc și trec la următorul, mulțumindu-le tuturor că au venit la înmormântare. Ceremonia a fost scurtă; se pare că această biserică nu se grăbește să celebreze viața unui drogat. Câteva cuvinte rigide și câteva laude false au fost rostite și asta a fost.

Mai sunt doar câțiva oameni; doar câteva mulțumiri simulate și emoții forțate în timpul condoleanțelor. Dacă mai aud o dată ce om minunat a fost tata, cred că o să țip. Cred că o să țip chiar în mijlocul bisericii, în fața tuturor prietenilor moraliști ai mamei. Mulți dintre ei nici măcar nu l-au cunoscut pe Richard Young. De ce sunt aici și ce minciuni le-a spus mama despre tata de-l preaslăvesc atât?

Nu că n-aș crede că tata a fost un om bun. Nu-l cunosc suficient de bine ca să-mi dau seama cum era de fapt. Dar cunosc faptele, și anume că ne-a părăsit, pe mine și pe mama, când eram mică, și că s-a întors în viața mea din întâmplare, acum câteva luni. Dacă nu m-aș fi dus cu Hardin la salonul acela de tatuaje, probabil nu l-aș mai fi întâlnit niciodată.

Nu voia să facă parte din viața mea. Nu și-a dorit să fie tată sau soț. Voia să-și trăiască viața și să facă alegeri care îl implicau numai și numai pe el. E-n regulă, chiar nu mă deranjează, doar că nu pot înțelege. Nu pot înțelege de ce a fugit de responsabilități doar pentru a duce o existență de drogat. Îmi aduc aminte cum m-am simțit când Hardin mi-a povestit despre dependența de droguri a tatei; nu mi-a venit să cred. De ce mi-a venit mai ușor să cred că e alcoolic, dar nu drogat? Pur și simplu nu-mi iese din cap. Cred că încercam, în mintea mea, să-l fac mai bun decât era. Îmi dau seama, încet-încet, că sunt naivă, așa cum spune Hardin întotdeauna. Sunt naivă și prostuță pentru că încerc să găsesc partea bună în oameni, iar ei îmi dovedesc mereu contrariul. Iar eu m-am săturat de asta.

— Doamnele vor să treacă pe la noi după ce plecăm de aici, deci am nevoie de ajutorul tău după ce ajungem acasă, îmi spune mama după ultimele îmbrățișări.

— Care doamne? L-au cunoscut măcar? mă răstesc eu.

Am un ton tăios și mă simt ușor vinovată când văd că mama se încruntă. Vina dispare însă imediat când observ că se uită de jur împrejur prin biserică să-și dea seama dacă vreuna dintre „prietenele" ei mi-a auzit remarca disprețuitoare.

— Da, Theresa. Unele dintre ele, da.

— Atunci aș vrea și eu să vă ajut, ne întrerupe Karen în drum spre ieșire. E-n regulă, da?

Zâmbește. Mă bucur mult că e aici Karen. E mereu atât de drăguță și atentă; chiar și mama pare s-o placă.

— Ar fi grozav.

Mama îi zâmbește lui Karen și pleacă, făcându-i cu mâna unei femei pe care n-o cunosc, din mijlocul mulțimii strânse pe peluza bisericii.

— Te superi dacă vin și eu? Dacă te deranjează, înțeleg. Știu că Hardin e aici, dar dacă tot e el cel care m-a chemat... spune Zed.

— Nu, sigur că poți veni. Ai condus până aici.

Nu mă pot abține și studiez parcarea căutându-l din priviri pe Hardin. Îi văd pe Landon și Ken urcându-se în mașină; din câte observ, Hardin nu-i cu ei. Mi-ar fi plăcut să apuc să vorbesc cu Ken și cu Landon, dar ei stăteau cu Hardin și nu voiam să-i iau de lângă el.

În timpul înmormântării mi-am făcut griji că Hardin îi va spune lui Ken adevărul despre Christian Vance acolo, în fața tuturor. Când Hardin se simte rău vrea ca toată lumea să se simtă rău. Sper că are decența și răbdarea de a aștepta momentul potrivit ca să dezvăluie adevărul dureros. Știu că e o persoană bună; în sufletul lui, Hardin nu-i un om rău. Doar că e rău pentru mine.

Mă întorc spre Zed, care se trage de marginea cămășii sale roșii.

— Vrei să mergem pe jos? Nu e mult de mers, cel mult douăzeci de minute.

El zice că da și ne îndepărtăm de mama înainte să mă oblige să intru în mașina ei mică. Nu suport gândul că aș putea fi închisă cu ea într-un spațiu restrâns. Mi se termină răbdarea în privința ei. Nu vreau să fiu nesimțită, dar simt cum mă enervez de fiecare dată când își trece mâinile prin părul perfect ondulat. Zed rupe tăcerea după vreo zece minute.

— Vrei să vorbim?

— Nu știu. Orice aș spune, probabil că n-ar avea niciun sens.

Clatin din cap, pentru că nu vreau să-i arăt lui Zed în ce nebună m-am transformat în ultima săptămână. Nu m-a întrebat despre relația mea cu Hardin și mă bucur pentru asta. Când vine vorba despre mine și Hardin, nu am chef de discuții.

— Ia încearcă, spune Zed cu un surâs amabil.

— Sunt supărată.

— Amărâtă sau furioasă? mă tachinează el, atingându-și ușor umărul de umărul meu în timp ce așteptăm să treacă o mașină înainte să trecem strada.

— Amândouă.

Încerc să zâmbesc.

— Mai mult amărâtă. E aiurea că mă simt oarecum mânioasă pe tata că a murit?

Nu-mi place deloc cum sună cuvintele astea. Știu că e aiurea, dar mă simt ușurată. Furia e mai bună decât nimicul, furia mă ajută. Îmi oferă o supapă de care am nevoie disperată.

— Nu e greșit să simți așa ceva, dar într-un fel este. Nu cred că ar trebui să fii furioasă pe el. Sunt convins că habar nu avea ce face când a făcut ce-a făcut.

Zed mă privește, dar eu mă uit în altă parte.

— Dar știa ce face când a adus drogurile în apartamentul ăla. Sigur, nu știa că o să moară, dar știa că asta se poate întâmpla și tot ce-l interesa era să se drogheze. Nu s-a gândit la nimeni, în afară de el însuși și drogurile lui, știi?

Îmi reprim vina care vine odată cu aceste cuvinte. L-am iubit pe tata, dar trebuie să fiu cinstită. Trebuie să dau glas sentimentelor.

Zed se-ncruntă.

— Nu știu, Tessa. Nu cred că așa au stat lucrurile. Eu nu cred că aș fi putea fi furios pe cineva care a murit, mai ales dacă mi-ar fi părinte.

— Nu m-a crescut el. A plecat când eram mică.

Oare Zed știa asta? Nu sunt sigură. Sunt atât de obișnuită să discut cu Hardin, care știe totul despre mine, încât uneori uit că alți oameni știu doar ce vreau eu să le spun.

— Poate că a plecat pentru că știa că așa e mai bine pentru tine și pentru mama ta? spune Zed, încercând să mă consoleze, dar nu funcționează.

Îmi vine în schimb să urlu. M-am săturat să tot aud această scuză de la diverse persoane. Oameni care pretind că-mi doresc binele, dar îi caută scuze tatei, care m-a abandonat, purtându-se ca și cum ar fi făcut-o spre binele meu. Ce om altruist, cum și-a lăsat el nevasta și copila singure-singurele!

— Nu știu.

Oftez.

— Hai să nu mai vorbim.

Și nu mai vorbim. Păstrăm tăcerea până când ajungem acasă la mama și încerc să nu mă enervez când mă ceartă că mi-a luat atât de mult să ajung.

— Din fericire, m-a ajutat Karen, spune, în timp ce eu trec pe lângă ea și intru în bucătărie.

Zed stă stingher, neștiind dacă poate fi de ajutor. Curând însă mama îi pune în brațe o cutie cu biscuiți, deschizând-o și arătând fără să spună nimic către o tavă goală. Ken și Landon au fost deja puși la muncă, să taie legume și să aranjeze fructele pe cele mai bune platouri ale mamei. Cele pe care le folosește când vrea să impresioneze oamenii.

— Da, din fericire, pufnesc eu.

Credeam să primăvara de afară mă va ajuta să mă calmez, dar n-a fost așa. Bucătăria mamei e prea mică și prea aglomerată și încă se mai umple cu femei împopoțonate, care au ceva de demonstrat.

— Am nevoie de o gură de aer. Mă-ntorc, stai aici, îi zic lui Zed când mama dispare pe hol să aducă nu știu ce.

Mă bucur că a bătut tot drumul acesta ca să mă consoleze, dar recunosc că mi-a displăcut discuția de mai devreme. Sunt sigură că după ce mă limpezesc la cap o să văd lucrurile în mod diferit, dar acum nu vreau decât să fiu singură.

Ușa din spate se deschide scârțâind, iar eu mă dojenesc, sperând că mama nu iese valvârtej în curte ca să mă târască înapoi în casă. Soarele a uscat în mod miraculos noroiul gros care acoperea podeaua serei. Pete închise la culoare și jilave mai sunt încă prin jumătate din seră, dar găsesc un loc uscat unde să stau. Ultimul lucru pe care mi-l doresc e să stric pantofii ăștia cu tocuri pe care mama a dat mai mulți bani decât era cazul.

Văd ceva mișcându-se și intru în panică până când Hardin îmi apare în fața ochilor, din spatele unei polițe. Are ochii limpezi și sub ei are cearcăne care îi întunecă pielea palidă. Strălucirea lui obișnuită, bronzul plăcut al tenului lui Hardin au dispărut și au fost înlocuite de un aspect fragil, de alabastru.

— Îmi pare rău, nu știam că ești aici, spun eu, cerându-mi iute scuze și dând să ies din spațiul strâmt. O să plec.

— Nu, e-n regulă. Era ascunzătoarea *ta*, mai știi?

Îmi zâmbește firav, dar chiar și cel mai slab surâs al lui pare mai autentic decât toate zâmbetele false pe care le-am văzut azi.

— Așa e, dar oricum trebuie să merg înăuntru.

Pun mâna pe clanța ușii de plasă, dar el se întinde, oprindu-mă s-o deschid. Mă smucesc în clipa în care îi simt degetele pe braț, iar el oftează adânc când vede că-l resping. Se repliază repede și trece pe lângă mine, blocând ușa, ca să fie sigur că nu plec.

— Spune-mi de ce ai venit aici, îmi zice el ușor.

— Eu doar...

Îmi găsesc cu greu cuvintele. După discuția cu Zed, mi-a pierit orice chef de a mai vorbi despre senzația îngrozitoare de după moartea tatei.

— Nu s-a întâmplat nimic.

— Tessa, spune-mi.

Mă cunoaște îndeajuns ca să-și dea seama că mint, iar eu îl cunosc îndeajuns ca să știu că n-o să mă lase să ies din seră până nu-i spun adevărul.

Dar oare pot avea încredere în el?

Mă uit la el și nu pot să nu observ cămașa nouă cu care e îmbrăcat. Cred că a cumpărat-o special pentru înmormântare pentru că îi cunosc toate cămășile și în hainele lui Noah nu are cum să-ncapă. Nu că le-ar purta vreodată... Mâneca noii sale cămăși negre e sfâșiată de la încheietură, ca să facă loc ghipsului.

— Tessa, insistă el, distrăgându-mă din gândurile mele.

Nasturele de sus al cămășii este desfăcut și gulerul îndoit. Fac un pas în spate.

— Nu cred că ar trebui să facem asta.

— Ce anume? Să vorbim? Vreau doar să știu de ce anume te ascunzi.

Ce întrebare simplă, dar atât de dificilă. Mă ascund de toate. Mă ascund de multe lucruri, mai ales de el. Îmi doresc să-mi descarc sufletul în fața lui Hardin, dar este atât de ușor să cădem în vechile noastre tipare și nu mai vreau să particip la acest joc. Nu-l mai pot suporta. A câștigat deja și învăț să mă împac cu chestia asta.

— Amândoi știm că nu pleci din sera asta până nu spui ce ai pe suflet, așa că mai bine nu mai irosești timpul și energia amândurora și îmi spui.

Spune replica în glumă, dar eu îi citesc disperarea din ochi.

— Sunt supărată, recunosc eu, în cele din urmă.

El dă din cap scurt.

— Sigur că ești.

— Adică furioasă rău, ofticată.

— Așa și trebuie.

Îl privesc.

— Aşa trebuie?

— La naiba, da, aşa trebuie. Şi eu aş fi furios.

Nu cred că pricepe ce vreau să zic.

— Sunt supărată pe tata, Hardin. Sunt foarte supărată pe el, îl lămuresc eu şi aştept reacţia lui Hardin.

— Şi eu.

— Şi tu?

— Da, la naiba, şi eu. Şi te înţeleg şi pe tine că eşti supărată. Ai toate drepturile să fii ofticată pe el. Mort sau ba.

Nu-mi pot stăpâni râsul când văd mutra serioasă a lui Hardin rostind aceste vorbe ridicole.

— Crezi că e corect că nici măcar nu pot fi tristă pentru că sunt prea furioasă pe el, pentru că s-a sinucis?

Mă muşc de buza de jos şi fac o pauză, apoi zic mai departe:

— Că asta a făcut. S-a sinucis şi nici măcar nu s-a gândit cum ne va afecta gestul lui. Ştiu că e egoist din partea mea să spun asta, dar aşa simt.

Îmi las privirea în jos la podeaua plină de noroi. Mi-e ruşine că am spus lucrurile astea, că le iau în serios, dar mă simt mult mai bine acum că le-am dat glas. Sper ca aceste cuvinte să rămână aici, în sera asta, şi sper că, dacă tata e acolo, undeva, să nu le audă. Hardin îmi pune degetele sub bărbie şi îmi înalţă capul.

— Hei, spune el, iar eu nici măcar nu tresar sub atingerea lui, dar mă bucur când lasă mâna jos. Nu e aiurea că simţi aşa. Chiar s-a sinucis şi nu e vina nimănui, e doar vina lui. Am văzut cât de bucuroasă erai că s-a întors în viaţa ta şi e un idiot că a renunţat la chestia asta doar ca să se drogheze.

Tonul lui Hardin e dur, dar cuvintele lui sunt exact ceea ce îmi trebuie în acest moment. Chicoteşte încet.

— Dar tocmai eu m-am găsit să vorbesc, nu-i aşa?

Închide ochii şi clatină uşor din cap. Eu mut repede discuţia de la relaţia noastră.

— Mă simt prost că am ajuns să cred asta. Nu vreau să-l tratez cu lipsă de respect.

— La naiba cu asta.

Hardin flutură din mâna pe care o are în ghips.

— Ai voie să simți ce ai chef și nimeni nu poate comenta.

— Aș vrea să simtă toți așa.

Oftez. Știu că nu e sănătos să am încredere în Hardin și că trebuie să am grijă mare cu el, dar mai știu că, de fapt, el este singurul care mă înțelege.

— Vorbesc serios, Tessa. Nu-i lăsa pe nemernicii ăștia snobi să te condamne pentru ceea ce simți.

Mi-ar plăcea să fie atât de simplu. Mi-ar plăcea să semăn mai mult cu Hardin și să nu-mi pese de părerea altora despre mine sau de sentimentele lor, dar nu pot. Nu sunt făcută așa. Îmi pasă de ceilalți, chiar și când n-ar trebui, și-mi place să cred că, într-o bună zi, această trăsătură a mea nu va mai fi un punct slab. Să-ți pese de alții e bine, dar mie îmi face rău de prea multe ori.

În numai cele câteva minute în care am stat în seră cu Hardin, aproape toată furia mi-a dispărut. Nu știu ce anume i-a luat locul, dar nu mai simt văpaia aceea de mânie, ci doar arsura constantă a durerii despre care știu că mă va însoți multă vreme.

— Theresa! se aude vocea mamei prin curte.

Și Hardin, și eu, tresărim când o auzim.

— Eu n-am nicio problemă să spun oricui, inclusiv ei, să se ducă dracului. Știi asta, nu-i așa?

Se uită în ochii mei, iar eu dau din cap. Știu că n-are nicio problemă și într-un fel mi-ar plăcea să-l ațâț împotriva cetei de femei guralive care n-au ce căuta aici.

— Știu.

Dau din nou din cap.

— Îmi pare rău că mi-am dat drumul la gură. Doar că...

Ușa de plasă se deschide și mama apare în seră.

— Theresa, te rog să vii înăuntru, spune ea, pe un ton poruncitor.

Încearcă din răsputeri să-și ascundă furia față de mine, dar masca ei nu rezistă prea mult timp. Hardin se uită ba la figura supărată a mamei, ba la mine, după care trece pe lângă amândouă.

— Oricum, eu tocmai plecam.

Îmi amintesc cum, în urmă cu câteva luni, mama l-a găsit la mine în dormitor, în cămin. Era atât de furioasă și Hardin părea atât de înfrânt când am plecat cu ea și cu Noah. Acele zile par acum din altă epocă și, totodată, atât de simple. Habar n-aveam ce ne așteaptă, nimeni nu știa.

— Tu ce cauți aici, mă rog? întreabă ea, iar eu o urmez prin curte, până pe treptele verandei.

Nu-i treaba ei ce făceam. Nu mi-ar pricepe niciodată sentimentele egoiste și oricum n-aș avea încredere în ea ca să i le dezvălui. N-ar înțelege de ce vorbeam cu Hardin după ce l-am evitat trei zile la rând. N-ar pricepe nimic din ce-aș putea să-i spun, pentru că nu mă înțelege. Așa că în loc să-i răspund la întrebare, nu zic nimic și mă gândesc că ar fi trebuit să-l întreb pe Hardin de ce anume se ascundea în seră.

35

Hardin

— Hardin, te rog. Trebuie să mă pregătesc, se smiorcăise Tessa într-o zi, lipită de pieptul meu.

Trupul ei gol este întins peste mine, ameţindu-mi fiecare celulă din creier pe care o mai am.

— Nu eşti convingătoare, femeie. Dacă voiai să pleci pe bune, te dădeai până acum jos din pat.

Mi-am lipit buzele de urechea ei, iar ea s-a lipit şi mai tare de mine.

— Şi mai ales nu te-ai freca de penisul meu chiar acum.

Ea a chicotit şi s-a strecurat lângă mine, atingându-se intenţionat de erecţia mea.

— Uite, chiar acum ai făcut-o, am mormăit eu, punându-mi degetele pe şoldurile ei voluptuoase. Să fii sigură că nu mai ajungi la cursuri.

O pătrund cu degetele, iar ea geme. La naiba, mereu e atât de strâmtă şi de caldă. Aşa o simt cu degetele şi mai ales cu penisul.

Fără niciun cuvânt, s-a rostogolit pe o parte şi mi-a luat-o în mână, frecând încet. Mi-a şters cu degetul mare umezeala care deja se adunase acolo, iar eu am zâmbit cu subînţeles, în timp ce ea a scâncit, implorându-mă să continui.

— Mai vrei? am necăjit-o, rugându-mă să spună da.

Oricum ştiam ce urmează. Dar îmi plăcea mult s-o aud spunând asta.

Dorinţele ei deveneau mai solide, mai tangibile, când le spunea cu voce tare. Felul în care scâncea şi gemea când o atingeam era mai mult pentru satisfacţia mea, era un strigăt de dorinţă. Cuvintele ei însemnau că are încredere în mine; mişcările trupului ei îmi arătau loialitatea pe care mi-o purta; şi iubirea ei îmi umplea trupul şi sufletul de fericire.

Eram în întregime vrăjit de ea, pierdut în ea, de fiecare dată când făceam dragoste cu ea, chiar şi când eram nesincer cu ea. Nici de data asta nu făceam excepţie.

Am insistat pe cuvintele pe care le voiam. De care aveam nevoie.

— Spune-mi, Tessa.

— Mai mult *din toate*, te vreau cu totul, a gemut ea, trecându-mi buzele peste piept, iar eu i-am ridicat un picior şi i l-am pus în jurul meu.

Era mai greu aşa, dar mai adânc, şi, în plus, puteam s-o privesc. Puteam să văd ceea ce numai eu îi făceam şi îmi dădeam seama de asta după felul în care îşi dădea drumul cu buzele întredeschise, rostindu-mi numele.

Deja mă ai cu totul, ar fi trebuit să-i spun. În schimb, am întins mâna, am luat un prezervativ din noptieră şi mi l-am pus, apoi am pătruns-o. Gemetele ei de satisfacţie aproape că m-au făcut să-mi dau drumul imediat, dar m-am abţinut suficient ca s-o aduc şi pe ea la orgasm. Mi-a şoptit cât de mult mă iubeşte şi cât de bine o fac să se simtă şi ar fi trebuit să-i spun că şi eu simt la fel, chiar mai mult decât îşi imagina, dar, în schimb, m-am mulţumit doar să-i rostesc numele în timp ce mi-am dat drumul în prezervativ.

Sunt foarte multe lucruri pe care ar fi trebuit şi aş fi putut să i le spun şi i le-aş fi spus cu siguranţă dacă aş fi ştiut că zilele mele în rai sunt numărate. Dacă aş fi ştiut că în curând voi fi alungat, aş fi idolatrizat-o aşa cum merita.

— Eşti sigur că nu vrei să mai stai aici încă o noapte? Am auzit-o pe Tessa spunându-i lui Carol că mai stă aici până mâine, zice Noah, aducându-mă la realitate în felul lui enervant.

După ce s-a holbat la mine un minut, mă întreabă:

— Te simţi bine?

— Mda.

Ar trebui să-i povestesc ce-mi trece prin cap. Amintirea dulce-amară a Tessei, agăţată de mine, zgâriindu-mă pe spinare în timp ce îşi dădea drumul. Pe de altă parte, nu vreau ca această imagine să ajungă în mintea lui.

Ridică din sprânceană.

— Deci?

— Plec. Trebuie s-o las un pic în pace.

Mă-ntreb cum mama dracului am intrat eu în povestea asta de la începutul începutului. Sunt un mare idiot, uite așa. Tâmpenia mea nu se compară cu nimic. Poate doar cu a taților mei și cu a mamei. Presupun că de la ei am moștenit prostia. Cred că de la ei am luat dorința de a mă autosabota, de a distruge singurul lucru bun din viața mea. Aș putea da vina pe ei.

Aș putea, dar până acum am dat vina pe toată lumea și chestia asta nu m-a dus foarte departe. Poate e momentul să fac lucrurile diferit.

— S-o lași în pace? Nu mi-am dat seama că știi acest concept, încearcă Noah o glumă.

Cred că-mi observă privirea ostilă, căci adaugă repede:

— Dacă ai nevoie de orice — nu știu de ce ai putea avea nevoie, dar dacă se întâmplă — mă poți suna.

Privește în jur prin livingul imens al casei sale, iar eu fixez peretele din spatele lui ca să nu mă uit la el.

După un dialog stânjenitor cu Noah și după câteva schimburi jenante de priviri cu doamna Porter, îmi iau geanta mică și ies din casă. N-am mare lucru cu mine, doar geanta asta minusculă cu țoale murdare și încărcătorul telefonului. Spre enervarea mea, de-abia acum, când ies în burnița de afară, îmi dau seama unde mi-am lăsat mașina. *La naiba.*

Aș putea merge până acasă la mama Tessei și m-ar putea duce Ken dacă mai e acolo, dar nu cred că-i o idee bună. Dacă mă apropii de ea, dacă respir aerul din aceeași încăpere, nimeni n-o să mă mai poată desprinde de ea. Am lăsat-o prea ușor pe Carol să mă alunge din seră, dar asta nu se va mai întâmpla. Eram atât de aproape să refac legătura cu Tessa. Am simțit-o și știu că a simțit-o și ea. I-am văzut zâmbetul. I-am văzut zâmbetul ei de fată tristă pentru băiatul trist care o iubește cu tot sufletul lui sfâșiat.

Încă mă mai iubește îndeajuns cât să-mi zâmbească și asta înseamnă lumea întreagă pentru mine. Ea e lumea mea întreagă. Poate dacă o las în pace cât are nevoie deocamdată, o să-mi arunce firimituri în continuare. O să adun firimiturile alea cu mare plăcere. Un zâmbet, un mesaj care să conțină un singur cuvânt — la naiba, dacă nu obține un ordin de restricție împotriva mea, o să mă mulțumesc cu orice îmi poate oferi până când îi voi aminti de relația noastră.

Să-i *amintesc*? Presupun că nu prea am ce să-i amintesc, de vreme ce nu i-am arătat niciodată cum pot fi eu cu adevărat. N-am fost decât egoist și laș, mi-am lăsat teama și lehamitea de sine să mă conducă, distrăgându-mi atenția de la ea. Nu m-am putut concentra decât asupra mea și asupra obiceiului meu dezgustător de a lua iubirea ei cu ambele mâini și de a i-o arunca înapoi în față.

Acum începe să plouă și chiar e bine. Ploaia de obicei mă ajută să cad și mai adânc în ura mea de sine, dar nu și azi; azi ploaia nu-i atât de rea. E aproape purificatoare.

Știți voi, dacă n-aș urî metaforele.

36

Tessa

A reînceput ploaia, care cade într-un șuvoi greu și gros pe peluză. Mă sprijin de fereastră, privind-o fascinată. Pe vremuri îmi plăcea ploaia; mă liniștea oarecum în copilărie, apoi și mai târziu, Are 19 ani, dar acum nu face altceva decât să-mi reflecte singurătatea.

Casa s-a golit de-acum. Chiar și Landon cu familia lui s-au întors acasă la ei. Nu-mi dau seama dacă mă bucur că au plecat sau m-am întristat că am rămas singură.

— Hei, aud o voce și o bătaie ușoară în ușa dormitorului, ceea ce-mi amintește că nu sunt deloc singură.

Zed s-a oferit să rămână încă o noapte și n-am putut să-l refuz. Mă așez lângă capul patului și-l aștept să deschidă ușa. Trec câteva secunde și el tot nu intră în cameră, așa că strig:

— Poți să intri.

Cred că mă așteptam ca altcineva să dea buzna înainte să-i acord eu permisiunea. Nu că m-ar fi deranjat...

Zed intră în camera micuță, îmbrăcat în aceleași haine pe care le-a purtat la înmormântare, doar că acum are câțiva nasturi desfăcuți la cămașă și părul geluit i s-a turtit, luând o formă mai normală. Se așază pe marginea patului și se apropie de mine.

— Cum te simți?

— Păi, mă simt bine. Habar nu am cum ar trebui să mă simt, răspund eu cu toată sinceritatea.

Nu-i pot spune că în seara asta sunt în doliu după doi bărbați, nu după unul singur.

— Vrei să mergi undeva? Vrei să ne uităm la un film sau ceva de genul ăsta? Ca să îți mai iei gândul?

Mă gândesc o clipă la întrebarea lui. Nu vreau să merg nicăieri și nici să fac ceva anume, chiar dacă poate că mi-ar prinde bine. Mă simțeam foarte bine stând la geam și privind fix la ploaia asta deprimantă.

— Sau vrei să stăm de vorbă? Nu te-am văzut niciodată așa, nu ești tu însăți.

Zed îmi pune mâna pe umăr, iar eu mă sprijin de el. A fost aiurea din partea mea că i-am vorbit atât de dur acum câteva ore. Încerca doar să mă consoleze; doar că a spus exact opusul lucrurilor pe care voiam eu să le aud. Nu e vina lui Zed că în ultima vreme am luat-o razna — e doar vina mea. Suntem doar noi doi: eu și golul din mine. E singurul lucru care mi-a rămas după toată această luptă.

— Tessa?

Zed mă atinge pe obraz ca să-mi atragă atenția. Scutur din cap, stânjenită.

— Scuze. Ți-am spus, sunt un pic supărată.

Încerc să zâmbesc, și el face același lucru. Își face griji pentru mine; văd asta în ochii lui căprui-auriu. O văd în surâsul slab care-i apare pe buze.

— E-n regulă. Ai trecut prin multe. Vino-ncoace.

Îmi face semn către locul gol de lângă el, iar eu mă dau mai aproape.

— Trebuie să te-ntreb ceva, spune el, îmbujorându-se.

Îi fac semn să spună. N-am idee ce vrea să mă-ntrebe, dar mi-a fost un prieten grozav, pentru că a bătut tot drumul ăsta ca să mă consoleze.

— În fine, deci...

Face o pauză, inspirând profund.

— Mă întrebam ce s-a întâmplat între tine și Hardin.

Se mușcă de buza de jos. Mă uit rapid în altă parte.

— Nu știu dacă ar trebui să vorbim despre mine și Hardin...

— Nu vreau amănunte. Vreau să știu dacă de data asta chiar v-ați despărțit.

Înghit în sec. Mi-e greu s-o spun, dar răspund:

— Da, ne-am despărţit.

— Eşti sigură?

Poftim? Mă răsucesc şi-l privesc.

— Da, dar nu văd de ce...

Zed mă întrerupe lipindu-şi buzele de ale mele. Îşi pune mâinile pe părul meu şi încearcă să-mi bage limba în gură. Gem surprinsă, iar el ia asta drept o invitaţie de a continua şi se lipeşte de mine, împingându-mă pe saltea. Confuză şi luată prin surprindere, reacţionez repede şi-l împing cu mâinile în piept. El ezită preţ de o secundă, apoi încearcă din nou să mă sărute.

— Ce faci aici? spun eu şi atunci, în sfârşit, îmi dă drumul.

— Ce e?

Are ochii mari, iar buzele îi sunt roşii.

— De ce *ai făcut* asta?

Sar în picioare, complet uluită de gesturile sale, şi încerc să nu fac din ţânţar armăsar.

— Ce anume? Că te-am sărutat?

— Da! ţip eu la el, înainte de a-mi acoperi repede gura.

Ultimul lucru de care am nevoie e să intre mama.

— Ai zis c-ai terminat-o cu Hardin! Tocmai mi-ai zis asta!

Vorbeşte mai tare decât mine, dar nu face eforturi să-și coboare tonul, aşa cum am făcut eu.

De ce-a crezut că e-n regulă? De ce m-a sărutat?

Instinctiv, îmi încrucişez braţele la piept şi-mi dau seama că încerc să mă acopăr.

— N-a fost o invitaţie ca să îmi faci tu avansuri sau ceva! Credeam că ai venit *ca prieten*, ca să mă consolezi.

El pufneşte.

— Ca prieten? Ştii bine ce sentimente am pentru tine! Ai ştiut întotdeauna!

Sunt uluită de tonul său dur. A fost mereu atât de înţelegător. Ce s-a schimbat?

— Zed, ai fost de acord să fim prieteni — ştii bine ce simt pentru el.

Încerc să vorbesc cât pot de calm și de neutru, dar simt cum mă panichez. Nu vreau să-l rănesc pe Zed, dar a depășit limita. El își dă ochii peste cap.

— Nu, nu știu ce simți pentru el, pentru că voi doi ba sunteți împreună, ba nu mai sunteți. Te răzgândești săptămânal, iar eu mereu aștept și tot aștept, la nesfârșit.

Fac un pas înapoi. Nici nu-l mai recunosc pe Zed; îl vreau înapoi pe cel dinainte. Acel Zed în care am încredere și de care-mi place nu mai e aici.

— Știu asta. Știu că asta facem, dar credeam că am spus destul de clar că...

— Faptul că mi te-ai agățat de gât nu mi-a transmis deloc acest mesaj.

Are un glas plat și rece și mă trec fiorii pe șira spinării când îmi dau seama cât de mult s-a schimbat în ultimele două minute. Sunt jignită și derutată de acuzațiile lui.

— Nu eram deloc agățată de gâtul tău!

Nu-mi vine să cred că are impresia asta!

— Ți-ai pus brațul pe umerii mei ca să mă consolezi la înmormântarea tatei. Mi s-a părut un gest foarte frumos. Nu voiam să înțelegi nimic greșit. Eu cu siguranță n-am înțeles. Hardin era acolo — credeai că pot fi afectuoasă cu tine de față cu el?

Zgomotul unui dulap care se închide răsună în toată casa și mă simt ușurată că Zed își coboară vocea.

— De ce nu? Te-ai mai folosit de mine și înainte ca să-l faci gelos, șoptește el tăios.

Vreau să mă apăr, dar știu că are dreptate. Nu la toate capitolele, dar aici are dreptate.

— Știu că am făcut asta și-mi pare rău. Chiar îmi pare rău. Ți-am mai spus că-mi pare rău și ți-o mai spun o dată: m-ai ajutat întotdeauna și-ți sunt recunoscătoare, dar credeam că am discutat despre chestia asta. Credeam că ai priceput că noi doi nu putem fi altceva decât prieteni, dacă vrei.

El face un gest incert.

— Ești atât de subjugată de el că nici măcar nu-ți dai seama.

Ochii lui reci, de culoarea chihlimbarului, au scăzut temperatura din cameră.

— Zed, oftez eu, învinsă.

Nu vreau să mă cert cu el, după săptămâna de groază pe care am avut-o.

— Îmi pare rău, bine? Chiar îmi pare rău, dar acum te comporți complet aiurea. Credeam că suntem *prieteni*.

— Nu suntem, scuipă el. Credeam că mai ai nevoie de timp, credeam că asta e șansa mea la tine, iar tu m-ai respins. Din nou.

— Nu pot să-ți ofer ce-ți dorești — știi bine că nu pot. Mi-e imposibil. Bine sau rău, Hardin și-a lăsat amprenta asupra mea și n-aș putea să fiu cu tine. Cu nimeni, mă tem.

Regret aceste cuvinte imediat după ce le spun. Când termin discursul ăsta jalnic, privirea lui Zed mă face să-l caut acolo pe domnul Collins, așa, inofensiv, dar plin de speranță cum era el, așa cum îl știam eu. În schimb, stau în dormitor uitându-mă la acest fals și insistent Wickham, care s-a prefăcut a fi fermecător și loial pentru a-mi câștiga inima, rănit de Darcy în trecut. Dar nu e altceva decât un mincinos.

Mă îndrept spre ușă. Cum de-am putut fi atât de proastă? Elizabeth m-ar prinde de umeri și m-ar scutura până mi-aș reveni. Mi-am petrecut atâta timp luându-i apărarea lui Zed în fața lui Hardin, făcându-mi griji pentru el din cauza geloziei lui Hardin, când de fapt acesta a avut dreptate tot timpul.

— Tessa, stai! Îmi pare rău! strigă el în urma mea, dar eu țâșnesc pe ușă, în ploaia torențială, în timp ce vocea lui se aude pe tot holul, atrăgându-i atenția mamei.

Dar eu deja am dispărut, am dispărut de tot în noapte.

37

Tessa

Picioarele goale îmi plescăie pe apa de pe caldarâm, iar hainele îmi sunt ude leoarcă atunci când ajung acasă la familia Porter. Nu știu cât e ceasul, dar mă bucur că luminile din verandă sunt aprinse. Când mama lui Noah îmi deschide ușa, mă simt dintr-odată foarte ușurată.

— Tessa? Draga mea! Te simți bine?

Mă poftește repede în casă, iar eu mă crispez când văd că apa pică de pe mine pe parchetul lor impecabil.

— Îmi cer scuze, eu doar...

Mă uit în jur, prin livingul imens și curat, și regret instantaneu că am venit aici. Hardin nu vrea oricum să mă vadă — ce-am avut în cap? Nu mai e al meu ca să vin în goană la el — nu e omul pe care-l credeam.

Hardin al meu a dispărut în Anglia, acel loc de basm din capul meu, și un străin i-a luat locul și ne-a distrus. Hardin al meu nu s-ar droga niciodată și nu s-ar atinge de altă femeie, mai ales de una care îi poartă hainele. Hardin al meu nu și-ar bate joc de mine în fața prietenilor lui și nu m-ar trimite pachet înapoi în America, aruncându-mă ca pe un nimic. Oricum pentru el sunt un nimic. Cu cât înșir mai multe, cu atât mi se pare că sunt mai tâmpită. Adevărul e că singurul Hardin pe care îl știam le-a făcut pe toate, în mod repetat, și chiar și acum eu îi iau apărarea. Sunt demnă de milă.

— Îmi cer scuze, doamnă Porter. N-ar fi trebuit să vin aici. Îmi pare rău, spun eu, haotic. Vă rog să nu spuneți nimănui că am fost aici.

Și, pentru că am devenit o persoană foarte instabilă, mă reped înapoi în ploaie înainte ca ea să mă poată opri. Când mă opresc din alergat sunt deja lângă oficiul poştal. Am urât acest loc încă din copilărie. Poşta mică, făcută din cărămidă, e izolată undeva, la marginea oraşului. Nu mai e nicio casă, niciun birou în apropiere şi, în momente din astea, când e întuneric şi plouă, ochii îmi joacă feste şi micuţa clădire se ascunde în spatele copacilor. Mereu trec în goană pe lângă ea, ca un copil.

Adrenalina mi s-a consumat şi mă dor picioarele de la atâta alergat pe asfalt. Nu ştiu ce am avut în cap de am ajuns atât de departe. Nimic, presupun. Sănătatea mintală, şi aşa îndoielnică, mă pune din nou la încercare atunci când o umbră apare de sub copertina oficiului poştal. Încep să mă retrag, încet, poate nu am halucinaţii.

— Tessa? Ce mama dracului faci? spune umbra, cu vocea lui Hardin.

Mă răsucesc s-o iau la fugă, dar e mai iute decât mine. Mă prinde cu mâinile de mijloc şi mă trage la pieptul lui înainte să pot fugi. Mă face să-l privesc, iar eu încerc să-mi ţin ochii deschişi, în ciuda picăturilor grele de ploaie care-mi înceţoşează vederea.

— Ce dracu' cauţi aici singură, în ploaie? mă ceartă Hardin prin vuietul furtunii.

Nici nu ştiu ce simt. Aş vrea să-i urmez sfatul lui Hardin şi să simt orice doresc — dar nu e deloc aşa de simplu. Nu pot renunţa la ultima urmă de forţă pe care o mai am pe dinăuntru. Dacă mă las în voia mângâierii lui Hardin pe obrazul meu, înseamnă că mă dezamăgesc.

— Răspunde-mi. S-a întâmplat ceva?

— Nu.

Scutur din cap, minţind. Fac un pas înapoi şi-ncerc să-mi recapăt suflul.

— Tu de ce eşti la dracu' în praznic, atât de târziu? Credeam că eşti la familia Porter.

Pentru o clipă mă panichez, gândindu-mă că doamna Porter i-a povestit despre gestul meu stânjenitor, disperat şi lipsit de logică.

— Nu, am plecat de vreo oră de acolo. Aştept un taxi. Nemernicul trebuia să fie aici acum douăzeci de minute.

Hardin are hainele ude leoarcă, părul murat şi dârdâie din toate încheieturile.

— Spune-mi de ce ești aici, dezbrăcată și desculță.

Îmi dau seama că face toate eforturile să-și păstreze calmul, dar masca lui nu e atât de reușită pe cât și-ar dori. Citesc panica în ochii săi verzi. Chiar dacă e întuneric, observ furtuna care se naște în ochii lui. Știe; mereu îmi dă senzația că știe totul.

— Nimic. Nu e mare scofală.

Mă-ndepărtez, dar el nu se lasă. Vine și mai aproape de mine. E la fel de insistent ca întotdeauna. Niște faruri străpung șiroaiele de ploaie și inima începe să-mi bată mai tare când văd silueta unei camionete apropiindu-se. Încep să gâfâi când îmi dau seama că *eu cunosc foarte bine acea camionetă.*

Se oprește și din ea sare Zed și vine în grabă spre mine, lăsând motorul pornit. Hardin se pune între noi, avertizându-l în tăcere să nu se apropie mai mult. Încă o scenă cu care m-am obișnuit și pe care aș vrea să n-o mai văd niciodată. Toate părțile vieții mele par a se învârti în cerc, unul malefic, care-mi răpește o bucată din mine de fiecare dată când istoria se repetă.

Vocea lui Hardin se aude limpede, în ciuda zgomotului ploii:

— *Ce i-ai făcut?*

— Ea ce ți-a povestit? contraatacă Zed.

Hardin se apropie și mai mult de el.

— Totul, minte Hardin.

Mă străduiesc să deslușesc expresia lui Zed. Nu văd foarte bine, chiar dacă farurile bat înspre noi.

— Ți-a spus că m-a sărutat? rânjește Zed, cu o voce în care se amestecă răutatea și mulțumirea de sine.

Înainte să apuc să mă apăr de minciunile lui Zed, o altă pereche de faruri apare în noapte și se alătură haosului general.

— *Ce* a făcut? strigă Hardin.

Stă întors în continuare către Zed, iar farurile taxiului luminează zona, dezvăluind zâmbetul înfumurat de pe chipul lui Zed. Cum îl poate minți pe Hardin despre mine în halul ăsta? Oare Hardin o să-l creadă? Mai mult decât atât, mai contează dacă îl crede sau nu?

Oare toate astea mai contează în vreun fel?

— E vorba despre Sam aici, nu-i așa? îl întreabă Hardin pe Zed înainte ca acesta să-i răspundă.

— Nu, nu e!

Zed își șterge apa de pe față cu mâna. Hardin își îndreaptă asupra lui un deget acuzator.

— Ba da! Știam eu! Știam eu că vrei să pui mâna pe Tessa din cauza târfei ăleia!

— Nu era târfă! Și nu e vorba doar despre ea — țin la Tessa! Așa cum țineam și la Samantha, dar tu ai stricat lucrurile! Mereu apari și distrugi totul! strigă Zed.

Hardin mai face un pas către el, dar mie îmi spune:

— Treci în taxi, Tessa.

Rămân pe loc, nebăgându-l în seamă. *Cine e Samantha?* Numele îmi sună oarecum cunoscut, dar nu știu de unde să-l iau.

— Tessa, treci în taxi și așteaptă-mă. Te rog, zice Hardin printre dinți.

Se vede că își pierde răbdarea, iar Zed deja și-a pierdut-o.

— Te rog nu te mai bate cu el, Hardin, îl implor eu.

M-am săturat de bătăi. Nu cred că mai pot suporta o scenă violentă după ce am găsit cadavrul tatei.

— Tessa... începe el, dar îl întrerup.

Ultima urmă de sănătate mintală mi se evaporă în mod oficial atunci când încep să-l implor pe Hardin să vină cu mine:

— Te rog, săptămâna asta a fost oribilă și nu mai pot suporta. Te rog, Hardin. Hai în taxi cu mine și gata. Ia-mă de aici, te rog.

38

Hardin

Tessa n-a scos un cuvânt de când am urcat în taxi, iar eu sunt prea preocupat să mă calmez ca să comentez. O văd aici, în întuneric, fugind de ceva — de Zed, mai exact — și simt cum mă cuprinde furia și mi-ar fi foarte simplu să clachez. Să mă eliberez.

Totuși n-o fac. De data asta, nu. De data asta, o să-i dovedesc că-mi pot controla gura și pumnii. Am urcat cu ea în taxi în loc să-l dau pe Zed cu căpățâna de asfalt, așa cum merita. Sper că recunoaște; sper că lucrul ăsta mă ajută, chiar dacă puțin de tot.

Tessa n-a încercat încă să fugă și nici n-a comentat când i-am spus șoferului să trecem pe la mama ei ca să-și ia lucrurile. Ăsta-i un lucru bun. Trebuie să fie. Are hainele ude, atârnând pe ea, iar părul îi e lipit de frunte. Și-l dă peste cap cu mâna, oftând la șuvițele rebele care nu vor să stea cum le pune ea. Mă abțin cât pot să mă întind și să-i dau părul după urechi.

— Stai aici cât intrăm noi în casă, îi zic șoferului. Ne întoarcem în mai puțin de cinci minute, să nu pleci nicăieri.

A întârziat la sosire de la bun început, așa că n-ar trebui să se supere dacă ne așteaptă. Nu că m-aș plânge; dacă n-ar fi întârziat, nu m-aș fi întâlnit cu Tessa care umbla singură prin ploaie.

Tessa deschide portiera și străbate curtea. Nici nu tresare la ploaia care cade pe ea, ca un scut care o îndepărtează de mine. După ce-i amintesc șoferului să nu se miște din loc, mă grăbesc s-o prind din urmă pentru ca ploaia să nu ne despartă și mai mult.

Îmi țin respirația, încercând să nu bag de seamă camioneta roșie parcată în fața casei. Cumva, Zed a ajuns aici primul, ca și cum ar fi știut că o s-o aduc aici. Dar nu-mi pot pierde cumpătul. Trebuie să-i arăt Tessei că mă pot stăpâni și mă pot gândi mai întâi la ea, nu la mine.

Dispare în casă, iar eu o urmez, la numai câțiva metri în spate. Dar Carol e deja acolo când intru.

— Theresa, de câte ori mai ai de gând să faci asta? Te tot întorci într-o chestie care știi că n-are cum să meargă!

Zed stă în mijlocul livingului și de pe el picură stropi pe apă pe toată podeaua. Tessa se ciupește de vârful nasului, un semn de stres puternic, și încă o dată mă lupt să-mi țin gura închisă. Un singur cuvânt aiurea o va face să rămână aici, la o distanță de kilometri întregi de mine. Tessa ridică o mână, un gest între poruncă și rugăminte.

— Mamă, poți să te oprești? Nu fac nimic, vreau doar să plec de aici. Dacă stau aici nu mă ajută cu nimic și am o slujbă și cursuri la Seattle.

Seattle?

— Te întorci la Seattle în seara asta? o-ntreabă Carol pe fiica ei.

— În seara asta, nu, dar mâine, da. Te iubesc, mamă, și știu că ai intenții bune, dar chiar îmi doresc să fiu cu... — Tessa mă privește scurt, cu o umbră de incertitudine în ochii ei cenușii — Landon. Vreau să fiu cu Landon acum.

Oh...

Zed deschide gura aia blestemată:

— Te duc eu.

Nu mă pot opri să resping această sugestie.

— Ba nu, n-o duci.

Încerc să-mi păstrez răbdarea, dar asta e prea mult. Trebuia să dau buzna aici, să iau geanta Tessei și s-o duc pe sus la taxi înainte ca Zed să apuce măcar s-o privească. Mă enervează la culme rânjetul lui, același rânjet pe care-l avea și acum câteva minute. Încearcă să mă scoată din minți, să mă facă să răbufnesc în fața Tessei și a mamei ei. Vrea să se joace cu mine, așa cum face mereu. Dar nu în seara asta. N-o să-i dau satisfacția de a deveni pionul lui.

— Tessa, ia-ți bagajul, spun.

Dar încruntarea de pe chipurile ambelor femei mă face să-mi aleg mai bine cuvintele.

— Te rog, te rog mult, vrei să-ți iei bagajul?

Chipul Tessei se îndulcește și pleacă pe hol, dispărând în vechiul ei dormitor.

Carol se uită ba la mine, ba la Zed, înainte de a vorbi.

— Ce s-a întâmplat de a luat-o la goană prin ploaie? Care dintre voi e vinovat?

Are o privire criminală, aproape comică, pe bune.

— El e de vină, răspundem amândoi și arătăm unul către altul, ca niște copii.

Carol își dă ochii peste cap și se duce după fiica ei. Mă uit la Zed.

— Acum poți să pleci.

Știu că mă poate auzi Carol, dar, sincer, în acest moment mă doare în cot.

— Tessa nu vrea să plec. Era doar un pic derutată. A venit la mine, m-a rugat să rămân aici cu ea, scuipă el.

Clatin din cap, dar el continuă.

— Nu te mai vrea. Ți-ai irosit toate șansele cu ea și știi bine asta. Vezi și tu cum se uită la mine, cum mă dorește.

Îmi strâng pumnii și respir adânc ca să mă calmez. Dacă Tessa nu se grăbește cu bagajul ăla, o să găsească livingul pictat cu roșu când se întoarce. Nemernicul ăsta și rânjetul lui afurisit.

Nu l-a sărutat. N-a făcut așa ceva.

Imaginile din coșmarurile mele mi se întorc sub pleoape, făcându-mă să clocotesc de nervi. Mâinile lui pe burta ei de gravidă, unghiile ei zgâriindu-l pe spate. Felul în care se bagă mereu peste iubitele altora...

N-a făcut așa ceva. Nu l-a sărutat.

— Chestia asta n-o să meargă, îi zic, scoțând vorbele cu mare greutate. N-o să mă faci să te pocnesc în fața ei. Nu din nou.

La naiba, vreau să-i sparg capul și să văd cum i se scurge creierul pe jos. Îmi doresc chestia asta atât de tare.

El se așază pe brațul canapelei și zâmbește.

— Mi-ai înlesnit misiunea. Mi-a spus cât de mult mă dorește, mi-a spus-o acum vreo jumătate de oră.

Își privește încheietura golașă ca și cum s-ar uita cât e ceasul. E un nenorocit teatral, așa a fost mereu.

— Tessa! strig eu și număr secundele pe care trebuie să le mai petrec în prezența acestui dobitoc.

În casă e tăcere deplină, apoi se aud șoaptele Tessei și ale mamei sale. Închid ochii pentru o clipă, și sper că n-a convins-o pe Tessa să mai rămână în orășelul ăsta uitat de lume încă o noapte.

— Asta te înnebunește, nu-i așa? spune Zed batjocoritor, enervându-mă mai departe. Cum crezi că m-am simțit când i-ai tras-o lui Sam? A fost de o mie de ori mai rău decât gelozia asta meschină a ta de acum.

De parcă ar ști el ce simt eu pentru Tessa. Îi arunc o privire plictisită.

— Ți-am spus să taci dracului odată și să te cari. Nu dau doi bani pe tine și pe Sam. A fost prea ușurică pentru gustul meu, asta a fost tot.

Zed face un pas către mine, iar eu mă îndrept de spate, amintindu-i că înălțimea mea e doar unul dintre multele avantaje pe care le am în fața lui. E rândul meu să-mi bat joc de el.

— Ce? Nu-ți place să auzi amănunte despre prețioasa ta Samantha?

Privirea lui Zed se întunecă, avertizându-mă să mă opresc, dar eu nu mă opresc. Are tupeul s-o sărute pe Tessa și să încerce s-o întoarcă împotriva mea? E clar că habar n-are că eu am un întreg arsenal în mânecă.

— Taci, se răstește el, alimentându-mă și mai tare.

De data asta n-o să dau în el, dar vorbele mele îl vor afecta oricum.

— De ce?

Mă uit spre hol ca să mă asigur că Tessa e încă ocupată cu maică-sa în timp ce îl torturez pe Zed cu vorbele mele.

— Nu vrei să-ți povestesc despre noaptea în care i-am tras-o? Eu, sincer, nu-mi amintesc prea multe, dar înțeleg că totul a fost atât de important pentru ea încât a și scris în jurnalul ăla al ei. N-a fost demnă de ținut minte, presupun, dar știu că era foarte doritoare.

Știam cât de mult îi plăcea de ea și la momentul respectiv mi s-a părut că relația lor o va face să-mi cedeze mai greu. Gluma s-a întors împotriva mea când am descoperit că era mai mult o povară decât o jucărie.

— Am futut-o de i-au sărit ochii, să fii sigur de asta. De asta a și inventat chestia cu sarcina după aceea. Mai ții minte, nu?

Pentru o clipă mă opresc și mă gândesc cum s-o fi simțit el când a aflat. Încerc să-mi amintesc ce-a fost în capul meu când am hotărât să mă dau la ea. Știam că sunt împreună. O auzisem pomenindu-l în redacție la Vance și am fost foarte uimit. Îl știam pe Zed doar de câteva săptămâni și mi s-a părut distractiv să-mi bat joc de el.

— Credeam că-mi ești prieten, spune el, cu un glas jalnic.

— Prieten? Niciunul dintre degenerații ăia nu ți-a fost prieten. De-abia te cunoscusem. N-a fost ceva personal.

Arunc o privire pe hol ca să fiu sigur că Tessa nu-i prin preajmă, apoi mă apropii de el și-l apuc de guler.

— Așa cum n-a fost nimic personal când Stephanie ți-a prezentat-o pe Rebecca, chiar dacă știa că se vede cu Noah. Dar faptul că vrei să i-o tragi Tessei e personal. Știi ce înseamnă ea pentru mine — mai mult decât ar putea să însemne pentru tine o târfă de la birou.

Mă prinde cu garda jos și mă-mpinge, trântindu-mă de perete. Tablourile se zguduie și cad, iar Tessa și maică-sa își fac apariția, grăbite, pe hol.

— Dracu' să te ia! Puteam să i-o trag și eu Tessei — ar fi cedat atât de ușor dacă n-ai fi apărut tu!

Îmi trage un pumn în gură, iar Tessa țipă speriată. Un gust dur, metalic, îmi umple gura și înghit repede sângele, după care mă șterg cu mâneca la buze și pe bărbie.

— Zed! strigă Tessa, venind repede lângă mine. Pleacă! Acum!

Își strânge pumnii mici la piept, iar eu o prind ușor, îndepărtând-o de el. Simplul fapt că Tessa l-a auzit vorbind așa m-a dus în al nouălea cer. Asta am încercat să-i explic tot timpul: n-a fost niciodată băiatul dulce și nevinovat care a pretins că este.

Desigur, știu că are anumite sentimente pentru ea — nu sunt bătut în cap — dar intențiile nu i-au fost niciodată curate. Tocmai i-a dovedit asta, iar eu n-aș putea fi mai fericit. Sunt un nemernic egoist, dar nici n-am afirmat vreodată altceva.

Fără să mai zică nimic, Zed iese pe ușă, afară, în ploaie. Farurile luminează ferestrele, iar camioneta dispare în noapte.

— Hardin?

Tessa are un glas moale și extenuat. Suntem de aproape o oră pe bancheta din spate a taxiului și nimeni n-a scos o vorbă în acest răstimp.

— Da?

Sunt răgușit și-mi dreg vocea.

— Cine e Samantha?

Mă așteptam să-mi pună întrebarea asta de când am plecat de la casa mamei ei. Aș putea s-o mint, aș putea inventa o poveste care să-l facă pe Zed să pară nemernicul care este, sau aș putea fi sincer, o dată în viața mea.

— E o fată care a fost stagiară la Vance. I-am tras-o când era combinată cu Zed.

Mă hotărăsc să nu mint, dar regret cuvintele dure pe care le-am folosit atunci când Tessa tresare.

— Scuze, am decis să fiu sincer, adaug eu, încercând să vorbesc cu mai multă grijă.

— Știai că e iubita lui când te-ai culcat cu ea?

Mă privește cum numai ea știe s-o facă.

— Da, știam. De-asta am și făcut-o.

Ridic din umeri, încercând să nu bag de seamă remușcarea care îmi dă târcoale.

— De ce?

Mă privește, așteptând o explicație decentă, dar eu nu am așa ceva. Am doar adevărul. Adevărul ăsta mizerabil, bolnav.

— N-am nicio scuză, pentru mine a fost doar un joc.

Oftez și-mi doresc să nu fiu un nemernic atât de mare. Nu de dragul lui Zed sau al Samanthei, ci pentru fata asta frumoasă și dulce care pare să nu mă judece, dar se uită la mine, așteptând mai multe detalii.

— Nu uita că eu nu eram așa înainte de a te cunoaște pe tine. Nu eram nimic din omul care sunt acum. În fine, știu că tu crezi că acum sunt un ratat, dar, crede-mă, m-ai fi urât și mai tare dacă m-ai fi cunoscut atunci.

Îmi iau ochii de la ea și privesc pe geam.

— Știu că nu pare, dar tu chiar m-ai ajutat enorm, mi-ai dat un scop în viață, Tess.

O aud răsuflând tăios și mă crispez când îmi dau seama cum au sunat cuvintele mele. Jalnice și nesincere, sunt convins.

— Și care-i scopul ăla? întreabă ea timid în tăcerea profundă a nopții.

— Încă încerc să-mi dau seama. Dar o să aflu, așa că te rog încearcă să rămâi lângă mine până găsesc răspunsul.

Mă privește, dar nu zice nimic. Mă bucur pentru asta, nu cred că aș mai fi suportat o altă respingere din partea ei acum. Întorc capul și privesc în bezna adâncă de afară, ușurat că nu a rostit nimic definitiv și devastator.

39

Tessa

Mă trezesc în brațele cuiva, care mă scoate din mașină. Becul alb de pe plafonul taxiului îmi amintește ce seară am avut. Mă uit în jur și mă panichez pentru un moment, până îmi dau seama că suntem pe aleea lui Ken, nu la, nu la...

— Nu te-aș duce niciodată acolo, îmi șoptește Hardin la ureche, cunoscându-mi exact temerile care îmi înfloresc în minte.

Nu protestez când Hardin mă duce în brațe pe alee, până intrăm în casă. Karen e trează, așezată într-un scaun de lângă fereastră, cu o carte de bucate în poală. Hardin mă lasă pe picioare și mă simt puțin amețită. Karen se ridică, venind să mă-mbrățișeze.

— Ce vrei să-ți aduc, draga mea? Am făcut niște prăjituri cu caramel. Cred c-o să-ți placă la nebunie.

Zâmbește și mă cuprinde cu o mână, ducându-mă la bucătărie.

— Îți duc bagajele sus, spune Hardin.

— Landon s-a culcat? o-ntreb pe mama lui.

— Cred că da, dar nu cred că se supără dacă-l trezești. E devreme încă.

Karen zâmbește și-mi pune pe o farfurie o prăjitură glazurată cu caramel, înainte s-o pot refuza.

— Nu, e-n regulă. Îl văd eu mâine.

Mama lui Landon mă privește, cu blândețea ei obișnuită. Își învârte nervos pe deget verigheta.

— Știu că e un moment prost și îmi pare foarte rău, dar voiam să discut ceva cu tine.

În ochii ei căprui și calzi se citește îngrijorarea și îmi face semn să iau o gură de desert, în timp ce ea toarnă două pahare cu lapte. O îndemn să continue, cu gura plină cu prăjitura asta delicioasă. Mai devreme n-am putut mânca nimic — eram prea copleșită, ziua asta a fost prea complicată. Mai iau o felie.

— Știu că ai multe pe cap deja, așa că, dacă vrei să te las în pace, doar spune-mi. Promit că înțeleg, dar chiar aș vrea să-ți aud părerea într-o privință.

Dau din nou din cap, savurând desertul.

— E vorba despre Hardin și Ken.

Casc ochii și mă înec instantaneu cu tortul, întinzând mâna după paharul cu lapte. *Oare știe? Oare a spus Hardin ceva?*

Karen mă bate pe spinare și mă masează în timp ce eu înghit laptele rece. Apoi continuă:

— Ken e atât de fericit că Hardin a început, în sfârșit, să-l tolereze. E fericit că, în sfârșit, își făurește o relație cu fiul său. Asta și-a dorit dintotdeauna. Hardin e marele lui regret și sufăr de ani întregi când îl văd așa. Știu că a greșit și el, a făcut multe, multe greșeli și n-am de gând să-i caut scuze pentru ele.

Ochii i se umplu de lacrimi și și le șterge cu degetele.

— Scuze, spune ea, zâmbind. Sunt praf.

După ce suspină de câteva ori, continuă:

— Nu mai e același om care era atunci. A trecut prin ani întregi de trezie și terapie, ani întregi de reflecție și remușcări.

Știe. Karen știe adevărul despre Trish și Christian. Mă doare inima și mi se umplu și mie ochii de lacrimi.

— Știu ce vrei să spui.

Îmi pare rău pentru oamenii ăștia. Îi iubesc de parcă ar fi ai mei și-mi pare rău pentru toți cei care fac parte din familia asta plină de secrete, dependențe și regrete.

— Știi?

Răsuflă ușurată.

— Landon ți-a spus despre copil? Trebuia să-mi dau seama că-ți va spune. Deci presupun că știe și Hardin, nu?

Încep din nou să tușesc. După o criză dubioasă de tuse, în timpul căreia Karen mi-a studiat expresia, reușesc, în sfârșit, să vorbesc.

— Poftim? Ce copil?

— Deci nu știai.

Râde ușor.

— Știu că sunt mai în vârstă decât te-ai aștepta să fie o femeie însărcinată, dar n-am decât patruzeci și ceva de ani și doctorul m-a asigurat că sunt suficient de sănătoasă...

— Un copil?

Sunt ușurată că nu știe despre faptul că tatăl lui Hardin este Christian, dar vestea mă ia prin surprindere.

— Da, spune ea, zâmbind. Și eu am fost la fel de șocată ca tine. La fel și Ken. Și-a făcut atâtea griji pentru mine. Landon aproape că a dat-o în depresie. Știa că am programări la doctor, dar nu i-am spus pentru ce sunt, așa că sărăcuțul a crezut că sunt bolnavă. M-am simțit oribil și a trebuit să mărturisesc. N-a fost ceva planificat — se uită-n ochii mei — dar acum, după ce am depășit șocul de a avea un copil atât de târziu, suntem fericiți.

O cuprind în brațe și, pentru prima oară de zile bune, mă simt bucuroasă. Unde nu era decât goliciune în sufletul meu, acum e bucurie. O iubesc pe Karen și mă bucur enorm pentru ea. E un sentiment atât de plăcut. Începusem să-mi fac griji că n-o să mai simt niciodată așa ceva.

— E nemaipomenit! Mă bucur pentru voi! zic eu, iar ea mă strânge și mai tare-n brațe.

— Mulțumesc, Tessa. Știam eu că te vei bucura și e de-a dreptul palpitant. Pe zi ce trece îmi dau seama că asta e realitatea.

Face un pas în spate și mă sărută pe obraz, apoi mă privește în ochi.

— Doar că-mi fac griji ce-o să creadă Hardin.

Și uite-așa, bucuria pentru Karen mi se taie și e înlocuită de îngrijorarea față de Hardin. Toată viața lui a fost o minciună și n-a gestionat deloc bine noutățile. Omul pe care l-a crezut tatăl său va avea acum alt copil, iar Hardin va fi dat uitării. Indiferent dacă asta e adevărat sau nu, știu bine că așa o să gândească. Și Karen o știe, de aceea și-a pus atâtea probleme când a deschis subiectul.

— Te superi dacă îi spun eu? o-ntreb. Dacă nu vrei, înțeleg.

Nu vreau să mă gândesc prea mult la asta. Știu că depășesc niște granițe, dar, dacă tot îl părăsesc pe Hardin, trebuie să fiu sigură că nu las haos în urma mea.

Asta-i o scuză, mă avertizează o voce dinăuntru.

— Nu, sigur că nu mă supăr — să fiu sinceră, chiar speram să-i spui tu. Știu că te pun într-o situație oribilă și nu vreau să te simți obligată să te amesteci în povestea asta, dar mi-e teamă de felul în care va reacționa Hardin dacă îi spune Ken. Tu te pricepi să vorbești cu el așa cum nu se pricepe nimeni.

— Nu-i mare lucru, serios. O să vorbesc cu el mâine.

Mă îmbrățișează din nou.

— A fost o zi grea pentru tine. Îmi pare rău că am deschis subiectul. Trebuia să mai aștept — doar că nu voiam să-l iau prin surprindere cu vestea, mai ales că mi se pare că începe să mi se vadă burta. A avut și până acum o viață grea și vreau să fac ce pot ca de-acum înainte să-i fie mai ușor. Vreau să știe că face parte din familia asta și că îl iubim atât de mult, că apariția unui bebeluș nu va schimba asta.

— Știe, îi spun.

Poate că nu e gata să accepte asta deocamdată, dar o știe.

Se aud pași coborând scările, iar Karen și cu mine ne desprindem instinctiv din îmbrățișare. Ne ștergem amândouă obrajii, iar eu mai iau o gură de tort în vreme ce Hardin intră în bucătărie. A făcut duș și și-a schimbat hainele. Acum poartă o pereche de pantaloni de trening care-i sunt scurți; emblema WCU de pe crac îl dă de gol că s-a îmbrăcat cu țoalele lui Landon. Se vede că nu sunt hainele lui.

Dacă am fi fost în alt moment al relației noastre, l-aș fi necăjit apropo de pantaloni. Dar nu suntem. Suntem în cel mai prost moment, dar așa e mai bine pentru mine; totul e derutant și distorsionat. Dar, ca să fim sinceri, echilibrul şi ordinea n-au fost niciodată componente de bază ale relaţiei noastre; de ce ar trebui ca despărţirea să fie altfel?

— Mă duc să mă culc. Ai nevoie de ceva? întreabă el, cu o voce aspră şi joasă.

Îmi ridic ochii, dar el îşi priveşte picioarele goale.

— Nu. Dar îţi mulţumesc.

— Ţi-am pus lucrurile în camera de oaspeţi, camera ta.

Clatin din cap. Într-un fel sunt atât de nebună şi de instabilă încât îmi doresc să nu mai fie Karen în bucătărie, cu noi, dar apoi redevin raţională şi amară şi mă bucur că e aici. Dispare în sus pe scări, iar eu îi spun noapte bună lui Karen şi urc şi eu în camera mea.

Peste câteva secunde ajung la uşa camerei în care mi-am petrecut câteva dintre cele mai frumoase nopţi din viaţa mea. Ridic mâna să deschid uşa, dar mi-o retrag repede, de parcă mânerul m-ar frige.

Chestia asta trebuie să înceteze şi, dacă cedez fiecărui impuls de a-i fi aproape, cu fiecare fibră a fiinţei mele, n-o să ies niciodată din cercul greşelilor şi certurilor fără sfârşit.

Oftez închizând uşa camerei de oaspeţi şi întorcând încuietoarea. Adorm dorindu-mi să fi ştiut, de când eram mai tânără, cât de periculoasă poate fi dragostea. Dacă aş fi ştiut că doare aşa de tare, dacă ştiam că o să mă sfâşie, apoi c-o să mă coasă la loc, apoi c-o să mă mă sfâşie din nou, aş fi stat cât aş fi putut de departe de Hardin Scott.

40

Tessa

— Tessie! Aici, vino-ncoace! mă strigă tata de pe hol, cu un glas entuziast.

Mă dau jos din pătuțul meu și dau fuga la el. Aproape că mă împiedic de capetele cordonului de la halat în goana mea și le leg din nou când dau buzna în living... acolo unde mama și tata stau lângă un brad minunat decorat și luminat. Întotdeauna mi-a plăcut la nebunie Crăciunul.

— Uite, Tessie, ți-am luat un cadou. Știu că acum ești om în toată firea, dar am văzut chestia asta și m-am gândit să ți-o cumpăr.

Tata zâmbește și mama se sprijină de el.

Om în toată firea? Mă uit în jos, la picioare, încercând să descifrez ce voia să spună. Nu sunt om în toată firea, adică nu cred că sunt.

Cineva îmi pune în mână o cutiuță și, fără să mă gândesc prea mult, rup funda strălucitoare a cadoului. Ador cadourile. Nu le primesc prea des, de-aia mă simt specială când mi se întâmplă. În timp ce sfâșii ambalajul, ridic privirea la părinții mei, dar entuziasmul mamei mă uluiește. N-am mai văzut-o zâmbind așa niciodată, iar tata, ei bine, simt că n-ar trebui să se afle aici, dar nu-mi pot aminti de ce.

— Grăbește-te și deschide-l! mă-ndeamnă tata când ridic capacul cutiei.

Dau din cap bucuroasă și bag mâna înăuntru... dar mi-o trag repede înapoi când ceva ascuțit mă înțeapă în deget. Îmi vine să înjur din cauza durerii și scap cutia pe jos. Un ac cade pe covor. Când mă uit din nou la părinții mei, văd că pielea tatei și-a pierdut culoarea și ochii i s-au golit de viață.

Zâmbetul mamei este din nou luminos, mai luminos ca niciodată — mai strălucitor decât soarele de pe cer, așa pare dintr-odată. Tata se apleacă și culege acul de pe jos. Face un pas către mine, cu acul în mână, iar eu încerc să mă retrag, dar picioarele nu mă ascultă. Nu mă pot mișca, oricât de mult încerc, și mă simt neputincioasă. Nu pot decât să țip când el îmi înfige acul în braț.

— Tessa!

Landon strigă frenetic și mă sperie scuturându-mă de umeri. Mă ridic cumva și-mi simt tricoul plin de transpirație. Mă uit la el, apoi mă uit la brațul meu, căutând ca o nebună semnele înțepăturii.

— Te simți bine? întreabă el.

Încerc să-mi recapăt suflul, să respir și să-mi regăsesc vocea. Clatin din cap, iar Landon mă strânge și mai tare de umeri.

— Te-am auzit țipând, așa că...

Landon tace brusc atunci când Hardin dă buzna în cameră. Obrajii lui sunt roșii ca văpaia, iar ochii îi sunt disperați.

— Ce s-a întâmplat?

Îl dă la o parte pe Landon și se așază lângă mine pe pat.

— Am auzit cum țipai — ce s-a întâmplat?

Îmi pune mâinile pe obraji și cu degetele mari îmi șterge lacrimile.

— Nu știu. Am avut un vis, apuc să spun.

— Ce fel de vis?

Glasul lui Hardin e de-abia șoptit, iar degetele lui încă mă mângâie pe obraji.

— Dintr-ăla de care ai și tu, răspund eu, cu o voce pierită.

Suspină ușor și se încruntă.

— De când? De când visezi cum visez eu?

Mă gândesc o clipă înainte de a răspunde.

— Numai de când l-am găsit mort și s-a întâmplat doar de două ori. Nu știu de unde vin visele astea.

Își trece neliniștit o mână prin păr și inima mi se chircește la vederea acestui gest familiar.

— Păi, sunt sigur că oricine ar visa așa dacă ar găsi cadavrul tatălui...

Se oprește în mijlocul frazei.

— Scuze, la naiba, parcă sunt bătut în cap, oftează el supărat.

Își ia privirea de la mine și se uită la noptieră.

— Ai nevoie de ceva? De apă?

Îmi zâmbește, dar forțat, chiar trist.

— Mi se pare că ți-am oferit apă de o mie de ori în ultimele câteva zile.

— Vreau doar să mă culc la loc.

— Să rămân? întreabă el, rugător.

— Nu cred...

Mă uit spre Landon. Aproape că am uitat că e și el în cameră cu noi.

— E-n regulă.

Hardin fixează cu privirea peretele din spatele meu.

— Am înțeles.

Ridică învins din umeri, iar eu trebuie să mă abțin din răsputeri ca să nu-mi încolăcesc mâinile în jurul gâtului lui și să-l implor să doarmă cu mine. Am nevoie de alinarea lui; am nevoie de mâinile sale în jurul mijlocului meu și vreau să-mi pun capul pe pieptul lui când adorm. Am nevoie să-mi ofere liniștea aceea din somn pe care eu i-am dat-o întotdeauna, dar el nu mai e plasa de siguranță pe care mă bazam înainte. Oare a fost vreodată? Ba a fost, ba n-a fost, mereu instabil, mereu fugind de mine și de iubirea noastră. Nu mai pot fugi după el. Pur și simplu nu mai am puterea de a fugi după ceva atât de inaccesibil, de nerealist.

Când mă trezesc din gânduri, doar Landon mai e în cameră cu mine.

— Dă-te mai încolo, îmi spune el ușurel.

Îl ascult și adorm la loc, regretând că am ajuns să-mi doresc să stau departe de Hardin.

Oricât de inevitabilă e tragedia asta în care se sfârșește relația noastră, n-aș șterge nicio secundă din ea. N-aș mai lua-o de la capăt, dar nu regret nicio clipă petrecută alături de el.

41

Hardin

Vremea e mult mai frumoasă aici decât la Seattle. Nu plouă niciun pic şi a ieşit soarele, după o lungă absenţă. E deja aprilie: era momentul să iasă naibii soarele odată.

Tessa a stat la bucătărie cu Karen şi cu tipa aia, Sophia, toată ziua. Încerc să-i arăt că îi ofer spaţiul de care are nevoie, că pot să aştept până când se simte pregătită să-mi vorbească — dar e mai greu decât mi-am imaginat vreodată. Azi-noapte mi-a fost foarte greu — al naibii de greu, s-o văd atât de tulburată, atât de înfricoşată. Urăsc că i-am transmis coşmarurile mele. Visele mele urâte sunt molipsitoare şi mi le-aş lua înapoi, dacă aş putea.

Când Tessa era a mea, dormea mereu liniştită. Era ancora mea, pacea mea din inima nopţii, luptându-se cu demonii mei când eu eram prea slab s-o fac, prea absorbit de mine însumi, ca s-o ajut să-i învingă. Ea era acolo, cu un scut în mână, luptându-se cu fiecare vedenie care îmi ameninţa mintea distrusă. A dus această povară de una singură şi asta, în cele din urmă, a dărâmat-o.

Apoi îmi amintesc că încă e a mea; doar că nu e gata să recunoască asta din nou. Trebuie să fie. Altă cale nu există.

Parchez în faţa casei tatei. Agentul imobiliar mi-a spus numai tâmpenii când l-am sunat să-i spun că mă mut de acolo. Tot spunea că mă taxează cu plata pe două luni a chiriei pentru că am încălcat contractul, dar i-am închis telefonul în nas. Nu-mi pasă cât am de plătit, nu mai vreau să locuiesc acolo. Ştiu că e o decizie impulsivă şi nici nu am unde să stau în altă parte, dar sper să pot sta la Ken câteva zile, cu Tessa, până o conving să se mute cu mine, la Seattle. Sunt gata să locuiesc la Seattle dacă asta vrea ea, iar cererea mea în căsătorie nu dispare peste noapte. M-am hotărât. O să mă-nsor cu fata asta și o să trăiesc la Seattle până la adânci bătrâneți dacă asta vrea, dacă asta o face fericită.

— Cât timp stă tipa asta pe-aici? îl întreb pe Landon, arătând pe fereastră la Priusul parcat lângă mașina lui.

A fost drăguț din partea lui când s-a oferit să se ducă să-mi recupereze mașina, mai ales după ce l-am certat că a dormit în cameră cu Tessa. N-aș fi putut să trec de ușa încuiată, a subliniat el, dar aș fi dărâmat-o dacă aș fi avut energia necesară. Ideea că au împărțit patul m-a înnebunit de când le-am auzit vocile șoptite de dincolo de ușă. Nu i-am băgat în seamă mutra uluită când a dat peste mine pe jumătate adormit, pe jos, în fața ușii.

Am încercat să adorm în patul gol din camera mea, dar pur și simplu n-am putut. Trebuia să fiu aproape de ea în cazul în care se întâmpla ceva și țipa din nou. Cel puțin asta mi-am spus în timp ce mă străduiam să rămân treaz pe hol, toată noaptea.

— Nu știu. Sophia se întoarce la New York peste câteva zile.

Are un glas pițigăiat și ciudat ca naiba.

Ce mama dracului se întâmplă?

— Ce-i? insist eu când intrăm în casă.

— A, nimic.

Dar Landon se îmbujorează, iar eu îl urmez în living, acolo unde Tessa stă lângă fereastră, privind fix într-un punct, în vreme ce Karen și Mini-Karen râd împreună.

De ce Tessa nu râde? De ce nici măcar nu participă la conversație?

Femeia surâde către Landon.

— Iată-te!

E destul de drăguță, nicidecum atât de frumoasă ca Tessa, dar plăcută privirii, cu siguranță. Se apropie de el, iar eu mă uit la Landon și observ că roșește... cu o prăjitură în mână... ea zâmbește fermecător... și atunci *îmi dau seama*.

Cum de nu mi-am dat seama înainte? Îi place de ea! Un milion de glume și comentarii stânjenitoare îmi umblă prin minte și trebuie să mă muşc de limbă la propriu ca să nu-l torturez cu această informaţie. Nu le bag în seamă discuţia, ci mă duc direct la Tessa. Nu pare să observe că sunt acolo până nu ajung în faţa ei.

— Ce se întâmplă? întreb.

E o graniţă fină între a-i oferi spaţiu şi... mă rog... comportamentul meu obişnuit şi mă străduiesc din răsputeri să găsesc un echilibru, chiar dacă e greu să trec peste obişnuinţă.

Ştiu că, dacă îi ofer prea multă libertate, se va retrage din calea mea, dar dacă o sufoc, va fugi. Lucrurile astea sunt complet noi pentru mine. Urăsc să recunosc asta, dar mă cam obişnuisem ca ea să fie sacul meu emoţional de box. Mă detest pentru felul în care m-am purtat cu ea şi ştiu că merită ceva mai bun decât pe mine, dar mai am nevoie de o şansă ca să devin mai bun de dragul ei.

Ba nu, trebuie doar să fiu eu însumi. O versiune îmbunătăţită a mea care e demnă de dragostea ei.

— Nimic, doar găteam. Ca de obicei. Mă rog, acum luaserăm o mică pauză.

Zâmbeşte uşor, iar eu surâd larg. Aceste mici semne de afecţiune, aceste minuscule mesaje de iubire faţă de mine îmi hrănesc speranţa. Speranţa asta nouă şi atât de necunoscută mie, dar pe care m-aş bucura s-o desluşesc.

Karen şi gagica lui Landon vin lângă noi şi o cheamă pe Tessa şi, peste câteva secunde, toate trei se întorc în bucătărie, în timp ce Landon şi cu mine rămânem abandonaţi în living. Când sunt sigur că nu mai au cum să mă audă, rânjesc ca un drac şi-i spun lui Landon:

— Te-ai îndrăgostit.

— De câte ori mai trebuie să-ţi spun? Tessa şi cu mine suntem doar prieteni.

Oftează enervat şi teatral, încruntându-se la mine.

— Credeam că ai priceput asta după ce m-ai înjurat o oră, azi de dimineaţă.

Ridic din sprâncene.

— Ah, nu despre Tessa vorbesc. La Sarah mă refer.

— O cheamă Sophia.

Ridic din umeri și zâmbesc în continuare.

— Tot un drac.

— Ba nu.

Își dă ochii peste cap.

— Nu e tot un drac. Te porți de parcă nu ești în stare să-ți amintești alt nume de femeie în afară de Tess.

— Tessa, îl corectez eu, încruntându-mă. Și nici nu trebuie să-mi amintesc alt nume de femeie.

— E lipsă de respect. Ai botezat-o pe Sophia cu toate numele care încep cu litera S, în afară de numele ei, și mă ofticai la culme când îi spuneai Dakotei *Danielle.*

— Ești enervant.

Mă așez pe canapea, zâmbind la fratele meu... De fapt, nu mai e fratele meu vitreg. N-a fost niciodată. Când îmi dau seama de asta, nu sunt sigur ce sentiment mă încearcă. El zâmbește.

— Și tu.

I-ar păsa dacă ar ști adevărul? Probabil că nu, poate că s-ar simți chiar ușurat că nu suntem rude, nici măcar prin alianță.

— Știu că-ți place de ea, recunoaște, îl tachinez eu.

— Nu, nu-mi place. Nici măcar n-o cunosc.

Se uită-n altă parte. *Te-am prins.*

— Dar va fi acolo la New York, cu tine, și puteți explora străzile împreună și o să vă prindă ploaia sub un umbrar — ce romantic!

Mă mușc de buză ca să-mi înăbuș un hohot de râs când îi văd mutra înspăimântată.

— Vrei să încetezi? E mult mai mare decât mine și nu e deloc de nasul meu.

— E prea mișto pentru tine, dar nu știi niciodată. Sunt unele tipe cărora nu le pasă cum arăți, îl necăjesc eu. Și cine știe? Poate chiar își caută un gagiu mai tânăr. Câți ani are băbuța ta?

— Douăzeci și patru. Termină, mă imploră el și mă hotărăsc să-l las în pace.

Aş putea continua la nesfârşit cu asta, dar am lucruri mai importante asupra cărora trebuie să mă concentrez.

— Mă mut la Seattle.

Mă simt aproape ameţit când îi dau vestea asta. Oarecum.

— Poftim?

Se apleacă spre mine, puţin cam prea surprins.

— Mda, vreau să văd cum mă poate ajuta Ken să-mi termin semestrul la distanţă şi-o să închiriez un apartament la Seattle pentru mine şi Tessa. Deja mi-am depus lucrarea de diplomă şi n-ar trebui să fie prea mare scofală.

— Poftim?

Landon îşi ia privirea de la mine.

Ăsta nu aude ce-i spun?

— Nu mai repet. Ştiu bine că m-ai auzit.

— De ce acum? Tu şi Tessa nu mai sunteţi împreună şi ea...

— O să fim. Are doar nevoie de o perioadă să reflecteze, dar mă va ierta. Mereu mă iartă. O să vezi.

După ce spun asta, ridic privirea şi dau cu ochii de Tessa care stă în prag, cu o încruntătură adâncă pe chipul ei frumos. Apoi dispare, răsucindu-se şi întorcându-se în bucătărie fără să spună o vorbă.

— La naiba.

Închid ochii şi îmi las capul pe o pernă, blestemându-mă pentru momentul atât de prost ales.

42

Tessa

— New York e cel mai frumos oraș din lume, Tessa — e incredibil. Trăiesc acolo de cinci ani și încă nu l-am văzut pe tot. Cred că nici într-o viață întreagă n-o să reușesc, spune Sophia, frecând o tigaie în care am ars eu niște coca.

N-am fost atentă. Eram prea pierdută în gânduri după ce l-am auzit pe Hardin spunând chestia aia arogantă și nepăsătoare ca să mai am grijă și de fumul care ieșea din cuptor. Doar atunci când Sophia și Karen veniseră valvârtej din cămară în bucătărie mi-am dat seama că arde ceva. Niciuna nu m-a dojenit totuși, iar Sophia a stropit tigaia cu apă ca s-o stingă și s-a pus pe curățat.

— Seattle este cel mai mare oraș în care am fost vreodată, dar sunt gata pentru New York. Trebuie să plec cât mai departe de aici, le spun.

Chipul lui Hardin nu-mi iese din minte când spun vorbele astea. Karen îmi zâmbește și ne toarnă câte un pahar de lapte.

— În fine, eu locuiesc aproape de NYU, așa că pot să-ți arăt împrejurimile dacă vrei. E întotdeauna bine să cunoști pe cineva, mai ales într-un oraș atât de mare.

— Mulțumesc, îi spun.

Landon va fi acolo, dar va fi la fel de pierdut ca mine, așa că amândurora ne-ar prinde bine un prieten. Gândul că voi locui la New York este atât de intimidant, e aproape copleșitor, dar sunt sigură că oricine are senzația asta când se mută la mare distanță. Dacă ar fi venit și Hardin...

Scutur din cap ca să scap de gândurile astea inutile. N-am putut să-l conving pe Hardin să se mute nici la Seattle de dragul meu — mi-ar râde în nas dacă i-aş spune de New York. Şi îmi ia planurile în râs, crezând că o să-l iert doar pentru că aşa am făcut până acum.

— Mă rog — Karen zâmbeşte, închinând paharul cu lapte — să bem pentru New York şi pentru noi aventuri!

Surâde. Sophia ridică şi ea paharul, iar eu îmi tot repet cuvintele lui Hardin în minte.

— *Mă va ierta, mereu mă iartă. O să vezi*, i-a spus lui Landon.

Teama de a mă muta în celălalt colţ al ţării se diminuează vertiginos, de fiecare dată când aud cuvintele lui în minte. Fiecare silabă e ca o lovitură în plină figură pentru ultima urmă de demnitate care mi-a mai rămas.

43

Tessa

E puțin spus că l-am tot evitat pe Hardin. Odată cu trecerea zilelor — doar două, care mi s-au părut patruzeci — l-am evitat cu orice preț. Știu că e aici, în casa asta, dar nu am chef să dau ochii cu el. Mi-a bătut la ușă de câteva ori, dar i-am oferit un pretext slăbuț ca să nu-i deschid. Pur și simplu nu eram pregătită.

În orice caz, am amânat prea mult să-i spun ce trebuie să-i spun, iar Karen e pe punctul de a-și pierde răbdarea, știu asta. Dă pe dinafară de fericire și știu că nu mai vrea să facă un secret din noul membru al familiei. Nici n-ar trebui; ar trebui să fie fericită și mândră, și entuziasmată. Nu-i pot strica bucuria cu lașitatea mea.

Așa că, atunci când aud bocancii ăia grei apropiindu-se, stau tăcută și jalnică, sperând în același timp și să bată la ușă, și să se care. Încă aștept să mi se limpezească mintea, încă aștept ca gândurile mele să capete din nou logică. Pe măsură ce trece vremea, mă tot întreb cât de clar am gândit în tot acest timp. Oare întotdeauna am fost atât de confuză, atât de nesigură pe mine și pe deciziile mele?

Stau pe pat, cu ochii închiși și trecându-mi limba peste dinți, și aștept să plece fără să bată la ușă. Sunt dezamăgită și ușurată, totodată, când aud cum trântește ușa camerei lui, de la celălalt capăt al holului.

Îmi adun toate puterile, îmi iau telefonul, mă mai uit o dată în oglindă și apoi ies din cameră. Exact când ridic mâna ca să bat la ușă, aceasta se deschide și iată-l pe Hardin, fără tricou pe el și privindu-mă fix.

— Ce s-a întâmplat? întreabă el imediat.

— Nimic, eu...

Las deoparte golul din stomac când îl văd încruntându-se îngrijorat. Mâinile lui mă ating, degetele lui mari mă mângâie pe obraji, iar eu stau pur și simplu în prag, clipind înspre el, fără niciun gând coerent în cap.

— Trebuie să discutăm ceva, îi spun, în cele din urmă.

Vorbele îmi ies cu chiu cu vai, iar el se uită la mine cu o privire derutată.

— Nu-mi place cum sună asta, spune el sumbru și își ia mâinile de pe fața mea.

Se așază pe marginea patului și-mi face semn să stau lângă el. Nu am încredere însă în apropierea dintre noi și chiar atmosfera încărcată din camera asta aglomerată pare să-mi dăuneze.

— Deci? Ce e?

Hardin își pune mâinile la ceafă și se sprijină pe ele. Are pe el niște pantaloni strâmți de sport; au talia atât de joasă încât îmi dau seama că nu are boxeri pe dedesubt.

— Hardin, îmi pare rău că am fost atât de distantă. Știi că am nevoie de ceva timp să-mi dau seama ce anume se întâmplă, îi zic, ca un preambul.

Nu despre asta voiam să-i vorbesc, dar gura mea, se pare, are alte planuri decât creierul meu.

— E-n regulă. Mă bucur că ai venit pentru că știm amândoi că nu mă prea pricep să te las în pace și chestia asta m-a înnebunit de tot.

Pare atât de ușurat că, în sfârșit, vorbim. Mă privește fix în ochi, iar eu nu mă pot uita în altă parte.

— Știu.

Îmi dau seama că în ultima săptămână și-a recâștigat controlul asupra acțiunilor lui. Îmi place că a devenit un pic imprevizibil, dar scutul pe care l-am ridicat încă e acolo, protejându-mă, de parcă mă aștept ca Hardin să se întoarcă împotriva mea, așa cum face mereu.

— Ai vorbit cu Christian? întreb eu, ca să mă întorc la subiectul convenabil, înainte să mă pierd cu totul în haosul ăsta dintre noi.

Se încordează imediat, batjocoritor:

— Nu.

Mijeşte ochii. Chestia asta nu merge prea bine.

— Îmi pare rău, nu vreau să par insensibilă. Vreau doar să-mi dau seama ce ai în cap în perioada asta.

Nu-mi răspunde preț de câteva clipe, iar tăcerea se lasă între noi ca un drum fără capăt.

44

Hardin

Tessa mă priveşte cu atenţie. Îngrijorarea din ochii ei îmi transmite şi mie aceeaşi stare. A trecut prin multe şi, în parte, a fost opera mea, deci n-ar trebui să-şi facă deloc griji pentru mine. Vreau să se concentreze asupra ei înseşi, să redevină persoana care era şi să nu se mai macine atât din cauza mea. Îmi place la nebunie cum grija pentru alţii, mai ales pentru mine, îi depăşeşte propriile necazuri.

— Nu eşti insensibilă. Sunt norocos că vorbeşti cu mine.

Ăsta e adevărul, dar habar nu am ce va urma în această discuţie. Tessa dă uşor din cap. Și face o pauză înainte să-mi pună cu blândeţe întrebarea pentru care a venit aici.

— Deci, o să-i spui lui Ken despre cele întâmplate la Londra?

Mă întind pe pat cu ochii închişi şi mă gândesc bine la întrebare înainte să-i răspund. M-am gândit mult la asta în ultimele câteva zile, oscilând între a-i spune brutal ce ştiu şi a păstra informaţia pentru mine. *Trebuie* să afle Ken? Şi dacă îi mărturisesc, sunt eu oare capabil să accept schimbările care vor decurge de aici? Oare chiar vor fi schimbări sau doar mie mi-e teamă de aşa ceva? Pentru moment, pare potrivit să-ncep să-l tolerez şi poate să-l iert pe omul ăsta, pentru că am aflat că nu e părintele meu şi nu am pentru ce să-l iert.

Deschid ochii şi mă ridic.

— Mă mai gândesc. De fapt, voiam să ştiu şi părerea ta în privinţa asta.

Ochii albaştri-cenuşii ai iubitei mele nu strălucesc aşa cum eram obişnuit, dar parcă sunt mai însufleţiţi astăzi decât ultima oară când am văzut-o. A fost pur şi simplu un chin să fiu sub acelaşi acoperiş cu ea fără să-i fiu aproape, aşa cum aş fi dorit. Destinul parcă a luat o întorsătură ciudată, iar acum eu sunt cel care îi imploră atenția, cel care se mulțumeşte cu ce are ea de oferit. Chiar şi acum, privirea ei grijulie îmi e de ajuns să-mi aline durerea cu care nu pot să-nvăț să trăiesc, oricât de mult s-ar îndepărta ea de mine.

— Vrei să ai o relație cu Christian? întreabă ea încet, mângâind cu degetele ei mici dunga cuverturii.

— Nu, răspund eu repede. La naiba, habar n-am, bat în retragere. Am nevoie să-mi spui tu ce să fac.

Ea clatină din cap şi se uită în ochii mei.

— Păi, eu cred c-ar trebui să-i spui lui Ken doar dacă tu crezi că te va ajuta să-ți înțelegi puțin durerea din copilărie. Nu cred c-ar trebui să spui doar pentru că eşti furios. Iar în privința lui Christian, cred că mai ai puțin timp la dispoziție ca să iei o decizie. Vezi şi tu cum merg lucrurile, ştii? spune ea, cu un ton înțelegător.

— Cum de poți face asta?

Îşi ridică bărbia, derutată.

— Ce să fac?

— Să spui mereu ceea ce trebuie.

— Nu spun.

Râdem uşor amândoi.

— Nu spun mereu ceea ce trebuie.

— Ba da.

Întind mâna către ea, dar se retrage.

— Mereu spui ceea ce trebuie. Aşa ai făcut mereu. Doar că înainte nu te ascultam.

Tessa îşi ia privirea de la mine, dar e-n regulă. O să mai treacă o vreme până se va obişnui să audă lucrurile astea de la mine, dar vom ajunge şi acolo. Mi-am jurat să-i spun ce simt şi să nu mai fiu egoist şi să aştept să-mi descifreze fiecare vorbă şi intenție.

Sunetul mobilului ei rupe tăcerea şi-şi scoate telefonul din buzunarul hanoracului care-i e mare. Mă silesc să-mi imaginez că şi l-a cumpărat și nu că e îmbrăcată în hainele lui Landon. Eu am purtat toate țoalele lui posibile cu emblema WCU, dar urăsc ideea că hainele lui îi ating pielea Tessei. E o tâmpenie irațională, dar nu pot opri gândurile astea care îmi încolțesc în minte.

Își trece degetul peste ecran și-mi ia o clipă să-mi dau seama ce văd. Îi smulg telefonul din mâini înainte să poată reacționa.

— Un iPhone? Îți bați joc de mine!

Mă uit uluit la telefonul nou din mâinile mele.

— E al tău?

— Mda.

Se înroșește și se-ntinde după telefon, dar eu îmi ridic mâinile deasupra capului, ca să nu-l ajungă.

— A, deci *acum* ți-ai luat iPhone, dar când voiam eu ai refuzat! o necăjesc eu.

Face ochii mari și inspiră agitată.

— De ce te-ai sucit?

Îi zâmbesc ca să-i alung stânjeneala.

— Nu știu. Era momentul, cred.

Ridică din umeri, încă agitată. Nu-mi place s-o văd atât de neliniștită, dar sper că un pic de joacă va destinde atmosfera.

— Care-i parola? întreb apăsând cifrele pe care le-ar fi putut folosi.

Ha — am ghicit-o din prima și iată-mă intrat pe ecran.

— Hardin! chițăie ea, încercând să-mi ia telefonul. Nu poți să-mi umbli așa prin telefon!

Se apleacă și-mi prinde brațul liber cu o mână, întinzându-se după mobil cu cealaltă.

— Ba pot, zic eu râzând.

Simpla ei atingere mă trezește la viață; toate celulele trupului îmi sunt vii. Ea surâde și-mi întinde, rugătoare, o mână.

— Bine. Atunci dă-mi-l pe al tău.

— Nu, îmi pare rău, o necăjesc în continuare în timp ce mă uit obsesiv prin mesajele ei.

— Dă-mi telefonul! se văicăreşte ea şi vine mai aproape de mine, dar apoi zâmbetul îi dispare. Probabil că sunt multe chestii în telefonul tău pe care nu vrei să le văd.

Şi uite-aşa, simt cum scutul ei se clădeşte la loc.

— Ba nu sunt. Sunt o mie de poze de-ale tale şi un album întreg cu muzica ta aiurită, şi dacă chiar vrei să vezi cât de jalnic sunt, poţi să verifici cu cine am vorbit şi de câte ori te-am sunat pe vechiul număr doar ca să aud cum intră robotul ăla nenorocit şi-mi spune că acel număr nu mai există.

Se uită urât la mine, fără să-mi dea crezare. Nu că aş condamna-o. Privirea i se îmblânzeşte, apoi spune:

— Şi pe Janine n-ai sunat-o?

Are un glas atât de pierit încât de-abia aud tonul acuzator.

— Poftim? Nu! Du-te şi uită-te. E pe dulap.

— Prefer să nu.

Mă ridic în genunchi şi îmi lipesc umărul de umărul ei.

— Tessa, nu-nseamnă nimic pentru mine. Niciodată.

Tessa se străduieşte din răsputeri să fie indiferentă. Se luptă să-mi arate că a trecut peste mine, dar eu ştiu că nu-i aşa. Ştiu că fierbe când să gândeşte că aş putea fi cu altă femeie.

— Trebuie să plec.

Se ridică, iar eu mă-ntind după ea. O prind uşor de braţ, rugând-o să vină înapoi la mine. Şovăie la început, iar eu n-o forţez. O aştept, mângâind-o uşor cu degetele peste încheietură.

— Ştiu ce crezi că s-a întâmplat, dar greşeşti, încerc eu s-o conving.

— Nu, ştiu ce-am văzut. Am văzut-o îmbrăcată cu tricoul tău, se răsteşte ea.

Se smulge din strânsoarea mea, dar rămâne aproape.

— O luasem razna, Tessa, dar nu m-am culcat cu ea.

N-aş fi făcut aşa ceva. Faptul că m-a atins a fost îndeajuns de rău. Pentru o clipă mă-ntreb dacă ar trebui să-i spun Tessei că nu-i puteam suporta buzele cu miros de ţigară sărutându-mă, dar cred că mai rău aş enerva-o.

— Sigur, zice ea, dându-și ochii peste cap sfidător.

— Mi-e dor de tine și de fițele tale.

Încerc să însenínez atmosfera, dar ea își dă din nou ochii peste cap.

— Te iubesc.

Asta pare să-i fi atras atenția. Mă împinge ca să se îndepărteze de mine.

— Nu mai face asta! Nu poți hotărî că acum mă vrei și nu poți să te aștepți să vin în goană înapoi, la tine.

Vreau să-i spun că oricum se va întoarce la mine *pentru că-mi aparține*, că n-o să încetez niciodată să încerc s-o conving de asta. În schimb îi zâmbesc și clatin din cap.

— Hai să schimbăm subiectul. Voiam doar să știi că mi-e dor de tine, bine?

— Bine.

Oftează. Își duce degetele la buze și se ciupește, făcându-mă să uit despre ce voiam să vorbesc.

— Un iPhone.

Îi răsucesc telefonul în mână.

— Nu-mi vine să cred că ți-ai luat iPhone și că n-aveai de gând să-mi spui.

Mă uit la ea și văd cum încruntătura i se transformă într-un zâmbet mic.

— Nu-i mare scofală. Mă ajută mult cu organizarea, iar Landon o să-mi arate cum să-mi descarc muzică și filme.

Oferta lui Landon, de atunci când plecam din magazinul de telefoane, pare undeva, în trecutul îndepărtat. S-au întâmplat atât de multe într-un timp atât de scurt.

— Te pot ajuta eu.

— E-n regulă, serios, spune ea, încercând să scape de mine.

— Te ajut. Îți arăt chiar acum.

Deschid iTunes Store.

Petrecem o oră în felul acesta. Eu mă uit prin catalog alegându-i muzica favorită și arătându-i cum să-și descarce toate comediile alea romantice cu Tom Hanks care îi plac atât de mult. Tessa rămâne tăcută și spune doar de câteva ori *Mulțumesc* și *Nu, cântecul ăla nu,* iar eu încerc să nu forțez conversația.

Eu i-am făcut asta, eu am transformat-o în femeia asta tăcută și nesigură și e vina mea că acum nu mai știe cum să se poarte. E vina mea că, de câte ori mă apropii de ea, se retrage, sfâșiindu-mi o bucată de suflet. Pare că nu mai am ce să-i ofer, pare că m-a mistuit de tot, dar atunci când îmi zâmbește, trupul meu se mai însuflețește un pic. Totul e pentru ea și întotdeauna va fi așa.

— Vrei să-ți arăt și de unde să descarci cele mai bune filme porno? glumesc eu, iar ea se înroșește din nou în obraji.

— Ah, sunt convinsă că te pricepi foarte bine la asta, îmi răspunde.

Îmi place la nebunie asta. Îmi place să pot s-o tachinez cum făceam odinioară și îmi place că îmi permite s-o fac.

— Nu chiar. Mai degrabă am o grămadă de imagini aici.

Mă lovesc cu ghipsul peste frunte, iar ea se strâmbă.

— Doar cu tine.

Rămâne încruntată, dar nu vreau să creadă așa ceva. E o nebunie să creadă că mă poate interesa altcineva în afară de ea. Încep să cred că e la fel de nebună ca mine. Poate că de-asta a și stat cu mine atâta timp.

— Vorbesc serios. Mă gândesc numai la tine. Numai la tine.

Am un ton serios, prea serios, dar nu am chef să mi-l schimb. Am încercat să fiu glumeț și prietenos și am jignit-o. Mă ia prin surprindere întrebându-mă:

— La ce anume te gândești când vine vorba despre mine?

Îmi mușc buza și prin minte îmi trec imagini cu ea.

— Nu vrei să-ți răspund la asta.

Tessa întinsă pe pat, cu picioarele desfăcute și cu degetele trăgând de cearșafuri, în timp ce ajunge la orgasm.

Tessa mișcându-și șoldurile, încet, ca o tortură dulce, în vreme ce mă călărește, și gemetele ei răsunând în toată camera.

Tessa în genunchi în fața mea, deschizându-și ușor buzele și luându-mi penisul în gură.

Tessa înclinându-se înainte, cu pielea strălucind în lumina slabă a încăperii. E în fața mea, cu spatele la mine, lipită de trupul meu și se apleacă. O pătrund, iar ea îmi șoptește numele...

— Cred că ai dreptate, râde ea, apoi oftează. Mereu facem așa, ne întoarcem de unde am plecat.

Flutură din mână între noi. Știu exact ce vrea să spună. Mă aflu în cea mai groaznică săptămână a vieții mele, iar ea mă face să râd cu ajutorul unui nenorocit de iPhone.

— Așa suntem noi, iubito. Așa suntem. N-avem ce face.

— Ba avem. Trebuie.

Poate că vorbele astea îi sună convingător în minte, dar pe mine nu mă păcălește.

— Nu mai exagera cu gândirea. Știi că așa ar trebui să stea lucrurile, să facem glume pe seama filmelor porno, iar eu să mă gândesc la lucrurile porcoase pe care le-am făcut cu tine și să-mi doresc să fac și mai multe.

— E o nebunie. Nu putem face asta.

Se apropie și mai mult de mine.

— Ce să facem?

— Nu e vorba numai despre sex.

Își fixează privirea asupra pantalonilor mei, apoi încearcă să nu se uite la umflătura de acolo.

— Nici n-am spus c-a fost vreodată, dar poți să ne faci amândurora un serviciu și să nu te mai prefaci că nu te gândești la aceleași lucruri ca mine.

— Nu putem face asta.

Dar apoi observ că respirațiile ni s-au sincronizat. Apoi își trece cu subtilitate limba peste buza de jos.

— Nu m-am oferit, îi reamintesc.

Nu m-am oferit, dar nici n-aș refuza dacă mi s-ar propune. N-am eu norocul ăsta, n-o să mă lase să pun mâna pe ea. În niciun caz în curând... nu-i așa?

— Asta sugerai.

Zâmbește.

— Când nu sugerez eu asta?

— Corect.

Îi vine să râdă.

— E foarte derutant. N-ar trebui să facem asta. N-am încredere în mine când sunt în preajma ta.

La naiba, mă bucur că spune asta. Eu n-am încredere în mine nici atât. Dar îi spun:

— Ce se poate întâmpla?

Îi pun o mână pe umăr. Ea tresare la atingerea mea, dar nu e aceeași tresărire de dezgust de săptămâna trecută.

— Aș putea fi o idioată în continuare, șoptește ea, iar eu o mângâi în sus și-n jos, pe tot brațul.

— Nu te mai gândi, lasă-ți trupul să simtă. Corpul tău mă vrea, Tessa.

Ea scutură din cap, negând adevărul.

— Ba da, ba da, mă vrea.

O ating în continuare, mai aproape de piept acum, așteptând să mă oprească. Dacă mă oprește, încetez. N-aș forța-o niciodată. Am făcut o grămadă de porcării, dar așa ceva n-aș face niciodată.

— Vezi tu... eu știu foarte bine unde să te ating.

Mă uit în ochii ei care strălucesc. N-are de gând să mă oprească; mă dorește așa cum m-a dorit întotdeauna.

— Știu cum să te fac să-ți dai drumul atât de tare încât să uiți de orice altceva.

Poate că dacă îi satisfac trupul, o să-i supun și mintea. Apoi, după ce îi recâștig mintea și trupul, poate că i se va îmblânzi și inima. N-am fost niciodată timid când a fost vorba s-o satisfac. De ce să-ncep acum?

Tăcerea și felul în care nu-și poate lua ochii de la mine mi se par niște încuviințări și o prind de marginea hanoracului. Chestia asta e mai grea decât pare și i se încâlcește Tessei în păr. Mă pocnește ușor peste mână și și-l scoate singură, descurcându-și-l din păr.

— Nu te forțez să faci nimic, nu-i așa? o-ntreb eu.

— Nu, răsuflă ea. Știu că e o idee foarte proastă, dar nu vreau să mă opresc.

Dau din cap.

— Am nevoie să fug de toate. Te rog, ajută-mă.

— Nu te mai gândi la nimic. Nu te mai gândi la toate celelalte mizerii și concentrează-te aici.

Îmi trec degetele peste gâtul ei, iar ea tremură la atingerea mea. Mă ia prin surprindere și își lipește buzele de ale mele. Peste câteva secunde, sărutul lent și nesigur dispare. Gesturile timide se evaporă și dintr-odată redevenim ce eram odată. Toate celelalte prostii s-au topit și acum suntem doar eu și Tessa sărutându-ne, cu limbile înlănțuite, în vreme ce ea mă trage de păr și mă face s-o iau razna.

O cuprind cu brațele și îmi lipesc șoldurile de ea până când o trântesc pe spate pe saltea. Are un genunchi îndoit și ridicat, la nivelul bazinului meu, iar eu mă frec cu nerușinare de ea. Geme când îmi vede disperarea și își ia o mână din părul meu, lipind-o de sânii ei. Îmi vine să explodez doar pentru că îi simt trupul sub mine din nou — e prea mult, totuși nu destul, și nu mă pot gândi la altceva decât la ea.

Se atinge singură, mângâindu-și unul dintre sânii ei mari, iar eu îmi cobor privirea de parcă aș fi uitat să mai fac ceva, în afară de a mă uita la trupul ei perfect și la felul în care își face de cap cu mine. Are nevoie de asta mai mult ca mine. Are nevoie să evadeze din lumea reală, iar eu mă bucur să o ajut în această misiune.

Nu ne calculăm deloc mișcările — ne alimentează doar pasiunea pură. Eu sunt focul, iar ea este combustibilul, și nu ne vom opri, și nici n-o vom lăsa mai moale până nu va exploda ceva. O să aștept atunci, o să lupt cu vâlvătaia de dragul ei, o să am grijă să n-o mistui iarăși. Îmi prinde penisul cu mâna și mi-l freacă, iar eu trebuie să am grijă să nu cumva să-mi dau drumul dintr-atât. Îmi mișc șoldurile și ajung între picioarele ei desfăcute, iar ea mă trage de talia pantalonilor. Trag și eu de pantalonii ei și ne trezim amândoi despuiați de la brâu în jos.

Scoatem împreună un geamăt când îmi simt pielea lipită de a ei. O pătrund puțin, iar ea geme din nou. De data asta mă sărută pe umărul gol. Mă linge și mă sărută, iar eu intru și mai adânc în ea. Vederea mi se încețoșează și savurez fiecare clipă, fiecare moment pe care mi-l oferă.

— Te iubesc, îi spun.

Gura i se oprește din sărutat și brațele ei își slăbesc strânsoarea.

— Hardin...

— Mărită-te cu mine, Tessa. Te rog.

Mă împing în ea, sperând s-o prind într-un moment incorect de slăbiciune.

— Dacă mai spui lucruri de genul ăsta, nu putem face chestia asta, zice ea încet.

Îi văd suferința din ochi, lipsa de autocontrol pe care o are când vine vorba de mine și imediat mă simt vinovat că am adus vorba de căsătorie în timp ce i-o trăgeam. *Grozav moment ți-ai ales, dobitoc egoist ce ești.*

— Îmi pare rău. Încetez.

O sărut ca s-o liniștesc. O să-i dau un răgaz să se gândească și o să las deoparte problemele grave cât timp intru și ies din locul acela cald și umed...

— O, Doamne, geme ea.

În loc să-i mărturisesc dragostea mea nesfârșită, o să-i spun doar lucrurile pe care vrea să le audă.

— Ești atât de strâmtă. A trecut atât de mult timp, îi șoptesc eu, iar ea mă strânge și mai tare de spate, făcându-mă să intru și mai adânc.

Închide ochii strâns și picioarele încep să i se încordeze. Știu că e gata să ajungă la orgasm și, chiar dacă în aceste clipe mă urăște, iubește la nebunie când vorbesc vulgar. Nu mai rezist mult, dar nici ea. Mi-a lipsit asta — nu doar senzația de perfecțiune pe care o am când sunt înăuntrul ei, ci și apropierea aceasta, pentru că aveam nevoie amândoi de ea.

— Haide, iubito. Dă-ți drumul, să te simt, îi spun printre dinți.

Ea mă ascultă, prinzându-mă de un braț și șoptindu-mi numele, în timp ce își lasă capul înapoi pe saltea. Se lasă-n voia mea, iar eu o privesc. Îi privesc gura frumoasă care-mi rostește încet numele. O văd cum îmi caută privirea, apoi închide ochii de plăcere. E prea frumos — o văd cum își dă drumul, cum mi se oferă. Mai intru o dată în ea, apoi o prind de șolduri și-mi dau drumul în ea.

— La naiba.

Mă las în coate lângă ea, atent să n-o strivesc cu greutatea mea. Are ochii închiși și se forțează să-i deschidă.

— Mhmm, mă aprobă ea.

Mă proptesc într-un cot și o privesc îndelung când nu e atentă. Mi-e teamă de ce se va întâmpla când își va da seama, când va începe să regrete asta și când furia ei față de mine va crește.

— Te simți bine?

Nu mă pot abține să-i mângâi șoldul gol cu un deget.

— Mda.

Are o voce răgușită și calmă.

Mă bucur atât de mult că a venit la ușa mea. Nu știu cât aș mai fi rezistat fără s-o văd sau fără s-o aud.

— Ești sigură? insist.

Trebuie să aflu ce a însemnat asta pentru ea.

— Da.

Deschide un ochi, iar eu zâmbesc tâmp.

— Bine.

Clatin din cap. Mă uit cum se relaxează satisfăcută și mă simt atât de bine că s-a întors, chiar dacă doar pentru câteva momente. Închide din nou ochii și chiar atunci îmi amintesc ceva.

— Așa, deci de ce ai venit aici, de fapt?

Imediat, expresia ei calmă și somnoroasă dispare și, pentru o clipă, deschide larg ochii ca să-și recapete seriozitatea.

— Ce e? o-ntreb și-n gândurile mele bolnave e numai Zed. Spune-mi, te rog.

— Despre Karen e vorba.

Se rostogolește pe o parte și încerc să nu mă holbez la sânii ei perfecți. De ce mama dracului discutăm despre Karen și suntem dezbrăcați?

— Bine... ce-i cu ea?

— E... mă rog...

Tessa se oprește pentru o clipă și, pe neașteptate, intru în panică pentru femeia aia și pentru Ken.

— Ce-i cu ea?

— E însărcinată.

Poftim? Cum naiba?

— Cu cine?

Aiureala asta o amuză pe Tessa și izbucnește în râs.

— Cu tatăl tău, zice ea, dar apoi se corectează repede, cu Ken. Cu cine altcineva?

Nu știu la ce răspuns mă așteptam, dar cu siguranță nu să fie Karen gravidă.

— Poftim?

— Știu că e puțin surprinzător, dar sunt foarte bucuroși.

Puțin surprinzător? E mai mult decât *puțin surprinzător.*

— Ken și Karen o să aibă un copil? rostesc eu aceste vorbe caraghioase.

— Da.

Tessa mă privește cu atenție.

— Ce părere ai despre asta?

Ce părere am? Habar n-am. De-abia îl cunosc pe om, de-abia începuserăm să construim o relație, și acum face un copil? Un puști pe lângă care va rămâne ca să-l ajute să crească.

— Cred că n-are nicio importanță ce părere am eu, nu-i așa? spun eu, într-o încercare inutilă de a termina discuția.

Mă întind pe spate și închid ochii.

— Ba are. Lor le pasă. Vor să știi că bebelușul nu va schimba nimic, Hardin. Vor să fii parte din familia lor. Vei fi *din nou frate mai mare.*

Frate mai mare? Smith și personalitatea lui ciudată și matură îmi vin în minte și mă apucă amețeala. E prea mult de înghițit pentru oricine, mai ales pentru cineva atât de distrus ca mine.

— Hardin, știu că e greu să procesezi toate astea, dar eu cred că...

— E-n regulă. Trebuie să fac un duș.

Mă dau jos din pat și îmi iau pantalonii scurți de pe jos. Tessa se ridică-n fund, derutată și rănită, iar eu mă-mbrac cu pantalonii.

— Asta venisem să-ți spun. Voiam să fiu eu cea care îți spune asta.

E prea mult. Nici măcar nu mă vrea. Nu vrea să se căsătorească cu mine.

De ce nu vede ce suntem? Ce suntem împreună? Nu putem sta despărțiți. Iubirea noastră e una din romane, mai tare decât orice volum scris de Austen sau Brontë, pe care ea le știe pe dinafară.

Inima bate de parcă vrea să-mi iasă din piept — de-abia mai pot respira.

Simte că nu poate trăi așa? Nu pricep asta. Eu nu pot. Trăiesc doar când sunt cu ea. E singura urmă de viață din mine și fără ea, eu n-o să mai însemn nimic. Nici n-o să supraviețuiesc, nici n-o să trăiesc. Nici dacă aș putea n-aș vrea.

La naiba, gândurile negre mă cuprind iarăși și încerc din răsputeri să mă agăț de stropul de lumină pe care mi l-a înapoiat Tessa.

Când se va termina povestea asta? Când n-o să mai apară rahaturi de fiecare dată când simt că-mi revin și eu puțin?

45

Tessa

Iată-mă, iată-ne din nou în aceeaşi buclă nesfârşită de fericire, dorinţă, pasiune, iubire copleşitoare şi durere. Durerea pare să câştige mereu, iar eu am obosit să lupt cu ea.

Mă uit la el cum iese din cameră, încercând să nu-mi pese. În clipa în care uşa se închide, îmi duc mâinile la frunte şi-mi masez tâmplele. Oare ce am de nu-l pot vedea decât pe el? De ce m-am trezit de dimineaţă gata să supravieţuiesc fără el, dar peste câteva ore am ajuns în pat cu el?

Urăsc puterea pe care o are asupra mea, dar nu pot s-o opresc. Nu-l pot învinovăţi pe el pentru slăbiciunea mea, dar dacă aş face-o, aş spune că, din cauza lui, nu mai deosebesc binele de rău. Când îmi zâmbeşte, binele şi răul se amestecă şi mi-e practic imposibil să mă împotrivesc senzaţiei care-mi pune stăpânire pe tot trupul.

Mă face să râd la fel cum mă face să şi plâng şi mă face să simt din nou atunci când cred că eram goală pe dinăuntru. Credeam că n-o să mai simt nimic niciodată, dar Hardin m-a scos din asta; m-a luat de mână când nimănui nu părea să-i pese suficient încât s-o facă şi m-a tras la suprafaţă.

Nimic din toate astea nu schimbă însă faptul că noi nu putem fi împreună. Pur şi simplu nu ne potrivim şi nu-mi pot permite să încep din nou să-mi fac speranţe, pentru că mi le va zdrobi când se va retrage, când îşi va lua toate mărturisirile înapoi. Iar eu nu mai vreau să fiu sfâşiată la infinit de singurul om care mă ajută.

Iată-mă acum stând cu fruntea în palme şi gândindu-mă obsesiv la greşelile făcute — ale mele, ale lui, ale părinţilor noştri — şi la felul în care erorile mele mă devorează şi nu mă lasă deloc în pace.

M-am simţit senină şi liniştită cât timp mâinile lui mă atingeau, buzele lui fierbinţi mă sărutau, degetele lui mi se înfigeau în pielea de pe şolduri, dar câteva minute mai târziu focul e deja stins şi am rămas singură. Sunt singură, rănită şi jenată şi e mereu aceeaşi poveste, care are un final şi mai jalnic decât episodul precedent.

Mă ridic în picioare, îmi închei la loc sutienul şi-mi pun hanoracul lui Landon. Nu mai pot fi aici când se întoarce Hardin. Nu-mi pot petrece următoarele zece minute pregătindu-mă cum să reacţionez dacă Hardin se hotărăşte să-şi facă apariţia. Am făcut asta de prea multe ori şi, în final, am ajuns să nu mai am atâta nevoie de el. Am ajuns să nu-mi mai ocupe toate gândurile, să nu mai trăiesc doar prin el şi, în cele din urmă, să-mi imaginez viaţa fără el.

A fost o cădere. Asta-i tot ce-a fost. A fost o carenţă teribilă de judecată şi de-asta îmi aduce aminte, tăios, tăcerea din cameră.

Mă-mbrac şi mă duc la mine-n cameră şi-l aud deschizând uşa de la baie. Paşii i se aud din ce în ce mai tare când trece pe lângă mine şi îi ia câteva clipe să-şi dea seama că nu mai sunt la el în cameră. Nici nu bate la uşă — ştiam că n-o va face — şi intră în camera mea. Stau pe pat, cu picioarele încrucişate în faţa mea, ca să mă apăr. Cred că i se pare că sunt demnă de toată mila: în ochi am lacrimi de regret şi pielea mea a luat mirosul lui.

— De ce-ai plecat?

Are părul ud, pe frunte îi picură stropi de apă şi stă cu mâinile-n şolduri, cu pantalonii scurţi lăsaţi mai jos de talie.

— N-am plecat. Tu ai plecat, zic eu, încăpăţânată.

Se uită la mine rece preţ de câteva clipe.

— Presupun că ai dreptate. Vii înapoi?

Îşi formulează rugămintea ca pe o întrebare, iar eu mă străduiesc cât pot să nu mă ridic din pat.

— Nu cred că e o idee bună.

Îmi iau privirea de la el, iar el vine şi se aşază pe cealaltă parte a patului.

— De ce? Îmi pare rău că m-am speriat, nu ştiam ce să cred şi, dacă e să fiu cinstit până la capăt, mi-a fost teamă să nu-ţi spun ceva greşit. Aşa că m-am gândit că mai bine plec din cameră şi-mi limpezesc creierul.

De ce nu s-a putut comporta aşa înainte? De ce n-a putut fi sincer şi echilibrat când trebuia să fie? De ce a trebuit să plec de lângă el ca să vrea să se schimbe?

— Mi-ar fi plăcut să-mi spui asta în loc să mă laşi acolo de una singură.

Clatin din cap, adunându-mi toate puterile.

— Nu cred că trebuie să fim singuri în aceeaşi cameră.

Ochii i se aprind.

— Ce tot zici acolo? mormăie el.

S-a zis cu echilibrul.

Îmi încrucişez braţele.

— Vreau să fiu aici pentru tine şi-o să fiu — dacă vrei să vorbeşti despre orice sau să te descarci sau dacă pur şi simplu simţi nevoia să ai pe cineva aproape — dar cred că ar trebui să stăm în locurile comune. Cum ar fi livingul sau bucătăria.

— Nu vorbeşti serios, se încruntă el.

— Ba da.

— Locuri comune? Şi pe Landon îl transformăm în Eleanor Tilney a noastră? E ridicol, Tess. Putem să fim în aceeaşi încăpere şi fără supraveghetori.

— N-am zis nimic de supraveghetori. Cred că aşa cum stau lucrurile acum — oftez — mă gândeam să mă-ntorc la Seattle pentru câteva zile.

Am luat decizia asta pe loc, dar acum, că i-am dat glas, îmi dau seama că are sens. Trebuie să-mi pregătesc lucrurile pentru mutarea la New York şi mi-e dor de Kimberly. Am şi o programare la doctor la care-am încercat să nu mă gândesc şi nu cred că e benefic să rămân prea mult acasă la familia Scott. Din nou.

— Vin cu tine, se oferă el simplu, ca şi cum asta ar fi cea mai uşoară soluţie.

— Hardin...

Fără să-mi ceară voie, ia loc pe pat, pe jumătate dezbrăcat.

— Mai aveam de gând să aştept până să deschid subiectul ăsta, dar plec din apartament şi mă mut şi eu la Seattle. Asta ţi-ai dorit mereu şi sunt gata s-o fac. Nu ştiu de ce mi-a luat atât de mult.

Îşi trece mâna prin păr, aranjându-şi şuviţele jilave într-o creastă dezordonată. Clatin din cap spre el.

— Despre ce vorbeşti?

Acum vrea să se mute la Seattle?

— O să găsesc o casă frumoasă pentru noi. Nu va fi un conac, aşa cum erai obişnuită la Vance, dar va fi ceva mai drăguţ decât ce ţi-ai putea permite tu.

Deşi nu a intenţionat să mă jignească, mie aşa mi se pare şi deodată mă enervez.

— Nu pricepi, îl acuz eu, ridicând braţele. Nu pricepi nimic din ce se-ntâmplă!

— Ce să înţeleg? De ce trebuie să înţeleg ceva de aici?

Se dă mai aproape de mine.

— De ce nu putem fi împreună, pur şi simplu, şi de ce nu mă laşi să-ţi arăt cine pot deveni de dragul tău? Nu trebuie să înţeleg mare lucru şi nu trebuie să ţinem scorul şi nu trebuie să fii nefericită pentru că mă iubeşti şi nu-ţi dai voie să fii cu mine.

Mă ia de mână. Mă smucesc.

— Aş vrea să fiu de acord cu tine şi aş vrea să trăiesc într-o lume fantastică unde putem fi împreună, dar am făcut asta prea mult timp şi nu mai pot s-o fac. Ai încercat să mă avertizezi, mi-ai dat ocazia să văd că e inevitabil, dar eu nu voiam să înţeleg. Acum înţeleg însă — ştiu că am fost blestemaţi de la bun început. De câte ori mai vrem să avem discuţia asta?

Mă priveşte cu ochii lui verzi şi pătrunzători.

— De câte ori e nevoie ca să te răzgândeşti.

— Eu nu te-am putut face niciodată să te răzgândești. Ce te face să crezi că tu mă poți convinge pe mine?

— Ceea ce tocmai s-a întâmplat între noi nu înseamnă nimic pentru tine?

— Vreau să faci parte din viața mea, doar că nu așa. Nu să fii iubitul meu.

— Atunci, soț?

În ochi are o sclipire de umor și de... *speranță*? Mă holbez la el, mirându-mă că are *tupeul*...

— Nu suntem împreună, Hardin! Și nu ai dreptul să-mi arunci căsătoria în față pentru că tu crezi că așa mă voi răzgândi — voiam să îți dorești să te însori cu mine, nu să recurgi la asta ca și cum e ultima soluție!

Răsuflarea i se accelerează, dar vorbește în continuare calm.

— Nu e ultima soluție. Nu mă joc cu tine — mi-am învățat bine lecția. Vreau să mă căsătoresc cu tine pentru că nu-mi imaginez viața în alt fel și poți să-mi spui că n-am dreptate, dar la fel de bine ne putem căsători acum. Nu vom mai sta despărțiți și știi bine asta.

Pare atât de sigur de el însuși și de relația noastră și sunt iarăși confuză și nu mă pot hotărî dacă trebuie să mă enervez sau să fiu fericită pentru cuvintele lui.

Căsătoria nu mai are aceeași valoare pe care o avea acum câteva luni. Părinții mei n-au fost niciodată căsătoriți; cu greu mi-a venit să cred când am aflat că doar se prefăceau ca să-i calmeze pe bunicii mei și pe mama. Trish și Ken au fost căsătoriți și legătura asta oficială nu le-a salvat relația. Care-i scopul căsniciei, de fapt? Oricum nu merge aproape niciodată și încep să cred că e un concept ridicol. E de-a dreptul imbecil să ți se bage în cap ideea că trebuie să ne oferim celuilalt și că vom depinde de persoana respectivă ca să fim fericiți. Spre norocul meu, am învățat în cele din urmă că nu trebuie să depind de nimeni ca să-mi găsesc fericirea.

— Nici nu mai cred că vreau să mă căsătoresc vreodată.

Hardin inspiră tăios și-și duce mâna la bărbie.

— Poftim? Nu vorbeşti serios.

Se uită în ochii mei.

— Ba da, vorbesc serios. Ce rost are? Nu merge niciodată şi divorţurile sunt costisitoare.

Ridic din umeri şi ignor privirea înspăimântată a lui Hardin.

— Ce mama dracului tot spui acolo? De când eşti atât de cinică?

Cinică? Nu cred că sunt cinică. Cred doar că trebuie să fiu realistă şi să nu mă agăţ de un final de poveste pe care e clar că nu-l voi avea niciodată. Dar nici nu-i voi suporta la nesfârşit nehotărârea.

— Nu ştiu, de când mi-am dat seama cât de proastă eram. Nu te pot condamna că te-ai despărţit de mine. Eram obsedată să am o viaţă pe care n-o pot avea niciodată şi cred că lucrul ăsta te-a înnebunit.

Hardin se trage de păr, aşa cum face el când e ofticat.

— Tessa, vorbeşti numai prostii. Nu erai obsedată de nimic. Eu eram un dobitoc.

Mârâie frustrat şi îngenunchează în faţa mea.

— La naiba, uite cum te-am făcut să gândeşti! Totul e pe dos.

Mă ridic în picioare şi mă simt vinovată pentru că spun ceea ce simt cu adevărat. În mine se dă o luptă şi faptul că mă aflu în camera asta micuţă cu Hardin nu mă ajută deloc. Lângă el nu mă pot concentra şi nu mă pot ţine de argumentele mele când mă priveşte de parcă fiecare vorbă de-a mea e o armă împotriva lui — indiferent cât ar fi de adevărat, tot îmi e milă de el când n-ar trebui.

Întotdeauna m-am grăbit să le judec pe femeile care simţeau aşa. Dacă vedeam un film despre o relaţie superdramatică, o catalogam pe tipă drept „slabă“, dar nu e atât de simplu şi de direct totul. Sunt atât de multe lucruri care trebuie luate în seamă când vine vorba să pui etichete şi recunosc că înainte de a-l cunoaşte pe Hardin făceam asta mult prea des. Cine sunt eu să judec oamenii după sentimentele lor? Habar n-aveam cât de puternice pot fi sentimentele astea idioate; nu înţelegeam cum e să simţi atracţia aceea magnetică. N-am priceput niciodată cum dragostea depăşeşte bunul simţ şi cum pasiunea depăşeşte logica şi cât de enervant e să nu ştie nimeni altcineva ce simţi — nimeni nu mă poate considera slabă sau proastă, nimeni nu mă poate judeca pentru sentimentele mele.

N-o să pretind niciodată că eu sunt perfectă. Mă străduiesc secundă de secundă să nu mă scufund, dar nu e atât de simplu pe cât cred oamenii. Nu e atât de ușor să pleci de lângă cineva când s-a instalat în fiecare celulă din trupul tău, în fiecare gând de-al tău și e responsabil pentru cele mai frumoase și pentru cele mai urâte sentimente pe care le-ai avut vreodată. Nimeni, nici măcar eu când mă îndoiesc de mine, nu mă poate face să mă simt prost că iubesc cu pasiune și sper că pot avea genul acela de iubire despre care am citit în romane.

Când termin să-mi justific acțiunile în mintea mea, îmi dau seama că subconștientul meu a făcut un pas în spate, bucuros că am încetat, în cele din urmă, să mă condamn pentru felul în care m-au manipulat propriile mele emoții.

— Tessa, vin la Seattle. N-o să încerc să te oblig să locuiești cu mine, dar vreau să fiu unde ești și tu. O să păstrez distanța până când ești pregătită pentru mai mult și-o să mă port frumos cu toată lumea, inclusiv cu Vance.

— Nu asta e problema.

Oftez. Hotărârea lui e admirabilă, dar n-a fost niciodată constantă. Se va plictisi până la urmă și va merge mai departe. De data asta am ajuns prea departe.

— Cum am mai spus, o să-ncerc să stau deoparte, dar tot vin la Seattle. Dacă nu vrei să mă ajuți să găsesc un apartament, o să-l aleg singur, dar o să am grijă să-ți placă și ție.

Nu trebuie să-mi afle planurile. Mă refugiez în gândurile mele ca să nu-i aud cuvintele. Dacă i le ascult cu atenție, se va dărâma bariera pe care am ridicat-o. Fațada mi-a crăpat acum o oră și m-am lăsat stăpânită de emoții, dar nu mai pot lăsa să se întâmple așa ceva.

Hardin pleacă din cameră după alte zece minute în care încerc să-i ignor promisiunile, iar eu încep să-mi fac bagajele pentru Seattle. M-am tot plimbat, am călătorit prea mult în ultima vreme și de-abia aștept ziua în care să-mi găsesc un loc unde să mă simt la mine acasă. Am nevoie de siguranță și de stabilitate. Cum de mi s-a dus naibii tot planul de viață, bazat pe stabilitate, și am ajuns singură pe lume, fără un loc al meu, fără siguranță, fără nimic?

Când cobor la parter, îl găsesc pe Landon sprijinit de un perete. Mă oprește prinzându-mă blând de mână.

— Hei, voiam să vorbim ceva înainte să pleci.

Stau în fața lui și aștept să vorbească. Sper că nu s-a sucit și că n-o să mă lase singură la New York.

— Voiam doar să văd dacă nu cumva te-ai răzgândit în privința mutării la NYU cu mine. Dacă te-ai răzgândit e-n regulă. Doar că trebuie să știu ca să-i spun lui Ken să facă rezervările la avion.

— Nu, vin la New York. Trebuie doar să ajung la Seattle și să-mi iau la revedere de la Kim și...

Vreau să-i spun despre programarea la medic, dar nu cred că sunt în stare deocamdată. Nu e nimic cert, dar nu vreau să mă gândesc la asta.

— Ești sigură? Nu vreau să te simți obligată să mergi. Înțeleg dacă vrei să rămâi aici, cu el.

Landon e atât de bun și înțelegător, încât îmi vine să-l iau în brațe.

— Ești minunat. Știi asta, nu-i așa? îi spun, zâmbindu-i. Nu m-am răzgândit. Trebuie să fac asta. Trebuie s-o fac pentru mine.

— Când ai de gând să-i spui? Cum crezi că va reacționa?

Nu m-am gândit foarte mult la cum va reacționa Hardin când îi voi spune că vreau să mă mut în celălalt capăt de țară. Nu-l mai pot lăsa pe Hardin să-mi dea planurile peste cap.

— Sincer, nu știu cum va reacționa. Până la înmormântarea tatei nu credeam că-i mai pasă.

Landon clatină din cap. Apoi se aud niște zgomote de la bucătărie și-mi aduc aminte că nu l-am felicitat.

— Nu-mi vine să cred că nu mi-ai spus că mama ta e însărcinată! exclam eu, bucuroasă că pot schimba vorba atât de ușor.

— Știu, îmi pare rău. De-abia mi-a spus, iar tu stăteai încuiată în cameră.

Zâmbeşte, tachinându-mă uşor.

— Nu-ţi pare rău că pleci acum, când ai un frăţior pe drum?

Mă-ntreb în treacăt dacă lui Landon îi place să fie singur la părinţi. Am discutat despre asta doar de câteva ori, dar el evită mereu să vorbească despre tatăl lui, aşa că toată atenţia s-a îndreptat asupra mea de fiecare dată.

— Un pic. Mă gândesc cum se va descurca mama cu sarcina. Şi-o să-mi fie dor de ea şi de Ken, dar sunt gata să plec.

Îmi surâde.

— Sau aşa cred.

Clatin din cap.

— O să ne descurcăm. Mai ales tu. Tu ai fost deja acceptat la universitate. Eu mă mut acolo fără să fiu sigură că mă pot înscrie. O să mă-nvârt aiurea prin New York fără să am un loc la facultate şi n-am nici serviciu şi...

Landon îmi duce o mână la gură şi izbucneşte-n râs.

— Şi eu sunt panicat când mă gândesc la schimbare, dar încerc să mă concentrez asupra părţilor pozitive.

— Care sunt alea? mormăi eu.

— Păi, e vorba de New York. Doar atât am deocamdată, recunoaşte el cu un hohot de râs, iar eu mă trezesc zâmbind până la urechi.

Exact atunci Karen ni se alătură pe hol.

— O să-mi lipsească sunetul ăsta când n-o să mai fiţi pe aici, spune ea, cu o strălucire în ochi.

Ken apare în spatele ei şi o sărută pe ceafă.

— Tuturor o să ne lipsească.

46

Hardin

Răspund la uşă şi nici nu mă obosesc să-mi ascund dezamăgirea când constat că e Ken, cu un zâmbet stânjenit, şi nu fata pe care mi-o doresc. Stă acolo, aşteptând să-i dau voie să intre.

— Voiam să vorbesc cu tine despre bebeluş, spune el, şovăitor.

Ştiam că va veni şi momentul ăsta şi, spre deznădejdea mea, nu am cum să evit tâmpenia asta.

— Intră, atunci.

Mă dau la o parte din calea lui şi mă aşez pe scaunul de la birou. Habar n-am ce are de gând să spună şi nici ce-o să spun eu sau cum se va termina chestia asta, dar nu cred că va merge bine. Ken nu se aşază. Stă pur şi simplu lângă dulap cu mâinile în buzunarele pantalonilor lui gri de costum. Se potrivesc cu dungile cenuşii de pe cravată şi cu vesta neagră care pur şi simplu ţipă: *Sunt rector la o universitate acreditată!* Dar trecând peste astea, îi citesc îngrijorarea în ochi şi văd că e încruntat. Îşi frământă mâinile atât de jalnic, încât nu-mi doresc decât să-i curm suferinţa.

— E-n regulă. Ştiu că probabil credeai că o să sparg chestii şi o să fac o criză de nervi, dar, sincer, nu-mi pasă că o să ai tu un copil, zic eu, în cele din urmă.

Oftează, nici pe departe atât de uşurat pe cât speram să-l văd.

— E-n regulă dacă eşti puţin supărat. Ştiu că e ceva neaşteptat şi ştiu ce crezi despre mine. Sper doar că nu vei avea o părere şi mai proastă despre mine.

Privește în jos, iar eu îmi doresc să fie Tessa aici, cu mine, nu cu Karen cine știe pe unde. Trebuie s-o văd înainte să plece. I-am promis c-o las în pace, dar nu mă așteptam la momentul ăsta tată–fiu.

— Habar n-ai ce părere am despre tine.

La naiba, nici nu cred că știu ce părere am despre el. Răbdarea lui față de mine e nesfârșită, pentru că-mi spune:

— Sper că asta nu schimbă și nu șterge în niciun fel progresele pe care le-am făcut. Știu că am multe de recuperat, dar chiar sper să mă lași să-ncerc.

Când aud asta, simt o legătură între noi pe care n-am mai simțit-o înainte. Amândoi suntem niște ratați; amândoi ne-am lăsat conduși de decizii idioate și de dependențe și mă enervează că sunt așa doar pentru că am fost crescut de el. Dacă m-ar fi crescut Vance, n-aș fi fost așa. N-aș fi fost atât de distrus pe dinăuntru. Nu mi-ar fi fost teamă că tata vine acasă beat și n-aș fi stat pe podea cu mama ore întregi în timp ce ea plângea și sângera și se străduia să nu leșine după bătaia pe care a încasat-o din cauza greșelilor lui.

Furia începe să fiarbă în mine, în venele mele, și sunt foarte aproape s-o strig pe Tessa. Am nevoie de ea în momente ca astea — mă rog, am nevoie de ea mereu — dar mai ales acum. Am nevoie să mă încurajeze cu blândețe. Am nevoie ca lumina ei să-mi șteargă umbrele din minte.

— Vreau să faci parte din viața bebelușului, Hardin. Cred că ar fi un lucru bun pentru toată lumea.

— Pentru toată lumea? mă răstesc.

— Da, pentru toată lumea. Ești membru al acestei familii. Când m-am însurat cu Karen și am preluat rolul tatălui lui Landon, știu că ai crezut că am uitat de tine și nu vreau să simți același lucru și din cauza bebelușului.

— *Ai uitat* de mine? Ai uitat de mine cu mult înainte să te însori cu Karen.

Dar nu mai am aceeaşi plăcere să-i arunc toate astea în faţă acum că ştiu adevărul despre povestea lui cu mama şi cu Christian. Îmi pare rău pentru el şi pentru mizeriile pe care le-au făcut ăia doi, dar în acelaşi timp sunt foarte ofticat pe el că a fost un părinte de tot rahatul până anul trecut. Chiar dacă nu e tatăl meu biologic, el trebuia să aibă grijă de noi — a acceptat acest rol şi a renunţat la el de dragul băuturii.

Aşa că nu mă mai pot abţine. Aşa ar trebui, dar furia urlă în mine şi trebuie să aflu. Trebuie să aflu de ce încearcă să-şi ia revanşa faţă de mine dacă nu e sigur pe de-a-ntregul că e tatăl meu.

— Când ai aflat că mama te-nşală cu Vance? întreb eu, lansând cuvintele ca pe o grenadă.

Tot aerul iese parcă din încăpere, iar Ken pare pe punctul de-a leşina.

— Cum de...

Se opreşte şi-şi trece mâna peste bărbie.

— Cine ți-a spus asta?

— Lasă prostiile. Ştiu tot despre ei. Asta s-a întâmplat la Londra. I-am prins împreună. I-o trăgea pe masa de la bucătărie.

— *O, Doamne,* spune el, cu vocea strangulată. Înainte sau după nuntă?

— Înainte, dar tot s-a măritat. De ce ai mai stat cu ea dacă ştiai că îl vrea pe el?

Inspiră de câteva ori și aruncă o privire prin cameră. Apoi ridică din umeri.

— O iubeam.

Mă privește în ochi, iar sinceritatea asta pare să șteargă orice distanță dintre noi.

— N-am alt motiv în afară de ăsta. O iubeam și te iubeam și pe tine și am sperat că într-o zi nu-l va mai iubi pe el. Ziua aia n-a venit niciodată... și asta m-a mâncat de viu. Știam ce fac ea și prietenul meu *cel mai bun*, dar speram că, până la urmă, mă va alege pe mine.

— Nu te-a ales, remarc eu.

Poate că o fi ales să se mărite cu el și să-și petreacă viața cu el, dar nu l-a ales în niciun sens care contează cu adevărat.

— În mod evident. Și ar fi trebuit să renunț cu mult înainte să mă apuc de băut.

Rușinea din ochii lui e umilitoare.

— Da, așa ar fi trebuit.

Toate ar fi stat altfel dacă ar fi făcut asta.

— Știu că nu înțelegi și știu că alegerile mele greșite și speranțele deșarte ți-au distrus copilăria, așa că nu mă aștept nici să mă ierți, nici să mă înțelegi.

Își împreunează mâinile ca într-o rugăciune și-și acoperă gura cu ele. Nu mai spun nimic pentru că nu mai știu ce. În minte îmi revin amintiri oribile și îmi dau seama cât de distruși sunt toți cei trei... părinți ai mei. Nici măcar nu știu cum să-i numesc.

— Cred că a simțit că el nu-i putea oferi stabilitatea pe care i-o ofeream eu. Aveam o slujbă bună și nu eram genul care să fugă de responsabilități, așa cum era Christian.

Face o pauză, inspiră adânc și se uită la mine.

— Cred că dacă Tessa s-ar mărita cu alt bărbat, așa s-ar simți acesta. Întotdeauna se va compara cu tine și, chiar dacă tu o părăsești pentru a suta oară, el va concura cu amintirea ta.

E sigur pe ce spune, îmi dau seama din tonul lui și din felul în care se uită drept în ochii mei.

— N-o părăsesc iarăși, zic printre dinți.

Mă prind cu degetele de marginea biroului.

— Așa a zis și el.

Oftează și se rezeamă de dulap.

— Eu nu sunt el.

— Știu că nu ești. Nu spun că tu ești Christian sau că Tessa e ca mama ta. Din fericire pentru tine, Tessa doar pe tine te vede. Dacă mama ta nu s-ar fi împotrivit sentimentelor pe care le avea pentru el, ar fi fost fericiți împreună; în schimb ei au permis relației lor toxice să strice viețile tuturor celor din jurul lor.

Ken își trece mâna peste barbă încă o dată. Enervant obicei.

Îmi vin în minte Catherine și Heathcliff și-mi vine să vomit din cauza acestei comparații facile. Poate că Tessa și cu mine suntem niște dezastre ambulante exact precum cele două personaje, dar nu voi permite să avem aceeași soartă.

Dar nimic din ce-mi spune Ken n-are nicio logică pentru mine. De ce a îndurat atâtea mizerii din partea mea dacă știa de la bun început că nu sunt deloc problema lui?

— Deci e adevărat? El e tatăl tău, nu-i așa? întreabă el și parcă-și pierde un strop din forța vitală.

Omul puternic și înfricoșător din copilărie a dispărut și a fost înlocuit cu un bărbat cu inima sfâșiată care mai are puțin și plânge. Vreau să-i spun că e un idiot că a înghițit atâtea de la mine, că mama și cu mine nu putem uita infernul în care mi-a transformat copilăria. E vina lui că m-am înfrățit cu demonii și că lupt împotriva îngerilor; e vina lui că am un loc rezervat în iad și că nu sunt bine primit în rai. E vina lui că Tessa nu vrea să fie cu mine. E vina lui că o rănesc de nenumărate ori și e vina lui că încerc de-abia acum să repar douăzeci și unu de ani de greșeli.

Nu spun nimic din toate astea, iar Ken respiră zgomotos.

— De când te-am văzut prima oară am știut că ești al lui.

Vorbele lui aproape că-mi dau tot aerul afară din piept și toate gândurile pline de mânie din minte.

— Am știut.

Încearcă să nu plângă, dar nu reușește. Mă crispez și-mi iau privirea de la lacrimile de pe obrajii lui.

— Am știut. Cum să nu-mi dau seama? Semănai leit cu el și, cu fiecare an care trecea, mama ta plângea mai tare și fugea la el din ce în ce mai des. Am știut. N-am dorit să recunosc pentru că nu aveam altceva decât pe tine. Pe mama ta n-o aveam. Niciodată n-o avusesem. De când o cunoscusem era a lui. Tu erai tot ce aveam și când m-am lăsat pradă mâniei am stricat și asta.

Se oprește să ia o gură de aer, iar eu rămân tăcut și derutat.

— Ți-ar fi fost mai bine cu el, știu asta, dar te iubeam — încă te iubesc ca și cum ai fi sânge din sângele meu — și încă sper că o să mă păstrezi în viața ta.

Încă plânge; lacrimile i se rostogolesc pe chip și mă trezesc că mi-e milă de el. I s-a mai luat din povara de pe suflet și simt cum furia începe să mi se topească. Nu știu ce sentiment e ăsta, dar e puternic și eliberator. Când ridică privirea la mine, nici nu mai știu cine sunt. Nu mai sunt eu — asta e singura explicație pentru care îl cuprind cu brațele și-l liniștesc.

Când fac gestul ăsta, îl simt tremurând. Apoi începe să plângă cu tot trupul.

47

Tessa

Drumul a fost oribil, aşa cum anticipasem. Şoseaua părea că nu se mai termină; în fiecare semn îi vedeam zâmbetele, încruntăturile. Fiecare coadă din trafic părea să râdă de fiecare greşeală pe care o făcusem şi-n fiecare maşină de pe stradă era câte-un străin, o altă persoană cu problemele sale. M-am simţit singură, tare singură, în maşinuţa mea care mă ducea din ce în ce mai departe de locul în care voiam să fiu.

Sunt nebună că mă-mpotrivesc? Oare de data asta voi fi destul de puternică să lupt împotriva tentaţiei? Oare vreau să fac asta?

Ce şanse am ca de data asta, după o sută de-ncercări, să fie diferit? Oare a recurs la cuvintele pe care mi-am dorit întotdeauna să le aud din disperare pentru că ştie cât de detaşată am devenit? Am capul plin ca un roman de două mii de pagini cu gânduri profunde, un murmur care nu se opreşte şi o grămadă de întrebări idioate la care nu am răspunsul.

Acum câteva minute, când am parcat în faţa casei lui Kimberly şi Christian, încordarea din umeri era aproape de nesuportat. Îmi simt muşchii atât de strânşi că ar putea plesni şi tensiunea creşte şi mai tare, în timp ce stau în living, aşteptând-o pe Kimberly să coboare. Smith coboară scările şi strâmbă dezgustat din nas.

— A zis că vine îndată ce termină să-i maseze piciorul tatei.

Izbucnesc în râs la spusele băieţelului pistruiat.

— Bine. Mulţumesc.

N-a zis nicio vorbă când mi-a deschis uşa acum câteva minute. Doar m-a măsurat din priviri şi m-a poftit înăuntru cu un zâmbet mic. Am rămas impresionată de zâmbetul ăsta. Se aşază pe marginea canapelei fără să scoată un cuvânt. E preocupat de tableta pe care o are în mână. Frățiorul lui Hardin. E o nebunie că băiețelul ăsta adorabil care, dintr-un motiv sau altul, pare să nu mă placă a fost fratele biologic al lui Hardin în tot acest timp. Într-un fel, are noimă; întotdeauna a fost curios când a venit vorba despre Hardin și i-a plăcut compania acestuia, deși multora nu le place. Se răsucește și mă prinde uitându-mă la el.

— Unde-i Hardin al tău?

Hardin al tău. De câte ori îmi pune întrebarea asta, se pare că Hardin al meu e departe. De data asta, mai departe ca oricând.

— Este...

Atunci Kimberly își face apariția, venind către mine cu brațele întinse. Bineînțeles că poartă tocuri și e machiată. Presupun că lumea se învârte chiar dacă eu stau pe loc.

— Tessa! țipă ea, luându-mă-n brațe și strângându-mă atât de tare încât îmi vine să tușesc. Frate! Cât timp a trecut!

Mă mai strânge o dată, apoi se desprinde de mine și mă târăște de mână în bucătărie.

— Cum merg lucrurile? întreb și mă cocoț pe același taburet ca de obicei.

Ea stă în picioare în fața barului și-și trece mâinile prin părul blond, care-i ajunge până la umeri, dându-l pe spate și prinzându-l într-o coadă în vârful capului.

— Bine, am supraviețuit cu toții excursiei blestemate de la Londra.

Se strâmbă, și eu la fel.

— Cu greu, dar am supraviețuit.

— Cum se simte domnul Vance cu piciorul?

— Domnul Vance? zice ea, izbucnind în râs. Nu, nu te mai întorci la asta din cauza ciudățeniilor întâmplate. Spune-i Christian sau Vance. Piciorul i se vindecă. Din fericire focul i-a aprins hainele, nu pielea.

Se încruntă și un fior îi cutremură umerii.

— Are probleme? Cu legea? întreb eu, încercând să nu par prea insistentă.

— Nu chiar. A inventat o poveste despre nişte derbedei care au intrat prin efracţie în casă şi au vandalizat casa înainte să-i dea foc. E un caz de incendiere fără dovezi.

Scutură din cap şi-şi dă ochii peste cap. Îşi netezeşte rochia cu palmele şi se uită la mine din nou.

— Tu ce mai faci, Tessa? Îmi pare sincer rău de tatăl tău. Ar fi trebuit să te sun mai des — am fost însă ocupată şi am încercat să mă lămuresc cu ale mele.

Kimberly întinde mâna peste blatul de bucătărie şi mă prinde de mână.

— Deşi nu e deloc o scuză bună...

— Nu, nu. Nu-ţi cere scuze. Ai avut multe pe cap, iar eu n-am fost cea mai bună companie. Dacă ai fi sunat, poate n-aş fi avut cum să răspund — am înnebunit, pur şi simplu.

Încerc să râd, dar îmi dau seama cât de fals şi gol e sunetul ăsta ciudat pe care-l scot.

— Îmi dau seama.

Se uită la mine cu sceptisicm.

— Ce-i cu astea?

Face un gest spre mine, iar eu privesc către puloverul meu şleampăt şi către jeanşii mei murdari.

— Nu ştiu. Au fost două săptămâni foarte grele.

Ridic din umeri şi-mi dau părul nepieptănat după urechi.

— E clar că treci prin momente grele. Hardin a mai făcut ceva sau e tot la Londra? zice Kimberly şi ridică din sprânceană, ceea ce-mi reaminteşte cât sunt de neîngrijită.

Pensatul şi epilatul nu sunt deloc priorităţile mele, dar Kimberly e genul ăla de femeie care vrea să arăţi bine tot timpul ca să ţii pasul cu ea.

— Nu chiar. În fine, la Londra a făcut ce face mereu, dar i-am spus că s-a terminat.

Văd scepticismul din ochii ei albaştri, aşa că adaug:

— Vorbesc serios. Mă gândesc să mă mut la New York.

— La New York? Cum naiba? Cu Hardin?

Rămâne cu gura căscată.

— Ah, nu contează — tocmai mi-ai spus că v-aţi despărţit.

Se plesneşte peste frunte, cu un gest dramatic.

— Cu Landon, de fapt. Se duce la NYU şi m-a rugat să mă duc cu el. O să fac pauză peste vară şi din toamnă sper să intru la NYU.

Izbucneşte în râs.

— Uau, stai să-mi revin.

— E o mare schimbare. Ştiu. Doar că... în fine, trebuie să scap de aici şi, pentru că Landon se duce deja, mi se pare că are sens.

E o nebunie totală să mă mut în cealaltă parte a ţării, iar reacţia lui Kimberly dovedeşte asta.

— Nu trebuie să-mi explici. Eu cred că-i o idee bună — sunt doar surprinsă.

Kim nici măcar nu încearcă să-şi ascundă un zâmbet.

— Te muţi în colţul opus al ţării fără un plan şi fără să-ţi iei un an liber ca să aranjezi lucrurile.

— E o tâmpenie, nu-i aşa? Nu-i aşa? întreb, neştiind ce sper să aud.

— Nu! De când eşti atât de nesigură pe tine? Fată, ştiu că ai trecut prin multe, dar trebuie să te aduni. Eşti tânără, deşteaptă şi frumoasă. Viaţa nu-i atât de nasoală! La naiba, ia să vezi cum e să cureţi arsurile logodnicului tău care l-a acoperit pe fiul său — surpriză, adult în toată firea, pentru că tocmai te-a înşelat cu... — descrie cu degetele nişte ghilimele imaginare şi-şi dă ochii peste cap — „iubirea lui de mult pierdută" şi să fii nevoită să-l îngrijeşti când, de fapt, îţi vine să-l strângi de gât.

Nu ştiu dacă a fost intenţia ei să fie amuzantă, dar trebuie să-mi muşc limba ca să nu râd din cauza imaginii pe care mi-a desenat-o în minte. Dar când se hlizeşte un pic, fac şi eu la fel.

— Serios, e-n regulă să fii tristă, dar dacă laşi tristeţea să-ţi controleze viaţa, n-o să ai viaţă deloc.

Vorbele ei mă lovesc undeva între văicăreala mea egoistă şi emoţiile legate de mutarea la New York fără un plan bine pus la punct.

Are dreptate; am păţit multe în ultimul an, dar cu ce mă va ajuta să fiu aşa? Să simt la fiecare mişcare tristeţea şi înţepătura pierderii? Oricât de mult mi-a plăcut să nu simt nimic, nu eram eu. Simţeam cum mă topesc cu fiecare gând negativ şi începusem să mă tem că nu voi mai fi niciodată eu însămi. Nici acum nu sunt, dar poate într-o bună zi?

— Ştiu că ai dreptate, Kim. Doar că nu-mi dau seama cum să mă opresc. Sunt atât de furioasă tot timpul.

Îmi strâng pumnii, iar ea dă din cap.

— Sau tristă. Sunt tristă şi îndurerată. Nu ştiu cum să le separ şi mă mănâncă de vie, numai la asta mă gândesc.

— Păi, nu e aşa de uşor pe cât am încercat eu să pară, dar, mai întâi, trebuie să te bucuri. Te muţi la New York, fato! Poartă-te ca atare. Dacă ieşi jelind pe străzile din New York, n-o să-ţi faci prieteni niciodată.

Zâmbeşte, vorbind blând.

— Şi dacă n-o să pot? Dacă o să mă simt aşa pentru totdeauna?

— Atunci aşa o să te simţi şi gata. Asta e, dar nu poţi gândi aşa acum. Am învăţat în tinereţea mea — zâmbeşte — nu chiar demult, ai grijă, dar am învăţat că mereu se întâmplă porcării şi trebuie să mergi mai departe. E groaznic şi, crede-mă, ştiu că e din cauza lui Hardin. Mereu e din cauza lui Hardin, dar trebuie să accepţi că el nu-ţi va oferi niciodată ce vrei, aşa că fă tot posibilul şi prefă-te că mergi mai departe. Dacă-l poţi păcăli pe el şi pe toţi ceilalţi, o să ajungi să crezi şi tu chestia asta şi va deveni reală.

— Crezi că voi putea? Ştii tu, să trec peste el într-un final?

Îmi răsucesc degetele.

— Eu o să te mint în continuare pentru că de asta ai nevoie acum.

Kimberly se duce la dulap şi scoate două pahare de vin.

— Ai nevoie de minciunele şi de laude în acest moment. O să ai timp mai târziu să vezi adevărul, dar deocamdată...

Scotoceşte printr-un sertar de sub chiuvetă şi scoate un tirbuşon.

— Deocamdată bem vin şi eu o să-ţi spun toate poveştile despre despărţiri care o s-o facă pe a ta să pară o joacă de copii.

— Ca-n filmul ăla de groază? întreb eu, știind că nu se referă la Chucky.

— Nu, deșteapto.

Mă plesnește ușor peste coapsă.

— Vreau să spun că știu femei căsătorite de ani întregi, iar soții lor le înșelau cu surorile lor. Genul ăsta de tâmpenii o să te facă să pricepi că la tine nu-i atât de rău.

Îmi așază în față un pahar de vin alb și, exact când mă pregătesc să protestez, Kimberly îl ridică și mi-l lipește de buze. O sticlă și jumătate mai târziu, râd și mă sprijin de masă ca să nu cad. Kimberly mi-a povestit o tonă de relații nebunești și, într-un final, am renunțat la a-mi verifica telefonul din zece în zece secunde. Hardin nu are oricum numărul meu de telefon, îmi tot reamintesc. Desigur, vorbim despre Hardin; dacă vrea să afle numărul, va găsi el o cale.

Unele dintre poveștile spuse de Kimberly în ultima oră par prea tembele ca să fie adevărate. Sunt convinsă că vinul a făcut-o să le înfrumusețeze doar ca să fie mai rele decât a mea.

Tipa care a venit acasă și și-a găsit soțul în pat cu vecina... și cu soțul acesteia.

Povestea mult prea amănunțită a tipei care a angajat un asasin ca să-i omoare soțul, dar i-a dat acestuia poza greșită, așa că l-a omorât pe fratele femeii. Soțul a avut, în cele din urmă, o viață mult mai bună decât ea.

Apoi mai era și bărbatul ăla care și-a părăsit soția cu care era de douăzeci de ani pentru o femeie ce avea jumătate din vârsta lui și a aflat apoi că era nepoata lui. Bleah. (Da, au rămas împreună.)

O fată avea o aventură cu profesorul ei din facultate și s-a lăudat cu asta manichiuristei, care (surpriză) era nevasta profesorului. Fata a rămas repetentă.

Tipul care s-a însurat cu franțuzoaica sexy pe care a cunoscut-o la băcănie. Doar că ea nu era franțuzoaică, ci era din Detroit și o escroacă destul de convingătoare.

Povestea despre tipa care, vreme de un an, își înșela soțul cu un tip pe care-l cunoscuse online. Când l-a întâlnit în cele din urmă pe om, a fost surprinsă să constate că era chiar soțul ei.

Nu cred că există o femeie care și-a prins soțul culcându-se mai întâi cu sora ei, apoi cu mama ei, apoi cu avocata de divorțuri. Nu cred că l-a alergat prin cabinetul de avocatură, aruncându-i cu pantofii cu tocuri în cap în vreme ce el fugea, fără pantaloni, pe holuri.

Acum râd, chiar râd, iar Kimberly se ține cu mâinile de burtă, susținând că l-a văzut pe tip câteva zile mai târziu, cu urma tocurilor nevesti-sii fix în mijlocul frunții.

— Nici măcar nu glumesc! Era distrus! Cea mai tare parte a poveștii e că s-au recăsătorit!

Lovește cu mâna în masă, iar eu dau din cap dezaprobator pentru că vorbește prea tare când e beată. Mă bucur că Smith s-a dus sus și le-a lăsat în pace pe femeile astea bețive și gălăgioase, ca să nu mă simt eu prost că-l derutăm râzând de nefericirea altor oameni.

— Bărbații sunt dobitoci. Toți, fără excepție.

Kimberly ridică paharul proaspăt umplut, ciocnind cu paharul meu gol.

— Dar ca să fim sincere, și femeile sunt dobitoace, deci singura soluție e să găsești un dobitoc pe care să-l suporți. Unul care te face pe tine să pari mai puțin dobitoacă.

Christian își alege momentul perfect să vină în bucătărie.

— Discuția asta despre dobitoci se aude pe tot holul.

Eu practic uitasem că mai e și el pe aici. Îmi ia o clipă să-mi dau seama că e într-un scaun cu rotile. Oftez, iar Kimberly mă privește, cu un zâmbet mic pe buze.

— O să fie bine, mă asigură ea.

El îi zâmbește logodnicei sale, iar ea se foiește așa cum o face mereu când el o privește așa. Sunt surprinsă. Știam că o să-l ierte; nu știam însă că deja l-a iertat și că e atât de fericită că a făcut-o.

— Scuze.

Ea îi surâde, iar el o prinde de șolduri, trăgând-o la el în brațe. Tresare când ea se atinge de piciorul lui rănit, iar ea se așază repede pe celălalt picior.

— Nu e așa de rău precum pare, îmi spune el când observă că mă uit când la scaunul de metal, când la carnea arsă de pe piciorul lui.

— E adevărat. Profită rău de pe urma acestei chestii, îl necăjește Kimberly, atingându-i gropița din obrazul stâng.

Mă uit în altă parte.

— Ai venit singură? mă-ntreabă Vance, ignorând privirea pe care i-o aruncă Kimberly atunci când el o mușcă de deget.

Nu mă pot sătura să-i privesc, deși știu că n-o să fiu ca ei în curând, poate niciodată.

— Da. Hardin s-a întors la ta... mă opresc și mă corectez din mers — acasă la Ken.

Christian pare dezamăgit și Kimberly nu se mai uită urât la el, dar eu simt că golul din mine care fusese acoperit în ultimul ceas începe să iasă la suprafață când vine vorba despre Hardin.

— Ce mai face? Mi-ar plăcea să-mi răspundă la telefon, nemernicul mic, mormăie Christian.

Poate e din cauza vinului, dar mă răstesc la el:

— Are multe pe cap în acest moment.

Asprimea tonului meu e cât se poate de clară și imediat mă simt ca o cretină.

— Scuze. Nu voiam să sune așa. Știu doar că are multe pe cap acum. Nu vreau să fiu nesimțită.

Kimberly rânjește când aude cum îl apăr pe Hardin, dar n-o bag în seamă. Christian clatină din cap și izbucnește în râs.

— E-n regulă. Îmi merit soarta. Știu că are multe pe cap. Vreau doar să vorbesc cu el, dar mai știu și că o să-și revină el cândva. Vă las, doamnelor. Voiam doar să văd de ce râdeați și chițăiați așa. Aveți grijă să nu mă bârfiți prea mult.

După asta, o sărută pe Kimberly, rapid, dar tandru, și se retrage în camera lui. Întind paharul ca să-mi fie umplut din nou.

— Stai așa, asta înseamnă că n-o să mai lucrezi cu mine? întreabă Kimberly. Nu poți să mă lași cu toate nemernicele alea! Ești singura pe care o pot suporta, în afară de noua iubită a lui Trevor

— Trevor are o iubită?

Sorb din vinul rece. Kimberly avea dreptate; vinul și râsul mă ajută. Simt cum ies din cochilia mea, încercând să mă trezesc iar la viață; cu fiecare glumă și povestioară absurdă mi-e din ce în ce mai ușor.

— Da! Roșcata! Știi tu, cea care se ocupă de social media.

Încerc s-o localizez pe tipă, dar vinul care-mi dansează în cap nu mă lasă.

— N-o știu. De cât timp sunt împreună?

— Doar de câteva săptămâni. Fii atentă aici.

Ochii lui Kimberly se luminează datorită subiectului ei preferat: bârfa de la birou.

— Christian i-a auzit împreună.

Mai iau o înghițitură de vin, așteptând să-mi explice.

— Adică împreună-*împreună*. Adică și-o trăgeau la el în birou! Și ce e și mai tare e că i-a auzit...

Face o pauză ca să râdă.

— Erau perverși. Cred că Trevor e un șmecher în pat. Erau acolo niște pălmuțe, niște porecle perverse, tot ce trebuie.

Izbucnesc în râs ca o școlăriță tâmpă. O școlăriță care a băut prea mult vin.

— Nu cred!

Nu mi-l pot imagina de Trevor cel drăguț pălmuind pe cineva la fund. Numai imaginea asta mă face să râd și mai tare și scutur din cap ca să nu mă gândesc prea mult la asta. Trevor e arătos, foarte arătos, dar e atât de bine-crescut și de drăguț.

— Jur! Christian era convins că o legase de birou sau de altceva, pentru că atunci când l-a văzut, după aceea, dezlega ceva pe acolo!

Kimberly dă din mâini, iar mie îmi dă vinul pe nasul. După paharul ăsta mă opresc. Unde e Hardin, poliția alcoolului, când am nevoie de el?

Hardin.

Inima începe să-mi bată cu putere, iar râsul îmi amuțește până când Kimberly adaugă un alt amănunt picant poveștii.

— Am auzit că ține o cravașă la birou.

— Cravașă? zic eu, coborând vocea.

— Bici de călărie. Caută pe Google.

Izbucnește în râs.

— Nu-mi vine să cred. E atât de dulce și amabil. Nu cred c-ar putea lega o femeie de birou și că și-ar face mendrele cu ea!

Pur și simplu nu-mi pot închipui. Mintea mea trădătoare și îmbătată de vin începe să-și imagineze scene cu Hardin și birouri și mâini legate și palme la fund.

— Oricum, cine face sex la birou? Dumnezeule, pereții ăia sunt subțiri ca hârtia.

Rămân cu gura căscată. Imagini reale, amintiri cu Hardin punându-mă capră pe biroul meu, îmi vin în minte, iar obrajii mei deja înfierbântați se înroșesc și iau foc. Kimberly mă privește zâmbind atotcunoscător și își dă capul pe spate.

— Presupun că aceleași persoane care fac sex în sălile de forță din casele oamenilor, zice ea, chicotind.

O ignor în ciuda stânjenelii pe care o simt.

— Înapoi la Trevor, zic, ascunzându-mă în spatele paharului.

— Știam eu că e un ciudat. Tipii care poartă zilnic costum sunt mereu niște ciudați.

— Doar în romanele alea obscene, ripostez eu, gândindu-mă la o carte pe care plănuiam s-o citesc, dar n-avusesem timp.

— Poveștile alea vin de undeva, nu-i așa?

Îmi face cu ochiul.

— Tot mă plimb pe lângă biroul lui Trevor, în speranța c-o să-l aud cum i-o pune, dar n-am avut noroc... deocamdată.

Râsetele din seara asta m-au destins, într-un fel pe care nu-l mai simțisem de mult timp. Încerc să mă agăț de sentimentul ăsta și să-l păstrez cât mai mult cu putință — nu vreau să dispară.

— Cine să știe că Trevor e așa de ciudat, nu?

Ridică din sprâncene, iar eu clatin din cap.

— Al dracului Trevor, zic eu, apoi tac, iar Kimberly izbucnește într-un râs zgomotos.

— *Drăcosul* de Trevor! chițăie ea, iar eu mă alătur ei, repetând pe rând porecla și gândindu-ne la scenele care au generat-o.

48

Hardin

Ziua asta a fost lungă. Prea lungă şi sunt gata să mă culc. După discuţia de la inimă la inimă cu Ken sunt epuizat. Asta şi apoi Sarah-Sonya-cum o cheamă şi Landon care şi-o trăgeau din priviri peste masă m-au plictisit de moarte.

Chiar dacă mi-ar fi plăcut ca Tessa să nu fi plecat fără să-mi spună, nu pot să spun asta cu voce tare, pentru că nu-mi datorează niciun fel de explicaţie.

Am jucat cinstit, aşa cum i-am promis Tessei, şi am mâncat în tăcere în timp ce Karen şi tata sau cine-o fi ăsta m-au urmărit cu atenţie, aşteptându-se să explodez sau să le stric cumva cina. Dar n-am făcut asta. Am stat tăcut şi mi-am mestecat mâncarea. Nici măcar nu mi-am pus coatele pe faţa de masă urâtă despre care Karen crede că aduce un aer pastelat de primăvară, deşi n-aduce. E hidoasă şi cineva ar trebui să-i dea foc când ea se uită-n altă parte.

Mă simt un pic mai bine — ciudat ca naiba — dar un pic mai bine după ce am discutat cu tata. Mi se pare amuzant că acum îl numesc pe Ken tată, iar când eram adolescent nici nu-i puteam rosti numele fără să mă înnegurez sau fără să-mi doresc să-l pocnesc. Acum că înţeleg — mă rog, înţeleg oarecum — cum s-a simţit şi de ce a făcut ce a făcut, o parte din furia dinăuntrul meu a început să se topească.

A fost ciudat, totuşi, să simt cum mânia asta îmi părăseşte trupul. Am văzut senzaţia asta explicată în romane — iertare se numeşte — dar n-am simţit-o niciodată până în seara asta. Nu sunt nici măcar convins că-mi place sentimentul ăsta, dar recunosc că mă ajută să-mi iau gândul de la durerea constantă pe care mi-o aduce dorul de Tessa. Într-un fel.

Mă simt mai bine... mai fericit? Nu știu, dar nu mă gândesc decât la viitor. Un viitor în care Tessa și cu mine cumpărăm mochetă și rafturi sau ce-or cumpăra oamenii căsătoriți. Singurii oameni căsătoriți care se suportă reciproc sunt Ken și Karen și habar n-am ce fac împreună. În afară de faptul că fac copii după patruzeci de ani. Mă crispez la acest gând și mă prefac că nu m-am gândit niciodată la viața lor sexuală.

Ca să fiu sincer, să mă gândesc la viitor e mai distractiv decât mi-am imaginat vreodată. N-am așteptat niciodată nimic de la viitor, cum n-am așteptat nici de la prezent. Am știut întotdeauna că voi fi singur, așa că nu nu m-am deranjat să-mi fac planuri stupide sau speranțe. Până acum vreo opt luni, nici nu știam că există cineva ca Tessa. N-aveam idee că blonda asta enervantă era pe undeva, așteptând să-mi întoarcă viața cu fundul în sus, înnebunindu-mă și făcându-mă s-o iubesc mai mult decât viața însăși.

La naiba, dacă aș fi știut că e pe acolo, nu mi-aș mai fi pierdut vremea futând fiecare tipă care-mi ieșea în cale. Înainte nu aveam nicio motivație; nu mă ajuta nicio forță cu ochi albaștri-cenușii, nu mă ghida prin viața mea aiurită, așa că am făcut prea multe greșeli și acum trebuie să muncesc mai mult ca să-mi repar erorile.

Dacă aș putea da timpul înapoi, nu m-aș mai atinge de nicio altă fată. Nici măcar de una. Și dacă aș fi știut cât va fi de minunat s-o ating pe Tessa, m-aș fi pregătit, aș fi numărat zilele până ar fi dat buzna în camera mea de la frăția studențească, punând mâna pe cărțile și lucrurile mele după ce îi spusesem clar să n-o facă.

Singurul lucru care mă ține oarecum la suprafață e speranța c-o să-și revină, în cele din urmă. De data asta o să vadă că nu-mi iau cuvintele înapoi. O să mă-nsor cu ea, chiar dacă voi fi nevoit s-o târăsc la altar.

Asta e o altă problemă de-a noastră, gândurile astea impulsive. N-o să recunosc în fața ei, dar nu pot decât să zâmbesc când mă gândesc la ea în rochie albă, încruntându-se și țipând la mine, în timp ce eu practic o duc cu forța la altar, iar în fundal se aude un cântecel lacrimogen, cântat la harpă și la alte instrumente care nu se folosesc decât la nunți și la înmormântări.

Dacă aș avea numărul ei de telefon, i-aș da un mesaj doar ca să văd dacă e OK. Nu vrea să-l am. A trebuit să mă stăpânesc ca să nu-i smulg mobilul lui Landon din buzunar și să i-l fur până după cină.

Zac în pat în loc să mă aflu în drum spre Seattle. Ar trebui, aș putea, trebuie să, dar nu se poate. Trebuie să-i acord puțin spațiu sau va fugi și mai tare de mine. Deschid telefonul în întuneric și mă uit la pozele cu ea. Dacă pozele sunt tot ce voi avea o bună perioadă de-acum încolo, atunci îmi trebuie mai multe. 772 nu sunt suficiente.

În loc să continui să mă comport ca un obsedat, mă dau jos din pat și îmi trag pe mine o pereche de pantaloni. Nu cred că Landon sau Karen cea gravidă ar fi bucuroși să mă vadă gol. Sau poate că ar fi. Zâmbesc când îmi imaginez asta și îmi iau un răgaz ca să-mi fac un plan. Landon se va încăpățâna, știu, dar e ușor de convins. La a doua glumă stânjenitoare despre noua lui iubită, va striga numărul de telefon al Tessei și se va înroși ca un preșcolar.

Bat la ușă de două ori, avertizându-l așa cum trebuie înainte de a deschide ușa. Doarme pe spate, cu o carte pe piept. Al naibii *Harry Potter.* Trebuia să-mi dau seama...

Aud un zgomot și văd o lumină slabă. Ca un semn din ceruri, ecranul telefonului i se luminează și îl iau de pe noptieră. Apar numele Tessei și începutul unui mesaj: *Hei, Landon, dormi? Pentru că...*

Restul mesajului nu se mai vede. Dar trebuie să-l aflu.

Îmi lungesc gâtul, încercând să nu devin gelos. *De ce-i trimite mesaje atât de târziu?*

Încerc să-i ghicesc parola, dar e greu. A lui Tess era atât de evidentă și de comică. Știam că ea, ca mine, se va teme că va uita și a pus 1234. Asta-i parola noastră pentru orice. Coduri PIN sau de la cablu, orice are nevoie de cifre, asta folosim.

Vedeți, practic suntem deja căsătoriți. Putem fi căsătoriți și când vreun hacker ne va fura identitatea — ha.

Îl pocnesc pe Landon cu o pernă de pe pat, iar el mârâie.

— Trezește-te, tâmpitule!

— Cară-te!

— Vreau numărul Tessei.

Zbang.

— Nu.

Zbang. Zbang. Zbang și mai tare.

— Ahh! se vaită el, ridicându-se în fund. Bine. O să ți-l dau.

Se întinde după telefon, pe care i-l pun în palmă în timp ce urmăresc ce taste apasă, pentru orice eventualitate. Îmi dă telefonul după ce-l deblochează. Îi mulțumesc și scriu numărul Tessei în mobilul meu. Ușurarea pe care o simt când îl salvez e demnă de milă, dar nu-mi pasă. Îl mai pocnesc o dată pe Landon cu perna, așa de drag, și ies din cameră.

Cred că-l aud înjurându-mă până când închid, râzând, ușa. M-aș putea obișnui cu această senzație, cu această speranță care apare când îi scriu un mesaj de noapte bună iubitei mele și aștept nerăbdător să-mi răspundă. Totul pare să-mi meargă din ce în ce mai bine, în sfârșit, și ultimul pas va fi iertarea din partea Tessei. Am nevoie numai de o rază de speranță pe care ea mi-a oferit-o întotdeauna.

Harrrdin? zice mesajul.

La naiba, tocmai începusem să cred că o să mă ignore.

Nu, nu Harrrdin. Doar Hardin. Mă hotărăsc să încep discuția cu o glumă, deși vreau s-o rog să se întoarcă de la Seattle sau să nu se sperie dacă apar acolo în miez de noapte.

Scuze, nu pot să scriu pe tastatura asta. E prea sensibilă.

Mi-o pot imagina cum stă în patul ei de la Seattle, mijind ochii și încruntându-se, în timp se tastează fiecare literă cu degetul arătător.

Mda, iPhone, ha? Vechea ta tastatură era imensă, așa că pricep de ce ai acum probleme.

Îmi răspunde cu o față zâmbitoare și sunt impresionat și amuzat că știe să folosească emoji. Eu le urăsc de moarte și nu-mi place să le folosesc, dar iată-mă cum mă grăbesc să le descarc ca să-i pot răspunde cu un zâmbăreț asemănător.

Mai ești acolo? întreabă ea.

Mda, de ce ești trează atât de târziu. Am văzut că i-ai scris lui Landon. N-ar fi trebuit să-i trimit asta.

Trec câteva secunde, după care ea îmi trimite imaginea unui păhărel de vin. Trebuia să-mi dau seama că o să se ducă la Kim.

Vin, ha? îi scriu, adăugând ceea ce pare o față mirată, cred. De ce sunt atâtea emoji? De ce mama dracului ai vrea să trimiți cuiva fața unui tigru?

Curios și puțin entuziasmat de atenția pe care mi-o acordă, îi trimit nenorocitul de tigru și izbucnesc în râs când văd că-mi răspunde cu o cămilă. Râd de fiecare dată când îmi trimite o imagine mică și imbecilă care nu-i e nimănui de niciun folos.

Mă bucur că s-a prins de glumă, că și-a dat seama că i-am trimis un tigru pentru că n-are nicio logică și că acum jucăm „trimite un emoji la întâmplare" și că stau aici întins, în întuneric, râzând atât de tare încât mă doare stomacul.

Nu mai am, zice ea, după vreo cinci minute de schimburi de emoji.

Nici eu. Ești obosită.

Da, am băut prea mult vin.

Te-ai distrat? Sunt surprins că vreau să-mi spună că da, că s-a distrat, chiar dacă eu n-am fost acolo cu ea.

Da, m-am distrat. Tu ești OK? Sper că a mers bine cu tatăl tău.

A mers, poate îți povestesc când ajung la Seattle? Completez mesajul meu insistent cu o inimioară și cu o imagine a unui zgârie-nori.

Poate.

Îmi pare rău că am fost un iubit atât de nasol. Meriți ceva mai bun decât mine, dar te iubesc. Trimit mesajul înainte de-a mă controla. E adevărat și nu mă pot abține să-i spun asta acum. Am făcut greșeala de a-mi ascunde sentimentele față de ea, de aceea se îndoiește acum de promisiunile mele.

Am băut prea mult ca să port această conservație. Christian l-a auzit pe Trevor făcând sex în biroul lui.

Îmi dau ochii peste cap când îi văd numele pe ecran. Al naibii Trevor. *Al naibii Trevor.*

Asta am zisz și io. Iam spus lui Kim aclași lucru.

Ai prea multe greșeli ca să mai pot citi. Du-te la culcare, scrie-mi mâine, îi trimit, apoi încep un mesaj nou. *Te rog. Te rog, scrie-mi mâine.*

Un zâmbet mi se întinde pe toată fața când îmi trimite emoji cu un telefon, o față somnoroasă și un nenorocit de tigru.

49

Hardin

Vocea bine cunoscută a lui Nate răsună pe holul îngust:

— Scott!

La naiba. Știam că n-am cum să scap fără să mă-ntâlnesc cu unul dintre ei. Am venit în campus să vorbesc cu profesorii. Voiam să mă asigur că le poate lăsa tata ultimele mele teme. Ajută mult să ai prieteni sau părinți cu relații, astfel că primesc permisiunea de a lipsi restul semestrului de la cursuri. Oricum am chiulit de la o grămadă, nu cred că se va observa diferența.

Părul blond al lui Nate e mai lung acum și îi stă ridicat pe frunte, sub forma unor țepi ciufuliți.

— Hei, frate, am senzația că încerci să ne eviți, spune el, privindu-mă direct în ochi.

— Ești receptiv, nu-i așa?

Ridic din umeri, n-are niciun sens să mint.

— Am urât întotdeauna cuvintele mari.

Izbucnește-n râs.

Mi-ar fi plăcut mai mult să nu mă-ntâlnesc cu el azi sau niciodată, de altfel. Nu e ceva personal; de fapt, pe el îl plăceam mai mult decât pe ceilalți prieteni ai mei, dar am terminat-o cu ei. El însă continuă discuția.

— Nu te-am mai văzut în campus de o veșnicie. Nu termini școala în curând?

— Ba da. Pe la jumătatea lunii viitoare.

Se ține după mine încet.

— Și Logan la fel. O să vii la absolvire, nu-i așa?

— Nici gând.

Izbucnesc în râs.

— Nu-mi vine să cred că tocmai m-ai întrebat aşa ceva.

Faţa încruntată a Tessei îmi apare-n minte şi mă muşc de buză ca să nu zâmbesc. Ştiu că ea îşi doreşte să vin la absolvire, dar aşa ceva nu se va întâmpla.

Poate că totuşi ar trebui să mă mai gândesc la asta?

— Bine... spune el.

Apoi arată către mâna mea.

— Ce-i cu ghipsul ăsta?

Îl ridic puţin şi mă uit la el.

— Poveste lungă.

Una pe care n-am de gând să ţi-o spun ţie.

Vezi, Tessa, am învăţat să mă stăpânesc.

Chiar dacă vorbesc cu tine în mintea mea şi tu nici măcar nu eşti aici.

Bine, deci poate sunt eu nebun, dar mă port drăguţ cu oamenii... Ai fi mândră de mine.

La naiba, mă pricep foarte bine.

Nate clatină din cap şi-mi ţine uşa. Ne îndreptăm către clădirea administrativă.

— Deci, cum merge treaba? întreabă el, care a fost mereu cel mai vorbăreţ din toată gaşca.

— Bine.

— Ea ce face?

Mă opresc din mers, iar el face un pas înapoi, ridicând mâinile de parcă ar vrea să se apere.

— Întreb doar ca prieten. Nu v-am mai văzut pe niciunul, iar tu nu ne-ai mai răspuns la telefon de mult timp. Zed e singurul care mai vorbeşte cu Tessa.

Încearcă să mă scoată din minţi?

— Zed nu vorbeşte cu ea, mă răstesc eu, ofticat că îl las pe Nate să mă enerveze atât de uşor.

Nate îşi duce agitat mâna la frunte.

— Nu voiam să sune așa, dar el ne-a spus despre tatăl ei și a povestit c-a fost la înmormântare, deci...

— Deci nimic. Nu înseamnă nimic pentru ea. Mergi odată.

Discuția asta nu duce nicăieri și-mi amintesc că nu mai vreau să-mi pierd vremea cu niciunul dintre ei.

— Bine.

Dacă m-aş uita la el, sigur l-aş vedea dându-și ochii peste cap. Dar mă ia prin surprindere când spune, cu un strop de emoție în glas:

— Eu nu ți-am greșit niciodată cu nimic, știi bine.

Mă-ntorc la el și observ că emoția i se citește și pe față.

— Nu vreau să fiu un imbecil, îi zic, simțindu-mă un pic vinovat.

E un tip de treabă, mai de treabă decât mine și decât majoritatea prietenilor noștri. Ai lui, că ai mei nu mai sunt. Se uită pe lângă mine.

— Mie așa mi se pare.

— Ei bine, nu sunt. Am depășit faza asta. Știi?

Îl privesc în ochi.

— Nu mai sunt așa. Petrecerile, băutura, fumatul, agațamentele — am depășit toate astea. Deci chiar nu vreau să fiu imbecil față de tine, dar pe bune că am trecut peste faza asta.

Nate scoate o țigară din buzunar și singurul zgomot pe care-l aud este țăcănitul brichetei. Pare că a trecut o veșnicie de când o ardeam prin campus cu el și cu restul găștii. Pare că a trecut o veșnicie de când bârfeam pe toată lumea și mă trezeam mahmur în fiecare dimineață. Pare că a trecut o veșnicie de când viața mea mai însemna și altceva în afară de ea.

— Înțeleg ce spui, zice el după ce trage un fum. Nu-mi vine să cred că aud astea din gura ta, dar înțeleg și sper că știi că-mi pare rău că am fost implicat în tot rahatul ăla cu Steph și Dan. Știam că pun ei ceva la cale, dar habar n-aveam ce.

Ultimul lucru la care vreau să mă gândesc sunt Steph, Dan și mizeria pe care au pus-o la cale.

— Mda, în fine, putem vorbi la nesfârșit despre asta, dar concluzia ar fi aceeași. Nu sunt demni să respire același aer cu Tessa.

— Steph a plecat, oricum.

— Unde a plecat?

— În Louisiana.

Bravo. Vreau să stea cât mai departe de Tessa.

Sper să-mi scrie Tessa mai repede; oarecum a fost de acord să-mi scrie azi și mă agăț de gândul ăsta. Dacă nu-mi scrie în curând, o să clachez și o să-i scriu eu primul. Încerc s-o las în pace, dar conversația noastră cu emoji de azi-noapte a fost cel mai distractiv moment de când... mă rog, de când m-am culcat cu ea, cu câteva ore înainte. Tot nu-mi vine să cred că sunt atât de norocos și că ea îmi permite să-i stau în preajmă.

După aia am fost un cretin, dar nu despre asta-i vorba acum.

— Tristan a plecat cu ea, îmi spune Nate.

Începe să bată vântul și întregul campus pare dintr-odată un loc mai bun acum, că Steph s-a mutat în alt stat.

— E un fraier, zic.

— Ba nu, nu e, spune Nate, apărându-și prietenul. Chiar o place. Mă rog, o iubește, cred.

Râd batjocoritor.

— Cum ziceam, e un fraier.

— Poate că el o cunoaște într-un fel în care noi n-o cunoaștem.

Cuvintele lui mă fac să râd, enervat.

— Ce mai e de aflat? E o târfă nebună.

Nu-mi vine să cred că, de fapt, îi ia apărarea lui Steph — în fine, lui Tristan, care s-a împăcat cu Steph, în ciuda faptului că e o descreierată care a încercat să-i facă rău Tessei.

— Nu știu, frate, dar Tristan e prietenul meu, așa că nu-l judec, spune Nate, privindu-mă cu răceală. Probabil că multă lume spune același lucru despre tine și Tessa.

— Sper că pe mine mă compari cu Steph, nu pe Tessa.

— Evident.

Își dă ochii peste cap și scrumează într-o parte.

— Ar trebui să vii cu mine la frăția studențească. De dragul vremurilor de altădată. N-or să fie mulți oameni, doar câțiva cunoscuți.

— Dan?

Telefonul îmi vibrează în buzunar și văd pe ecran numele Tessei.

— Nu știu, dar pot să mă asigur că nu vine cât timp ești tu acolo.

Am ajuns în parcare deja. Mașina mea e la câțiva metri distanță, iar motorul lui e parcat în primul rând. Tot nu-mi vine să cred că încă n-a făcut praf chestia aia nenorocită. A căzut de cel puțin cinci ori în ziua în care și-a luat permisul și știu că nu poartă nici cască atunci când zboară cu ea prin oraș.

— E-n regulă. Oricum am altceva de făcut, mint eu, salutând-o pe Tessa.

Sper ca planurile mele să însemne că vorbesc cu Tessa ore întregi. Aproape că eram pe punctul de a merge la nenorocita aia de casă a frăției, dar faptul că vechii mei „prieteni" încă își pierd vremea cu Dan îmi amintește de ce n-am rămas în relații cu ei.

— Ești sigur? Ar fi pentru ultima oară când ne distrăm împreună, înainte să termini școala și să-ți lași iubita gravidă. Știi că asta se va-ntâmpla, nu? mă tachinează el.

Limba îi strălucește în soare, iar eu îl împing cât colo.

— Ți-ai făcut piercing în limbă? îl întreb, trecând gânditor cu degetul peste mica mea cicatrice de la sprânceană.

— Da, acum vreo lună. Tot nu-mi vine să cred că tu ți le-ai scos. Și mi-a plăcut cum ai evitat ce ți-am zis la sfârșit.

Râde, iar eu încerc să-mi aduc aminte ce a zis. Ceva despre iubita mea... gravidă.

— O, la naiba, nu. Nimeni nu rămâne gravidă, cretinule. Du-te naibii pentru că încerci să mă blestemi cu așa ceva.

Îi trag una peste umăr, iar el râde și mai tare.

Căsătoria e una. Copiii sunt cu totul și cu totul altceva.

Mă uit la telefon. Oricât de plăcut ar fi să discut cu Nate, vreau să mă concentrez la Tessa și la mesajele ei, mai ales că mi-a scris că se duce la doctor. Îi răspund ceva la repezeală.

— Uite-l pe Logan acolo.

Nate mă face să-mi ridic privirea din mobil și-l văd pe Logan, care vine către noi.

— Rahat, face Nate, iar eu mă uit mai bine la tipa de lângă Logan. Îmi pare cunoscută, dar nu chiar... Molly. E Molly, dar acum are părul negru, nu roz. Am un noroc remarcabil astăzi.

— Ei bine, gata. Am treabă de făcut, spun eu, încercând să ocolesc dezastrul care vine direct spre mine.

Exact când dau să plec, văd cum Molly se lipește de Logan, iar el o cuprinde cu brațul peste talie.

Ce mama dracului?

— Ei doi? zic eu, uluit. Ăștia doi? Și-o trag?

Mă uit la Nate; nenorocitul nici măcar nu încearcă să-și ascundă satisfacția.

— Dap. De o vreme bună. N-au spus nimănui până acum vreo trei săptămâni. Eu m-am prins mai devreme. Știam că e ceva la mijloc pentru că ea nu mai era nemernica de odinioară.

Molly își aranjează părul negru și îi zâmbește lui Logan. Nici măcar nu-mi aduc aminte de ea să fi zâmbit vreodată. N-o pot suporta, dar nici n-o mai urăsc așa cum o uram. Totuși, a ajutat-o pe Tessa...

— Nici să nu te gândești să pleci până nu ne spui de ce ne ocolești! se aude vocea lui Logan prin toată parcarea.

— Am lucruri mai bune de făcut! strig eu, verificându-mi din nou telefonul.

Vreau să știu de ce s-a dus Tessa din nou la doctor. Nu mi-a răspuns la întrebare în ultimul mesaj și vreau să știu. Sunt sigur că totul e în regulă, sunt doar un dobitoc curios.

Molly zâmbește în bătaie de joc.

— Lucruri mai bune? Cum ar fi să i-o tragi Tessei la Seattle?

Și, exact ca odinioară, îi arăt degetul mijlociu.

— Du-te dracului.

— Nu mai fi așa sensibil. Știm cu toții că v-ați tras-o încontinuu de când v-ați cunoscut, mă necăjește ea.

Mă uit la Logan, spunându-i din priviri s-o facă să-și țină gura, dar el ridică din umeri.

— Voi faceți o pereche deosebită.

Ridic din sprânceană, iar vechiul meu prieten îmi arată degetul mijlociu.

— Măcar acum te lasă-n pace, corect? ripostează Logan, iar eu izbucnesc în râs.

Aici are dreptate.

— Unde e Tessa? întreabă Molly. Nu că mi-ar păsa. Nu-mi place de ea.

— Știm, spune Nate, iar Molly își dă ochii peste cap.

— Nici ei nu-i place de tine. De fapt, nimănui nu-i place de tine, îi reamintesc eu, la mișto.

— Touché.

Zâmbește și se rezeamă de umărul lui Logan.

Cred că Nate avea dreptate: Molly chiar pare mai puțin nemernică. Puțin.

— Păi, atunci, mă bucur că v-am văzut, serios, zic eu cu sarcasm și dau să plec. Am lucruri mai bune de făcut, deci distrați-vă în continuare. Și, Logan, să nu renunți să i-o tragi. Pare să funcționeze.

Îi salut și mă urc în mașină. Exact când închid mașina, aud un amestec de „E mai binedispus“ și „E sub papuc“ și „Mă bucur pentru el“.

Cel mai ciudat e că ultima replică a venit de la Târfa Malefică însăși.

50.

Tessa

Sunt stânjenită, agitată şi mi-e un pic frig. Stau aici, îmbrăcată într-un halat de spital, într-o sală micuţă de examinare, la fel ca altele de pe hol. Camerele astea ar trebui să fie mai colorate — puţină vopsea ar fi de-ajuns, poate chiar o fotografie înrămată, aşa cum am văzut în oricare alt salon în care am intrat vreodată. În afară de asta. Asta e albă şi atât. Pereţi albi, birou alb, podea albă.

Trebuia să-i accept oferta lui Kimberly de a mă însoţi astăzi. Mă descurc de una singură, dar nu mi-ar fi stricat un pic de sprijin azi şi un pic de umor m-ar fi ajutat să mă calmez. M-am trezit azi-de-dimineaţă simţindu-mă mai bine decât merit, fără nicio urmă de mahmureală. Chiar mă simţeam bine. Am adormit cu un zâmbet pe faţă, parţial de la vin, parţial de la Hardin, şi am dormit mai liniştită decât în ultimele săptămâni.

Lucrurile mi se tot învârt în cap, ca de fiecare dată când e vorba despre Hardin. Am citit şi am recitit conversaţia noastră glumeaţă de aseară şi am zâmbit de fiecare dată, indiferent de câte ori am parcurs mesajele.

Îmi place de Hardin ăsta simpatic, răbdător, jucăuş. Mi-ar plăcea să-l cunosc mai bine pe acest Hardin, dar mi-e teamă că nu va fi prea multă vreme în preajmă. Nici eu nu voi mai fi multă vreme pe aici. Plec la New York cu Landon şi, cu cât se apropie mai mult data plecării, cu atât mai agitată devin. Nu-mi dau seama dacă sunt emoţii bune sau nu, dar azi nu mă pot stăpâni şi, în acest moment, sunt multiplicate.

Dau din picioare peste marginea incomodului pat de examinare şi nu mă pot hotărî dacă să-mi ţin picioarele încrucişate sau nu. E o tâmpenie, dar îmi distrage atenția de la frigul din încăpere și de la emoții. Îmi scot telefonul din geantă și-i scriu lui Hardin — doar ca să am ceva de făcut cât aștept, desigur. Îi scriu un simplu *hei* și aștept, tot încrucișându-mi și desfăcându-mi picioarele.

Mă bucur că mi-ai scris pentru că mai stăteam o oră și-ți scriam eu, răspunde el.

Zâmbesc; deși n-ar trebui să-mi placă pretențiile din spatele cuvintelor lui, recunosc că-mi plac. E atât de sincer în ultima vreme și îmi place asta la nebunie.

Sunt la doctor și aștept de-o vreme. Ce mai faci?

Îmi răspunde repede.

Nu mai fi atât de oficială. De ce te-ai dus la doctor? Te simți bine? Nu mi-ai spus că te duci. Eu sunt bine, nu-ți face griji, deși sunt aici cu Nate, care încearcă să mă ducă mai târziu la distracție. De parcă are vreo șansă.

Nu-mi place gheara care mi se pune-n piept la gândul că Hardin pierde iarăși vremea cu vechii lui prieteni. Nu e treaba mea ce face sau cu cine își petrecere timpul, dar nu pot scăpa de senzația nasoală care mă copleșește când mă gândesc la amintirile asociate cu ei.

Peste câteva secunde: *Nu că trebuia, dar ai fi putut să-mi spui. Aș fi venit cu tine.*

Sunt bine. Mă descurc singură. Îmi dau seama că-mi pare rău că nu i-am dat de ales.

Ai fost mai mult singură de când m-ai cunoscut pe mine.

Nu chiar. Nu știu ce să mai spun pentru că sunt amețită și mă simt oarecum fericită că e îngrijorat pentru mine și că e atât de deschis.

Îmi trimite cuvântul *Mincinoaso,* alături de o pereche de jeans și de o minge de foc. Îmi acopăr gura cu o mână ca să-mi înăbuș hohotul de râs. Chiar atunci intră doctorul.

A venit doctorul, îți scriu mai târziu.

Să-mi spui dacă nu-și ține mâinile acasă.

Îmi pun telefonul deoparte și încerc să nu mai rânjesc ca o proastă. Dr. West își pune mănușile de latex.

— Ce-ați mai făcut?

Ce-am mai făcut? Nu cred că vrea să audă răspunsul la întrebarea asta, nici nu cred că are timpul necesar să mă asculte. E medic ginecolog, nu psihiatru.

— Bine, îi răspund, tresărind la ideea conversației în timp ce el mă așază ca să mă examineze.

— Au venit analizele de sânge, dar nu e nimic care să ne îngrijoreze.

Răsuflu ușurată.

— Totuși, zice el sumbru și apoi tace.

Știam eu că e un „totuși“.

— M-am uitat la ecografii și am tras concluzia că aveți un col foarte îngust și, din câte am văzut, foarte scurt. Vreau să vă arăt, dacă se poate.

Dr. West își aranjează ochelarii, iar eu dau din cap. Col scurt și îngust. M-am documentat și eu pe internet ca să știu ce înseamnă.

În decurs de zece minute mi-a arătat în amănunt lucrurile pe care deja le știam. Știam ce-mi va spune la sfârșit. Știam din momentul în care am plecat din biroul lui, în urmă cu două săptămâni și jumătate. Mă-mbrac și cuvintele lui îmi răsună în cap:

— *Nu imposibil, dar foarte improbabil.*

— *Sunt și alte variante — adopția e o cale pe care-o aleg mulți oameni.*

— *Încă sunteți foarte tânără. Când o să mai înaintați în vârstă, dumneavoastră și partenerul puteți studia cele mai bune opțiuni pe care le aveți. Îmi pare rău, domnișoară Young.*

Fără să mă gândesc, îl sun pe Hardin în drum spre mașină. Intră căsuța vocală de trei ori, apoi mă silesc să pun telefonul deoparte.

N-am nevoie de el, n-am nevoie de nimeni în acest moment. Mă descurc și singură. Știam asta deja. În mintea mea deja am rezolvat problema asta și nu mă mai interesează.

N-are nicio importanță că Hardin n-a răspuns la telefon. Sunt în regulă. Cui îi pasă că nu pot rămâne gravidă? Am doar nouăsprezece ani și toate celelalte planuri pe care mi le-am făcut s-au spulberat oricum. Asta e doar ultima piesă a planului meu suprem și s-a spulberat și ea.

Drumul înapoi până acasă la Kimberly durează iarăși mult din cauza traficului aglomerat. M-am hotărât: urăsc să conduc. Urăsc oamenii violenți în trafic. Urăsc vremea mereu ploioasă de aici. Le urăsc pe fetele care ascultă muzică cu volumul la maximum și cu geamurile deschise, deși plouă. Închideți geamurile și gata!

Urăsc faptul că încerc să-mi păstrez optimismul și să nu mă transform în Tessa aia demnă de milă de săptămâna trecută. Urăsc faptul că nu mă pot gândi la altceva decât la faptul că trupul meu m-a trădat în cel mai intim mod cu putință.

Așa m-am născut, spune dr. West. Sigur că da. Exact ca mama, nu contează cât de perfectă mă străduiesc să fiu, nu se va întâmpla niciodată. Măcar e o parte bună aici, una dementă. Măcar eu n-o să transmit niciuna din trăsăturile pe care le-am moștenit de la ea vreunui copil. Presupun că nu pot da vina pe mama pentru colul meu defect, dar tare mi-aș dori. Vreau să dau vina pe cineva sau pe ceva anume, dar nu pot.

Așa merg lucrurile pe lumea asta: dacă vrei o chestie cu orice preț, nu ai cum să ajungi la ea. Așa cum e și cu Hardin. Fără Hardin și fără copii. Oricum n-ar fi mers bine împreună, dar era drăguț să mă prefac că pot avea și una, și alta.

Intru în casa lui Christian și mă bucur să constat că sunt singură. Nu-mi verific telefonul, ci mă dezbrac direct și intru la duș. Nu știu cât stau acolo, privind apa cum se duce pe scurgere la nesfârșit. Când apa se răcește, ies în cele din urmă din duș și mă-mbrac cu tricoul lui Hardin pe care l-a uitat la mine-n valiză, când m-a trimis pachet acasă de la Londra.

Acum stau întinsă aici, în patul ăsta gol, și, exact când încep să-mi doresc să apară Kimberly, primesc un mesaj de la ea în care-mi spune că ea și Christian rămân peste noapte în oraș, iar Smith va fi la bonă. Am toată casa la dispoziție și n-am ce să fac, n-am cu cine vorbi. N-am pe nimeni acum și nici mai târziu n-o să am un bebeluș pe care să-l iubesc și să-l îngrijesc.

Îmi tot plâng de milă și știu că e penibil, dar nu mă pot abține.

Bea niște vin și închiriază un film, pe cheltuiala noastră! răspunde Kimberly când îi urez petrecere frumoasă.

Telefonul începe să sune imediat după ce-i trimit mesajul. E Hardin, iar eu mă-ntreb dacă să-i răspund sau nu. Las să intre căsuța vocală, iau sticla de vin din frigider și mă simt pe Tărâmul celor Care-și Plâng de Milă.

O sticlă de vin mai târziu, sunt în living uitându-mă la un film de acțiune oribil despre un pușcaș marin care a devenit bonă și, ulterior, vânător de extratereștri. Era singurul film de pe listă care n-avea nimic de-a face cu dragostea, bebelușii sau orice aduce fericirea.

Când am devenit atât de depresivă? Mai iau o gură de vin, direct din sticlă. Am renunțat la pahar de cinci nave spațiale distruse încoace. Telefonul îmi sună din nou și, de data asta, mă uit la ecran și degetele mele bete răspund din greșeală în locul meu.

51

Hardin

— Tess? spun eu, încercând să-mi ascund panica.

Nu mi-a răspuns deloc toată seara, iar eu am înnebunit întrebându-mă cu ce i-am greşit — cu ce aş fi putut să mai greşesc de data asta.

— Da.

Are o voce neclară, înceată şi stinsă. Îmi dau seama imediat că a băut.

— Iar vin? zic eu chicotind. Iar vrei să-ţi ţin o predică? o necăjesc eu, dar ea tace. Tess?

— Da?

— Ce s-a întâmplat?

— Nimic. Mă uitam la un film.

— Cu Kimberly?

Mi se face rău la gândul că poate e cu altcineva.

— Cu mine însămi. Sunt singură-singurică în toată casa asta maaaaare.

Are vocea goală, chiar dacă trage de cuvinte.

— Unde sunt Kimberly şi Vance?

N-ar trebui să-mi fac atâtea griji, dar tonul ei mă alarmează.

— Nu sunt acasă în seara asta. Nici Smith. Sunt eu singură şi mă uit la un film. Povestea vieţii mele, nu-i aşa?

Râde, dar nu e nimic în spatele acestui râs. Nicio emoţie.

— Tessa, ce se întâmplă? Cât de mult ai băut?

Ea oftează la telefon şi pot să jur că o aud cum mai dă pe gât nişte vin.

— Tessa. Răspunde-mi.

— Sunt bine. Am voie să beau, nu-i aşa, *tată*? încearcă ea o glumă, dar felul în care rosteşte ultimul cuvânt îmi dă fiori.

— Dacă vrei să intrăm în detalii tehnice, tu n-ai voie să bei. Nu ai vârsta legală.

Eu sunt ultima persoană care ar trebui să-i ţină predici; e vina mea că a început să bea atât de des, dar această paranoia îngrozitoare mi se ghemuieşte în stomac. Bea de una singură şi pare tristă, aşa că sar direct în picioare.

— Mda.

— Cât de mult ai băut?

Îi dau un mesaj lui Vance, sperând că va răspunde.

— Nu foarte mult. Sunt în regulă. Ştii ce-i mai ciudat? bolboroseşte Tessa.

Îmi iau cheile. Nenorocitul ăsta de Seattle e departe ca naiba.

— Ce anume?

Îmi vâr picioarele în tenişi. Bocancii sunt prea greu de încălţat şi n-am timp de pierdut.

— E ciudat cum e cineva o persoană bună, dar i se tot întâmplă lucruri rele. Ştii?

La naiba. Îi mai scriu o dată lui Vance, de data asta spunându-i să-şi mişte fundul acasă — *acum*.

— Da, ştiu. Nu e deloc cinstit.

Urăsc că se simte aşa. E un om bun, cel mai bun pe care l-am întâlnit vreodată, şi, într-un fel sau altul, s-a trezit înconjurată de o trupă de distruşi, inclusiv eu. Pe cine păcălesc eu aici? Eu sunt cel mai rău dintre toţi.

— Poate n-ar mai trebui să fiu o persoană de treabă.

Poftim? Nu. Nu, nu, nu. N-ar trebui să vorbească aşa, să gândească aşa.

— Nu, nu gândi aşa.

Îi fac un semn lui Karen, care stă în pragul bucătăriei — întrebându-se, desigur, unde plec ca din puşcă atât de târziu.

— Încerc, dar nu mă pot abţine. Nu ştiu cum să mă opresc.

— Ce s-a întâmplat azi?

E greu de crezut că stau de vorbă cu Tessa mea, aceeaşi fată care vede mereu ce e mai bun în oameni — inclusiv în ea însăşi. Întotdeauna a fost atât de optimistă, de fericită, şi acum nu mai e. Pare atât de deznădăjduită, de înfrântă. Seamănă cu mine.

Sângele îmi îngheaţă în vene. Ştiam că asta se va-ntâmpla; ştiam că nu va mai fi aceeaşi persoană după ce-mi voi înfige ghearele în ea. Într-un fel ştiam că, din cauza mea, se va schimba. Speram să nu fie adevărat, dar în seara asta pare că aşa se va-ntâmpla.

— Nimic important, minte ea.

Vance tot nu mi-a răspuns. Sper să fie pe drum spre casă.

— Tessa, spune-mi ce s-a întâmplat. Te rog.

— Nimic. Cred că e doar karma mea care se răzbună, mormăie ea, iar sunetul unui dop scos umple tăcerea dintre noi.

— Care karma? Ești nebună? N-ai făcut niciodată nimic ca să meriţi toate tâmpeniile care ţi se întâmplă.

Nu mai spune nimic.

— Tessa, cred că în seara asta n-ar mai trebui să bei. Sunt pe drum spre Seattle. Ştiu că ai nevoie de spaţiu, dar îmi fac griji pentru tine şi... în fine, nu pot sta departe de tine, niciodată n-am putut.

— Mda...

Nici măcar nu mă ascultă.

— Nu-mi place când bei atât de mult, îi spun, ştiind că de fapt nu mă aude.

— Da...

— Sunt pe drum. Ia-ţi o sticlă cu apă. Bine?

— Da... o sticluţă...

Drumul către Seattle nu mi s-a părut niciodată atât de lung şi, din cauza distanţei dintre noi, văd şi eu în cele din urmă lucrurile aşa cum sunt, acest ciclu despre care tot vorbeşte Tessa. E un cerc care se opreşte aici — asta e ultima oară când zbor dintr-un oraş în altul ca să fiu lângă ea. Gata cu rahatul ăsta care nu se mai termină. Nu mai vreau să fug de problemele mele, nu mai vreau să-mi caut scuze. N-o să mai fac drumuri nesfârşite în toate direcţiile statului Washington doar pentru că eu am fugit atât de departe.

52

Hardin

Am sunat de patruzeci și nouă de ori.

De patruzeci și nouă de ori.

Patruzeci și nouă.

Știți cât înseamnă asta? Al dracului de mult. Imposibil de numărat, sau, cel puțin, nu sunt eu în stare să număr. O grămadă de apeluri.

Dacă mai rezist trei minute, plănuiesc să scot ușa de la intrare din țâțâni și să-i izbesc de toți pereții telefonul Tessei — acela la care se pare că nu știe să răspundă.

Bine, poate că n-ar trebui să-i izbesc telefonul de pereți. Poate doar o să calc din întâmplare de câteva ori pe el până va crăpa sub greutatea mea.

Poate.

O urecheală tot o să primească, de asta să fiți siguri. N-am mai primit niciun semn de la ea în ultimele câteva ore și n-are nici cea mai vagă idee cât de chinuitoare au fost ceasurile astea la volan. Merg cu patruzeci de kilometri la oră peste limita de viteză ca să ajung la Seattle cât mai repede cu putință.

Când sunt aproape, e deja trei dimineața, iar Tessa, Vance și Kimberly sunt toți pe lista mea neagră. Poate că ar trebui să le fac praf telefoanele tuturor, de vreme ce e clar că nu mai știu cum să răspundă la ele.

Ajung la poartă și intru în panică, chiar mai rău decât înainte. *Dacă au schimbat codul de securitate de la poartă? Dacă au schimbat codul?*

Măcar mai țin minte nenorocitul ăla de cod? Sigur că nu. O să răspundă careva la telefon când o să sun să le cer codul? Sigur că nu.

Dacă nu-mi răspund pentru că i s-a întâmplat ceva Tessei și au dus-o la spital și nu se simte bine și nu le merge rețeaua și...

Dar apoi văd că poarta e deschisă și asta mă mai enervează un pic. *De ce n-a cuplat Tessa sistemul de securitate dacă e aici de una singură?*

Înaintez pe drumul șerpuit și văd că mașina ei e singura parcată în fața casei imense. E bine de știut că Vance e aici când am nevoie de el... Halal prieten mai e. Tată, nu prieten. La naiba — acum nu e nici una, nici alta.

Când ies din mașină și mă apropii de ușa de la intrare, furia și neliniștea mă copleșesc. Felul în care vorbea, tonul ăla... de parcă nu mai era stăpână pe faptele ei.

Ușa e descuiată — sigur că e — iar eu intru până-n living și pe hol. Cu mâinile tremurând, deschid ușa dormitorului ei și mi se pune un nod în piept când văd că patul e gol. Nu numai că e gol, dar e neatins — perfect aranjat, cu colțurile cuverturii împăturite într-un fel imposibil de imitat. Am încercat și eu — e imposibil să faci patul așa cum îl face Tessa.

— Tessa! strig, intrând în baia de la capătul holului.

Îmi țin ochii închiși când aprind lumina. Nu aud nimic și îi deschid. Tot nimic. Răsuflu din ce în ce mai greu și trec în încăperea următoare. *Unde mama dracului e?*

— Tess! strig din nou, de data asta mai tare.

După ce o caut prin aproape toată vila asta nenorocită, de-abia mai pot respira. Unde e? Singurele camere care mi-au rămas sunt dormitorul lui Vance și o încăpere încuiată de la etaj. Nu sunt sigur că vreau să deschid ușa aia...

O să verific curtea și grădina interioară și dacă nu-i nici acolo, n-am nici cea mai vagă idee ce să fac.

— Theresa! Unde naiba ești? Nu e amuzant, jur...

Mă opresc din strigat când văd o mogâldeață ghemuită pe un șezlong din grădină. Mă apropii și văd că Tessa are genunchii strânși la piept, ca și cum ar fi adormit încercând să se încălzească.

Toată furia mi se evaporă și îngenunchez lângă ea. Îi dau părul la o parte de pe față și mă silesc să nu izbucnesc într-o criză de isterie, acum că am găsit-o. La naiba, câte griji mi-am făcut pentru ea. Cu pulsul accelerat, mă aplec deasupra ei și-i trec degetul mare peste buza de jos. Nu știu, de fapt, de ce am făcut asta; pur și simplu așa mi-a venit, dar nu regret. Ea începe să bată din pleoape și să ofteze.

— De ce ești afară? o-ntreb, gălăgios și încordat.

Tresare, speriată de tonul meu ridicat.

De ce nu ești înăuntru? Mi-am făcut griji pentru tine și mi-au trecut prin cap cele mai negre scenarii în ultimele câteva ore, vreau să spun.

— Slavă Cerului că dormeai, îi spun, în schimb. Te-am tot sunat, mi-am făcut griji pentru tine.

Se ridică în capul oaselor, ținându-și capul de parcă ar fi pe punctul să-i cadă.

— Hardin?

— Da, Hardin.

Își mijește ochii în întuneric și își masează ceafa. Când se ridică în picioare, o sticlă goală de vin cade pe asfaltul din grădină și se sparge.

— Îmi pare rău, își cere ea scuze, aplecându-se ca să ridice sticla spartă.

O îndepărtez ușurel și o prind de mână.

— Nu pune mâna. O să strâng eu mai târziu. Hai înăuntru.

O ajut să se ridice.

— Cum ai... ajuns... aici?

Vorbește împleticit și nici nu vreau să știu cât vin a băut după ce convorbirea telefonică s-a întrerupt. Am văzut cel puțin patru sticle goale la bucătărie.

— Cu mașina, cum altfel?

— Ai bătut tot drumul ăsta? Cât e ceasul?

Îmi cobor privirea pe trupul ei și constat că e îmbrăcată doar cu un tricou. Tricoul meu. Îmi observă privirea și se trage de marginea tricoului ca să-și acopere coapsele goale.

— Îl port pentru că...

Nu-și termină fraza, bâlbâindu-se.

— Îl port doar acum, numai de data asta, spune ea, fără nicio logică.

— E-n regulă, vreau să-l porți. Hai înăuntru.

— Mie îmi place aici, afară, spune ea încet, privind fix în întuneric.

— E prea frig. Mergem înăuntru.

O prind de mână, dar ea se retrage.

— Bine, bine, n-ai decât să stai aici, dar eu rămân cu tine, îi spun.

Ea dă din cap și se sprijină de balustradă; genunchii îi tremură și e palidă la față.

— Ce s-a întâmplat aseară?

Ea nu zice nimic, uitându-se în gol. După o clipă se-ntoarce către mine.

— Tu nu simți niciodată că viața ta s-a transformat într-o mare farsă?

— Ba da, în fiecare zi.

Ridic din umeri, neavând habar unde vrea să ajungă cu discuția asta. Dar nu-mi place deloc tristețea din privirea ei. Chiar în întuneric îi simt tristețea constantă și profundă, bântuindu-i ochii aceia strălucitori pe care-i iubesc atât de mult.

— Să știi că și eu.

— Nu, tu trebuie să fii cea optimistă în povestea asta. Cea fericită. Eu sunt dobitocul cinic, nu tu.

— E obositor să fii fericit, știi?

— Nu chiar.

Mai fac un pas spre ea.

— Eu nu sunt cel mai vesel și fericit om din lume, în caz că n-ai remarcat, îi spun, încercând să destind atmosfera, iar ea îmi zâmbește.

Aș vrea să-mi povestească mai târziu ce-a pățit. Nu știu ce-aș mai putea face pentru ea, dar e vina mea — totul se-ntâmplă din vina mea. Nefericirea din sufletul său ar trebui să fie povara mea, nu a ei.

Încearcă să se sprijine pe masa de lemn din fața ei, dar n-o nimerește și se poticnește, aproape dând cu fața de umbrela din grădina interioară. O prind de mână ca s-o țin, iar ea se rezeamă de mine.

— Acum putem intra? Trebuie să dormi ca să-ți treacă beția.

— Nu-mi aduc aminte când am adormit.

— Asta pentru că mai degrabă ai leşinat decât ai adormit.

Arăt către sticla de vin spartă aflată la câţiva metri distanţă.

— Să nu-ndrăzneşti să-mi faci morală, se răsteşte ea şi se retrage.

— Nu-ţi fac morală.

Ridic mâinile ca să mă dezvinovăţesc şi-mi vine să urlu de nervi din cauza situaţiei ironice în care ne aflăm. Tessa e cea beată, iar eu sunt vocea trează a raţiunii.

— Îmi pare rău.

Oftează.

— Nu pot gândi ca lumea.

Mă uit cum îşi coboară privirea în pământ şi îşi duce din nou genunchii la piept. Îşi înalţă capul şi mă priveşte fix.

— Pot vorbi ceva cu tine?

— Desigur.

— Şi o să fii sincer sută la sută?

— O să-ncerc.

Pare să-i convină asta şi mă aşez pe marginea unui scaun, în vreme ce ea stă pe pământ. Mi-e oarecum teamă de ceea ce vrea să discutăm, dar trebuie să aflu ce-a păţit, aşa că închid gura şi-o aştept pe ea să vorbească.

— Uneori mi se pare că toată lumea primeşte ce mi-aş dori eu, mormăie ea, jenată.

Tessa *s-ar simţi* vinovată dacă ar spune că se simte în felul ăsta...

De-abia o aud rostind:

— Nu că nu mă bucur pentru ei...

Dar văd că ochii i s-au umplut de lacrimi.

Să mor eu dacă-mi dau seama despre ce mama naibii vorbeşte, dar mă gândesc imediat la logodna lui Kimberly cu Vance.

— Despre Kimberly şi Vance e vorba? Că dacă la ei te referi, n-ar trebui să-ţi doreşti ceea ce au ei. El e un mincinos şi un trişor şi...

Mă opresc înainte de-a spune ceva oribil.

— O iubeşte, totuşi, atât de mult, murmură Tessa.

Desenează cu degetele modele nevăzute pe asfalt.

— Eu te iubesc şi mai mult, zic eu, fără să mă gândesc.

Cuvintele au efectul contrar decât cel sperat. Tessa geme. Geme la modul propriu şi îşi îmbrăţişează genunchii cu braţele.

— E-adevărat. Te iubesc.

— Tu mă iubeşti numai uneori, spune ea, foarte sigură pe sine.

— Rahat. Ştii bine că nu-i adevărat.

— Mie aşa mi se pare, şopteşte ea, privind către mare.

Mi-aş dori să fie zi, pentru ca priveliştea s-o mai aline puţin, pentru că e clar că eu nu mă pricep la asta.

— Ştiu că aşa ţi se pare.

Pot să admit că probabil aşa simte ea acum.

— O să iubeşti pe cineva tot timpul, mai încolo.

Poftim?

— Ce tot spui acolo?

— Data viitoare, o s-o iubeşti tot timpul.

În această clipă am o viziune ciudată cu mine gândindu-mă fix peste 50 de ani la acest moment, retrăind la nesfârşit durerea ascuţită care îi însoţeşte cuvintele. Sentimentul e copleşitor şi e atât de evident — n-a fost niciodată mai evident.

A renunţat la mine. La noi.

— Nu există data viitoare!

Ridic tonul fără să vreau, iar sângele îmi fierbe în vene, ameninţând să iasă la suprafaţă şi să mă rupă în două chiar în nenorocita asta de curticică.

— Asta e. Eu sunt Trish a ta.

Ce se întâmplă aici? Ştiu că e beată, dar ce-are a face mama cu toată povestea asta?

— Trish a ta. Eu sunt. O să ai şi o Karen, iar ea îţi va dărui un copil.

Tessa se şterge la ochi, iar eu alunec de pe scaun şi îngenunchez lângă ea.

— Nu ştiu ce tot spui acolo, dar te înşeli.

O cuprind în braţe, iar ea începe să plângă. Nu înţeleg exact ce spune, dar aud „bebeluş... Karen... Trish... Ken“. S-o ia naiba pe Kimberly că păstrează atâta vin în casă.

— Nu știu ce treabă au Karen sau Trish sau orice nume mai spui tu acolo cu noi.

Mă împinge la o parte, dar eu o prind și mai strâns. Poate că nu mă vrea, dar în acest moment are nevoie de mine.

— Tu ești Tessa, eu sunt Hardin. Asta e...

— Karen e gravidă, zice Tessa, plângând la pieptul meu. O să aibă un copil.

— Așa, și?

O mângâi ușor pe spate cu mâna pusă-n ghips, neștiind ce să spun sau cum să mă comport cu această versiune a Tessei.

— Am fost la doctor, plânge ea, iar eu încremenesc.

La naiba.

— Și? zic eu, încercând să nu intru-n panică.

Nu înțeleg ce-mi spune. Răspunsul vine sub forma unui hohot de om beat, iar eu îmi iau răgaz să gândesc limpede. Evident, nu e însărcinată; dacă ar fi fost, n-ar fi băut. O cunosc pe Tessa și știu că niciodată n-ar face una ca asta. E obsedată să devină mamă într-o bună zi; nu și-ar pune niciodată în pericol propriul copil.

Mă lasă s-o țin în brațe până se calmează.

— Tu ai vrea? mă-ntreabă Tessa, câteva minute mai târziu.

Trupul încă îi mai tresaltă în brațele mele, dar lacrimile i s-au oprit.

— Ce să vreau?

— Să ai un copil?

Se freacă la ochi, iar eu tresar.

— Ăăm, nu.

Scutur din cap.

— Nu vreau să am un copil cu tine.

Ea închide ochii și oftează din nou. Îmi reascult cuvintele în minte și-mi dau seama cum au sunat.

— Nu voiam să sune așa. Doar că eu nu-mi doresc copii — știi asta.

Își trage nasul și dă din cap, păstrându-și calmul.

— Karen a ta îți va dărui un copil, spune ea, cu ochii încă închiși, și se sprijină de pieptul meu.

Sunt în continuare foarte derutat. Am făcut legătura între Karen și tata, dar nu vreau să cred că Tessa înseamnă doar începutul vieții mele, nu și sfârșitul. O prind de mijloc și-o ridic în brațe.

— Bine, e momentul să te duci la culcare.

De data asta nu mi se mai împotrivește.

— E adevărat. Așa ai spus tu mai demult, mormăie ea și-și încolăcește picioarele în jurul meu, ceea ce o face mai ușor de cărat din curte în casă.

— Ce am spus?

— Că nu există finaluri fericite, îmi servește ea propriile mele cuvinte.

Să-l ia naiba pe Hemingway și viziunea lui de rahat asupra vieții.

— Am zis o tâmpenie. Nu vorbeam serios, îi zis.

— „Acum te iubesc suficient. Ce vrei să faci? Să mă distrugi?" citează ea din nou din nenorocitul ăla.

Tessa are memorie perfectă și când e prea beată ca să stea în picioare.

— Șșș, putem cita din Hemingway când te trezești din beție.

— „*Toate relele* din lume își au sămânța în *inocență*", spune ea aproape de gâtul meu, strângându-mă și mai tare în brațe.

Deschid ușa dormitorului.

Îmi plăcea la nebunie replica asta, pentru că nu-i înțelegeam sensul. Credeam că-l înțeleg, dar de-abia acum, când îl trăiesc pe pielea mea, pot spune că-l înțeleg cu adevărat. Mă cuprinde vinovăția și o așez ușor pe pat, aruncând toate pernele pe podea și lăsându-i doar una să-și sprijine capul.

— Dă-te mai încolo, îi poruncesc cu blândețe.

Nu-și mai ține ochii deschiși și îmi dau seama că e pe cale de a adormi, în cele din urmă. Las lumina stinsă, în speranța că va dormi pentru tot restul nopții.

— Rămâi? zice ea cu greu.

— Vrei să rămân? Pot dormi în altă cameră, zic eu, deși nu vreau asta.

E atât de confuză, atât de desprinsă de ea însăși, că aproape mi-e teamă s-o las singură.

— Îhâm, mormăie ea, întinzându-se după pătură.

Trage de un colț al acesteia și pufnește supărată că nu se poate înveli ca lumea. După ce o învelesc, îmi scot încălțările și mă urc lângă ea în pat. În vreme ce eu mă tot gândesc ce distanță să las între noi, ea îmi pune un picior gol pe mijloc, trăgându-mă mai aproape de ea.

Pot respira. În sfârșit, pot respira.

— Mi-a fost teamă că ai pățit ceva, recunosc eu în tăcerea din încăperea întunecoasă.

— Și mie, zice ea, cu un glas răgușit.

Îmi pun o mână sub cap, iar ea se răsucește către mine, strângându-mă și mai tare cu piciorul.

Nu știu ce să fac de-aici înainte; nu știu ce i-am făcut de a devenit așa.

Ba da — ba da, știu. M-am purtat cu ea ca naiba și am profitat de bunătatea ei. Am irosit șansă după șansă, ca și cum rezervele nu s-ar termina niciodată. Am luat încrederea pe care mi-a acordat-o și am sfâșiat-o ca și cum n-ar fi însemnat nimic și i-am aruncat-o în față de fiecare dată când am simțit că nu sunt suficient de bun pentru ea.

Dacă i-aș fi acceptat iubirea de la bun început, dacă i-aș fi acceptat încrederea și aș fi prețuit optimismul pe care încerca să mi-l insufle, n-ar fi acum în halul ăsta. N-ar zace lângă mine beată și supărată, înfrântă și distrusă de mine.

Ea m-a reparat; a avut misiunea imposibilă de a lipi fragmentele minuscule ale sufletului meu făcut praf și a făcut o treabă bună. A făcut om din mine — m-a făcut aproape normal — dar cu fiecare picătură de lipici pe care a folosit-o cu mine s-a pierdut pe sine, iar eu n-am avut ce să-i ofer, pentru că sunt un nemernic.

Tot răul de care m-am temut chiar s-a întâmplat și, indiferent cât am încercat să-l împiedic, văd acum că situația s-a înrăutățit. Am schimbat-o și am distrus-o, exact așa cum am jurat c-o să fac, cu mai multe luni în urmă. Pare incredibil.

— Îmi pare foarte rău că te-am distrus, îi șoptesc la ureche atunci când mi se pare că aproape a adormit.

— Și mie, răsuflă ea și ațipește, iar pe mine mă copleșesc regretele.

53

Tessa

Bâzâit. Nu aud decât un bâzâit permanent, iar capul pare că stă să-mi explodeze în orice moment. Și mi-e cald. Foarte cald. Hardin e greu; ghipsul lui mă apasă pe stomac, iar eu trebuie să fac pipi.

Hardin.

Îi ridic brațul și ies de sub trupul lui. Primul lucru pe care îl fac e să iau telefonul de pe noptieră ca să-l fac să nu mai bâzâie. Mesajele de la Christian îmi umplu ecranul. Îi răspund simplu *Suntem bine* și dau telefonul pe silent înainte de a mă duce la baie.

Inima mi-e grea, iar amintirile abuzului de alcool de seara trecută mi se învârt în cap. N-ar fi trebuit să beau atât vin; ar fi trebuit să mă opresc după prima sticlă. Sau după a doua. Sau după a treia.

Nu-mi amintesc când am adormit și nici cum a ajuns Hardin aici. Îmi amintesc vag de vocea lui la telefon, dar e greu să-mi dau seama exact și nu sunt foarte convinsă ca asta s-a întâmplat de-adevăratelea. Dar e aici acum, doarme la mine-n pat, deci presupun că detaliile n-au nicio importanță.

Mă sprijin de chiuvetă și dau drumul la apă. Mă stropesc pe față, așa cum fac oamenii prin filme, dar nu merge așa. Nu mă trezește și nici nu-mi limpezește gândurile; doar face ca rimelul de ieri să-mi curgă și mai tare pe față.

— Tessa? strigă Hardin.

Închid robinetul și dau peste el în hol.

— Hei, zic eu, ocolindu-i ochii.

— De ce te-ai trezit? De-abia ai adormit acum două ore.

— Cred că n-am putut dormi.

Ridic din umeri și urăsc tensiunea pe care o resimt în prezența lui.

— Cum te simți? Ai băut mult aseară.

Îl urmez până în dormitor și închid ușa în urma mea. El se așază pe marginea patului, iar eu mă bag înapoi sub pătură. Încă n-am putere să-mi încep ziua; dar e-n regulă, de vreme ce soarele nici măcar n-a răsărit.

— Mă doare capul, recunosc eu.

— Sunt sigur — ai vomitat jumătate de noapte, iubito.

Mă crispez când mi-l amintesc pe Hardin dându-mi părul pe spate și mângâindu-mă pe umeri în timp ce eu vomitam în toaletă. Vocea doctorului West când mi-a dat veștile proaste, cele mai proaste, îmi revine în minte. Oare i-am dat veștile astea și lui Hardin la beție? *O, nu.* Sper că nu.

— Ce... ce anume am zis azi-noapte? întreb eu, cu mare grijă.

Expiră și-și trece mâna prin cap.

— Tot ziceai ceva despre Karen și mama. Nici măcar nu vreau să știu ce înseamnă asta.

Se strâmbă, ceea ce cred că fac și eu.

— Doar atât?

Așa sper.

— În mare parte. A, și citai din Hemingway.

Zâmbește puțin, iar eu îmi aduc aminte cât de fermecător poate fi.

— Nu cred așa ceva.

Îmi acopăr fața, stânjenită.

— Ba da.

Râde ușor, iar eu trag cu ochiul printre degete și-l privesc exact când spune:

— Mai ziceai și că îmi accepți scuzele și că-mi mai dai o șansă.

Mă privește în ochi printre degete, iar eu nu mă pot uita în altă parte. *E bun. Foarte bun.*

— Mincinosule.

Nu sunt sigură dacă-mi vine să râd sau să plâng. Iată-ne din nou, în același du-te-vino ca de obicei. Îmi dau seama că de data asta e ceva diferit, dar mai ştiu că nu pot avea încredere în mine să judec situaţia asta. Am simţit că s-a schimbat ceva de fiecare dată când el a făcut o promisiune pe care n-a putut s-o respecte.

— Chiar vrei să discutăm despre ce s-a întâmplat azi-noapte? Pentru că nu mi-a plăcut deloc să te văd aşa. Nu erai tu. Chiar m-ai speriat când am vorbit la telefon.

— Sunt bine.

— Erai beată mangă. Ai băut până ai adormit în grădină şi sunt sticle goale prin toată casa.

— Nu e amuzant să găseşti aşa pe cineva, ha?

Mă simt ca o vacă pentru că am spus chestia asta. Hardin se cocoşează.

— Nu. Chiar nu e.

Îmi aduc aminte de nopţile (şi uneori chiar de zilele) când l-am găsit pe Hardin beat. Hardin cel beat venea mereu la pachet cu veioze sparte, găuri în pereţi şi cuvinte urâte care mă răneau adânc.

— Nu se va mai întâmpla niciodată, spune el, răspunzând gândurilor mele.

— Nu voiam să... încep eu să mint, dar el mă cunoaşte foarte bine.

— Ba da, voiai. E-n regulă, o merit.

— Oricum ar fi, nu-i corect din partea mea să ţi-o arunc în faţă.

Trebuie să-nvăţ să-l iert pe Hardin sau niciunul dintre noi nu-şi va găsi liniştea în viaţă după toate astea.

Nu mi-am dat seama că-i vibrează telefonul, dar el îl ia de pe noptieră şi şi-l duce la ureche. Închid ochii ca să-mi liniştesc puţin bătăile inimii, în vreme ce el îl înjură la greu pe Christian. Îi fac semn, încercând să-l fac să înceteze, dar el mă ignoră, grăbindu-se să-i spună lui Christian că e un dobitoc.

— În fine, trebuia să răspunzi la telefon. Dacă păţea ceva, te-aş fi considerat direct responsabil, se răsteşte Hardin, iar eu încerc să-l potolesc.

Sunt bine mersi, am băut un pic prea mult pentru că am avut o zi proastă, dar acum sunt bine. Ce e rău în asta?

Când închide telefonul, se așază lângă mine și-mi dă mâna la o parte de la ochi.

— Spune că-i pare rău că n-a venit acasă să vadă ce faci, zice Hardin, la câțiva centimetri distanță de fața mea.

Îi privesc barba. Nu știu dacă e din cauză că încă sunt puțin beată sau doar nebună, dar îmi trec degetul peste obrazul lui. Gestul meu îl surprinde și mă privește în timp ce-l mângâi.

— Ce facem aici?

Se apropie mai mult de mine.

— Nu știu.

Îi ofer singurul adevăr pe care-l cunosc. Habar n-am ce facem, ce fac eu, când vine vorba despre Hardin. Niciodată n-am avut. Pe dinăuntru, sunt tristă și rănită și mă simt trădată de propriul trup și de viață și de karma în general, dar la suprafață știu că Hardin poate face toate astea să treacă. Chiar dacă doar temporar, el mă poate face să uit de toate grijile; îmi poate limpezi tot haosul din minte, așa cum odinioară îi făceam eu lui.

Acum pricep. Pricep ce voia să spună când zicea că are nevoie de mine, în toate acele ocazii. Înțeleg de ce mă folosea în felul acela.

— Nu vreau să mă folosesc de tine.

— Poftim? întreabă el derutat.

— Vreau să mă faci să uit totul, dar nu vreau să mă folosesc de tine. Vreau să fiu lângă tine acum, dar nu m-am răzgândit în privința celorlalte lucruri, bat eu câmpii, sperând ca el să priceapă ce nu sunt eu în stare să spun.

Se sprijină într-un cot și mă privește.

— Nu-mi pasă cum sau de ce, dar dacă mă vrei în orice fel, nu trebuie să-mi dai explicații. Sunt deja al tău.

Buzele lui sunt atât de aproape încât ar trebui doar să ridic puțin capul ca să-l sărut.

— Îmi pare rău.

Întorc capul. Nu-l pot folosi așa, dar mai ales nu mă pot preface că numai despre asta ar fi vorba. N-ar fi doar o modalitate fizică de a-mi lua gândul de la problemele mele — ar însemna ceva mai mult, mult mai mult. Încă îl iubesc, chiar dacă uneori n-aş vrea. Mi-ar fi plăcut să fiu mai puternică, să fac din asta o simplă distracţie, fără sentimente, fără să-mi doresc mai mult, doar sex.

Dar inima şi conştiinţa nu mă lasă să procedez aşa. Oricât aş fi de rănită de faptul că viitorul meu ideal nu se va întâmpla niciodată, nu mă pot folosi în halul ăsta de el, mai ales acum, când pare că face asemenea efort. L-aş răni foarte tare.

În timp ce mă lupt cu mine însămi, el se rostogoleşte peste mine și-mi prinde ambele încheieturi cu o singură mână.

— Ce faci aici...

Îmi ridică mâinile deasupra capului.

— Ştiu la ce te gândeşti.

Mă sărută pe gât, iar trupul meu preia comanda. Îmi întorc gâtul, ca să las cât mai mult la vedere.

— Nu-i cinstit față de tine, gem eu când mă mușcă ușor de lobul urechii.

Îmi eliberează încheieturile — doar cât să-mi scoată tricoul și să-l arunce pe jos.

— Nu-i cinstit. Îmi dai voie să te ating după tot ce-am făcut și nu e cinstit față de tine, dar mi-o doresc. Te doresc pe tine, întotdeauna te doresc și știu că te împotrivești, dar vrei să te lași distrasă de mine. Lasă-mă să fac asta.

Se lasă pe mine cu toată greutatea, țintuindu-mă pe saltea în felul acela dominator și poruncitor care-mi face capul să se învârtă mai rău decât de la vinul de-aseară. Îmi bagă un genunchi între coapse, depărtându-le.

— Nu te gândi la mine. Gândește-te doar la tine și la ce-ți dorești.

— Bine.

Dau din cap, scoțând un geamăt când începe să mă frece cu genunchiul între picioare.

— Te iubesc — și o să-ți arăt întotdeauna asta.

Vorbele îi sunt pline de blândețe, dar are mâinile dure. Cu una îmi ține încheieturile țintuite de pat, iar pe cealaltă mi-o vâră în chiloți.

— Ce udă ești, geme el, trecându-și degetul peste umezeala de-acolo.

Încerc să stau nemișcată, iar el îmi duce degetul la buze.

— E dulce, nu-i așa?

Nu-mi dă voie să răspund, dar îmi eliberează mâinile și-și bagă capul între picioarele mele. Îi simt limba și îmi vâr degetele în părul lui. De câte ori îi simt limba atingându-mi clitorisul, mă pierd în locul ăsta cu el cu tot. Nu mai sunt înconjurată de beznă, nu mai sunt supărată — nu mă mai gândesc la regrete și greșeli.

Mă gândesc doar la trupul meu și al lui. Mă gândesc la felul în care geme când îl trag de păr. Mă gândesc la urmele pe care i le lasă unghiile mele pe umeri atunci când mă pătrunde cu două degete. Nu mă pot gândi decât la atingerile sale, la cum îmi atinge fiecare parte din mine, pe dinăuntru și pe dinafară, într-un fel în care n-o va face nimeni niciodată.

Mă gândesc doar la răsuflarea sa atunci când îl rog să se întoarcă și să mă lase să-l satisfac, așa cum mă satisface el, doar la felul în care-și aruncă jeanșii pe jos și aproape își rupe tricoul de pe el, în graba de a mă atinge din nou. Mă gândesc la felul în care mă ridică deasupra lui, cu gura deasupra penisului lui. Mă gândesc că n-am mai făcut asta niciodată, dar îmi place la nebunie cum îmi rostește numele când îi iau penisul în gură. Mă gândesc la felul în care mă strânge de șolduri în timp ce îmi dă limbi, iar eu i-o sug. Mă gândesc la încordarea dinăuntrul meu și mă gândesc la lucrurile vulgare pe care mi le spune ca să mă aducă la orgasm.

Îmi dau drumul prima, apoi el își dă drumul în gura mea, și aproape că leșin după senzația de ușurare pe care o simt după orgasm. Încerc să nu mă gândesc că nu mă simt deloc vinovată pentru că l-am lăsat să-mi distragă atenția de la necazurile mele în felul ăsta.

— Mulțumesc, îi spun când mă trage lângă el.

— Nu, *eu* îți mulțumesc.

Îmi zâmbește și mă sărută pe umărul gol.

— Ai de gând să-mi spui ce te neliniștește?

— Nu.

Îi mângâi tatuajul de pe piept — un copac negru.

— Bine. Vrei să te măriți cu mine?

Trupul i se zgâlțâie ușor de râs.

— Nu.

Îi trag una în joacă, sperând că doar glumește.

— Bine. Ne mutăm împreună?

— Nu.

Îmi mut degetul peste alte tatuaje, mângâind de data asta simbolul infinitului în formă de inimă.

— O să iau asta drept un „poate".

Se hlizește și mă cuprinde în brațe.

— Mă lași să te scot diseară la masă?

— Nu, îi răspund eu repede.

El izbucnește în râs.

— O să iau asta drept un „da".

Râsul i se oprește brusc când ușa de la intrare se deschide și ecoul glasurilor răsună pe hol.

— Căcat, spunem amândoi în același timp.

Mă privește, uluit de limbajul meu, iar eu ridic din umeri și scotocesc în sertare ca să găsesc ceva de îmbrăcat.

54

Tessa

Atmosfera e atât de încordată încât pot să jur că Kimberly a deschis fereastra numai din acest motiv. Ne uităm una la alta, înțelegătoare.

— Nu e atât de greu să răspunzi la telefon sau măcar să dai un mesaj. Am bătut tot drumul până aici, iar tu mi-ai răspuns de-abia acum o oră, spune Hardin furios, certându-l pe Christian.

Oftez, la fel și Kimberly. Sunt sigură că și ea se întreabă de câte ori o să mai spună Hardin propoziția „Am bătut tot drumul până aici".

— Mi-am cerut scuze. Eram în oraș și n-am avut semnal.

Christian se mișcă spre Hardin în scaunul lui cu rotile.

— Se mai întâmplă lucruri de genul ăsta, Hardin. „Cele mai bune planuri ale șoarecilor, ca și ale oamenilor" și știi tu mai departe...

Hardin îi aruncă lui Christian o privire urâtă, apoi înconjoară masa și vine lângă mine.

— Cred c-a înțeles, îi șoptesc eu.

— Da, mă rog, sper.

Hardin se uită urât în continuare, iar tatăl lui biologic îi aruncă o strâmbătură enervată.

— Am făcut sex și tu tot prost dispus ești azi, îl tachinez eu pe Hardin, în speranța că se va destinde.

Se apleacă spre mine, și furia din priviri îi e înlocuită de speranță.

— La ce oră vrei să ieșim la cină?

— La cină? ne-ntrerupe Kimberly.

Mă-ntorc către ea, știind exact la ce se gândește.

— Nu e deloc așa.

— Ba da, este, zice Hardin.

Sunt prinsă între curiozitatea ei şi rânjetul lui înfumurat şi-mi vine să-i plesnesc pe amândoi. Sigur că vreau să ies la cină cu Hardin. Din ziua în care l-am întâlnit, mi-am dorit să fiu lângă el.

Dar nu vreau să-i cedez lui Hardin; nu vreau să mă arunc din nou în cercul relaţiei noastre distructive. Trebuie să vorbim, să discutăm, despre tot ce s-a întâmplat şi despre planurile mele de viitor. Viitorul meu care începe la New York, peste trei săptămâni, alături de Landon.

Au fost prea multe secrete între noi, prea multe conflicte care puteau fi evitate când tainele au ieşit la suprafaţă în cel mai rău mod cu putinţă şi nu vreau să se întâmple aşa şi de data asta. E momentul să dau dovadă de maturitate, să am coloană vertebrală şi să-i spun lui Hardin ce am de gând să fac.

E viaţa mea, alegerea mea. Nu trebuie să fie de acord cu mine — nimeni nu trebuie. Dar îi datorez adevărul înainte să afle de la altcineva.

— Putem să mergem când vrei tu, îi răspund eu încet, nebăgând în seamă surâsul cu subînţeles al lui Kimberly.

El zâmbeşte, cu ochii la tricoul meu şifonat şi la pantalonii largi.

— Aşa te îmbraci, da?

N-am fost atentă la lucrurile cu care m-am îmbrăcat; mi-era teamă să nu bată Kimberly la uşa mea şi să ne găsească despuiaţi.

— Taci.

Îmi dau ochii peste cap şi plec de lângă el. Ştiu că vine după mine, dar încui uşa băii în urma mea. El apasă pe clanţă şi-l aud râzând înainte să bată încet în uşă. Îmi imaginez cum s-a dat cu capul de uşă şi mă pufneşte râsul. Nu-i spun nimic şi dau drumul la apă, apoi îmi scot hainele şi intru în duş înainte ca apa să se încălzească.

55

Hardin

Kimberly e la bucătărie, cu mâna-n șold. Ce încântător.

— Cină, a?

— A? o iau eu la mișto, trecând pe lângă ea de parcă e casa mea, nu a ei. Nu te mai uita așa la mine.

Îi aud tocurile în spatele meu.

— Trebuia să pun pariu că o să vii aici.

Deschide frigiderul.

— I-am spus lui Christian pe drum încoace că mașina ta va fi pe aleea noastră.

— Da, da. Înțeleg.

Arunc o privire către hol, sperând ca Tessa să facă duș mai repede și dorindu-mi să fiu cu ea în duș. La naiba, aș fi mulțumit doar să mă lase să stau în baie, chiar pe podea, și s-o ascult ce povestește cât timp se spală. Mi-e dor să fac duș cu ea, mi-e dor de felul în care închide ochii de fiecare dată când se spală pe cap — știți voi, ca să nu-i intre șampon în ochi. Am necăjit-o odată, iar ea i-a deschis și spuma i-a intrat în ochi. N-a mai vorbit cu mine decât peste câteva ore, când i-a trecut roșeața.

— Ce-i așa de amuzant?

Kimberly așază un cofrag de ouă pe masă, în fața mea.

Nici nu mi-am dat seama că râdeam; eram atât de prins de amintirea Tessei încruntându-se la mine — cu ochii umflați și înroșiți.

— Nimic.

Îi fac semn lui Kimberly să mă lase-n pace. Masa e plină cu toate felurile de mâncare imaginabile, iar Kimberly îmi împinge sub nas o ceașcă de cafea.

— Ce-i cu tine? Ești drăguță cu mine ca să nu-i mai tot amintesc logodnicului tău ce nenorocit e?

Ridic în aer ceașca dubioasă de cafea. Ea izbucnește în râs.

— Nu. Eu sunt mereu drăguță cu tine. Nu-ți înghit tâmpeniile cum face restul lumii, dar eu sunt mereu drăguță cu tine.

Dau din cap, neștiind ce să mai zic. *Asta se întâmplă aici? Fac conversație cu cea mai enervantă prietenă a Tessei? Cu aceeași femeie care se va mărita cu donatorul ăsta nenorocit de spermă?*

Ea sparge un ou de marginea unui castron de sticlă.

— Nu sunt atât de rea, dacă depășești ura ta față de toți și toate.

Ridic privirea la ea. E enervantă, dar e loială, trebuie să recunosc. E greu să găsești pe cineva atât de credincios, mai ales atât de târziu în viață, și mă trezesc gândindu-mă la Landon și la faptul că, în afară de Tessa, pare singura persoană care-mi e loială. M-a sprijinit cum nu mă așteptam și nu m-am așteptat să-mi placă și mă bazez pe chestia asta.

Cu toate mizeriile din viața mea și cu toată lupta mea de-a rămâne pe drumul cel drept, pe drumul mărginit de curcubee și floricele și toate acele rahaturi care mă duc către o viață alături de Tessa, e plăcut să știu că Landon e acolo dacă am nevoie de el. O să plece în curând și asta e oribil, dar știu că o să-mi fie loial chiar dacă o să fie la New York. I-a luat partea Tessei în cele mai multe cazuri, dar a fost mereu cinstit cu mine. El nu-mi ascunde lucruri așa cum face toată lumea.

— În plus, zice Kimberly, mușcându-se de buză ca să nu râdă, acum suntem rude!

Și uite-așa, iar mă calcă pe nervi.

— Amuzant.

Îmi dau ochii peste cap. Ar fi fost altfel dacă aș fi spus-o eu, dar a trebuit ea să rupă tăcerea. Își ia privirea de la mine ca să pună la cuptor ouăle bătute.

— Sunt cunoscută pentru umorul meu.

De fapt, ești cunoscută pentru gura ta mare, dar dacă ție-ți place să crezi asta, e-n regulă.

— Lăsând gluma la o parte — mă privește peste umăr — sper că vei discuta cu Christian înainte să pleci. E chiar supărat și îngrijorat că relația voastră s-a stricat definitiv. Eu nu te-aș învinovăți dacă ar fi așa; doar îți spuneam.

Își desprinde din nou privirea de la mine și continuă să gătească, lăsându-mă să găsesc un răspuns. Să-i răspund?

— Nu sunt gata să discut... deocamdată, îi zic, în cele din urmă.

Pentru o clipă, nu sunt sigur că m-a auzit, dar apoi clatină din cap și văd că zâmbește ușor când se răsucește să ia un alt ingredient.

După o așteptare care mi s-a părut că a durat trei ceasuri, Tessa iese în sfârșit de la baie. Are părul uscat și strâns la spate cu un elastic. Nu-mi ia mult să observ că s-a machiat. Era frumoasă și fără machiaj, dar cred că e semn bun că încearcă să se întoarcă la normalitate.

Mă holbez la ea mult timp, iar ea se foiește când se simte privită. Îmi place la nebunie cum s-a îmbrăcat azi — balerini, o bluză roz și o fustă cu flori. Este foarte, foarte frumoasă, așa mi se pare.

— Mai bine prânzul? o-ntreb, nedorind să stau departe de ea toată ziua.

— Kimberly a pregătit micul dejun, îmi șoptește ea.

— Și ce dacă? Probabil că e nașpa, oricum.

Arăt către mâncarea de pe masă. Nu arată rău, cred. Dar ea nu-i Karen.

— Nu spune asta.

Tessa zâmbește, iar eu o imit și ea mai surâde o dată.

— Bine. Vrei să luăm la pachet și să aruncăm mâncarea când ieșim? sugerez eu.

Ea mă ignoră, dar o aud cum îi spune lui Kimberly să ne păstreze câte ceva ca să mâncăm și noi mai târziu.

Hardin — 1.

Kimberly, mâncarea ei nasoală și întrebările ei enervante — 0.

Drumul prin Seattle nu e la fel de rău ca de obicei. Tessa e tăcută, așa cum știam că va fi. Simt cum se uită la mine o dată la câteva minute, dar de câte ori o privesc, se uită repede în altă parte.

Pentru prânz am ales un restaurant mic și modern și când ajungem în parcarea aproape goală îmi dau seama că asta înseamnă una din două: fie au deschis de-abia acum câteva minute și lumea încă n-a apărut, fie mâncarea e atât de proastă, că nu vine nimeni aici. Sper că e prima variantă și intrăm pe ușile de sticlă, în vreme ce Tessa studiază locul din priviri. Decorul e drăguț, fantezist și pare să-i placă, iar eu îmi aduc aminte cât de mult îmi plac reacțiile ei în fața celor mai simple lucruri.

Hardin — 2.

Nu că aș ține scorul sau ceva de genul ăsta... Dar dacă l-aș ține... aș câștiga.

Ne așezăm la masă în tăcere și așteptăm să ni se ia comanda. Ospătarul e un student agitat care evită să ni se uite în ochi. Adică nu se uită în ochii mei, dobitocul. Tessa comandă ceva de care n-am auzit în viața mea, iar eu comand primul lucru pe care-mi cad ochii în meniu. O femeie gravidă stă la masa de lângă noi, iar Tessa se uită la ea cam prea mult.

— Hei, îmi dreg eu vocea ca să-i atrag atenția. Nu știu dacă-ți amintești ce am zis azi-noapte, dar, dacă-ți amintești, îmi cer scuze. Când am zis că nu vreau copii cu tine, voiam să spun că nu-mi doresc deloc copii. Dar cine știe — inima începe să-mi bată cu putere — poate într-o zi...

Nu-mi vine să cred că am spus asta și, judecând după mutra Tessei, nici ei nu-i vine să creadă. Rămâne cu gura căscată și cu mâna în aer, ținând un pahar cu apă.

— Poftim? clipește ea nelămurită. Ce-ai spus?

De ce am spus așa ceva? Adică, vorbeam serios. Cred. M-aș mai putea gândi la asta. Nu-mi plac copiii, nici bebelușii, nici adolescenții, dar mie nu-mi plac nici adulții. Nu-mi place decât de Tessa, deci poate o Tessa mai mică n-ar fi așa de rea.

— Ziceam și eu, poate n-ar fi atât de rău.

Ridic din umeri, ascunzându-mi panica. Ea a rămas cu gura căscată. Încep să cred c-ar trebui să mă-ntind și să-i închid maxilarul.

— În mod clar, nu în curând. Nu sunt atât de idiot. Știu că trebuie să-ți termini facultatea și toate rahaturile celelalte.

— Dar tu...

Se pare c-am lăsat-o fără cuvinte.

— Știu ce am zis înainte, dar nu am fost niciodată cu nimeni, n-am iubit pe nimeni niciodată, nu mi-a păsat de nimeni niciodată, deci credeam că așa stau lucrurile. Cred că după o vreme m-aș putea răzgândi. Dacă-mi dai șansa asta.

O las câteva secunde să-și revină, dar ea stă acolo în continuare cu gura căscată și cu ochii mari.

— Încă mai am multe de făcut. Tu încă n-ai încredere în mine, știu asta. Trebuie să terminăm facultatea și trebuie mai întâi să te conving să te măriți cu mine.

Bat câmpii, căutând să spun ceva care s-o prindă și s-o facă a mea chiar acum.

— Nu că e musai să ne căsătorim mai întâi. Nu sunt un gentleman.

Râd nervos și asta pare s-o trezească pe Tessa la realitate.

— Nu putem, zice ea, pălind.

— Ba putem.

— Ba nu...

Ridic mâna ca s-o fac să tacă.

— Ba *putem*. Te iubesc și vreau să-mi petrec viața cu tine. Nu-mi pasă că suntem tineri, că nu ne potrivim, că tu ești prea bună pentru mine — te iubesc și gata. Știu că am greșit...

Îmi trec mâna prin păr. Mă uit prin micuțul restaurant și-mi dau seama că femeia însărcinată se holbează la mine. *N-are ceva de făcut pentru copil? Să mănânce pentru două persoane? Să mulgă niște lapte?* N-am nici cea mai vagă idee, dar mă agită, parcă mă judecă și e gravidă și chestia asta e prea ciudată. De ce-am ales un loc public să mă destăinui?

— Și mai știu că am mai zis asta de probabil... treizeci de ori până acum, dar trebuie să știi că nu mai glumesc. Te vreau, tot timpul. Chiar dacă ne certăm, ne-mpăcăm, la naiba. Poţi să te şi desparţi de mine şi să te muţi o săptămână. Doar promite-mi că te-ntorci la mine şi nici măcar n-o să mă plâng.

Inspir de câteva ori şi o privesc.

— Adică n-o să mă plâng. *Prea mult.*

— Hardin, nu-mi vine să cred că spui toate astea, şopteşte ea. E... e tot ce mi-am dorit vreodată.

Ochii i se umplu de lacrimi. Lacrimi de bucurie, sper.

— Dar nu putem avea copii împreună. Nici măcar nu suntem...

— Ştiu, o întrerup eu. Ştiu că nu m-ai iertat deocamdată şi-o să am răbdare. Jur — n-o să te bat la cap. Vreau doar să ştii că pot fi omul de care ai nevoie, pot fi ce vrei tu să fiu, şi nu numai pentru că aşa îţi doreşti tu, ci pentru că asta îmi doresc şi eu.

Deschide gura să-mi răspundă, dar chiar atunci nenorocitul de ospătar vine cu mâncarea noastră. Îi aduce Tessei o farfurie aburindă şi mie un burger şi rămâne acolo, cu un aer stânjenit.

— Te pot ajuta cu ceva? mă răstesc eu la el.

Nu e vina lui că eu îmi depăn speranţele pentru viitor în faţa acestei femei şi el ne-a întrerupt, dar stă aici şi-mi iroseşte timpul.

— Nu, domnule. Vă mai pot aduce ceva? întreabă el, roşu în obraji.

— Nu, mulţumim de întrebare.

Tessa îi surâde, alungându-i stânjeneala şi reparând ieşirea mea imbecilă. Îi zâmbeşte şi el şi, în sfârşit, dispare.

— De fapt, ţi-am spus practic ce trebuia să-ţi spun de multă vreme. Uneori uit că nu-mi auzi gândurile, nu ştii tot ce cred despre tine. Mi-ar plăcea să le ştii. M-ai iubi şi mai mult.

— Nu cred că te-aş putea iubi mai mult decât te iubesc deja.

Îşi frânge mâinile.

— Serios? îi zâmbesc eu, iar ea clatină din cap.

— Dar trebuie să-ţi spun ceva. Nu ştiu cum o s-o iei.

Vocea i se îneacă, iar eu intru-n panică. Ştiu că nu mai vrea să fim împreună, dar îi pot schimba părerea; ştiu că pot. Sunt mai hotărât decât niciodată.

— Continuă, zic eu, încercând să par cât mai calm, apoi iau o înghițitură din burger.

E singurul mod în care pot să-mi țin gura.

— Știi că am fost la doctor.

Îmi aduc aminte cum plângea când îmi vorbea despre doctorul ei.

— E totul în regulă? întreabă nenorocitul de ospătar, apărând de nu știu unde. Vă place mâncarea? Mai doriți apă, domnișoară?

Vorbește serios?

— Totul e bine, mârâi eu la el — chiar mârâi, ca un câine turbat.

El dispare, iar Tessa arată către paharul ei gol.

— Rahat. Ia de aici.

Îi dau paharul meu, iar ea zâmbește, apoi dă apa peste cap.

— Ce ziceai?

— Putem vorbi despre asta mai târziu.

Ia prima îmbucătură din mâncare de când i-a fost adusă.

— O, ba nu. Știu și eu șmecheria asta, practic eu am inventat-o. După ce mănânci ceva, îmi spui tot. Te rog.

Mai ia o gură, încercând să-mi distragă atenția, dar, nu, n-o să aibă succes. Vreau să aflu ce i-a spus medicul și de ce se comportă atât de ciudat. Dacă n-am fi în public, i-ar fi mai ușor să-mi spună. Nu-mi pasă dacă voi face o criză, dar ea se va simți jenată, așa că mă voi purta frumos. Pot să fac asta. Pot fi drăguț și cooperant și pot să nu mă simt o unealtă nenorocită.

O mai las în pace cinci minute, iar ea ciugulește la întâmplare din mâncare.

— Ai terminat?

— Nu e...

Privește în jos la farfuria plină cu mâncare.

— Ce-i?

— Nu e foarte bună, șoptește ea, privind în jur ca să se asigure că n-o aude cineva.

Izbucnesc în râs.

— Și de-asta te înroșești toată și vorbești în șoaptă?

— Şşş.

Îmi face semn să tac.

— Mi-e atât de foame, dar mâncarea e *oribilă*. Nici nu ştiu ce e. Am comandat-o la întâmplare pentru că aveam emoţii.

— Le spun să-ţi aducă altceva.

Mă ridic în picioare, dar ea mă prinde de braţ.

— Nu, e-n regulă. Hai să plecăm.

— Super. Mergem la un drive-through şi luăm ceva să mănânci, după care îmi spui ce se întâmplă în căpşorul ăla al tău. Înnebunesc dacă nu-mi spui mai repede.

Clatină din cap. Pare şi ea un pic nebună.

56

Hardin

După ce oprim la un drive-through cu taco, Tessa e sătulă, iar răbdarea mea slăbește cu fiecare clipă de tăcere dintre noi.

— Te-am speriat cu discuția despre copii, nu-i așa? Știu că ți-am spus o grămadă de lucruri dintr-odată, dar mi-am petrecut ultimele opt luni ținând totul în mine și nu mai vreau să fac asta.

Vreau să-i spun toate nebuniile care-mi trec prin cap — vreau să-i spun că-mi place să mă uit cum îi bate soarele în păr până când nu mai văd. Vreau să-i ascult gemetele de plăcere și s-o privesc cum închide ochii când mușcă din taco — care jur că are gust de carton, dar ei îi place — până când nu mai aud. Vreau s-o necăjesc în legătură cu locul acela de sub genunchi — pe care-l ratează mereu când se rade pe picioare — până când îmi pierd vocea.

— Nu e asta, mă-ntrerupe ea din gânduri, iar eu îmi iau repede privirea de la picioarele ei.

— Atunci ce e? Lasă-mă să ghicesc: deja pui la îndoială căsnicia. Acum nu mai vrei nici copii?

— Nu, nu e vorba de asta.

— Sper că nu, pentru că știi bine că vei fi cea mai bună mamă din lume.

Ea oftează, punându-și mâinile peste burtă.

— Nu pot.

— Ba putem.

— Nu, Hardin, *eu* nu pot.

Felul în care își privește burta și mâinile mă face să mă bucur că sunt parcat; aș fi ieșit de pe drum. Medicul, plânsetele, vinul, ciuda față de Karen și de bebelușul ei, faptul că a repetat toată ziua „nu pot“.

— Nu poți...

Înțeleg exact ce vrea să spună.

— E din cauza mea, nu-i așa? Ți-am făcut eu ceva, nu-i așa?

Nu știu ce-aș fi putut să-i fac, dar așa merg lucrurile: când ceva rău i se întâmplă Tessei, e întotdeauna vina mea.

— Nu, nu. N-ai făcut nimic. Ceva din mine e defect.

Buza îi tremură.

— Ah.

Aș vrea să pot spune ceva, ceva drăguț, orice.

— Mda.

Își trece mâna peste burtă, iar eu simt că rămân fără aer.

Așa nasoală cum e situația, așa distrus cum sunt eu, simt că pieptul mi se sfâșie. Mintea mi-e invadată de fetițe brunete cu ochii albaștri-cenușii, de băiețel blonzi cu ochii verzi, de bonețele și de șosețele cu animăluțe pe ele — tot felul de lucruri care înainte mă făceau să vomit la nesfârșit. Amețesc când văd că toate astea se spulberă, se destramă și se duc în cimitirul viitorului distrus.

— E posibil, adică, dar o șansă foarte mică. Și ar fi risc de avort spontan, iar hormonii mei sunt total răvășiți, deci nu cred că mă voi chinui vreodată încercând. N-aș fi în stare să trec peste pierderea unui copil, nici n-aș putea încerca ani la rând fără niciun rezultat. Cred că pur și simplu nu mi-e scris să fiu mamă.

Spune aceste lucruri repede, încercând să mă facă să mă simt mai bine, dar nu mă convinge deloc că are lucrurile sub control când, de fapt, nu le are. Mă privește, așteptând să spun ceva, dar nu sunt în stare. Nu știu ce să-i zic și nu-mi pot stăpâni furia pe care o simt față de ea. E stupid și egoist și greșit din partea mea, dar e acolo și mi-e teamă că dacă deschid gura o să spun ceva ce n-ar trebui.

Dacă n-aș fi fost atât de imbecil, aș consola-o. Aș lua-o-n brațe și i-aș spune că totul o să fie bine, putem adopta un copil, sau altceva, orice.

Dar iată cum funcționează, de fapt, realitatea: bărbații nu sunt deloc eroi literari, nu se schimbă peste noapte și nimeni nu face ce trebuie în viața adevărată. Eu nu sunt Darcy și nici ea nu e Elizabeth.

E pe punctul de-a izbucni în lacrimi și chițăie slab:

— Zi ceva.

— Nu știu ce să zic.

De-abia pot vorbi, mă doare gâtul. Mă simt de parcă aș fi înghițit un roi de albine.

— Oricum tu nu-ți doreai copii, nu-i așa? Nu credeam că pentru tine are importanță...

Dacă o să mă uit la ea, o s-o văd plângând.

— Nu credeam, dar acum, că nu mai am această șansă...

— *Ah.*

Mă bucur că a zis doar atât, cine știe ce mama naibii ar fi urmat.

— Poți să mă duci înapoi la...

Dau din cap și bag mașina în viteză. E stupid cum ceva ce nu ți-ai dorit niciodată te poate răni în halul ăsta.

— Îmi pare rău, eu...

Mă opresc; niciunul dintre noi nu pare în stare să ducă o propoziție la capăt.

— E-n regulă, înțeleg.

Se sprijină de geam. Încep să cred că încearcă să stea cât mai departe de mine.

Inima îmi spune s-o consolez, să mă gândesc la ea, la cum o afectează lucrul ăsta, la cum se simte ea. Dar sunt căpos și ofticat. Nu pe ea, nu pe corpul ei și pe maică-sa pentru că a făcut-o defectă. Sunt ofticat pe lumea întreagă pentru că iar mi-am luat un pumn în față și sunt ofticat pe mine însumi pentru că nu sunt în stare să-i spun nimic cât mergem prin oraș cu mașina.

* * *

Câteva minute mai târziu, îmi dau seama că tăcerea e atât de profundă încât doare. Tessa încearcă să nu se facă simțită în scaunul ei, dar îi aud respirația și felul în care încearcă să și-o controleze, felul în care încearcă să-și controleze emoțiile.

Am o gheară în piept, iar ea stă acolo pur și simplu și vorbele mele îi fierb în minte. De ce îi fac mereu mizeriile astea? Mereu spun ceva greșit, chiar dacă i-am promis că n-o s-o mai fac. Mereu fac așa, deși i-am promis de nenumărate ori că mă voi schimba. Mă retrag și o las să se descurce de una singură.

Nu din nou. Nu pot repeta greșeala asta; are nevoie de mine mai mult decât oricând și asta e șansa mea să-i arăt că o pot sprijini așa cum trebuie.

Tessa nici nu se uită la mine când trag de volan și opresc pe marginea autostrăzii. Aprind luminile de avertizare și sper să nu apară vreun bou de polițai și să-nceapă circul.

— Tess.

Încerc să-i atrag atenția și în același timp să-mi pun gândurile cap la cap. Ea nu-și ridică privirea.

— Tessa, te rog, uită-te la mine.

Mă-ntind ca s-o ating, dar ea se smucește și se lovește cu mâna de portieră.

— Hei.

Îmi desprind centura de siguranță și mă-ntorc spre ea, luându-i palmele în mâna mea, așa cum fac de multe ori.

— Sunt OK.

Își ridică ușor bărbia ca să demonstreze că are dreptate, dar ochii ei umezi o contrazic.

— N-ar trebui să oprești aici. E o autostradă aglomerată.

— Mă doare în cot unde-am parcat. Sunt un distrus, nu gândesc limpede. Îmi pare foarte rău. Nu trebuia să reacționez așa.

După câteva clipe, îmi privește chipul, dar îmi evită ochii.

— Tess, nu mă respinge din nou, te rog. Îmi pare atât de rău, nu știu ce-am avut în cap. Înainte nici nu voiam să am copii și acum uită-te la mine, te fac să te simți prost pentru rahatul ăsta.

Mărturisirea asta sună și mai prost când o rostesc cu voce tare.

— Ai voie să fii și tu supărat, răspunde ea încet. Doar voiam să spui ceva, *orice*...

Spune ultimul cuvânt atât de încet, încât de-abia îl aud.

— Nu-mi pasă că nu poţi avea copii, izbucnesc eu.

Mama naibii.

— Adică. Nu-mi pasă de copiii pe care nu-i putem avea împreună.

Încerc să repar răul pe care l-am făcut până acum, dar faţa ei îmi spune că fac exact pe dos.

— Încerc — şi se pare că eşuez lamentabil — să-ţi spun că te iubesc şi că sunt un cretin insensibil pentru că nu te-am sprijinit aşa cum meritai acum. M-am pus pe mine pe primul plan, ca de obicei, şi îmi pare rău.

Cuvintele mele par s-o smulgă din starea aceea. Ridică ochii înspre mine.

— Mulţumesc.

Îşi retrage unul dintre braţe din strânsoarea mea, iar eu nu vreau să-i dau drumul, dar mă simt uşurat când văd că-şi duce mâna la ochi, pentru a-şi şterge lacrimile.

— Îmi pare rău că te simţi de parcă ţi-aş fi răpit ceva.

Dar îmi dau seama că mai are ceva de spus.

— Nu te reţine. Te cunosc. Spune ce ai de spus.

— Nu mi-a plăcut deloc reacţia ta, pufneşte ea.

— Ştiu că sunt...

Ea ridică o mână.

— N-am terminat.

Tessa îşi drege vocea.

— Mi-am dorit să fiu mamă de când mă ştiu. Eram ca orice altă fetiţă cu păpuşi, poate mai mult. Să devin mamă era un lucru important pentru mine. Niciodată nu mi-am pus problema că n-o să pot fi mamă.

— Ştiu, eu...

— Te rog, lasă-mă *să vorbesc.*

Scrâşneşte din dinţi. Ar trebui să-mi ţin gura, măcar de data asta. În loc să zic ceva, dau din cap şi tac.

— În acest moment, simt o pierdere de nedescris. Şi nu am energia să mă supăr pentru faptul că tu dai vina pe mine. E-n regulă că şi ţie ţi se pare că ai pierdut ceva. Vreau să-mi spui mereu ceea ce simţi, dar nu ţie ţi s-au spulberat visele aici. Nici nu voiai să ai copii până acum zece minute, deci nu mi se pare corect din partea ta să reacţionezi aşa.

Aştept câteva secunde şi ridic din sprânceană, aşteptând să mă lase să vorbesc. Ea dă din cap, dar apoi claxonul unui camion răsună zgomotos, făcând-o să sară în sus.

— Hai să mergem înapoi la Vance, îi zic. Dar aş vrea să intru şi să stau cu tine.

Tessa priveşte pe geam, dar aprobă din cap.

— În linişte şi calm, aşa cum trebuia să fac de la început.

O văd cum îşi dă, discret, ochii peste cap.

57

Tessa

Hardin se uită ciudat la Vance când trecem pe lângă el, pe hol. E bizar să-l am pe Hardin aici, cu mine, după toate câte s-au întâmplat. Nu pot să nu-i admir strădania de care dă dovadă venind în casa asta, casa lui Vance.

E greu să mă concentrez numai pe unul din multele necazuri pe care le-am avut în ultima vreme: purtarea de la Londra a lui Hardin, Vance și Trish, moartea tatei, problemele mele de fertilitate.

E prea mult de dus și pare că nu se sfârșește niciodată. Într-un fel, mă simt foarte ușurată că i-am spus lui Hardin despre infertilitate. Dar întotdeauna există ceva care așteaptă să iasă la suprafață sau să ne șocheze. Plecarea la New York e următorul detaliu.

Nu știu dacă ar trebui să-i spun acum, când deja avem o problemă. Nu mi-a plăcut cum a reacționat Hardin, dar mă bucur că i-a părut rău apoi că nu i-a păsat de sentimentele mele. Dacă n-ar fi oprit mașina și nu și-ar fi cerut scuze, nu cred c-aș mai fi putut să vorbesc cu el vreodată. Nu mai știu de câte ori am spus, am gândit, am jurat aceste cuvinte de când l-am întâlnit. Dar de data asta chiar vorbeam serios.

— La ce te gândești? mă-ntreabă el, închizând ușa dormitorului.

— Că nu mai aveam de gând să vorbesc cu tine niciodată, îi răspund cu sinceritate.

— Poftim?

Face un pas către mine, dar eu mă îndepărtez de el.

— Dacă nu ți-ai fi cerut iertare, n-aș mai fi vorbit niciodată cu tine.

Oftează și-și trece mâna prin păr.

— Știu.

Nu mă pot gândi decât la ce a spus: *„Nu credeam, dar acum, că nu mai am această șansă...“*

Încă sunt șocată din cauza acestor cuvinte, sunt sigură. Nu mă așteptam să aud vreodată aceste cuvinte de la el. Părea imposibil că se va răzgândi; dar, în spiritul relației noastre disfuncționale, el s-a răzgândit mereu după ce s-a întâmplat o tragedie.

— Vino-ncoace.

Hardin deschide brațele, dar eu șovăi.

— Te rog, lasă-mă să te alint așa cum ar fi trebuit. Lasă-mă să-ți vorbesc și să te ascult. Îmi pare rău.

Ca de obicei, mă duc la el, în brațele lui. Par altfel, mai solide, mai reale decât înainte. Mă strânge mai tare lângă el și-și pune obrazul pe creștetul meu. Părul care i-a crescut îmi gâdilă pielea și simt cum mă sărută pe cap.

— Spune-mi cum te simți după toate astea. Spune-mi tot ce nu mi-ai spus până acum, zice el, trăgându-mă lângă el pe pat.

Îmi încrucișez picioarele, iar el se rezeamă de tăblia patului. Îi spun totul. Îi spun despre prima programare de la doctor, pentru anticoncepționale. Îi spun că știam că s-ar putea să existe o problemă dinainte de a pleca la Londra. Se încordează când îi spun că nu voiam să afle și-și strânge pumnii când îi spun că mi-a fost teamă că se va bucura. Nu zice nimic și dă din cap până îi spun că voiam să-i ascund acest lucru pentru totdeauna.

Se ridică în coate și vine mai aproape de mine.

— De ce? De ce să faci asta?

— Credeam că te vei bucura și nu voiam să aud așa ceva.

Ridic din umeri.

— Mai degrabă aș fi păstrat secretul toată viața decât să văd că te bucuri.

— Dacă mi-ai fi spus înainte de a merge la Londra, lucrurile ar fi stat diferit.

Îl privesc tăios.

— Da — mai rău, sunt sigură.

Sper că nu duce discuția acolo unde cred eu; sper că nu încearcă să dea vina pe mine pentru porcăria de la Londra. Pare că a învățat să gândească înainte de a vorbi — un alt progres din partea lui.

— Ai dreptate. Știi că ai dreptate.

— Mă bucur că nu ți-am spus, mai ales că nu știam cu exactitate.

— Îmi pare bine că mi-ai spus mai întâi mie.

Mă privește fix.

— I-am spus lui Kim.

Mă simt oarecum vinovată pentru că a presupus că e prima persoană căreia i-am spus, dar nu era acolo, cu mine. Hardin se-ncruntă.

— Cum adică, i-ai spus lui Kim? Când?

— I-am spus acum câtva timp că e posibil să nu pot avea copii.

— Deci Kim știa și eu nu?

— Da, zic eu, dând din cap.

— Dar Landon? Știe și Landon? Karen? Vance?

— De ce i-aș spune lui Vance? mă răstesc la el.

A redevenit ridicol.

— Probabil i-a spus Kimberly. I-ai spus și lui Landon?

— Nu, Hardin. Doar lui Kimberly. Trebuia să spun cuiva și-n tine nu aveam destulă încredere să-ți spun.

— Au.

Are un ton tăios și se-ncruntă și mai tare.

— E adevărat, spun eu încet. Știu că nu vrei să auzi asta, dar e adevărat. Se pare c-ai uitat că nu mai voiai să ai de-a face cu mine înainte de moartea tatei.

58

Hardin

Nu voiam să am de-a face cu ea? O iubesc pe fata asta din tot sufletul meu de atâta timp. Nu-mi place deloc că simte așa, că a uitat cât de mult o iubesc și că a redus totul la o tâmpenie de-a mea. Nu că aș învinovăți-o cumva. E vina mea că se simte așa.

— Te-am dorit întotdeauna. Știi asta. Doar că nu m-am putut abține și am stricat singurul lucru bun din viața mea și-mi pare rău pentru asta. Știu că e nasol că mi-a luat atâta timp și îmi pare rău că a trebuit să moară tatăl tău ca să mă trezesc la realitate, dar acum sunt aici și te iubesc mai mult decât oricând, și nu-mi pasă că nu poți face copii.

Disperat, panicat de privirea ei, adaug:

— Căsătorește-te cu mine.

Se uită urât la mine.

— Hardin, nu poți să tot spui chestia asta, încetează!

Își pune brațele peste piept de parcă ar vrea să se apere de vorbele mele.

— Bine, o să-ți cumpăr inelul mai întâi...

— Hardin, mă avertizează ea, cu buzele aproape strânse.

— Bine.

Îmi dau ochii peste cap și cred că își dorește să mă plesnească.

— Sunt atât de îndrăgostit de tine, îi spun și mă-ntind către ea.

— Da, acum.

Se dă înapoi, provocându-mă.

— Sunt îndrăgostit de tine de multă vreme.

— Sigur că da, mormăie Tessa.

Cum poate fi atât de adorabilă și de enervantă în același timp?

— Te iubeam chiar și când o luasem razna la Londra.

— Nu mi-ai arătat-o deloc, și degeaba o spui dacă n-o arăți sau dacă nu mă convingi când o spui.

— Știu, eram total dus.

Jumulesc ațele care-mi atârnă din ghips. *Câte săptămâni mai trebuie să-l păstrez?*

— Ai lăsat-o să-ți poarte tricoul după ce ai făcut sex cu ea.

Tessa fixează cu privirea peretele din spatele meu.

Poftim?

— Ce tot spui acolo?

Îi ridic ușor bărbia ca s-o fac să se uite la mine.

— Fata aia, sora lui Mark. Janine, parcă.

Oftez adânc.

— Crezi că i-am tras-o? Ți-am spus că nu. Nu m-am atins de nimeni la Londra.

— Așa mi-ai spus, cu toate astea practic mi-ai fluturat prezervativul prin fața ochilor.

— Nu m-am futut cu ea, Tessa. Uită-te la mine.

Încerc s-o conving, dar ea se smucește din nou.

— Știu că așa părea...

— Părea că e îmbrăcată în tricoul tău.

Nu mi-a plăcut deloc cum arăta Janine în tricoul meu, dar pur și simplu m-a bătut la cap până i l-am dat.

— Știu că era, dar nu m-am culcat cu ea. Chiar crezi că aș fi făcut așa ceva?

Inima îmi bate din ce în ce mai tare la gândul că am lăsat-o să se chinuie cu ideea asta în cap vreme de atâtea săptămâni. Trebuia să-mi fi dat seama că discuția noastră anterioară n-a lămurit deloc problema.

— Era urcată pe tine, Hardin — în fața mea!

— M-a sărutat și a încercat să mi-o sugă, dar asta e tot.

Tessa scoate un sunet slab și închide ochii.

— Nici măcar nu mi s-a sculat la ea, doar la tine mi se scoală, încerc eu să-i explic mai bine, dar ea scutură din cap și-mi face semn să tac.

— Nu mai vorbi despre ea, o să mi se facă rău.

Știu că vorbește serios.

— Și mie mi s-a făcut rău. Am borât peste tot după ce a pus mâna pe mine.

— *Ce-ai făcut?*

Tessa se uită fix la mine.

— Am vomitat de-a dreptul, a trebuit să dau fuga la baie pentru că mi se făcuse rău după ce mă atinsese. N-am putut suporta.

— Serios?

Mă-ntreb dacă nu cumva ar trebui să mă tem puțin de zâmbetul slab care i-a apărut pe buze după ce i-am povestit c-am vomitat.

— Da, serios.

Îi zâmbesc, încercând să destind atmosfera.

— Nu mai fi atât de fericită, îi zic, dar dacă asta o înveselește, atunci e perfect.

— Super. Sper că ți-a fost foarte, foarte rău.

Acum zâmbește cu toată gura.

Suntem cel mai distrus cuplu. Distrus, dar perfect, cum ar veni.

— Mi-a fost! zic eu, profitând de situație. Foarte rău mi-a fost. Îmi pare rău că ai crezut chestia asta în tot acest timp. Nu mă mir că erai ofticată pe mine.

Acum parcă totul are sens; dar, mă rog, în ultima vreme oricum e ofticată pe mine.

— Acum că știi că nu te-am înșelat — ridic din sprânceană la modul sarcastic — mă primești înapoi și mă lași să fac femeie cinstită din tine?

Înclină din cap.

— Ai promis că nu-mi mai arunci chestia asta în față.

— Nu ți-am promis. Cuvântul *promit* n-a fost folosit niciodată.

O să mă plesnească, jur.

— Ai de gând să spui tuturor despre chestia cu copiii? spun eu, în încercarea de a schimba oarecum subiectul.

— Nu.

Se mușcă de buză.

— Nu cred. În niciun caz în curând.

— Nu trebuie să știe nimeni până ne hotărâm să adoptăm, peste câțiva ani. Sunt sigur că sunt tone de bebeluși afurisiți care își așteaptă părinții. Ne descurcăm noi.

Știu că nu mi-a acceptat cererea în căsătorie și nici măcar nu știu dacă mai suntem împreună, dar sper să nu-mi reamintească de asta acum. Ea râde ușor.

— Bebeluși afurisiți? Te rog, spune-mi că nu crezi că există vreun magazin prin centru unde intri și-ți cumperi un copil.

Își pune mâna la gură ca să nu izbucnească în râs.

— Nu există? glumesc eu. Atunci Babies 'R' Us ce e?

— O, Doamne!

Își dă capul pe spate, râzând. Mă-ntind spre ea și o prind de mână.

— Dacă magazinul ăla nenorocit nu e plin de bebeluși, aliniați, gata să fie vânduți, îi dau în judecată pentru publicitate falsă.

Îi surâd larg, iar ea oftează, fericită că râdem. Îmi dau seama de asta, cumva. Știu exact ce gândește.

— Ai nevoie de ajutor.

Își trage mâna din mâna mea și se ridică.

— Mda.

Văd cum zâmbetul îi dispare.

— Da, am.

59

Hardin

— Voi doi vă plimbați prin tot statul Washington mai mult decât orice alt cunoscut de-al meu, zice Landon, stând pe canapeaua din livingul tatei și ridicând ochii la mine.

După ce râsul nostru s-a transformat în tăcere, am convins-o pe Tessa că ar trebui să ne întoarcem și să stăm cu Landon până când pleacă definitiv. Credeam că va fi încântată — îi place la nebunie să-și piardă vremea cu Landon — dar a stat pe gânduri câteva clipe înainte să fie de acord. Am așteptat-o pe pat cât timp, nu știu de ce, și-a împachetat practic tot ce are, apoi am așteptat-o în mașină cât timp și-a luat la revedere la nesfârșit de la Kimberly și de la Vance.

Mă uit urât la Landon.

— Nu cunoști prea multă lume, deci nu știu cât de relevant e, îl tachinez eu.

El se uită la mama sa, care stă pe un scaun, și-mi dau seama că vrea să comenteze și chiar ar face-o, dacă n-ar fi ea acolo. În ultima vreme e din ce în ce mai bun la replici. Se mulțumește doar să-și dea ochii peste cap și să spună:

— Ha-ha.

Apoi se întoarce la cartea pe care o citea.

— Mă bucur că ați ajuns cu bine. Plouă torențial și o să plouă și mai tare diseară.

Karen îmi vorbește blând și îmi surâde, ceea ce mă face să mă uit în altă parte.

— Cina e la cuptor. Va fi gata îndată.

— Mă duc să mă schimb, spune Tessa din spatele meu. Mulțumesc că mă primiți să stau aici.

Apoi dispare sus pe scări. Rămân la baza scărilor preț de câteva secunde, apoi o urmez ca un cățeluș. Când intru-n cameră o găsesc doar în sutien și chiloți.

— Bun moment, bravo, mormăi eu când se uită la mine.

Își acoperă pieptul cu ambele mâini, apoi și le pune pe șolduri, iar eu nu pot să nu zâmbesc.

— E cam târziu pentru așa ceva, nu crezi?

— Taci, mă ceartă ea și-și trage pe ea un tricou, peste părul ud de ploaie.

— Știi că tăcerea nu e punctul meu forte.

— Și care e, atunci? mă necăjește ea, dând din șolduri în timp ce-și pune pe ea o pereche de pantaloni.

Acei pantaloni.

— N-ai mai purtat de mult timp pantalonii ăștia de yoga...

Mă mângâi pe barbă și mă holbez la pantalonii negri și strâmți care-i vin ca turnați.

— Nu-ncepe cu pantalonii acum, zice ea, amenințându-mă cu un deget.

— I-ai ascuns de mine, de-asta nu i-am purtat.

Zâmbește, dar pare surprinsă că e atât de destinsă în prezența mea. Se uită urât la mine și-și îndreaptă spinarea.

— Ba nu, mint eu, întrebându-mă când i-a găsit în debaraua din fostul nostru apartament.

Mă uit la fundul ei și-mi amintesc de ce i-am ascuns.

— Erau în debara.

După ce spun asta, mi-o imaginez pe Tessa scotocind prin debara după pantaloni și îmi vine să râd, asta până când îmi amintesc că în debara mai era ceva ce nu trebuia să găsească. Mă uit la ea, încercând să-mi dau seama dacă dă vreun semn că a găsit blestemata aia de cutie.

— Ce-i? întreabă ea, în timp ce se încalță cu niște șosete roz.

Cu niște chestii hidoase și blănoase, cu buline.

— Nimic, mint eu, alungându-mi gândurile paranoice.

— Bine... zice ea și iese.

O urmez la parter, tot ca un cățeluș, și mă așez lângă ea la masa enormă din salon. Fata aia cu S iar e aici, privindu-l pe Landon de parcă e vreun giuvaier sau ceva de genul ăsta. Asta înseamnă clar că e o ciudată. Tessa îi zâmbește tipei.

— Hei, Sophia.

Sophia își ia ochii de la Landon ca să-i zâmbească Tessei și ca să-mi facă mie cu mâna.

— Sophia m-a ajutat cu friptura, spune Karen cu mândrie.

Masa imensă e decorată festiv, cu lumânări aprinse și aranjamente florale. Pălăvrăgim puțin până când Sophia și Karen taie friptura.

— Mmm, ce bună e. Sosul e minunat, mormăie Tessa cu furculița în gură.

Femeile astea și mâncarea lor afurisită.

— Parcă vorbiți despre filme porno, zic eu, un pic cam prea tare.

Tessa îmi trage un picior pe sub masă, iar Karen își acoperă gura plină și tușește. Toată lumea e uimită când Sophia începe să râdă. Landon pare jenat, dar expresia i se îndulcește când vede cât de tare râde ea.

— Cine *zice* așa ceva? spune Sophia, hlizindu-se.

Landon se uită la ea ca un cerșetor, iar Tessa acum zâmbește.

— Hardin. Hardin zice chestii din astea, spune Karen, zâmbind.

Hai că devine ciudat.

— O să te obișnuiești cu el.

Landon mă privește scurt, apoi se uită iarăși la noua lui pasiune.

— Asta dacă ai fi pe aici mai mult timp. Dar n-o să fii.

S-a înroșit ca focul în obraji.

— Dacă ai vrea să fii, adică. Nu dacă n-ai vrea.

— A priceput, zic eu, curmându-i suferința, iar el are o față de parcă s-ar fi pișat pe el.

— Am priceput, spune ea, zâmbindu-i lui Landon, și jur că fața i-a devenit purpurie.

Sărmanul.

— Sophia, cât stai în oraş? se bagă şi Tessa, schimbând subiectul ca să-şi ajute prietenul.

— Doar câteva zile. Mă-ntorc luni la New York. Colegele mele de apartament de-abia mă aşteaptă înapoi.

— Câte colege de apartament ai? întreabă Tessa.

— Trei, toate dansatoare.

Eu izbucnesc în râs. Tessa surâde forţat.

— O, uau.

— O, frate! Balerine, nu stripteuze.

Sophia izbucneşte în râs, eu la fel, amuzaţi de mutra uşurată şi stânjenită a Tessei.

Tessa duce cea mai mare parte din conversaţie, întrebând-o pe tipă diverse chestii, iar eu mă uit doar la ea, concentrându-mă pe felul în care i se mişcă Tessei buzele când vorbeşte. Îmi place la nebunie că se opreşte după câteva înghiţituri şi se şterge conştiincioasă la gură, ca să nu aibă firimituri.

Cina merge înainte aşa până când mă plictisesc de moarte, iar faţa lui Landon parcă nu mai e aşa de roşie.

— Hardin, te-ai decis cu absolvirea? Ştiu că ai zis că nu vii, dar totuşi te-ai mai gândit? mă-ntreabă Ken, în vreme ce Karen, Tessa şi Sophia strâng masa.

— Nu, nu m-am răzgândit.

Mă scobesc cu unghia în dinţi. Tot face asta, deschide subiectul ăsta de faţă cu Tessa ca să mă oblige să vin în amfiteatrul acela aglomerat, unde se vor îngrămădi mii de oameni, transpirând la greu şi urlând ca animalele pădurii.

— Nu te-ai răzgândit? întreabă Tessa.

Mă uit ba la ea, ba la tata.

— Credeam că totuşi te răzgândeşti.

Tessa ştie exact ce face. Landon rânjeşte ca un dobitoc ce e, iar Karen şi fata cu S pălăvrăgesc mai departe în bucătărie.

— Eu... încep să spun ceva.

La naiba.

Ochii Tessei sunt plini de speranță, dar tăioși, de parcă mă provoacă să mai resping o dată ideea.

— Da, sigur, de ce nu? O să vin la nenorocita aia de absolvire, pufnesc eu.

Doamne, ce porcărie.

— Mulțumesc, spune Ken.

Exact când sunt pe punctul să-i spun „cu plăcere", îmi dau seama că i-a mulțumit Tessei, nicidecum mie.

— Voi doi sunteți... încep eu, dar tac când dau cu ochii de mutra Tessei. Voi doi sunteți minunați, prefer să spun.

Sunteți doi nemernici complotiști, îmi repet în minte, la nesfârșit, în timp ce ei își zâmbesc, conspirativ.

60

Tessa

De fiecare dată când Sophia a zis ceva despre New York la cină, am intrat în panică. Eu sunt cea care a deschis subiectul, știu asta. Dar încercam doar să le distrag atenția de la Landon. Știu că era în încurcătură și am zis și eu primul lucru care mi-a venit în cap. Era însă singurul subiect pe care nu trebuia să-l deschid în prezența lui Hardin.

În seara asta trebuie să-i spun. Sunt o lașă caraghioasă și imatură pentru că-i ascund asta. Fie progresul pe care l-a făcut în ultima vreme îl va ajuta să gestioneze bine această veste, fie va exploda. Nu știu niciodată la ce să mă aștept de la el; poate ieși oricum. Dar mai știu și că nu sunt direct responsabilă de reacțiile lui emoționale și că trebuie să-i spun adevărul.

Mă sprijin de cadrul ușii și mă uit cum Karen șterge aragazul cu o cârpă udă. Ken s-a mutat în living și a adormit într-un fotoliu. Landon și Sophia stau în tăcere la masa din salon. Landon se uită cu coada ochiului la ea și atunci când ea își dă seama de asta îi zâmbește încântător. Nu știu ce să cred despre asta. Landon tocmai a ieșit dintr-o relație de lungă durată și deja e în limbă după altcineva. Dar cine sunt eu să am păreri despre relațiile altora? E clar că nici de a mea nu sunt în stare să am grijă.

Din locul meu de-aici, de pe holul care leagă livingul, salonul și bucătăria, îi văd pe oamenii care înseamnă cel mai mult pentru mine în lumea asta. Inclusiv pe cel mai important, Hardin, care stă cuminte pe canapeaua din living, uitându-se în gol.

Zâmbesc când mă gândesc cum va fi când va defila la absolvire, în iunie. Nu mi-l imaginez cu tocă și robă, dar e ceva ce vreau să văd neapărat şi ştiu că înseamnă foarte mult pentru Ken. Ken a spus de mai multe ori că nu se aştepta ca Hardin să termine vreo facultate, iar acum, că adevărul despre trecutul lor a ieşit la suprafaţă, sunt sigură că nu s-ar fi aşteptat ca Hardin să se răzgândească şi să ia parte la ritualul tipic de absolvire. Hardin Scott e oricum, numai tipic nu.

Îmi lipesc degetele de frunte, dorindu-mi ca mintea să-mi meargă aşa cum trebuie. *Cum să deschid subiectul acum? Dacă spune că vine şi el la New York? Oare ar face aşa ceva? Dacă spune că vrea să vină, ar trebui să accept?*

Brusc îl simt privindu-mă de acolo unde stă şi, când mă uit la el, constat că mă studiază, cu ochii lui verzi şi curioşi şi cu buzele strânse. Îi zâmbesc liniştitor, iar el se-ncruntă şi se ridică-n picioare. Din câţiva paşi străbate încăperea şi vine lângă mine, sprijinindu-se cu mâna de perete, în faţa mea.

— Ce s-a-ntâmplat? întreabă el.

Landon îşi ia ochii de la Sophia când îi aude vocea lui Hardin.

— Trebuie să vorbesc ceva cu tine, recunosc eu încetişor.

Nu pare îngrijorat — nu aşa de îngrijorat cât ar trebui să fie.

— Bine, ce e?

Se apropie din ce în ce mai tare, iar eu încerc să iau un pic de distanţă, dar îmi dau seama că sunt lipită de perete. Hardin ridică şi celălalt braţ şi mă blochează de tot şi când mă uit în ochii lui zâmbeşte cu subînţeles.

— Deci? insistă el.

Îl privesc în tăcere. Am gura uscată şi când încerc să vorbesc mă apucă tusea. Aşa se întâmplă mereu, într-o sală de spectacole, la biserică sau când ai o discuţie importantă cu cineva. Practic, în momentele în care tusea are ce căuta. Ca acum, de exemplu, când eu mă gândesc filosofic la tuse în timp ce tuşesc, iar Hardin se holbează la mine de parcă îmi dau sufletul sub ochii lui.

Se retrage şi se duce în bucătărie cu un scop. Se-nvârte pe lângă Karen şi se întoarce la mine cu un pahar cu apă, pentru a treizecea oară în ultimele două săptămâni. Apa rece îmi calmează gâtul iritat.

Îmi dau seama că tot corpul meu îmi spune că nu vrea să-i dea vestea asta lui Hardin. Îmi vine să mă mângâi singură pe cap și să-mi trag un pumn în bărbie în același timp. Dacă aș face asta, poate că lui Hardin i s-ar face milă de mine din cauza comportamentului haotic și ar schimba subiectul.

— Ce s-a întâmplat? Îți tot zboară gândul la ceva.

Mă privește și-mi ia din mână paharul. Când încep să scutur din cap, el insistă:

— Nu, nu, îmi dau seama.

— Putem să mergem afară?

Mă-ndrept către ușa care dă în curtea interioară, încercând să-i dau de înțeles că nu vreau să vorbim în prezența altcuiva. La naiba, poate c-ar trebui să mergem înapoi la Seattle ca să discutăm porcăria asta. Sau mai departe. Mai departe e și mai bine.

— Afară? De ce?

— Vreau să vorbesc ceva cu tine. În particular.

— Bine, sigur.

Merg în fața lui, ca să mențin echilibrul. Dacă sunt prima, poate am șanse mai mari să stăpânesc discuția. Și dacă stăpânesc discuția, poate am șanse mai mari să nu-l las pe Hardin să izbucnească. Poate.

Nu-mi trag mâna înapoi când simt cum degetele lui Hardin se întrepătrund cu ale mele. E atât de liniște — se aud numai, în fundal, vocile emisiunii la care a adormit Ken și zgomotul surd al mașinii de spălat vase din bucătărie. Când ieșim în curte, sunetele astea dispar și rămân doar cu gălăgia făcută de gândurile mele haotice și de Hardin care fredonează ceva. Îmi place cântecul lui, dar mă distrage și mă ajută să mă gândesc la altceva în afara exploziei care va urma. Cu puțin noroc, o să am la dispoziție câteva minute să-mi explic decizia înainte ca el s-o ia razna.

— Hai, spune, zice Hardin și-și trage un scaun din grădină.

Șansa mea de a discuta calm cu el câteva minute se duce naibii; nu are chef de așteptat. Se așază și se sprijină cu coatele pe masă. Mă așez vizavi de el și nu știu ce să fac cu mâinile. Mi le pun în poală, apoi pe genunchi, apoi înapoi pe masă, apoi el se întinde și pune mâna peste degetele mele fremătânde.

— Relaxează-te, spune el ușor.

Are mâna caldă și mi-o acoperă pe a mea în întregime, dându-mi senzația că am mintea clară, măcar pentru un moment.

— Ți-am ascuns ceva și asta mă înnebunește. Trebuie să-ți spun și știu că nu e momentul potrivit, dar mai bine îți spun decât să afli altcumva.

Își ia mâna de pe mâna mea și se sprijină de spătarul scaunului.

— Ce-ai făcut?

Îi simt neliniștea din glas și bănuiala sub respirația controlată.

— Nimic, zic eu repede. Nimic din ce crezi tu.

— Nu cumva...

Clipește de câteva ori.

— N-ai fost... cu altcineva, nu-i așa?

— Nu! zic eu pe un ton pițigăiat și scutur din cap ca să-mi susțin punctul de vedere. Nu, nimic de genul ăsta. Dar am luat o hotărâre și nu ți-am spus-o. Nu am fost deloc cu altcineva.

Nu-mi dau seama dacă trebuie să mă bucur sau să mă supăr că ăsta a fost primul lui gând. Într-un fel mă bucur, pentru că mutarea mea la New York nu poate fi la fel de dureroasă pentru el cum ar fi dacă m-aș combina cu altul, dar sunt ușor jignită, pentru că până acum ar trebui să mă cunoască mai bine de-atât. I-am făcut destule lucruri iresponsabile și dureroase, mai ales cu Zed, dar nu m-aș culca niciodată cu altcineva.

— Bine.

Își trece mâna prin păr și rămâne cu mâna pe ceafă, masându-și mușchii de acolo.

— Atunci nu poate fi atât de rău.

Inspir adânc, cu gândul să dau cărțile pe față, să n-o mai lungesc atât.

— Deci...

Ridică o mână, întrerupându-mă.

— Stai așa. Înainte de a-mi spune despre ce e vorba, spune-mi de ce.

— De ce ce? zic eu și înclin capul, derutată.

El ridică din sprânceană.

— De ce ai luat o hotărâre din cauza căreia te frământi atât.

— Bine.

Dau din cap și-mi caut prin gânduri, în vreme ce el mă privește. De unde să-ncep? E mult mai greu decât să-i spun pur și simplu că mă mut, dar e o cale mult mai bună de a-i da vestea. Dacă mă gândesc bine, nu cred că am făcut asta niciodată. De câte ori s-a întâmplat ceva important și dramatic, am aflat întotdeauna din altă parte, la fel de dramatic.

Mă mai uit o dată la el înainte de a-ncepe. Vreau să nu-i uit fața, să-mi amintesc răbdarea care se citește uneori în ochii lui verzi. Îi observ buzele care acum sunt roz, dar știu și când erau rănite, sângerând după ce s-a bătut. Îmi aduc aminte de piercingul de acolo și de cât de mult mi-a plăcut. Retrăiesc senzația acelei bucăți de metal rece pe buzele mele. Îmi amintesc cum și-l mușca de câte ori se gândea intens la ceva și cât de ispititoare era imaginea aceea.

Mă gândesc la seara aceea în care m-a dus la patinoar ca să-mi demonstreze că poate fi un iubit „normal". Era agitat și glumeț și-și scosese ambele piercinguri. A susținut că și le-a scos pentru că așa a avut chef, dar eu și azi mai cred că și le-a scos ca să-mi demonstreze ceva mie și lui însuși. Mi-au lipsit o vreme — uneori îmi lipsesc și acum — dar mi-a plăcut ce însemna dispariția lor, oricât de sexy îl făceau să arate.

— Hardin către Tessa: vrei să-mi spui? mă tachinează el, apoi se apleacă și-și pune bărbia în palmă.

— Da.

Zâmbesc nervos.

— Păi, am luat hotărârea asta pentru că avem nevoie să fim o vreme departe unul de altul și părea singura cale prin care să fiu sigură că așa vor sta lucrurile.

— Departe? Încă mai vrei asta?

Mă fixează cu privirea, silindu-mă să dau înapoi.

— Da, o vreme. Totul e varză între noi și avem nevoie să luăm o pauză — de-adevăratelea de data asta. Știu că spunem tot timpul asta, apoi o dăm la întors și facem o mie de drumuri între Washington și Seattle, ba chiar am ajuns până la Londra. Practic împrăștiem relația asta haotică pe tot mapamondul.

Fac o pauză ca să-i observ reacția și obțin doar o expresie indescifrabilă. În cele din urmă îmi smulg privirea de la el.

— Atât de haotică este? zice Hardin cu un glas blând.

— Mai mult ne certăm.

— Nu-i adevărat.

Se trage de gulerul tricoului negru.

— Nu-i adevărat deloc, Tess. Poate că așa ți se pare, dar dacă te gândești la toate porcăriile prin care am trecut, îți dai seama că ne-am petrecut timpul mai mult râzând, vorbind, citind, tachinându-ne și stând în pat. Chiar ne-am petrecut *mult* timp în pat.

Îmi zâmbește slab, iar eu simt cum decizia începe să mi se clatine.

— Noi rezolvăm totul făcând sex și asta nu-i sănătos, zic eu, grăbindu-mă să ajung la următorul punct.

— Sexul nu-i sănătos? se răstește el. Facem sex de comun acord, plin de iubire și de încredere.

Mă privește intens.

— Da, facem sex uluitor, excepțional, dar nu uita de ce stau lucrurile așa. Nu ți-o trag doar ca să mă ușurez. O fac pentru că te iubesc și îmi place încrederea pe care o ai în mine când mă lași să te ating în felul acela.

Tot ce spune are logică, deși n-ar trebui. Sunt de acord cu el, deși ar trebui să fiu mai precaută. Simt cum New York City se îndepărtează, așa că mai bine îi dau vestea mai repede:

— Te-ai gândit vreodată că e o relație abuzivă?

— *Abuzivă*?

Mi se pare că o să se sufoce.

— Crezi că sunt abuziv? N-am ridicat niciodată mâna asupra ta și n-o s-o fac vreodată!

Îmi privesc mâinile și continui cu toată sinceritatea.

— Nu, nu la asta mă refeream. Mă refeream la amândoi și la felul în care facem lucruri care ne rănesc reciproc. Nu te acuzam că ești abuziv la modul fizic.

Oftează și-și trece ambele mâini prin păr, semn sigur că intră-n panică.

— Bine, deci e clar că e ceva mai grav decât o simplă decizie de a nu locui cu mine la Seattle sau ceva de genul ăsta.

Apoi se oprește și mă privește extrem de serios.

— Tessa, o să te-ntreb ceva și vreau să-mi răspunzi cinstit — fără aiureli, fără să te gândești prea mult. Doar spune-mi ce-ți trece prin minte când te întreb, bine?

Dau din cap, deși nu știu unde vrea să ajungă.

— Care-i cel mai rău lucru pe care ți l-am făcut eu ție? Care-i cel mai dezgustător și oribil lucru pe care ți l-am făcut de când ne cunoaștem?

Încep să mă gândesc la ultimele opt luni, dar el își drege vocea, reamintindu-mi că vrea să-i răspund cu prima chestie care-mi trece prin cap. Mă foiesc pe scaun, pentru că nu vreau să deschid iar acel subiect, nici acum, nici mai târziu. Dar până la urmă spun:

— Pariul. Faptul că ți-ai bătut joc de mine când eu mă îndrăgosteam de tine.

Hardin pare căzut pe gânduri pentru o clipă.

— L-ai lua înapoi? Mi-ai șterge greșeala asta dacă ai putea?

Mă gândesc serios la ce să răspund. Am răspuns acestei întrebări de multe ori și m-am răzgândit de și mai multe ori, dar acum un răspuns pare a fi atât de... definitiv. Pare atât de final și de sigur și pare că are o importanță mai mare ca niciodată.

Soarele apune încet, ascunzându-se în spatele lizierei care mărginește proprietatea familiei Scott. Luminile din curte se aprind automat.

— Nu, nu l-aș lua înapoi, zic eu, mai mult pentru mine.

Hardin dă din cap de parcă ar fi știut că așa voi răspunde.

— Așa, care e următorul lucru cel mai rău pe care ți l-am făcut?

— Când mi-ai stricat aranjamentul cu apartamentul din Seattle, răspund cu ușurință.

— Serios? face el, surprins de răspunsul meu.

— Da.

— De ce? Ce te-a supărat atât de tare la chestia asta?

— Faptul că ai preluat controlul în totalitate asupra unei decizii de-ale mele și mi-ai ascuns lucrul ăsta.

El dă din cap, apoi ridică din umeri.

— N-o să încerc să justific chestia asta, pentru că știu c-am dat-o în bară.

— Așa...

Sper să aibă mai multe de spus.

— Înțeleg de ce te-ai supărat. Nu trebuia să fac așa ceva. Trebuia să vorbesc cu tine în loc să încerc să te împiedic să te duci la Seattle. Eram defect la cap atunci, încă sunt, dar mă străduiesc și asta e diferența majoră.

Nu știu cum să reacționez la asta. Știu că n-ar fi trebuit să facă așa ceva, și mai știu că acum face eforturi să se-ndrepte. Mă uit în ochii lui verzi, serioși și strălucitori și mi-e greu să-mi amintesc scopul acestei discuții.

— Ți-a intrat ideea asta în cap, iubito, ți-a băgat-o cineva acolo sau poate ai văzut-o la televizor printr-o emisiune dubioasă sau prin cărțile tale, nu știu. Dar viața reală e al naibii de grea. Nu există relație perfectă și niciun bărbat nu se poartă așa cum ar trebui cu femeia lui.

Ridică o mână, făcându-mi semn să nu-l întrerup.

— Nu zic că e bine așa, da? Deci ascultă-mă: spun doar că eu cred că dacă tu și poate și alți oameni din lumea asta defectă și moralistă ați fi mai atenți la detalii, ați vedea lucrurile în mod diferit. Nu suntem perfecți, Tessa. Nu sunt perfect și te iubesc, deși nici tu nu ești perfectă.

Tresare, deși nu a spus-o la modul nasol.

— Ți-am făcut o grămadă de mizerii și, la naiba, am ținut discursul ăsta de o mie de ori, dar ceva dinăuntrul meu s-a schimbat fundamental — știi bine că-i adevărat.

Când Hardin se oprește din vorbit, mă uit la cerul din spatele lui, timp de o clipă. Soarele apune după copaci și-l aștept să dispară de tot înainte să-i răspund.

— Mi-e teamă că am ajuns prea departe. Amândoi am făcut prea multe greșeli.

— Ar fi o pierdere să renunțăm în loc să reparăm acele greșeli și tu știi bine lucrul ăsta.

— Ce să pierdem? Timp? Nu mai avem timp de pierdut, spun eu, lansându-mă către inevitabila mărturisire.

— Avem tot timpul din lume. Suntem încă tineri! Eu mai am puțin și termin facultatea și ne vom muta la Seattle. Știu că te-ai săturat de porcăriile mele, dar contez la modul egoist pe faptul că mă iubești atât de mult încât te voi convinge să-mi mai dai o șansă.

— Dar porcăriile pe care ți le-am făcut eu? Te-am jignit, plus toate pățaniile cu Zed?

Când îl pomenesc pe Zed, mă mușc de buză și mă uit în altă parte. Hardin bate cu degetele în masa din sticlă.

— Mai întâi, Zed n-are ce căuta în discuția asta. Ai făcut niște tâmpenii. La fel și eu. Niciunul dintre noi n-are habar cum trebuie să se poarte într-o relație. Poate tu credeai că știi pentru că erai cu Noah de atâta timp, dar hai să fim serioși: voi doi erați practic doi verișori care se pupau. Nu era o relație adevărată.

Mă uit urât la Hardin, așteptând să văd unde vrea să ajungă.

— Și dacă m-ai jignit, ai făcut-o rar — zâmbește, iar eu încep să mă-ntreb cine e cu adevărat tipul ăsta din fața mea — toată lumea spune chestii jignitoare. Îmi pare rău, dar și nevasta pastorului maică-tii îi mai spune bărbatului ei că e dobitoc. Poate că nu i-o spune în față, dar e același lucru. Iar eu aș prefera să-mi spui în față că sunt dobitoc.

— Ai o explicație pentru orice, nu-i așa?

— Nu, nu pentru orice. Stai în fața mea și cauți să pleci din relația asta, iar eu o să fac tot ce pot să-ți dai seama de ceea ce spui.

— De când comunicăm în felul ăsta?

Nu pot să nu fiu uimită că purtăm discuția asta fără urlete și țipete. Hardin își încrucișează brațele în dreptul pieptului, jumulindu-și ațele din ghips, și ridică din umeri.

— De acum. Nu știu de când, de când am observat că țipetele nu funcționează în cazul nostru. Deci de ce să nu încercăm și așa?

Rămân uimită de nonșalanța spuselor sale.

— De ce faci lucrurile să pară atât de ușoare? Dacă ar fi fost atât de ușor, am fi făcut-o și înainte.

— Nu. Nu nu eram așa înainte, și nici tu nu erai.

Mă privește fix, așteptând să zic ceva.

— Nu-i așa de simplu; timpul care ne-a costat să ajungem aici contează, Hardin. Contează lucrurile prin care am trecut, iar acum am nevoie de timp doar pentru mine. Trebuie să aflu cine sunt și ce vreau să fac cu viața mea și cum găsesc acest drum, și trebuie să fac toate astea de una singură.

Rostesc vorbele astea cu emfază, dar le simt gustul amar.

— Deci te-ai hotărât? Nu vrei să locuiești cu mine la Seattle? De-asta ești atât de închisă și nu vrei să spui ce ai de spus, de fapt?

— Te ascult, dar m-am hotărât deja... Nu mai pot să mă joc așa. Nu numai cu tine, ci și cu mine.

— Nu te cred, mai ales că mi se pare că nici tu nu crezi ce spui.

Se lasă din nou pe spate și-și pune picioarele pe masă.

— Unde o să locuiești, atunci? În ce cartier din Seattle?

— Nu e în Seattle, zic eu tăios.

Îmi simt limba de plumb și nu mai pot scoate niciun cuvânt.

— A, atunci unde? În ce suburbie? întreabă el sarcastic.

— E la New York, Hardin. Vreau să plec...

Asta îl trezește la realitate.

— New York?

Își ia picioarele de pe masă și se ridică.

— Te referi la adevăratul New York? Sau la vreun cartier hipsteresc din Seattle despre care nu știu eu?

— Adevăratul New York, îi spun, iar el începe să se plimbe în sus și-n jos. Peste o săptămână.

Hardin nu zice nimic. I se aud doar pașii.

— Când ai luat decizia asta? întreabă el, în cele din urmă.

— După Londra și după ce-a murit tata.

Mă ridic în picioare.

— Deci faptul că eu am fost un dobitoc te-a făcut să-ți dorești să-ți faci bagajele și să pleci la New York? N-ai ieșit niciodată din statul Washington — ce te face să crezi că poți trăi într-un loc ca ăla?

Reacția lui mă face să devin defensivă.

— Pot să trăiesc unde vreau eu! Nu încerca să mă descurajezi.

— Să te descurajez? Tessa, ești de o mie de ori mai bună decât mine la orice — nu încerc să te descurajez. Doar te întreb. Ce te face să crezi că poți trăi la New York? Unde o să locuiești?

— Cu Landon.

Hardin face ochii mari.

— Cu *Landon*?

Asta e privirea pe care o așteptam, pe care nu-mi doream s-o văd, dar acum, din păcate, mă simt oarecum ușurată. Hardin suportase atât de bine totul; a fost mai înțelegător, calm și atent la cuvinte decât oricând altă dată. M-a dat peste cap. Dar cunosc privirea asta. Acesta este Hardin care încearcă să-și păstreze cumpătul.

— *Landon*. Tu și Landon vă mutați la New York.

— Da, el mergea oricum, iar eu...

— A cui a fost ideea asta — a lui sau a ta?

Tonul lui Hardin e coborât și-mi dau seama că e mai puțin furios decât mă așteptam. E ceva mai mult decât furios, e rănit. Hardin e rănit, și mă crispez când văd cât se simte de surprins, trădat, mințit.

Nu vreau să-i spun lui Hardin că Landon m-a rugat să mă mut la New York. Nu vreau să-i spun lui Hardin că Landon și Ken m-au ajutat cu scrisorile de recomandare și fișele școlare, cu cererea de admitere și înscrierea.

— O să-mi iau un semestru liber când ajung acolo, îi spun, în speranța că-l voi distrage de la întrebare.

Se întoarce către mine, cu obrajii roșii în lumina din curtea interioară, cu ochii înnebuniți și cu pumnii strânși pe lângă corp.

— A fost ideea lui, nu-i aşa? A ştiut tot timpul şi cât a încercat să mă convingă că suntem — nu ştiu — prieteni... chiar *fraţi*, m-a înjunghiat pe la spate.

— Hardin, nu e chiar aşa, spun eu, apărându-l pe Landon.

— Nu e chiar aşa pe naiba. Voi doi sunteţi *din alt film*, strigă el, dând haotic din mâini. Ai stat acolo şi m-ai lăsat să mă fac de râs vorbindu-ţi despre căsătorie şi adopţie şi tot felul de alte prostii şi tu ştiai — *ştiai în morţii mă-sii* — că oricum pleci?

Se trage de păr şi vrea să intre în casă, iar eu încerc să-l opresc.

— Nu te duce în casă în starea asta, te rog. Stai aici cu mine ca să terminăm de vorbit. Mai avem atâtea de discutat.

— *Încetează! Încetează dracului!*

Îmi dă la o parte mâna de pe umăr când încerc să-l ating. Trage de clanţa uşii de plasă şi sunt convinsă că a scos-o puţin din balamale. Îl urmez îndeaproape, sperând că nu va face ce cred eu că va face, ca de fiecare dată când se întâmplă ceva rău în viaţa lui, în viaţa noastră.

— Landon! urlă Hardin când intră-n bucătărie.

Mă bucur să constat că şi Ken, şi Karen s-au dus la etaj să se culce.

— Poftim? strigă şi Landon.

Mă ţin după Hardin în salon, acolo unde Landon şi Sophia stau încă la masă, cu un platou cu prăjituri aproape gol între ei. Când Hardin dă buzna în încăpere, cu fălcile încleştate şi cu pumnii strânşi, expresia lui Landon se schimbă.

— Ce se întâmplă? întreabă el, privindu-l cu precauţie pe fratele lui vitreg, apoi uitându-se la mine.

— Nu te uita la ea, uită-te la mine, se răsteşte Hardin.

Sophia tresare pe scaunul ei, dar se redresează repede şi mă caută din priviri.

— Hardin, n-a făcut nimic greşit. E cel mai bun prieten al meu şi nu-ncerca decât să mă ajute, zic eu.

Ştiu de ce e capabil Hardin şi gândul că Landon îi poate cădea victimă mă îmbolnăveşte. Hardin nu se-ntoarce, ci doar spune:

— Nu te băga, Tessa.

— La ce te referi? întreabă Landon, deşi ştiu că e perfect conştient ce l-a înfuriat pe Hardin. Stai aşa, e vorba despre New York, nu-i aşa?

— *Da, naiba să te ia, despre New York e vorba!* ţipă Hardin la el.

Landon se ridică în picioare, iar Sophia îi aruncă lui Hardin o privire criminală. Atunci îmi dau seama că mi-ar plăcea ca ea şi Landon să fie ceva mai mult decât nişte vecini prietenoşi.

— Aveam doar grijă de Tessa când am invitat-o să vină cu mine! Tu te-ai despărţit de ea şi era distrusă, absolut distrusă. New York e cel mai bun lucru pentru ea, explică Landon cu calm.

— Ştii cât de nenorocit eşti? Te-ai prefăcut că-mi eşti prieten şi apoi mi-ai făcut una ca asta?

Hardin începe iar să se plimbe prin cameră, în cerc.

— Nu m-am prefăcut! Ai dat-o în bară din nou şi eu încercam s-o ajut! strigă Landon la Hardin. Sunt prieten cu amândoi!

Inima mi-o ia razna când Hardin vine şi-l apucă pe Landon de guler.

— O ajuţi luând-o de lângă mine!

Hardin îl împinge pe Landon în perete.

— Erai prea drogat să-ţi mai pese! îi urlă Landon în faţă.

Sophia şi cu mine privim încremenite. Îi cunosc pe Hardin şi pe Landon mult mai bine decât îi cunoaşte ea şi nici măcar eu nu ştiu ce să spun sau ce să fac. E un adevărat haos: doi bărbaţi care ţipă unul la altul, Ken şi Karen care coboară în goană scările, zgomotul de pahare şi farfurii sparte.

— Ştiai foarte bine ce faci! Aveam încredere în tine, nenorocitule!

— Haide, atunci! Pocneşte-mă! strigă Landon.

Hardin ridică pumnul, dar Landon nici nu clipeşte. Îl strig pe Hardin şi cred că a făcut şi Ken acelaşi lucru. Cu coada ochiului o văd pe Karen cum îl trage pe Ken de bluză, ca să nu intervină între cei doi.

— Pocneşte-mă, Hardin! Eşti aşa mare şi tare — dă-i drumul şi trage-mi una! îl îndeamnă Landon din nou.

— Asta o să fac! O să te...

Hardin lasă mâna jos, dar apoi o ridică din nou. Landon are obrajii roşii de furie şi respiră sacadat, dar nu pare deloc înspăimântat de

Hardin. Pare foarte ofticat şi foarte stăpân pe sine, în acelaşi timp. Eu sunt la polul opus; simt că habar n-am ce să fac dacă oamenii ăştia doi la care ţin se încaieră.

Mă uit din nou la Karen şi la Ken. Nu par îngrijoraţi pentru Landon. Sunt atât de calmi acum, deşi Hardin şi Landon ţipă unul la altul.

— N-ai tupeu, spune Landon.

— Ba da, am! O să-ţi trag una cu ghipsul ăsta idiot...

Dar Hardin ezită. Se uită la Landon, apoi se întoarce către mine și din nou către el.

— Du-te dracului! urlă el.

Lasă pumnul în jos şi iese valvârtej din cameră. Landon e încă lipit de perete şi parcă îi vine şi lui să lovească în ceva. Sophia s-a ridicat, ducându-se la el să-l liniştească. Karen și Ken vorbesc încet între ei, apoi se duc către Landon, iar eu... ei bine, eu stau în mijlocul salonului, încercând să pricep ce s-a întâmplat.

Landon i-a cerut lui Hardin să-l pocnească. Hardin era deja înfierbântat; se simţea trădat şi înşelat din nou, şi totuşi n-a făcut-o. Hardin Scott s-a abţinut de la violenţă, chiar când lucrurile erau încinse.

61

Hardin

Ies din casă și de-abia atunci îmi dau seama că în cameră erau și Ken cu Karen. De ce n-au încercat să mă oprească? Știau cumva că n-o să dau în el? Nu știu ce să mai cred.

Aerul primăverii nu e destul de răcoros, de proaspăt sau de parfumat ca să mă ajute să ies din starea asta. Iar mă întorc în punctul acela; văd roșu în fața ochilor și nu vreau asta. Nu vreau să cedez și să pierd tot ce-am câștigat până azi. Nu vreau să renunț la mine, așa cum sunt acum. Dacă l-aș fi pocnit, dacă i-aș fi scos dinții lui Landon, aș fi pierdut tot. Aș fi pierdut tot, inclusiv pe Tessa.

Dar de fapt nu e a mea. Am pierdut-o când am trimis-o înapoi de la Londra. Plănuise să dispară în tot acest timp. Cu tot cu Landon. Amândoi au complotat pe la spatele meu, au plănuit să mă lase în nemernicul de Washington, iar ei să plece împreună în celălalt colț al țării. A stat acolo tăcând în timp ce eu îmi vărsam sufletul din mine și m-a lăsat să mă fac de râs.

Landon m-a păcălit în tot acest timp, crezând că de fapt ține la mine. Toată lumea din jurul meu își bate joc de mine și mă minte și m-am săturat de asta. Hardin, prostul de Hardin, ăla pe care nimeni nu dă doi bani, ultimul care află orice. Ăsta-s eu — așa am fost și așa voi fi întotdeauna.

Tessa e singura persoană din toată viața mea care a ținut la mine, căreia i-a păsat de mine și care m-a făcut să mă simt dorit.

Sunt de acord că n-am avut cea mai ușoară relație din lume. Am făcut greșeală după greșeală și știu că puteam să fac o grămadă de lucruri altcumva — dar n-am abuzat-o niciodată. Dacă ea crede că relația asta sau eu însumi suntem așa, atunci nu mai e nicio speranță pentru noi. Cel mai greu lucru de explicat, cred, e diferența dintre o relație nesănătoasă și una abuzivă. Cred că oamenii se grăbesc să judece fără să se pună în pielea celor care au de-a face cu așa ceva.

Mă plimb pe iarbă, către copacii de la marginea proprietății. Nu știu unde mama dracului mă duc sau ce-o să fac acolo, dar trebuie să mă calmez și să mă concentrez înainte să izbucnesc.

Nenorocitul de Landon a trebuit să mă provoace; a trebuit să mă scoată din minți și să-ncerce să mă facă să-l pocnesc. Dar n-am mai simțit valul acela furibund de adrenalină, sângele nu-mi mai urla prin vene — nu-mi mai lăsa gura apă după o bătaie, ca odinioară.

De ce mama dracului m-a pus să-l pocnesc? E un idiot, de-aia.

Un nenorocit, aia e.

Un cretin.

Dobitoc.

Un idiot nenorocit cretin și dobitoc.

— Hardin?

Vocea Tessei se aude prin tăcerea întunecată, iar eu încerc să-mi dau seama dacă am chef sau nu să vorbesc cu ea. Sunt prea furios ca să discut cu ea despre porcăria asta și să fiu certat că m-am luat de Landon.

— El a început, zic eu, apărând dintre doi copaci imenși.

S-a zis cu ascunzătoarea. *Vedeți, nici pe asta nu sunt în stare s-o fac ca lumea.*

— Te simți bine? întreabă ea, cu o voce blândă, dar agitată.

— Tu ce crezi? mă răstesc eu, uitându-mă prin ea, în întuneric.

— Eu...

— Scutește-mă. Te rog, știu că o să spui că tu ai dreptate, iar eu am greșit și n-ar fi trebuit să-l izbesc pe Landon de perete.

Face un pas către mine, iar eu mă trezesc ducându-mă spre ea, în același timp. Așa furios cum sunt, tot sunt atras către ea — așa am fost și așa voi fi întotdeauna.

— De fapt, voiam să-mi cer scuze. Știu că am greșit când ți-am ascuns povestea asta. Vreau să-mi asum greșeala asta, nu să te acuz pe tine, spune ea ușor.

Poftim?

— De când?

Îmi reamintesc că sunt ofticat. Dar e greu să stau supărat când tot ce-mi doresc e s-o îmbrățișez, ca să-mi dau seama că nu sunt un ratat atât de mare pe cât cred.

— Putem să discutăm din nou? Știi tu, cum am vorbit în curte?

Are ochii larg deschiși și plini de speranță chiar și în întuneric, chiar și după izbucnirea mea. Vreau să-i spun că nu, că a avut deja șansa să vorbească încă din ziua în care s-a hotărât să se mute în celălalt capăt de țară ca să „stăm puțin la distanță". În schimb, oftez și dau din cap că da. Nu-i dau satisfacția să-i răspund, dar dau din nou din cap și mă sprijin de un copac din spatele meu.

Îmi dau seama după mutra ei că nu se aștepta să fiu de acord atât de ușor. Nemernicul copilăros din mine zâmbește în sinea lui pentru că am reușit s-o surprind. Îngenunchează și se așază pe iarbă cu picioarele încrucișate. Își pune mâinile pe picioarele desculțe.

— Sunt mândră de tine, spune ea, ridicând privirea la mine.

Luminile din curte aruncă suficientă lumină ca să-i văd zâmbetul și lauda tăcută din ochi.

— Pentru ce?

Jumulesc scoarța copacului, în așteptarea răspunsului.

— Pentru că nu te-ai bătut. Știu că Landon te-a tot provocat, dar tu nu te-ai luat la bătaie, Hardin. A fost un pas imens pentru tine. Sper că știi cât de mult înseamnă pentru el că ai preferat să nu-l lovești.

De parcă îi pasă lui. Mă lucrează pe la spate de trei săptămâni încoace.

— Nu înseamnă nimic.

— Ba da, înseamnă. Înseamnă mult.

Rup o ditamai bucata de scoarță și-o arunc pe pământ, la picioarele mele.

— Și pentru tine ce-nseamnă? întreb, cu ochii la copac.

— Și mai mult.

Își trece palma peste stratul de iarbă.

— Pentru mine înseamnă și mai mult.

— Destul ca să nu te mai muți? Sau ești mândră de mine, sunt băiat bun, dar tu tot pleci?

Nu-mi pot ascunde un oftat jalnic.

— Hardin...

Scutură din cap — încercând să inventeze o scuză, sunt convins.

— Dintre toți oamenii, Landon știe cel mai bine ce însemni pentru mine. Știe că tu ești viața mea și nu i-a păsat. Te duce în celălalt capăt al țării, nespunându-mi nimic, și asta mă doare, știi?

Ea oftează, mușcându-se de buza de jos.

— Când spui lucruri ca astea, uit de ce mă cert cu tine.

— Poftim?

Îmi dau părul pe spate și mă așez pe jos, cu spatele sprijinit de copac.

— Când îmi spui că eu sunt viața ta și când recunoști că ești vulnerabil, îmi reamintesc de ce te iubesc atât de mult.

O privesc și observ că pare atât de sigură, în ciuda faptului că susține că nu crede deloc în relația noastră.

— Știi bine că așa e, la naiba, știi că sunt un rahat în ploaie fără tine.

Poate c-ar fi trebuit să spun: *Nu sunt nimic fără tine, iubește-mă*, dar deja am scăpat porumbelul.

— Ești, totuși.

Zâmbește șovăitor.

— Ești un om bun, chiar în cele mai rele momente. Mi-am făcut un obicei prost să-mi aduc aminte de greșelile tale și să ți le reproșez, când, de fapt, sunt la fel de nasoală în relația asta ca tine. Am o vină egală că lucrurile s-au stricat.

— S-au stricat?

Am auzit chestia asta de prea multe ori.

— Că am distrus-o, vreau să spun. Am tot atâta vină cât ai și tu.

— De ce e distrusă? Nu ne putem rezolva problemele?

Ea mai inspiră o dată și-și dă ușor capul pe spate, ca să se uite la cer.

— Habar n-am, zice ea și pare la fel de surprinsă ca mine.

— Habar n-ai? repet eu, cu un zâmbet.

La naiba, noi nu suntem zdraveni.

— Habar n-am. Eram hotărâtă, dar acum nu știu ce să fac, pentru că tu faci atâtea eforturi, iar eu observ asta.

— Serios?

Încerc să nu par foarte interesat, dar, desigur, vocea mi se frânge și am un glas de șoricel idiot.

— Da, Hardin. Nu mai știu ce trebuie să fac.

— New Yorkul n-o să ne ajute cu nimic. New Yorkul n-o să fie noul început al vieții tale sau ce-ți imaginezi tu. Amândoi știm că te folosești de orașul ăsta ca să scapi ușor de aici, spun eu, gesticulând între noi.

— Știu.

Smulge o mână de iarbă și-mi dau seama cu drag că sunt de atâta timp cu ea încât știu că face asta de câte ori se așază pe iarbă.

— Cât stai acolo?

— Nu știu. Chiar vreau să plec la New York acum. În Washington nu mi-a mers prea bine.

Se-ncruntă și o văd cum mă părăsește și dispare în propriile ei gânduri.

— Aici ai fost toată viața ta.

Ea clipește o dată, inspiră adânc și-și aruncă pe picior câteva fire de iarbă.

— Exact.

62

Tessa

— Vrei să mergem înăuntru?

Vocea mea e ca o șoaptă, rupând tăcerea dintre noi. Hardin n-a spus nimic și nici mie nu mi-a venit în cap ceva interesant de spus în ultimele douăzeci de minute.

— Tu vrei?

Se ridică de lângă copac și-și șterge murdăria de pe jeanșii negri.

— Dacă vrei tu.

— Vreau.

Zâmbește sarcastic.

— Dar dacă vrei să mai *vorbim* și înăuntru, putem face asta, fără probleme.

— Ha-ha.

Îmi dau ochii peste cap, iar el îmi întinde mâna ca să m-ajute să mă ridic. Mă prinde ușor de încheietură și mă trage în picioare. Nu-mi dă drumul; doar îmi cuprinde mâna cu palma sa. Nu protestez deloc la atingerea lui blândă și nici la felul atât de familiar în care se uită la mine, la felul în care se comportă când își maschează furia, deși e copleșit de iubirea pe care mi-o poartă. Privirea aceea disperată și derutată de pe chipul lui îmi amintește că o parte din mine îl iubește pe acest om și are nevoie de el mai mult decât vreau să recunosc.

În spatele atingerii sale nu e niciun plan; nu e un gest calculat când mă cuprinde cu brațul după talie și mă trage spre el, apoi mergem prin iarba deasă către casă.

Când intrăm, nimeni nu spune nimic — doar Karen ne aruncă o privire îngrijorată. Își ține mâna pe brațul soțului ei, iar el stă aplecat, vorbind în şoaptă cu Landon, care s-a aşezat din nou la masa din salon. Sophia nu mai e aici şi presupun că a plecat după scandal. Cine-o poate condamna?

— Te simţi bine?

Karen îşi îndreaptă atenţia către Hardin. Landon îşi ridică privirea în acelaşi timp cu Ken, iar eu îl înghiontesc uşor pe Hardin.

— Cine, eu? întreabă el, derutat.

Se opreşte brusc în faţa scărilor, iar eu mă lovesc de el.

— Da, dragă, te simţi bine? repetă Karen.

Îşi dă părul castaniu după urechi şi face un pas către noi, punându-şi mâna pe burtă.

— Adică — Hardin îşi drege vocea — mă-ntrebi dacă am de gând să fac circ şi să-i sparg faţa lui Landon? Nu, n-am de gând, oftează el.

Karen clatină din cap, cu un aer răbdător.

— Nu, voiam să te întreb dacă te simţi bine. Pot să te ajut cu ceva? Asta voiam să spun.

El clipeşte o dată, încercând să se adune.

— Da, mă simt bine.

— Dacă se schimbă ceva între timp, anunţă-mă. Bine?

El dă din cap şi mă conduce la etaj. Mă uit în urmă după Landon, dar el închide ochii şi se întoarce cu spatele.

— Trebuie să vorbesc cu Landon, îi spun lui Hardin când deschide uşa camerei sale.

El aprinde lumina şi îmi dă drumul la mână.

— Acum?

— Da, acum.

— Chiar acum?

— Da.

În clipa în care spun asta, Hardin mă lipeşte de perete.

— În momentul ăsta?

Se apleacă spre mine şi-i simt respiraţia caldă pe gât.

— Eşti sigură?

Nu mai sunt sigură de nimic, sincer.

— Poftim?

Am vocea răgușită și mă simt amețită.

— Credeam c-o să mă săruți.

Își lipește buzele de gura mea, iar eu zâmbesc la toată nebunia asta, la semnul acesta de afecțiune din partea lui. Nu are buzele moi; sunt uscate și crăpate, dar atât de perfecte, și îmi place la nebunie cum limba lui se înlănțuie cu a mea, intrându-mi în gură și nelăsându-mă să mă retrag sau să-mi fac procese de conștiință. Mâinile lui îmi sunt pe talie, iar degetele lui îmi ating pielea, în vreme ce cu genunchiul încearcă să-mi desfacă picioarele.

— Nu-mi vine să cred că te muți atât de departe de mine.

Îmi atinge obrazul și urechea cu buzele.

— Atât de departe.

— Îmi pare rău, zic eu, incapabilă de a spune mai multe când îi simt mâinile mângâindu-mi abdomenul și dându-mi la o parte tricoul.

— O să tot fugim unul către altul.

Are un glas calm, dar îmi cuprinde sânii cu mâinile. Am spatele lipit de perete și tricoul deja zace pe jos, la picioarele noastre.

— Da.

— Încă un citat din Hemingway și apoi o să-mi întrebuințez altcumva gura.

Zâmbește, în vreme ce mă atinge frenetic. Dau din cap, pentru că-mi doresc să facă exact ce a promis.

— „Nu poți fugi de tine însuți doar mutându-te dintr-un loc în altul“.

Apoi își bagă mâna la mine-n chiloți. Scot un geamăt, la fel de copleșită de cuvintele și de atingerea lui. Cuvintele astea mi se tot repetă în minte când mă atinge și întind mâna către el. Îi simt umflătura de lângă fermoarul jeanșilor, iar el îmi șoptește numele în timp ce mă căznesc să-i desfac nasturele de la pantaloni.

— Nu te duce la New York cu Landon, rămâi cu mine în Seattle.

Landon. Îmi întorc capul și îmi iau mâna de pe fermoarul jeanșilor lui Hardin.

— Trebuie să vorbesc cu Landon, e important. Pare supărat.

— Și ce dacă? Și eu sunt supărat.

— Știu.

Oftează.

— Dar tu în mod clar nu ești la fel de supărat.

Mă uit la penisul lui, care de-abia îi mai încape în boxeri.

— Păi, pentru că mi-ai distras atenția ca să nu mai fiu ofticat pe tine — și pe Landon, se grăbește să adauge.

— Nu stau mult.

Mă dezlipesc de el, îmi ridic tricoul de pe jos și-l pun pe mine.

— Bine, și eu am nevoie de câteva minute.

Hardin își dă părul pe spate. Niciodată n-a avut părul atât de lung, de când l-am cunoscut. Îmi place așa, dar mi-e dor de tatuajele care i se vedeau înainte de sub gulerul tricoului.

— Câteva minute departe de mine? întreb și-apoi îmi dau seama cât de disperat a sunat asta.

— Da. Tocmai mi-ai spus că te muți în celălalt colț al țării și mi-am pierdut cumpătul cu Landon. Am nevoie de câteva minute ca să-mi ordonez gândurile.

— Bine, înțeleg.

Chiar înțeleg. Se comportă mult mai bine decât mă așteptam și ultimul lucru pe care ar trebui să-l fac ar fi să sar în pat cu Hardin și să neglijez să lămuresc problema cu Landon.

— Mă duc să fac un duș, îmi zice el în timp ce ies din cameră.

Gândul meu a rămas în dormitor, la Hardin, dar cobor scările. Cu fiecare pas, atingerile lui se estompează. Când ajung în salon, Karen se-ndepărtează de Landon și Ken îi face semn să plece cu el din încăpere. Ea îmi zâmbește scurt și mă strânge ușor de mână când trece pe lângă mine.

— Hei.

Îmi trag un scaun și mă așez lângă Landon, dar el se ridică în picioare.

— Nu acum, Tessa, se răstește el și se duce în living.

Sunt derutată de tonul lui și se pare că îmi scapă ceva. Ceva mai mult, cred.

— Landon...

Mă ridic și mă țin după el.

— Stai! îl strig.

El se oprește.

— Îmi pare rău, dar chestia asta nu mai ține.

— Ce nu mai ține?

Îl trag de tricoul cu mânecă lungă ca să-l fac să nu mai fugă de mine. Fără să se întoarcă la mine, el spune:

— Chestia asta cu tine și cu Hardin. Era în regulă când vă afecta doar pe voi doi, dar acum îi amestecați și pe toți ceilalți în treburile voastre și asta nu-i corect.

Furia din glasul lui mă lovește și-mi ia o clipă să-mi dau seama că mie mi se adresează. Landon a fost întotdeauna săritor și amabil și nu mă așteptam să aud vreodată lucrurile astea din gura lui.

— Îmi pare rău, Tessa, dar știi bine că am dreptate. Nu mai puteți să vă aduceți problemele aici. Mama e însărcinată și scena de mai devreme ar fi putut s-o zguduie serios. Voi doi vă tot plimbați ba aici, ba la Seattle și vă certați la cuțite în ambele orașe și în toate celelalte locuri din lume.

Au. Încerc să spun ceva, dar nu-mi vine nimic extraordinar în cap.

— Știu, îmi pare rău pentru ce s-a întâmplat — nu voiam să se întâmple așa ceva, Landon. Trebuia să-i spun despre New York, nu puteam să-i mai ascund asta. Credeam că suportă bine veștile.

Mă opresc brusc. Sunt derutată și panicată pentru că Landon e supărat pe mine. Știam că n-are cum să fie bucuros că Hardin aproape l-a luat la bătaie, dar nu mă așteptam la așa ceva. Se răsucește la mine.

— Le-a suportat bine? *M-a izbit de perete...*

Landon oftează și-și ridică mânecile tricoului până la cot, inspirând de câteva ori.

— Dar cred că ai dreptate. Însă asta nu-nseamnă că lucrul ăsta nu devine o problemă din ce în ce mai gravă. Nu puteți să mergeți peste tot despărţindu-vă şi împăcându-vă la nesfârşit. Dacă nu merge într-un oraş, ce vă face să credeţi că o să meargă în altul?

— Ştiu asta. De-asta vin cu tine la New York. Trebuie să-mi dau seama ce e cu mine, de una singură. Adică fără Hardin. Asta e ideea principală.

Landon scutură din cap.

— Fără Hardin? Crezi c-o să te lase să pleci la New York fără el? Fie va veni cu tine, fie vei rămâne tu aici, certându-vă aşa în continuare.

Cuvintele lui îmi provoacă un gol în stomac. Toţi spun mereu acelaşi lucru despre relaţia mea cu Hardin. La naiba, până şi eu văd aceste chestii. Le-am mai auzit înainte, de multe ori, dar e total diferit când mi le aruncă în faţă Landon. E altceva, cântăreşte mai greu şi doare mai tare. Şi mă face să mă îndoiesc şi mai rău de orice.

— Îmi pare sincer rău, Landon.

Îmi vine să plâng.

— Ştiu că am amestecat pe toată lumea în mizeria noastră şi-mi pare rău pentru asta. Nu voiam să — nu voiam ca lucrurile să stea aşa, mai ales cu tine. Eşti cel mai bun prieten al meu. Nu vreau să te simţi aşa prost niciodată.

— E, uite că mă simt. Eu şi mulţi alţii, Tessa.

Vorbele lui sunt tăioase şi mă rănesc în acel loc care-mi mai rămăsese neatins şi pur, locul rezervat lui Landon şi prieteniei lui loiale. Acel mic loc sacru era tot ce mai aveam când venea vorba de oamenii din jurul meu. Era locul meu sigur şi acum e plin de beznă, aşa cum e în jurul lui.

— Îmi pare rău.

Vocea mi se tânguie şi mintea mea încă nu pricepe că Landon e persoana care-mi spune lucrurile astea.

— Dar... credeam că eşti de partea noastră, nu? îl întreb, pentru că trebuia s-o fac.

Trebuie să aflu dacă lucrurile stau într-adevăr atât de prost. El inspiră adânc şi rosteşte adevărul supărător.

— Şi mie-mi pare rău, dar în seara asta aţi întrecut limita. Mama e gravidă, Ken încearcă să repare lucrurile cu Hardin, eu mă mut, e prea mult. Asta e familia noastră şi trebuie să rămânem uniţi. Iar tu nu ne ajuţi deloc.

— Îmi pare rău, repet, pentru că nu ştiu ce altceva să spun.

Nu mă pot certa cu el, nu pot nici măcar să-l contrazic, pentru că are dreptate. E familia lor, nu a mea. Oricât aş pretinde că e familia mea, eu sunt în plus aici. Am fost în plus în toate locurile în care am încercat să mă instalez după ce am plecat din casa mamei.

Se uită în jos, iar eu îl fixez cu privirea în timp ce spune:

— Ştiu că-ţi pare rău. Îmi pare rău că am fost nesimţit, dar trebuia să-ţi spun toate astea.

— Da, înţeleg.

Tot nu se uită la mine.

— La New York n-o să fie aşa, îţi promit. Am nevoie de timp. Sunt atât de confuză în legătură cu tot ce se întâmplă în viaţa mea, încât mi se pare că nimic n-are noimă.

Senzaţia că nu mai eşti dorit când nici tu nu ştii sigur dacă vrei să pleci sau să rămâi este una dintre cele mai rele. Este incredibil de ciudată. Mă gândesc câteva secunde la întreaga situaţie ca să-mi dau seama dacă nu cumva sunt eu paranoică. Dar prietenul meu nu mă priveşte după ce mi-a spus că îi cauzez probleme în familie, singura familie pe care o am, știu că e adevărat. Landon nu mai vrea să discute cu mine acum, dar e prea de treabă ca să mi-o spună.

— New York.

Mi se pune un nod în gât.

— Nu mai vrei să merg cu tine la New York, nu-i aşa?

— Nu-i vorba de asta. Credeam doar că New York va fi un punct de început pentru amândoi, Tessa. Nu doar un alt loc unde să te cerţi cu Hardin.

— Înţeleg.

Ridic din umeri şi-mi înfig unghiile în palme ca să nu izbucnesc în plâns. Chiar înţeleg. Înţeleg tot. Landon nu vrea să merg la New York cu el. Oricum n-aveam un plan solid. N-am mulţi bani şi nici nu fusesem acceptată încă la NYU. Până acum nu mi-am dat seama că nu sunt gata să mă mut la New York. Aveam nevoie de asta, aveam nevoie să-ncerc măcar ceva spontan și diferit și trebuia să fac saltul în lume și să aterizez pe picioarele mele.

— Îmi pare rău, spune el, dând ușor cu piciorul în scaun.

— E-n regulă, înțeleg.

Mă silesc să-i zâmbesc celui mai bun prieten al meu și reușesc să ajung la etaj înainte să izbucnesc în plâns. În camera de oaspeți, mă-ntind în pat și prin fața ochilor îmi trec toate greșelile pe care le-am făcut.

Am fost atât de egoistă și nu mi-am dat seama până acum. Am stricat atâtea relații în ultimele opt luni. Am intrat în colegiu fiind îndrăgostită de Noah, iubitul meu din copilărie, doar ca să-l înșel, de mai multe ori, cu Hardin.

M-am împrietenit cu Steph, care m-a trădat și a încercat să-mi facă rău. Am judecat-o greșit pe Molly când de fapt nu ea era aceea din cauza căreia să mă îngrijorez. M-am silit să cred că o să mă adaptez la facultate — că toți din gașca aia erau prietenii mei când, de fapt, n-am fost decât o glumă pentru ei.

M-am tot luptat să-l păstrez pe Hardin; m-am luptat încă de la bun început ca să accepte. Când nu m-a mai dorit, eu l-am dorit și mai mult. M-am luptat cu mama ca să-l apăr pe Hardin; m-am luptat cu mine însămi ca să-l apăr pe Hardin; m-am luptat cu Hardin ca să-l apăr pe Hardin.

I-am oferit virginitatea mea din cauza unui pariu. Eu îl iubeam și am prețuit acel moment, iar el îmi ascundea adevăratele motive pentru care a făcut-o. Chiar și după ce-am aflat ce a făcut, am rămas, iar el a inventat mereu o scuză și mai bombastică decât cea de dinainte. Nu a fost mereu vinovat; greșelile lui au fost mai adânci și mai dureroase, dar ale mele au fost la fel de frecvente.

Din pur egoism, m-am folosit de Zed ca să umplu golul pe care mi l-a lăsat de fiecare dată Hardin. L-am sărutat, mi-am petrecut vremea cu el, l-am indus în eroare. Am păstrat prietenia cu el peste voința lui Hardin, continuând cu bună știință jocul pe care ei doi l-au început cu câteva luni în urmă.

L-am iertat pe Hardin de atâtea ori, doar ca să-i arunc greşelile în faţă. Am aşteptat întotdeauna mai mult de la el şi nu l-am lăsat niciodată să uite asta. Hardin e un om bun, în ciuda defectelor sale — e un om atât de bun şi merită să fie fericit. Merită totul. Merită zile liniştite cu o soţie iubitoare care nu trebuie să se căznească să-i facă copii. Nu merită jocuri şi amintiri urâte. Nu trebuie să încerce să se ridice la nişte aşteptări ridicole pe care i le-am fixat eu şi care, pentru el, sunt imposibil de atins.

Am trecut prin iad în ultimele opt luni şi acum iată-mă cum stau singură pe pat. Mi-am petrecut toată viaţa planificând, organizând şi anticipând, cu toate astea stau aici cu obrajii murdari de rimel şi cu planurile spulberate. Nici măcar spulberate — n-am făcut niciun plan ca să am ce spulbera. Habar n-am spre ce anume se îndreaptă viaţa mea. Nu mai sunt la facultate, nu aparţin niciunui loc, nu mai am nici noţiunea romantică despre dragoste din romane care mi-a plăcut mereu şi în care am crezut. Habar n-am ce naiba să fac cu viaţa mea.

Atâtea despărţiri, atâtea pierderi. Tata a revenit în viaţa mea, dar a fost ucis de propriii lui demoni. Am văzut cum toată viaţa lui Hardin s-a dovedit a fi o minciună, iar mentorul lui s-a dovedit a fi tatăl lui biologic şi lunga lui relaţie cu mama lui Hardin l-a făcut pe omul care l-a crescut să recurgă la băutură. Copilăria lui a fost un chin degeaba; şi-a petrecut ani întregi alături de un tată alcoolic şi a văzut lucruri pe care niciun copil n-ar trebui să le vadă. Am văzut cum a încercat să refacă legătură cu Ken, de la prima întâlnire în faţa unui magazin de iaurt până la a face parte din familia asta şi la eforturile lui Hardin de a-l ierta pentru greşelile sale. A învăţat să-şi accepte trecutul şi să-l ierte pe Ken şi asta e ceva incredibil. A fost atât de furios toată viaţa lui şi acum, când are nevoie de linişte în viaţa lui, îmi dau şi eu seama de asta. Hardin are nevoie de linişte. Are nevoie de împăcare. N-are nevoie de amintiri şi tulburări permanente. N-are nevoie de îndoieli şi certuri; are nevoie de o familie.

Are nevoie de prietenia cu Landon şi de relaţia cu tatăl lui. Trebuie să-şi accepte locul în familie şi să se bucure de faptul că aceasta se lărgeşte. Are nevoie de mese de Crăciun pline de dragoste şi râsete, nu de lacrimi şi tensiune. L-am văzut schimbându-se atât de mult din ziua în care l-am întâlnit pe cel mai nesimţit, tatuat, ciufulit băiat pe care l-am cunoscut vreodată. Nu mai e acel băiat; e bărbat acum, un bărbat care se vindecă. Nu mai bea aşa cum o făcea odinioară. Nu mai sparge lucruri atât de des. Şi a avut puterea *să se stăpânească* şi să nu-l pocnească pe Landon.

A reuşit să-şi construiască o viaţă, plină de oameni care-l iubesc şi-l preţuiesc, în vreme ce eu mi-am distrus-o pe a mea, cu fiecare relaţie pe care am crezut că o am. Ne-am certat şi ne-am luptat, iar acum prietenia mea cu Landon a devenit o altă victimă a războiului dintre Hardin şi Tessa.

Exact când îmi spun toate astea, Hardin deschide uşa, de parcă l-aş fi invocat, şi intră calm, ştergându-şi părul ud cu un prosop.

— Ce se-ntâmplă? mă-ntreabă el.

Dar când vede în ce stare sunt, aruncă prosopul cât colo şi îngenunchează lângă mine. Nu încerc să-mi ascund lacrimile; n-ar avea niciun sens.

— Suntem Catherine şi Heathcliff, zic eu, devastată de adevăr.

Hardin se-ncruntă.

— Ce? Ce naiba s-a întâmplat?

— Ne-am făcut nefericiţi reciproc şi nu ştiu dacă pur şi simplu eu n-am observat asta sau am fost prea egoistă ca să-mi pese, dar aşa s-a întâmplat. Chiar şi Landon — chiar şi Landon e afectat de noi.

— De unde ţi-a venit ideea asta?

Hardin se ridică în picioare.

— Ţi-a zis ceva?

— Nu.

Îl trag pe Hardin de braţ, implorându-l să nu coboare.

— Mi-a spus doar adevărul. Acum îmi dau seama, până acum nu vedeam, dar acum înţeleg.

Mă şterg la ochi, iau o gură de aer şi continui.

— Nu tu eşti cel care m-a distrus; am făcut-o singură. M-am schimbat, şi tu la fel. Dar tu te-ai schimbat în bine. Eu nu.

O spun cu voce tare și e mai ușor de acceptat. Nu sunt perfectă. N-o să fiu niciodată. Și asta e-n regulă, dar îl trag pe Hardin în jos după mine. Trebuie să repar ce e stricat la mine — nu e corect să-i cer asta lui Hardin dacă n-o fac și eu.

Scutură din cap, privindu-mă fix cu ochii lui frumoși de smarald.

— Vorbești prostii. Nimic din ce spui n-are noimă.

— Ba da.

Mă ridic și-mi dau părul după urechi.

— Mie îmi este foarte clar.

Încerc să-mi păstrez calmul, dar e greu, pentru că el nu pricepe, deși totul e foarte clar — *cum de nu pricepe?*

— Trebuie să faci ceva de dragul meu. Trebuie să-mi promiți ceva chiar acum, îl rog eu.

— Ce? Nu, nici vorbă, nu-ți promit nimic, Tessa — despre ce naiba tot vorbești?

Mă prinde de bărbie și-mi ridică ușor capul. Cu mâna îmi șterge lacrimile de pe obraz.

— Te rog, promite-mi ceva. Dacă vrei să mai avem șansa unui viitor împreună, trebuie să faci ceva pentru mine.

— Bine, bine, zice el repede.

— Vorbesc serios, te implor, dacă mă iubești, o să mă asculți și o să faci asta pentru mine. Dacă nu poți, n-o să existe niciun viitor, Hardin.

Nu vreau să sune ca o amenințare. E o rugăminte. Am nevoie de asta. Trebuie să înțeleagă și să se vindece și să-și trăiască viața, iar eu să-ncerc s-o repar pe a mea.

Înghite-n sec; se uită-n ochii mei și știu că nu vrea să fie de acord, dar spune oricum:

— Bine, promit.

— De data asta, nu mai veni după mine, Hardin. Stai aici cu familia ta și...

— Tessa — îmi cuprinde fața în mâini — nu, termină. O să trecem și peste tâmpenia asta cu New Yorkul, nu exagera.

Clatin din cap.

— Nu plec la New York şi-ţi promit că nu exagerez. Ştiu că totul pare dramatic şi impulsiv, dar îţi jur că nu e. Am trecut prin multe în ultimul an şi dacă nu ne luăm un răgaz ca să ne dăm seama că asta ne dorim cu adevărat, vom sfârşi trăgând pe toată lumea în jos cu noi, mai mult decât am făcut-o deja.

Încerc să-l fac să priceapă; trebuie să priceapă.

— Cât timp?

Umerii i se lasă în jos şi-şi dă părul pe spate.

— Până când vom şti că suntem pregătiţi.

Mă simt mai hotărâtă decât oricând în ultimele opt luni.

— Ce să ştim? Eu deja ştiu că vreau să fiu cu tine.

— Am nevoie de asta, Hardin. Dacă nu mă adun, o să-ţi port pică şi ţie, şi mie. Am nevoie de asta.

— Bine, îţi promit. Îţi ofer acest răgaz, nu pentru că vreau, ci pentru că e ultima îndoială pe care o accept din partea ta. După răgazul ăsta, dacă te întorci la mine, asta e. Nu mai pleci niciodată şi te măriţi cu mine. Asta-mi doresc eu la schimb pentru răgazul de care ai nevoie.

— Bine.

Dacă trecem cu bine şi de asta, o să mă căsătoresc cu omul ăsta.

63

Tessa

Hardin mă sărută pe frunte şi închide uşa din dreapta a maşinii. Mi-am făcut bagajele pentru ultima oară. Hardin se sprijină pe maşină şi mă strânge la piept.

— Te iubesc, să nu uiţi asta, spune el. Şi sună-mă imediat cum ajungi.

Nu e deloc mulţumit, dar va fi. Ştiu că asta trebuie făcut; avem nevoie de acest răgaz. Suntem atât de tineri, de derutaţi şi avem nevoie de timp ca să reparăm din dezastrele pe care le-am provocat în vieţile celor din jurul nostru.

— Aşa fac. Spune-le la revedere din partea mea, da?

Mă lipesc de pieptul lui şi închid ochii. Nu sunt sigură cum se va sfârşi asta, dar ştiu că trebuie s-o fac.

— Le spun. Dar treci în maşină, te rog. Nu pot să suport asta şi să mă prefac că sunt fericit. Sunt alt om acum şi pot coopera, dar dacă mai durează mult, o să vreau să te duc înapoi în dormitor cu mine.

Îl cuprind cu braţele, iar el îşi lasă mâinile pe umerii mei.

— Ştiu că eşti, mulţumesc.

— Te iubesc, Tessa, te iubesc atât de mult. Să nu uiţi asta, bine? îmi şopteşte el la ureche.

Aud cum îi cedează vocea şi simt din nou nevoia de a-l proteja.

— Te iubesc, Hardin. Întotdeauna.

Îmi lipesc palmele de pieptul lui şi mă aplec să-l sărut. Închid ochii, dorindu-mi, sperând că nu va fi ultima oară când îi simt buzele lipite de ale mele, că nu e ultima oară când voi simţi aşa ceva. Chiar şi acum, în ciuda tristeții și durerii că-l părăsesc, simt atracția dintre noi. Îi simt buzele moi și simt că-l doresc arzător, apoi simt că mă răzgândesc și că pot continua să trăiesc în felul ăsta. Simt nevoia să vegheze asupra mea, și eu asupra lui. Mă desprind de el, auzindu-l oftând, și-l sărut pe obraz.

— Te sun când ajung.

Îl mai sărut o dată, repede, de la revedere, iar el își trece mâinile prin păr, îndepărtându-se de mașină.

— Ai grijă de tine, Tess, spune Hardin, iar eu mă urc în mașină și închid portiera.

Nu mai pot vorbi, dar, în cele din urmă, când mă-ndepărtez deja de casă, șoptesc:

— La revedere, Hardin.

64

Tessa

Iunie

— Sunt bine?

Mă răsucesc în fața oglinzii, trăgând de rochia care-mi ajunge până la genunchi. Mătasea cafenie îmi stârnește nostalgii. În clipa în care am îmbrăcat-o mi-a adus aminte de trecut, cu culoarea și textura ei, de un trecut în care eram altcineva.

— Arăt bine?

Rochia asta e diferită de varianta ei anterioară. Aceea era largă, cu gâtul acoperit și cu mâneci trei sferturi. Asta e mulată și mai decoltată și nu mai are mâneci deloc. O să iubesc întotdeauna rochia aceea, dar îmi place cum îmi vine acum rochia asta.

— Sigur că da, Theresa.

Mama se sprijină de cadrul ușii, zâmbind.

Am încercat să-mi păstrez calmul pregătindu-mă pentru astăzi, dar am băut patru cești de cafea, am mâncat o pungă de popcorn și m-am plimbat prin casă ca o nebună.

Ziua absolvirii lui Hardin. Sunt ușor paranoică, poate că prezența mea nu va fi primită cu drag, poate că invitația a fost făcută doar din politețe, doar ca să fie retrasă în acest timp, cât am fost despărțiți. Minutele și orele au trecut repede cumva, așa cum vor trece și cum au trecut mereu, dar de asta nu încerc să-l mai uit. De data asta, îmi reamintesc și mă vindec și mă gândesc la Hardin cu un zâmbet pe buze.

În seara aceea de aprilie, în seara în care Landon mi-a oferit realitatea așa cum era ea, am condus până acasă la mama. Am sunat-o pe Kimberly și am plâns la telefon, iar ea mi-a spus să tac, să nu mai plâng și să fac ceva cu viața pe care mi-am ales-o.

Nu-mi dădeam seama cât de întunecată devenise viața mea până când n-am început să văd din nou lumina. Mi-am petrecut prima săptămână într-o singurătate deplină, ieșind cu greu din camera mea și silindu-mă să mănânc. Nu mă gândeam decât la Hardin și la cât mi-e dor de el, și câtă nevoie am de el, și cât îl iubesc.

Săptămâna următoare a fost mai puțin dureroasă, așa cum s-a întâmplat mereu în timpul despărțirilor noastre, dar de data asta a fost diferit. De data asta, a trebuit să-mi aduc aminte că Hardin e bine cu familia lui și că nu l-am părăsit de unul singur. Era cu familia lui, dacă avea nevoie de ceva. Telefoanele zilnice de la Karen au fost singurul lucru care m-a determinat să nu mă-ntorc acolo de o sută de ori, ca să văd ce face. Trebuia să-mi refac viața, dar trebuia să mă și asigur că nu-i dăunez și mai mult lui Hardin și nici altcuiva din jurul meu.

Devenisem fata aceea care-i parazitează pe toți cei din jurul ei și nu mi-am dat seama de asta, pentru că nu-l vedeam decât pe Hardin. Părerea lui despre mine era singurul lucru care conta și îmi petreceam vremea încercând să-l repar, să repar relația noastră, în timp ce distrugeam totul, inclusiv pe mine.

Hardin a insistat în primele trei săptămâni, dar și-a rărit telefoanele, ca și Karen, până când au ajuns să mă sune doar de două ori pe săptămână. Karen mă asigură că Hardin e fericit, deci nu pot fi supărată că nu ține legătura cu mine cât aș fi sperat sau cât mi-aș fi dorit.

Cel mai mult vorbesc cu Landon. După ce mi-a spus acele lucruri groaznice s-a simțit oribil. În dimineața următoare a venit la Hardin în cameră ca să-mi ceară scuze, dar l-a găsit doar pe Hardin, singur cuc și ofticat. Landon m-a sunat imediat, implorându-mă să mă-ntorc și să-l las să-mi explice, dar l-am asigurat că fac ce trebuie și că trebuie să stau deoparte pentru o vreme. Oricât de mult mi-aș fi dorit să plec la New

York cu el, trebuia să mă-ntorc acolo unde a început dezastrul din viața mea și s-o iau, singură, de la capăt.

Faptul că Landon mi-a spus că nu fac parte din familia lor m-a durut cel mai tare. M-a făcut să mă simt nedorită, neiubită, neaparținând nimănui. M-a făcut să mă simt singură, zburând dintr-o parte în alta și încercând să mă prind cu dinții de oricine care-mi permitea asta. Devenisem prea dependentă de alții și mă pierdusem în dorința de a fi dorită. Am urât acel sentiment. L-am urât mai mult decât orice altceva și am înțeles că Landon a zis asta la nervi, dar nu înseamnă că nu avea dreptate. Uneori furia scoate la suprafață ceea ce simțim cu adevărat.

— Dacă visezi cu ochii deschiși, nu o să ajungi mai repede la ușă.

Mama vine către mine și deschide sertarul de sus al cutiei mele cu bijuterii. Îmi pune în palmă o pereche de cercei mici cu diamante și-mi închide palma în jurul lor.

— Pune-ți ăștia. Nu sunt atât de răi cum ți se pare ție. Nu te pierde cu firea și nu-ți arăta nicio slăbiciune.

Râd când văd cum încearcă ea să mă liniștească și îmi pun în ureche și al doilea cercel.

— Mulțumesc.

Îi zâmbesc în oglindă. Și ea, pentru că e Carol Young, îmi sugerează să-mi dau părul la o parte de pe față, să-mi dau cu mai mult ruj și să mă-ncalț cu o pereche de pantofi cu tocuri mai înalte. Îi mulțumesc amabil pentru sfaturi, dar nu i le urmez, și-i mai mulțumesc o dată în gând când văd că nu insistă cu sugestiile.

Mama și cu mine ne aflăm pe calea pe care mi-am dorit întotdeauna să fie relația dintre noi. Se obișnuiește cu ideea că sunt femeie acum, tânără, dar capabilă să ia propriile decizii. Iar eu învăț că n-a dorit niciodată să devină omul care e acum. Tata a distrus-o cu ani în urmă, iar ea nu și-a revenit niciodată. Încearcă să se schimbe acum, cam așa cum încerc și eu.

Am fost surprinsă când mi-a spus că a cunoscut pe cineva și că ies împreună de câteva săptămâni. Cea mai mare surpriză a fost că omul, pe nume David, nu e nici avocat, nici doctor și nici nu are o mașină de lux. Are o brutărie în oraș și râde mai mult decât oricine altcineva. Are o fetiță de zece ani, căreia îi place mult să-mi probeze hainele, care-i sunt prea mari, și care mă lasă s-o machiez și să-i împletesc părul cum vreau eu. E o fetiță drăguță, o cheamă Heather și mama ei a murit când avea șapte ani. Cea mai mare surpriză e cât de frumos se poartă mama cu fetița asta. David trezește în mama ceva ce n-am mai văzut niciodată și îmi place la nebunie cum râde și zâmbește când e el prin preajmă.

— Cât timp mai am?

Mă răsucesc spre mama și mă încalț cu balerinii mei, nebăgând-o de seamă când își dă ochii peste cap. Deja tremur de emoție; nu-mi mai trebuie să-mi pun și tocuri la cât de agitată sunt.

— Cinci minute, dacă vrei să ajungi mai devreme, ceea ce știu că vrei.

Clatină din cap și-și dă părul blond pe un umăr. A fost uluitor și emoționant să văd schimbarea din mama, să văd că gheața se topește, s-o văd devenind o persoană mai bună. E plăcut să văd că mă sprijină azi — mai ales azi — și mă bucur că s-a abținut să-mi spună părerea ei despre faptul că merg la ceremonie.

— Sper că nu e aglomerație. Dacă e un accident pe drum? Un drum de două ore se poate transforma ușor într-unul de patru ore și mi se va șifona rochia și mi se va pleoști părul și...

Mama își lasă capul într-o parte.

— Totul va fi bine. Iar îți bați capul prea tare. Acum, dă-ți cu ruj și la drum.

Oftez și fac exact ce-mi spune ea, sperând că totul va merge așa cum am plănuit. Măcar o dată.

65

Hardin

Oftez, holbându-mă în oglindă la roba neagră, oribilă. N-o să înțeleg niciodată de ce sunt obligat să port porcăria asta. De ce nu poți purta haine normale la ceremonie? Hainele mele de stradă s-ar potrivi la fix, pentru că sunt negre.

— Cea mai mare porcărie pe care-am purtat-o în viața mea, fără niciun dubiu.

Karen își dă ochii peste cap.

— A, haide. Pune-o pe tine și gata.

— Sarcina te face mai puțin tolerabilă, o necăjesc eu și mă feresc din calea ei când vrea să mă plesnească în glumă.

— Ken e deja la amfiteatru de la nouă dimineața. Va fi foarte mândru să te vadă îmbrăcat în robă la ceremonie, pe scenă.

Zâmbește și ochii i se umezesc. Dacă plânge va trebui să dispar de aici. O să ies încet din cameră și-o să sper că are vederea prea tulbure ca să vină după mine.

— Vorbești de parcă mă duc la balul de la liceu, mormăi eu, trăgând de roba asta idioată care mi-a înghițit tot corpul.

Am umerii încordați, capul îmi zvâcnește și pieptul îmi arde de nerăbdare. Nu din cauza ceremoniei sau a diplomei — mă doare-n cot de amândouă. Mă simt copleșit de neliniște pentru că *ea* ar putea fi aici. Tessa e singurul motiv pentru care particip la bâlciul ăsta; ea e cea care m-a convins (adică m-a *păcălit*) să merg la ceremonie. Și dacă o cunosc pe cât îmi imaginez eu, va fi acolo să-și savureze victoria. Deși m-a sunat din ce în ce mai rar, iar mesaje nu mi-a mai dat aproape deloc, va veni azi.

O oră mai târziu, parcăm lângă amfiteatrul unde se va desfășura ceremonia de absolvire. Accept să merg cu Karen în mașină, după ce mă roagă de o mie de ori. Aș fi preferat să merg cu mașina mea, dar e atât de insistentă în ultima vreme. Știu că vrea să compenseze plecarea Tessei din viața mea, dar nimic nu va umple acel gol.

Nimeni nu-mi poate oferi ce mi-a oferit Tessa; o să am întotdeauna nevoie de ea. Tot ce fac, din ziua în care m-a părăsit, e ca să devin mai bun, de dragul ei. Mi-am făcut niște prieteni noi — mă rog, doi prieteni noi. Luke și iubita lui, Kaci, îmi sunt niște prieteni destul de apropiați și mă simt bine în compania lor. Niciunul dintre ei nu bea mult și cu siguranță nu-și pierd vremea cu petreceri de rahat sau pariuri stupide. L-am cunoscut pe Luke, care e cu câțiva ani mai mare decât mine și care e târât o dată pe săptămână la terapie de cuplu, la sesiunea doctorului Tran, expert în probleme psihologice.

Bine, nu-i niciun expert; e un escroc plătit cu 100 de dolari pe oră ca să mă asculte vorbind despre Tessa două ore pe săptămână... dar îmi face bine să discut cu cineva despre tot haosul din capul meu, iar el e un bun ascultător.

— Landon m-a rugat să-ți transmit că-i pare rău că nu reușește să ajungă. Are multă treabă la New York, îmi spune Karen în timp ce parchează. I-am promis că fac multe poze astăzi.

— Ura.

Îi zâmbesc lui Karen și cobor din mașină. Clădirea e plină ochi și scaunele amfiteatrului sunt umplute până la refuz cu părinți mândri, rude și prieteni. Dau din cap către Karen, care-mi arată locul ei din primul rând. Cred că ai niște avantaje dacă ești nevasta rectorului. Cum ar fi locuri în față la ceremonia asta atât de distractivă.

Nu mă pot abține și-o caut din priviri pe Tessa în mulțime. Nu văd jumătate dintre chipuri din cauza luminilor orbitoare. N-aș vrea să aflu cât costă organizarea acestei ceremonii extravagante. Îmi găsesc numele pe tabel, îi zâmbesc tipei morocănoase care ne plasează pe scaune. E ofticată, cred, pentru că n-am fost la repetiție. Dar, sincer, cam cât de complicată poate fi porcăria asta? Stai jos. Ți se strigă numele. Mergi. Îți iei bucata aia nefolositoare de hârtie. Te-ntorci. Te așezi la loc.

Desigur, când mă așez la locul meu, îmi dau seama cât de incomod e scaunul de plastic. În plus, tipul de lângă mine transpiră ca un porc. Se foiește, murmură ceva ca pentru sine și tremură din genunchi. Aproape că vreau să-i spun ceva când îmi dau seama că și eu fac același lucru, în afară de transpirație.

Nu știu câte ore or fi trecut — mie mi se pare că vreo patru — până când sunt și eu strigat, în cele din urmă. E ciudat și-mi vine să vomit când văd cum se holbează toată lumea la mine. Ies valvârtej de pe scenă când văd că lui Ken i se umplu ochii de lacrimi.

Acum trebuie să aștept să se termine alfabetul ca să mă duc și să o găsesc. Pe la litera *V*, mă gândesc să mă ridic și să ies de-aici. Câți studenți al căror nume începe cu V pot fi?

Se pare că foarte mulți.

În sfârșit, după ce am trecut prin toate stadiile posibile de plictiseală și după ce ovațiile disperate s-au încheiat, putem să ne ridicăm. Eu practic am sărit de pe scaunul meu, iar Karen s-a repezit la mine să mă-mbrățișeze. După o vreme, îmi pierd răbdarea, îmi cer scuze față de Karen, care îmi ține un discurs printre lacrimi, și mă duc s-o caut.

Știu că-i aici, simt asta cumva.

N-am văzut-o de două luni — două luni care au trecut ca naiba de greu — și vibrez tot, sunt plin de adrenalină. În cele din urmă o văd, chiar lângă ieșire. Mă gândeam eu că așa o să facă, o să vină și o să încerce să dispară înainte să dau de ea, dar n-o s-o las. O s-o urmăresc pe stradă cu mașina, dacă e nevoie.

— Tessa!

Îmi croiesc drum printre familii îmbrățișate, iar ea se întoarce către mine exact când arunc din calea mea un băiețel.

A trecut atâta timp de când n-am mai văzut-o încât sentimentul de ușurare e copleșitor. Copleșitor de-a dreptul. E la fel de frumoasă ca întotdeauna. Pielea îi e puțin bronzată, așa cum nu era înainte, și are ochii mai strălucitori, mai fericiți. Pare însuflețită din nou. Îmi dau seama de asta doar uitându-mă la ea.

— Hei.

Îmi zâmbește și-și dă părul după urechi, așa cum face când e emoționată.

— Hei, zic și eu și-mi iau un răgaz doar ca s-o privesc.

Pare mai suavă decât mi-o aminteam eu.

Și ea pare să facă același lucru — mă măsoară din cap până-n picioare. Mi-aș dori să nu port mantia asta imbecilă. Ar vedea și ea cât am tras de fiare.

Ea vorbește prima.

— Ce ți-a crescut părul!

Râd ușor și-mi trec mâna prin claia de păr. Probabil e ciufulit tot din cauza tocii. Acum îmi dau seama că nu știu pe unde-am pierdut-o. Dar cui îi mai pasă?

— Da, și ție, spun eu, fără să mă gândesc.

Ea râde și-și duce degetele la gură.

— Adică, tu aveai părul lung oricum, încerc eu să mă redresez, dar o fac din nou să râdă.

Calmează-te, Scott. Calmează-te naibii odată.

— Deci, ceremonia a fost nasoală cum te așteptai? întreabă ea.

Stă la mai puțin de doi metri depărtare de mine și mi-aș dori să ne așezăm sau ceva de genul ăsta. Simt nevoia să mă așez. *De ce naiba sunt atât de agitat?*

— Mai nasoală. Ai văzut ce mult a ținut? Ăla care citea numele venea din Antichitate.

Sper să zâmbească din nou. Chiar o face, și îi zâmbesc și eu, apoi îmi dau părul la o parte de pe față. Trebuie să mă tund, dar cred că mai stau o vreme așa.

— Sunt foarte mândră că ai venit la ceremonie. Ken e foarte fericit, sunt sigură.

— Tu ești fericită?

Ridică din sprânceană.

— Pentru tine? Da, sigur că sunt. Mă bucur mult că ai venit la absolvire. E-n regulă că am venit și eu, nu-i așa?

Privește în jos pentru o secundă, apoi își ridică din nou privirea la mine.

Ceva s-a schimbat la ea, pare mai încrezătoare, mai... nu știu, puternică? Stă cu spatele drept, cu privirea concentrată și, chiar dacă-mi dau seama că are emoții, nu e intimidată, așa cum era odinioară.

— Sigur că e. Aș fi fost chiar ofticat dacă aș fi mers pe scenă degeaba.

Îi zâmbesc, apoi îmi dau seama că niciunul nu face altceva decât să zâmbească și să-și frângă mâinile.

— Ce mai faci? Îmi pare rău că nu te-am mai sunat. Am fost ocupat...

Ea clatină din cap.

— Nu-i nimic, știu că ai multe pe cap cu absolvirea și cu planurile pentru viitor.

Zâmbește aproape imperceptibil.

— La mine totul e bine. Am făcut cereri de înscriere la toate colegiile de pe o rază de 70 de kilometri depărtare de New York.

— Tot mai vrei să te duci acolo? Landon spunea că ieri nu erai sigură.

— Nu sunt. Aștept un răspuns de la cel puțin o facultate înainte să mă mut. Transferul la Seattle mi-a stricat dosarul. Departamentul de admiteri de la NYU a spus că asta m-a făcut să par ciudată și nepregătită, așa că sper să existe măcar o facultate care să creadă altceva. Dacă nu, o să fac niște cursuri la o universitate de stat până să mă transfer la una privată.

Inspiră adânc.

— Oau, ce explicație lungă la o întrebare atât de scurtă.

Râde și se dă la o parte din calea unei mame care plânge, ținându-și de mână fiica proaspăt absolventă.

— Tu te-ai hotărât ce-o să faci mai departe?

— Păi, am câteva interviuri programate în următoarele săptămâni.

— E bine. Mă bucur mult pentru tine.

— Niciunul dintre ele aici.

Îi studiez chipul când rostesc aceste cuvinte.

— *Aici*, adică în oraș?

— Nu, adică în statul Washington.

— Dar unde? Dacă nu te superi că întreb?

E liniștită și politicoasă, și are o voce atât de blândă și dulce, încât simt nevoia să mă apropii și mai mult de ea.

— Unul în Chicago, trei în Londra.

— Londra?

Încearcă să-și ascundă surprinderea din voce, iar eu dau din cap. Nu voiam să-i spun asta, dar am dorit să profit de toate ocaziile care mi se ivesc. Probabil că nu m-aș muta din nou acolo — vreau doar să văd ce opțiuni am.

— Nu știam ce se va întâmpla, știi tu, cu noi, încerc să-i explic.

— Nu, înțeleg, sunt doar surprinsă, asta e tot.

Știu exact la ce se gândește doar uitându-mă la ea. Practic, îi aud gândurile.

— Am vorbit puțin cu mama în ultima vreme.

Asta sună ciudat, venind din partea mea, și a fost și mai ciudat că am răspuns, în cele din urmă, la telefon când m-a sunat mama. O evitasem până acum două săptămâni. Nu pot să spun că am iertat-o, dar încerc să nu mai fiu atât de ofticat pentru porcăria aia. Nu-mi folosește la nimic.

— Ai vorbit? Hardin, e grozav să aud asta.

Nu mai e încruntată, ci zâmbește atât de senin că mă doare sufletul când o văd atât de frumoasă.

— Da, puțin.

Ridic din umeri. Încă-mi zâmbește de parcă i-aș fi spus că a câștigat la loterie.

— Mă bucur mult că toate-ți merg din plin. Meriți ce e mai bun în viață.

Nu prea știu ce să spun, dar mi-a lipsit bunătatea ei atât de mult încât nu mă pot abține s-o strâng în brațe. Ea îmi pune mâinile pe umeri și-și lasă capul pe pieptul meu. Pot să jur că am auzit cum i-a scăpat un oftat. Dacă mă-nșel, o să mă prefac că l-am auzit.

— Hardin! strigă cineva, iar Tessa se desprinde de mine.

Are obrajii îmbujoraţi şi pare din nou emoţionată. Luke se apropie împreună cu Kaci, cu un buchet de flori în mână.

— Ştiu că nu tu mi-ai cumpărat flori, mormăi eu şi-mi dau seama că a fost ideea femeii.

Tessa stă aproape de mine, privindu-i curioasă pe Luke şi pe bruneta micuţă de lângă el.

— Ştii tu. Şi ştii cât de mult îmi plac mie crinii, zice Luke, în timp ce Kaci îi face cu mâna Tessei.

Tessa se-ntoarce către mine, derutată, dar având pe buze cel mai frumos zâmbet pe care l-am văzut în ultimele două luni.

— Mă bucur că te cunosc, în sfârşit.

Kaci o ia în braţe pe Tessa, iar Luke încearcă să-mi pună cu forţa la piept buchetul ăla oribil. Las florile să cadă pe podea, iar el mă-njură în timp ce o hoardă de părinţi mândri le calcă în picioare.

— Eu sunt Kaci, prietena lui Hardin. Am auzit multe lucruri despre tine, Tessa.

Kaci se retrage un pic, iar eu rămân surprins când Tessa îi zâmbeşte, la rândul ei, şi, în loc să-mi ceară ajutorul, se avântă direct într-o conversaţie despre florile călcate-n picioare.

— Hardin pare genul de bărbat căruia îi plac florile, corect? spune Kaci, râzând, iar Tessa se hlizeşte şi ea. De-aia şi-a tatuat pe piele frunzele alea caraghioase.

Tessa ridică din sprânceană.

— Frunze?

— Nu sunt chiar frunze. Îi place ei să mă enerveze, dar mi-am mai făcut câteva tatuaje de când nu ne-am mai văzut.

Nu-mi dau seama de ce mă simt oarecum vinovat pentru asta, dar aşa mă simt.

— Ah.

Tessa încearcă să zâmbească, dar îmi dau seama că nu e un surâs sincer.

— Foarte bine.

Ceva s-a schimbat în atmosferă şi Luke, povestindu-i Tessei despre noile tatuaje de pe abdomenul meu, comite cea mai gravă greşeală:

— Eu i-am spus să nu şi le facă. Am ieşit toţi patru, iar Kaci voia să vadă tatuajele lui Hardin şi s-a hotărât că-şi doreşte şi ea unul.

— Patru? izbucneşte Tessa, iar eu îi citesc regretul în ochi.

Mă uit urât la Luke şi, în acelaşi timp, Kaci îl înghionteşte în coaste.

— Sora lui Kaci, îi spune Luke Tessei, în încercarea de a-şi repara tâmpenia, dar de fapt înrăutăţeşte lucrurile.

Prima dată când am ieşit cu Luke, ne-am întâlnit la cină cu Kaci. În weekendul acela, am mers la un film şi Kaci a luat-o şi pe soră-sa. După câteva ieşiri, am văzut că tipa se îndrăgosteşte puţin şi le-am spus să nu o mai cheme. Nu voiam şi nici acum nu vreau altă distracţie cât timp o aştept pe Tessa să se-ntoarcă la mine.

— Ah.

Tessa îi zâmbeşte fals lui Luke şi-şi mută privirea în mulţime.

La naiba, nu-mi place deloc privirea ei în acest moment.

Când să le spun lui Luke şi lui Kaci să se ducă naibii şi să-i explic rahatul ăsta Tessei, Ken vine şi spune:

— Hardin, vreau să cunoşti pe cineva.

Luke şi Kaci se retrag, iar Tessa se dă într-o parte. Îi întind mâna, dar ea mă respinge.

— Oricum trebuie să găsesc o toaletă.

Zâmbeşte şi dispare, după ce-l salută scurt pe tata.

— Acesta e Chris, omul despre care-ţi povesteam. E şef de departament la editura Gabber, în Chicago, şi a venit până aici ca să stea de vorbă cu tine.

Ken surâde larg şi-l bate pe umăr pe tipul respectiv, dar eu mă uit prin mulţime după Tessa.

— Da, mulţumesc.

Îi strâng mâna tipului ăsta scund, iar el se lansează în conversaţie. Mă întreb, în acelaşi timp, ce sfori o fi tras Ken ca să-l aducă aici şi îmi fac griji că Tessa n-o să găsească baia. De-abia aud jumătate din oferta pe care mi-o face. Apoi dau o tură prin toate băile şi o sun de două ori. Îmi dau seama că Tessa a plecat fără să-şi ia la revedere.

66

Tessa

Septembrie

Apartamentul lui Landon e mic, iar debaraua aproape inexistentă, dar lui îi ajunge. Mă rog, nouă. De câte ori îi reamintesc lui Landon că ăsta-i apartamentul lui, nu al meu, îmi spune că și eu locuiesc acum aici, în apartamentul ăsta la New York.

— Sigur ești bine? Să știi să Sophia a spus că poți să stai la ea în weekend dacă nu te simți bine, zice el, așezând câteva prosoape curate și împăturite în cămăruța care ține loc de debara.

Dau din cap, ascunzându-mi neliniștea față de weekendul care mă așteaptă.

— E-n regulă, serios. Oricum am de lucru tot weekendul ăsta.

E a doua vineri din septembrie, iar Hardin va ateriza dintr-un moment în altul. Nu l-am întrebat de ce vine — n-am fost în stare — și când Landon a deschis jenat subiectul și mi-a zis că vrea să stea aici, am dat din cap și am zâmbit forțat.

— O să ia un taxi din Newark, deci va ajunge aici cam într-o oră, având în vedere aglomerația.

Landon își trece mâna peste bărbie, apoi își îngroapă fața în mâini.

— Simt că n-o să meargă deloc bine. N-ar fi trebuit să fiu de acord.

Mă-ntind și-i îndepărtez mâinile de la față.

— E-n regulă. Sunt om în toată firea, mă descurc cu Hardin Scott, îl necăjesc eu.

Sunt agitată ca naiba, dar faptul că lucrez și că Sophia e la numai o aruncătură de băț o să mă ajute să depășesc acest weekend.

— Știi-tu-cine va fi pe aici în weekendul ăsta? Nu știu cum se vor desfășura lucrurile...

Landon pare panicat, de parcă e pe punctul să urle sau să plângă.

— Nu, muncește tot weekendul și el.

Mă duc către canapea și-mi iau șorțul dintr-un morman de rufe proaspăt curate. Traiul cu Landon e simplu, în ciuda problemelor recente pe care le are cu relația, și îi place să păstreze curățenia, deci ne înțelegem foarte bine.

Prietenia noastră s-a refăcut repede și n-am trăit niciun moment penibil de când am venit, cu patru săptămâni în urmă. Mi-am petrecut vara cu mama, cu iubitul ei, David, și cu fiica lui, Heather. Am învățat să vorbesc pe Skype cu Landon și mi-am făcut planuri pentru mutare. A fost una din verile acelea în care adormi într-o seară de iunie și te trezești într-o dimineață de august. A trecut prea repede, iar marea majoritate a timpului mi-a petrecut-o amintindu-mi de Hardin. David a închiriat o cabană în iulie, vreme de o săptămână, aflată la mai puțin de opt kilometri distanță de cabana familiei Scott. Ba chiar am dat de barul ăla micuț în care ne-am îmbătat rău de tot.

Am bătut aceleași străzi, de data asta cu fiica lui David, care s-a oprit la fiecare intersecție să-mi culeagă o floare. Am mâncat la același restaurant unde am petrecut una dintre cele mai tensionate seri din viața mea, și am avut chiar același ospătar, pe Robert. Am rămas surprinsă când mi-a spus că și el se mută la New York, ca să facă facultatea de medicină. Primise o bursă mult mai generoasă de la New York University decât cea de la Seattle, deci o preferase pe prima. Ne-am tot dat mesaje toată vara și ne-am mutat în același oraș cam în același timp. El a ajuns cu o săptămână înaintea mea, iar acum lucrăm în același loc. Muncește aproape la fel de mult ca mine pentru următoarele două săptămâni, apoi se va duce numai la cursuri. Aș face și eu același lucru, dar, din păcate, nu m-am înscris în timp util în primul semestru la NYU.

Ken m-a sfătuit să mai aştept, cel puţin până la primăvară, înainte de a mă înscrie la altă facultate. Mi-a spus că n-ar trebui să oscilez din nou între colegii; asta n-ar fi făcut decât să-mi complice dosarul de transfer, iar New York University strâmbă din nas la din astea. N-am nicio problemă să iau o pauză, în ciuda faptului că va trebui să învăţ mai mult ca să recuperez. Între timp, voi munci şi voi explora oraşul ăsta ciudat şi imens.

Cu Hardin am mai vorbit doar de câteva ori de când a plecat de la ceremonia de absolvire fără să-şi ia la revedere. Mi-a mai dat câteva mesaje şi mi-a mai scris câteva e-mailuri, care erau atât de bățoase, bizare și oficiale, încât n-am răspuns decât câtorva dintre ele.

— Voi aveţi vreun plan pentru weekend? îl întreb pe Landon în timp ce-mi pun şorţul.

— Nu cred. Cred că doar doarme aici şi pleacă luni după-amiază.

— Bine. Eu am schimb dublu azi, aşa că nu mă aştepta. Nu ajung acasă decât cel mai devreme la două.

Landon oftează.

— Mi-ar plăcea să nu munceşti atât de mult. Nu trebuie să contribui la tot, am suficienţi bani din bursă, şi ştii bine că, oricum, Ken nu mă lasă să plătesc mare lucru.

Îi zâmbesc lui Landon şi-mi prind părul în coadă.

— Nu mai deschid subiectul ăsta cu tine.

Scutur din cap şi-mi bag cămaşa în pantalonii de la muncă.

Uniforma mea nu-i atât de nasoală. Cămaşă neagră, pantaloni negri şi pantofi negri. Singurul element care mă enervează e cravată verde-praz pe care trebuie s-o port. Mi-a luat două săptămâni să mă obişnuiesc cu ea, dar m-am bucurat mult că Sophia mi-a găsit o slujbă ca ospătăriţă la un restaurant atât de şmecher, încât culoarea cravatei n-a mai contat. Ea e maestru cofetar la Lookout, un restaurant proaspăt deschis, cu preţuri piperate, din Manhattan. Mă ţin departe de... *prietenia* ei cu Landon. Mai ales după ce i-am cunoscut colegele de cameră, dintre care pe una o ştiam deja din Washington. Landon şi cu mine avem acelaşi noroc cu lumea asta mică, foarte, foarte mică.

— Dă-mi un mesaj când scapi, bine?

Landon ia cheile mele de pe cârlig și mi le așază în palmă. Dau din cap, asigurându-l că sosirea lui Hardin n-o să mă supere, apoi plec la muncă.

Nu mă deranjează plimbarea pe jos timp de douăzeci de minute. Încă mai învăț drumurile din orașul ăsta enorm și, de fiecare dată când mă rătăcesc în mulțimea de oameni ocupați, oarecum mă simt și mai conectată la vibrațiile sale. Zgomotul străzilor, vocile permanente, sirenele și claxoanele m-au ținut trează în prima săptămână. Acum, când mă amestec în mulțime, mi se pare aproape liniștitor.

Să-i privesc pe oamenii din New York e cu totul diferit decât în oricare altă parte. Toți par atât de importanți, de oficiali, și-mi place atât de mult să le ghicesc viețile, să ghicesc de unde vin și de ce sunt aici. Nu știu cât am de gând să stau aici; nu pentru totdeauna, dar deocamdată îmi place aici. Totuși, mi-e dor de el.

Încetează. Trebuie să încetez să mai gândesc așa; sunt fericită acum, iar el și-a construit o viață în care nu m-a inclus. Nu mă deranjează asta. Vreau doar să fie fericit, asta-i tot. Mi-a plăcut că la absolvire l-am văzut cu prieteni noi; mi-a plăcut că părea atât de echilibrat și de... fericit.

Nu mi-a plăcut că a dispărut cât eu am stat prea mult la baie. Îmi lăsasem telefonul pe policioara de lângă chiuvetă, și când mi-am adus aminte și m-am întors după el, nu l-am mai găsit. Apoi am petrecut o jumătate de oră încercând să-l găsesc la biroul de obiecte pierdute sau să caut un gardian care să mă ajute să dau de el. În cele din urmă l-am văzut pe un tomberon de gunoi, ca și cum cineva și-ar fi dat seama că nu-i aparține, dar nici nu s-a mai deranjat să-l ducă înapoi de unde l-a luat. Oricum, bateria murise. Am încercat să-l iau pe Hardin de acolo unde-l lăsasem, dar el plecase. Ken mi-a zis că a plecat cu prietenii lui și atunci mi-am dat seama că se terminase. Chiar se terminase.

Mi-aș fi dorit să se întoarcă după mine? Desigur. Dar nu s-a întors, iar eu nu-mi pot trăi viața cu acest regret.

Mi-am luat schimburi duble intenționat weekendul ăsta, pentru că vreau să fiu cât se poate de ocupată și să stau cât mai puțin acasă. Din cauza tensiunii și certurilor dintre Sophia și colegele ei, o să mă străduiesc să nu calc pe acolo, dar mă voi duce dacă situația cu Hardin va deveni prea penibilă. Sophia și cu mine ne-am apropiat, dar încerc să nu mă bag prea mult. Am prejudecăți din cauza prieteniei cu Landon și nu cred că vreau să aflu amănunte. Mai ales dacă începe să aibă suficientă încredere în mine și să-mi povestească detalii sexuale. Mă trec fiorii când îmi aduc aminte dezvăluirile lui Kimberly despre escapadele drăguțului de Trevor la birou.

La două străzi distanță de Lookout, mă uit la telefon să văd cât e ceasul și aproape mă ciocnesc cu Robert. Întinde mâinile ca să nu ne ciocnim.

— *Ai grijă!* spune el panicat și chicotește, în timp ce eu oftez. Vezi ce caraghios e, lucrăm la Lookout și, și...

Zâmbește și-și aranjează cravata verde în mod comic. Îi stă mai bine lui decât mie, cu părul lui blond ciufulit și ridicat în câteva locuri. Mă gândesc dacă ar trebui să-i reamintesc despre Hardin, dar nu zic nimic în timp ce traversăm strada laolaltă cu niște adolescente, care se hlizesc toate și-i zâmbesc. Nu pot să le condamn — arată bine.

— Mă gândeam la altceva, recunosc eu, în cele din urmă, când cotim.

— Vine azi, nu-i așa?

Robert îmi deschide ușa, iar eu intru în restaurantul întunecos. Este atât de întuneric încât îmi ia câteva secunde să mă obișnuiesc după ce-am mers prin după-amiaza însorită. Îl urmez la vestiar, unde-mi pun geanta într-un dulăpior, iar el își pune telefonul mobil pe raftul de sus.

— Da.

Închid ușa dulăpiorului și mă sprijin cu spatele de el. Robert mă atinge ușor pe braț.

— Știi că-i în regulă să vorbești despre el cu mine. Nu prea-mi place de el, dar poți vorbi cu mine despre orice.

— Știu.

Oftez.

— Mulțumesc mult. Cred doar că nu-i o idee bună să deschidem cutia Pandorei. Am ținut-o închisă mult timp.

Râd și sper să pară natural. Ies prima din vestiar, iar Robert mă urmează îndeaproape. Zâmbește și se uită la ceasul de perete. Dacă n-ar avea cifre puternic colorate, nu cred c-aș putea desluși ceasul de pe hol. Holurile sunt cele mai întunecoase din tot restaurantul, iar bucătăria și vestiarul sunt singurele zone cu lumină normală.

Îmi încep tura și orele trec repede. Nici nu pleacă bine clienții de la prânz, că încep să vină clienții de seara. Aproape că uitasem de venirea lui preț de cinci minute și taman atunci a intrat Robert, cu o mutră îngrijorată.

— Sunt aici. Landon și Hardin.

Robert se prinde de marginea șorțului și-și șterge fruntea cu el.

— Vor în sectorul tău.

Nu intru în panică așa cum credeam c-o voi face. Dau în schimb din cap și mă duc la intrare, căutându-l din ochi pe Landon. Îmi silesc ochii să-l caute pe Landon și cămașa lui în carouri, nu pe Hardin. Mă uit agitată împrejur, la toate chipurile, dar Landon nu-i nicăieri.

— Tess.

Simt o mână pe braț și sar în spate. E vocea aceea, profundă, frumoasă, cu accent, pe care o tot aud în mintea mea de luni întregi.

— Tessa?

Hardin mă atinge din nou; de data asta mă prinde de încheietură, așa cum a făcut întotdeauna.

Nu vreau să mă-ntorc și să dau ochii cu el — de fapt, vreau, dar mi-e teamă. Mi-e teamă să-l văd, să-i văd chipul care mi-a fost mereu prezent în minte, fără să fie alterat sau diluat de trecerea timpului, așa cum credeam că se va-ntâmpla. Chipul lui, morocănos și mereu încruntat, va fi pentru mine la fel de viu ca prima oară când l-am văzut.

Ies repede din transă și mă-ntorc. În cele câteva secunde pe care le am la dispoziție, încerc să găsesc ochii lui Landon înainte de a privi în cei ai lui Hardin, dar la ce bun? E imposibil să ratez ochii aceia, verzi și minunați, care nu au asemănare.

Hardin îmi zâmbește, iar eu stau ca un băț, incapabilă să zic ceva preț de câteva secunde. Trebuie să-mi revin.

— Bună, spune el.

— Bună.

— Hardin a dorit să vină aici.

Aud vocea lui Landon, ochii mei nu colaborează deloc cu creierul. Hardin mă privește la fel, strângându-mă cu degetele de încheietură. Ar trebui să mă retrag înainte ca pulsul meu accelerat să-mi trădeze reacția pe care o am la vederea lui după trei luni.

— Nu trebuie să rămânem și să mâncăm aici dacă ai treabă, adaugă Landon.

— Nu, e-n regulă. Pe bune, îl asigur pe cel mai bun prieten al meu.

Știu la ce se gândește; știu că se simte vinovat și îngrijorat pentru că l-a adus pe Hardin aici și asta o va dărâma pe noua Tessa. Pe Tessa care râde și face glume, pe Tessa care nu mai depinde de nimeni. Asta nu se va-ntâmpla. Mă pot stăpâni, mă pot controla, sunt total detașată și echilibrată. Total.

Mă smulg blând din strânsoarea lui Hardin și iau două meniuri. Îi fac un semn lui Kelsey, recepționera care nu înțelege nimic, și o anunț că pe ăștia doi îi conduc eu la masă.

— De când lucrezi aici? mă-ntreabă Hardin, mergând lângă mine.

E îmbrăcat la fel ca întotdeauna, cu același tricou negru, aceeași pereche de bocanci, aceiași jeanși negri, deși perechea aceasta e ruptă puțin în genunchi. Trebuie să-mi reamintesc că au trecut doar câteva luni de când m-am întors la mama acasă. Uneori mi se pare că a trecut mai mult timp — ani întregi chiar.

— Doar de trei săptămâni, spun.

— Landon spune că ești aici de la prânz astăzi.

Dau din cap. Arăt către un separeu mic din spatele restaurantului. Hardin intră pe o parte, iar Landon pe cealaltă.

— Când scapi?

Când scap? Bate vreun apropo? Nu-mi mai dau seama după atâta timp. *Îmi doresc să facă asta?* Nici asta nu-mi dau seama.

— Închidem la unu, deci de obicei ajung acasă pe la două când lucrez în tura de seară.

— La două noaptea?

Rămâne cu gura căscată.

Le pun meniurile în față, iar Hardin se-ntinde să mă prindă din nou de mână. De data asta mă feresc, prefăcându-mă că nu-i observ intenția.

— Da, noaptea. Așa muncește aproape în fiecare zi, zice Landon.

Mă uit urât la el, dorindu-mi să fi ținut pentru el amănuntul ăsta. Apoi mă-ntreb de ce am reacționat așa. N-ar trebui să aibă nicio importanță pentru Hardin câte ore îmi petrec eu aici.

Hardin nu mai spune multe după asta; se holbează la meniu, face semn că vrea ravioli cu miel și comandă apă. Landon comandă ca de obicei, întreabă dacă Sophia e ocupată la bucătărie și îmi zâmbește îndelung în semn de „Scuză-mă".

O altă masă îmi captează toată atenția. Tipa s-a îmbătat și nu știe ce vrea să mănânce; soțul ei e prea ocupat cu telefonul ca s-o bage în seamă. De fapt mă bucur că femeia asta beată a refuzat de trei ori mâncarea și m-a trimis cu ea înapoi la bucătărie; asta înseamnă că mă opresc la masa lui Landon și a lui Hardin doar ca să le umplu paharele și să le strâng farfuriile.

Tipic pentru Sophia, le-a anulat nota de plată. Tipic pentru Hardin, mi-a lăsat un bacșiș enorm. Și, tipic pentru mine, i-am dat banii lui Landon, ca să-i înapoieze lui Hardin când se vor întoarce la apartament.

67

Hardin

Înjur când calc pe ceva de plastic, dar nu prea tare, pentru că sunt sigur că se aude orice în apartamentul ăsta — un apartament cu puține ferestre, deci foarte întunecos. Și iată-mă aici, încercând să-mi amintesc drumul înapoi din baia asta minusculă către canapea. Așa-mi trebuie dacă am băut o tonă de apă la restaurant în speranța că Tessa va trece mai des pe la masa noastră. Nu mi-a mers, pentru că un alt chelner mi-a umplut de câteva ori paharul. Dar tot mă face să mă piș pe mine toată noaptea.

Să dorm pe canapea și să știu că dormitorul mic cât un dulap al Tessei e gol mă înnebunește. Urăsc ideea că se plimbă prin oraș de una singură în creierii nopții. L-am certat pe Landon că i-a dat cel mai mic dintre cele două „dormitoare", dar el se jură că Tessa nu vrea să schimbe.

Închipuiți-vă. Nu mă surprinde că e la fel de încăpățânată ca întotdeauna. Un alt exemplu: muncește până la două noaptea și vine acasă de una singură.

Trebuia să mă gândesc mai devreme la asta. Trebuia s-o aștept la ieșirea din restaurantul ăla caraghios și s-o conduc acasă. Îmi iau telefonul de pe canapea și mă uit cât e ceasul. E doar ora unu. Pot lua un taxi și pot ajunge acolo în mai puțin de cinci minute.

Un sfert de oră mai târziu, sunt la ieșirea din restaurantul în care lucrează Tessa, așteptând-o. Ar fi trebuit să-i dau un mesaj, dar nu voiam să-i dau șansa să mă refuze — mai ales că am ajuns deja aici.

Oamenii se tot perindă pe străzi — mai ales bărbați, ceea ce mă neliniștește și mai tare, pentru că ea pleacă de la muncă atât de târziu. În vreme ce mă gândesc la siguranța ei, aud râsete. Râsul ei.

Ușile restaurantului se deschid și apare râzând și acoperindu-și gura cu o mână. Lângă ea e un tip, care-i ține ușa. Pare cunoscut, prea cunoscut... *Cine mama naibii e ăsta?* Jur că l-am mai văzut undeva, dar nu-mi amintesc unde...

Ospătarul. Ospătarul de la localul ăla de lângă cabană.

Cum mama naibii e posibil așa ceva? Ce dracu' caută ăsta la New York?

Tessa se rezeamă de el, încă râzând, iar eu ies din întuneric. Mă privește imediat în ochi.

— Hardin? Ce faci? întreabă ea. M-ai speriat de moarte!

Mă uit ba la el, ba la ea. Lunile în care am luptat cu furia, lunile în care am tot discutat cu dr. Tran ca să-mi controlez emoțiile, nu m-au pregătit pentru așa ceva. Îmi trecuse prin cap că Tessa ar putea avea un iubit, dar nu mă așteptam să mă confrunt cu această situație. Ridic din umeri și spun, cât pot de neutru:

— Am venit ca să fiu sigur că ajungi acasă cum trebuie.

Tessa și tipul respectiv se uită unul la altul, după care el clatină din cap și ridică din umeri.

— Dă-mi un mesaj când ajungi acasă, spune el, mângâind-o ușor pe mână înainte să dispară.

Tessa îl privește cum se îndepărtează, apoi se întoarce către mine și-mi zâmbește.

— O să luăm un taxi, zic eu, încă vorbind de unul singur în sinea mea.

Ce-aveam în cap? Că încă se mai gândește la ce are de făcut? Da, cred că da.

— De obicei merg pe jos.

— Mergi pe jos? Singură?

Regret că am pus a doua întrebare. După o clipă, zic:

— Te conduce el.

Ea tresare.

— Doar când lucrăm pe aceeași tură.

— De cât timp ieși cu el?

— Poftim?

Se oprește-n loc chiar înainte să cotim.

— Nu ieșim împreună.

Se-ncruntă.

— Mie așa mi se pare.

Ridic din umeri, încercând din răsputeri să nu devin un dobitoc autentic.

— Nu ieșim. Stăm mult împreună, dar nu ies cu nimeni.

Mă uit la ea, să văd dacă-mi spune adevărul.

— El și-ar dori. Am văzut cum te-a atins pe mână.

— Eu nu vreau. Nu încă.

Își lasă privirea în jos și traversăm. Nu mai sunt la fel de mulți oameni ca mai devreme, dar nu pot spune că străzile sunt goale.

— Nu încă? N-ai ieșit cu nimeni?

Mă uit la un vânzător de fructe care-și împachetează marfa și mă rog să aud răspunsul pe care mi-l doresc.

— Nu, n-am de gând să ies cu nimeni o vreme.

Îi simt privirea când mă întreabă:

— Și tu? Tu te vezi cu cineva?

Mă simt extrem de ușurat când aflu că nu iese cu nimeni. Mă-ntorc către ea și-i zâmbesc.

— Nu. Eu nu ies cu nimeni de obicei.

Sper că prinde gluma. Iar ea chiar zâmbește.

— Am mai auzit chestia asta.

— Sunt un tip conservator, mai știi?

Râde, dar nu mai spune nimic. Ne plimbăm în continuare și simt nevoia să vorbesc cu ea despre faptul că se întoarce acasă pe jos atât de târziu. Mi-am petrecut nopți și săptămâni la rând, încercând să-mi imaginez cum își duce ea viața aici. Nu mi-a trecut prin cap niciodată că muncește toată ziua ca ospătăriță și că se plimbă noaptea prin New York ca să vină acasă.

— De ce lucrezi la restaurant?

— Sophia mi-a făcut rost de slujba asta. E un loc drăguț și câștig mai mulți bani decât îți închipui.

— Mai mulți bani decât la Vance? o-ntreb eu, cunoscând deja răspunsul.

— Nu mă deranjează. Am o preocupare.

— Vance mi-a spus că nici măcar nu i-ai cerut vreo recomandare. Știi bine că vrea să deschidă și aici un birou.

Se uită în lungul străzii, la mașinile care trec.

— Știu, dar vreau să fac ceva de una singură. Îmi place slujba mea, deocamdată, până intru la NYU.

— N-ai intrat încă la NYU? întreb eu uluit.

De ce nu mi-a spus nimeni nimic despre asta? Îl oblig pe Landon să-mi povestească despre ce se-ntâmplă în viața Tessei, dar se pare că-i place să lase deoparte detaliile cu adevărat importante.

— Nu, dar sper să intru la primăvară.

Bagă mâna-n geantă și scoate cheile.

— Se încheiaseră înscrierile.

— Și nu te deranjează chestia asta?

Sunt surprins că e atât de calmă.

— Nu. Am doar nouăsprezece ani. Totul va fi bine.

Ridică din umeri, iar eu cred că mi s-a oprit inima.

— Nu e o situație ideală, dar am timp s-o repar. Mă pot înscrie la mai multe cursuri și pot chiar absolvi mai devreme, așa cum ai făcut tu.

Nu știu ce să mai cred... Tessa calmă și nepanicată, deși n-are niciun plan. Dar sunt mai mult decât fericit că mă aflu în preajma ei.

— Da, cred că poți...

Înainte să-mi termin ideea, un bărbat ne apare în față. Are fața plină de murdărie și niște perciuni crescuți peste măsură. Instinctiv, mă așez în fața Tessei.

— Hei, fetițo, spune omul.

Trec de la paranoia la dorința de a o proteja și stau drept, așteptându-l pe imbecilul ăsta să facă vreo mișcare greșită.

— Hei, Joe. Ce mai faci?

Tessa mă dă ușor la o parte din calea ei și scoate o plasă mică din geanta ei.

— Bine, draga mea.

Omul zâmbește și întinde mâna ca să ia plasa.

— Ce mi-ai adus de data asta?

Mă silesc să stau deoparte, dar nu la mare distanță.

— Niște cartofi prăjiți și burgerii ăia care-ți plac ție mult.

Ea surâde, iar tipul îi zâmbește și el, înainte de-a desface punga de hârtie și de a mirosi ce e înăuntru.

— Ești prea bună cu mine.

Își bagă mâna murdară în pungă și scoate niște cartofi, pe care și-i îndeasă în gură.

— Vreți și voi?

Se uită la noi, cu un cartof atârnându-i din gură.

— Nu.

Tessa chicotește.

— Poftă bună, Joe. Ne vedem mâine.

Îmi face semn s-o urmez după colț și introduce codul ca să intrăm în clădirea în care e apartamentul lui Landon.

— Cum de-l cunoști pe tipul ăsta?

Se oprește în fața cutiilor poștale din hol și deschide una dintre ele, în vreme ce eu îi aștept răspunsul.

— Trăiește aici, pe stradă. E aici în fiecare seară. Când avem resturi la bucătărie, încerc să i le aduc lui.

— Nu e periculos?

Mă uit în spate când înaintăm pe holul gol.

— Să dai cuiva mâncare? Nu.

Izbucnește în râs.

— Nu mai sunt atât de fragilă ca pe vremuri.

Zâmbește natural, nu pare deloc jignită, iar eu nu știu ce să mai spun.

Înăuntru, Tessa se descalță și-și scoate cravata de la gât. Până acum nu m-am uitat prea mult la trupul ei. M-am concentrat asupra ochilor și feței, asupra părului, ba chiar asupra urechilor, dar acum, când își deschide nasturii cămășii negre și i se vede bluza de dedesubt, mă simt distras şi nu-mi mai aduc aminte de ce n-am admirat până acum un lucru atât de frumos. Trupul ei e desăvârşit, îmi lasă gura apă, iar şoldurile ei rotunde sunt lucrul la care am visat în fiecare zi.

Se duce în bucătărie şi-mi spune, peste umăr:

— Mă duc să mă culc. Mâine lucrez de dimineață.

Mă duc înspre ea şi aştept să-și termine de băut paharul cu apă.

— Și mâine lucrezi?

— Da, toată ziua.

— De ce?

Oftează.

— Ca să-mi plătesc facturile.

Minte.

— Și? insist eu.

Șterge masa cu mâna.

— Și poate pentru că încerc să te evit.

— M-ai evitat suficient, nu crezi?

Ridic din sprânceană, iar ea înghite-n sec.

— Nu te-am evitat. De-abia mai vorbeşti cu mine în ultima vreme.

— Asta pentru că tu mă eviți.

Trece pe lângă mine, trăgându-se de coadă.

— Nu ştiu ce să spun. M-a cam durut că ai plecat aşa de la absolvire şi...

— *Tu* ai plecat. Nu eu.

— Poftim?

Se opreşte şi se-ntoarce cu fața la mine.

— Tu ai plecat de la absolvire. Eu am plecat de-abia după ce te-am căutat jumătate de oră.

Pare ofensată.

— *Eu* te-am căutat pe tine. Chiar te-am căutat. N-aş fi plecat niciodată aşa de la ceremonia ta de absolvire.

— Mă rog, în fine, se pare că eu țin minte altceva, dar chiar nu are niciun sens să ne certăm pe tema asta.

Își lasă privirea în jos și pare să fie de acord cu mine.

— Ai dreptate.

Își umple din nou paharul cu apă și ia o înghițitură mică.

— Uită-te la noi, nu ne mai certăm și rahaturi de-astea, o tachinez eu.

Se sprijină cu cotul pe masă și închide robinetul.

— „Și rahaturi de-astea", repetă ea, zâmbind.

— Și rahaturi de-astea.

Râdem amândoi și ne uităm unul la celălalt.

— Nu-i atât de ciudat cum credeam că va fi, zice Tessa.

Dă să-și scoată șorțul, dar degetele i se blochează în nod.

— Vrei să te ajut?

— Nu.

Răspunde foarte repede și trage din nou de cordon.

— Ești sigură?

După câteva minute de încercări zadarnice, se-ncruntă și se întoarce cu spatele la mine. În câteva clipe îi desfac nodul, iar ea își numără bacșișul.

— De ce nu-ncerci să-ți găsești altă stagiatură? Ești mai mult decât o simplă chelneriță.

— Nu e nimic aiurea să fii chelner și nici nu e scopul vieții mele. Nu mă deranjează slujba asta și...

— Și nici nu vrei să-i ceri ajutorul lui Vance.

Face ochii mari. Eu clatin din cap și-mi dau părul pe spate.

— Te porți de parcă nu știu cine ești, Tess.

— Nu e vorba doar de asta. Chiar îmi place că slujba asta e a mea. Ar fi trebuit să tragă niște sfori ca să-mi găsească o stagiatură aici — nici măcar nu mai sunt studentă pentru câteva luni.

— Sophia te-a ajutat să obții slujba asta, subliniez eu.

Nu ca să fiu rău, dar vreau s-o aud spunând adevărul.

— Voiai ceva care să nu mai aibă legătură cu mine. Am dreptate?

Inspiră de câteva ori și îmi evită privirea.

— Da, ai dreptate.

Stăm acolo, în bucătăria micuță, în tăcere, prea aproape și prea departe unul de altul în același timp. După câteva clipe, se îndreaptă de spate și-și ia șorțul și paharul cu apă.

— Trebuie să mă culc. Mâine lucrez toată ziua și e târziu.

— Nu te duce, îi zic eu.

— Nu pot să nu mă duc, minte ea.

— Ba da, poți.

— N-am lipsit nicio zi.

— De-abia ești aici de trei săptămâni. N-ai avut timp să chiulești și, sincer, asta fac oamenii sâmbăta la New York. Nu se duc la muncă și-și petrec ziua într-o companie mai bună.

Surâde jucăuș.

— Și tu ești compania aia mai bună?

— Desigur.

Fac un gest către mine ca să susțin cele spuse. Mă privește preț de o clipă și-mi dau seama că studiază posibilitatea de a-și lua zi liberă. Dar, în cele din urmă, spune:

— Nu, nu pot. Îmi pare rău. Nu pot risca să las tura descoperită. M-ar pune într-o lumină proastă și am nevoia de slujba asta.

Se-ncruntă. Zâmbetul jucăuș i-a dispărut, acum e serioasă. Aproape că-mi vine să-i spun că nici măcar n-are nevoie de slujba asta. Că tot ce trebuie să facă e să-și facă bagajele și să vină înapoi cu mine la Seattle, dar îmi mușc limba. Dr. Tran spune că un factor negativ în relația noastră e faptul că eu încerc să controlez totul când, de fapt, „trebuie să găsesc echilibrul între control și sugestii".

Dr. Tran mă calcă pe nervi.

— Înțeleg.

Ridic din umeri, înjurându-l în gând pe bunul doctor, apoi zâmbindu-i Tessei.

— Te las atunci să te culci.

Se răsucește și se retrage în camera ei, lăsându-mă de unul singur în bucătărie, apoi singur pe canapea, apoi singur în visele mele.

68

Tessa

În visele mele, vocea lui Hardin se aude clar și răspicat, implorându-mă să mă opresc.

Mă imploră să mă opresc? Ce-i asta?...

Deschid ochii și mă ridic în fund pe pat.

— Oprește-te, zice el din nou.

Îmi ia o clipă până-mi dau seama că nu e niciun vis, ci e chiar vocea lui Hardin. Ies valvârtej din cameră și mă duc în living, acolo unde Hardin doarme pe canapea. Nu urlă și nici nu se zbate așa cum făcea odinioară, dar are un glas rugător și simt că mi se oprește inima când spune:

— Te rog, oprește-te.

— Hardin, trezește-te. Te rog, trezește-te, îi spun calm, mângâindu-l ușor pe umăr.

Deschide ochii brusc și îmi atinge fața cu mâinile. E dezorientat când se ridică și mă trage la el în brațe. Nu mă-mpotrivesc. N-aș putea.

Trec în tăcere câteva secunde, iar el își înalță capul, lipindu-se de pieptul meu.

— Cât de des?

Mi se rupe inima pentru el.

— Cam o dată pe săptămână sau așa ceva. Iau pastile acum, dar în seara asta era prea târziu să le iau.

— Îmi pare rău.

Mă silesc să uit că nu ne-am văzut de luni întregi. Nu mă gândesc cum am ajuns întotdeauna unul în brațele celuilalt. Chiar nu-mi pasă; nu m-aș da niciodată la o parte de la a-l liniști, indiferent de circumstanțe.

— Să nu-ți pară. Mă simt bine.

Se bagă și mai mult în mine și mă cuprinde cu ambele mâini de mijloc.

— Îmi pare rău că te-am trezit.

— Să nu-ți pară.

Mă sprijin de spătarul canapelei.

— Mi-a fost dor de tine.

Cască și mă trage mai aproape de el. Se-ntinde, luându-mă și pe mine cu el, iar eu nu mă opun.

— Și mie.

Îi simt buzele pe frunte și mă trec fiorii, bucurându-mă de căldura și apropierea aceasta. Mă minunez cât e de ușor și de natural să fiu din nou în brațele lui Hardin.

— Îmi place cât e de reală senzația asta, șoptește el. N-o să dispară niciodată, știi asta, nu-i așa?

Încerc să găsesc o logică și spun:

— Avem vieți distincte acum.

— Încă aștept să vezi lucrul ăsta, asta-i tot.

— Ce să văd?

Când văd că nu răspunde, mă uit la el și observ că are ochii închiși și buzele ușor întredeschise. A adormit.

Mă trezesc când aud cafetiera bipăind în bucătărie. Chipul lui Hardin e primul lucru pe care-l văd când deschid ochii și habar n-am ce sentiment mă cuprinde. Mă dezlipesc de trupul lui, îi dau la o parte mâinile de pe mijlocul meu și mă ridic în picioare.

Landon vine din bucătărie, cu o ceașcă de cafea în mâini. Zâmbește atotștiutor.

— Ce-i? îl întreb, întinzând mâinile.

N-am mai dormit în vreun pat sau pe vreo canapea cu nimeni de la Hardin încoace. O singură dată Robert a rămas peste noapte pentru că se încuiase pe dinafară, dar el a dormit pe canapea, iar eu la mine-n pat.

— Niiiii-mic.

Landon zâmbește și mai larg și încearcă să-și ascundă surâsul luând o gură de cafea aburindă.

Îmi dau ochii peste cap, îmi înăbuș un zâmbet și mă duc la mine-n cameră să-mi iau telefonul. Intru-n panică atunci când văd că e unșpe jumate. N-am mai dormit atât de mult de când m-am mutat aici, iar acum nici măcar nu mai am timp să fac un duș înainte de-a pleca la muncă.

Îmi torn o ceașcă de cafea și-o pun în congelator să se răcească, apoi mă spăl pe dinți și pe față și mă-mbrac. Am devenit un fan înfocat al cafelei reci, dar urăsc să plătesc o mică avere la magazin, unde nu fac altceva decât să arunce o bucată de gheață în cafea. A mea are cam același gust. Landon e de acord cu mine.

Hardin încă doarme când plec eu și mă trezesc aplecată peste el, gata să-l sărut de la revedere. Noroc că Landon apare la momentul potrivit, împiedicându-mă să mă comport ca o nebună. *Ce mi se-ntâmplă?*

Pe drumul către muncă nu mă gândesc decât la Hardin: ce bine m-am simțit dormind cu el în brațe, ce senzație plăcută să mă trezesc la pieptul lui. Sunt derutată, ca de fiecare dată când mă-ntâlnesc cu el, și mă grăbesc ca să ajung la muncă la timp.

Când intru-n vestiar, Robert e deja acolo și-mi deschide dulăpiorul când mă vede venind.

— Am întârziat. A observat careva?

Îmi arunc repede geanta în dulăpior și-l închid.

— Nu, n-ai întârziat decât cinci minute. Cum a fost aseară?

În ochii albaștri i se citește curiozitatea. Ridic din umeri.

— A fost bine.

Știu că Robert are sentimente față de mine și nu e corect să discut despre Hardin cu el, chiar dacă el deschide subiectul.

— Bine, ha?

Zâmbește.

— Mai bine decât îmi imaginam.

Mă rezum la răspunsuri scurte.

— E-n regulă, Tessa. Știu ce simți pentru el.

Îmi pune mâna pe umăr.

— Am știut de prima dată când te-am întâlnit.

Mă copleșesc emoțiile și-mi doresc ca Robert să nu fie atât de amabil, ca Hardin să nu fi venit la New York în acest weekend, apoi mă răzgândesc și-mi doresc să stea cât mai mult. Robert nu-mi pune și alte întrebări și suntem atât de ocupați încât nu mai am timp să mă gândesc la altceva decât la servitul mâncării și băuturii până la unu noaptea. Chiar și pauzele trec repede și am răgaz doar cât să înfulec o farfurie întreagă de chiftele cu brânză.

Când vine ora închiderii, eu plec ultima. L-am asigurat pe Robert că e în regulă să plece mai devreme, să bea ceva cu ceilalți colegi. Am sentimentul că Hardin mă va aștepta oricum la ieșirea din restaurant.

69

Tessa

Şi am dreptate. Iată-l pe Hardin, sprijinit de un perete pe care tronează un fals Bansky.

— Nu mi-ai spus că Delilah şi Samantha sunt colege de apartament, e prima frază care-i iese din gură.

Zâmbeşte, cu surâsul acela imens, care-i face nasul să pară cârn.

— Da, e o nebunie.

Clatin din cap şi mă strâmb.

— Mai ales că nu le cheamă aşa şi ştii bine asta.

Hardin râde.

— E tot un drac. Care naiba erau şansele să se întâmple asta?

Îşi pune mâna pe piept şi râsul îi zguduie trupul.

— E o chestie venită direct din telenovele.

— Mie-mi spui? Eu mă lovesc de asta zi de zi. Bietul Landon, ar fi trebuit să-i vezi faţa când am ieşit în oraş cu Sophia şi prietenele ei, în seara în care a aflat. Aproape a căzut de pe scaun.

— E prea mult, se hlizeşte Hardin.

— Să nu faci mişto de asta în faţa lui Landon. Îi e greu să aibă de-a face cu amândouă.

— Da, da. Ştiu, zice Hardin şi-şi dă ochii peste cap.

Chiar atunci începe să bată vântul şi părul lui Hardin începe să se învălmăşească în toate direcţiile. Nu mă pot abţine şi mă bufneşte râsul. E mai bine decât alternativa: vreau să-l întreb pe Hardin ce caută la New York.

— Părul meu arată mai bine aşa şi femeile au de ce să tragă, zice el la mişto, dar vorbele lui mă lovesc profund.

— Ah, zic eu și râd cot la cot cu el, pentru că nu vreau să-și dea seama că mi se face rău la gândul că-l poate atinge altcineva.

— Hei.

Mă prinde de brațe și mă-ntoarce spre el, ca și cum am fi singurii oameni de pe stradă.

— Am glumit. A fost o glumă de rahat, imbecilă, foarte proastă.

— E-n regulă, e-n regulă.

Îi zâmbesc și-mi dau părul după ureche.

— Oi fi tu independentă și destul de curajoasă ca să-ți pierzi vremea cu toți vagabonzii, dar tot nu știi să minți, zice el, provocându-mă.

Încerc să nu mă posomorăsc.

— Hei, lasă-l în pace pe Joe. E prietenul meu.

Scot limba la Hardin exact când trecem pe lângă un cuplu care se sărută pe o bancă. Hardin spune, tare cât să fie auzit:

— Pariu pe cinci dolari că-i bagă mâna sub fustă în mai puțin de două minute.

Îl plesnesc în glumă peste umăr, iar el mă cuprinde cu un braț pe după talie.

— Nu mai fi atât de sensibilă — îl bagi la bănuieli pe Joe!

Ridic din sprâncene, iar Hardin izbucnește-n râs.

— Care e treaba cu tine și cu vagabonzii?

Gândurile îmi zboară imediat la tata și râsul mi se stinge, preț de o secundă.

— La naiba, nu voiam să spun asta.

Ridic mâna și zâmbesc.

— Nu, e-n regulă. Pe bune, să sperăm doar că Joe nu se va dovedi a fi unchiu-meu.

Hardin se holbează la mine de parcă mi-ar fi crescut încă o pereche de ochi, iar eu râd.

— Sunt în regulă! Pot accepta o glumă. Am învățat să nu mă mai iau atâta în serios.

El pare bucuros să audă asta, și chiar îi zâmbește lui Joe când eu îi dau punga plină cu pește și chiftele de porumb.

Când ne-ntoarcem, găsim apartamentul cufundat în întuneric. Landon doarme, probabil, de câteva ore.

— Ai mâncat ceva? îl întreb pe Hardin atunci când vine după mine la bucătărie.

Hardin se așază la masa de două persoane și se sprijină cu coatele de ea.

— Nu, ca să fiu sincer. Voiam să fur punga aia de mâncare, dar mi-a luat-o Joe înainte.

— Vrei să-ți fac ceva de mâncare? Și mie mi-e foame.

Douăzeci de minute mai târziu, îmi vâr un deget în sosul de vodcă, verificându-i gustul.

— Îmi dai și mie? mă-ntreabă Hardin. N-ar fi prima oară când mănânc ceva de pe degetul tău, mă ia el peste picior, zâmbind cu subînțeles. Glazura a fost una dintre aromele mele favorite.

— Mai ții mine?

Îi întind o lingură cu sos.

— Țin minte totul, Tessa. În afară de momentele în care eram prea beat sau prea drogat.

Se-ncruntă, iar eu bag degetul în sos și i-l ofer. Zâmbetul îi reapare pe chip. Îi simt limba fierbinte pe degetul meu și se uită fix în ochii mei cât timp îmi linge sosul de pe vârful degetului. Mă mușcă ușor de deget și mă linge mult după ce sosul s-a dus. Cu degetul meu la buze, Hardin spune:

— Voiam să vorbesc ceva cu tine. Are legătură cu faptul că-mi amintesc multe lucruri.

Buzele lui moi care îmi ating pielea mă distrag.

— Chiar acum?

— Cât se poate de repede, nu e obligatoriu în seara asta, șoptește el, trecând cu limba și peste degetul meu mijlociu.

— Ce facem aici?

— M-ai întrebat asta de prea multe ori.

Zâmbește și se ridică.

— Nu ne-am văzut de atâta timp. Nu-i o idee bună, zic eu, fără să cred ce spun.

— Mi-a fost dor de tine și am tot așteptat să ți se facă și ție dor de mine.

Își așază mâna pe șoldul meu, apăsând peste cămașa mea de lucru.

— Nu-mi place să te văd îmbrăcată toată în negru. Nu ți se potrivește.

Își înclină capul și mă atinge ușor pe obraz cu nasul. Dau să-mi desfac repede nasturii cămășii, împiedicându-mă de mărgelele mici de plastic.

— Eu mă bucur că n-ai apărut îmbrăcat în altă culoare.

Zâmbește.

— Nu m-am schimbat mult, Tess. M-am dus la câțiva doctori, am mers mai des la sală.

— Tot nu bei?

Îmi arunc cămașa pe jos, iar el mă sprijină de masă.

— Ba da, puțin. De obicei, doar vin sau o bere ușoară. Dar nu, n-o să mai dau niciodată pe gât o sticlă întreagă de vodcă.

Pielea mi-a luat foc și-ncerc să-mi dau seama cum am ajuns aici, după aceste luni, așteptând să mă lase să-i scot tricoul. Cred că-mi citește gândurile, pentru că îmi ia mâinile și, împreună, scoatem tricoul de pe el.

— E luna noastră aniversară, știi? zice el, în vreme ce eu îi scot tricoul și oftez când dau cu ochii de pieptul lui gol.

Îl studiez din priviri, căutând tatuaje noi și mă bucur când găsesc doar frunzele — ferigile, cum le spune Hardin. Mie mi se par niște frunze ciudate, cu marginea groasă și cu o tulpină lungă în partea de jos.

— N-avem nicio lună aniversară, dementule.

Mă chinui să văd ce are pe spinare și mă rușinez când se prinde și se-ntoarce cu spatele.

— Ba avem, mă contrazice el. Doar al tău e pe spate, zice el repede, câtă vreme eu mă holbez la mușchii lui de pe umeri și de pe spinare.

— Mă bucur, recunosc eu încet, cu gura uscată.

Veselia i se citește în ochi.

— Tu încă n-ai înnebunit și nu ți-ai făcut vreun tatuaj?

— Nu.

Îi trag una în joacă, iar el se-ntinde din nou după mine.

— E în regulă dacă te ating așa?

— Da, mi-o ia mie gura pe dinainte.

Îmi trece mâna peste marginea de sus a bluzei.

— Dar așa?

Dau din cap. Inima îmi bate în piept atât de tare că sunt convinsă că el o poate auzi. Mă simt atât de vie și de înnebunită după atingerea lui. A trecut atât timp, iar acum e aici, în fața mea, spunând și făcând lucrurile care-mi plăceau atât de mult. Doar că de data asta e mai prudent și mai răbdător.

— Mi-ai lipsit atât de mult, Tess.

Gura lui e foarte aproape de a mea; degetele lui mă mângâie lent, în cercuri, pe umerii goi. Mă simt amețită, am capul tulbure. Când îmi atinge buzele, mă simt din nou trasă înapoi. Mă simt purtată în locul acela unde există numai Hardin, doar degetele lui pe pielea mea, doar buzele lui pe buzele mele, doar dinții lui mușcându-mă ușor, doar gemetele lui surde pe care le scoate când îi desfac nasturii jeanșilor.

— Iar vrei să mă folosești drept obiect sexual?

Zâmbește și-și împletește limba cu a mea, ca să nu-i pot răspunde.

— Te necăjesc doar, mormăie el și se lipește cu tot trupul de mine.

Îmi pun brațele în jurul gâtului său și îi bag degetele în păr.

— Dacă n-aș fi un domn desăvârșit, ți-aș trage-o chiar aici pe masa asta.

Mâinile lui îmi cuprind sânii, iar degetele lui caută bretelele sutienului.

— Te-aș urca aici, ți-aș da jos pantalonii ăștia oribili, ți-aș desface picioarele și te-aș fute chiar aici.

— Spuneai că nu ești deloc un domn, îi readuc eu aminte, cu răsuflarea tăiată.

— M-am răzgândit. Sunt domn pe jumătate, mă tachinează el.

Sunt atât de excitată, că mă gândesc că o să iau foc și o să arunc în aer toată bucătăria. Îi pun o mână pe boxeri și-mi dau ochii peste cap când îl aud spunând:

— La naiba, Tess.

— *Pe jumătate*? Ce-nseamnă asta?

Gem când îi simt degetele pătrunzând pe lângă talia pantalonilor mei.

— Asta-nseamnă că, indiferent cât de mult te doresc, oricât de tare vreau să ți-o trag pe masa asta și să te fac să-mi strigi numele ca să afle tot blocul că ai ajuns la orgasm — mă sărută pe gât — n-o să fac nimic din toate astea până când nu te măriți cu mine.

Mâinile îmi încremenesc, una pe boxerii lui, cealaltă pe spinare.

— Poftim? zic eu, dregându-mi vocea.

— M-ai auzit. Nu te fut până când nu te măriți cu mine.

— Nu vorbești serios, nu-i așa?

Te rog, nu vorbi serios. N-are cum; de-abia am vorbit în ultimele luni. Doar mă necăjește. Nu-i așa?

— Nu glumesc deloc. Vorbesc serios.

În ochi i se citește amuzamentul, iar eu bat pur și simplu din picior pe gresie.

— Dar nu suntem... n-am mai fost...

Îmi prind părul cu o mână și încerc să pricep ce a spus.

— Ah, credeai c-o să renunț atât de ușor?

Se apleacă și mă sărută ușor pe obrazul înfierbântat.

— Nu mă cunoști deloc?

Zâmbetul lui mă face să-mi doresc să-l plesnesc și să-l sărut în același timp.

— Dar ai renunțat deja.

— Nu, ți-am oferit spațiul de care ai avut nevoie așa cum m-ai silit s-o fac. Am încredere că iubirea ta pentru mine te va aduce înapoi, în cele din urmă.

Ridică din sprânceană și zâmbește, scoțând la iveală gropițele sale răutăcioase.

— Dar tu o cam lungești, să știi.

Ce mama naibii?

— Dar...

Efectiv nu mai am cuvinte.

— O să-ți faci rău de una singură.

Râde și mă mângâie pe obraji.

— Mai dormi cu mine pe canapea? Sau e prea mare ispita?

Mă strâmb și-l urmez în living, încercând să-nțeleg ce logică au toate astea pentru el, dar și pentru mine. Sunt atâtea lucruri de discutat, atâtea întrebări, atâtea răspunsuri.

Dar deocamdată o să adorm pe canapea alături de Hardin și-o să-mi imaginez că lucrurile se vor aranja așa cum trebuie și-n viața mea.

70

Tessa

— Bună dimineața, iubito, aud de undeva, din apropiere.

Când deschid ochii, un tatuaj cu imaginea unei rândunici e primul lucru pe care-l văd. Pielea lui Hardin e mai bronzată decât de obicei, iar pectoralii îi sunt mai bine conturați decât data trecută când l-am văzut. Întotdeauna a fost incredibil de frumos, dar acum arată și mai bine, și aceasta e cea mai dulce formă de tortură, să stau aici întinsă, lângă pieptul lui gol, cu una dintre mâinile lui peste mijlocul meu și cu cealaltă dându-mi la o parte părul de pe față.

— 'Neața.

Îmi pun bărbia pe pieptul lui și îi admir chipul.

— Ai dormit bine?

Își trece ușor degetele prin părul meu și zâmbește fermecător.

— Da.

Închid ochii preț de-o clipă ca să-mi limpezesc mintea, care s-a transformat brusc în terci la auzul vocii lui răgușite și adormite. Chiar și accentul lui pare mai intens, mai distinct. Să-l ia naiba.

Fără să mai spună ceva, îmi așază vârful degetului mare pe buze.

Deschid ochii când aud ușa dormitorului lui Landon deschizându-se. Dau să mă ridic, dar Hardin mă cuprinde și mai strâns în brațe.

— Nu, nici să nu te gândești.

Izbucnește în râs. Se ridică de pe canapea și mă ia și pe mine cu el.

Landon intră-n living, fără cămașă, cu Sophia în urma lui. E îmbrăcată în hainele de la serviciu cu care era și aseară; uniforma și zâmbetul larg i se potrivesc de minune.

— Hei.

Landon se îmbujorează, iar Sophia îl ia de mână și-mi zâmbește. Cred că-mi face și cu ochiul, dar încă sunt amețită din cauza faptului că m-am trezit lângă Hardin. Se înclină și-l sărută pe Landon pe obraz.

— Ne vedem după ce-mi termin tura.

Barba lui Landon e un lucru cu care încerc să mă obișnuiesc, dar îi stă bine. Îi zâmbește Sophiei și-i deschide ușa.

— Uite, acum știm de ce n-a ieșit Landon aseară din camera lui, îmi șoptește Hardin la ureche, cu răsuflarea fierbinte.

Sensibilă și excitată, încerc din nou să mă smulg de lângă el.

— Vreau cafea, zic eu.

Cred că astea sunt cuvintele magice, pentru că dă din cap și mă lasă să mă dau jos de pe el. Pierderea atingerii are un efect imediat asupra trupului meu, dar mă silesc să ajung la cafetieră.

Nu-l bag în seamă pe Landon care scutură din cap și zâmbește și intru-n bucătărie. Tigaia de aseară, plină cu sos de vodcă pe care nu l-a mâncat nimeni, e încă pe aragaz și când deschid cuptorul, găsesc tava cu piept de pui înăuntru.

Nu-mi amintesc să fi stins nici aragazul, nici cuptorul, dar aseară nu gândeam foarte limpede. Creierul meu nu se gândește decât la Hardin și la buzele lui lipite de ale mele, după luni întregi de lipsă. Pielea mi se înfierbântă la acest gând, la amintirea atingerii sale blânde, la felul în care îmi mângâie trupul.

— Ce bine că am închis focul, corect?

Hardin intră în bucătărie, cu pantalonii atârnându-i pe șolduri. Noile sale tatuaje îi subliniază trupul și-mi atrag privirile către abdomenul lui perfect sculptat.

— Ăă, da.

Îmi dreg vocea și încerc să-mi dau seama de ce dintr-odată mi-au luat-o razna hormonii. Mă simt ca prima oară când l-am întâlnit și asta mă neliniștește. E atât de ușor să pic la loc în acel tipar numit Hessa, dar trebuie să-mi păstrez capul limpede.

— Azi cum lucrezi?

Hardin se sprijină de masă, vizavi de mine, și mă privește cum fac curățenie.

— La prânz.

Torn sosul în chiuvetă.

— Doar o tură. Ar trebui să fiu acasă pe la cinci.

— Te scot la cină atunci.

Zâmbește și-și încrucișează brațele la piept. Înclin din cap, ridic din sprânceană și arunc gunoiul în tocător.

— Te gândești să-mi arunci o mână acolo, nu-i așa?

Arată către mașinăria gălăgioasă. Râde blând și șarmant și asta mă înnebunește.

— Poate, îi zic zâmbind. Deci va trebui să reformulezi și să mă-ntrebi chestia asta.

— Asta-i Theresa cea obraznică pe care o cunosc eu și-o iubesc, mă necăjește el.

— Sunt din nou Theresa?

Încerc să mă-ncrunt, dar zâmbetul mă dă de gol.

— Da, din nou.

Dă din cap și apoi face ceva ce nu-i stă deloc în fire. Ia micul coș de gunoi de sub chiuvetă și începe să mă ajute să curăț gunoiul de pe masă.

— Deci îmi faci onoarea să iei masa cu mine diseară în oraș?

Sarcasmul lui jucăuș mă face să râd și când Landon intră-n bucătărie se holbează la noi și se sprijină de masă.

— Te simți bine? îl întreb.

Landon se uită la gunoierul în care s-a transformat Hardin, apoi înapoi la mine, uluit.

— Da, doar obosit.

Se freacă la ochi cu pumnii.

— Îmi dau seama.

Hardin ridică din sprâncene, iar Landon îl lovește în glumă cu umărul. Mă uit la ei uimită, de parcă aș fi într-un univers paralel. Un univers în care Landon îl pocnește în joacă pe Hardin, iar acesta râde, spunându-i că-i un dobitoc, în loc să se uite urât sau să-l amenințe. Îmi place universul ăsta. Cred că mi-ar plăcea să zăbovesc puțin prin el.

— Nu-i chiar așa. Taci.

Landon pune cafea măcinată în cafetieră, apoi scoate trei cești din dulap și le pune pe masă.

— Sigur, sigur.

Hardin își dă ochii peste cap. Landon îl ia la mișto:

— Segur, segur.

Îi ascult cum se ciondănesc și fac remarci inofensive unul la adresa celuilalt în timp ce încerc să iau o cutie de cereale din cel mai înalt dulap. Stau în vârful degetelor și simt cum Hardin mă trage de pantalonii scurți, ridicându-i ca să-mi acopere pielea dezgolită.

Îmi vine să mi-i trag și mai sus sau chiar să mi-i scot de tot, doar ca să-i văd reacția, dar de dragul lui Landon, o las baltă. În schimb, îmi vine să râd la gestul lui Hardin și mă strâmb în timp ce el bagă cerealele la loc în cutie.

— Frosted Flakes? întreabă Hardin.

— În dulap, răspunde Landon.

O imagine încețoșată a lui Hardin ciondănindu-se cu tata din cauza cutiei de cereale îmi apare în fața ochilor. Zâmbesc acestei amintiri și-o îndepărtez. Nu mă mai gândesc la tata cu durere în suflet; am învățat să-mi aduc aminte cu drag de umorul lui și să-i admir optimismul de care a dat dovadă în scurtul timp în care l-am cunoscut.

Mă duc la baie să fac un duș înainte de a pleca la muncă. Landon îi povestește lui Hardin cum noul lui hocheist preferat a semnat cu echipa rivală, iar Hardin mă surprinde rămânând în bucătărie cu Landon în loc să vină după mine.

O oră mai târziu, sunt îmbrăcată și gata să plec pe jos la restaurant. Când intru în living, îl găsesc pe Hardin punându-și bocancii. Îmi aruncă o privire.

— Ești gata?

— Pentru ce?

Îmi iau șorțul de pe speteaza scaunului și-mi bag telefonul în buzunar.

— Pentru plimbarea până la serviciu, desigur, zice el, ca și cum ar fi evident.

Îmi place la nebunie inițiativa lui. Dau din cap, zâmbesc tâmp și ies pe ușă, în urma lui. E un pic ciudat să mă plimb cu Hardin pe străzile din New York. Zici că e de aici, cu stilul și cu hainele lui, dar în același timp umple toată strada cu glasul și cu gesturile animate care luminează ziua asta mohorâtă.

— Singura, mă rog, una dintre problemele pe care le am cu orașul ăsta e asta...

Arată către cer. Îl aștept o clipă ca să-mi explice.

— Nu e soare, spune el, în cele din urmă.

Bocancii îi răsună pe asfalt, iar mie îmi place la nebunie sunetul ăsta. Mi-a fost dor de el. E unul dintre amănuntele pe care nu mi-am dat seama că le iubesc până când nu l-am părăsit. M-am trezit de una singură, cutreierând străzile zgomotoase ale orașului, și mi s-a făcut dor de gălăgia pe care o făceau bocancii lui Hardin.

— Tu locuiești în ploiosul Washington — nu poți acuza lipsa de soare de la New York, ripostez eu.

El râde și schimbă subiectul, punându-mi întrebări diverse despre lumea restaurantelor. Restul plimbării e foarte drăguț; Hardin îmi pune întrebare după întrebare despre ce-am mai făcut în ultimele cinci luni, iar eu îi povestesc despre mama, despre David și fiica lui. Îi spun că Noah și-a asigurat un loc în echipa de fotbal a colegiului lui din California și-i povestesc cum mama și David m-au dus în același orășel în care am fost și cu familia lui Hardin.

Îi povestesc despre primele două nopți în acest oraș, cum zgomotul străzii m-a ținut trează și cum în a treia noapte m-am dat jos din pat și l-am întâlnit pe Joe pentru prima oară. Îi spun că vagabondul ăsta simpatic îmi aduce aminte de tata și cred că, aducându-i mâncare, îl ajut într-un fel în care pe tata nu l-am putut ajuta. Această mărturisire îl face pe Hardin să mă ia de mână, iar eu nu mă împotrivesc.

Îi povestesc câte griji mi-am făcut când m-am mutat aici și îi spun cât de mult mă bucur că ne vizitează. El nu pomenește nimic despre faptul că n-a vrut să facă sex cu mine și că m-a tachinat până când am adormit în brațele lui. Nu mai pomenește nimic nici despre cererea în căsătorie, iar mie-mi convine asta. Încă încerc să înțeleg, cum încă mai încerc să înțeleg ce simt pentru el de când a intrat în viața mea, acum un an.

Când mă-ntâlnesc cu Robert la colț, așa cum facem când lucrăm pe aceeași tură, Hardin vine mai aproape de mine, strângându-mă mai tare de mână. Niciunul nu mai spune multe; trag cu ochiul unul la altul, iar eu mă strâmb la felul în care se comportă bărbații în preajma unei femei.

— O să fiu aici când scapi.

Hardin mă sărută pe obraz și-mi dă părul după ureche.

— Nu te speti, îmi șoptește el.

Îi simt amuzamentul din glas, dar îmi dau seama că vorbește și serios, în același timp. Evident, vorbele lui Hardin îmi cobesc toată tura. Suntem asaltați, masă după masă cu bărbați și femei care beau prea mult vin sau coniac și plătesc exagerat pentru porții micuțe așezate pe farfurii frumos decorate. Un puștan se decide că uniforma mea merită o schimbare la față: o farfurie de spaghetti, mai exact. N-am timp de nicio pauză toată tura, iar picioarele mă dor îngrozitor când ies din schimb, cinci ore mai târziu.

După cum a promis, Hardin mă așteaptă-n hol. Sophia stă lângă banca pe care e așezat. Are părul negru prins într-un coc, lăsându-i liberă fața minunată. Are o înfățișare exotică, cu pomeții ei prelungi și buzele pline. Îmi privesc uniforma și mă crispez, simțind mirosul de usturoi și sos de roșii de pe cămașă. Hardin nu pare să-mi observe hainele pătate, dar îmi scoate o bucată de mâncare din păr în timp ce ieșim.

— Nici nu știu ce era.

Râd încetișor. El zâmbește și scoate un șervețel — ba nu, o batistă — din buzunar și mi-o întinde. Mă șterg cu batista la ochi; rimelul mi s-a întins din cauza transpirației și nu cred că e deloc atrăgător. Hardin începe conversația, punându-mi întrebări simple despre tura mea, și ajungem repede înapoi, la apartament.

— Picioarele mă omoară, mă vait eu, scoțându-mi pantofii și aruncându-i cât colo.

Hardin îi urmărește cu privirea și practic îi aud comentariile sarcastice din minte la adresa dezordinii pe care o fac.

— O să-i pun la locul lor într-un minut, nu te teme.

— Mă gândeam eu.

Surâde și se așază lângă mine, pe pat.

— Vino-ncoace.

Îmi ia gleznele în mâinile lui, iar eu mă-ntorc cu fața la el ca să-mi așez picioarele la el în poală. Începe să-mi maseze picioarele care mă dor și mă-ntind pe saltea, încercând să uit că am stat cu pantofii în picioare ore întregi.

— Mulțumesc, oftez eu.

Ochii mi se închid automat datorită relaxării, dar vreau să-l privesc pe Hardin. Am suferit atâtea luni la rând fără el, iar acum nu vreau să mă uit în altă parte.

— Nicio problemă. Mă descurc cu mirosul picioarelor tale atâta vreme cât văd mutra asta relaxată și mulțumită.

Îi fac semn să înceteze, iar el râde și își continuă masajul fermecat. Își mută mâinile pe gambele mele, apoi pe pulpe. Nu mă mai ostenesc să-mi stăpânesc gemetele; atingerile lui sunt atât de relaxante și de calmante, masându-mi mușchii încordați.

— Vino-n fața mea, îmi zice el, dându-mi picioarele la o parte cu blândețe.

Mă ridic în șezut, mă urc la el în poală și mă așez între picioarele lui. Mă prinde mai întâi de umeri; îmi masează mușchii tensionați, eliminând orice urmă de încordare.

— Dacă n-ai avea bluză pe tine, ar fi și mai bine, spune Hardin.

Râd scurt, apoi tac când îmi aduc aminte de scena de aseară din bucătărie. Mă-nclin în față, mă prind de tivul cămășii uniformei de lucru şi o scot din pantaloni. Îl aud pe Hardin gemând când îmi scot cămaşa, cu bluza de pe dedesubt cu tot.

— Ce? A fost ideea ta, îi reamintesc, sprijinindu-mă de el.

Acum mă mângâie mai apăsat, iar eu îmi las capul pe spate, pe pieptul lui. El mârâie ceva mai mult pentru sine, iar eu mă felicit în mintea mea pentru că port un sutien decent. Desigur, e unul dintre cele două sutiene decente pe care le port, dar nimeni nu le vede în afară de mine şi de Landon, când ni se încurcă rufele la spălat.

— Ăsta-i nou.

Hardin îşi vâră un deget pe sub una dintre bretele. O ridică şi-o lasă la loc. Nu răspund. Doar mă apropii şi mai mult de el. Geme, trecându-şi mâna peste ceafa mea şi masându-mă uşor.

— E bine? mă-ntreabă el, ştiind deja răspunsul.

— Mhmm, reuşesc eu să spun.

El se hlizeşte, iar eu mă-mping şi mai tare în el, frecându-mă cu trupul de zona lui intimă. Îmi duc mâna la breteaua sutienului şi mi-o cobor pe umăr. Mâna lui mă strânge şi mai tare.

— Nu mă tachina, mă avertizează el, urcându-mi la loc breteaua în timp ce-mi masează umerii.

— Vorbea maestrul suprem, zic eu şi dau din nou breteaua la o parte.

Stau aproape dezbrăcată în faţa lui şi-mi dau sutienul jos în timp ce el îmi face masaj. Asta mă înnebuneşte. Sunt excitată, iar Hardin nu face altceva decât să-mi aţâţe hormonii gemând şi frecându-se de mine.

— Nu mă tachina, îi zic eu, la mişto.

Nici nu mai apuc să râd, că îmi pune mâinile pe umeri şi mă-ntoarce cu faţa la el.

— Nu m-am mai futut de cinci luni, Theresa. Mă pui rău de tot la încercare, şopteşte el răguşit, chiar lângă buzele mele.

Fac eu prima mişcare, lipindu-mi gura de gura lui, şi-mi amintesc de prima dată când ne-am sărutat, în camera lui de la sediul frăţiei studenţeşti.

— Serios? oftez eu, mulţumind Cerului că n-a fost cu nimeni cât am stat despărţiţi.

Într-un fel știam că n-o va face. Sau m-am silit să cred că nu se va mai atinge niciodată de vreo altă femeie.

Nu mai e același om de anul trecut. Nu se mai folosește de sexualitate sau de cuvinte grele ca să ajungă la oameni. Nu mai are nevoie de altă gagică în fiecare noapte, e mai puternic acum... E același Hardin pe care-l iubesc, dar acum e mult mai puternic.

— Nici n-am observat ce ochi cenușii ai, mi-a spus el atunci.

Atât ne-a trebuit. Între băutură și amabilitatea lui bruscă, n-am putut să mă abțin și l-am sărutat. Buzele lui aveau gust de mentă — de ce altceva? — și i-am simțit răceala cercelului din buză. A fost o senzație necunoscută și periculoasă, dar mi-a plăcut la nebunie.

Mă sui în poala lui Hardin, așa cum am făcut acum multă vreme, iar el mă prinde cu mâinile de mijloc, întinzându-mă odată cu el pe pat.

— Tess, geme el, așa cum a făcut-o și atunci.

Asta mă adâncește în pasiunea care ne cuprinde pe-amândoi. Mă pierd în starea asta și jur că nu am chef să găsesc calea de ieșire. Îl cuprind cu coapsele și-mi bag mâinile în părul lui. Sunt disperată, haotică, grăbită și nu mă pot gândi decât la degetele lui care mă ating, atât de ușor, pe spate.

71

Hardin

Tot planul meu s-a dus pe apa Sâmbetei. N-am de gând s-o opresc. Trebuia să știu că n-am nicio șansă. O iubesc — mi se pare c-o iubesc de-o viață-ntreagă și mi-a fost dor să fiu cu ea din nou.

Mi-au lipsit sunetele sexy pe care le scoate din gura aia senzuală. Mi-a lipsit felul în care-și mișcă șoldurile, alunecând peste mine, excitându-mă atât de tare că nu mă pot gândi decât că trebuie s-o iubesc, să-i arăt cât de bine mă face să mă simt, fizic și sufletește.

— Te-am dorit în fiecare secundă din fiecare zi, îi spun eu.

Își unește limba cu a mea și începe să gâfâie. Mă prinde cu mâinile de marginea tricoului și mi-l trage, în sus, pe brațe. Mă ridic, luând cu mine și trupul ei pe jumătate dezbrăcat, și-o ajut să-mi scoată tricoul mai repede.

— Nici nu-ți dai seama de câte ori m-am gândit la tine, de câte ori m-am masturbat, gândindu-mă la atingerile tale, la gura ta.

— O, Doamne.

Gemetele ei mă ațâță și mai tare.

— Și ție ți-a fost dor de asta, nu-i așa? De vorbele mele care te fac să te umezești imediat.

Dă din cap și geme din nou, în timp ce îi cobor cu limba mea pe gât, sărutând-o încet, lingându-i pielea sărată. Mi-a lipsit atât de mult senzația asta, felul în care pune stăpânire pe mine, în care mă trage în adâncuri, apoi mă scoate la suprafață cu atingerea ei. O cuprind cu brațele de mijloc și mă-ntind deasupra ei. Îi desfac nasturii pantalonilor și i-i las în jos, spre glezne. Tessa devine nerăbdătoare și dă din picioare, aruncându-și pantalonii pe jos.

— Scoate-i și pe ai tăi, zice ea.

S-a înroșit în obraji; îi tremură mâinile, i le simt pe spinarea mea. O iubesc, o iubesc la nebunie și ador faptul că, după atâta timp, încă mă iubește și ea.

Suntem atât de uniți că nici timpul nu ne poate despărți.

Fac ce mi-a spus și mă urc la loc peste ea, scoțându-i chiloții în timp ce ea-și arcuiește spatele.

— La naiba.

Mă uit cu admirație la șoldurile și coapsele ei care de-abia așteaptă să fie înhățate de mâinile mele. Asta și fac, iar ea mă fixează cu ochii ei albaștri-cenușii care m-au ajutat să suport atâtea ore de rahat cu dr. Tran. Ochii aceia m-au făcut chiar să-l sun pe Vance de câteva ori în ultimele luni.

— Te rog, Hardin, geme Tessa, ridicându-și fundul de pe saltea.

— Știu, iubito.

Îmi duc degetele între coapsele ei și o mângâi acolo, adunând toată umezeala. Penisul îmi tresare, iar ea oftează, dorindu-și s-o pătrund. Îi bag un deget înăuntru și-mi folosesc degetul mare ca să-i stimulez clitorisul, făcând-o să se zbată sub mine și să scoată cel mai sexy sunet pe care l-am auzit vreodată atunci când vâr acolo și al doilea deget.

La naiba.

La naiba.

— Ce bine e, gâfâie ea, prinzându-se cu degetele de cearșaful oribil, imprimat cu flori, de pe patul ei micuț.

— Da?

Îmi mișc din ce în ce mai repede degetul peste punctul acela care-o înnebunește. Ea dă din cap haotic și-mi ia penisul în mână, mângâindu-l ușor, dar hotărât.

— Voiam să te gust, a trecut atâta vreme de când n-am mai făcut-o, dar dacă nu ți-o bag chiar acum, îmi dau drumul pe așternuturile tale.

Ea deschide ochii larg și o mai pătrund de câteva ori cu degetele. Ea încă mă ține de penis, ghidându-mă înăuntrul ei, și-nchide ochii când o pătrund.

— Te iubesc, te iubesc atât de mult, îi spun şi mă sprijin pe coate, intrând şi ieşind, intrând şi ieşind.

Se agaţă cu unghiile de spatele meu, cu o mână, iar cu cealaltă mă prinde de păr. Mă trage de păr când îmi mut şoldurile, depărtându-i şi mai tare coapsele.

După luni întregi în care am devenit o persoană mai bună, în care am văzut partea plină a paharului şi aşa mai departe, e foarte bine să fiu cu ea. Toată viaţa mea se-nvârte în jurul acestei femei şi unii dintre voi ar putea spune că e o boală sau o obsesie, poate chiar nebunie, dar ştiţi ceva? Mă doare fix în cot. O iubesc şi înseamnă totul pentru mine. Dacă lumea are ceva de comentat, n-are decât s-o facă în altă parte, pentru că nimeni nu e perfect, iar Tessa mă aduce mai aproape de perfecţiune decât voi ajunge eu vreodată de unul singur.

— Te iubesc, Hardin, te-am iubit întotdeauna.

Vorbele ei mă fac să mă opresc şi simt cum o altă bucată din mine se lipeşte la loc. Tessa e totul pentru mine şi faptul că spune asta înseamnă enorm pentru mine.

— Şi tu ştiai că te-am iubit mereu. Tu m-ai făcut să fiu *cel care sunt*, Tessa, şi n-am să uit niciodată asta.

O mai pătrund o dată, cu speranţa că n-o să-ncep să plâng ca o femeie în timp ce i-o trag.

— Şi tu m-ai făcut pe mine *cea care sunt*, spune ea, zâmbindu-mi de parcă suntem într-un roman de dragoste.

Doi îndrăgostiţi, despărţiţi luni întregi, doar ca să ne reunim în acest mare oraş. Zâmbete şi râsete şi mult sex. Am mai văzut filmul ăsta.

— Numai noi putem avea o discuţie siropoasă în momente ca ăsta, o necăjesc eu, sărutând-o pe frunte. Dar dacă nu discutăm despre sentimentele noastre acum, atunci când s-o facem?

O sărut pe buze, iar ea îşi încolăceşte coapsele în jurul mijlocului meu. Mă apropii de orgasm. Simt fiori pe şira spinării şi simt că nu mai am mult şi-mi dau drumul, în timp ce ea gâfâie mai profund, mai rapid şi strânge din coapse.

— O să-ți dai drumul, îi șoptesc la ureche.

Mă trage de păr, înnebunindu-mă.

— O să-ți dai drumul acum, odată cu mine, iar eu o să ejaculez în tine, îi zic, știind cât de mult îi place să-i vorbesc vulgar.

Oi fi eu mai puțin dobitoc, dar n-o să-mi pierd talentele care m-au consacrat.

Tessa îmi strigă numele și-și dă drumul. Fac și eu la fel și e cel mai relaxant sentiment din lume, aproape magic. E cea mai lungă perioadă pe care mi-am petrecut-o fără să mi-o trag cu nimeni și aș mai aștepta-o pe Tessa încă un an, dacă ar trebui.

— Știi, zic eu, întinzându-mă lângă ea, tocmai ai acceptat să-mi devii soție, pentru că ai făcut sex cu mine.

— Taci, strâmbă ea din nas. Strici momentul.

Izbucnesc în râs.

— La ce orgasm ai avut, mă-ndoiesc că ți-ar putea strica momentul cineva.

— Momentul *nostru*, mă maimuțărește ea, rânjind ca o nebună, cu ochii strânși.

— Serios, totuși, ai fost de acord, deci când îți cumperi rochia? insist eu.

Se rostogolește, cu sânii pe fața mea, și mă abțin din răsputeri să nu mă aplec și să-i ling. N-are cum să mă condamne; am hibernat din punct de vedere sexual atâta vreme.

— Ești la fel de nebun ca întotdeauna — nici gând să mă mărit cu tine acum.

— Terapia funcționează doar în privința furiei, nu și în privința obsesiei de a te avea pentru totdeauna.

Își dă ochii peste cap și își acoperă fața cu mâna.

— E adevărat.

Râd și-o târăsc jos din pat.

— Ce faci? strigă ea, în timp ce o ridic pe umăr. O să te accidentezi luându-mă în brațe!

Încearcă să scape de mine, dar o prind și mai strâns de picioare.

Nu ştiu dacă Landon e sau nu pe aici, aşa că lansez un avertisment, pentru orice eventualitate. Ultimul lucru de care are nevoie e să mă vadă cum o car pe Tessa goală prin apartamentul lui minuscul.

— Landon! Dacă eşti aici, rămâi naibii la tine-n cameră!

— Lasă-mă jos! zice ea, dând din nou din picioare.

— Trebuie să faci un duş.

O plesnesc la fund, iar ea ţipă, făcându-mi acelaşi lucru.

— Pot să mă duc şi singură la duş!

Acum râde toată, chicotind şi hlizindu-se ca o şcolăriţă, iar mie-mi place asta la nebunie. Îmi place că încă o pot face să râdă şi că scoate sunetele astea minunate. O pun jos, cât de blând pot, şi dau drumul la apă.

— Mi-a fost dor de tine.

Ridică privirea la mine.

Inspir adânc; trebuie să-mi petrec restul vieţii mele cu femeia asta. Trebuie să-i povestesc tot ce-am făcut de când m-a părăsit, dar nu e momentul. Mâine, o să-i povestesc mâine.

În seara asta o să mă bucur de replicile ei obraznice, o să-i savurez hohotele de râs şi-o să-ncerc să capăt de la ea cât mai multe semne de afecţiune cu putinţă.

72

Tessa

Când mă trezesc luni dimineața, Hardin nu mai e la mine-n pat. Știu că are un fel de interviu sau întâlnire, dar nu a spus exact despre ce e vorba sau în ce parte a orașului are treabă. Habar n-am dacă se va întoarce înainte să plec eu la muncă.

Mă rostogolesc, prinzându-mă de cearșafurile care încă îi păstrează mirosul, și mă lipesc cu fața de saltea. Noaptea trecută... ei bine, noaptea trecută a fost senzațională. Hardin a fost senzațional; amândoi am fost senzaționali. Chimia asta explozivă dintre noi nu poate fi negată și ne aflăm într-un moment al vieții noastre în care ne știm greșelile proprii și ale celuilalt, le acceptăm și încercăm să le rezolvăm așa cum n-am încercat în trecut.

Aveam nevoie de pauza aceasta. Trebuia să învățăm să existăm singuri înainte de a fi din nou împreună. Mă bucur că am trecut cu bine prin tot întunericul ăsta, prin suferință, prin durere și am ajuns tot mână-n mână, mai puternici ca niciodată.

Îl iubesc, Dumnezeu îmi e martor că-l iubesc pe omul ăsta; după toate despărțirile, după tot haosul, mi s-a cuibărit în suflet și m-a făcut să nu-l mai uit niciodată. Am încercat să-l uit. Am încercat luni întregi să merg mai departe, zi de zi, găsindu-mi preocupări care să mă facă să nu mă mai gândesc la el.

Desigur, n-a funcționat, și m-am gândit aproape în permanență la el. Acum, când am fost de acord să încercăm s-o scoatem la capăt, în felul nostru, simt, în sfârșit, că totul va fi bine în ceea ce ne privește. Că putem fi așa cum mi-am dorit odinioară mai presus de orice.

— *Şi tu ştiai că te-am iubit mereu. Tu m-ai făcut să fiu cel care sunt, Tessa, şi n-am să uit niciodată asta,* spunea el, în timp ce mă pătrundea.

Avea respiraţia întretăiată, era blând şi pasional. Eu mă pierdusem în atingerile lui, în senzaţia pe care mi-o provocau degetele sale ce mă mângâiau pe spinare.

Aud uşa de la intrare deschizându-se şi mă trezesc din reverie şi din amintirile de azi-noapte. Mă dau jos din pat, îmi iau pantalonii scurţi de pe jos şi mi-i trag pe mine. Am părul ciufulit şi încâlcit; l-am lăsat să se usuce de la sine după duşul cu Hardin şi-a fost o idee groaznică. E-ncurcat şi bezmetic, dar îmi trec degetele prin el cât pot şi-l prind la spate, într-o coadă.

Când ajung la uşă, dau de Hardin în living, cu telefonul la ureche. E îmbrăcat ca de obicei în negru şi are părul la fel de răvăşit ca şi al meu, doar că lui îi stă perfect aşa.

— Da, ştiu. Ben o să te anunţe ce decizie iau, spune el, observându-mă lângă canapea. Te sunt eu mai încolo.

Are un ton tăios, aproape nerăbdător, şi încheie convorbirea. Expresia enervată îi dispare şi vine către mine.

— Totul e-n regulă?

— Da.

Dă din cap, uitându-se din nou la telefon. Îşi trece mâna prin păr, iar eu îl prind de mână.

— Eşti sigur?

Nu vreau să-l bat la cap, dar pare supărat. Îi sună telefonul, iar el priveşte ecranul.

— Trebuie să răspund, oftează el. Vin imediat.

Mă sărută pe frunte şi iese pe hol, închizând uşa în urma lui. Ochii îmi cad pe o mapă aşezată pe masă. E deschisă şi din ea ies marginile unui teanc de hârtii. O recunosc, e mapa pe care i-am cumpărat-o eu, şi zâmbesc la gândul că o mai are.

Curiozitatea mă învinge şi deschid mapa. Pe prima pagină scrie:

AFTER: DE HARDIN SCOTT

Trec la pagina a doua.

Când a cunoscut-o, era toamnă. Cei mai mulți oameni erau obsedați de căderea frunzelor și de mirosul de lemn ars care rămânea mereu în aer în perioada aceasta a anului; nu și el, el își făcea griji pentru un singur lucru. El însuși.

Cum? Dau pagină după pagină, căutând o explicație care să-mi calmeze gândurile haotice și confuzia. Nu poate fi ceea ce cred eu că e...

Reproșurile ei i se păreau copleșitoare, nu voia să audă cele mai rele lucruri pe care i le arunca în față. Voia ca ea să creadă că el este perfect, așa cum, pentru el, ea era desăvârșită.

Ochii mi se umplu de lacrimi și tresar atunci când câteva file cad pe podea.

Într-un gest inspirat de Darcy, el a plătit pentru înmormântarea tatălui ei, exact așa cum Darcy a plătit pentru nunta Lydiei. În cazul acesta, a încercat să ascundă rușinea cauzată de un dependent de droguri, nu de o soră mai tânără care se mărită neașteptat, dar scopul a fost același. Dacă viața lui avea să devină una ruptă din romane, atunci gestul lui nobil avea s-o readucă pe Elizabeth înapoi în brațele lui.

Simt cum camera se-nvârte cu mine. Habar nu aveam că Hardin a plătit pentru înmormântarea tatei. Recunosc că atunci mi-a trecut asta prin cap, dar am presupus că biserica a ajutat-o pe mama cu toate cheltuielile.

Chiar dacă ea nu putea avea copii, nici nu putea renunța la acest vis. El știa asta și-o iubea oricum. A încercat din răsputeri să nu fie egoist, dar nu se putea gândi decât la odraslele pe care ea nu i le putea oferi. Îi părea mai degrabă rău pentru ea decât pentru el însuși, dar plângea noaptea pentru pierderea lor. Mai multe nopți decât ținea minte.

Exact când simt că nu mai pot suporta, ușa se deschide și Hardin intră în apartament. Privirea i se îndreaptă direct către grămada de pagini pline cu acele cuvinte dezgustătoare. Telefonul îi cade pe podea.

73

Hardin

Complicații.

E plină viața de ele; a mea pare să se sufoce, să mă inunde și să dea pe dinafară din cauza complicațiilor, la nesfârșit. Val după val de complicații îmi înăbușă cele mai importante clipe și lucruri din viața mea, iar acum nu e deloc momentul să mă înec în ele.

Dacă-mi păstrez calmul, dacă-mi păstrez dracului calmul și încerc să-i explic, pot opri valul care amenință să lovească livingul ăsta micuț din clipă-n clipă.

Îl văd cum se înalță în ochii ei albaștri-cenușii. Văd acolo confuzie amestecată cu furie, născând o furtună cumplită, exact ca marea înainte de fulgere și tunete. Apa e calmă, se odihnește, de-abia face câteva unde la suprafață, dar eu văd cum vine furtuna.

O foaie albă de hârtie i s-a încleștat în mâinile-i tremurânde și privirea cruntă a Tessei anunță pericolul care urmează.

N-am nici cea mai vagă idee ce-o să-i spun, de unde să-ncep. E o poveste complicată, iar eu nu mă pricep deloc să rezolv probleme. Trebuie să mă adun, trebuie să fac un efort să-mi găsesc și să rostesc cuvintele, să vin cu o explicație care s-o împiedice să fugă din nou.

— Ce-i asta?

Ochii ei parcurg o pagină înainte de a o arunca în aer și mototolește colțurile foilor pe care le strânge în mână.

— Tessa.

Fac cu grijă un pas către ea. Ea mă privește fix. Are privirea tăioasă, transformată, așa cum n-am văzut-o niciodată, și se dă înapoi.

— Trebuie să mă asculți, o rog eu.

Mă simt ca naiba, pur și simplu ca un rahat. Tocmai ne reveniserăm, tocmai ne împăcaserăm, și acum chestia asta, după atât de puțin timp petrecut împreună.

— Ah, bine, te ascult.

Vorbește tare, pe un ton sarcastic.

— Nu știu de unde să-ncep. Lasă-mă un minut și-o să-ți explic.

Îmi trec mâinile prin cap și mă trag de păr. Îmi doresc să-mi dea mie suferința ei și să-mi rup părul din rădăcină. Da, o imagine absolut dementă.

Tessa așteaptă, cu o falsă răbdare, iar ochii ei parcurg pagină după pagină. Ridică din sprânceană și cască ochii larg, iar eu încep să vorbesc.

— Nu mai citi.

Mă apropii și-i iau manuscrisul din mâini. Paginile cad pe jos, lângă celelalte foi de la picioarele ei.

— Explică. Acum, mă grăbește ea, cu privirea rece, de un cenușiu care mă înspăimântă.

— Bine, bine.

Mă foiesc pe călcâie.

— Bine, am tot scris.

— De cât timp?

Face un pas către mine. Mă retrag instinctiv, de parcă trupului meu i-ar fi frică de ea.

— De mult timp.

Ocolesc adevărul.

— O să-mi spui și-o să-mi spui chiar acum.

— Tess...

— Nu mă lua pe mine cu Tess, nenorocitule. Nu mai sunt fetița naivă pe care ai cunoscut-o anul trecut. O să-mi spui acum totul sau te cari dracului de aici.

Calcă intenționat pe una dintre foi, iar eu nu pot s-o condamn.

— Mă rog, nu te pot da afară, pentru că e apartamentul lui Landon, dar voi pleca eu dacă nu-mi explici porcăria asta. Acum, adaugă ea.

E tot dulce, deşi e mânioasă.

— Scriu de mult timp, chiar de când ne-am cunoscut, dar nu am avut nicio intenţie să fac ceva cu manuscrisul. Doar mă descărcam, foloseam scrisul ca să-mi dau seama ce se-ntâmplă în mintea mea, apoi mi-a venit ideea asta.

— Când?

Mă-mpunge cu degetul în piept, crezând că aşa mă va sili să-i spun. Dar greşeşte. N-o să-i spun, în niciun caz acum.

— Am început după ce ne-am sărutat.

— Prima oară?

Desface mâinile şi mă împinge în piept, iar eu îi prind încheieturile.

— Te jucai cu mine.

Se smulge din strânsoarea mea şi-şi trece mâinile prin părul ei lung.

— Ba nu, nu mă jucam! N-a fost deloc aşa! spun eu, încercând să nu ridic tonul.

E greu, dar reuşesc să vorbesc calm. Ea se plimbă prin livingul minuscul, furioasă. Îşi încleştează pumnii şi-i ridică din nou.

— Atâtea secrete, prea multe. Nu mai suport.

— Nu mai suporţi?

Mă uit la ea cu gura căscată. Încă se mişcă prin cameră, fără linişte.

— Vorbeşte cu mine. Spune-mi ce simţi faţă de toate astea.

— Ce simt?

Scutură din cap, cu o privire dezlănţuită.

— Simt că ăsta e un semnal de alarmă, care să mă ducă înapoi în realitate şi să mă smulgă din speranţele ridicole pe care mi le-am făcut în ultimele zile. Aşa suntem noi.

Gesticulează între noi doi.

— Mereu e câte o bombă pe punctul de-a exploda şi nu sunt atât de tâmpită să aştept să mă distrugă. Nu mai sunt.

— Asta nu-i nicio bombă, Tessa. Te porţi de parcă aş fi scris asta doar ca să-ţi fac ţie rău!

Deschide gura să spună ceva, apoi o-nchide la loc. Nu mai ştie ce să spună, sunt sigur. Când îşi revine, zice:

— Tu cum credeai că o să mă simt când o să văd asta? Știai că voi afla, în cele din urmă; de ce nu mi-ai spus? Urăsc senzația asta.

— Care senzație? o-ntreb precaut.

— Senzația asta, mă doare inima când faci chestii din astea, și urăsc treaba asta. Nu m-am mai simțit de mult așa și nu voiam să mă mai simt așa niciodată. Totuși, uită-te la noi.

Vorbește ca un om învins și mă trec fiorii când se-ntoarce cu spatele la mine.

— Vino-ncoace.

O prind de braț și o trag cât îmi permite ea de aproape. Își încrucișează brațele, iar eu o strâng la piept. Nu mi se împotrivește, dar nici nu mă îmbrățișează. Stă nemișcată și nu sunt deloc sigur că a trecut ce-a fost mai rău.

— Spune-mi ce simți.

Glasul îmi sună ciudat și tăios.

— La ce te gândești?

Mă împinge din nou, cu mai puțină forță de data asta, iar eu îi dau drumul. Se apleacă și ridică una dintre pagini.

Am început să scriu ca să mă exprim și, sincer, pentru că nu mai aveam ce citi. Nu citeam nimic în momentul respectiv, iar Tessa, pe-atunci Theresa Young, începuse să-mi stârnească interesul. Începuse să mă enerveze, să mă calce pe nervi și mă gândeam la ea din ce în ce mai des.

Când mă gândeam la ea, nu mai aveam loc în minte și pentru altceva. Devenise o obsesie și am încercat să mă conving că asta era o parte a jocului, dar știam că nu-i așa. Doar că nu eram pregătit să recunosc încă. Îmi aduc aminte ce-am simțit prima oară când am văzut-o, era atât de bosumflată, iar eu m-am speriat de hainele ei.

Fusta pe care o purta ajungea până la pământ, iar balerinii ei o făceau să pară și mai șleampătă. Privea în jos când și-a rostit numele pentru prima dată — „Ăă, da... mă cheamă Tessa" — și-mi aduc aminte că mi-a trecut prin cap că are un nume dubios. Apoi n-am mai băgat-o în seamă. Nate a fost amabil cu ea, iar eu eram iritat de felul în care se holba la mine, judecându-mă din ochii ei cenușii.

M-a enervat în fiecare zi, chiar și atunci când nu-mi vorbea, mai ales atunci.

— Mă asculți măcar?

Vocea ei mă trezește din amintiri și când mă uit la ea văd că e din nou furioasă.

— Eu doar..., zic eu șovăitor.

— Nici măcar nu ascultai, mă acuză ea și nu se înșală. Nu-mi vine să cred că ai făcut asta. Asta făceai tu când veneam acasă, iar tu ascundeai dosarul. Asta am găsit în debara înainte să-l găsesc pe tata...

— N-o să caut scuze, dar jumătate din chestiile de-acolo vin din mintea mea înecată-n alcool.

— „Gunoi?"

Ochii ei cercetează pagina pe care o ține în mână.

— „Nu se ținea bine la băutură, se-mpiedica așa cum se mișcă fetele de prost gust când beau prea mult ca să-i impresioneze pe ceilalți".

— Nu mai citi rahatul ăla, partea asta nu e despre tine. Ți-o jur și știi bine asta.

Îi iau pagina din mână, dar ea mi-o smulge repede înapoi.

— Nu! Nu e corect să-mi scrii povestea și să-mi spui că n-am voie s-o citesc. Încă mai ai explicații de dat.

Traversează livingul, se încalță și-și aranjează pantalonii scurți.

— Unde te duci?

Sunt gata s-o urmez.

— Mă duc la plimbare. Să iau aer. Trebuie să ies de-aici.

Îmi dau seama că nu-i convine deloc că mi-a dat atâtea informații.

— Vin și eu cu tine.

— Nu. Nu vii.

Are cheile în mână și-și ridică părul, răsucindu-l și prinzându-l într-o coadă.

— Ești aproape dezbrăcată, îi zic eu.

Ea-mi aruncă o privire criminală. Fără niciun cuvânt, iese din apartament, trântind ușa după ea.

N-am reușit să fac nimic acum, n-am rezolvat nimic. Planul prin care-mi propusesem să controlez complicațiile s-a transformat într-un dezastru, iar acum lucrurile s-au complicat și mai tare. Îngenunchez pe podea, silindu-mă să nu mă duc după ea, să n-o iau pe sus și să n-o închid la ea în cameră până va fi gata să-mi vorbească.

Nu, nu pot face așa ceva. Ar fi un pas înapoi de la tot „progresul" pe care l-am făcut. Mai bine culeg paginile de pe jos și citesc câteva cuvinte, amintindu-mi de ce m-am hotărât să public manuscrisul ăsta de la bun început.

— Ce tot încerci să ascunzi aici?

Nate s-a aplecat asupra lui, la fel de băgăcios ca întotdeauna.

— Nimic, frate, vezi-ți de treaba ta.

Hardin s-a-ncruntat, uitându-se în jur, prin curtea interioară. Habar n-avea cum ajunsese să stea aici în fiecare zi, la oră fixă. N-avea nicio legătură cu Tessa și cu enervantul de Landon care se întâlneau la cafea în fiecare dimineață. N-avea nici cea mai mică legătură.

Nu voia s-o vadă pe fata aia enervantă. Chiar nu voia.

— V-am auzit pe tine și pe Molly aseară pe hol, dementule.

Nate și-a scuturat scrumul țigării și s-a strâmbat.

— Da, n-aveam chef s-o primesc în cameră la mine, iar ea nu voia să fie refuzată.

Hardin a izbucnit în râs, mândru că Molly voia să i-o sugă la orice oră, oriunde, chiar și pe hol, lângă camera lui.

Ceea ce nu i-a spus lui Nate e că o refuzase și sfârșise prin a se masturba, cu gândul la o anumită blondă.

— Ești un dobitoc.

Nate a scuturat din cap.

— Nu e dobitoc? l-a întrebat el pe Logan, care se apropia de masa mică de picnic.

— Ba da, e.

Logan a întins mâna să ia o țigară de la Nate, iar Hardin a încercat să nu se uite după fata cu fusta gen sac de cartofi care aștepta să traverseze strada.

— În curând o să te-ndrăgostești, iar eu o să mă piș pe mine de râs. O să fii tu ăla care o să ofere sex oral pe holuri, iar tipa n-o să te primească la ea în cameră.

Nate se distra de minune făcând mișto de el, dar Hardin nici nu-l auzea.

De ce se îmbracă așa? s-a trezit el întrebându-se și și-a suflecat mânecile cămășii. Hardin o privea, cu pixul în mână, cum se apropie, atentă la trotuarul din fața ei și cum își cere scuze la nesfârșit după ce s-a ciocnit de un băiat firav, făcându-l să scape cartea din mână.

S-a aplecat să-l ajute, iar Hardin și-a adus aminte cât de moi erau buzele ei aseară, când l-a sărutat. Îl luase prin surprindere — nu credea că e genul care să facă prima mișcare și era convins că nu-l sărutase decât pe amărâtul ăla de iubit al ei. Gemetele ei și dorința de a-l atinge erau dovezi clare în acest sens.

— Deci ce se mai aude cu pariul?

Logan a făcut cu capul înspre Tessa, în timp ce a zâmbit larg, descoperindu-l pe Landon în toată gloria lui de tocilar, cu ghiozdan și toate cele.

— Nimic nou, a răspuns Hardin instantaneu, acoperind foaia cu mâna.

De unde să știe el ce era în capul fetei ăleia guralive, sărăcăcios îmbrăcate? De-abia vorbise cu el de când nebuna de maică-sa și amărâtul de iubitu-său apăruseră bătând la ușa ei sâmbătă dimineață.

De ce i-a scris numele pe hârtie? Și de ce simțea Hardin că o să izbucnească dacă Logan nu se oprea din vorbit, de parcă ar fi știut ceva?

— E enervantă, dar măcar cred că-i place mai mult de mine decât de Zed.

— E sexy, au zis cei doi, într-un glas.

— Dacă aş fi un imbecil, aş face pariu cu voi doi. Arăt oricum mai bine, ne tachinează Nate, râzând cu Logan.

— Nu vreau să am nimic de-a face cu porcăria asta. E o tâmpenie, serios — n-ar fi trebuit să i-o tragi iubitei lui, l-a certat Logan pe Hardin, care s-a mulţumit să râdă.

— A meritat efortul, a zis el, uitându-se din nou pe stradă.

Ea dispăruse, iar el a schimbat subiectul, interesându-se de petrecerea din weekendul care urma.

Cei doi au continuat să se ciondănească, vorbind despre câte butoaie de bere ar trebui să cumpere. Hardin s-a trezit scriind cât de înfricoşată părea ea vineri, când aproape că i-a dărâmât uşa încercând să scape de sinistrul ăla de Neil care încerca să pună laba pe ea. Era un nenorocit şi sigur va fi mult timp supărat pe Hardin pentru că i-a turnat o sticlă de înălbitor în pat duminică noapte. Hardin nu dădea doi bani pe fata aia; era vorba de un principiu.

După asta, cuvintele au venit de la sine. Nu le-am mai putut controla şi, la fiecare întâlnire cu ea, aveam şi mai multe de scris. Despre felul în care strâmba din nas când îmi explica mie că urăşte ketchup-ul. Serios, cine urăşte *ketchup-ul*?

Cu fiecare amănunt pe care-l aflam despre ea, sentimentele mele creşteau. Am negat lucrul ăsta, dar era adevărat.

Cât am stat împreună, mi-a fost mai dificil să scriu. Scriam din ce în ce mai rar şi, când o făceam, ascundeam foile în debara, într-o cutie de pantofi. Habar n-aveam că Tessa găsise porcăria asta şi acum iată-mă, întrebându-mă când o să-ncetez să-mi mai complic viaţa.

Amintirile îmi inundă mintea şi aş vrea pur şi simplu s-o conectez la creierul meu, ca să-mi citească gândurile şi să-mi descifreze intenţiile.

Dacă ar vedea ce gândesc, ar fi martoră la conversaţia care m-a adus la New York, pentru a mă-ntâlni cu reprezentanţii editurii. N-am intenţionat să fac asta. Pur şi simplu s-a întâmplat. Am imortalizat atâtea momente memorabile dintre noi. Prima oară când i-am spus c-o iubesc;

a doua oară, când nu mi-am mai retras cuvintele. Toate aceste amintiri mă copleşesc şi nu le pot împiedica să nu mă ia pe sus.

S-a sprijinit de poarta de fotbal, ofticat și plin de vânătăi. De ce sărise la bătaie cu tipii ăia în mijlocul petrecerii de la focul de tabără? A, da, pentru că Tessa dispăruse cu Zed, iar acesta îi închisese telefonul, după ce-l informase, pe un ton sarcastic, că Tessa era chiar la el, la Zed în apartament.

Îl enerva situația mai mult decât ar fi trebuit. Voia să uite chestia asta, s-o blocheze și, în loc de gelozie, simțea doar durere fizică. O să se culce cu el? se tot gândea el. Zed o să câștige?

Mai era vorba despre câştig şi pierdere? Nu putea spune exact. Uneori lucrurile se amestecau, iar Hardin nu mai știa când se întâmplase, dar era, oarecum, conștient de asta.

Se așezase pe iarbă, ștergându-și sângele de la gură, când a văzut-o pe Tessa apropiindu-se. Vederea lui Hardin era uşor încețoșată, dar pe ea o vedea clar, își amintea bine. Cât au mers cu mașina înapoi, acasă la Ken, ea s-a tot foit, comportându-se de parcă el ar fi fost un animal turbat.

S-a uitat la drum și a întrebat:

— Mă iubeşti?

Hardin a rămas surprins — la naiba, a rămas surprins și nu era deloc pregătit să răspundă la această întrebare. Îi declarase deja dragostea lui, apoi își luase vorbele înapoi, și acum iat-o, nebună ca de obicei, întrebându-l dacă o iubește în vreme ce mutra lui se umfla și se-nvinețea.

Sigur c-o iubea, pe cine mama dracului încerca el să păcălească?

Hardin nu i-a răspuns la întrebare, dar momentul era inevitabil și s-a trezit că vorbele îi ies singure din gură.

— Pe tine te iubesc. Tu eşti persoana pe care o iubesc cel mai mult în toată lumea.

Era adevărat, deşi era penibil și stânjenitor să recunoască. O iubea și a știut încă de atunci că viața lui nu va mai fi la fel fără ea.

Dacă l-ar fi părăsit, dacă și-ar fi petrecut întreaga viață fără el, el n-ar mai fi fost niciodată același om. Îl schimbase, iar acum stătea aici, cu degetele însângerate, dorindu-și să devină un om mai bun de dragul ei.

A doua zi, dădusem teancului de foi mototolite și pătate de cafea un titlu: *After.*

Nu eram gata și nici măcar nu mă gândeam să public manuscrisul până când n-am făcut greșeala de a-l aduce cu mine la o ședință de terapie de grup, acum câteva luni. Luke luase mapa de sub scaunul meu de plastic în timp ce eu povesteam cum am incendiat din temelii casa mamei. Cuvintele erau forțate — urăsc să vorbesc despre porcăria aia — dar nu i-am privit în ochi pe cei din cameră și m-am prefăcut că Tessa era acolo, cu un zâmbet pe buze, mândră de mine pentru că le povestesc cele mai întunecate momente ale vieții mele unor străini la fel de distruși pe cât sunt eu... pe cât eram eu.

Când dr. Tran a terminat sesiunea, am întins mâna să iau mapa. Panica mi-a trecut repede când m-am uitat la Luke și am descoperit mapa la el în mână.

— Ce e asta? m-a întrebat el, cu ochii pe una dintre foi.

— Dacă m-ai fi cunoscut cu o lună-n urmă, acum ți-ai fi înghițit dinții.

M-am uitat urât la el, smulgându-i dosarul din mână.

— Scuză-mă, frate, nu mă pricep la etichetă.

A zâmbit stânjenit și, nu știu din ce motiv, am simțit că pot avea încredere-n el.

— Așa se pare.

Am dat ochii peste cap, îndesând în buzunare foile zburătăcite. El a izbucnit în râs.

— Îmi spui ce e dacă-ți dau o halbă cu bere fără alcool?

— Cât de jalnici suntem? Doi alcoolici în curs de recuperare, negociind citirea unei povești de viață.

Clatin din cap, întrebându-mă cum am ajuns în halul ăsta atât de tânăr, dar mă bucur c-am cunoscut-o pe Tessa. Dacă n-ar fi fost ea, încă aş sta ascuns în beznă, în curs de putrezire.

— Păi, berea fără alcool nu te face să dai foc la case, şi nici pe mine să-i spun chestii jignitoare lui Kaci.

— Bine. Bere fără alcool să fie.

Ştiam eu că merge la dr. Tran pentru ceva mai mult decât terapie de cuplu, dar m-am hotărât să nu fiu un dobitoc şi să nu-l dau de gol. Am intrat în restaurantul de alături. Am comandat o tonă de mâncare, pe banii lui, şi l-am lăsat să citească doar câteva pagini din manuscrisul meu. Douăzeci de minute mai târziu a trebuit să-l opresc. Ar fi citit întreaga carte dacă i-aş fi permis.

— E senzaţional, serios, frate. E... demenţă în unele locuri, dar înţeleg. Nu erai tu, erau demonii tăi.

— Demonii, ha?

Am dat berea fără alcool peste cap.

— Da, demonii. Când eşti beat, ai o grămadă.

A zâmbit.

— O parte din ce-am citit n-a fost scris de tine. Deci cred că au fost demonii tăi.

Am clătinat din cap. Avea dreptate, desigur, dar mi-am imaginat imediat un mic balaur roşu pe umărul meu, scriind chestiile alea bolnave.

— O s-o laşi să citească asta când termini de scris, nu-i aşa?

Am înmuiat o crochetă de caşcaval în sos şi-am încercat să nu-l înjur pentru că-mi strică fantezia despre micile mele creaturi demonice.

— Nu. N-o să las niciodată să se-ntâmple aşa ceva.

Am bătut uşor cu degetul în mapa de piele, amintindu-mi cât de fericită fusese Tessa că o folosesc, după ce mi-a cumpărat-o. La început nu-mi plăcuse, desigur, dar acum îmi place prostia asta la nebunie.

— Aşa ar trebui. Adică, după ce scoţi unele părţi, cum ar fi acolo unde scrii despre ea că e infertilă. Nu e corect.

— Ştiu.

Nici nu m-am putut uita la el; mi-am coborât privirea asupra mesei și m-am crispat, întrebându-mă ce-am avut în cap când am scris porcăria aia.

— Ar trebui să faci ceva cu chestia asta. Nu sunt expert nici în literatură, nici în Heningsway, dar știu că am citit ceva foarte, foarte valoros.

Înghit în sec, preferând să nu iau în seamă faptul că a rostit greșit numele lui Hemingway.

— S-o public? zic eu, pufnind în râs. Nici nu mă gândesc.

Aici am încheiat conversația.

Dar mergeam la diverse interviuri pentru angajare și mă plictiseam, mă plictiseam de moarte — și plecam de fiecare dată cu senzația că nimic nu mă stimulează suficient și nici nu mă puteam imagina în vreunul din birourile alea nenorocite. Voiam să lucrez la o editură, chiar voiam, dar de câte ori îmi reciteam, pagină cu pagină, gândurile întoarse pe dos, îmi doream din ce în ce mai tare să fac ceva cu ele.

Manuscrisul stătea acolo, implorându-mă măcar să încerc, și simțeam că dacă ea îl va vedea, după ce voi fi tăiat niște părți mai dure, o să-i placă la nebunie. A devenit o obsesie și m-a surprins interesul pe care-l trezea printre oamenii care voiau să urmărească drumul cuiva către renaștere.

Erau lucruri demente acolo, dar oamenilor le-au plăcut. Am trimis prin mail fiecărei potențiale edituri câte o copie cu ajutorul unui agent pe care-l cunoșteam din vremea când lucram la Vance. În mod clar, era manuscriselor pe jumătate scrise de mână, pe jumătate dactilografiate, a luat sfârșit.

Asta era de făcut, așa cel puțin m-am gândit eu. Am crezut că această carte va fi marea dovadă de care avea nevoie ca să mă accepte înapoi în viața ei. Desigur, credeam că asta se va-ntâmpla peste câteva luni, ca să aibă la dispoziție mai mult timp să facă ce mama dracului face ea aici, la New York.

Nu mai pot sta aici. Nou-descoperita mea răbdare are o limită care a fost atinsă. Urăsc să mi-o imaginez pe Tessa umblând de nebună prin orașul ăsta imens, supărată pe mine. A plecat cam de mult, iar eu trebuie să-i dau o grămadă de explicații.

Iau ultima pagină şi o îndes în buzunar, nu mă mai deranjez s-o pliez frumos. Apoi îi dau un mesaj lui Landon în care-i spun să lase uşa descuiată dacă intră sau iese şi plec s-o caut.

Din fericire, nu trebuie să merg prea departe. Când ies, o găsesc aşezată pe scările din faţa clădirii. Se uită-n gol, cu o expresie concentrată şi supărată. Nici nu observă când mă apropii de ea. Doar când mă aşez lângă ea ridică ochii la mine, cu privirea încă distantă. Mă uit atent la ea şi văd cum ochii, încet-încet, i se îmblânzesc.

— Trebuie să vorbim.

Ea dă din cap şi se uită-n altă parte, aşteptând o explicaţie.

74

Hardin

— Trebuie să vorbim, repet eu şi mă uit la ea, silindu-mi mâinile să stea cuminţi.

— Aşa aş zice.

Zâmbeşte forţat. Are genunchii murdari, zgâriaţi cu nişte dungi roşii şi adânci.

— Ce s-a întâmplat? Te simţi bine?

Planul meu de a-mi ţine mâinile acasă se duce naibii şi-ntind mâna către picioarele ei, cercetând rănile cu atenţie. Se fereşte, îmbujorată şi cu ochii roşii.

— M-am împiedicat, atâta tot.

— Nimic din toate astea n-ar fi trebuit să se-ntâmple.

— Ai scris o carte despre noi şi-ai trimis-o pe la edituri. Vrei să spui că nu voiai să se-ntâmple aşa?

— Nu, adică nimic din toate astea. Tu şi cu mine, totul.

E umezeală multă şi mi-e din ce în ce mai greu să spun ce voiam să spun.

— Anul ăsta a însemnat cât o viaţă-ntreagă pentru mine. Am învăţat foarte multe despre mine şi despre viaţă şi despre cum trebuie ea trăită. Înainte aveam perspectiva asta bolnavă asupra tuturor lucrurilor. Mă uram pe mine, uram pe toată lumea din jurul meu.

Ea tace, dar îmi dau seama, după tremurul buzei de jos, că face eforturi să nu izbucnească-n plâns.

— Ştiu că nu înţelegi, mulţi nu-nţeleg, dar cel mai rău sentiment din lumea asta nenorocită e să te urăşti pe tine însuţi şi a trebuit să trec prin asta în fiecare zi. Asta nu-i o scuză pentru mizeriile pe care le-am făcut. N-ar fi trebuit să mă port niciodată cu tine așa cum m-am purtat și aveai tot dreptul să mă părăsești așa cum ai făcut-o. Sper doar să citești toată cartea înainte să iei vreo hotărâre. Nu poți judeca o carte după copertă.

— Încerc să nu te judec, Hardin, chiar încerc, dar asta-i prea de tot. Mă dezobișnuisem de tiparul ăsta și n-am văzut pericolul și tot nu-mi revin.

Scutură din cap, încercând parcă să-și limpezească gândurile.

— Știu, iubito, știu.

Când o prind de braț, tresare. Îi răsucesc mâna și-i cercetez rănile din palmă.

— Ești OK?

Ea dă din cap, lăsându-mă s-o ating ușor pe rană cu vârful degetului.

— Vrei măcar s-o citești? Nu-mi vine să cred că și-o doresc atât de multe edituri.

Tessa privește-n altă parte, uitându-se la orașul care se mișcă în jurul nostru, la fel de aglomerat ca-ntotdeauna.

— Foarte mulți oameni.

Ridic din umeri, subliniind adevărul.

— De ce? Nu e o... poveste obișnuită de iubire. Am citit doar puțin, dar am văzut cât e de întunecată.

— Chiar și poveștile blestemaților trebuie spuse, Tess.

— Tu nu ești blestemat, Hardin, spune ea, în ciuda trădării pe care știu că o simte.

Oftez, oarecum de acord cu ea.

— Îmi aștept mântuirea, poate? Poate că nu, poate că unii oameni vor să citească doar despre fericire și despre povești de iubire tipice, dar există milioane de indivizi care nu sunt perfecți și cărora li s-au întâmplat multe rele și care poate se vor regăsi în cartea asta. Poate unii se vor regăsi în mine și, la naiba — zic eu, masându-mă pe ceafă — poate vor învăța din greșelile mele și-ale tale.

Mă privește fix cât timp vărs cuvintele astea pe treptele de beton. Nesiguranța i se citește în ochi, făcându-mă să continui.

— Poate că uneori lucrurile nu-s vopsite doar în alb și negru și poate că nu toată lumea e perfectă. Am făcut multe porcării în viața mea, ție, altora, lucruri pe care le regret și pe care nu le-aș mai face. Nu e vorba de asta. Cartea asta a fost o supapă pentru mine. O altă formă de terapie. Mi-a oferit ocazia să scriu tot ce mi-a trecut prin cap, tot ce-am simțit. Ăsta-s eu cu viața mea și nu sunt singurul care-a făcut greșeli, o carte plină de greșeli, și dacă oamenii mă judecă după conținutul întunecat al poveștii mele, e treaba lor. Nu pot mulțumi pe toată lumea și știu că vor fi mulți oameni ca noi, Tessa, care se vor regăsi în cartea asta și care vor să vadă că și altcineva își recunoaște problemele și le rezolvă într-un mod real.

Zâmbește vag și oftează, clătinând din cap.

— Și dacă nu le place? Dacă nici măcar nu-și pierd vremea citind-o, dar ne urăsc pentru ceea ce e acolo? Nu sunt gata să primesc genul ăsta de atenție. Nu vreau ca oamenii să vorbească despre viața mea și să mă judece.

— N-au decât să ne urască. Cui îi pasă ce cred oamenii? Oricum n-aveau de gând s-o citească.

— Pur și simplu... nu pot o lua o decizie în privința asta. Ce fel de poveste de dragoste e asta?

Vocea îi e nesigură și tremurătoare.

— E genul de poveste de dragoste care trece prin dificultăți reale. E o poveste despre iertare și iubire necondiționată și arată cât de mult se poate schimba cineva, cu adevărat, dacă își dă toată silința. E genul de poveste care arată că totul e posibil când vine vorba despre recuperare și îndreptare. Arată că dacă ai pe cineva pe care să te sprijini, cineva care te iubește și care nu te lasă baltă, poți ieși din întuneric. Îți arată că nu contează ce fel de părinți ai avut sau cu ce tip de dependențe te-ai confruntat, poți depăși orice obstacol și poți deveni un om mai bun. Despre asta e *After*.

— *After*?

Își ridică din nou bărbia, punându-și mâna la ochi ca să se apere de soare.

— Aşa se numeşte.

Mă uit în altă parte, dându-mi seama dintr-odată de importanţa acestui titlu.

— E vorba despre călătoria mea, după întâlnirea cu tine.

— Cât din ea e nasoală? Dumnezeule, Hardin, de ce nu mi-ai spus?

— Habar n-am, zic eu, cu toată sinceritatea. Nu e pe cât crezi tu de nasoală. Ai citit ce era mai rău. Paginile pe care nu le-ai văzut, cele care sunt adevărata esenţă a cărţii, vorbesc despre cât de mult te iubesc, despre scopul pe care l-ai dat vieţii mele şi despre faptul că întâlnirea cu tine a fost cel mai bun lucru care mi s-a întâmplat vreodată. Paginile pe care nu le-ai citit sunt pline de râsetele noastre şi de zbaterile mele, ale noastre.

Îşi acoperă faţa cu mâinile, supărată.

— Trebuia să-mi fi spus că scrii povestea asta. Erau atâtea semne, cum de nu m-am prins?

Mă sprijin cu spatele de trepte.

— Ştiu că aşa ar fi trebuit să fac, dar când am început să înţeleg şi să schimb ce făceam greşit, voiam să fie totul perfect înainte să-ţi arăt. Îmi pare sincer rău pentru asta, Tessa. Te iubesc şi-mi pare rău c-ai aflat în felul ăsta. N-am intenţionat niciodată să te rănesc sau să te trag pe sfoară şi-mi pare rău că tu aşa crezi. Nu mai sunt acelaşi om care eram când m-ai părăsit, Tessa. Ştii bine că nu mai sunt.

De-abia i se aude glasul când spune:

— Nu ştiu ce să zic.

— Tu doar citeşte-o. Vrei s-o citeşti înainte de a lua vreo hotărâre? Asta-i tot ce te rog, s-o citeşti.

Închide ochii şi-şi schimbă poziţia, lipindu-se cu genunchiul de umărul meu.

— Da, o s-o citesc.

Aerul mi se întoarce în plămâni şi o parte din apăsare se ridică de pe piept. Mă simt atât de uşurat.

Ea se ridică, trecându-şi mâinile peste genunchii zgâriaţi.

— O să-ţi aduc ceva să pui acolo.

— Sunt în regulă.

— Când o să încetezi să te cerţi cu mine? încerc eu să înseninez atmosfera.

Funcţionează şi-o văd cum îşi ascunde un surâs.

— Niciodată.

Urcă scările, iar eu mă ţin după ea. Aş vrea să intru cu ea în apartament şi să stau lângă ea cât citeşte tot romanul, dar ştiu că n-ar trebui. Mă hotărăsc să dau o tură prin oraşul ăsta împuţit.

— Stai! strig după ea când ajunge în capul scărilor.

Bag mâna-n buzunar şi scot o foaie motolită de hârtie.

— Citeşte asta la urmă, te rog. E ultima pagină.

Ea deschide palma şi-o întinde către mine. Urc treptele iute, două deodată, şi-i dau bucata de hârtie.

— Te rog să nu tragi cu ochiul, o implor eu.

— N-o să trag.

Tessa se-ntoarce cu spatele la mine şi mă uit prelung la zâmbetul pe care mi-l aruncă peste umăr.

Una dintre cele mai mari dorinţe din viaţa mea ar fi ca ea să înţeleagă, cu adevărat, că este un om rar de găsit. E unul dintre puţinii oameni din lumea asta care ştiu să ierte şi, deşi unii o consideră slabă, ea e exact pe dos. E puternică, pentru că a putut sprijini pe cineva care se ura din tot sufletul. E puternică pentru că mi-a arătat că nu sunt condamnat pe vecie, că merit iubire, deşi toată copilăria mea am crezut contrariul. A fost suficient de puternică să plece de lângă mine atunci şi e suficient de puternică să iubească necondiţionat. Tessa e mai puternică decât mulţi şi sper că ştie lucrul ăsta.

75

Tessa

Intru în apartament și îmi adun gândurile răvășite. Când ajung la mapa de pe masă, observ că toate paginile sunt îndesate înăuntru, dezordonate.

Iau prima pagină și-mi țin respirația, pregătindu-mă să-mi încep lectura. *Oare cuvintele lui mă vor schimba? Mă vor răni?* Nici măcar nu sunt sigură că vreau să aflu, dar trebuie să fac asta, pentru mine însămi. Trebuie să-i citesc cuvintele, emoțiile, ca să-mi dau seama ce s-a petrecut în mintea lui atunci când nu-l puteam desluși.

Atunci și-a dat seama. În acel moment și-a dat seama că vrea să-și petreacă întreaga viață alături de ea, că existența îi va fi goală și lipsită de sens fără lumina pe care i-o aducea Tessa. I-a dat speranță. L-a făcut să simtă că poate își va putea depăși trecutul.

Las pagina pe jos și încep alta.

Și-a trăit viața la modul egoist, iar apoi totul s-a schimbat. A devenit ceva mai mult decât trezirea și mersul la culcare. Ea i-a oferit lucruri de care el nici nu știa că are nevoie.

Lui nici nu-i venea să creadă ce scoate pe gură. Era dezgustător. Îi făcea să sufere pe oamenii care-l iubeau și, pur și simplu, nu se putea opri. „De ce mă iubesc?“ se întreba el mereu. „Cum mă poate iubi cineva? Nu sunt demn de iubirea nimănui“. Îl obsedau aceste gânduri, în bântuiau, oricât s-ar fi ascuns din calea lor; ele reveneau întotdeauna.

Voia s-o sărute și să-i alunge lacrimile, voia să-i spună că îi pare rău și că e un om defect, dar nu putea s-o facă. Era un laș și era distrus fără speranță, iar faptul că se purta cu ea în felul acesta îl făcea să se urască și mai mult.

Râsul ei, râsul ei îl scotea din beznă. Râsul ei îl trăgea de guler și-l scotea din porcăriile care-i întunecau mintea și-i infectau gândurile. Nu semăna deloc cu tatăl lui, iar când ea l-a părăsit, el s-a hotărât să nu repete greșelile părinților lui. S-a hotărât apoi că femeia aceasta merita mai mult decât ce putea să-i ofere un om distrus și a făcut tot posibilul să-i ofere mai mult.

Pagină după pagină, mărturisire după mărturisire, am continuat să citesc. Lacrimile mi-au curs pe obraji când am parcurs unele dintre paginile poveștii lui frumoase, dar atât de încâlcite.

Trebuia să-i spună, trebuia să-i spună cât de rău îi pare că i-a aruncat chestia cu copiii în față. Era egoist, se gândea doar cum ar putea s-o rănească și nu era gata să recunoască ce-și dorea cu adevărat de la viața alături de ea. Nu era gata să-i spună că va fi cea mai bună mamă, că nu va semăna deloc cu femeia care-a crescut-o. Nu era gata să-i spună că-și va da toată silința să devină o persoană suficient de bună ca s-o ajute să crească un copil. Nu era gata să-i spună că era de-a dreptul înspăimântat să nu cumva să facă aceleași greșeli pe care le făcuse tatăl său. Nu era gată să recunoască faptul că-i era teamă de eșec. Nu știa cum să spună că el nu vrea să vină acasă beat și că nu vrea ca odraslele sale să fugă și să se ascundă de el, așa cum se întâmplase cu el și cu tatăl lui. Voia să se însoare cu ea, să-și petreacă tot restul vieții alături de ea, bucurându-se de bunătatea și de tandrețea ei. Nu-și putea imagina viața fără ea și încerca să găsească o cale prin care să-i spună și ei asta, să-i arate că se poate schimba cu adevărat și că va fi demn de ea.

Timpul trece și sutele de pagini cad, rând pe rând, pe podea. Nu știu cât e ceasul și nu-mi pot reține lacrimile care-mi cad din ochi sau suspinele scăpate printre buze.

Citesc, totuși, mai departe; citesc toate paginile astea împrăștiate și dezordonate, dar mă cufund în fiecare mărturisire făcută de omul pe care-l iubesc, singurul bărbat în afară de tata pe care l-am iubit vreodată. Când termin de citit paginile, în apartament s-a instalat întunericul, iar soarele a început să apună.

Mă uit la dezastrul pe care l-am făcut. Cercetez din priviri podeaua și ochii mi se opresc pe ghemotocul de hârtie de pe măsuța de la intrare. Hardin a spus că e ultima pagină a poveștii noastre și încerc să mă calmez înainte s-o citesc.

Mâinile îmi tremură când iau foaia mototolită, o îndrept și citesc ce scrie acolo.

Speră ca ea să citească povestea asta într-o bună zi și să încerce să priceapă cât de distrus era el. Nu cere mila ei și nici iertarea; îi cere doar să vadă cât de mult i-a influențat viața. Că ea, străina frumoasă cu inimă bună, a devenit însăși viața lui și l-a făcut să fie omul care e azi. Speră ca prin aceste cuvinte, indiferent cât ar fi de dure unele dintre ele, să fie mândră de ea însăși pentru că a salvat un păcătos din focurile iadului și l-a dus direct în paradis, ajutându-l să se mântuiască și să se elibereze de demonii trecutului.

Se roagă ca aceste cuvinte să ajungă la inima ei și speră ca ea să-l iubească încă după toate cele prin care au trecut. Speră ca ea să-și aducă aminte de ce l-a iubit și de ce s-a luptat atâta pentru el.

În ultimul rând, speră ca atunci când Tessa va citi cartea pe care a scris-o pentru ea, o va face cu inima deschisă și-l va căuta, chiar dacă va citi aceste cuvinte după ani și ani. Trebuie să afle că el n-a renunțat. Tessa trebuie să știe că acest om o va iubi-ntotdeauna și că o va aștepta pentru tot restul vieții, indiferent dacă ea se va întoarce la el sau nu. Vrea să știe că ea l-a salvat și că n-ar putea niciodată s-o răsplătească pentru tot ce a făcut pentru el și că o iubește din tot sufletul lui și că nimic nu va schimba asta niciodată.

Vrea să-i reamintească faptul că, indiferent din ce sunt plămădite sufletele, al lui și al ei sunt la fel. Romanul lor preferat a spus asta cel mai bine.

Îmi adun toată forța care mi-a mai rămas pe dinăuntru și las foile împrăștiate prin tot apartamentul. În mână am încă ultima pagină.

76

Tessa

Doi ani mai târziu

— Ești o mireasă uluitoare, absolut superbă, spune Karen emoționată.

Dau din cap aprobator. Îmi aranjez bretelele rochiei și mă uit din nou în oglindă.

— O să fie mut de uimire. Încă nu-mi vine să cred cât de repede a venit ziua asta.

Zâmbesc, fixându-mi o ultimă agrafă în coafura plină de bucle, care lucește în lumina puternică din camera din spate a bisericii. Cred că m-am dat cu prea mult fixativ.

— Dacă mă-mpiedic? Dacă nu vine la altar?

Frumoasa mireasă a lui Landon are o voce moale și este foarte agitată.

— Ba vine. L-a adus Ken de dimineață la biserică.

Karen râde, liniștindu-ne pe amândouă.

— Ne-ar fi anunțat până acum dacă făcea vreo mișcare greșită.

— Landon n-ar rata asta pentru nimic în lume, îi zic eu.

Știu că n-ar face așa ceva, pentru că i-am văzut chipul și i-am șters lacrimile când mi-a arătat inelul pe care îl alesese pentru ea.

— Sper că nu. M-aș înfuria rău de tot.

Râde scurt și nervos. Are un zâmbet adorabil, chiar dacă neliniștea i se citește pe față; își stăpânește emoțiile destul de bine. Îmi trec degetele prin buclele ei castanii și-i aranjez voalul. Mă uit în oglindă la chipul ei frumos şi-o ating pe umărul gol. Ochii ei căprui îi sunt plini de lacrimi şi observ că se muşcă de buza de jos.

— Totul va fi bine, o să iasă bine, îi promit eu.

Aplicaţiile argintii de pe rochia mea sclipesc în lumină. Admir în tăcere frumuseţea fiecărui detaliu al acestei nunţi.

— E oare prea curând? De-abia ne-am împăcat de câteva luni. Crezi că-i prea devreme, Tessa? mă-ntreabă ea.

M-am apropiat atât de mult de ea în ultimii doi ani, încât îi simt îngrijorarea atunci când mâinile încep să-i tremure când îmi încheie fermoarul rochiei de domnişoară de onoare. Zâmbesc.

— Nu-i prea devreme. Aţi trecut prin multe în ultimii ani. Nu exagera cu gânditul. Crede-mă, mă pricep la asta.

— Eşti emoţionată că-l vei vedea? mă-ntreabă ea, studiindu-mi chipul.

Da. Îngrozită. Mă rog, un pic panicată.

— Nu, n-au trecut decât câteva luni.

— Prea mult, spune mama lui Landon, mai mult pentru sine.

Îmi simt inima grea şi alung durerea difuză care apare de câte ori mă gândesc la el. Mă abţin să spun ce-ar trebui, poate, să spun.

— Îţi vine să crezi că fiul tău se-nsoară azi? schimb eu subiectul.

Diversiunea mea funcţionează miraculos, iar Karen zâmbeşte, chiţăie şi începe să lăcrimeze.

— Ah, o să-mi stric machiajul.

Se şterge uşor sub ochi, iar părul ei şaten se unduieşte când clatină din cap. Cineva bate la uşă şi toate trei facem linişte.

— Iubito?

Ken are o voce cuminte şi rezervată. Aşa procedează bărbaţii care intră într-o cameră plină cu femei plângăcioase.

— Abby s-a trezit din somn, îi spune Ken soţiei sale când deschide uşa, cu fiica lui în braţe.

Părul castaniu al fetiţei şi ochii ei căprui strălucitori sunt absolut frapanţi şi luminează încăperea.

— Şi nici nu găsesc geanta cu scutece.

— E acolo, lângă scaunul ăla, îi arată Karen. Poți tu să-i dai de mâncare? Mă tem c-o să-mi arunce piure de mazăre pe rochie.

Karen râde, întinzându-se după Abby.

— Crizele de la doi ani au venit mai devreme la noi.

Fetița zâmbește, arătându-ne un șir de dinți mititei.

— Mama, strigă copilașul dolofan, întinzând ambele mâini și prinzându-se de breteaua rochiei lui Karen.

Mi se topește inima când o aud pe Abby vorbind.

— Bună, domnișoară Abby.

O strâng ușor de obraz, făcând-o să chicotească. E un sunet minunat. Nu le bag în seamă pe Karen și pe mireasa lui Landon care mă privesc cu compasiune.

— Bună.

Abby își ascunde fețișoara în umărul mamei ei.

— Doamnelor, mai aveți mult? Mai avem zece minute până când începe muzica, iar Landon e din ce în ce mai agitat, ne avertizează Ken.

— Se simte bine, da? Încă mai vrea să se-nsoare cu mine? îl întreabă mireasa îngrijorată pe viitorul ei socru.

Ken zâmbește, făcând niște riduri subtile în colțul ochilor.

— Da, draga mea, sigur că vrea. Landon e din cale-afară de emoționat, dar îl îmbărbătează Hardin.

Toți râdem, inclusiv eu. Mireasa își dă ochii peste cap, amuzată.

— Dacă-l îmbărbătează Hardin, mai bine anulez luna de miere chiar acum.

— Ar fi bine să ne mișcăm. O să-i dau ceva ușor de mâncare lui Abby, să-i ajungă până la petrecere.

Ken își sărută soția pe gură înainte de a lua copilul în brațe și de a ieși din încăpere.

— Da. Să nu vă faceți griji pentru mine, sunt în regulă, le spun eu celor două.

Sunt în regulă. Sunt OK cu relația asta distantă pe care o am cu Hardin. Mi-e dor de el în permanență, da, dar faptul că am stat separați a fost bun pentru amândoi.

Doar că OK nu înseamnă că ești fericit. OK este spațiul acela cenușiu în care te trezești în fiecare zi și-ți continui existența, chiar râzi și zâmbești mult, dar OK nu e bucurie. OK nu înseamnă că îți trăiești viața așa cum ai vrea. Majoritatea oamenilor se mulțumesc cu starea asta, inclusiv eu, și pretindem că e-n regulă să fii OK. De fapt, urâm starea asta și ne petrecem mare parte din timp așteptând să ieșim din ea.

El mi-a arătat cât de minunată e viața în afara acestui OK și mi-e dor de viața aceea.

Sunt OK de multă vreme și nu sunt sigură cum să-mi revin, dar sper că va veni și ziua în care să pot spune că *mă simt extraordinar, nu doar OK*.

— Sunteți gata, doamnă Gibson? spun eu, zâmbind către norocoasa din fața mea.

— Nu, zice ea, dar o să fiu când o să-l văd.

77

Hardin

— Ultima şansă să fugi, îi spun lui Landon, ajutându-l să-şi aranjeze cravata.

— Mulţumesc, nemernicule, ripostează el, împingându-mă la o parte şi îndreptându-şi singur cravata strâmbă. Am purtat o sută de cravate la viaţa mea, numai asta nu vrea să stea cum trebuie.

E emoţionat şi mi-e milă de el. Oarecum.

— Atunci nu o purta.

— Nu pot să nu port cravată. Mă însor, zice el, dându-şi ochii peste cap.

— Păi exact de-asta n-ar trebui să porţi cravata. E ziua ta şi cheltuieşti atâţia bani. Dacă n-ai chef să porţi cravată, nu purta nenorocita asta de cravată. La naiba, dacă o să mă-nsor vreodată, să ziceţi mersi dacă-mi pun pantaloni.

Cel mai bun prieten al meu râde. Trage cu degetele de cravata de la gât.

— Ce bine că nu te-nsori. N-aş vrea să văd spectacolul ăla.

— Ştim amândoi că eu n-o să mă-nsor niciodată.

Mă privesc în oglindă.

— Poate.

Landon se uită în ochii mei.

— Te simţi bine, da? E aici. A văzut-o lângă tatăl tău.

La naiba, nu mă simt bine.

— Da, mă simt bine. Te porţi de parcă nu ştiam că vine sau de parcă n-aş mai fi văzut-o de doi ani.

E adevărat că n-am văzut-o prea mult, dar avea nevoie să stea la distanță de mine.

— E cea mai bună prietenă a ta și domnișoara de onoare a miresei tale. Nu-i nicio surpriză pentru mine.

Îmi scot cravata de la gât și i-o întind.

— Uite, ia-o pe a mea, că a ta e o porcărie.

— Trebuie să porți cravată — merge la smoching.

— Știi bine că ai noroc că m-am îmbrăcat așa din capul locului.

Trag de haina greoaie de pe mine. Landon închide ochii și oftează, ușurat și tensionat în același timp.

— Cred că ai dreptate, zice el, zâmbind. Mersi.

— Pentru c-am venit îmbrăcat la nunta ta?

— Taci.

Își dă ochii peste cap și-și trece mâinile peste mânecile smochingului său negru.

— Dacă nu vine la altar?

— O să vină.

— Și dacă nu vine? Sunt nebun că mă-nsor atât de repede?

— Da.

— Vai, mulțumesc.

Ridic din umeri.

— Să fii nebun nu-i întotdeauna un lucru rău.

Se uită atent la mine, încercând parcă să-și dea seama dacă nu cumva o iau razna.

— O să-ncerci să vorbești cu ea?

— Sigur că da.

Am încercat să fac conversație cu ea și la repetiție, dar Karen și mireasa lui Landon parcă erau lipite de ea. Faptul că Tessa a ajutat la planificarea nunții a fost o surpriză pentru mine; nu știam că o preocupă așa ceva, dar se pare că se pricepe foarte bine la asta.

— E fericită acum. Nu pe deplin, dar aproape.

Fericirea ei e cel mai important lucru din lume, și nu numai pentru mine; pur și simplu lumea nu mai e la fel dacă Tessa Young nu-i fericită.

Eu știu asta cel mai bine, mi-am petrecut un an întreg răpindu-i viața din ea și făcând-o să strălucească în același timp. E o tâmpenie și n-are nicio logică pentru lumea dinafară, dar nu mi-a păsat și nu-mi va păsa niciodată ce spune lumea când vine vorba de femeia asta.

— Cinci minute, băieți, se aude vocea lui Ken de afară.

Încăperea e mică și miroase a piele veche și naftalină, dar e ziua nunții lui Landon. O să mă plâng de asta după petrecere. Poate c-o să mă plâng direct lui Ken. Suspectez că el e cel care plătește pentru tâmpenia asta oricum, având în vedere situația părinților miresei și așa mai departe.

— Ești gata, dobitoc descreierat? îl întreb pe Landon pentru ultima oară.

— Nu, dar o să fiu când o s-o văd pe ea.

78

Tessa

— Unde-i Robert?

Karen se uită la lumea adunată la petrecerea restrânsă.

— Tessa? Ştii tu unde-a dispărut? întreabă ea, panicată.

Robert primise sarcina de a întreţine copilul cât timp femeile s-au coafat şi s-au machiat. Acum, că începe ceremonia, trebuie să-şi reia acest rol, dar e de negăsit, iar Karen nu poate s-o ţină pe Abby şi să ajute cu nunta în acelaşi timp.

— Îl mai sun eu o dată.

Mă uit prin mulţime, căutându-l din priviri. Abby se zbate în braţele lui Karen, care pare din nou panicată.

— Ah, stai! Uite-l...

Dar nu mai aud ce spune Karen. Sunt total distrasă de sunetul vocii lui Hardin. Apare de pe un coridor aflat în stânga mea şi buzele i se mişcă lent, în timp ce vorbeşte cu Landon.

Are părul mai lung decât în fotografiile în care l-am văzut de curând. I-am citit toate interviurile, toate articolele în care era vorba despre el, fie că se spuneau lucruri adevărate sau false, şi poate am scris câteva emailuri mai înflăcărate câtorva bloggeri care au scris lucruri oribile despre el şi povestea lui. Povestea noastră.

Mă surprinde faptul că şi-a pus din nou cercelul în buză, deşi ştiam că asta se va întâmpla. Uitasem cât de bine arată în realitate. Sunt fascinată, absolut uluită de faptul că-l văd din nou. Mă simt din nou în lumea aceea în care m-am luptat din greu şi am pierdut aproape toate bătăliile, plecând apoi fără unicul lucru pentru care luptasem: el.

— Ne trebuie cineva să meargă alături de Tessa. Iubitul ei n-a apărut, spune cineva.

Când îmi aude numele, Hardin ridică brusc privirea; mă caută din ochi și mă găsește după jumătate de secundă. Eu sunt cea care își ia prima ochii, uitându-mă în jos, la pantofii mei cu tocuri care de-abia se ițesc de sub rochia lungă.

— Cine merge alături de domnișoara de onoare? întreabă sora miresei pe toată lumea din jur. Nu mă mai descurc cu toate astea, pufnește ea, trecând pe lângă mine.

Am făcut mai multe decât ea pentru nunta asta, dar după cât e de agitată ai zice că lucrurile stau exact invers.

— Eu, spune Hardin, ridicând mâna.

Arată atât de aranjat, devastator de frumos în smoching, fără cravată. Tatuajele i se văd de sub gulerul alb al cămășii și simt o atingere ușoară pe braț. Clipesc de câteva ori, încercând să nu-mi aduc aminte că aseară de-abia ne-am vorbit și n-am repetat deloc mersul împreună, așa cum ar fi trebuit. Dau din cap, îmi dreg vocea și îmi smulg privirea de la Hardin.

— Bine, hai să mergem, spune sora miresei pe un ton autoritar. Mirele la altar, vă rog.

Bate din palme și Landon se grăbește, strângându-mă ușor de mână când trece pe lângă mine.

Inspiră. Expiră. Va dura doar câteva minute, ba chiar mai puțin de-atât. Nu e atât de dificil. Suntem prieteni. Pot să fac asta.

La nunta lui Landon, desigur. Momentan, încerc să nu mă gândesc cum ar fi să mergem alături spre altar în ziua nunții noastre.

Hardin stă lângă mine fără să spună nimic. Începe muzica. Se uită fix la mine — știu că asta face — dar n-am curajul să ridic privirea la el. Cu pantofii ăștia, sunt cam la fel de înaltă ca el, și stă atât de aproape încât îi simt mirosul coloniei.

Micuța biserică a fost transformată într-un loc frumos, totuși simplu, iar invitații au umplut aproape toate rândurile de scaune. Flori minunate, viu colorate, acoperă băncile vechi de lemn și o pânză albă, drapată, înconjoară rândurile.

— E cam multă culoare, nu-i aşa? Cred că un simplu roşu cu crini albi ar fi mers mai bine, mă surprinde Hardin spunând.

Mă prinde de braţ, în vreme ce sora cea enervantă ne face semn să ne-ncepem marşul către altar.

— Da, crinii ar fi fost superbi. Dar şi aşa e frumos pentru ei, mă bâlbâi eu.

— Iubitul tău doctor se pricepe la curăţat, mă necăjeşte Hardin.

Mă uit la el şi-l văd zâmbind. Mă tachinează din ochii lui verzi, care sunt mai profunzi şi nu atât de defensivi ca înainte, iar maxilarul îi e mai bine definit.

— E la facultatea de medicină, nu e medic încă. Şi da, se pricepe la curăţat. Ştii bine că nu-i iubitul meu, deci taci.

În ultimii doi ani am avut această discuţie cu Hardin la nesfârşit. Robert a fost un prieten constant în viaţa mea, nimic mai mult. Am încercat să ieşim împreună o dată, cam la un an după ce-am găsit manuscrisul lui Hardin în apartamentul meu din New York, dar pur şi simplu n-a mers. N-ar trebui să ne combinăm cu cineva dacă iubim pe altcineva. Nu funcţionează, credeţi-mă.

— Ce mai faceţi voi doi? A trecut deja un an, nu-i aşa?

Vocea îi trădează emoţia pe care încearcă s-o ascundă.

— Dar voi? Tu şi blonda aceea. Cum o chema?

Culoarul dintre rânduri pare mai lung acum decât părea din hol.

— A, da, Eliza sau ceva de genul ăsta.

El chicoteşte.

— Ha-ha.

Îmi place să-l enervez cu o fană obsedată de-a lui, pe nume Eliza. Ştiu că nu s-a culcat cu ea, dar e distractiv să-l tachinez când îl văd.

— Iubito, ultima blondă din patul meu ai fost tu, zice el, zâmbind.

Mă-mpiedic, iar Hardin mă prinde de cot, ţinându-mă să nu cad peste mătasea albă care mărgineşte rândurile de scaune.

— Serios?

— Da.

Îşi ţine privirea către altarul unde aşteaptă Landon.

— Ți-ai pus cercelul înapoi în buză.

Schimb subiectul înainte să mă fac și mai tare de râs. Trecem pe lângă mama, care stă lângă soțul ei, David. Pare oarecum îngrijorată, dar apreciez că zâmbește când ne vede trecând pe Hardin și pe mine. David se înclină spre ea, șoptindu-i ceva, iar ea zâmbește din nou, dând din cap.

— Pare mult mai fericită, șoptește Hardin.

Probabil n-ar trebui să vorbim, dar Hardin și cu mine suntem celebri pentru că facem mereu ce nu trebuie.

Mi-a fost dor de el, mai mult decât las să se vadă. Nu l-am văzut decât de șase ori în ultimii doi ani și de fiecare dată am tânjit după el din ce în ce mai mult.

— Chiar e. David are o influență incredibilă asupra ei.

— Știu, mi-a spus.

Mă opresc din nou. De data asta Hardin surâde, ajutându-mă să merg mai departe pe culoarul ăsta care nu se mai termină.

— Ce vrei să spui?

— Mama ta. Am vorbit cu ea de câteva ori. Știi asta.

N-am nici cea mai vagă idee despre ce vorbește.

— A venit la o sesiune de autografe luna trecută, când mi-am publicat cea de-a doua carte.

Poftim?

— Ce a zis?

Vorbesc prea tare și câțiva invitați ne săgetează cu privirea.

— Mai vorbim despre asta. I-am promis lui Landon că nu-i stric nunta.

Hardin îmi zâmbește când ajungem la altar, iar eu încerc, din răsputeri, să mă concentrez la nunta celui mai bun prieten al meu.

Dar nu-mi pot lua ochii de la cavalerul lui de onoare.

79

Hardin

Petrecerea e partea acceptabilă a unei nunţi. Toată lumea e mai destinsă, ba chiar un pic dezlănţuită, după câteva pahare de băutură gratuită şi nişte mâncare la un preţ exagerat.

Nunta a fost impecabilă: mirele a plâns mai mult decât mireasa, iar eu sunt mândru de mine că m-am holbat la Tessa nouăzeci și nouă la sută din timp. Am auzit ceva din jurăminte, pe bune c-am auzit. Cam asta. Judecând după faptul că Landon își ține proaspăta soție în brațe și după felul în care aceasta îi surâde în timp ce dansează în fața tuturor, aş spune că nunta a mers bine.

— Vreau şi eu un tonic, dacă aveţi, îi spun femeii de la bar.

— Cu vodcă sau cu gin? întreabă ea, arătând către şirul de sticle cu băutură.

— Cu nimic, doar tonic. Fără alcool.

Se holbează la mine preţ de o clipă, apoi dă din cap şi-mi umple un pahar cu gheaţă şi tonic.

— Aici erai, un glas cunoscut mi se adresează şi simt o mână pe umăr. În spatele meu e Vance, cu nevastă-sa gravidă lângă el.

— Pe mine mă căutai, nu-i aşa? spun eu sarcastic.

— Nu te-a căutat.

Kimberly zâmbeşte, cu mâna pe burta ei gigantică.

— Te simţi bine? Să nu cazi grămadă cu chestia aia.

Mă uit la picioarele ei umflate, apoi înapoi la mutra ei acră.

— Chestia asta e copilul meu. Oi fi eu gravidă-n nouă luni, dar *o să te plesnesc.*

Iată, tupeul i-a rămas intact.

— Asta dacă poți să-ntinzi mâna peste burta aia mare a ta, o tachinez eu.

Îmi dovedește că m-am înșelat: iată-mă plesnit de o femeie gravidă, la o nuntă. Îmi masez brațul acolo unde m-a pocnit, iar ea râde, în timp ce Vance îmi spune că sunt un dobitoc pentru că mă iau de nevastă-sa.

— Arătai bine acolo, pe culoar, alături de Tessa, spune el, ridicând din sprânceană.

Simt că mă sufoc și-mi dreg vocea, uitându-mă prin sala întunecoasă după fata cu păr lung și blond și cu rochie ispititoare de satin.

— Da, nu voiam să stau la nicio petrecere de nuntă, voiam doar să fiu cavalerul de onoare al lui Landon. Dar n-a fost așa de rău.

— Acum e pe-aici celălalt tip, zice Kim atotștiutoare. Dar nu e, de fapt, iubitul ei. Nu te-ai lăsat păcălit, nu-i așa? Își petrece vremea cu el, dar îți poți da seama după cum se poartă amândoi că nu-i nimic serios. Nu așa cum sunteți voi.

— *Cum eram.*

Kim îmi zâmbește cu subînțeles, îmi aruncă o privire șireată și îmi arată cu o mișcare a capului cea mai apropiată masă de bar. Acolo stă Tessa, cu rochia ei mătăsoasă lucind în luminile mișcătoare. Se uită la mine, sau poate la Kimberly. Nu, la mine se uită, apoi, repede, privește în altă parte.

— Vezi, cum spuneam, voi doi încă *sunteți.*

Îngâmfată și însărcinată, Kimberly râde pe seama mea, iar eu dau pe gât tonicul și arunc paharul la gunoi, după care-mi comand apă. Stomacul mi se frământă și acum mă port ca un copil tâmpit, tot încercând să nu mă holbez la fata asta frumoasă care mi-a furat inima cu ani în urmă.

Nu doar că mi-a furat inima. De fapt, ea a găsit-o; ea a fost cea care a descoperit că am așa ceva și a scos-o la suprafață. N-a renunțat niciodată, luptă după luptă. Mi-a găsit inima și mi-a protejat-o. A ascuns-o de lumea asta rea. Cel mai important, a ascuns-o de mine însumi, până când am fost capabil să am și singur grijă de inima mea. A încercat să mi-o dea înapoi acum doi ani, dar inima mea n-a putut pleca de lângă ea. Nu va pleca niciodată de lângă ea.

— Voi doi sunteţi cei mai încăpăţânaţi oameni pe care-i cunosc, zice Vance, după care comandă apă pentru Kimberly şi un pahar de vin pentru el. L-ai văzut cumva pe fratele tău?

Mă uit de jur-împrejur și-l descopăr stând de unul singur la câteva mese distanţă de Tessa. Arăt către băiat, iar Vance mă pune să-l întreb dacă vrea ceva de băut. Puştiul e destul de mare să-şi comande singur băutura, dar, decât să mai vorbesc cu îngâmfaţii ăştia doi, mai bine mă duc la masa goală şi mă aşez lângă fratele meu mai mic.

— Aveai dreptate, spune Smith, aruncându-mi o privire.

— În ce privinţă, de data asta?

Mă sprijin de spătarul împopoţonat al scaunului şi mă-ntreb cum pot afirma Landon şi Tessa că asta e o nuntă „restrânsă şi modestă", când au îmbrăcat toate scaunele cu ditamai draperiile.

— Când spuneai că nunţile sunt plictisitoare.

Smith zâmbeşte. I-au căzut câţiva dinţi, unul chiar din faţă. E oarecum adorabil pentru un puşti genial căruia i se rupe de oameni.

— Trebuia să punem pariu şi să-ţi iau banii.

Izbucnesc în râs şi privesc din nou către Tessa. Smith se uită şi el la ea.

— E foarte drăguţă azi.

— Te tot avertizez de ani și ani încoace, băiete. Nu mă face să tranform vreo nuntă într-o înmormântare.

Îl bat uşor pe umăr, iar el zâmbeşte piezis şi ştirb.

Vreau să mă duc la masa ei, să-l împing pe viitorul doctoraş de pe scaunul lui ca să mă pot aşeza lângă ea. Vreau să-i spun cât e de frumoasă şi cât de mândru sunt că excelează la NYU. Vreau s-o enervez la culme şi vreau s-o aud râzând şi vreau să văd cum surâsul ei pune stăpânire pe întreaga încăpere. Mă aplec spre Smith.

— Fă-mi un serviciu.

— Ce fel de serviciu?

— Vreau să te ridici şi să te duci să vorbeşti cu Tessa.

Se înroşeşte în obraji, dând rapid din cap.

— Nici gând.

— Haide. Fă-o și gata.

— Nu.

Plod căpos.

— Știi trenulețul ăla șmecher pe care ți-l dorești și pe care taică-tău nu vrea să ți-l cumpere?

— Da.

I-am trezit interesul.

— Ți-l cumpăr eu.

— Mă mituiești ca să vorbesc cu ea?

— Să fiu al naibii, fix asta fac.

Puștiul îmi aruncă o privire piezișă.

— Și când mi-l cumperi?

— Dacă o faci să danseze cu tine, ți-l cumpăr săptămâna viitoare.

El se târguiește.

— Nu, dacă dansez, trebuie să mi-l cumperi mâine.

— Bine.

La naiba, se pricepe la negocieri. Se uită înspre masa Tessei, apoi din nou la mine.

— S-a făcut, aprobă el și se ridică-n picioare.

Hai c-a fost ușor.

Mă uit cum Smith se apropie de ea. Ea îi zâmbește și surâsul ei mă dă pe spate. Îi dau 30 de secunde înainte să mă ridic și să mă duc și eu la masa ei. Îl ignor pe tipul de lângă ea și văd că se bucură când vede că-mi fac apariția lângă Smith.

— Aici erai.

Îmi așez mâinile pe umerii băiatului.

— Vrei să dansezi cu mine, Tessa? o-ntreabă frățiorul meu.

Pare de-a dreptul surprinsă. Obrajii i se îmbujorează din cauza stânjenelii, dar o cunosc bine și știu că n-o să-l refuze.

— Cum să nu?

Îi surâde lui Smith, iar Cum-îl-cheamă se ridică-n picioare și-o ajută și pe ea să se ridice de pe scaun. Nemernic bine-crescut. Mă uit cum Tessa îl urmează pe Smith pe ringul de dans și mă bucur că Landon și proaspăta lui soție au ales melodii lente și siropoase. Smith pare nefericit și Tessa agitată când încep să danseze.

— Ce mai faci? mă-ntreabă doctorașul, în vreme ce amândoi sorbim din priviri aceeași femeie.

— Bine, tu?

Ar fi mai bine să fiu drăguț cu individul ăsta — iese cu femeia pe care o s-o iubesc toată viața mea.

— Bine, sunt în anul doi la medicină deja.

— Deci câți ani mai ai, vreo zece?

Izbucnesc în râs, încercând să fiu cât se poate de amabil cu un tip care are sentimente pentru Tessa. Apoi mă scuz și mă duc către Tessa și Smith. Ea mă vede prima și încremenește când privirile noastre se întâlnesc.

— Îmi permiți? întreb eu, trăgându-l pe Smith de cămașă înainte ca vreunul dintre ei să se poată împotrivi.

Îi pun imediat mâinile pe mijloc, pe șolduri. Încremenesc, copleșit de atingerea aceasta. A trecut mult timp de când n-am mai ținut-o în brațe. A venit la Chicago acum câteva luni la nunta unei prietene, însă nu m-a invitat să mă duc cu ea. S-a dus singură, dar ne-am întâlnit după aceea și am luat cina împreună. A fost drăguț; ea a băut un pahar cu vin și am împărțit un morman de înghețată, cu o tonă de bombonele de ciocolată și caramel pe deasupra. M-a invitat să vin pe la ea ca să mai bem ceva — ea vin, eu tonic — și am adormit după ce am făcut dragoste cu ea pe jos, în camera de hotel.

— M-am gândit să te salvez de la chin, e prea pitic. Groaznic partener de dans, zic după ce-mi revin din amintiri.

— Mi-a spus că l-ai mituit.

Îmi zâmbește, scuturând din cap.

— Nemernic mic.

Mă uit urât la micul trădător, care se așază din nou singur la o masă.

— V-ați apropiat mult de când te-am văzut ultima oară, spune ea cu admirație, iar eu mă înroșesc în obraji fără să vreau.

— Da, așa se pare.

Ridic din umeri. Mă strânge și mai tare de umeri, iar eu oftez. Oftez ca un prost, iar ea m-a auzit cu siguranță.

— Arăți foarte bine.

Se uită fix la buzele mele. Am hotărât să-mi pun la loc cercelul la câteva zile după ce m-am întâlnit cu ea la Chicago.

— „Bine"? Nu știu dacă asta e ceva de bine.

O trag mai aproape de mine, iar ea nu se opune.

— Foarte bine, super. Extrem de sexy.

Ultimele vorbe îi ies din gură accidental. Îmi dau seama de asta după felul în care-și cască ochii și se mușcă de buza de jos.

— Tu ești cea mai sexy femeie din încăpere. Așa ai fost mereu.

Înclină capul, încercând să și-l ascundă în claia de bucle lungi și blonde.

— Nu te ascunde de mine, îi spun încet.

Mă cuprinde nostalgia și-mi dau seama, după privirea ei, că simte același lucru. Schimbă repede subiectul.

— Când îți lansezi următoarea carte?

— Luna viitoare — ai citit-o? Ți-am trimis un exemplar.

— Da, am citit-o.

Profit de ocazie și o trag mai aproape de mine.

— Le-am citit pe toate, mai știi?

— Și ce părere ai?

Melodia se termină și începe alta. Se aude o voce de femeie, iar noi ne uităm unul în ochii celuilalt.

— Cântecul ăsta, râde încet Tessa. Eram sigură că-l vor pune.

Îi îndepărtez o șuviță rebelă din ochi, iar ea înghite-n sec, clipind ușor.

— Sunt foarte fericită pentru tine, Hardin. Ești un scriitor incredibil, care pledezi pentru autorecuperare și care lupți împotriva dependenței de alcool. Am văzut și interviul din *Times* în care vorbeai despre abuzurile pe care le-ai trăit în copilărie.

Își ridică privirea, iar eu simt că, dacă-ncepe să plângă, o să-mi pierd cumpătul.

— E-n regulă, pe bune.

Ridic din umeri. O iubesc pentru că e mândră de mine, dar mă simt vinovat pentru cât rău i-am provocat ei.

— Nu m-am aşteptat la aşa ceva. Trebuie să-ţi spun asta. Nu mi-am dorit să te simţi jenată în mod public pentru că am scris cartea aceea.

I-am spus chestia asta de atâtea ori, iar ea a avut întotdeauna aceeaşi reacţie pozitivă.

— Nu-ţi face griji, zice ea, zâmbindu-mi. N-a fost atât de rău. Chiar ai ajutat o mulţime de oameni şi mulţi îţi iubesc cărţile. Inclusiv eu.

Tessa se-mbujorează, eu la fel.

— Asta ar fi trebuit să fie nunta noastră, nu mai rabd eu.

Se opreşte brusc şi strălucirea îi dispare de pe chipul frumos.

— Hardin, spune ea, uitându-se urât la mine.

— Theresa, o tachinez eu.

Nu glumesc şi ea ştie lucrul ăsta.

— Credeam că acea ultimă pagină o să te facă să te răzgândeşti. Chiar asta credeam.

— Puţină atenţie, vă rog, spune sora miresei la microfon.

Femeia asta e enervantă ca naiba. Stă pe scena din centrul sălii, dar de-abia o văd, atât e de scundă.

— Trebuie să mă pregătesc pentru discurs, mârâi eu, trecându-mi mâna prin păr.

— Ţii un discurs?

Tessa mă urmează la masa mea. Cred că a uitat de doctoraş şi nu pot spune că mă deranjează asta. Ba chiar îmi place la nebunie.

— Da. Sunt cavalerul de onoare, ţii minte?

— Ştiu.

Mă bate uşor pe umăr, iar eu mă-ntind să-i prind mâna. Plănuiam să i-o iau şi s-o sărut, dar sunt surprins de micul cerc negru tatuat pe încheietură.

— Ce mama dracului e asta? zic eu, uitându-mă mai atent la mâna ei.

— Am pierdut un pariu când am împlinit 21 de ani, râde ea.

— Ţi-ai făcut tatuaj cu un smiley-face? Ce mama naibii.

Nu mă pot abţine şi izbucnesc în râs. Mica faţă zâmbitoare e atât de caraghioasă şi atât de prost executată, încât e de-a dreptul haioasă. Îmi doresc totuşi să fi fost acolo, să văd cum îşi face tatuajul şi să iau parte la ziua ei.

— Exact, zice ea, dând din cap cu mândrie, trecându-şi degetul peste tatuaj.

— Mai ai şi altele?

Sper că nu mai are.

— Nici vorbă. Doar pe ăsta.

— Hardin! mă strigă tipa scundă, iar eu îi sărut încheietura Tessei.

Ea îşi smulge mâna, nu de scârbă, ci din cauza şocului, sper, iar eu mă-ndrept către scenă.

Landon şi soţia lui stau în capul mesei. El îşi ţine mâna pe spatele ei, iar ea şi-a pus mâna peste braţul lui rămas liber. Ahh, tinerii căsătoriţi. De-abia aştept să-i văd cum îşi rup capetele reciproc la anul pe vremea asta. Sau poate că ei vor fi altfel, totuşi.

Iau microfonul de la femeia aia răutăcioasă şi-mi dreg vocea.

— Hei.

Vocea îmi sună ciudat ca naiba şi după mutra lui Landon îmi dau seama c-o să savureze momentul.

— Nu-mi place să vorbesc în faţa multor oameni de obicei. La naiba, nici nu-mi place să fiu în apropierea oamenilor, aşa că o să scurtez toată treaba, le promit eu nuntaşilor. Probabil că majoritatea sunteţi deja beţi sau plictisiţi de moarte, aşa că n-aveţi decât să mă ignoraţi.

— Treci la subiect.

Mireasa lui Landon râde, ridicând un pahar cu şampanie. Landon dă din cap aprobator, iar eu le arăt degetul mijlociu de faţă cu toată lumea. Tessa, în primul rând, izbucneşte-n râs şi-şi duce mâna la gură.

— Vedeţi voi, am scris discursul, ca să nu uit ce am de spus.

Scot un şerveţel mototolit din buzunar şi-l netezesc.

— Când l-am întâlnit pe Landon, l-am urât din prima.

Toată lumea râde de parcă aş glumi, dar eu nu glumesc. Chiar îl uram, dar numai fiindcă mă uram pe mine.

— Avea tot ce-şi putea dori în viaţă: familie, iubită, planuri de viitor.

Mă uit la Landon şi văd că zâmbeşte şi că are obrajii uşor roşii. O pun pe seama şampaniei.

— În orice caz, de-a lungul anilor în care l-am cunoscut, am devenit prieteni, rude chiar, şi m-a învăţat despre ce înseamnă să fii bărbat, mai ales în ultimii doi ani în care am asistat la problemele prin care au trecut ăştia doi.

Zâmbesc către Landon şi mireasa lui, căci nu vreau să intru mai mult în poveştile astea depresive.

— O să termin acum cu prostia asta. De fapt, vreau să-ţi mulţumesc, Landon, pentru că eşti un om sincer şi că m-ai făcut să trec prin infern când a trebuit. Să ştii că te admir într-un fel sucit şi vreau să ştii că meriţi să fii fericit şi căsătorit cu iubirea vieţii tale, indiferent de cât de repede aţi organizat voi doi toată chestia asta.

Mulţimea râde din nou.

— Nici nu ştii cât eşti de norocos că poţi să-ţi petreci viaţa cu cealaltă jumătate a sufletului tău până când eşti obligat să-ţi petreci viaţa fără ea.

Las microfonul pe masă exact când văd cu coada ochiului o dâră argintie care se strecoară prin mulţime. Mă dau jos repede de pe scenă şi mă grăbesc după iubita mea, în vreme ce nuntaşii beau în cinstea discursului meu.

Când o prind din urmă, Tessa e gata să deschidă uşa toaletei. Dispare înăuntru şi nici nu mă mai deranjez să mă uit în jur înainte de-a intra peste ea. Se sprijină cu ambele palme de marmura chiuvetei. Se uită-n oglindă, cu ochii roşii şi cu obrajii plini de lacrimi. Îşi dă seama apoi că m-am ţinut după ea şi se-ntoarce cu faţa la mine.

— N-ai voie să vorbeşti aşa despre noi. Despre sufletele noastre.

Îşi încheie propoziţia cu un geamăt scurt.

— De ce nu?

— Pentru că...

Nu pare să aibă nicio explicaţie.

— Pentru că ştii că am dreptate? o aţâţ eu.

— Pentru că nu poți spune așa ceva în public, în felul ăsta. O tot faci și în interviuri.

Își pune mâinile-n șolduri.

— Încercam să-ți atrag atenția.

Fac un pas spre ea. Își umflă nările și, pentru un moment, am senzația că o să bată din picior.

— Mă scoți din minți.

Vocea i se calmează și mă privește cu afecțiune.

— Sigur, sigur.

Îmi deschid brațele.

— Vino-ncoace, o rog eu.

Ea îmi face pe plac și vine în brațele mele larg deschise, iar eu o strâng la piept. O țin în brațe și e mai plăcut decât dacă am face sex. O am aici, încă atrasă de mine în felul acela pe care numai noi doi îl înțelegem, și asta mă face cel mai fericit nemernic de la nunta asta.

— Mi-ai lipsit atât de mult, îi spun eu.

Își mută mâinile pe umerii mei, trăgându-mi haina grea de pe mine. Smochingul scump cade pe jos.

— Ești sigură?

Îi mângâi chipul frumos cu ambele mâini.

— Cu tine sunt întotdeauna sigură.

Îi simt vulnerabilitatea și bucuria când își lipește gura de gura mea, cu buzele tremurând, răsuflând încet și profund. Mă desprind de ea, iar ea își ia mâinile de pe cureaua mea.

— Vreau doar să blochez ușa.

Zic mersi pentru scaunele amplasate în toaletele doamnelor și trag două dintre ele în dreptul ușii, ca nu cumva să intre careva.

— Chiar facem asta? întreabă Tessa, iar eu mă aplec și-i ridic rochia până în talie.

— Te surprinde?

Râd și-o mai sărut o dată. Gura ei are miros de *acasă*, iar eu am fost departe de casă, locuind singur la Chicago de atâta vreme. În ultimii câțiva ani am primit doar doze mici de Tessa, din când în când.

— Nu.

Se grăbeşte să-mi desfacă fermoarul pantalonilor, iar eu gem când îmi atinge penisul prin boxeri. A trecut mult timp, foarte mult timp.

— Când ai făcut ultima oară...

— Cu tine la Chicago, răspund repede. Tu?

— La fel.

Mă dau puţin în spate, privind-o în ochi ca să mă asigur că spune adevărul.

— Pe bune? o-ntreb eu, deşi o pot citi ca pe-o carte deschisă.

— Da, cu nimeni altcineva. Doar cu tine.

Îmi trage boxerii în jos, iar eu o urc pe blatul chiuvetei, desfăcându-i coapsele cu ambele mâini.

— La naiba.

Îmi muşc limba când descopăr că nu poartă lenjerie. Ea priveşte în jos, ruşinată.

— Se vedea urât prin rochie.

— Tu o să mă omori, femeie.

Sunt extrem de excitat când îmi atinge penisul, mângâindu-l cu mâinile ei mici.

— Trebuie să ne grăbim, scânceşte ea, disperată.

Îmi strecor un deget peste clitorisul ei şi descoper cât e de umedă. Geme, iar capul îi cade pe spate, înspre oglindă. Picioarele i se desfac şi mai mult.

— Prezervativ? o-ntreb, cu ultima urmă de raţiune.

Ea nu-mi răspunde, iar eu îi bag un deget înăuntru şi o sărut apăsat. Fiecare sărut înseamnă ceva diferit: *te iubesc*, asta încerc să-i arăt; *am nevoie de tine,* o muşc de buza de jos; *nu vreau să te pierd din nou*, o pătrund şi gem odată cu ea când i-o trag.

— Eşti atât de strâmtă, gem eu.

O să mă fac de râs pentru că o să termin în câteva secunde, dar aici nu e vorba de satisfacţia mea sexuală, ci trebuie să-i arăt, ei şi mie deopotrivă, că suntem de nedespărţit. Suntem o forţă care nu poate fi învinsă, oricât am încerca noi — sau altcineva — să i se împotrivească.

Trebuie să fim împreună și acest lucru nu poate fi negat.

— O, Doamne!

Își înfige unghiile în spinarea mea, iar eu o pătrund din nou, de data asta complet. O simt cum se lărgește ca să se potrivească trupului meu, așa cum s-a întâmplat întotdeauna.

— Hardin, geme Tessa.

Îi simt dinții pe pielea mea și fiorii îmi străbat șira spinării. Îmi pun o mână pe spatele ei, o trag mai aproape de mine, o ridic puțin ca s-o pătrund mai adânc și cu cealaltă mână o mângâi pe sânii ei mari. Aceștia îi ies din rochie, iar eu o sărut și o trag de sfârcurile întărite cu buzele, gemând și șoptindu-i numele în vreme ce-mi dau drumul în ea.

Și ea îmi strigă numele când i-o trag cât pot de tare. Sunetul coapselor ei care se izbesc de mine și de chiuvetă e suficient de sexy ca să mi se scoale din nou. A trecut atât de mult timp, iar ea este atât de potrivită pentru mine. Trupul ei îl cere pe-al meu, a pus pur și simplu stăpânire pe el.

— Te iubesc, spune ea, dându-și drumul, cu vocea gâtuită.

Orgasmul Tessei pare să nu se mai sfârșească și mă bucur foarte mult pentru asta. Apoi trupul i se lasă moale, se sprijină pe mine și rămâne cu capul pe pieptul meu până-și capătă din nou suflul.

— Am auzit ce-ai zis, știi?

O sărut pe fruntea transpirată, iar ea îmi zâmbește.

— Suntem un dezastru, șoptește ea, ridicându-și capul și uitându-se în ochii mei.

— Un dezastru minunat de haotic.

— Nu mai face pe marele scriitor cu mine, mă tachinează ea, gâfâind.

— Nu mai fugi de mine. Știu că și ție ți-a fost dor de mine.

— Da, da.

Mă cuprinde cu brațele de mijloc, iar eu îi dau părul de pe frunte.

Sunt fericit, sunt în extaz că e aici cu mine, după atâta timp, în brațele mele, zâmbind, tachinându-mă și râzând, și nu mai am de gând să stric chestia asta. Am învățat că viața nu trebuie să fie o bătălie. Uneori ai ghinion de la bun început, alteori o dai în bară pe parcurs, dar întotdeauna există speranță.

Mereu vine o altă zi, mereu găsești o cale de a-ți lua revanșa pentru porcăriile pe care le-ai făcut și de a-i împăca pe oamenii pe care i-ai rănit, și mereu există cineva care te iubește, chiar și atunci când te simți complet singur și plutești pur și simplu prin lume, așteptând următoarea dezamăgire. Mereu va veni ceva mai bun.

E ceva greu de văzut, dar e acolo. Tessa a fost acolo, în spatele mizeriei și urii mele față de mine însumi. Tessa a fost în spatele dependenței mele, în spatele autocompasiunii și al alegerilor greșite. A fost acolo când am ieșit din tot vârtejul acesta; m-a ținut de mână tot drumul; chiar și după ce m-a părăsit, a rămas tot acolo, ajutându-mă.

Nu mi-am pierdut niciodată speranța pentru că Tessa e speranța mea. Mereu a fost și mereu va fi.

— Rămâi cu mine diseară? Putem pleca de-aici chiar acum. Rămâi cu mine, te rog, o implor eu.

Se ridică, își bagă sânii la loc în rochie și se uită la mine. Machiajul i s-a întins pe toată fața și are obrajii roșii.

— Pot să spun și eu ceva?

— De când îmi ceri permisiunea?

Îi ating vârful nasului cu arătătorul.

— Adevărat, zice ea zâmbind. Urăsc faptul că n-ai încercat mai mult.

— Am încercat, dar...

Ridică un deget ca să mă facă să tac.

— Nu-mi place că n-ai insistat mai mult, dar e incorect din partea mea să spun asta, pentru că știm amândoi că eu sunt cea care s-a îndepărtat de tine. Te-am tot bătut la cap, am cerut prea multe de la tine și m-am înfuriat din cauza cărții și a atenției pe care nu mi-o doream și am lăsat asta să mă guverneze. Am simțit că nu te pot ierta din cauza opiniilor altora, dar acum sunt supărată pe mine însămi că am plecat urechea la părerile lor. Nu-mi pasă ce spun oamenii despre noi, despre mine. Îmi pasă ce cred despre mine doar oamenii pe care-i iubesc și care, la rândul lor, mă iubesc şi mă sprijină. Voiam doar să-ţi spun că-mi cer scuze că am ascultat vocile care n-aveau ce să caute la mine în cap.

Stau acolo, faţă în faţă cu Tessa, şi nu zic nimic. Nu mă aşteptam la asta. Nu mă aşteptam la o astfel de întorsătură. Venisem la nunta asta sperând să primesc măcar un surâs de la ea.

— Nu ştiu ce să spun.

— Că mă ierţi? şopteşte ea, agitată.

— Te iert, normal, spun eu, râzând.

E nebună? Sigur că o iert.

— Dar tu mă ierţi? Pentru tot? Sau aproape pentru tot?

— Da.

Dă din cap, luându-mă de mână.

— Acum chiar că nu ştiu ce să spun.

Îmi trec mâna prin cap.

— Poate că tot mai vrei să te căsătoreşti cu mine?

Are ochii larg deschişi şi am senzaţia că ai mei or să-mi iasă din orbite.

— Poftim?

Ea se-nroşeşte toată.

— M-ai auzit bine.

— Să mă căsătoresc cu tine? Acum zece minute mă urai.

Fata asta o să mă omoare.

— Mai exact, acum zece minute făceam sex pe chiuvetă.

— Chiar vorbeşti serios? Vrei să te măriţi cu mine?

Nu-mi vine să cred că spune aşa ceva. E imposibil.

— Ai băut ceva?

Încerc să-mi reamintesc dacă am simţit vreun strop de alcool în răsuflarea ei.

— Nu, am băut doar un pahar de șampanie acum vreo oră. Nu sunt beată, doar că m-am săturat de lupta asta. Noi trebuie să fim împreună, mai ţii minte? zice ea la mişto, cu un accent englezesc oribil.

O sărut pe gură, făcând-o să tacă.

— Suntem cel mai lipsit de romantism cuplu care a existat vreodată; știi asta, nu-i așa?

Îmi trec limba peste buzele ei moi.

— „Romantismul e supraevaluat, trăiască realismul“, citează ea din ultimul meu roman.

O iubesc. La naiba, o iubesc la nebunie pe femeia asta.

— Asta vrei, pe bune? Să te măriți cu mine?

— Nu azi sau ceva de genul ăsta, dar sigur, o să mă gândesc la asta.

Se dă jos de pe chiuvetă, aranjându-și rochia. Zâmbesc și eu.

— Știu c-o să te gândești.

Îmi aranjez hainele, încercând să pricep ce se-ntâmplă-n baia asta. Tessa e întru câtva de acord să se mărite cu mine. Ce mama naibii.

Ea ridică din umeri în joacă.

— Vegas, hai să mergem la Vegas chiar acum.

Bag mâna-n buzunar și scot cheile mașinii.

— Nici gând. Eu nu mă căsătoresc în Vegas. Ești nebun.

— Amândoi suntem nebuni. Cui îi pasă?

— Nici vorbă, Hardin.

— De ce nu? o implor eu, cuprinzându-i fața între palme.

— Vegas e la cincisprezece ore depărtare de aici.

Îmi aruncă o privire, apoi se uită la propria ei reflexie din oglindă.

— Și nu crezi că ai suficient timp la dispoziție ca să te mai gândești la asta? glumesc eu, dând la o parte scaunele din dreptul ușii.

Atunci Tessa mă șochează înclinându-și capul într-o parte și spunând:

— Ba da, cred că da.

Epilog

Hardin

Călătoria spre Vegas a fost una intimidantă. Primele două ceasuri le-am petrecut creând scenarii fanteziste despre nunta perfectă la Vegas. Tessa s-a jucat cu buclele, privindu-mă cu bujori în obraji și cu un zâmbet fericit pe care nu-l mai văzusem de multă vreme.

— Mă-ntreb cât e de ușor, de fapt, să te căsătorești la Vegas. În ultimul moment. Ca Ross și Rachel, a zis ea, cu ochii în telefon.

— Cauți asta pe Google, nu-i așa? am întrebat-o eu.

Mi-am pus mâna la ea în poală și am întredeschis geamul mașinii închiriate. Pe lângă Boise, Idaho, ne-am oprit să cumpărăm mâncare și benzină. Tessa era somnoroasă, capul îi cădea în piept și pleoapele îi erau din ce în ce mai grele. Am oprit în parcarea aglomerată și-am zgâlțâit-o de umăr ca s-o trezesc.

— Am ajuns deja? a glumit ea, știind că de-abia suntem la jumătatea drumului.

Ne-am dat jos din mașină și m-am dus după ea la baie. Întotdeauna mi-au plăcut stațiile astea peco, bine luminate și cu parcările pline. Ai mai puține șanse să fii ucis sau mai știu eu ce.

Când am ieșit din toaletă, am găsit-o pe Tessa în fața unuia dintre numeroasele rafturi cu snackuri. Avea brațele pline de porcării: pungi de cartofi și ciocolate, și băuturi energizante, prea multe ca să le poată duce.

Am rămas pe loc pentru o clipă, uitându-mă fix la femeia din fața mea. Femeia care urma să-mi devină soție în câteva ore. Soția mea. După toate cele prin care am trecut, după ce ne-am certat la nesfârșit pentru o căsătorie pe care o credeam amândoi imposibilă, eram în drum spre Vegas ca să ne legalizăm relația într-o capelă mică. La 23 de ani, urma să devin soțul cuiva — soțul Tessei — și nu-mi imaginam cum aș putea fi mai fericit.

Chiar așa nenorocit cum eram, urma să am parte de un final fericit alături de ea. Îmi va zâmbi, cu ochii plini de lacrimi, iar eu voi face o glumă proastă despre sosia lui Elvis care va trece pe lângă noi la nunta noastră.

— Uită-te la toate astea, Hardin.

Tessa mi-a arătat cu cotul cantitatea enormă de snackuri amestecate. Era îmbrăcată în pantalonii aceia — da, știți voi care. Pantalonii ăia de yoga și un hanorac cu fermoar de la NYU, cu asta era îmbrăcată pe drumul către nunta ei. Avea de gând să se schimbe când ne cazam la vreun hotel. Nu avea să poarte rochie de mireasă, așa cum îmi imaginasem întotdeauna.

— Îți convine că n-o să ai rochie de mireasă? am zis eu.

A mijit un pic din ochi, a clătinat din cap și a spus:

— Asta de unde ți-a venit?

— Mă-ntrebam și eu așa. Mă gândeam că n-o să ai rochia de care sunt obsedate toate femeile. N-o să ai nici flori, nici altceva de genul ăsta.

Mi-a pus în brațe un fel de fulgi de porumb cu aromă de portocale. Un bătrânel a trecut pe lângă noi și i-a zâmbit. M-a privit fix în ochi, apoi s-a uitat în altă parte.

— Flori? Pe bune? m-a întrebat ea, și-a dat ochii peste cap și a trecut pe lângă mine, ignorându-mă.

M-am dus după ea, aproape împiedicându-mă de un copilaș care umbla nesigur, ținând-o de mână pe mama sa.

— Și Landon? Mama ta și David? Nu ți-ai fi dorit să fie acolo? am întrebat.

Ea s-a întors la mine și am văzut cum începe și ea să se gândească la toate astea. Pe drum, mințile amândurora erau atât de încețoșate de entuziasmul ideii de a ne căsători la Vegas, încât am uitat de realitate.

— Ah, a oftat ea, privindu-mă până am ajuns-o din urmă.

Am înaintat către casa de marcat și mi-am dat seama la ce se gândea: Landon și maică-sa trebuiau să fie acolo la nunta noastră. Musai.

Și Karen — Karen ar fi distrusă dacă n-ar fi acolo în momentul în care Tessa devine soția mea.

Am plătit pentru gustări și cafea. Adică, ea a insistat să plătească, iar eu am lăsat-o.

— Tot mai vrei să mergi? Știi că mie poți să-mi spui, iubito. Putem aștepta, i-am spus, în timp ce-mi prindeam centura de siguranță.

A deschis punga cu fulgi portocalii și a început să mănânce.

— Ba da, vreau, a zis ea.

Ceva nu era în regulă, totuși. Știam că vrea să se mărite cu mine și știam că vreau să-mi petrec întreaga viață alături de ea, dar nu voiam să începem așa. Voiam să fie acolo și familiile noastre. Voiam ca frățiorul meu și micuța Abby să ia parte, să meargă spre altar, aruncând flori și orez și făcând ce mai fac copiii la nunți. Am văzut cât de mândră a fost că l-a ajutat pe Landon să-și organizeze nunta.

Voiam ca totul să fie perfect pentru Tessa mea, așa că, atunci când a adormit, peste vreo jumătate de oră, am întors mașina și am ajuns înapoi acasă la Ken. Când s-a trezit a fost surprinsă, dar nu m-a făcut cu ou și cu oțet. Și-a desfăcut centura, mi s-a urcat în poală și m-a sărutat, cu lacrimile curgându-i pe obraz.

— Doamne, te iubesc, Hardin, mi-a șoptit ea.

Am mai stat o oră în mașină. Am ținut-o în brațe și apoi i-am spus că vreau ca Smith să arunce cu orez la nunta noastră. Ea a râs, spunând că probabil o va face cu mare precizie, va arunca orezul bob cu bob.

Doi ani mai târziu

Tessa

În ziua în care am absolvit facultatea am fost foarte mândră de mine însămi. Eram mulțumită de toate aspectele vieții mele, în afara faptului că nu mai voiam să lucrez la o editură. Da, eu, Theresa Young, organizatoare înfocată a fiecărui detaliu al viitorului meu, m-am răzgândit la jumătatea facultății.

Totul a început când mireasa lui Landon nu voia să angajeze un organizator de nunți. Era hotărâtă să nu apeleze la așa ceva, deși habar n-avea cum să-și planifice propria nuntă. Landon a ajutat-o, cât a putut; a fost logodnicul perfect, a stat cu noi până-n miez de noapte uitându-se prin reviste, lipsind de la cursuri ca să guste zece feluri de torturi, în două ocazii diferite. Mi-a plăcut la nebunie să mă ocup de o zi atât de importantă pentru atât de mulți oameni. Asta era menirea mea: să planific și să organizez evenimente pentru alții.

În timpul nunții m-am tot gândit că mi-ar plăcea să fac asta mai des, doar ca hobby. Dar pe măsură ce timpul trecea, mă duceam din ce în ce mai des la târguri de nunți și, până să mă dezmeticesc, m-am trezit organizând nunta lui Kimberly și Christian.

Mi-am păstrat slujba de la Vance în New York pentru că aveam nevoie de bani. Hardin s-a mutat la New York cu mine. Am refuzat să-l las să-mi plătească toate facturile în timp ce încercam să-mi dau seama ce naiba vreau să fac. Eram foarte mândră de diploma mea, dar nu mai voiam să lucrez în acest domeniu. O să-mi placă întotdeauna să citesc — cărțile sunt legate de sufletul meu pentru totdeauna — dar, pur și simplu, m-am răzgândit. Uite-așa.

Hardin mă tot ceartă pe tema asta, pentru că eu eram atât de sigură că știu ce carieră-mi voi alege. Dar anii au trecut, iar eu am crescut și mi-am dat seama că habar n-aveam cine sunt când m-am înscris la WCU. Cum e posibil ca oamenii să-și aleagă ce vor să facă pentru tot restul vieții când de-abia sunt la *începutul* acesteia?

Landon și-a găsit deja slujba potrivită: profesor la clasa a cincea la o școală publică din Brooklyn. Hardin, un autor bine vândut la 25 de ani, a publicat patru cărți, iar eu, mă rog, încă încercam să-mi găsesc propriul meu drum, dar asta nu mă deranja deloc. Nu mă mai simțeam deloc presată așa cum mă simțisem în trecut. Voiam să-mi iau un răgaz și să mă asigur că fiecare alegere îmi va aduce fericirea. Pentru prima oară puneam fericirea mea înaintea fericirii celorlalți, ceea ce era minunat.

M-am privit în oglindă. În ultimii patru ani au fost atât de multe momente în care nu eram sigură că voi termina colegiul. Cu toate astea, iată-mă acum: absolventă de facultate. Hardin a bătut din palme, iar mama a izbucnit în plâns. Chiar au stat unul lângă altul la ceremonie.

Mama a intrat în toaletă și a venit lângă mine.

— Sunt foarte mândră de tine, Tessa.

Purta o rochie de seară; nu prea era potrivită pentru o ceremonie de absolvire, dar ea voia să epateze, ca întotdeauna. Părul blond îi era buclat și fixat la perfecție și își pictase unghiile ca să se asorteze cu roba și toca mea de absolventă. Exagerase, dar era mândră de mine și nu voiam să-i stric bucuria. M-a crescut să reușesc în viață și să fiu tot ce n-a putut fi ea, iar acum, ca adult, înțeleg asta.

— Mulțumesc, i-am răspuns eu în timp ce ea mi-a întins gloss-ul ei de buze.

Am luat gloss-ul cu drag, deși nu trebuia să-mi refac machiajul, iar ea s-a bucurat că n-am refuzat-o.

— Hardin mai e pe-afară? am întrebat-o.

Gloss-ul era lipicios și prea închis la culoare pentru gustul meu, dar am zâmbit.

— Îl distrează pe David.

A zâmbit laolaltă cu mine și am simțit cum îmi crește inima și mai tare. Mama și-a aranjat buclele cu degetele.

— L-a invitat la strângerea de fonduri la care vorbește.

— O să fie drăguț.

Lucrurile nu mai erau atât de ciudate între mama și Hardin. Nu va fi niciodată preferatul ei, dar în ultimii ani a învățat să-l respecte, lucru pe care nu-l credeam posibil înainte.

Și eu am învățat să-l respect și mai mult pe Hardin Scott. E dureros când privesc în urmă, la ultimii patru ani, și-mi amintesc cum era. Nici eu nu eram perfectă, dar el se agăța atât de tare de trecut încât m-a distrus și pe mine. A făcut greșeli — enorme și devastatoare — dar a plătit pentru ele. N-a fost niciodată cel mai răbdător, simpatic și prietenos om de pe pământ, dar a fost al meu. Așa cum fusese dintotdeauna.

Totuşi, am avut nevoie să stau departe de el după ce m-am mutat la New York cu Landon. Ne-am tot văzut „relaxat“, cât de relaxaţi putem fi Hardin şi cu mine. Nu m-a presat să mă mut la Chicago şi nici eu nu l-am implorat să se mute la New York. De-abia la vreun an după nunta lui Landon s-a mutat în cele din urmă, dar am menţinut relaţia vizitându-ne reciproc când am putut, Hardin mai mult decât mine. Eram bănuitoare când îmi spunea că are „vizite de lucru“ subite în oraş, dar mă bucuram întotdeauna că venea şi-mi doream să fi rămas când pleca.

Apartamentul nostru din Brooklyn era decent. Deşi câştiga o grămadă de bani, Hardin voia să ne mutăm într-un loc unde să pot contribui şi eu la cheltuieli. Lucram la restaurant între nunţi şi cursuri, iar el nu s-a plâns foarte tare.

Încă nu eram căsătoriţi, ceea ce-l scotea din minţi. Tot discutam pe marginea acestui subiect. Da, voiam să fiu soţia lui, dar mă săturasem de etichete şi clişee. Nu aveam nevoie de eticheta asta, în sensul pe care fusesem crescută să i-l dau.

Mama s-a aplecat şi mi-a aranjat colierul, de parcă mi-ar fi citit gândurile.

— Aţi fixat data? m-a întrebat pentru a treia oară săptămâna asta.

Îmi plăcea când mama, David şi fiica lui veneau în vizită, dar mama mă înnebunea cu noua ei obsesie: nunta mea, sau mai degrabă lipsa acesteia.

— Mamă, am avertizat-o eu.

Am lăsat-o să mă aranjeze, ba chiar am lăsat-o să-mi aleagă bijuteriile azi de dimineaţă, dar nu mai aveam de gând să bat câmpii cu ea pe tema asta. A ridicat mâinile şi a zâmbit.

— Bine.

A cedat uşor şi am ştiut că se-ntâmplă ceva când m-a sărutat pe obraz. Am ieşit din baie după ea şi iritarea mi s-a topit când l-am văzut pe Hardin sprijinit de perete. Tocmai îşi ridica părul şi îşi prindea şuviţele lungi cu un elastic. Îmi plăcea la nebunie cum îi stătea cu părul lung. Mama a strâmbat din nas când a văzut că Hardin şi-a strâns părul într-un coc, iar eu am izbucnit în râs ca un copil când i-am citit dezgustul pe față.

— Tocmai o întrebam pe Tessa dacă v-ați ales o dată pentru nuntă, a spus mama, în vreme ce Hardin mă cuprindea cu o mână de mijloc și-și vâra nasul în scobitura gâtului meu.

L-am auzit cum chicotește.

— Aș dori să vă pot spune, a zis el, ridicând capul. Dar știți și dumneavoastră ce încăpățânată e.

Mama a dat din cap aprobator, iar eu m-am simțit în mod egal enervată și mândră de faptul că ăștia doi se aliau împotriva mea.

— Știu că e. De la tine a luat asta, a spus mama, acuzator.

David a prins-o de mână și i-a sărutat-o.

— Gata, voi două. Tocmai a terminat facultatea — las-o puțin în pace.

I-am zâmbit recunoscătoare lui David, iar el mi-a făcut cu ochiul, sărutând din nou mâna mamei. Se purta atât de frumos cu ea, iar mie îmi plăcea asta mult de tot.

După alți doi ani

Hardin

Am tot încercat să avem un copil de vreun an încoace. Tessa știa că nu prea sunt șanse. Și eu știam că șansele sunt mici, așa cum fuseseră dintotdeauna, dar încă speram. Ne puneam speranța în tratamente de fertilitate și în calendarul ovulației. Ne-o trăgeam și făceam dragoste la nesfârșit de câte ori prindeam ocazia. Ea încerca cele mai caraghioase leacuri băbești, iar eu beam o poțiune dulce-amăruie, cu cocoloașe, despre care Tessa susținea că a funcționat în cazul soțului prietenei ei.

Landon și soția lui așteptau o fetiță peste trei luni, iar noi urma să fim nașii micuței Addelyn Rose. I-am șters Tessei lacrimile de pe obraji când îi organiza prietenului ei celui mai bun petrecerea în cinstea venirii copilului și m-am prefăcut că nu sunt trist când am zugrăvit camera lui Addy.

Era o dimineață obișnuită. Tocmai terminasem de vorbit la telefon cu Christian. Plănuiam ca Smith să vină să ne viziteze câteva săptămâni peste vară. Asta era pretextul conversației. De fapt, voia să-mi propună ceva. Voia să mai public o carte la Vance, o idee care-mi plăcea, dar m-am prefăcut că nu-mi convine. Voiam doar să-l mai fierb un pic și să mă prefac că aștept să-mi facă o ofertă mai bună.

Tessa s-a năpustit pe ușă, îmbrăcată în trening. Avea obrajii roșii de la frigul de martie și părul îi era răvășit de la vânt. Se întorcea din plimbarea ei obișnuită până acasă la Landon, dar părea agitată — chiar panicată — și asta m-a făcut să mă încordez.

— Hardin! a strigat ea, traversând livingul și venind în bucătărie.

Avea ochii roșii și am simțit cum mi se strânge inima. M-am ridicat în picioare, iar ea a ridicat o mână, făcându-mi semn să aștept o clipă.

— Fii atent, a zis ea, scotocind în buzunarul jachetei.

Am așteptat tăcut și nerăbdător să-mi arate ce are-n mână. Acolo era un bețigaș. Văzusem foarte multe teste negative de sarcină în ultimul an, dar după cum îi tremura mâna și după cum îi suna vocea, am știut imediat.

— Da? e tot ce-am fost în stare să spun.

— Da.

A dat din cap, cu un glas pierdut, dar voios. M-am uitat la ea și i-am lipit mâinile de fața mea. Nici nu simțisem că plâng până nu mi-a șters ea lacrimile.

— Ești sigură? am zis ca un idiot.

— Da, desigur.

A-ncercat să râdă, dar a izbucnit în lacrimi de fericire, și la fel și eu. Am cuprins-o în brațe și am suit-o pe masă. Mi-am pus capul pe burta ei și i-am promis copilașului că o să fiu un tată mai bun decât oricare dintre tații mei. Mai bun decât oricine altcineva.

Tessa se pregătea pentru întâlnirea cu Landon și soția lui, iar eu răsfoiam una din numeroasele reviste pentru mirese pe care Tessa le înșirase prin tot apartamentul când am auzit acel sunet. Un sunet aproape inuman. Venea chiar din baia noastră. Am sărit repede în picioare, ducându-mă valvârtej la ușă.

— Hardin! a zis din nou Tessa.

Când am ajuns la ușă, neliniștea din vocea ei era și mai evidentă decât prima oară când mă strigase. Am deschis ușa și am găsit-o stând pe jos, lângă scaunul de toaletă.

— Ceva nu-i în regulă! a țipat ea, ținându-și mâinile mici peste burtă.

Chiloții ei zăceau pe jos. Erau plini de sânge, iar eu m-am sufocat, neputând să vorbesc. Am ajuns lângă ea în câteva secunde, cuprinzându-i fața în palme.

— Totul va fi bine, am mințit-o eu, scoțând telefonul din buzunar.

Tonul doctorului nostru la telefon și privirea atotștiutoare a Tessei mi-au confirmat cel mai urât coșmar.

Mi-am dus logodnica în brațe la mașină și am murit câte un pic cu fiecare suspin de-al ei până am ajuns la spital.

O jumătate de oră mai târziu, primeam un răspuns. Au fost blânzi cu noi când ne-au spus că Tessa pierduse copilul, dar asta n-a oprit durerea sfâșietoare care mă spinteca de câte ori vedeam deznădejdea din ochii Tessei.

— Îmi pare rău, atât de rău îmi pare, a plâns ea la pieptul meu după ce asistenta a plecat din rezervă.

Am prins-o de bărbie și am silit-o să se uite în ochii mei.

— Nu, iubito, n-are de ce să-ți pară rău, i-am tot repetat.

I-am dat părul la o parte de pe față și-am încercat să nu mă mai gândesc la pierderea celui mai important lucru din viețile noastre.

Când am ajuns acasă în seara aceea, i-am reamintit Tessei că o iubesc mult, că într-o zi o să fie o mamă senzațională, iar ea a plâns în brațele mele până a adormit.

M-am plimbat pe hol după ce-am știut că s-a liniștit. Am deschis dulapul din camera copilului și-am căzut în genunchi. Era prea devreme ca să știm sexul copilului, dar strânsesem tot felul de lucrușoare în ultimele trei luni. Le pusesem în pungi și cutii și trebuia să le mai văd o dată înainte de a le arunca. Nu puteam s-o las să le vadă. Nu voiam să-i arăt micii pantofi galbeni pe care ni-i trimisese Karen. Voiam să scap de toate chestiile astea și să demontez leagănul înainte să se trezească.

În dimineața următoare, Tessa m-a trezit luându-mă în brațe. Eram pe jos, în camera goală a copilului. N-a zis nimic că am scos mobila și că am aruncat toate hăinuțele. A stat acolo pe podea, cu mine, cu capul pe umărul meu, mângâindu-mă peste tatuajele de pe brațe.

Zece minute mai târziu telefonul mi-a bâzâit în buzunar. Am citit mesajul doar pentru mine și nu știam cum va reacționa Tessa când va auzi veștile. S-a ridicat, cu ochii la mesaj.

— Vine Addy, a citit ea cu voce tare.

Am strâns-o și mai tare în brațe, iar ea mi-a zâmbit trist și s-a desprins din brațele mele ca să se ridice. M-am uitat îndelung la ea și ne-a trecut prin cap același gând. Ne-am ridicat amândoi de pe podeaua fostei camere a copilului și am început să zâmbim, ca să fim alături de prietenii noștri cei mai buni.

— O să fim și noi părinți într-o bună zi, i-am promis iubitei mele în vreme ce mergeam către spital să ne întâmpinăm fina.

După încă un an

Hardin

Tocmai hotărâserăm să nu mai încercăm o vreme să facem copii. Era iarnă, îmi amintesc clar, când Tessa a intrat țopăind în bucătărie. Avea părul strâns într-un coc elegant și era îmbrăcată într-o rochie lejeră de dantelă roz. Avea machiajul diferit în ziua aceea — nu știu exact în ce fel. Zâmbea când s-a apropiat de mine, iar eu i-am făcut semn să se așeze la mine-n brațe. S-a rezemat de mine; părul îi mirosea a vanilie și mentă și-i simțeam trupul delicat lângă mine. Am sărutat-o pe gât, iar ea a oftat, cu mâinile pe genunchii mei desfăcuți.

— Bună, iubito, am șoptit eu.

— Bună, *tati*, mi-a șoptit și ea.

Am ridicat din sprânceană; felul în care spusese *tati* mă făcuse să mi se scoale, iar mâinile ei mă atingeau în sus pe coapse.

— Tati, ha?

Aveam o voce răgușită, iar ea a chicotit, cu un râs tâmp și exagerat.

— Nu felul ăla de tati la care te gândești tu. Perversule.

Și-a trecut mâna în joacă peste umflătura din pantalonii mei, iar eu am cuprins-o de umeri și am întors-o cu fața către mine. Zâmbea din nou cu subînțeles, iar eu nu făceam deloc legătura cu ce voia să spună.

— Vezi?

A băgat mâna în buzunarul din față al rochiei și a scos ceva de-acolo. Era o bucățică de hârtie. N-am înțeles, desigur, dar eu nu înțeleg niciodată din prima. A despăturit hârtia și mi-a pus-o în palmă.

— Ce *e* asta?

M-am uitat îndelung la textul încețoșat de pe hârtie.

— Strici groaznic momentul, m-a certat ea.

Am râs și-am citit ce scria pe hârtie. *Test pozitiv de urină*, așa scria.

— La naiba, am zis gâfâind și strângând hârtia în pumn.

— La naiba? a râs ea, cu ochii ei albaștri-cenușii strălucind de bucurie. Mi-e frică să mă entuziasmez prea tare, a recunoscut ea repede.

Am prins-o de mână, mototolind hârtia între palmele noastre.

— Să nu-ți mai fie.

Am sărutat-o pe frunte.

— Nu știm ce se va întâmpla, așa că ar trebui să ne bucurăm cât vrem de mult.

Am sărutat-o din nou pe frunte.

— Avem nevoie de-o minune, a încercat ea să glumească, dar vorbele i-au ieşit atât de grav.

Şapte luni mai târziu, aveam o mică minune, pe nume Emery.

După alți șase ani

Tessa

Stăteam la masa din bucătărie, tastând la laptop. Organizam trei nunți în acelaşi timp şi eram gravidă cu cel de-al doilea copil al nostru. Un băiețel, care urma să se numească Auden.

Auden era deja un băiat măricel — aveam burta umflată şi pielea întinsă din nou din cauza sarcinii. Eram foarte obosită pe final, dar hotărâtă să-mi termin treaba. Prima dintre cele trei nunți era peste doar o săptămână, aşa că dădeam pe dinafară de ocupată. Aveam picioarele umflate, iar Hardin mă certa că muncesc atât de mult, dar ştia că nu trebuie să mă bată prea tare la cap. În sfârşit câştigam bani frumoşi şi-mi construisem o reputație. New York e un loc unde pătrunzi cu dificultate în industria nunților, dar eu reuşisem, în cele din urmă. Cu ajutorul prietenilor mei, afacerea mea creştea şi e-mailul meu crăpa de atâtea solicitări.

Una dintre mirese intrase în panică: mama ei se hotărâse să vină la nuntă cu proaspătul ei soț şi acum trebuia să schimbăm aranjarea la mese. Simplu ca bună ziua.

Uşa de la intrare s-a deschis, iar Emery a trecut în goană pe lângă mine. Avea deja şase ani. Părul ei, de un blond mai deschis decât al meu, era răsucit într-un coc aiurea; Hardin i-l prinsese de dimineață, când eu eram la doctor.

— Emery? am strigat eu, în vreme ce ea trântea uşa camerei ei.

Faptul că Landon predă la şcoala unde învață Addy şi Emery îmi face viața mai uşoară, mai ales că am atâta de lucru.

— Lasă-mă-n pace! a urlat ea.

M-am ridicat, cu burta sprijinită pe masă. Hardin a ieşit de la noi din dormitor, fără tricou, doar cu o pereche de jeanşi căzuţi pe şolduri.

— Ce-i cu ea? a întrebat el.

Am ridicat din umeri. Micuţa noastră Emery arăta la fel de drăguţ ca mama ei, dar avea temperamentul tatălui ei. Era o combinaţie care ne făcea vieţile foarte interesante.

Hardin a râs uşor când Emery a urlat de dincolo:

— Vă aud!

Avea şase ani şi deja era o tornadă.

— Vorbesc eu cu ea, a zis el şi s-a întors în dormitor.

S-a întors cu un tricou negru în mâini. M-am uitat cum şi-l trage peste cap şi mi-am amintit de băiatul pe care l-am întâlnit în prima zi la facultate. Când a bătut la uşa camerei lui Emery, aceasta a pufnit şi s-a văicărit, dar el tot a intrat. După ce-a închis în urma lui, am mers şi mi-am lipit urechea de uşă.

— Ce s-a întâmplat, micuţa mea? răsună vocea lui Hardin în toată încăperea.

Emery era o răzvrătită, dar îl adora pe Hardin, şi mie îmi plăcea la nebunie felul în care se purtau unul cu celălalt. Era atât de răbdător şi de amuzant cu ea.

Mi-am dus mâna la burtă şi mi-am masat-o uşor, şoptindu-i locatarului de acolo:

— Ţie o să-ţi placă de mine mai mult decât de taică-tău.

Hardin o avea deja pe Emery; Auden era al meu. I-am spus de multe ori asta lui Hardin, dar el râdea şi spunea că eu o bat prea mult la cap pe Emery, de-asta îl place mai mult pe el.

— Addy e plină de fiţe, a pufnit copia lui Hardin.

Mi-o şi imaginam cum se plimbă prin cameră, dându-şi părul blond peste cap, exact ca tatăl ei.

— Serios? Cum aşa?

Tonul lui Hardin era sarcastic, dar mă-ndoiam că Emery şi-a dat seama.

— Uite-aşa, pur şi simplu. Nu vreau să mai fiu prietenă cu ea.

— Iubito, e parte din familie. N-ai cum să scapi de ea.

Hardin probabil zâmbea, distrându-se pe seama lumii pline de dramă a unui copil de şase ani.

— Nu pot să capăt o familie nouă?

— Nu.

A pufnit în râs, iar eu mi-am acoperit gura ca să pot râde în voie.

— Când eram tânăr, şi eu mi-am dorit o familie nouă, dar nu merge aşa. Trebuie să-ncerci să fii fericită cu cea pe care o ai. Dacă ai o familie nouă, atunci ai o mamă nouă şi-un tată nou şi...

— Nu!

Emery a părut să deteste ideea asta atât de tare, că nici nu l-a lăsat să termine.

— Vezi? a zis Hardin. Trebuie să-nveţi s-o accepţi pe Addy şi fiţele ei, aşa cum mami i-a acceptat fiţele lui tati cândva.

— Şi tu eşti fiţos? l-a întrebat ea, cu vocea ei subţire.

Mi s-a topit inima. *La naiba, este fiţos,* voiam să spun.

— La naiba, sunt fiţos, a zis el în locul meu.

Mi-am dat ochii peste cap şi mi-am amintit să-l atenţionez să nu mai vorbească urât în faţa ei. N-o mai face atât de des ca înainte, totuşi...

Emery a-nceput să povestească despre cum a zis Addy că nu mai sunt cele mai bune prietene, iar Hardin, pentru că e un tată incredibil, a ascultat şi a despicat în patru fiecare replică de-a ei. Când au terminat, deja mă îndrăgostisem din nou de băiatul meu cel înţelept.

Mă rezemam de perete atunci când el a ieşit din dormitorul fetiţei şi a închis uşa în urma lui. A zâmbit când a dat cu ochii de mine.

— E grea viaţa-n clasa întâi, a râs el, iar eu l-am cuprins cu braţele de mijloc.

— Te porţi foarte frumos cu ea.

M-am sprijinit de el, dar burta mă împiedica să mă apropii prea mult. El m-a luat în braţe şi m-a sărutat cu foc.

După alți zece ani

Hardin

— Pe bune, tată?

Emery m-a străfulgerat cu privirea de la masa din bucătărie. Bătea cu unghiile ei pictate în blatul de granit și-și dădea ochii peste cap, exact ca mama ei.

— Da, pe bune. Ți-am zis — ești prea tânără să mergi la așa ceva.

M-am tras de bandajul pe care-l aveam pe mână. De-abia îmi refăcusem câteva dintre tatuaje cu o seară înainte. Ați fi surprinși să știți cât de mult păliseră unele dintre ele de-a lungul anilor.

— Am șaptesprezece ani. E o excursie a elevilor mari. Unchiul Landon a lăsat-o pe Addy anul trecut! a spus, pe un ton ridicat, frumoasa mea fiică.

Părul blond îi era drept și îi trecea de umeri. Își scutura pletele când vorbea; în ochii verzi i se citea disperarea și drama în timp ce încerca să-mi spună că sunt cel mai rău tată din lume *bla, bla, bla*.

— E atât de nedrept. Am media 9 și ai zis că...

— Gata, iubito.

Îi împing micul dejun pe masă, iar ea se holbează la omleta din farfurie de parcă și aceasta vrea să-i distrugă viața, așa cum fac eu.

— Îmi pare rău, dar tu nu mergi. Numai dacă mă lași să fiu însoțitor.

— Nu. Nici gând.

A scuturat din cap înfuriată.

— Asta nu se va-ntâmpla.

— Atunci nici tu nu te duci în excursie.

A ieșit valvârtej și peste câteva secunde a apărut Tessa, cu Emery în spatele ei.

La naiba.

— Hardin, am discutat deja chestia asta. Merge în excursie. Deja am plătit pentru ea, mi-a reamintit Tessa în fața lui Emery.

Știam că ăsta era felul ei de a-mi arăta cine e șeful. Aveam o regulă în casa noastră, o singură regulă: să nu ne certăm în fața copiilor. Copiii mei nu trebuia să mă audă niciodată ridicând glasul la mama lor. Niciodată.

Asta nu-nsemna că Tessa nu mă scotea încă din minți. Era încăpățânată și fițoasă, niște trăsături adorabile care s-au accentuat odată cu vârsta.

Auden a intrat în cameră cu ghiozdanul în spate și cu căștile la urechi. Era obsedat de muzică și de artă, iar mie îmi plăcea asta la nebunie.

— Uite-l pe copilul meu preferat, am zis.

Tessa și Emery au pufnit și s-au uitat urât la mine. Am izbucnit în râs, iar Auden a dat din cap, în loc de „salut". Ce pot să spun? Are un sarcasm destul de dezvoltat pentru vârsta lui, așa cum aveam și eu.

Auden și-a sărutat mama pe obraz și și-a luat un măr de pe masă. Tessa a zâmbit și privirea i s-a îndulcit. Auden era afectuos, în timp ce Emery era extrem de tupeistă. El era răbdător și calm, în timp ce Emery era cu gura mare și încăpățânată. Nu era niciunul mai bun decât celălalt; erau doar diferiți. În mod surprinzător, cei doi se înțelegeau foarte bine. Emery își petrecea mare parte din timpul liber cu fratele ei mai mic, ducându-l cu mașina la repetițiile trupei și la expozițiile de artă.

— Păi atunci, așa rămâne. O să mă superdistrez în excursia asta!

Emery a bătut din palme și s-a îndreptat țopăind către ușă. Auden și-a luat la revedere de la noi și și-a urmat sora ca să se ducă la școală.

— Cum am devenit noi părinții unor astfel de copii? m-a întrebat Tessa, clătinând din cap.

— N-am nici cea mai vagă idee.

Am izbucnit în râs și mi-am deschis brațele.

— Vino-ncoace.

Iubita mea frumoasă s-a apropiat de mine și m-a luat în brațe.

— A fost un drum lung.

A oftat, iar eu m-am apucat să-i masez uşor umerii. Ea s-a lăsat uşor pe spate, relaxându-se imediat. S-a întors către mine, cu ochii ei albaştri-cenuşii atât de plini de iubire pentru mine în toţi aceşti ani.

După toate astea, am scos-o la capăt. Indiferent din ce mama naibii sunt plămădite sufletele noastre, ele sunt la fel.

Mulțumiri

Uau, iată-ne! SFÂRȘIT. Sfârșitul călătoriei amețitoare care a fost *After.* O să mulțumesc pe scurt de data asta, pentru că deja am spus totul în celelalte volume.

Cititorilor mei, pentru că ați stat lângă mine și suntem acum mai apropiați ca niciodată. Vă consider pe toți prieteni și îmi place la nebunie că mă susțineți pe mine și cărțile mele. Pot spune că formăm o adevărată familie. Totul a început de la un moft de-al meu și s-a transformat într-o serie cu patru volume. E o nebunie! Vă iubesc pe toți, vă apreciez și țin enorm la fiecare dintre voi.

Adam Wilson, cel mai bun editor din tot universul (știu că așa spun la fiecare volum), tu m-ai ajutat să fac din cărțile acestea ceea ce sunt ele acum, ești un maestru și un prieten minunat. Ți-am dat o grămadă de mesaje, am făcut prea multe comentarii, dar tu mi-ai răspuns întotdeauna și nu te-ai plâns de mine niciodată! (Meriți un premiu pentru asta, sau chiar mai multe.) De-abia aștept să lucrez din nou cu tine!

Echipei de producție și de redactare, mai ales lui Steve Breslin și Steven Boldt, și echipei de vânzări — ați muncit din răsputeri la seria aceasta!

Lui Kristin Dwyer, ești fantastică, soro! Mulțumesc pentru tot, de-abia aștept să lucrăm împreună pentru tot restul vieții noastre.

Tuturor celor de la Wattpad, mulțumesc pentru că mi-ați oferit un cămin unde mă pot întoarce oricând.

Soțului meu, pentru că e jumătatea mea și pentru că mă încurajează întotdeauna în toate privințele. Și lui Asher, pentru că este cel mai bun lucru care mi s-a întâmplat vreodată.

Tiparul executat la:

EuroBusiness Tiper

office@tipografiaeurobusiness.ro
www.tipografiaeurobusiness.ro